譯心雕蟲

一個澳華作家的
翻譯筆記

歐陽昱●著

自　序

歐陽昱

本人自1983年大學畢業，正式從事翻譯工作以來，已經三十年了。在此之前，在大學期間（1979－1983），就對翻譯產生了濃厚興趣，翻譯了不少短篇小說和詩歌，屢屢投稿，屢屢不中，直接「打擊」的對象就是當時在譯壇中位居高位的《世界文學》。大約是我的持之以恆感動了他們，在讀研究所（1986－1989）期間，他們寄來一篇美國小說原文，標題是“Theory of Sets”，囑我試譯，我就試了。這是我有史以來發表的第一篇翻譯小說，即《組合之道》，登在1987年《世界文學》的第四還是第五期上，我已經不記得了。

1991年4月，我辭去武漢大學教職，去澳大利亞墨爾本讀博士，把剛剛譯完的《女太監》交稿，就離開了。這一走就是二十多年，其間以口筆譯為生，陸陸續續地出版了幾十本譯著，還從事英漢雙語的詩歌、小說和非小說寫作，前前後後加起來，等於是在兩種語言裡摸爬滾打了小半輩子。

我所譯書的內容，範圍相對較廣，有小說、詩歌、戲劇、雜文、遊記、藝術評論、文學評論、醫學文獻、商業文件……等，又因我還從事口譯，涉及法庭、警事、政界、醫院、學校、工廠、公司等幾乎應有盡有的領域，說我龐雜紛亂，一點也不過分。我以自己為例，向學翻譯的學生指出，要翻譯必須有字典，因此工具書極為重要，是翻譯成功的關鍵之一，本人長期收集的各種字典就不下百部。

要從這樣一個龐雜紛亂的翻譯生涯中，整理出一個清楚的頭緒來，真是談何容易。我曾想完整地寫一本談翻譯的理論著作，但翻譯工作本身把我的念頭時時打斷，令我難以為繼。我也曾想系統地寫一本翻譯的經驗之談，但苦於找不到寬裕的時間和持續不斷的能量，也沒有一種合適的文體供我發力。直到最近幾年看古人的筆記小說，忽然發現，這種前現代的東西，反而具有後現代的魅力，似乎特別適合我們這個「車」馬倥傯、時間被生活肢解得七零八碎的時代。

自此，我開始寫作《譯心雕蟲》，逐日遞進，有感而發，所有譯例無不來自我的數十本翻譯筆記（每譯一書，必做筆記），我的日常翻譯工作和我在翻譯教學，廣泛閱讀對比譯作譯著，大量流覽翻譯史書等中所獲的心得體會。我發現，沒有什麼比筆記小說這個文學樣式更能全方位、多角度、多向度、多層次地沿著縱深和細節的脈絡，表現、描述、記錄我日常流程中的「多」孔之見，儘管筆記小說的「小說」二字令我鬱悶煩惱，畢竟我不是在面壁面「屏」虛構編造，而是如實求是地在翻譯的雕蟲小技中一筆不苟地翻譯。也許，把這種寫法叫做筆記非小說更合適。

實際上，我從1999年寫到2007年才發表的一本英文著作，On the Smell of an Oily Rag: Speaking English, Thinking Chinese and Living Australian（《油抹布的氣味：說英語，想中文，過澳大利亞生活》）就給我提供了第一次杜撰這樣一個新詞的機會，而且是在英文裡，即“pen-notes nonfiction”（筆記非小說），儘管英文中連“pen-notes fiction”（筆記小說）這個詞根本就不存在。該書出版後，我開始嘗試用中文來入侵改造這個文體。《譯心雕蟲》一書，就是一個見證。

長期的翻譯實踐使我意識到，任何一種翻譯理論都不能全面而又精微地概括，甚至不能有效地描述翻譯中的博大精深或細緻入微處，關鍵問題在於，從事翻譯理論工作的人，往往是拙劣的譯者，甚至是不從事翻譯的太監，而譯者中的達人，又極少關注理論，甚至置理論於不顧，兩者的關係，不是互相掣肘，就是井不犯河，導致在翻譯理論和實踐中少有建樹。比如，以我所見，在英譯漢和漢譯英這個領域，本應建立一系列新型學科，如比較翻譯學、翻譯文化學、翻譯心理學、翻譯語言學、口筆譯比較翻譯學、自譯學、創譯學，等。惜乎譯界目光短淺，以錢為綱，以翻譯字數的持續添零為生活之鵠的，導致新學科一片荒蕪，字數達標超標者歷歷在目，比比皆是，真正的明眼達人屈指可數。

我無意僅憑《雕蟲》一書，就空穴來風，拔地而起地建立一門學科，如翻譯心理學，這樣的工作，需要長期、艱苦、踏實、專心、團隊結合地去做，但進行這樣的研究，實在很有必要。譯者接到文稿後，並不像一台翻譯機器那樣，從一端把文字餵入，另一端就會暫態地吐出結果。他／她有思想、有感覺、有情緒，還有生活其間的日常大小事體和不斷演進的英漢雙語語言無時不刻地影響著他／她，左右著他／她，十年前譯同一本書，就跟十年後不一樣，心境不一樣，態度不一樣，連譯入語都不一樣。原文品質如何，也直接決定他／她的譯文品質。這一點，可能很多譯者都有感受，只是沒有行諸筆端。我譯休斯《致命的海灘》，就覺譯筆生花，精神振奮，原因無非是原文本來就寫得大氣湯湯，揮灑自如。當然，這也與我是過了55歲之後才譯該書有著直接的關係。這又牽涉到翻譯比較學，比如，把譯者20歲的譯文，與其50歲後的譯文做個比較。又比如，把同一譯本的台灣譯文與大陸或香港譯文做個比較，都不是沒有重大意義的事。

再如翻譯文化學或翻譯地域學，個人認為，若譯澳大利亞文學作品，譯者必須身在澳洲，並必須在澳洲生活多年，而且必須使用澳大利亞字典，其他國家當以此類推，不如此，譯出的東西肯定不到位，如澳洲所用的"battler (s)"一詞，熟悉澳洲文化的，就會譯成「老百姓」（台灣譯者的漢語肯定不一樣，下同），又如澳洲的"digger (s)"，就不是「淘金工」，而是「子弟兵」，等等。

從技術層面講，任何單一的手段或技法，直譯也好，半直譯也好，音譯也好，意譯也好，反譯也好，創譯也好，甚至不譯也好，都不能完全解決翻譯這個全息問題，這裡面牽涉到學科專業用語（如不能以詩歌的語言翻譯數學或化學的語言翻譯小說），年代間隔久遠的語言（如難以用19世紀的漢語譯19世紀英文寫作的作品），以及漢英本身尚屬神秘，未被揭示的倒反結構和其他具有可探討規律性的東西。僅以文學為例，如僅用魯迅宣導的直譯，就會把譯文弄得面目全非，難以卒讀，還不如乾脆徑直閱讀原著。如不顧事實，一味求雅地按照嚴復的「信達雅」來翻譯，又會因求雅而失信，導致原味盡失，還是不如乾脆徑直閱讀原著。如像葛浩文和當代許多白人漢語英譯者（書中已有提到）那樣，看不懂就繞開不譯，隨意發揮，隨意改寫，把原文當成自己重新書寫的素材，那還是不如乾脆徑直閱讀原著。

所謂翻譯，是一個總體工程（total project），這是我自己發明的詞彙，它需要採取一系列綜合手段來重新整合，一個英文段落譯成中文（中文譯成英文也是一樣），很可能同時需要反譯、直譯、音譯、意譯，甚至創譯等多種手法來應對，這用中文的殊途同歸一詞還難以盡言，而需要用我自創的多途同歸一詞來表述，即通過各種技法的多種途徑，來達到臻於完美的譯文。

進而言之，除了掌握各種技法之外，譯者不可能不同時又是一個作者，譯詩的須是詩人，譯小說的須是小說家，譯散文的也須是散文家，而譯哲學的，又還須至少是個喜歡哲學的人。

話又說回來，這本書不是教科書，不是理論著作，更不是為了浪費讀者時間而設計的某種娛樂讀物，它只是我根據筆記小說再造的一個適合自己寫作的新文體：筆記非小說，以好玩的心情筆之，以認真的態度記之，並以播種的方式撒之。若能成就一項學科的建立，比如翻譯心理學或創譯學，那我要將已故母親說的那句「我將死不瞑目」的老話，稍微改成這句：我死也瞑目了。

斯為自序。

目　次

假

中國人常說「請病假」，「請探親假」，「休假」，「帶薪假」，等等，英文中也有對應，如“on sick leave”，“on paid leave”，但英文的“on stress leave”，中文就沒有，如要硬譯，可譯作「減輕壓力假。」其實也未嘗不可。主要是習慣問題。中國人的接受障礙不在習慣，而在不習慣，實際上是個慣性問題，甚至是惰性問題，民族惰性問題。它使中國人在文字和文化上比較難於接受其它的文化。於是總有些搞翻譯的人（我討厭稱之為翻譯家）為了適應這個慣性，不是削足，就是適履。

Not impressed

幾年前，一個澳洲朋友談起，儘管大家在一起時曾顯得很友好，但我們共同認識的一個朋友到北領地去後一直都不跟他通信，因此他說了一句，“I'm not impressed”。這句話叫我想了又想，因為用「印象」一詞怎麼解釋都不通。今天上午聽了一則新聞，談到民眾對政府一項新規定的反映時，也用了“they were not impressed”的說法。我當時正在開車途中，隨便想了想，便脫口而出，是「他們感覺不好。」對了，所謂“impressed”，特別是用在否定式中，指的正是感覺。這還可以通過反證來證實，即把中國人所說的「我看了這場電影後感覺不好」之類的話翻譯成英文試試，就發現“I don't feel”這類話行不通，還得用“not impressed”。

調查

跟澳洲律師打交道，他們常愛把“investigate”一詞掛在嘴上。每每翻譯，總是不由自主地翻成「調查」，但想想他們並非照本宣科，而是實實在在的口語，用口語來譯，應該譯成「研究研究」，頗有點像中國大陸官員打官腔的味道。

抓

中國人用「抓」字時愛講「抓大意」，「抓中心思想」，澳洲人用“grab”意思正好相反，不是抓大，而是抓小，是「抓細節」（如grab the details）。有一天我在開車路上，從墨爾本最熱門的一家電台101.1TTFM裡聽到男播音員跟打電話進來點歌的一位年輕女性開玩笑說，“I'll grab your details unless they are surgically removed”。（「除非你做過手術，把細節都給割除了，否則，我就要來抓你的細節。」）。

雄

漢語中的男權中心主義隨處可見，如「英雄」一詞，那意思就是說，「英雄」是「雄」的，而不是「雌」的。即使是「女英雄」，落點還是在「雄」上，否則這個詞就應該改為「英雌」，而不是「英雄」了。台灣的漢語雖然用的還是繁體，但在這方面比較敏感，因為他們就有「英雌」的說法。

Harmony

漢語有些詞是直接音譯自英文的，如「沙發」（sofa）和「幽默」（humour）。但有些詞則很可疑，不僅意思相近，而且發音也相去不遠，如「和睦」一詞，它與“harmony”就很近。不信你試著發一發音。又如「譏笑」一詞，發音同英文的“jeer”也很相似。還有「監獄」一詞，與英文的“jail也頗接近。這很讓人懷疑，英文的始祖是不是漢語？

人們豈止要懷疑中文是不是英文的始祖，甚至還可以把這個懷疑擴大到法語。近看一文，發現法語至少有三個字的發音跟漢語極為接近，一是Papa（爸爸）和Maman（媽媽），一是Attention，用法語發音，近似中文的「啊，當心！」而法語的讚語是tres bon，第一個字的s不發音，聽起來就像中文的「忒棒！」[1]

[1] 參見《法國人是歐洲的中國人》一文：http://www.yuanfr.com/Html/20075420141-1.html

Crystal ball

英文中有些習慣的說法，直譯出來中國人聽不懂。如澳洲律師或醫生之類的專業人士，常愛用“I haven’t got a crystal ball”這樣的口頭禪，來對付那些糾纏不休的病人或客戶，意思是說他沒法準確地預知未來，因為通常只有那些算命的人才能夠通過水晶球來未卜先知。所以你把這話翻譯成「我又沒有水晶球」，客戶肯定聽不懂，而且會發惱，就像一個客戶曾經做的那樣，說「什麼水晶球不水晶球的！」

苗條

如果我在文章中寫「機會苗條」，任何一個專業編輯都不會放過我，讀者不罵我神經病才怪。但英文中正是這樣說的，“the chances are very slim”（機會非常苗條）。原來，英文形容機會不僅可用多和少，大和小，還可用「苗條」和「肥胖」（a fat chance），後者其實是反話，指機會小。看來，漢語跟英文相比，在這個字上確實缺乏彈性。除了詩人以外，恐怕任何人包括翻譯家們用「苗條」或「肥胖」形容機會，都會遭人指責。這就是我想指出的語言對自己不懂的東西，有一種固有的排斥和抗拒心理。使用語言的人不知不覺中，也會染上這種心理，越是講究語言純潔性的人，這種情況越糟糕。

動的詞

英語裡幾乎隨便什麼都能用做動詞，如「椅子」，可以“to chair a meeting”；如「地」，可以“to land”；如「施樂」，即“Xerox”影印機的中譯名，也可以用作動詞，如說把什麼東西“xerox”一下，用漢語說「我去把這份材料施樂一下」，不好笑才怪。又如「細節」（detail），可以把汽車「細節」一下，意思是把車裡裡外外細細緻致地美化一下；再如「風景」（landscape），作動詞用是指「房前屋後的綠化」，你用中文試試：「我把家裡『風景』了一下」，講不通。相比之下，漢語就動不起來，因其動詞能力較差。但漢語中有一個詞的動詞用法，卻是英文中沒有的，那就是「魚肉人民」，你用“to fish and meat people”，這是講不通的，哪怕英文造詞能力再強，也講不通。從側面看，這是不是也說明中國人好吃程度之極端呢？連人民都能像魚和肉那樣吃，還有什麼東西不能吃呢？

當然，翻譯不僅僅是翻譯，更是創譯。今後如遇到「魚肉人民」的說法，我肯定要根據具體情況，直接譯成"to fish and meat people"或"fishing and meating people"。正在這麼想時，我讀的一首詩中出現了這樣的字樣：We grandmother her,…（我們祖母她），意即我們像祖母一樣地對待她。[2]

交通果醬

今天中午十二點左右從城裡開車回家的路上，在維多利亞市場遭堵車，想起"traffic jam"一詞，前後左右看看，車子擠得還真像順手灑了一大堆果醬一樣。可中文的翻譯實在太差，叫什麼「交通阻塞」，我覺得還是叫「交通果醬」好。就是一鍋粥嘛。叫「交通一鍋粥」也行。

Wowser

文化中不可譯的東西，其實就是該文化之所以是該文化，而非另一文化的道理。舉"wowser"一字為例。這是一個澳大利亞英文詞，意思指一個不僅自己過清教徒式的禁欲生活，也要別人一起跟著過禁欲生活的人。《英漢大辭典》給的意思是「清教徒式的禁欲主義者」太囉嗦了。說明中國文化中沒有類似說法，還說明中國碰到同類的人時可能會用別的詞形容，如「假道學」、「假正經」，等。今天在「六十分鐘」節目中報導澳大利亞性工業，以及以獨立議員哈拉丁為代表的審查意見時，記者直接了當地對哈拉丁說，「有人說你是個wowser，你怎麼看？」中國文化中，你能想像某記者當著國家主席的面問同樣的問題嗎？再說，中國人的「假正經」是指自己縱欲，卻要別人禁欲的偽君子，跟這種自己禁欲，也要別人禁欲的真君子不一樣。我想來想去，覺得wowser一詞只在發音上跟一個中國詞相近，那就是「齷齪」反其意用之，倒也不是不可。

---

[2] Rose Flint, 'Midsummer Crones', *Not a Muse*, edited by Kate Rogers and Viki Holmes, published by Haven Books, Hong Kong, 2009, p. 453.

三、四

漢語有「說三道四」的說法，其實，中英對比之下，經常的情況是，英語說三，漢語道四。例如，英語說：If you didn't succeed at first, try, try, try again.注意，這一句「試」（try）了三次。英語又說：What we want, first and foremost, is to learn, to learn and to learn.這一句「學」（learn）了三次。英語還說：Scrooge went to bed again, and thought and thought and thought it over and over.這一句「想」（thought）了三次。譯成漢語呢，就要成四了，不信你看：1.一試再試，試了又試。2.學習學習，學而時習。3.前思後想，左思右想，想來想去，想個不停。

半邊人

受中國文化和語言薰陶的人，進入英語文化，便從一個完整的人，變成了只有一半完整的人。何以見得？只消看看中國語言進入英語之後發生的變化就知道了。從語言上講，凡是漢語講整句話，英語只講半句話。漢語喜歡四字結構，講究平衡，四平八穩，一些以四字結構表達的意境或思想，其實英語裡也有，但只說半句。例如：人山人海，油嘴滑舌，捕風捉影，水深火熱，銅牆鐵壁，滄海桑田。這六句話英文全有對應，但都是半句話：a sea of people（人海），a glib tongue（滑舌），to catch shadows（捉影），in deep waters（水深），bastion of iron（鐵壁），sea change（海變）。最後一句的sea change（海變），比漢語更隱諱，只道出海的變化，而隱去了桑田之變。就連「沉魚落雁之容，閉月羞花之貌」這種陳腐句子，到了英語，也都簡化成了her beauty put the flowers to shame[3]（其美貌令花羞）。

在很少的情況下，也有漢語只說半句，英語卻要說全的情況。例如，漢語有「很得人心」的說法。英語中，只得人心是遠遠不夠的，還必須得人腦才行。當年陸克文競選勝出，報紙就曾報導說他won hearts and minds，就是說他在澳洲老百姓中很得人腦人心。

---

[3] 包惠南、包昂編著，《中國文化與漢英翻譯》。北京：外文出版社，2004，第32頁。

英一漢二

英語和漢語之間有一個重大的細微差別，即英語只用一個字就能說清楚的，漢語至少得用兩個字。例如，英語用touch（觸），漢語得說「觸動」；英語用move（動），漢語得說「感動」；英語說swear（罵），漢語得說「罵人」。英語說lending service，漢語是「借閱服務」，多了一個「閱」。

史鐵生的《務虛筆記》中有一句說：「他邁過了一道界線」。[4]這個「界線」，在中文是兩個字，在英文一個字就解決了，即"line"。譯文是："He crossed the line"。至於「界」的"boundary"一字，則可免了。

僅從這一點看，英語是一種比漢語簡單的文字。

殺死時間

隨著中國越來越開放，越來越雙語化，有些英文詞通過直譯方式長驅直入，進入漢語。比如kill time一詞，意思是指「消磨時間」，但尚未聽說「殺死時間」的。今晚看電視連續劇《蝸居》，就親耳聽見宋秘書對他的「小三」海藻說：「謀殺時間最好的方式就是工作」。直譯倒是直譯，意思卻又進了一步：從殺死到謀殺，足見漢語總是要比英語誇張一些。

反過來看，要英語接受漢語直譯，恐怕就比較難，例如「坐大」一詞，如果直譯成英文，"sit big"，恐怕誰都看不懂。又如「平起平坐」一詞，如果直譯成"level rise level sit"，恐怕也會讓人笑掉大牙。但是，從坐的這個動作本身講，無論哪個國家，都會有尊卑的意思在。如前天以色列副總理召見土耳其大使，就讓其坐在一張低矮的沙發上，結果導致土耳其提出抗議，威脅說要召回其大使。因為英文中沒有「平起平坐」這種詞彙，結果在描述該次事件時，用的是最簡單的說法，說該大使迫不得已sit on a low sofa（坐在一張低矮的沙發上），其實就是不讓他與以色列副總理「平起平坐」嘛！

---

4 史鐵生，《務虛筆記》。作家出版社，2010〔2009〕，p. 148.

非試不可

是不是英文的什麼東西都可以直接通過音譯進入中文？回答是可以。先說遠的。例子可以隨手拈來。早期的有康乃馨（carnation）、摔了（side）、赫司奔（husband）、康蜜馨（commission）、姑特背（goodbye）、殼忒推兒（cocktail）、士的（stick）、切哀尼斯（Chinese）、為格乃（wagon）、僕歐（boy）、毛瑟槍（musket）等。1990年代的英漢雜交則來得更爽、更酷，乾脆直接「交合」，一字（母）不改地照搬，如WTO、SARS，或者土洋結合，如夠in、high一下、N種生活或N種選擇、誰VS或PK誰、唱K、F2F、B4N。進入二十一世紀，這種直接譯音的方法更以前所未有的方式強行進入中文。以前提到的王剛那本長篇小說《英格力士》就是一個顯例。最近教翻譯，讓學生翻譯兩個大家都認為不需要翻譯的詞：Facebook和MySpace，卻不料已經有了正式的中文翻譯，就是小標題中的「非試不可」。結合請他們翻譯的一篇文章，說的是澳大利亞聯邦法院由於無法把法律文件送達給一位銷聲匿跡，卻在「非試不可」網站有註冊，與某女有染，讓其生下孩子之後逃之夭夭，令其無法為孩子申請贍養費的男子，最後通過該網站終於以電子方式把文件成功送達，成為全澳法律史上成功通過電子方式送達文件的第二例。這時，「非試不可」的第二種調笑式翻譯就更恰切了，那就是「非死不可」。

至於說到MySpace，也有一種很搞笑的音譯法，即「賣死賠死」。

其實，中文以音譯方式進入英文也方興未艾，甚至大有長驅直入之勢頭。不久前，胡錦濤談到「不折騰」時，翻譯就直接用了拼音，bu zheteng，結果導致該詞在網上捲起狂瀾。不久，「兩會」召開。國外記者覺得要把「兩會」每次都說清楚實在費事，乾脆拼音成“lianghui”拉倒。今天早上看The Age報網上英文版，讀到一則介紹唐人街HuTong餐館的消息，直接稱「小籠包」為xiao long bao dumplings。因嫌其繁，就叫它“XLBs”。看來，正如一位學生感歎而言：今後中國人還學英文幹嗎？直接用拼音過去得了。

反了，反了（1）

自從我那篇《翻譯即反譯》發表之後，我又發現了一些反譯的例子。比如說，我們說某人得零分，那是零雞蛋，而不是零鴨蛋，但是，英語中卻正是duck egg（鴨蛋，零鴨蛋）。再看英文和中文的排列，竟然有某種哲學的差別。我現在（2010年6月18號晚上）隨便從新浪網上的任何一篇文章上截取一個段落，再從墨爾本的The Age（年代報）的英文文章上截取一個段落，來看看有什麼差別。

> 「入梅的申城，氣溫也在逐漸升高。在這樣的環境下，暢遊世博園時，食品安全應引起注意。近日，園區內已經開始播放提醒遊客不食用變質食品、園內餐廳點餐適量的廣播。記者昨日獲悉，有關遊客自帶食品限額的公告最快在本週將正式發佈。食藥監部門特別建議遊客儘量不要攜帶熟食、糕點、盒飯等易腐敗、變質的高風險食品入園食用，胃腸道功能欠佳的遊客儘量避免食用冷飲、海鮮、辛辣、高蛋白食品，遊園注意勞逸結合。」（http://expo2010.sina.com.cn/services/food/20100618/072910215.shtml ）

> ‘A 15-year-old boy from Yarraville appeared at a Children's Court yesterday charged with Mr Garg's murder. Mr Garg, 21, was stabbed as he walked through Cruickshank Park, in Yarraville, on his way to work at a Hungry Jack’s restaurant, about 9.30pm on January 2.’ (http://www.theage.com.au/victoria/another-teen-charged-over-stabbing-death-of-nitin-garg-20100618-ylit.html?autostart=1)

除了語言的差別，這兩段文字最大的差別是什麼？不看標點符號的話，最大的差別就是中文是一個字緊挨著一個字的，而英文呢，每一個字和另一個字都隔開一個空間。如果我們把字比做人，中國文字的臉挨臉，就像中國文化中人與人的關係，也是密不透風，緊密相連的。而這個象徵著人的字，一旦進入英文，立刻就互相分開了、分手了。你若把兩個字中間的空間取消，字形和字義都會發生改變，甚至字義都不復存在。看來，人的關係，早就被各自的語言事先規定好了。

當年在電視上看到一位美國總統的葬禮，有一個細節到現在還記得十分清楚。其子在致辭時，居然講了一個笑話，引得觀眾哈哈大笑。要知道這是總統葬禮呀！聯想到在中國舉行國葬，這是完全不可能的。然而，正是這種悲痛時分回憶故人幽默的往事，才最使人感到親切可愛。

還有一個反例。《三字經》中，開篇第一句就是：「人之初，性本善。」《聖經》正相反。《詩篇》51：5裡說：「我是在罪孽裡生的。在我母胎的時候，就有了罪。」中國人的傳記，大多是讚美的，西方人的傳記，則主要是揭醜，至少不掩蓋醜。

最近去看一位澳洲理財專家，談到不知深淺，先要試探時，他打了一個比喻。他說，澡池中放滿了熱水，如果想看看是否太燙，肯定先得伸出腳，把大腳趾在水裡試一下，就算太燙，也不過把大腳趾燙一個泡而已。我靜聽著他說完他的比喻，點頭稱是，但我心裡已經暗自吃驚了。如果這個例子放在我來說，我肯定要用手指頭來比喻，而不是腳趾。實際生活中，也是如此。我絕對不會傻到脫去鞋子，用腳試水的程度，但是，這就是我們兩種文化、兩種語言內在的差別，很可能從一開始以來就存在的差別。

今天翻譯朋友趙川寫他去剛果（金夏沙）的近況。其中談到一個比利時朋友，說他對那兒的情況瞭若指掌。我翻譯到palm（掌）時，立刻意識到錯了，因為英文說同樣的意思時不用指，也不用掌，而用手背，即like the back of one's hand，就是說，對什麼事情了如手背，正好是手掌的反面。

寫到這兒，我想起了本文的小標題，「反了，反了」。這種簡單的東西，應該是所有中文字中最難翻譯成英文的吧。不信你試試看？反正到現在我還沒有想出如何把它翻譯成英文的辦法來。

反了，反了（2）

近讀厄普代克，又看到一個“fanli”，不是範例，而是反例。他談到美國作家霍桑萬年大腦思維功能不行了時，是這麼說的：“his mind was going”。[5] 從字面上看，這句話好像是說：「他的腦子要走了」。其實意思正相反，是說：「他腦子不行了」。你看看，正與中文相反。

由此，我想到前面提到過的「反了，反了」這個詞，因為，我已通過「反」字，領悟—不如說意會—到了它如何譯成英文。如果有人說「反了，反了」這句話，我一定會譯成“Right, right”。至於為什麼要如此，你若看完我的書，英語到了我這個程度，就自然會體會出來的。

5　參見John Updike, *Due Considerations*, 2007, p. 58.

簡單才難

翻譯中，最簡單最難譯。隨便舉個例子。多年前，我接到一個翻譯活，只有三個英文字：Make things happen！這個活，是廣告詞，報酬不錯，三十澳幣，一天內要完成。十幾年過去了，我當時是如何翻的，現在已經沒有記錄了，但讓我抓耳撓腮的景狀，到現在都還記得。「讓事情發生」？「大幹快上」？「要好好幹它一把」？怎麼翻，怎麼不像。總之，我當年的翻譯我並不滿意，只是湊數而已。直到現在，我還是找不到合適的話來翻它。上網查查，Make things happen這句話比比皆是，往往跟一些別的事情連用，比如Love makes things happen（有了愛情，一切都會發生）。How to make things happen? (如何催生促變)。Motivated People Make Things Happen While Everyone Else is Watching（有進取心的人才會主動促變，其他人則袖手旁觀）。再查查網上有沒有中文翻譯，發現有。某人真把它翻譯成了「讓事情發生」。其實，這種簡單難譯的話，恐怕只有一個對付的辦法，離本文遠一些，靠意思近一些。如果是廣告公司做廣告，就得問他做哪方面的。惜乎，當年的細節全部無存了。

Conditions apply

很多英文廣告裡，喜歡在最後用這麼一句話。聽似簡單，譯起來卻不那麼容易，但如果採用了倒反原則，就簡單了。它的意思是：必須符合條件才行！

In good faith

英語in good faith這個說法不好翻譯。每次碰到，放在各個語境下，意思都有所不同，都要查字典，多年來都是如此。其實，今天如廁時，正當山崩地裂，一泄而空之時，一個準確的意思產生了，不就是中國人說的，「良心上對得起自己」嗎？所以你做事才要in good faith。比如這次給人做一個翻譯活，收費兩千多澳元，對方澳洲人覺得太多了一點，說了出來，但也並沒有說不願意付。於是我當即抹去了400多元本來應收他們的urgency loading，即加急費。意圖是一樣的，就是in good faith，良心上對得起自己。

Voyeurism

所謂voyeurism，是指偷窺，往往跟性事有關。西方小說中描寫多，小電影中尤多。以前我聽過一個關於偷窺的故事，到現在都還記得。說的是某某某跟某某某在旅館亂搞，卻不知外面已經有人包圍了。正當兩人高潮迭起，達到頂峰時，外面守候的人早已衝了進來，直直地用電棒光柱指著兩人那個地方，同時有聲音在說：保護現場！

話說回來，英語裡有的字，中文裡也有，比如偷窺，但中文裡有的說法，英文卻沒有。比如相對於voyeurism這個字，中文有「聽門」的說法。我在《英格力士》裡第一次讀到這個詞時，覺得挺陌生，好像這五十年的生命中從未聽說過。意思是清楚的，就是大人在家做那事，小孩子扒在門邊上聽。這意思不知道怎麼翻譯成英文，因為沒有同樣的說法，大約是他們窗子很大，門也不鎖，做這種事的時候也不在乎是否有人聽或看的緣故吧。

Massacre

南非的世界盃，澳洲足球隊首戰告「竭」，馬上又要與加納隊遭遇。在澳洲，一般非洲人和亞洲人是不大被白人放在眼裡的。這一回，賽場在非洲土地上，非洲人揚眉吐氣，到了這樣一個地步。加納已經放言，說是要把澳洲隊幹掉。他們用英文說得比這更厲害："We are going to bury Australia, we are going to massacre Australia"。直譯過來就是：「我們要把澳大利亞活埋掉！我們要把澳大利亞屠殺掉！」如果你覺得這樣翻還不過癮，還不解恨，還不解氣，那就請你意譯一下，看看是否能夠傳達出裡面的意思來？他們這麼說，倒也不是對澳洲有什麼深仇大恨，而是覺得這場球賽在非洲舉行，就該他們得獎。正如一位球迷所說："The World Cup is made of gold from Africa and the Cup is going to stay in Africa... it's ours!（世界盃是用非洲黃金製作的，獎盃就得留在非洲……獎盃是我們的！」這很霸道，但長期以來都是白人霸道慣了，這回讓黑人霸道一下，又有何不可？！

這篇短文一寫完，我立刻意識到，解恨，解氣，霸道這三個詞，還真不好翻譯成英文，如果不查字典的話。很可能字典都不會有太大的幫助。

生龍活「鼠」

中國人稱足球運動員，至少有足球健兒，足球小將，足球健將等三種說法。但澳洲卻把他們叫做Socceroo。這個詞在陸谷孫編的2300多頁的《英漢大詞典》沒有，王國富編的1800多頁的澳大利亞《麥誇裡英漢雙解詞典》裡也沒有。但這個詞，在所有關於澳洲足球隊的文字報導中，都會提到。其實它的構成很簡單，是soccer和roo的合成，前者指「足球」，後者指「袋鼠」，即kangaroo的roo。直譯是「足球鼠」。如果把中國的足球健將描繪成「生龍活虎」，那麼，稱澳洲的Socceroo為生龍活「鼠」，袋鼠的鼠，也未嘗不可。同樣，如果翻譯成中文，不妨借用上述健兒、小將、健將等三種說法。

客

把任何一篇中文翻譯成英文，一個譯者最先需要解決的是什麼問題？三個問題是1.單複數；2.定冠詞、不定冠詞；3.大小寫。沒有什麼比這三樣東西更簡單，也沒有什麼比這更難。先說單複數問題。最近有篇文章題為《澳洲獨居家庭數量增長迅猛》，讓學生翻譯，所有本該處理成複數的全成了單數，如住戶（households），老年女性（elderly females）和所有家庭類型（all types of family），單數的卻譯成複數，如「統計局文件稱」（A document from Australian Bureau of Statistics）和「統計局報告還發現…」（An ABS report has also found...）〔注：括弧內的英文是正確的〕。

為了說明單複數的難於把握，我舉蘇東坡的《前赤壁賦》為例，請學生告訴我，該文中究竟有幾個「客」。看來看去，好像只有一個客。仔細看，又好像有兩個，因為有句云：「客有吹洞簫者」。如果有兩個「客」，船上連蘇軾在一起，就應該是三人。設若此舟大小如「一葦」，如何載得動三個「客」？這是一。其次，文章末尾所言「相與枕藉乎舟中」，如果是三「客」，又何以「枕藉」？

我在網上作了一個關鍵字搜索：「《前赤壁賦》蘇軾和誰在一起」。網上什麼樣的探討都有，但對這麼一個既簡單，又關鍵的問題，就是沒有解答，關鍵是沒人提出。

這篇文章，我始而譯成friends，繼而譯成friend，而把那個吹洞簫的譯成another friend，終而還是譯成friend，因為舟中說到底應該就是蘇軾和朋友「客」在一起。我甚至有一個猜想，蘇軾在黃州（我的家鄉）寫作此賦，是他最困難的流放時期，說不定根本就是一個人夜裡蕩舟，自問自答，如果我懷疑有三個「客」，那也不錯，那就跟李白花間一壺酒，對影成三人的「三人」一樣，是一種幻覺、乃至錯覺的藝術「三人」境界。

去中國化

雙語詩集，一邊是中文，一邊是英文，本來是件好事，但並不討好，尤其不討好講究實效的中國人。一百頁的書，買回來等於花同樣的錢，只買了一半的書。至少這是我所認識的不少人的心理。當年澳洲有人辦了一個雙語雜誌，就是這樣賣不動而最後銷聲匿跡的。

雙語詩集，還讓自己變得脆弱，容易遭到別人攻擊。懂得兩種語言的人，這邊翻翻，那邊看看，一會兒就能看出問題來。比如說我剛看完的這本詩集，是香港詩人梁秉均（Leung Ping Kwan）的，題為《變化的邊界》。我坐電車進城或回家時隨手翻翻，發現不少問題，一般都是比較小兒科的翻譯問題，如把「學習破碎的言語」翻譯成“learning to speak”（pp. 62-63）（本可以翻譯成learning to speak a broken language），把「包二奶」譯成try for wife number two）（p. 113）（本可以更創造性地翻譯成to contract a Second Tits），等等。比較不能原諒的，是把意思完全弄錯，比如說這句：「家長埋怨說怎麼教科書又要去中國化了。」一看譯文，竟然弄成了：“parents complain text books are full of China again”。很顯然，這不是「去中國化」，而是「充滿中國化了」。「去中國化」在英文中應該是“de-Sinicization”，意思是說把中國從課本中去掉、擺脫掉。考慮到梁也是該書英文翻譯之一員，只能假定他所說的「去中國化」的意思在香港人說的中文中恰好是相反，是到中國去化的意思。

最後，翻譯詩歌的人還真得是詩人，至少得有詩人的敏感和細心。比如有一句詩說：「誰把我變成一個心理的特區」。這句話比較值得玩味，借用中國的「特區」，來形容詩人的「心理」。譯文卻弄成了“made me a psycho case”（把我變成了精神病個案）。（pp. 92-93）實際上完全可以譯成：turned me into a special psychological zone，對應於special economic zone（經濟特區）。

不可譯

十多年前，翻譯一本澳大利亞長篇小說《熱愛孩子的男人》，曾經遇到一個小難題。書中，路易莎這個具有叛逆精神的小女孩，因不滿爸爸家長制作風，用自己發明的語言寫了一個劇本，組織她的弟弟妹妹演出，讓父親大為困窘難堪，問她幹嗎用北美印第安人喬克托語，而不用英語寫作。路易反問說：「歐里庇德斯用英語寫作了嗎？」這個問題問得很好，頗有後殖民的味道。記得當年有個白種澳洲女人狂妄地對我說：我還以為再過二十年，全球就只講一種語言英語了呢！言外之意，那現在還學別的語言比如中文幹嗎？這種妄自尊大的人連罵都嫌髒口。

還是把話說回來。《熱愛孩子的男人》的作者Christina Stead用那種自創的語言時，一是篇幅不長，僅一幕劇，二是還配有英譯，所以，翻譯成中文不成問題。自創語原文照抄，英文翻成中文即可，如下（僅摘一小段）：

自創語：Megara: Mat, rom garrots im, Occides! (p. 406)
譯文：美佳娜：媽媽，爸爸要掐死我了。殺人犯！(p. 408)

最近翻譯一本名叫《軟城》[6]的書剛剛殺青，是一本非小說類的書，談城，主要談倫敦和紐約，捎帶把波士頓作為一個特例講了一下，強調城市能給人提供最大的隱私自由，哪怕代價是孤獨寂寞。該書有一章，講了一個外國女孩在倫敦的經歷，不具體說明她來自哪個國家，也不具體說明她講哪種語言，字裡行間不斷出現某種文字，害得我翻遍手頭所有字典，在網上到處查，還找了一個來自智利的詩人朋友，請他為我懷疑的西班牙語給我解惑，結果連他也不明白是哪國語言。比如說，這個女孩子到倫敦後，她母親來了一封信，一開頭是這麼說的：

Dezne,
Z pzlm y caroo dy szlimp fazlim! (p. 265)

翻譯到了山窮水盡的地步，總有一個絕招，那就是去找原作者。除非作者死了，那就只有找專門研究作者的專家，否則，找到作者總還是有一線希

[6] 該書2011年南京大學出版社出版時，書名改為《柔軟的城市》。

望。很快，我通過網路找到了該作者。他的回答很乾脆：這是我自創的語言，連我自己也不知道是什麼意思！當他第三次來信說他自己也不知道是什麼意思時，我就放棄了翻譯的企圖，乾脆原文照抄拉倒！也算是這二十年來翻譯中的一段佳話吧。

是不是只有西方人才有這種文字創造力？當然不是。凡是知道徐冰作品《天書》的人，都知道不是。只是，到目前為止，漢語作家筆下，似乎還未看到這種先例。

Obscene

最近，澳大利亞Sandance Resources礦業公司的董事會5名成員在喀麥隆飛機失事，全部遇難。適逢陸克文要對各礦業公司徵收超額利潤稅，得罪了不少人。反對黨議員Wilson Tuckey甚至把他們失事一事與政府徵收超額利潤稅連繫起來，結果，Sandance Resources礦業公司的代理主席大為震怒，要求將該議員撤職，指責他說的話obscene，其原話是這麼說的："I couldn't imagine a more inappropriate time to be making such obscene comments."（http://news.smh.com.au/breaking-news-national/tuckey-should-resign-sundance-chairman-20100625-z9fc.html）這句話，翻譯過來是這樣的：「我無法想像，選擇這樣的時刻說出這種無聊話來，不可能比這更不合適了！」但是，obscene是這個意思嗎？obscene有下流、淫蕩、可惡等意思，但我覺得都不太到位。翻成「無聊」也不到位。

那我覺得怎麼翻譯到位呢？翻成「噁心」才到位！不信你發音試試，把b音發輕音，或者乾脆不發，發音聽起來是不是很像「噁心」？

再談不可譯

我有個理論，最簡單的東西最難譯，而且不可譯。就說丹麥女詩人Inger Christensen的那本詩集吧。2004年我參加丹麥詩歌節，曾經跟她見過面，還一起拍過一張照，沒曾想她已於2009年去世。之後，我就從網上買了一本她的長詩集—好了，行文至此，我已語塞，因為我無法翻譯這本詩集的標題。其丹麥語標題是det，發音跟英文的debt（債務）一模一樣，翻譯成英文後，標題成了It。什麼意思？就是「它」的意思。如果把這本英文詩集翻成《它》，倒也不是不可，但接下去，書中各處指涉的it，就提出了無數不可譯的問題。比如第34頁上有句說：It is words that incessantly bear a dead paradox，這個it就跟「它」無關，這句詩說的是：「文字才不斷地承擔死亡的悖論」。接下去那段也是：It is shadows arising near word walls of logic。這個it又跟「它」無關，這句詩說的是：「影子才在邏輯的文字牆壁附近升起」。再如第84頁的這幾行詩，都帶it，是這麼說的：

…The longing was part of it
because the truth was never part of it
because the truth is never part of it

這個it，從該詩最開始就很模糊，幾乎到了可以不譯的地步。這真是，本來是不可譯，講的是沒法翻譯，現在，這個過程走到了另一極端，是可以不譯，而且，只有不譯，才能顯出本色。那麼，標題呢？標題翻譯成什麼？就翻成 It 吧。反正大家多少都學過英文，知道是什麼東西。

孫衣毛穿

中國的東西進入英語，經常會出現陰差陽錯，漢差英錯的現象。舉個例子。長衫本是男人穿的，當年的譯音是cheongsam，但這個字在英文中並不指長衫，而指旗袍。漢差英錯，這是其一。中山裝本來出自孫中山，進入英語之後，成了Mao's Jacket（毛的夾克衫）。漢差英錯，這是其二。按照我們張冠李戴的說法，不妨再造一個詞，就叫它孫衣毛穿吧。

直譯

今天翻譯數月前對一位曾在澳洲待過的作家進行的採訪錄。他接二連三，說了一大串地道的說法和成語，比如說當年在澳洲有點「惶惶不可終日」的感覺，因為有「生活壓力」，不打工，又要寫作，偶爾打點零工掙的錢，不過是「杯水車薪」，住在澳洲等於是「坐吃山空」，所以最後「一甩胳膊就走了」，半路還到日本這個「彈丸之地」周遊了一圈，回去後立刻就開始工作，因為原來那個工作屬於「停薪留職」，等等。

除了「惶惶不可終日」我查字典翻譯了之外，其他都一一按原文照譯、直譯，當然要做一點點處理。比如「生活壓力」不能直接弄成“living pressure”，而是翻成“pressure from having to make a living”或living under pressure。又如「杯水車薪」、「坐吃山空」、「一甩胳膊就走了」這三句，我就一一處理成：the money earned was so little, like pouring a cup of water over a big fire；I sat there and ate the mountain till it became hollow as the saying goes；以及so I left, my arms swinging。至於日本這個「彈丸之地」，翻譯是易如反掌，如下：the country was as tiny as a bullet。

好玩的是，在十分不經意的地方，會突然冒出一個反譯的特例。我1995年第一次和他在京見面，可他卻完全不記得此事。於是我就提醒他說，他曾開著他的奧迪車到機場接我送我，並問：你忘了？一霎那，我想起來，翻譯成英文還不能直譯成You forgot it？從語感上來講，這很不英文。反而譯成Remember？（記得嗎）要好得多，也英文得多。而這，不又是一個反譯的佳例嗎？

神經運動無

誰能猜得出，讓翻譯最頭痛的一號人是誰嗎？醫生！作為職業翻譯，我們經常需要翻譯來自中國的醫療證書、出生證、死亡證，等等。填寫這些證明的人都是醫生，而醫生最大的問題是，這些人永遠都沒有時間，永遠都在匆匆地結束一個工作，奔向另一個工作，因此他們一揮而就的潦草筆跡幾乎需要筆跡鑑別專家才能辨認，不是根本看不清楚，就是看清楚也有錯。而要把錯誤翻譯成錯誤，那就等於緣木求魚，不，那就等於一錯再錯，是任何翻譯理論都不敢面對，面對了也要失效的。

今天翻譯的這份死亡證明中，死者的病因是「神經運動無」。在字典上花了半天時間，也沒找到相應的解釋，一邊大罵這本1800多頁的《漢英醫學大詞典》，一邊上網查詢。未幾，就摸清了情況。原來，有「運動神經」一說，而無「神經運動」之說，找到了「運動神經」（motor neuron），也就不難發現，那個「無」實際上是「元」的亂寫。整句話是「運動神經元」的意思。[7]

聯想到最近看的一篇恩格斯在馬克思墓前的英文演講辭原文及其譯文，也出現了類似的情況。兩相對照之下看到英文第三段時，我竟然看不懂了，越看越頭昏眼花，心想：文章怎麼寫得如此晦澀！好在我跟別人有一點不同，那就是我比較喜歡挑英文的錯誤。每次翻譯英文的東西，無論它是商業文件，還是小說或詩歌，凡是遇到有問題的地方，除了查字典和自身理解之外，還要到原文裡面找問題。有一次，給一家澳洲公司翻譯文件，文中談到澳中公司建立關係之後，要能在將來survive下去。這句話如不思索，如果是機器翻譯，很可能直接就翻譯下去，翻譯成「倖存」了。仔細想想，兩家公司剛剛建立關係，就希望將來僅僅只是「倖存」下去嗎？！為此，我發回去了一個電郵，讓對方解釋一下，至少確認一下，這是否是他們的確要表達的意思。很快，回電告知不是，並把該字拿掉，重新組織了一下語言，改成了from strength to strength（越來越強大）。

果不其然，恩格斯那篇印出來的東西的第三段的確存在著問題，這個問題上網一查，就查出來了。《中國翻譯》（2010年第3期84頁）上發的原文是這樣的：'therefore the production of the immediate material means of subsistence and consequently the degree of economic development attained by a given people or during a given epoch form the foundation…'，但其實正確的文本少兩個字，多兩個逗號，如下：'therefore the production of the immediate material means, and consequently the degree of economic development attained by a given people or during a given epoch, form the foundation…'，在有底線處，讀者可參照一下。

In any way, shape or form

英文和中文相比，雖然很多地方有倒行逆施的行為，即我所說的倒反現象，更多的還是相同、相近，比如說I love you（我愛你），從來就不會倒反成I hate you（我恨你）。今天開車到Northland去銀行存錢，從收音機裡聽到半句話，說：in any way, shape or form，立刻想起這是一句經常在法律文件中出現的話，比如這句：I have never been involved in any way, shape, or form with criminal activities（我從來沒以任何方式、任何形式參與犯罪活動）。中

[7] 簡體漢語的「無」寫法是「无」，很像「元」。

國人所說的「形式」，在英文中十分準確、十分順序地體現出來，即shape和form，「形」與「式」。

英漢對稱，這方面還有一個例子。比如我們說把什麼事兒完全忘乾淨了，英文也這麼說：I've clean forgotten it。稍微有點不同的是，如果直譯，它就成了：我乾淨地把這事忘掉了。

曲折的

朱自清的《荷塘月色》中有句話是這麼說的：「沿著荷塘，是一條曲折的小煤屑路。」就是「曲折」這個字，頗讓人費心。我教的學生，基本按照詞典的意思，不是翻譯成zigzag，就是弄成twisty，還有做成devious的。總之，似乎都避開winding而言他。

我採取了一個簡單得不能再簡單，但很難讓人想到的辦法，到Google的Images這個部分查了一下幾個字配上英文path（小道）一字後的圖片形象，結果一目了然：zigzag的路是「之」字形的，twisty的路是曲裡拐彎的。Devious不消說，是對不上號的。只有winding一詞，還比較形象對稱。

有了internet，翻譯的一個重要工具，除了字典之外，就是形象本身。

色香味

中文翻譯成英文，越簡單越難譯，越簡單越難譯得好。二十多年前，我在長辦當翻譯，在一次晚宴上，領導向外國來賓介紹中國菜餚時說，中國菜講究四大特點：色香味音。接下來是我翻譯，我承認我吃力不討好，翻得很累，譯得也不好。記憶中，我應該是這麼說的：The Chinese dishes must stress the importance of colour, smell, tastes and sound. 儘管我翻得很累贅，但那個加拿大人一聽就懂，然後從他嘴裡說出來，說得既簡潔，又明快，而且地道得不行。他說，我明白了，原來Chinese dishes must look good, smell good, taste good and sound good. 這個例子有一點值得學習，就是中文到英文的轉換，詞語經常需要變性。上例中，中文的名詞「色香味音」，到了英文中就都變成了動詞。上述這一切，是我今晚看電視時聽到一位品酒者喝酒時說的一句話而想起的。他說：It tastes like beer。如果翻譯成中文時不變性，這話就是：這酒嘗起來像啤酒。這樣翻譯固然不錯，但累贅了，而且不地道。他說英文是脫口而出的，而沒有轉一道彎說：Its taste is like beer。既然如此，中文如果也脫口而出，應該是：這酒味道像啤酒。英文的動詞taste，進入中文後成了名詞「味道」。就這麼簡單。

弄到手

正在翻譯三月份在北京對一位翻譯家所做的中文採訪。言談中他提到當時把三本英文書偷偷帶進了「毛澤東思想學習班」，這時我就發問了：這些書你當時怎麼弄到手的？我自己的英文翻譯是：How did you get these books in your hands？緊接著我就意識到這個翻譯不對，應該倒反才對，於是馬上又翻了一遍，如下：

How did you lay your hands on these books?
（你怎麼把手放到這些書上的？）

只有倒反，才地道。

路子很寬

這位前作家，後翻譯家談到他寫作的情況時說，他說：「我這個人路子很寬」，寫過長篇小說、短篇小說、報告文學和詩歌。對於「路子很寬」，我沒費思索，立刻就翻譯成了“I am a man of many parts”。

當然，這很值得商榷，太值得商榷了。因為我的翻譯如果返回中文，是說「我這個人多才多藝」，而沒有路子寬的意思在。那就只能暫時存疑了。為什麼這麼說呢？道理很簡單，直譯並非任何時候都有效，比如翻譯這句就是。不信你試試？

又如這位作家兼翻譯家談到他當年在五七幹校看英文書，為的是不把文革時期上大學所學的英文忘掉，說是不想忘掉「看家本領」這四個字。太難了，因為直譯根本無效，比如說：look-home skills或者home-guarding skills。誰看得懂呀？只好根據字典意思翻譯成special skills。

氣候

接下來，L先生在談到他放棄寫作，改當翻譯的原因時說，他覺得他的寫作「成不了氣候」。這，如果直譯，也明顯是不行的，如My writing won't create a climate。似乎還有點詩意，但狗屁不通。可能還是意譯比較好，如：My writing won't lead anywhere。我，也就是這麼譯的。現在想想，當然還可以翻譯成My writing wouldn't create a stir。

沒有生活

我有一個口頭禪，叫做：最簡單，最難譯。無論英譯漢，還是漢譯英，都是如此。舉個例子。L先生說，他放棄寫作是因為他「沒有生活」。多麼容易，不就是He didn't have a life嗎？英文中，有一個用法，"get a life"，用於祈使句或命令語，有鄙薄的意思。如果你叫別人去"get a life"，那意思大致是說該人生活過於瑣碎、瑣屑。它還有讓人去找工作，不要在家啃老，還有讓人不要老是盯在一件事情上，而要讓生活豐富多彩起來。

現在還是回到L先生說他「沒有生活」這件事情上來。他說的不是他真的「沒有生活」，而是他的生活圈子很狹窄，沒有廣結廣交，走南闖北，四海漂流，他指的是這個意思。因此，那就不是他didn't have a life，而是他有life，卻沒有life。這個life，如他所說，是指他「不熟悉的」「其他方面的生活」。怎麼譯呢？可能還是譯成這樣比較好吧：He didn't have an interesting enough life。

Not wrong

我是最主張直譯的一個人，但碰到一些具體的例子，又覺得直譯簡直是一件不可能的事情。比如說中國人在同意別人的話時愛說：「不錯」。你把這話翻譯成Not wrong或者Not incorrectly看看，保證原意盡失，誰也聽不懂。

再如，中國人說「沒戲」時，視具體情況而定，是指沒勁、不行、不可能等意思。英文也有no drama（表面上看也是「沒戲」）說法，但那跟中國的「沒戲」不一樣。澳洲人讓你放心，你托他托運的東西絕對不會有事、不會遇到麻煩時，就會說“no drama”，意即不用擔心，不會有麻煩的。中英的這兩種「沒戲」碰到一起都沒戲，無法互譯。

倒是前面提到的「不錯」，直譯固然不行，反譯倒不失為一種有效方式，那就是把它譯成：right。不過，如果讚揚誰做的事不錯或吃的東西很不錯，那反譯也無效，只能意譯了。

心裡一點兒底都沒有

看看吧，又來了，這麼簡單一句話，就是沒法翻譯成英文。這是L先生談到當年參加一次翻譯競賽時說的話。如果直譯成: I was bottomless about myself，英文中沒這種說法，聽不懂。如果意譯成：I had no idea about how good I was，丟了「底」，也丟了「心」。難哪！

只能將就，無法講究，而翻譯，說到底，大多數時候就是一種將就的工作，難以做到百分之百，甚至有時能夠做到百分之七十五就不錯了。

最後，我翻譯成了這個樣子：I had no idea whether I was good enough。

人微言輕

言談中，L先生自謙說，他「人微言輕」。這是一句成語，可以參照字典，也可以直譯之，但更好的是採取綜合法，音譯、直譯兼反譯：I was *ren wei yan qing*〔a small person whose words carried little weight-t.n.〕，而不是whose words were light。

譯不了

L先生談到只譯小說不譯詩時，舉例說那是因為他看懂後只是寫，把人家的韻律呀、節奏呀什麼的都丟掉了，因此，他「譯不了」。此處，當然可以譯成他“couldn’t do it”，但我的處理是，他“gave up”，因為這樣在語氣上、語意上更貼近。

口譯中的直譯

口譯與筆譯最大的區別何在？沒有字典。有字典也沒有時間翻。所謂翻譯，翻是很重要的，一邊看一邊譯，一邊還要用手翻字典。而口譯，口是很重要的，一邊聽，一邊用口來譯。口譯一翻字典，形象自動敗壞，馬上留下這種印象：這位口譯功夫不行！因此，儘管澳洲規定，口譯可帶字典工作，以防萬一，帶字典操作者，本人好像未見一例。

無字典可查，就要求博聞強識，詞彙量要大，記憶力也要好，而這，是不可能的。試想，今天要你到起重機廠接一個中國代表團談項目，明天要奔赴法院，翻譯一件與驗屍有關的案件，後天去醫院為一位孕婦翻譯，大後天到警察局做一次刑偵案的審訊。簡言之，每次口譯，都可能讓你失敗，不是砸在某一個字上，就是砸在某幾個字上，讓你下不了台，讓客戶對你不滿意。

多年前的一個夜晚，我在墨爾本警察局協助警方作了一次審訊的口譯。當事人是一個來自中國的妓女，因非法從事賣淫活動而被抓。其他有關細節不談，只談該次審訊中出現的一個字：hand relief。具體說來，這位妓女的「賣淫」活動，並沒有超出hand relief的範圍。所謂hand relief，字面意義是「手釋放」。真正的意思，就是她為嫖客提供「手淫」服務，在中國，這叫做「打飛機」。儘管我是第一次聽到這種用語，但我的第一反應就是「手釋放」，而沒有將其口譯成其他的意思。道理很簡單，必須直譯，才能準確。否則，如果譯成「手淫」，這個詞再譯成英文，就不是hand relief，而是masturbation（手淫）了。很不準確。

進而言之，所謂hand relief跟手淫不同之處在於，英文的hand是別人的，中文的「手」是自己的，所以，在上述情況下，「手釋放」更準確，即以他人（她人）之手，釋放自己之欲。

還有一次，警方抓到一位海外遊客，因此人涉嫌製造假信用卡。審訊過程中，問到和他住在一起的另一個女性是誰時，該當事人說，是他的「小老婆」。這就有意思了。你可以立刻譯成concubine（小妾），也可以譯成“second wife”（二奶），但語意上都有一定距離。對我而言，不假思索，早已在第一時間譯成了“small wife”（小老婆）。此後，警方提到該人時，一律沿用“small wife”這個字眼。

在澳洲做警事翻譯，一定不能粗心大意。否則，多年以後，一些陳穀子爛芝麻的舊賬也會翻出來。有一次，一位員警找上家門，遞給我5元錢的交通費，請我於某月某日到庭，作為證人出庭。由於他並不告訴我是什麼案子，我也不知道葫蘆裡賣的是什麼藥，直到出庭那天我才明白。原來，五年前我協助警方口譯的一場審訊，在審理中讓被告揪出了一個問題。此處容我插入一句。對口譯員挑戰的，不是別人，而是當事人。任何人只要遇到問題，都會把過錯推到口譯員頭上，不是怪口譯員翻譯得聽不懂，就是責備口譯員沒有把意思翻譯對。好在如果有此類事情發生，還是可以通過出庭作證的方式來澄清的。

我進入證人席後，通過擴音器聽到了五年前警方的錄音。那種感覺，頗似一個從死人堆裡爬出來的人又聽到了當年的聲音一樣。錄音放到balaclava這個字時停了下來。一切都回到了我的記憶之中。當時，員警問當事人在實行搶劫之前，是否戴上了balaclava，我雖無法查字典，但立刻就把該字譯成了「頭套」。也就是那種從頭頂拉到脖子，只留下兩個眼洞的帽子。對方律師於是對我提出了問題：你為何這麼翻譯？「頭套」是什麼意思？我用英文直譯方式告訴對方和法官，「頭套」的準確意思是head wrapper，把頭包起來的一種東西。這個問題問完之後，也不再需要我了。

回來之後，我在字典上查了一下。《新英漢字典》沒有釋義。交大的《英漢大詞典》有，指「巴拉克拉瓦盔式帽」。

在醫院翻譯，情況則要輕鬆得多，但遇到不認識的字，也還是需要動用直譯方法的。比如，在眼科醫院翻譯，會突然出現病人說他得的是「白內障」或「青光眼」。萬一不知道或一下子忘掉了怎麼辦？沒關係，直譯即可：white inner obstruction或green light eye。聽起來好像十分荒唐無稽，但令人稱奇的是，澳洲醫生雖然一個中文字不懂，卻能聽懂這種形象豐富的中文釋義，你的話音剛落地，他就會說，我知道了，是cataract或glaucoma。

這個情況最近又一次應驗。在為一位孕婦翻譯時，我被一個英文字砸「死」，完全翻譯不出來了。這個字是rubella。醫生問這位孕婦的rubella檢查結果如何，我卻不知所云，也無字典可查。只能猜想可能說的是破傷風，但破傷風這個字當時一急，也想不出來了。於是採用直譯法，譯成：break injury wind。知道醫生怎麼說嗎？她說：我知道，但這不是tetanus（破傷風），而是rubella。最後，倒是孕婦通過手機一下子把該字查了出來。原來是「風疹」。

口譯無法做到百分之百，這是口譯的第一要義。這就是為什麼到了法院，譯員對上帝的誓言是，他翻譯時，要做到to the best of my skill and ability（盡自己最大的技能）。

放心

放心一詞，由兩個字構成，「放」和「心」。一般來說，在英文中很難找到對應的字。這是由於字典的貧乏構成的。更確切地說，是由於編字典的人知識貧乏造成的。一般字典所給的幾個意思，如set one's mind at rest; be at ease; rest assured; rest one's heart; feel relieved，等，都很不到位，尤其是翻譯L先生說的這句話時，覺得根本就用不上：「出版社對我的稿子都很放心」。我這邊先說別的，你自己試著翻譯這句話。

多年前，有位搞法輪功的人寫了一本書，過程中向我討教，想問一下「放下執著心，構建平常心」這句話中的「平常心」怎麼譯。我現在找不到當時回答該人的具體電子郵件了，但我約略記得我建議了兩種譯法，一種是音譯，即pingchang xin，另一種是直譯，ordinary heart。捨此而無他，否則就得解釋一大堆話了。這本書後來出了英譯版，但我沒買，現在有點後悔了，因為沒法查。希望最後的翻譯結果比我這個好，我也可以學習學習。

後來，我發現，很多廣告，特別是跟法律有關的廣告，都愛用peace of mind這個字。細想一下恍然大悟，這不就是我們常說的「放心」嗎？唯一不同的地方是，中國人說「心」的地方，英文中要說"mind"。直譯成"peace of heart"未嘗沒有詩意，但很可能讓人發懵。

說得更準確一點，peace of mind就是「心安」的意思。Peace即「安」。有了這個認識，袁枚「愛好由來落筆難，一詩千改心始安。阿婆還是初笄女，頭未梳成不許看」這首詩中的「心始安」三字就好辦了，簡直就好像為了"peace of mind"所準備的。關於「一詩千改心始安」，許淵沖是這樣翻譯的："I cannot feel at ease till I write and rewrite"。

我呢，則是這麼翻譯的："I tend to revise it a thousand times before I have peace of mind"。文中的it與上文銜接，當然指的是「詩」。保留了「千」，也保留了「心安」。

現在回到前面講過的L先生所說的那句話：「出版社對我的稿子都很放心」。按我的譯法，就是：there is peace of mind with my manuscripts on the publisher's part。

無所謂

有些東西就是不好譯，比如這段話：「那也無所謂英文系不英文系」。意思是說他工作的那個英文系並非正式意義上的英文系，但你是做翻譯的，總不能相去甚遠，而總是要盡可能貼近吧！

那麼好了，只能將就譯成：It's not really an English department。

英簡漢繁（1）

我一向知道，漢語有「今朝有酒今朝醉」的說法，但直到昨晚，才知道這句話還有下闋，這是從洪邁的文章中瞭解到的：「明日愁來明日愁」。

此話如果譯成下面這樣未嘗不可：

When there is liquor today get drunk today
And when you have worries tomorrow worry about them tomorrow

但從英語角度看，實在太囉嗦了，反倒不如藏一點、簡一點的好：

Get drunk today
And worry tomorrow

英簡漢繁（2）

英文簡潔，漢語囉嗦，看來是不刊之論。客戶問到翻譯字數收費標準時，最簡單的回答是：翻成什麼文字，就按該文字的字數收費。一般來說，中文翻成英文變少，英文翻成中文變多。

現舉幾例如下。

談到澳洲當年修建Great Northern Highway（大北路）時，休斯說：這條路ran through 170 miles of rough sterile gorges，其中rough sterile gorges這三個英文字，你就別想也以三個中文字對付，只能把它「囉嗦」成漢語才能解決：大北路全長170英里，「沿途地面崎嶇，土地貧瘠，跨越一座座峽谷。」三個英文字，「囉嗦」成了17個漢字。

18世紀末，英國首次把囚犯流放到澳大利亞時，不少囚犯家庭輾轉托人，或者通過賄賂，或者通過求人說情等，為的是讓親人免遭流落天涯海角的厄運。這個情況，被休斯說成是英國社會enlaced with patronage。所謂patronage，是指庇護、贊助等意，這一個單詞，如果也以一兩個漢字來翻譯，是無法解決的，只能擴展到把這個詞裡面沒有說出來的意思一古腦兒都說出來為止：即英國人的生活中，「交織著一種互相提攜，互惠互利的關係」。

另外，休斯還提到白人來澳洲後，他們建立的殖民社會「是不大可能同情地對待土著，甚至也不大可能公平對待他們的」時，（p. 273）跟著就來了一句：Nor did it。就三個字，其中的it指白人建立的那個社會，其中的did則既指前一種對待，又指後一種對待。這三個字我翻譯後，成了19個漢字：「實際上根本就沒有同情或公平地對待過他們」。

這還不算最囉嗦的，因為把19個漢字除以這三個英文字，相當於一個英文字6個漢字。我有一個例子，一個英文字譯成了12個漢字。在這個例子中，談到澳洲殖民地的一名軍法官對土著人的看法時說：「既然土著人根本不懂英國法律的基本概念，如證據，罪行或誓言，就不能對他們提起公訴，也不能宣誓讓他們作為證人。」（p. 275）接下來他說，for either would be 'a mockery of judicial proceedings。這個either字，指的就是「提起公訴」和「宣誓作證」，必須全譯：「無論提起公訴，還是宣誓作證，都是對司法程式的嘲弄」。

話又說回來，漢語這個囉嗦的文字，只有在翻譯成英文時，才能體現其簡潔。以後有時間再囉嗦吧。

英簡漢繁（3）

二十多年前在上海讀研究所的時候，看澳洲作家David Malouf的Fly Away, Peter一書（後來被我翻譯成中文出版），被一句簡單得不能再簡單，卻複雜得怎麼也看不懂的句子難倒了，即He is a twenty-a-day man。曾寫信向澳洲朋友Roy求教。他一解釋，我立刻明白了。原來，這是說書中某位人物是個「一天抽二十枝煙的人」，或者說「此人一天一包煙」。這樣說，英文的字數與譯文字數大致相等，算不上英簡漢繁。

相當英簡漢繁的例子，我今天碰到了。在這本談流犯史的書裡，把早年的塔斯馬尼亞比作一個「社會贗品」之地，有歐洲之風，但無文明之骨，所以說那兒都是off-key echoes。從英文字數上來說，這只有兩個字，但要想也譯成兩個漢字就解決，當今沒有一個漢學家辦得到，恐怕得「繁」它一下。「漢繁」的結果，在我這兒成了16個字：「別處在此地發出的回音，都有點兒跑調。」

打水漂

打水漂的說法，中英文都有，但正好相反。在英文的playing ducks and drakes with something一句說法中，人是主動的，指人大把大把地、打水漂似地揮霍錢財。

在漢語的「打水漂」說法中，物是主動的，指物不指人的，比如說錢打水漂了，而不說人把錢打水漂了。正如我現在翻譯的這位藝術家的訪談。據他說，他回中國後投資在畫室的錢因拆遷而全部「打水漂了」。

如想把這句話翻譯成英文，英文那個成語playing ducks and drakes with something就用不上了。你若譯成I played ducks and drakes with my money，那聽起來好像是你有意把錢揮霍了。恰恰相反，這錢是因外在因素而丟失的，既不甘心，也不情願。

這給翻譯提出了挑戰。簡單地譯，無非就是：All my money was gone。再不就是：All my money was wasted。如要表現出「水漂」的意思，不妨嘗試一下反譯方法：They've played ducks and drakes with my money。尚可，但仍然似乎「譯」不盡意。其實，我也不知道怎麼譯才最好，尤其是要含「水漂」的話。想來想去，只能採取意譯兼形象轉換法，亦即張冠李戴法，以形象B取代形象A，也就是以dogs來取代ducks和drakes，如：All my money went to the dogs。英文成語go to the dogs有毀滅、完蛋、玩完的意思。相當於說：我的錢全都餵了狗。

接軌

印象中，接軌這個詞好像從1990年代初，就開始流行起來。其實大家有所不知，接軌諧音「接鬼」。所謂接軌，顧名思義，顧名思言外之意，就是跟白鬼接軌、接軌、接白鬼。從來沒聽說過跟非洲人接軌，跟亞洲人接軌，甚至跟拉丁美洲人接軌都不會。想要接的永遠是以歐美為代表的「國際」。正所謂與國際接鬼，哦，對不起，與國際接軌。

這個接軌，現在卻面臨被我翻譯成英文的窘境，因為手邊的大字典都沒有收這個詞，我只能上網查。網上的解釋並不令我滿意，什麼to be in line with呀，to be in agreement with呀，等等，都很不到位，關鍵是裡面沒有「軌」這個字。要而言之，所謂接軌，是把兩段軌道對齊對準，這樣火車就可以南來北往，四通八達，而無脫軌之虞了。要讓中國與西方接軌，有點勉強將就、熱臉貼冷屁股、總是中國在一廂情願的意思。誰聽說過哪個什麼「國際」要與中國接軌？沒有，所以，英文並無接軌這種說法。當然，網上有個詞條在解釋「兩條鐵路線在這個車站接軌」時，把它譯成The two railway lines link up at the station，倒不失為一種接近直譯的方式，惜乎沒有了「軌」，也無法讓人玩味「鬼」了。

個人最後還是採取了音譯加釋義的方式，把「目前是要與國際接軌」譯成「things are being *jiegui*ed〔aligned-translator's note〕with international practices。」建議以後凡是遇到「接軌」二字，與其費了半天功夫查字典找不到發煩，不如直接音譯更簡單、更直接、更有效。

Reason

Reason這個詞應該是很好翻譯的吧？「理由」？如果我說不對呢？馬上給你舉幾個例子。有一次，我在法院給一個證人翻譯，ta（我當然不能告訴你是「他」還是「她」，這是規矩）。Ta譴責對方做事不合情理。是的，這可以立刻翻譯成not reasonable。細想之下，又不太到位。為什麼？中文說的是「情理」，並不僅僅是reason。「不合」的不僅是「理」，還有「情」在其中。如果僅譯成not reasonable，就漏掉了什麼。漏掉的就是這個情。所以，我在翻譯中就這麼處理了一下：not reasonable, not even emotionally reasonable。

現在講講reason的另外一個例子。多年前，我跟一位澳洲白人朋友聊起來說，我經常去法院。他笑起來說：for good reasons, not for bad reasons。今天，我去警察局做一個口譯活。路上通過車內電話和我的出版社社長聊天起來，偶爾提到我去某地警察局，他也說了幾乎一模一樣的話：for good reasons, not for bad reasons。

各位，現在請你把這段簡單的英文翻譯成中文吧。八成會有人這麼譯：「哦，你去警察局，是有很好的理由，而不是壞理由吧。」

這樣譯固然不錯，但這就不是中文了，而是在用中文說英語。有點像我在澳洲長大的兒子，把「週末」說成是「周底」，weekend嘛。倒也不失為一種creative mistake（創造性的錯誤）。

實際上，你得忘掉reason是「理由」，而要換個字來取而代之。換什麼呢？下次再談。

字不對等

上次所說的reason這個字，在那個語境下，意思應該相當於「事」。也就是說：「哦，你去警察局，是好事而不是壞事吧。」

這件事，以及很多事情上，都說明英漢或漢英的翻譯方面，字和字是不相等的。比如，中文所說的「安排」一詞，根據具體情況，有時就不是字典上給出的"arrange"這個字。如果你說「你明天到機場，我安排一輛車接你。」這個安排，在英文中就要用organize："When you arrive in the airport tomorrow I'll organize a car to pick you up"。

再如「心」這個字。它在英文中與之對等的並非總是heart。更可能的是mind。在這一點上，漢字更有創意，因為漢字可以「心想事成」，即用「心」來想。英文卻只能用mind來想。這一來，要想把「心想事成」譯成英文，可能就得翻譯成：turn things in your mind into a reality。又如，某人說，「我會把你這事放在心上」。你覺得你會照譯嗎？如果不，那你怎麼譯？

我的譯法很簡單：I'll keep it in mind。不是放在heart裡，而是放在mind上。

英文裡也有說「心」的地方，而且往往還會伴以動作。例如，在一次鄰里糾紛調解會上，我就親見一位澳洲客戶對糾紛對象說：「我可以put my hand over my heart，向你保證，我說的都是真心話！」說著，ta還真地把手放在自己的心口。

這有點像中國客戶在發誓時，用手指天說：「我對天發誓，我說的句句都是實話」一樣。這時，口譯員可能也要做點類似的動作。至於澳洲人是不是很懂，那就另當別論了。除非譯員做點小改動，把「對天起誓」譯成"I swear to Almighty God”（我對全能的上帝起誓），否則，誰知道“I swear to heaven”是啥意思！

在ji chang工作

翻譯雖然是很嚴肅的工作，但不乏好玩的地方，立刻就給你講一個。從前有一次在專家醫生那兒做一個工傷病人的翻譯。醫生問到該人做啥工作時，那位 ta 說：在 ji chang工作。

醫生頓了一頓，沒吱聲，很迅速地打量了那人一眼。我也飛快地看了那人一眼，覺得把這句話翻譯成：I'm working in the airport，好像有點不太對勁。儘管機場不是沒有搬運工人，但至少能在機場當搬運工的人，英語總還是夠用的，不至於要請翻譯。從那人的氣質上看，也不大像給人有機場感覺的人。好在ta的英語至少還能聽出我譯錯的地方，立刻說：不，不是機場，而是雞場。雞鴨成群的雞。

他當時是否這樣說了，我不記得了，但我想無論他說了什麼，他說的ji chang一定跟那個ji chang有關，而不是這個ji chang。於是我就譯了。我說：I'm working in a chicken factory。接下來，我還用英文解釋了一下我為何犯了「機場」的錯誤，強壓住想笑的欲望，但顯然，這種錯誤的幽默感醫生體會不到，沒有起到任何「笑」果。

殺人

幾年前，我在武大教研究生的課，問了他們一個問題：如果有一本英文小說書名《殺人》，你們覺得這樣的書能在中國出版嗎？絕大多數舉手的同學都認為不可能，直到我把我翻譯的那本《殺人》的書亮相給他們看，才讓他們大吃一驚。我這麼做並非譁眾取寵，目的是為了提醒大家注意：中國的開放，已經達到了《殺人》這樣的書名，也不再通過三審而被刪掉的程度了。

真的開放到了那種程度？未必見得。還是以《殺人》為例。這本書中，凡提到性交時，僅用一個英文字：fuck。誰fuck誰，誰被誰fuck了，就這麼簡單。我怎麼處理嗎，你是問？稍候。我得對比我的譯文和出版的譯文。好了，找到了。我的譯文是這樣的：

「這地方後來成了她帶情人約會的地方嗎？在我跟莉莉分享的床上跟人日B她受得了嗎？」

上海文藝出版社的譯文是這樣的：

「這地方後來成了她帶情人約會的地方嗎？在我跟莉莉分享的床上跟人做愛她受得了嗎？」（p.46）

關於fuck，出版後全部處理成「做愛」。行還是不行，讀者自己決定。這還算好的，更有大張旗鼓進行刪節的地方，如下面這段：

「血在她悄不做聲的丈夫白色襯衫上。血在我們的食物上。血在血上。她的血。我的血。我的血在她的血上。她的血在我的血上。我們的血在一起。血中之血。動脈之血。惡毒之血。滴瀝之血和血之浸染。流動之血和血之凝結。血離開我的身體。血與我的脈搏脈動。我的血。生命之血。血之日B。日B一樣的血。」

下面是出版的譯文：

「血在她悄不做聲的丈夫白色襯衫上。血在我們的食物上。血在血上。她的血。我的血。我的血在她的血上。她的血在我的血上。我們的血在一起。血中之血。動脈之血。惡毒之血。滴瀝之血和血之浸染。流動之血和血之凝結。血離開我的身體。血與我的脈搏脈動。我的血。生命之血。操，到處都是血。」（p.13）

好玩的是，有一個地方出版時，卻把我翻譯的一段話完整地保留下來，充分說明一個事實，即中國人的文字中，可以忌諱性交中的髒話，但不忌諱罵人話。且看下面分解：

「操他媽艾倫的B，操他媽桃樂西的B。」（p. 247）

你大約想瞭解這本書的故事情節了吧？那就去買一本唄，捨不得錢買，就去圖書館借一本唄，圖書館沒有的話，就請想像一下情節吧。恕不提供情節介紹。

英譯本（1）

諸位作者：想不想讓你的中文著作譯成英文？對我這個問題，估計回答yes者不在少數。

如果我告訴你，當你的中文作品翻譯成英文之後，就會改頭換面、支離破碎的時候，你還回答yes嗎？

什麼，你不相信？那好吧。我舉幾個例子給你看看。

一個是閻連科的《為人民服務》。這本書英文譯本的標題倒是亦步亦趨，即Serve the People！一小點不同的是，加了一個驚嘆號，把陳述句變成了命令句或祈使句，相當於說「要為人民服務啊！」或「為人民服務吧」。

中國譯界繼承嚴復衣缽多年，不外乎「信達雅」三字。當今英美翻譯中國當代文學作品，首先失信於「譯」。《為人民服務》是一個中篇。開篇就有一個「引子」，如下：

> 我們都是來自五湖四海，為了一個共同的革命目標，走到一起來了。我們還要和全國大多數人民走這一條路……我們的同志在困難的時候要看到成績，要看到光明，要提高我們的勇氣……我們的幹部要關心每一個戰士，一切革命隊伍的人都要互相關心，互相愛護，互相幫助。〔參見：http://www.xici.net/main.asp?url=/d34301846.htm〕

這段「引子」，在Julia Lovell的譯筆下不知去向。簡言之，刪掉了。

「引子」下面是閻連科的一個注解：「摘引自前中共總書記、國家主席、中央軍委主席***的著名演講稿《為人民服務》」。讓人恨得牙癢癢的是，這一段大有深意的注解，特別是那三個明知故犯的「***」的省略號，也給刪掉了。

下面是該小說開頭四段：

> 許多生活的真實，是需要以小說的方式表達的。

那就以小說的方式表達吧。因為某些真實的生活，只能通過虛構的橋樑，才能使那種真實抵達真實的境界。

發生了一件事情，是小說中的事情，也是生活中的事情。

或者說，是生活重演了《為人民服務》那部小說中的一個事件。

請看譯文，也是四段：

The novel is the only place for a great many of life's truths. Because it is only in fiction that certain facts can be held up to the light.

The novel it is, then, for this particular truth.

The story I'm about to tell, you see, bears some resemblance to real characters and events.

Or-if I may put it this way: life has imitated art, re-hearsing the plot of Serve the People!

比較如下：

第一段，英文把一段本來能夠直譯的話給意譯了，即把「是需要以小說的方式表達的」譯成了「只有在小說中才可看清某些事實。〔…it is only in fiction that certain facts can be held up to the light〕」

第二段，中文「只能通過虛構的橋樑，才能使那種真實抵達真實的境界」這句話，在英文中沒給翻譯。

第三段，如果把英文翻回來，那意思是：「你瞧，我要講的故事與真實的人和事有著某種相似之處。」

第四段，這一段英文翻譯更離奇，如果翻回來，就成了這個樣子：「這麼說吧：生活模仿了藝術，重演了《為人民服務！》的情節。」

這次只談這麼多，下次接著談另一部長篇小說的英文翻譯，即慕容雪村的《成都，今夜請把我遺忘》。

英譯本（2）

我們還是不談達，也不談雅，還是談信吧。如果連「信」的第一關都過不了，那就不是翻譯，而是創作了。這樣創作，哪怕一個字也不懂，也是可以創作的。這不是沒有先例。我給你插播兩段小插曲。我認識的一個希臘籍的澳洲詩人，就曾經在不懂一個日文字的情況下，翻譯了一本日文詩集，還拿給我看過。我認識的另一個澳洲詩人，也曾在不懂一個漢字的情況下，翻譯了我的幾首漢詩。至於細節，以後有時間再聊。

現在來談慕容雪村。他去年來雪梨參加作家節，我們一起喝過酒，還得到他一本《成都，今夜請把我遺忘》的英文贈本。這本書看完後，一直沒對照中文原文，直到最近給翻譯課的學生講課，才大吃一驚，發現不少問題。

先說書名。書名或電影名的翻譯，一向不太講信用，或者說為了市場只講其「用」，而不講其「信」，如電影Rebecca（《呂貝卡》），在中文是《蝴蝶夢》，電影Waterloo Bridge（《滑鐵盧橋》），在中文是《魂斷南橋》，小說David Copperfield（《大衛・科波菲爾》），最先在林紓那兒是《塊肉餘生記》。最近澳大利亞作家Alex Miller的長篇小說Journey to the Stone Country（《石鄉之旅》）進入中文之後，書名變成了《安娜貝爾和博》。從這個角度講，把《成都，今夜請把我遺忘》英譯成Leave Me Alone: a Novel of Chengdu，也未嘗不可。問題是，作者起名，別的原因不說，圖的就是一個獨一無二，最好能在谷歌裡搜索時獨此一題，別無二家。如果輸進google，後面跟一大串同樣的題目，這種譯家，等而下之，眼界低矣。我把Leave Me Alone在網上搜索，情況就是如此，得到的結果是55,700,000條！我把我當年翻譯的一本澳洲名著Capricornia對比搜索一下，其中文標題《卡普里柯尼亞》網上只有兩條。Leave Me Alone是什麼？它是麥可・傑克森的一首名曲曲名，也是澳洲The Veronicas（維蘿妮卡雙胞胎姐妹）唱的一首名曲曲名，還是Pink歌隊唱的一首名曲曲名，以及等等等等。夠了吧？你願意給你寫的書起一個重複量如此之大的書名嗎？！除非你有病，或者你想賺錢想瘋了，恨不得趕快靠近傑克遜。這是類似於中國的外國式跟風，如《誰動了我的乳酪？》、《誰動了我的蛋糕？》、《我動了誰的乳酪》、《你別動我的乳酪》、《我能動誰的乳酪》、《誰也不能動我的乳酪》之類。

要緊的是你得知道一點，西方人一點也不比中國人脫俗，該跟風的照樣跟風，只要有錢賺就成。而且，從信達雅角度講，他們不學（翻譯）無術，藝不高人反而膽大，想怎麼譯就怎麼譯，什麼約束都沒有。下面例子來了，看刀！

該書譯者是Harvey Thomlinson，譯文有幾大不幸，對不起，我是說幾大不信，一是書名不信，前面講過了。二是小標題不信。原文每個章節都附有小標題，如第一章—「第一章」這樣的字眼原書沒有—的《成都，你的肌膚柔軟》，其後依次為《她那是第一次》，《會不會是李良惹的禍》，《嘩的一聲掀開裙子》，等等。遺憾的是，這些小標題進入英文之後，都給刪削得一個不剩。【當然，後來發現，這些小標題是正式出版的紙版中所沒有的。那就算我沒說】三是譯文不信。我這裡不想浪費時間，把中英文都抄出來供你浪費更多時間，只想三生萬物地提取三個例證，挑挑英文的錯。中文是趙悅打電話問「我」去不去火鍋店「嘗鮮」，英文成了“try”，同時又把“我說你怎麼這麼淺薄啊！」這句話整個兒弄丟了。這是第一段。

第二段中有髒話了，什麼「這廝」，什麼「屁本事」，什麼「鳥人」，英文中一個字都沒翻譯。其中，「說音剛落，電話裡傳來一聲巨響，我想趙悅摔電話時用的力氣可真不小」，竟然處理成這麼一個東西：“I'd barely got that out when Zhao Yue ended the call abruptly”。翻回中文，意思就是：「我還沒聽她說完，趙悅就突然把電話掛了。」

第一頁還沒看完，居然有如此多的不信，這本英文譯本，實在看不下去，更不要說兩相對照了。

現在如果問你想不想把你的中文作品翻譯成英文，你還說yes嗎？當然還說yes嘍，只要英文能出譯本，赴湯蹈火在所不惜，我知道你心裡在說。無所謂，這是你的事，要是我，百分之一百不出。

接下來，我要談談馬建文本的翻譯。

英譯本（3）

我和馬建是2003年同時被邀參加雪梨作家節時認識的。當時早知道他當年曾因《亮出你的舌苔或空空蕩蕩》而遭該期《人民文學》全部從市面回收。幾次接觸下來，覺得他人很善，文很贊。後來去倫敦，還到他家拜訪過一次，知道他的英國夫人會說漢語，他的每一部用漢語寫就的作品，都是通過夫人之手翻譯成英文的。

正好，他的小說集《拉麵者》的中英文版我手裡都有。中文版因審查關係，把他的名字改成了「馬建剛」，是我在第一次回中國任教時，於2005年

10月9號在武昌買的，而英文版The Noodle Maker，則是我去倫敦看他時，他送我的一本，上面他簽名落款的日期是2004年5月6日。中文版看完後，我有一個評語，寫在書的末尾：「比一般書強」。讀完的時候是2009年4月15號夜裡。

對比之下我發現，相對來說，譯文比較忠實於原文，比如，書名《拉麵者》就是The Noodle Maker，而不是別的什麼。其次，每篇短篇小說的標題基本上都忠實於原文、忠實於漢語，如《專業作者》（The Professional Writer），《專業獻血者》（The Professional Donor），《陶醉者》（The Swooner），《自殺者或表演者》（The Suicide *or* The Actress），等等。

可以這麼說，對照了正如我剛剛所作的那樣—中文原文和英文譯文之後，我基本上無話可說，那意思就是說，翻譯得相當準確。絕不像上述那兩位譯者隨便造次。

不是說我們是朋友，我就隱「誤」揚善了。類似Harvey Thomlinson翻譯《成都，今夜請把我遺忘》時的那種任意改編的現象不是沒有。例如，馬建，也就是馬建剛（中國的審查可以讓行不更名，坐不改姓這個原則名存實亡）的《拉麵者》，在封面上被介紹為「中國第一部『超現實主義』小說集」。進入英文之後，其封底上卻把該書介紹為"a darkly funny novel"（一部黑色、滑稽的長篇小說）。這是一。其次，馬建的中文「小說集」共分上下兩篇，計有39個短篇。譯成英文後，只剩下9篇，留下了原集的「上篇」，拿掉了其中的「下篇」，大約是一種市場策略。再次，《拉麵者》一開始的一段引文，英文中也不知去向。該引文是這麼說的：「人是不朽的，福克納說。他們能在任何地方生存。我驚訝中國人的不朽，而且注意到他們為生存繁衍出的姿勢。我的族類沒有表情，連聲音都不能肯定，他們組成了一個個城市，然後就陶醉地棲息在其中。」把這段話拿掉，又不加任何解釋，簡直是沒有道理。

還有一點更有意思，馬建老婆作為譯者的名字，封面封底不僅沒有見到，也沒有提到。這就近乎無聊和胡鬧了。但為什麼會這樣？請聽下面分解。

翻譯是個什麼東西

中國人在認識世界上有一個誤區，始終認為歐美的就是先進的。別的不說，就文學翻譯這一點上來說，美國和英國（包括澳洲），是十分落後的翻譯小國。瑞典文學院的常務秘書Horace Engdahl關於美國，說了下面這番話：

> 歐洲依然是文學世界的中心……美國隔絕、孤懸。他們翻譯的作品不夠多，實際上從不參加大型文學對話。（摘譯自Edith Grossman的Why Translation Matters？p. 58）

據Grossman說，英美兩國每年出版的文學翻譯作品約占2-3%，（p. 27）而絕大多數的出版作品都不把譯者姓名放在封面，害怕因此而失去讀者。（p. 28）

這種害怕譯者搶了作者風頭，因此把譯者姓名從封面隱去的做法，我是在大約1990年代中期注意到的。那時桑曄出版的The Year the Dragon Came（《龍來的這一年》）一書，前後左右都找不到譯者姓名，好容易在書的前言中，才發現有幾個譯者，其中包括周思（Nicholas Jose）、白傑明（Geremie Barme）和賈佩琳（Linda Jaivin），如果我沒記錯的話。後來，又有丁小琦、郭曉櫓和薛欣然等「寫」的英文書。例如，丁於1993年在澳洲出版的《女兒樓》（Maidenhome）英文版，兩位譯者Chris Berry和Cathy Silber的名字十分之小，只在英文的版權頁上才看得到。而薛的那本《中國的好女人》（Good Women of China）—原來手中有一本，現在怎麼也找不到了—明知是她用中文寫的，但就是怎麼也找不到英文譯者的名字，最後好像是在後面一個很不起眼的「鳴謝」部分才找到。

就我手中掌握的情況看，幾乎所有的書中，譯者都退居到封三，成為不折不扣的隱身人。韓少功的短篇小說集Homecoming（1994）是這樣，慕容雪村的Leave Me Alone是這樣，閻連科的Serve the People!是這樣，馬建的The Noodle Maker雖是老婆翻譯，也不得不這樣。這跟中國的情況天差地別。可以這麼說，我的18部譯著，沒有一本不把我的姓名放在封面和書脊上。

看來，要當翻譯，最好還是去中國當，或給中國當，在西方，翻譯是個什麼東西！

某種意義上講，只把作者放在封面，而讓譯者退避三舍的這種做法，帶有軟性欺騙的意味，屬於刻意、有意、故意製造一種作者是用英文寫作的假象。不過，人在西方生活久了，對西方的種種假象認識得也不少，倒不用大驚小怪了。

油抹布

我2008年出版了一本英文書，書名是On the Smell of an Oily Rag: Notes on the Margins。結果因為出版社害怕margins這個詞，雖未勒令我改，但建議我改。改得怎樣暫時不談，談一下油抹布的事。

從前母親在世時，特別愛乾淨，家裡不是一塊抹布管總，而是分別有好幾塊抹布，抹桌子的，洗碗的，擦拭油膩器皿的，不勝其煩，不一而足。後來到澳洲，研究澳洲文學中的華人形象，發現英文有個說法，叫做on the smell of an oily rag，特別喜歡用來形容華人，是說華人勤儉節約到一分錢不花，每天僅憑聞聞油抹布的氣味，就可以活下來。當然，這個英文說法的意思，也可指任何節約的現象。

我那本書的書名若譯成中文，本來應該是《油抹布的氣味：天頭地角筆記》，是一本通過平日看書積累，在天頭地角所作筆記，對中英文的種種文化和語言現象進行對比的書。出版社不喜歡margins一詞，是因為margins雖在中文裡指「天頭地角」，但在英文中的意思是「邊緣」。所謂notes on the margins，是說「在邊緣記下的筆記」。這還了得，一本書冠以「邊緣」，那就等於自唾其面，自己把自己劃歸到人類的邊緣地帶去了。在那種地方記下的筆記，有誰會看呢？出版社對市場的恐懼，由此可見一斑。後來我想了一大堆五花八門的名字，最後定下來，也就是現在這本書的名字是：On the Smell of an Oily Rag: Speaking English, Thinking Chinese and Living Australian。什麼意思？這個書名的意思就是《油抹布的氣味：說英文，想中文，過澳洲生活》。

本人而言，還是喜歡原來那個書名，本來過的就是邊緣生活，在邊緣記下的筆記，有什麼好遮掩的？

出版社對書名的刪改，與譯者對內容的刪改，有著異曲同工之不妙，對原作者來說都是很不妙的。《駱駝祥子》被美國譯者Evan King譯成英文發表後，老舍很不開心，因為本來的悲慘結局，在譯者不徵求老舍的情況下，被改成了大團圓結局，書是賣得很好，但作者的尊嚴和作品的完整性遭到了踐踏和強姦。

你還想讓自己的作品進入英文嗎？那當然，我又聽見你在說了：能進入英文，死也值得！那是多麼偉大的一種語言啊！

自縊

其實，我要說的不是自縊，但電腦偏偏一上來就給我這個詞。那我何不將錯就錯，把它拿來做小標題呢。

我要說的是「自譯」。意思跟自縊似乎還很接近。自己譯自己的東西，那不等於是自殺麼？看了我上面這些，相信你不會輕易找人翻譯你的作品，那麼，還有什麼更好的方法呢？

學好英語，或者法語，或者西班牙語，或者緬甸語，或者泰國語，好到自己足以把自己的作品譯成該文字。這，就叫做自譯。而本人從事這個崇高的職業已經有年頭了。很多自己的作品，就是通過自己的手和手指頭，進入英文的。

搞自縊的人，對不起，我是說搞自譯的人，除了我，還有很多其他的人，如中國的卞之林，愛爾蘭的貝克特，美國的納博科夫。我最近從英國買了一整本專談自縊—自譯—的書，看了之後再繼續談這個話題。

因為本人自譯，關注這個問題，在武大任教時，還提請一位研究生對此注意，結果他寫的碩士論文，就是把我和卞之林的自譯文本加以對照。再說下去，你們就要罵我這哪是自譯，這分明是自戀嘛。好，我不說了。

自縊—自譯—還有一個好處。那就是自己不必對自己信，所以，老嚴的「信達雅」三字經中的第一個「信」，對自譯者並不適用。我來給你舉一個例子。我曾寫過一首中文詩，叫《不思鄉》，收入我的詩集《來自澳大利亞的報告》（2008）中。該詩的標題怎麼翻，可能也不會翻成我這樣吧？當然，我也不想再跟你來什麼「且聽下回分解」這類損招。可以直接告訴你，我是這麼翻的：No/stalgia。本來，中文的「思鄉」，是英文的nostalgia。既然是不思鄉，那就應該是No Nostalgia，對不對？對，也不對。這麼說，很有點像澳洲人說話，Yeh, no。同一句話裡，既有yes，也有no。但請你看一下，如果那麼翻，標題中就有兩個no了：No Nostalgia。不是我自譯，請別的洋人翻譯，他有這個靈性嗎？他能這麼玩、敢這麼玩嗎？簡言之，思鄉就是不思鄉。思鄉本身含有一個no在其中，就像英文的nostalgia那樣，是no/stalgia。就像澳洲人說yeh, no一樣。

該詩—跟從來都不看詩的人談詩，真有點對琴彈牛的感覺，是的，是對琴彈牛，對您表示尊重嘛—有兩句是這麼寫的：「既有成績（他媽的，電腦總是跟我開這種無聊的玩笑）／積憂成疾，老婆說，我們不會，只要有氣，馬上發出來，……」，而我，是這麼自譯的：“*ji you cheng ji* (mother fucker, the computer is always playing such boring jokes on me)/worries adding to an illness, wife said: but we won't be like that; as soon as we feel angry we take it out…"

自由啊，自譯。不想讓洋人把自己用語言強姦的，就得這麼幹。不過，你得首先提高你的外語水準，管它是英語，還是僧加羅語。

說穿了

我在翻譯與一位著名藝術家的訪談錄。關於ta就知名不具了吧。其中，有兩處ta用了「說穿了」這個說法。第一次我翻譯成to put it directly。第二次，我想換譯成to put it honestly，但始終覺得不到位，尤其是第二次。第一次ta說：說穿了，藝術根本無法與政治抗衡，這是不可能的。第二次，ta說：說穿了，藝術和文學根本就不重要。

這種「說穿」，跟中國人說的「看穿」是一個意思，也就是把這件事說到底，就是這麼回事。然而，翻譯不是解釋，而是翻譯，總要找一個對應的詞吧。結果英文令人大失所望，沒有「說穿」的說法。到了這個時候，就需要「創譯」了。這是我本人的一個提法，意在推翻老嚴的「信達雅」，而創造我的「信達創」。

說穿了，我的英文翻譯是這樣的：In the end, art and literature are not important at all, to put it *shuochuanle*ly，同時附加了一段英文解釋：there is no English equivalent but that has to be somehow translated or transliterated, as it literally means say through, more than just directly or honestly-translator's note〕。

Fin

剛剛吃完中飯，V Channel的一首歌子也播完了，螢幕上呈現出一個大大的FIN字。Fin我懂，是法語「結束」的意思。放在別的語境下，還有死亡、完蛋之意。Fin也是英文finish一字的開頭，還是Finland這個國家國名的一個部分。這，就是我下面要講的內容。

漢語中只有一個字在發音和意思上與fin接近，即「墳」。這一來，如果把「芬蘭」譯成「墳地」，很可能芬蘭政府要向中國提抗議了。譯成「糞蘭」或「憤蘭」肯定也不行。當年把它譯成彷彿一朵芬芳的蘭花的「芬蘭」，看來是不錯的譯文。

但是，中國的歷史中，對待國家是有區別的，特別是在譯名上。幹嘛Sweden和Switzerland都跟瑞雪兆豐年的「瑞」扯上關係？幹嘛England要冠以英雄的「英」，Germany要冠以美德的「德」，France要冠以法制社會的「法」，Italy不僅有「大」，還有「利」？America一定是美麗的「美」？

中華民族是一個勢利眼的民族，不信我問你，為什麼把Africa譯成「非洲」，非驢非馬的「非」，非此即彼的「非」，大是大非的「非」？而不是斐然有成的「斐」，翡翠的「翡」，甚或斐濟的「斐」呢？五四時期曾有人建議譯成「斐洲」，但在一向不把黑人放在眼裡、至今依然如此的中國人眼裡，在對待非洲的態度上，只可能將錯就錯，而不是有錯就改的。我知道的唯一一個例子是，當年因莫三鼻給一多難聽的一個名字，要多難聽有多難聽—抗議，才把國名給正名過來，成了今日所知的莫三比克。如果「斐洲」所有國家都知道現在他們的一些中文國名是什麼，估計還會有抗議的，如加蓬，那是「蓬草」的蓬，塞舌耳，國名裡面有「舌頭」。布隆迪、辛巴威、伯基納法索都含「布匹」的布，不像加拿大，不僅「大」，還要「拿」，還要「加」。至於索馬里、馬達加斯加、馬里等，都有一匹「馬」在裡面，跟動物有關，不像紐西蘭，新鮮的新，西方的西，蘭花的蘭。「斐洲」只有一個國家分析起來名字還不錯，即The Democratic Republic of Sao Tome and Principe。是啥國？聖多美及普林西比島民主共和國。神聖的「聖」，很多的「多」，美麗的「美」。唯一的一個。

有人說，我們對待美國，應該像日本和韓國那樣，簡直稱做「米國」。我贊成。像美國那種國家幹的事，不叫它「霉國」，「糜國」，「沒國」就不錯了。

人們可能有所不知，中國當年對「斐洲」的歧視達到了史無前例的程度。我手中有本《清朝柔遠記》。根據書中所載地圖，索馬里被稱作「蘇麻勿裡烏鬼國」。馬達加斯加是「嗎裡呀氏蘭亦烏鬼國」，南非是「烏鬼岬」。還有一些找不到對應的國家分別被貶為「順毛烏鬼」和「捲毛烏鬼」。試想，如果這些國家直譯成英文，會是何種情狀：Smooth-haired Dark Devil和Curly-haired Dark Devil。

不過，人間也跟生物界一樣，大魚吃小魚，小魚吃蝦子，總是找弱者欺負。當年，澳洲人稱中國人為Chinaman（中國佬），這個字後來都與壞事相連，如昆士蘭海域的一種毒魚叫 Chinaman，板球賽的一種刁鑽的發球方法，即左撇子投的右曲線球叫 Chinaman，甚至貶低愛爾蘭人、罵他們時也叫他們 Chinaman。至於說 Chinaman's chance，那是指微乎其微的機會。

英語中詆毀中國人的詞多了，不說了。總之一條，民族之間只有互相尊重才對，但是，如果連國名都帶有歧視，無論是積極歧視，還是消極歧視，那又如何談尊重呢？從現在起，鄙人要鄭重地叫斐洲，而不是「非洲」了。

客氣

前面談到 harmony 的時候說過，有些英文字和中文字無論在發音還是在字義上都很相近，讓人懷疑不是英文是中文始祖，就是中文是英文始祖。今天翻譯另一個藝術家的訪談錄，談到六四期間曾有員警登門「拜訪」搜查，但人還都很「客氣」，這個字，我很快就翻譯成 courteous，邊翻還邊發出聲音，突然發現，「客切斯」（即courteous）這個字，除了尾巴那個s之外，簡直就是「客氣」本身！

說到客氣二字，我想起多年前做過的一次庭審翻譯。案犯涉嫌強姦。一般在這種情況下，原告可以選擇出庭，也可選擇在另一個地方，通過 videolink（視頻）直播作證，ta選擇了後者。過程中，說到一個地方，ta說：當時被告命令ta脫衣，否則就要對 ta「不客氣」了！要知道，這種極為簡單的東西，如果真的翻譯起來，其實是很不好翻的，就是查字典，也保不住能夠馬上查到。不過，遇到我，連想都沒想，便閃電似地翻了過去：Or else I will be inhospitable to you！接下來一切順利正常，也就不用多說什麼了。

長湯、短湯、圓湯

澳洲英文有個特點，對中文的吸收很快，不少中文的說法，主要是有關食物的說法，很快就通過廣東話進入澳洲英文，如bok choy（白菜），choy sum（菜心），gai laan（蓋藍），wonga bok（黃芽白），yum cha（飲茶）。最近，也有少量大陸用法進入，如xiao long bao（小籠包）。有些東西進入英文之後，卻變了樣子，比如short soup（短湯）和long soup（長湯）。大陸來的學生，我問他們是什麼時，幾乎沒人知道。其實，用澳洲華人的英語來說，短湯指餛飩。長湯則指麵條。好了。沒有好好進入英文的詞是什麼呢？湯圓。根據前面的短湯和長湯說法，這個詞其實是很容易翻譯的，即round soup（圓湯），湯圓嘛！

蚯蚓

早就想寫蚯蚓，只是沒有機會。昨晚60 Minutes節目上，有一段評論現任總理Gillard和反對黨領袖Abbott的辯論，屢屢提到worm（蚯蚓）這個字，所以有種欲罷不能的感覺。

關於蚯蚓，小時候鄰家叔叔來自北方，稱其為「曲蟮」，到現在都還記得這種特殊的稱號。學了英文之後，知道有個說法跟蚯蚓有關。中國人說「欺人太甚」，在英文則說「欺『蚓』太甚」，即a worm will turn，也就是說，如果你「欺『蚓』太甚」，就連蚯蚓也會turn，也會挺身而起。

在澳洲要想拿到國家的top job（最高位置）殊非易事，拿Gillard和Abbott的辯論來說，老百姓是要當場表示意見的。這在電視螢幕上，通過兩條類似蚯蚓的長長曲線來表示，紅的表示贊同，藍的表示反對，英文稱之為worm（蚯蚓）。昨晚，Gillard一講話，那條紅色的電子蚯蚓便一路蠕動著往上爬升。因為這條蚯蚓實際上都是選民在操控，所以，60 Minutes的主持人把這些老百姓也都稱為worms。從「欺『蚓』太甚」這個角度看，把老百姓當作蚯蚓，也不為過。你不欺負他們，他們是不會turn的。

今晨打開墨爾本The Age（年代報）的網頁，兩眼一亮，頭條新聞標題上就有worm一字，赫然映入眼簾，說PM Worms Her Way to Win。什麼意思？到末了，我還是忍不住用了小時候那個北方叔叔的詞，意思就是《總理曲蟮般一路飆升，即將大獲全勝》。

翻譯、翻意、還是翻個大意

翻譯離開文本，那無疑於創作。多年前在中國，曾從文章中讀到某位文學翻譯提出一種「懸浮翻譯法」，人像一團雲霧一樣懸浮在文本之上，而不必逐字逐句，甚至細緻到每一個標點符號都不放過的程度，這樣一天下來，據說大約可以翻譯幾萬字。

更多的情況，翻譯是翻書，翻紙，翻意，翻意思，因為無法把另一種語言中並不存在的東西翻過去。有時甚至連意思都翻不過去，這個時候，就只能翻大意了。比如，這次翻譯另一位藝術家的訪談錄，她把一段歷史講完之後說，這不過是「一個簡單的前前後後吧」。你要是搞過翻譯，請你把這段話譯成英文，而且不漏掉其中的「簡單」和「前後」的意思，你看是否可行？如果不譯，「意」一下也行。如還不行，「大意」一下也可。我譯來「意」去，最後只好「大意」了：“Well, that’s a brief account of what happened from the beginning to the end”。實在是兩國文字相去太遠，無法做到等「字」交換，不是多一點，就是少一點。

口譯的文學性

我教過的翻譯學生中，無論是筆譯生，還是口譯生，都有一個時代特點：不看書，一年大約最多看5本書，少的看一兩本，不少一本都看不到，更不看文學書。這麼一來，輪到他們做具體的翻譯，特別是口譯，問題就來了，因為在對事件的描述上，一個口譯，需要有準確的語言描述能力，如果沒有文學造詣，是不可能具備這種描述能力的。

舉例如下。從前做過一個案子，涉嫌一個作案人在夜間行動，為了不讓人看清他的面目，他從不遠處走過時，故意佝僂著背，同時雙手捏住領口，把領口支起來，遮住面部，頭稍微縮進去一點。這段話，大約就是這樣，好了，現在輪到口譯員翻譯了。對我來說，這應該是小菜一碟，其中的關鍵是時態和複數問題，好在這一切胸有成竹，不需要多想便脫口而出：While he was walking past in a distance, deliberately hunch-backed, he held up his collars with both of his hands, putting them up to conceal his face, with his head shrunken inward a bit。我沒有別人翻譯此案的例子，無法加以對比，但我還記得，從前做一個性騷擾案，有一段動手動腳的描述，至今還記得比較清楚。據原告稱，被告當時雙手抓住ta的衣服下擺，由下往上推，一直推過胸口，推過臉部，越過臉上時還稍微停頓了一下，把臉蓋住，然後繼續推，一直推過頭，直到ta的內衣在身體後面把雙手別住，動彈不得。

當時在場的是另一位譯員。我無法在此評價ta翻譯得如何，但我記得，其中有些很關鍵的細節，在翻譯中都被忽略，如經過臉部停頓、越過頭部之後把手別住，等。到了下午，因為某種不便明言的原因，又由我來把這段描述重新口譯了一遍，我是這麼譯的：He got hold of the lower edges of my underclothes as he pushed it up across my breasts, past my face, where it paused for a bit, covering my face temporarily, before he continued to push the underclothes past my face and across the back of my head till it stopped right behind me, pinning my arms at my back without me being able to move at all。我無法就此事提供更多的資訊，在這個資訊爆炸的時代，希望80後、90後、乃至10後的新一代，能夠較多地沉下心來看點文學作品，否則，碰到此類細節，肯定是要顧此失彼，丟三落四的。

簽死了

直譯之妙，妙不可言。比如翻譯這位藝術家的訪談錄，其中ta說，人家要跟ta簽10年合同，把ta畫的畫全部包下來，但ta不幹。朋友也告訴ta，不能簽約，否則就把你簽死了。好了，你來翻譯「否則就把你簽死了」這句話吧。

知道如何用英文直譯的人，這就叫做會者不難，請看：Or else they'll sign you to death。

英文沒有這種說法，對不對？你敢確定？可以告訴你，英文有這種說法，但正好是倒著來的，內涵一樣，字面上卻是倒反的：Or else you'll sign your life away。（否則就把你的小命都簽掉了）。

Ta

誰要問我口譯中最難譯的字是什麼，我要告訴ta，就是ta這個字。隨便舉個例子，也是我經常碰到，也看到別的口譯員經常碰到的一個問題。在法庭，某位證人就一件家暴案件出庭作證，上來就說：昨夜ta和ta打起來了，驚動了隔壁鄰居姓Zhang的。Ta過來後，就給他們扯勸，但都不聽。Ta又動起手來，打了ta一下，隔壁過來的ta就攔了ta一下，把ta推開。

每每遇到這種情況，譯員就好像掉進陷阱，團團打轉，一籌莫展。能暫時不譯，請證人仔細解釋一下嗎？當庭對著法官、雙方律師等用英文問，證人聽不懂，當然不行。如果用中文問，馬上就會給被告一方可乘之機，立刻舉手向法官投訴：口譯員在給證人用中文提詞！所以，無論如何你得把這句話譯過去。如果不得法，可能期期艾艾老半天，也沒把話說清楚。

正確的做法是，把ta這個詞說兩遍。這樣：Last night he or she had a fight with him or her so that their neighbor by the surname of Zhang was disturbed. When he or she came over he or she tried to separate them but to no avail till he or she hit him or her again when he or she from next door came between them, pushing him or her aside.

這樣翻譯的結果，是把皮球踢給了法官或對方律師，因為接下來的第一個問題就是：究竟先動手的是男他還是女她？（Who started the fight, he or she?）

惡搞、亂搞

惡搞是什麼意思，大家都知道。僅舉一例。近來日本人惡搞中國名著，把林黛玉塑造成風塵女，孫悟空與唐僧相愛，這，就是不折不扣的惡搞。某種意義上講，名著長存的一個理由，就是為了讓人惡搞的，哪怕是日本人！

但是，惡搞一詞怎麼翻譯成英文呢？我試了一下evil do，居然還發現了不少實例。再試了一下egao，也發現不少例證，但似乎不如evil do多。看來，以後出現任何漢語新詞，都可以這麼通過音譯和直譯方式來egao一下。

說到惡搞，讓人想起另一個詞，亂搞。從前，亂搞有亂搞男女關係之嫌，現在，亂搞幾乎成了好藝術家最愛用的一個詞。例如，蔡國強就自稱，最喜歡在藝術中「亂搞」。無獨有偶，澳洲藝術家呼鳴也有這個說法，說自己頗喜「亂搞」。例如，讓邁克爾・傑克遜在《夜宴圖》的桌上跳舞。

但是，問題還是一個：怎麼翻譯「亂搞」呢？Easy。照我前面說過的音譯法和直譯法即可：luangao或mess-do。不過，這一次，我在翻譯某藝術家的訪談錄時，對「畫這個創作時，我就要亂搞一下子」這句話，用了一種別樣譯法：Working on that painting, I just wanted to mess things up。

模糊

模糊不是模糊的概念，模糊是非常具體的。比如，在一次訪談中，一位女藝術家在談到男女除了生殖器，以及與荷爾蒙相關的地方之外，其實在肉體上並無其他區別，末了她說：「所以，我最最討厭動不動就是女性的畫。好像女性畫家怎麼樣。」我把這句話翻譯成英文時，突然覺得不對了。為什麼？因為這句話說得很模糊嘛！怎麼聽都不會聽錯，但如果翻譯成英文，就好像中間缺少了一些東西。比如，什麼叫「動不動就是女性的畫」？又比如，什麼叫「好像女性畫家怎麼樣」？如果不加點什麼，其中的語義模糊，就無法傳達過去。

我的譯文是這樣的：

> So, what I hate most is (the constant talk about) the women's paintings as if women were something (totally different).

Lihai

在這次訪談中，這位女藝術家談到她欽佩的人或畫時，喜歡用「厲害」這個詞。當然，英文中有一連串的字可以對應：good, great, wonderful, marvelous, splendid, terrific，等，但都不到位，都沒有「厲害」這個字厲害。最後，當這位女藝術家提起另一位女藝術家，說她早年的畫很「厲害」時，我決定拋棄所有的英文字，直接通過音譯造了一個詞：lihai。於是就有了這樣的翻譯：It's very *lihai*〔great-translator's note〕stuff. Very *lihai*.

中文通過音譯進入英文，如何進入，如何不進入，都是有結果，但過程卻無案可查的。比如「中共」一詞，就始終沒有形成一個固定的英文詞，而「越共」卻有，即Viet Cong（又稱Vietcong）。據Wikipedia，這兩個詞是根據越南語Việt cộng二字來的。我不懂越南語，但我怎麼感覺，這兩個字Việt cộng很像中文發音嘛！

他不

既然談到音譯，就再多談一點，因為正好翻譯到「觸禁」這個詞。很顯然，這個詞應該是英文的taboo，一個從發音上來說十分接近中文的詞，可以直接音譯成「他不」。在中文裡，凡是人們用到「他」，一般都是泛指一種超乎個人甚至群體的國家力量。父親在世時，每每提到黨或國家，就會說：他要那麼幹，你有什麼辦法！其他地方提到「他」時，則泛指一種異類的東西，如他殺、他鄉、他途。因此，譯成「他不」，還真不錯。我立刻到網上查了一下，希望我是「他不」英譯者的第一人，結果大失所望，原來網上已經有了，儘管例句不多。

由此想到tattoo，也是一個發音接近中文的詞，從來都翻譯成「文身（紋身）」。我在百花出版的一本翻譯的書，整本談的都是tattoo，整本譯的也是「文身」（紋身）。若出新版，我一定要堅持把這個詞譯成「塔圖」。再說，「塔圖」網上也有了。不信你查查看。

其實道理很簡單。一種文字裡沒有的東西，犯不著嚴復那樣「旬月踟躕」，直接拿過來就得了，就像當年對totem這個字一樣，譯成「圖騰」不就得了？！

三談不可譯

什麼不可譯？可以立刻給你舉一個例：「卿卿我我」。《漢英大辭典》的釋義是：whispers of love; lovers' talk; be very much in love; the intimate relations between man and woman，很不令人滿意。

所謂「卿卿我我」，是指相愛者所處的一種狀態，不僅限於"whisper"或"talk"而已。非常不具體，非常模糊，但中國人一聽就明白，一聽甚至都能產生畫面感。而且從我這樣的南方人嘴裡發出來，很可能發成qin qin，就像「親親我我」一樣，甚至還能更進一步，發成「親親哦哦」。這就是文字，不必具體入微，但又模糊到具體入微的地步。這一種愛情與文學糾纏不清的感覺，至少在這個詞上，西方人是不會有的，翻譯過去也不會有。

當這位藝術家談到白先勇的作品，說她「愛死了」他的作品，並在比較了同期的大陸作品後評斷說，大陸作品「沒有這麼性感，沒有這麼悲悲切切，沒有這麼卿卿我我」，《漢英大辭典》所給的一大串釋義失去了效用。

我呢，還是採取了音譯，是這樣翻譯的：Not as sexy as that, not as sad and sorrowful as that, not as *qing qing wo wo* as that。

如果澳洲人發不出qing的音，把它發成kun，那是他stupid。他應該加強學習，而用不著我來教。

不過，我後來倒是發現，有一個英文的說法跟*qing qing wo wo*很接近，也是含糊其詞，但詞「很」達意，那就是sweet nothings。Nothing本來就什麼都不是，情人間說的話、做的事，也本來什麼都不是，只是甜甜蜜蜜，喁喁私語，*qing qing wo wo*而已，所以才是sweet nothings。這兒，nothing成了複數，就像一個單數的「我」，變成了疊詞「我我」一樣，如果翻譯成英文，應該就是"I"s了。倒不妨戲仿成：Kiss kiss I I，或者甚至是Kiss kiss oh oh，還蠻有點意思的。

口、舌

我們常說：牛頭不對馬嘴。在中文和英文的語境下，這句話可以翻新一下了，改做：漢口不對英舌。什麼意思？也就是說，漢語之口，對不上英文之舌。

剛剛翻譯到一個地方，該人說，這個人的名字就在ta嘴邊，但怎麼也想不起來叫啥。英文表達同樣的意思，不說「嘴邊」，而說「舌尖」，如：His name was on the tip of my tongue。

這樣一翻，準是準確了，但漏掉了「嘴邊」，這可是一個很大的缺失。還是給它直譯過去吧：His name was at the edge of my mouth。多形象，多生動！而且還給貧乏的英文輸入了一個新的語言表達方式。

說到「漏」，想起了漢語有「說漏了嘴」的說法。這個說法，英文又沒有，只有一個類似的說法，用的還是「舌」。如果說誰「說漏了嘴」，英文是：He had a slip of the tongue（他說滑了舌頭）。不過癮，因為漢語的生動說法，說英語的人體會不到。所以就有了鄙人的：He had a leak of the mouth。立即谷歌了一下，英文中沒有這樣的說法。今天，也就是2010年7月30日星期五，全世界的英文都沒有這個說法。我應該是天下第一個這麼說的人。儘管有mouth leak（嘴漏）的說法，但那是一種疾病。

找不到北

這位朋友告訴我，ta當年剛到雪梨，還「沒有找到北」—所以屈尊俯就，找了一份華人報紙編輯工作。翻譯到這兒並沒有嘎然而止，而是一氣呵成：Because I had only just arrived and had not yet found the north〔finding the north, an expression in Chinese that means one has not yet got one's bearings-t.n.〕。

英文中所謂get one's bearings，是指找到方向，也就是找到北的意思。迷失了方向，英文中則是lose one's bearings。不難。在後面用英文加一個注就行。這又跟英文形成倒反，因為英文是指南（針），而漢語是找北。

Shitang

英文的canteen（餐廳）一詞，據考證起源於義大利文的cantina（酒窖），經由法語的cantine一詞進入英文，發音「侃廳」。我有一種感覺，好像前面都不對，這個詞，應該是由中文直接進入英文的，因為中文的「餐廳」一詞，拼音就是canting。

這使我想起了另一個很可能與中文有關的詞，雖遠在墨西哥，但每每看到該詞，都禁不住會懷疑可能最先來自中國，這就是墨西哥的城市Cancun。據Wikipedia，該詞起源不甚清楚，可能與瑪雅人有關。而據說，瑪雅人五千年前與中國人是一家。因此，Cancun這個詞太可疑了，一定是中國詞。因為沒有結論，我把這個詞暫定為「鰺村」，當年的一個小漁村。

話扯遠了。其實我要說的是今天這段翻譯中出現的「食堂」一字。凡在中國單位出生長大的孩子，都是從「食堂」吃出來的。父母不會做飯，多半也是「食堂」給慣出來的。順理成章地譯成英文倒也不錯：shitang。不過，問題立刻就昭顯：shitang裡面有一個shit字！不是食堂，反而成了「屎堂」。還是不譯為佳。或者為避「屎」諱，改成shi tang。

色情

不要以為下面我要為你販性了，殊非如此。這裡，我只談翻譯，以及關於性的翻譯。剛才，有位藝術家談到看白先勇的《牡丹亭》時，說了這樣一番話：劇中人都是用袖子來傳達情感的，看到那兒，「好多人都死掉了，簡直覺得太色情了。」

中國人說話，意思很清楚，但語義卻比較模糊。這些人其實並沒有真正「死掉」，而是喜歡得要死。這是一。其次，這兒所說的「色情」，也並不是西方意義上只要進店掏錢，就可以買來回家消費的「色情」，不是pornographic，其實指的是「性感」，即sexy。注意，「色情」的色，就是sex的se。

有了這樣的理解，這句話就不難翻譯了，如下：

> So many people die (enjoying it) as they found it so *seqing*〔pornographic, sexy-t.n.〕.

畫風

從上述那位藝術家口中，我瞭解到北京二月書坊出了一本雜誌，叫《畫風》。上網一查，果然有這本看上去略顯蒼老的雜誌。這倒還在其次。關鍵是英文標題實在不高明，譯成Painting Style，讓我大失所望，因為我本以為叫：Painting Wind。

中國人的「風」這個詞很有味道，「風」可以歪，是「歪風」。「風」與「瘋」同音。女人好看，那要帶上「風」才行，是「風姿綽約」。情場負心兒也「風」，是「風月老手」。連景色也是這種捉摸不定的東西：風景，有風之景。

再好的畫家，也畫不出風來，只能通過反面的意象，比如彎腰的樹。所以，該標題如果虛化一下，倒更顯英雄本色，是Painting Wind，而不是Painting Style。

中國的「風」，的確很沒道理，比如「痛風」一詞，遠不如「通風」邏輯。「痛風」，是「風」本身痛，還是「疼痛的風」？都不是，而是英文的一個很沒有感覺的詞：gout。倒不如把painful wind（痛風）借給他們用得了，給那個沒文化、沒詩意的語言吹一股風進去。

本人從前為英文輸送了一個他們沒有的詞：windscape。他們是有landscape，但那是「地景」，不是「風景」。滿腦子都是買房子置地的人，當然只見「地景」，而無視其中的「風」了。

呆

我們說「呆」，並沒有別的意思，就是逗留的意思。我在澳洲呆了幾個月就回中國了，等等。但是，就有人對這個字提出挑戰，提出質疑。碰到這種情況，就連翻譯也不得不低頭。這就叫：在客戶屋簷下，不得不低頭。

怎麼講？原來，提出挑戰和質疑的並非漢語專家，亦非漢學專家，而是多年前一位在澳洲生活多年，對漢語感覺早已退化到能節外生枝、「字」外生「字」地步的老客戶。他說：請你把我在澳洲「呆」了多年的「呆」字拿掉，另外換一個字吧！我說：為什麼？他說：這個「呆」字不好，好像是說我「呆」掉了的意思。我雖然老了，但並沒「呆」啊。我在澳洲多年，也不是「呆」著啥也沒幹呀！

客戶是上帝，我點頭稱是，把「呆」改成「待」了。今天翻譯一個客戶文件，又遇到這個「呆」還是「待」的問題。出於習慣，譯成了「呆」。想到那個故事後，就自然而然地改成了「待」。

還手

中文涉及手的詞，永遠會給翻譯提出挑戰。比如，在法庭中，如果一位女證人出庭作證，說某男對她「動手動腳」，你怎麼翻譯？

又如，在某次因事故而產生的糾紛中，甲方告乙方說，因為乙方「毛手毛腳」，結果造成機械故障，你又怎麼譯？

翻個大意，說某人對我「動手動腳」是harassed me，而說某人因「毛手毛腳」而出問題是wasn't good at doing the work，都只能算作勉強為之，不是好的翻譯。由於法庭要求準確，對所有翻譯的對答都要進行錄音，所以這樣翻譯還會為喜歡鑽空子、也有空子可鑽的客戶留下空子。

其實，直譯是一個很不錯的辦法，但你的英文得到家，否則即便直譯也無法說出意思來，比如，怎麼把move hands move feet這樣的句子嵌入英文呢？總不能太生硬吧？如果甲說：他對我動手動腳，英文就可以這麼譯：He moved hands and feet on me。什麼意思？留待法官或對方律師在下一輪的問題中澄清吧。下面我要細談這方面的問題。

至於說誰「毛手毛腳」，造成機械故障，則可這樣翻譯：He was so hairy hands and hairy feet that he caused the machine to malfunction。

現在回到題頭講的「還手」問題。這是今天翻譯的一份文件中出現的。文中，某某談到其妻對他動粗，但他沒有physically retaliate。這句話如果直譯，應該是沒有「從肉體上給以報復」或沒有「從肉體上給以還擊」。這麼譯，意思是清楚的，但仍然意猶未盡，原因是不地道。其實就是他沒有「還手」。「還」就是retaliate，「手」則是"physically"。

非禮

接著前面的講下去。有一次做法庭翻譯，是有關性騷擾的。女證人進入證人席後，開始敘述事件經過，講到關鍵的地方突然停住不講了。法官說：請繼續講下去。這時候，他做什麼了？

他對我非禮！女證人說。

瞧，這就是中國文化。可以直接說他騷擾我了，他對我動手動腳，他如何如何了，但在關鍵時刻，就會抬出一塊牌子，既表達了意思，也不太難聽。

我曾把這句話讓學生翻譯，基本上不外乎He harassed me之類，這就錯了，因為證人並沒有用「騷擾」一詞。這屬於翻譯過了頭。

我當時在場。對這個詞的翻譯，我採取了音譯法，輔以相應的英語語法，如下：

He *feili*ed me。

這一下有戲了。法官不明白什麼叫He *feili*ed me，必然要進一步查明何謂*feili*，於是問了一句：What did you mean by *feili*？（你說的「非禮」是什麼意思？）

這時，只有到了這時，證人才不得不把這個具有幾千年歷史的沉重詞彙的面具放下，直截了當地說：他騷擾了我！

翻譯這句話，可能粗通英文者都會，我就不多說了。

騷擾

談起「騷擾」一詞，我想起一件在我看來頗有意思的文字現象，就是香港的中文比大陸本土的中文，在某些意思的表達上，有過猶不及之嫌。

一般在國外住店，如不希望他人打擾，可以掛出免戰牌，即「請勿打擾」的牌子，英文是Please don't disturb。

有一年在香港住店，看到他們的免戰牌時，不覺吃了一驚。相對於英文的Please don't disturb，香港的中文竟然是：「請勿騷擾！」

如果把這段漢字譯成英文，那就應該是：Please don't harass。簡直豈有此理！

In the tens

中文有些說法特別不好翻譯成英文，如十幾個、數十個、幾十個，含糊其詞，但又不是詞不達意。今天看The Age報，看到伊拉克前外長，現在獄中的阿齊茲第一次接受採訪，發表意見，認為美國不該在killed the country（殺死該國）之後，從該國撤軍，把伊拉克撂下不管，因為目前伊拉克每天有人死亡，不是in the hundreds，就是in the tens。好了，也就是說伊拉克每天都有數十人死亡，如果不是數百人的話。這比從前翻譯成dozens of people（成打的人）或more than ten（十多人）要好得多。

Domestic relationship

何謂domestic？Domestic是指「家庭」之意，可是，domestic relationship這兩個字放在一起，手上所有的英漢字典都沒轍了，因為都沒有具體釋義，連正規的《英漢法律詞典》都沒有，甚至連全英文的《Oxford Dictionary of Law》（牛津法律詞典）也沒有。最可恨的就是這，無論花多少錢買多厚的字典，臨陣時卻派不上用場。只好上網，先從英文入手，一下子就查到了這個字的法律用法，原來是指由兩位成人所構成，具有個人或經濟承諾和贍養的personal relationship（個人關係）。我翻譯的這篇法律文件中的男女雙方，所結成的就是這種中國出產的字典還沒有收錄的關係。

通常碰到這種情況，不外乎兩種處理方式。一種是舉手投降式，即根本不譯，只將原文照單全收：domestic relationship。另一種則採取創譯，自己創造一種字典尚無的譯法，供後人選用。

寫到這兒，我想起二十年前碰到的一個英文字，即stereotype。當時我在武漢大學教英文，同時著手翻譯Germaine Greer的《女太監》一書。Stereotype這個字在當時我查過的所有英漢字典中釋義大致相同，都是「鉛版製版」，「陳規老套」等意思。儘管怎麼譯怎麼不像，我最後還是勉強湊合成「時髦典型」。1991年來澳前交稿，由灕江出版社出版。緊接著來澳讀博士，做的研究又跟stereotype掛上鉤了，這時，通過英文字典很快就瞭解到這個字還有一個引申的意思，即常規印象或形象。例如，華人在西方話語中的stereotype是，既勤儉節約，又兇狠狡猾，還吝嗇摳門。我的博士論文經過中文改寫，在2000年出版時，我就自創了一個音意合成的詞，稱這種

stereotype為「滯定型」。《女太監》2002年在百花出版社再版時，我就把原來「時髦典型」這一章改成了「滯定型」。目前，關於stereotype的譯法，中文有好幾種，除了我的「滯定型」之外，還有刻板印象，固定看法，等。

現在回到前面講過的那個domestic relationship。我的自創譯文是：家庭關係。

文字中的性別歧視

中文和英文都有強烈的性別歧視，尤其是針對女性，如英文的history（歷史，是his，不是hers），mankind（人類，是男人的，不是女人的），chairman（主席，是男的，不是女的），等。中文方面，嫉妒是只有女人才做得出來的，因此帶「女」旁：嫉妒。英雄只應男的有，所以是「雄」。連一個女的名重一時，都要用「先生」來稱她，比如「宋慶齡先生」，等。當然，這都是老生常談了。如果是搞研究的，是可以寫出一整本書來，列舉一長串清單的。

我要說的是，有時候，你會發現，中文在某些地方其實比英文性別歧視得少一些，因為中文有些字天生可以避免性別歧視。英文現在有種傾向，說到"he"時必稱"she"，說到"his"必稱"her"，中間加一個"or"，仿佛這樣就立刻取得了一種平衡，如He or she must…，或者His or her teacher will....很煩瑣，很惱火，也很正確，但還不夠正確。如果真要一點歧視也沒有，那就乾脆言必稱she，萬事都以she開頭好了。

我在某次翻譯的法律文件中，凡碰到有人稱代詞"his"的地方，都以「其」來代指，真是很管用，完全避免了無必要的性別歧視。看來，英文在這方面得向中文學習，但又能到哪兒去生造一個那麼管用的「其」字來呢？

飛拉吮

我買字典有一個自定的規則，即凡是不收髒字的字典，我一律斥為垃圾，絕對略過不買。因此，在購買字典之前，我會準備一張髒字清單，無論書店的售貨員向我吹噓某字典收詞多少，我都置若罔聞，先查了我的髒字再說。經過這麼一檢驗，中國大陸出的字典很少有能從我這兒過關的。

當年，我在武漢大學教的一個學生問我：老師，我看英文小說經常碰到一個字，怎麼在字典裡都查不到呀？我說：什麼字？他說：cock。我就告訴他了，他「哦」了一聲，笑了起來。

在此之前，我在上海華師大讀研究所，在英文系圖書室有了一個重大發現，即自古以來，中國翻譯的西方愛情詩，其實是閹割了生理器官的假愛情詩，因為西方愛情詩中，還有一個很大的門類，叫erotic love poetry（性愛詩歌），都在翻譯成中文的過程中被剔除、刪除、割愛了。寫到這兒，還真為漢語中的「割愛」二字捏一把汗。把人體器官割掉，等於就是把愛割掉，割愛！

美國作家約翰．厄普代克是大開我「眼戒」的第一人。眾所周不知的是，厄普代克作為長篇小說家出道之前，是寫詩的，而且寫的是很牛B的性愛詩。我在2005年出版的《西方性愛詩選》中，一口氣翻譯了他的7首詩，都是當年我在華師大看上的。看看一些詩的標題，發揮一下你的想像力吧：《陰道》，《外陰》，《豔福》，以及《Fellatio》。

最後這首詩的標題，當時我查遍手頭所有字典和學校的字典，都找不到，結果只好找當時任教的Nicholas Jose（周思）先生求教，豈料他對著我的耳朵如此這般地講了一番悄悄話，聽得我驚心動魄，同時也恍然大悟。現在的字典不錯，收了這個拉丁字，我講課談到這個詞時，一位男生還挺能發揮，說：我知道是什麼意思，就是「咬」嘛。一下子把我都弄糊塗了。原來是他玩文字，把「口」和「交」併一塊了。

是的，fellatio的意思，就是如今大家都耳熟能詳、身體力行的「口交」二字。但中國文化的禁錮，不收此詞，讓我出挺。這種禁錮也反映在我自己身上，該詩譯出時，標題就是Fellatio，只在書底作了一個注：拉丁文，意謂口交。記得當時曾經把該字音意合譯成「飛拉吮」，也不知怎麼沒用上，成了一個遺憾。

推拉

賈島當年就「僧敲月下門」，還是「僧推月下門」，冥思苦想了多少年，結果為後世造了一個詞，「推敲」。如果他懂英文，可能還會再造一個詞，「推拉」。可惜這個歷史的重任，歷史地落到了本人肩上。

英文和漢語，天生長著反骨，非要倒著來不可。僅舉「可口可樂」

（coca cola）為例。如果誰到商店要一瓶「可口」，準會遭人白眼，覺得此人肯定有病。同理，誰如果在澳洲人的店裡要買一瓶"cola"，經歷肯定大致相同。正因如此，我在翻譯《完整的女人》一書時，根據「反骨」原則，把coca-colonialism（直譯是「可口殖民主義」），翻譯成「可樂殖民主義」。

也正是在這本書中，我悟出了一個道理，即中英的這塊反骨，天生地長在屁股上。這話怎講？格里爾談到女性因身體畸形恐懼症，「老是需要確認自己保持了某種平衡，吃多少就一定要拉多少。如果拉出來的不夠多，她就會覺得腫脹並中毒了。」英文中，涉及「拉」字，用的不是pull，而是push。也就是說，中文的「拉屎」，進入英文後，就是「推屎」了。這一推一拉，一push一pull，構成了中英文的緊張，形成了兩個語言極地，已經無法說誰對誰錯，只能將錯就錯，將拉就拉，將推就推。從邏輯上講，從身體角度講，英語的push肯定是對的。這個語言在這一點上，肯定要比漢語邏輯。一般來說，屎是借助內力，即大腸的蠕動來向外「推」的。「拉」則沒有道理。人蹲在那兒的時候，並沒有任何東西在那兒「拉」。如有，也只是想像中某個隱身人或隱形手在那兒「拉」。但也正是這種「拉」，使得漢語更有張力，更有「拉」力，也更具詩性。所謂詩歌，最重要的特徵之一，就是不講道理。使用漢語的漢人多少年來明明知道沒人在那兒拉，沒有外力在那兒拉，偏偏一拉就拉了多少年，多少代，多少世紀了！

所以，是推，還是拉，給進入二十一世紀的雙語漢人，提出了一個嚴重的挑戰。最好從此再造一個詞，把「推敲」取而代之。比如，「讓學生懂得遣詞造句要善於推敲這個道理」（網上隨便拿來的一句話），就可以改成：「讓學生懂得遣詞造句要善於推拉這個道理」。

惹火

今天翻譯朋友一首詩，其中兩句是這麼說的：「他還有一個嬌豔惹火得令人立刻聯想到一張大床的妻子」。別的都好說，就是「惹火」二字不太好翻。在英文中，只好施展擴展術，把兩個字拉扯一下，如是譯道："He also had a wife so pretty she set one's desires on fire/Thinking of a bed immediately"，也就是說，「惹火」在英文中變成了she set one's desires on fire（讓人欲望著火）。

孰料晚上看希臘詩選，看到一詩，驚喜地發現，竟與中文「惹火」的意思頗為相似。該詩作者是Angelo Poliziano（1454-1494），全文隨手翻譯如下：

《致男孩》

你斜眼一瞅，燙得我難受，
目光熠熠，宛如焰火。
你含笑的眼裡，愛情之光
把我引向，致命之火。

在在都與「火」字相關，但總覺得，還是不如「惹火得」三字來得簡練傳神。

Fuck展

本人有一個毛病，喜歡造詞。前天晚上跟朋友聚會，談到人類發展到一定時候，只有一件事可幹，即fucking。男f男，女f女，人f動物，人f機器，只要能夠持續保持興奮，持續達到高潮，何樂而不為？！也就是說，所謂發展，就是fuck展。不信你把兩字連讀，還真有頗帶廣東腔的漢語「發展」味呢，聽上去也很像，讀快點就行。

尾巴

說起尾巴，立刻想到那首老歌《社會主義好》裡面一句話：「帝國主義夾著尾巴逃跑了」。不曾想，「夾著尾巴逃跑了」這句話其實英文裡也有。今天*The Age*報上一篇關於歐巴馬的文章，大標題就說：Obama Turns Tail and Flees（http://www.smh.com.au/opinion/society-and-culture/obama-turns-tail-and-flees-in-the-face-of-mosque-madness-20100818-12f1p.html）（《歐巴馬夾起尾巴逃跑了》），是說他不敢面對美國穆斯林要在世貿大廈廢墟左近修建清真寺的事實，準備逃之夭夭。

說到《社會主義好》這首歌，令我想到一本書，就是Lijia Zhang用英文寫的那本自傳*Socialism is Great*（《社會主義很偉大》）。其實就是「社會主義好」的翻版。為什麼這樣說呢？因為在英文中，great就是「好」和「棒」的意思。世界的發展，除了fuck展之外，就是三十年河東，三十年河西，用我的話來說，就是三十年往東（方），三十年往西（方）。當年那麼一句陳詞濫調，直譯成英文，居然成了暢銷書。如果有誰看了這篇東西，把「帝國主義夾著尾巴逃跑了」翻成英文，做一本書的標題：Imperialism Turned Tail and Fled，沒準也會成暢銷書的呢。

刀薄之利

數年前，我在翻譯《殺人》這部英國長篇小說的時候，碰到一個小難題，即如何以簡潔的中文，來翻譯簡潔的英文，得出的結論是：做不到，除非失去很多東西。例如，在描述某場戲劇演到精彩處，觀眾屏息靜氣，出現了一個pin-drop moment，直譯就是「針落時刻」。中文這麼說，好像少了不少東西。如果把話說全，免不了要說一長句：「這時，出現了一個連一根針掉在地上都聽得見的時刻」。一共22個中文字。相比較而言，英文僅兩個字。如果不算連字號，也不過三個字。有學生說：老師，我能不能用「鴉雀無聲」？我說：好，很簡潔，四個字解決了，但是，原來的兩個意象沒有了，「針」（pin）沒了，「掉」（drop）下來的動作也沒了。可見，翻譯要想兼顧，不是那麼容易的事。

今天，在一篇談廉價航空公司的英文文章中，提到這些公司為了壓價，爭取客戶，均採用中國人的那句老話，薄利多銷。可能大家有所不知的是，「薄利」二字，英文也有，但比中文來得形象，是這麼說的：razor-thin profit。拆開來講，就是「剃鬚刀片一樣菲薄之利」。

Sexy

關於sexy一字，有兩件事可說。一是這個字很中文，把xy拿掉，剩下的就是中文的se（色）。其次，今天想到這個話題，是因為看Fashion TV頻道，看到一個名叫Shu的中國模特兒，在紐約時裝週上用英文講話時，那種很爛的英文，如她覺得她所在的那個地方very woman，使我想起了sexy這個字。20多年前，我第一次出國，去加拿大，做隨團翻譯，認識了一位加拿大白人，從他那兒第一次得知，一種語言講得很爛，對講的人來說，可能是件令人羞辱的事，但對聽者來說，卻覺得很sexy。我學過一點法語，到了蒙特利爾，一有機會，就會嘗試著說說法語，不料我這位加拿大朋友卻稱讚說：very sexy！現在聽到這位年輕的中國女模特兒說著一口爛英文，居然也產生了想誇讚她sexy的感覺。

Cliffhanger

英文cliffhanger，是由兩個詞合併而成，cliff（懸崖），hanger（懸掛人）。Cliffhanger指的是攀崖走壁者。只要在Image裡面把cliffhanger「谷歌」一下，就會發現，到處都是史泰隆單手懸在懸崖邊緣上的那幅劇照。他演的那部片子Cliffhanger，被翻譯成了《絕嶺雄風》。明天澳洲大選結果揭曉，今天媒體就沸沸揚揚，說這次大選結果定呈cliffhanger局面，對雙方來說都是如此。也就是說，Gillard和Abbott都像雙手摳住懸崖峭壁、身體懸空的cliffhanger，隨時都有手一鬆，掉進深淵，粉身碎骨的危險。話說到此，cliffhanger怎麼翻譯，還是沒有結果。其實用中文來說，就是這兩個人旗鼓相當，勢均力敵，難分高下，誰都有勝出，也可能有敗退的可能。想了半天，也想不出一個既能保持原貌，又能譯出意思，還能像原文一樣簡潔（只有一個字，頂多算兩個）的譯文來。只好作為不可譯的一個例子留存。

奔富

前天晚上看SBS的一個電視節目，英文是Hardcore Profits，講的是色情業在21世紀如何通過各種形式，包括手機等，達到無孔不入，無堅不摧，欣欣向榮，興旺發達的程度的。其所帶來的一個始料未及的後果，就是在非洲造成的重創，如淫亂和暴力，因為據非洲某國領袖說，非洲人對西方崇拜至極，認為凡是來自西方的東西都必定是美輪美奐的。

這倒令我想起了別的什麼。中國對西方雖然還沒有崇拜到那種程度，但在文字翻譯上，卻是前無古人，後有來者的。幾乎所有西方的東西，特別是專有名詞，進入中文，都經過了一番美化，變得美輪美奐起來。

有些例子是老的，不說大家都知道，Mazda是馬自達，Marlboro是萬寶路，Sheralton是喜來登。有些例子是新的，比如澳洲的鋼鐵公司BHP Billiton，在中文叫「必和必拓」，澳洲採礦公司Rio Tinto，在中文叫「力拓」，都很好聽，其實英文原文哪有那麼多意思。又如澳洲一家專賣廉價商品的連鎖商店叫Reject Shop。當有一個學生問起，如何翻譯該詞時，我根據這一「美化原則」，通過音譯，把它譯成了「利家店」。果不其然，上網一查，還真是這麼叫的。

有一次朋友請客，我帶了一瓶酒去，英文是Penfolds Bin 28。朋友說：哦，好酒呀！在中國一瓶要賣1000多塊。跟著他又說：這個酒名叫「奔富」，很受歡迎的。

我心裡一驚，哎呀呀，這都哪跟哪。如果這麼美化起來，將來英文的toilet（廁所），盡可以音意兼譯成「托樂」了。你別說，跟「託福」還有點相近呢。

Quietly confident

這是2010年澳洲大選結果揭曉的第二天。午飯看電視，突然聽見一個沒記住名字的政治家，在提到他可能保住席位時說：I'm quietly confident。這邊擱下不說，先談談quietly這個字讓我想起了什麼。

多年前，我曾給一家很大的澳洲公司做過翻譯。該公司國際部經理是一個來自馬來西亞的華人，中文不太好，總讓我教他中文，後來成了朋友。關於他，有兩件事可說。一是他從不願再回馬來西亞探親，這是我從他同事那兒聽到的。為什麼？因為老家親戚太多，每次回去送禮都送不過來，開銷實在太大。另一件事其實不是事，而是我們一起吃飯時他說的一句話。他說他馬上要離開國際部，到另一個部門工作，因為年齡也大了，今後他只想做個quiet individual。

這句話之後讓我想了又想，怎麼也想不出一個很合適的中文說法。所謂quiet，是指不聲不響，而individual，是個人。做一個不聲不響的個人？既然英文是脫口而出的，漢語也要能脫口而出，才像是那麼回事。否則，說他想做一個不聲不響的個人，這話拗口得不像漢語，倒像一個西方人在學說中文。結合他多年不得升遷，不受重視的身世背景，我覺得他其實是想說，從此以後，也不想拋頭露面，爭權奪利，只想安安靜靜，做一個與世無爭的人。也就是安安靜靜做個普通人算了。所謂安安靜靜，就是quiet，所謂普通人，就是individual。

現在回到前面那位政客說他quietly confident那句話，我的第一反應就是：哎，這不就是中文說的「胸有成竹」嗎？所謂quietly，就是悄無聲息，放在心裡不說，所謂confident，就是很有信心。兩個放在一起，不就是「胸有成竹」嗎？

今後，如遇到想說中文「胸有成竹」的意思，不妨試試quietly confident。

知了用英文怎麼叫

知了不是鳥，是蟬，英文名是cicada。由於中文是「知了」，所以有人編出一個故事，說知了從前是個美麗的公主，因為經年累月擇婿始終看不上眼，蹉跎過了青春，被父親責怪眼珠子長到腦袋頂上去了，只好心裡不服，嘴上說著：知了，知了。結果死了以後變成知了，不停地在樹上叫：知了，知了。

有意思的是，知了在中文的俗名就是知了，模仿的是其聲音，但若此字進入英文，聲音就只好丟棄了。沒法音譯成zhiliao，因為它在英文中的叫聲聽起來肯定不是什麼「知了」，而是別的聲音。果然，英文中知了叫，用的動詞是chirp（恰普）。

許多動物的叫聲，在中外人士耳中聽起來，都是一樣的，但用語言描述，卻很不一樣。例如，漢語的狗是「汪汪叫」，英語的狗是bark（巴克）。漢語的羊是「咩咩叫」，英語的羊是baa baa（叭叭叫），有點像漢語的小狗叫。漢語的馬「嘶鳴」，英語的馬neigh，聽上去發的聲音完全跟「內」一樣。漢語的驢子「嗚兒、嗚兒」地叫，英語的驢子hee-haw，有點像黑人的「嘻哈」。漢語的豬「呼嚕呼嚕」，英語的豬gruntle，大概齊，有點像。漢語的蜜蜂「嗡嗡叫」，英語的蜜蜂buzz。漢語的鴿子「咕咕叫」，英語的鴿子則doo-doo（嘟嘟）叫，有點像漢語的吹喇叭聲。

也有很像的，例如，漢語的牛是「哞哞叫」，英語的牛是moo。漢語的貓是「喵嗚」，英語的貓是meow。英語的羊雖然一般都是baa baa地叫，但有時也會meh meh地叫，這就跟「咩咩」聲接近了。

Hung parliament

所謂hung parliament，是指大選投票結果十分相近，議會各黨都沒有取得絕對多數票，結果朝野兩黨都無法勝出的一種現象，依愚之見，不妨音譯成「憾議會」，因為選舉結果很遺憾嘛。英國2010年大選出了一個「憾議會」，結果導致兩黨聯手，產生了一對頗似兄弟的正副首相。澳洲2010年8月大選，也產生了一個「憾議會」，現在得靠獨立議員來左右政局了。

Hung parliament一詞的關鍵，就在hung字上。所謂hung，即指「懸」。以我「英一漢四」的理論，此英文單字，即指漢語四字：「懸而未決」，也就是「懸而未決的議會」。網上也有譯成「懸峙議會」、「懸浮議會」的，那都是後話。我還是喜歡「憾議會」這個本人特產。我覺得，這個說法甚至還可以延展成「罕議會」，因為罕見嘛。

拿掉了

電視劇《中國往事》中那個瑞典人路先生死掉的時候，「耳朵」說：他是被「拿掉了」。這霎地使我想起了英文中常用的一個詞：put down。在澳洲，如果碰到有家犬把家中孩子咬傷，一般為了人的安全，同時又懲罰該犬，是要把它「拿掉」的，用英文來說，就是把那條狗put down，處理掉、幹掉、「拿掉」。不過，把一個住在中國的瑞典人「拿掉」，聽起來不大舒服。

叫壞

很多情況下，英文和漢語一樣，是個很不平衡的語言。比如，英語有「叫壞」（cry foul）沒「叫好」，漢語有「叫好」沒「叫壞」。英語有「叫狼」（cry wolf）沒「叫床」，漢語有「叫床」沒「叫狼」。偶爾，漢語比英語稍微平衡一點，例如，英語有「短處」（short comings），沒「長處」，漢語則長短都有。還有一種情況很少見，某個詞的用法，英漢都有，如「叫窮」，英文是cry poor。

什麼是「叫壞」呢？就是cry foul，更直譯一些，就是「叫臭」。所謂

「叫臭」或「叫壞」，是指碰到不公平或不合法的時候就大喊大叫起來。

所謂「叫狼」，不是像我教的學生那樣，以為是「哭狼」，而是出自「狼來了」那個故事，即「大喊狼來了」。

一語之無，不是壞事，恰恰相反，一語之無，為我平添許多創造的樂趣。例如，英文沒有「長處」，我正好給這個不成熟的語言創造一個long comings。英文沒有「叫床」，我也正好為這個比較低級的語言創造一個cry bed。沒有什麼比這個更讓人開心了。

亂一二糟

先說「三思」。中華民族到底是個悠久古老的民族，所以要採取個什麼行動，非得「三思」、想三次不可。拿男女戀愛來說，我們那個年代的人，從開始拉手，到最後上床，何止「三思」，可能「十思」、「百思」都不止。孔子倒是個明白人，建議「二思」，即「再思」，所謂「再思可矣」。在這一點上，幾千年前的孔子，跟英語發生了共振。為什麼？因為英語不講「三思」，而講「二思」，即on second thoughts，think twice，double thinking，等。幹什麼事，想兩次就可以了。拿性事來講，西方人在這方面來得快，是否跟「二思」有關，我就不得而知了。但我知道，西方人給機會也是二次，不搞什麼下不為例的。所謂「下不為例」，就是至少可以再犯一次錯誤。墨爾本一家私校老師對我說：我們這兒絕對禁止學生吸毒。一旦發現犯事，絕無第二次機會（no second chance）。

中國進入二十一世紀，連共產黨都在發生變化。這個變化最明顯的地方，就反映在從「三思」到「二思」的轉變過程中。《人民日報》2009年有篇社論標題就是《變三思而後行為二思而後行》。可以這麼說，我是中國把「三思」創造成英文on third thoughts的第一人，而不是沿用從前那個很糟糕的字典翻譯，look before you leap（先看看，再縱身一躍）。現在看來，連共產黨都要學孔老二，做事都講求on second thoughts，時代真的在變，其實也不過是在變回到文字裡面去罷了。

現在再講「亂一二糟」。我多年生活在英漢之間，發現一個小小的現象，即漢語總比英文多一個、乃至幾個數字。比如，漢語說三思，英語說二思；漢語說亂七八糟，英語說亂六七糟（at sixes and sevens）；漢語說九重天，英語說七重天，等等。但說到大的時候，英語就比漢語厲害了。例如，漢語說千恩萬謝，英語說謝謝你一百萬（a million thank you's），甚至還說謝謝十億（thanks a billion）。兩種語言對抗之下，千恩萬謝又算得了什麼，漢語終於敗下陣來。

且慢。還沒有完全敗，因為在「亂一糟」這個句型上，漢語已經遠遠跑在英語前面去了。截至今天（2010年8月24）為止，英語只有一個at sixes and sevens（亂六七糟），而網上的「亂一糟」，已經從「亂一二糟」，「亂二三糟」，「亂三四糟」，「亂五六糟」，「亂六七糟」，「亂七八糟」，發展到「亂八九糟」，「亂九十糟」。不過，「亂十十一糟」目前沒有，「亂百千糟」也只有一個。頗能說明，漢語是一個很創新的語言嘞。

A minority of hands（1）

到了國外，才發現，經常有人說minority這個字，自己不知不覺也成了minority的一員，而且是雙倍的，既是ethnic minority（少數民族），也是literary minority（少數文學），因為是搞詩歌的嘛。那天想到minority這個詞，猛然想起一件往事，跟這個詞有關，但跟這個詞的「少數」則不大有關。那是當年在華東師大讀研究所 ，常跟在那兒教書的澳洲作家Rodney Hall一起聊天，有天他看見我在翻一本澳大利亞詩選，頭湊過來一看，就大聲叫好，同時用手指著一句話，即本文小標題的"a minority of hands"。原來，該詩是一個女詩人寫的，寫到她用手護住自己赤裸的胸部時，用了這幾個字。當時我進入了那種中國學生學英語時經常有的一種狀態，即能夠意會，難以言傳。現在再讓我譯此詩，已不是什麼難事。她無非是說，光著胸脯時，手顧不過來，怎麼遮也遮不住。畢竟，即便雙手，也是少數（minority），兩手遮乳，就跟一手遮天一樣，也是很難的。

A minority of hands（2）

文字就是記憶。一件事情過去幾十年，突然看到某個字或某段文字，就會受到誘發，回到心中。有天我讀希臘詩人卡圖魯斯的詩歌，讀到一處，說他愛的一個女人"performs a zoo of two-backed beasts,/daily with Tappo"，突然，內心靈光一閃，二十多年前讀到的一句澳大利亞詩出現在眼前："a minority of hands"。當時正和澳洲作家Rodney Hall在一起，看一本澳大利亞詩選，看到一處，他眼睛一亮，說：好句！好句！

再看之下，我也沒有體會到他說的"a minority of hands"這句詩的好處。那首詩的大意是說，這位女的脫光衣服後，想用手遮住胸脯，於是就出現了"a minority of hands"的窘態。

以後每每想起這句，就越來越覺得寫得好，同時也覺得實在難以翻譯。說它好，是因為它形象，"a minority of hands"是說，這個女人在用手遮胸時，覺得手不夠用，或手忙不過來。說它難譯，是說在把意思譯出來時，很難譯出"minority"這個字。

"Minority"這個字，就跟上面那個"zoo"（動物園）一樣難譯。其實，"performs a zoo of two-backed beasts,/daily with Tappo"這句意思是說，卡圖魯斯愛的那個女人「天天都跟塔潑／像在動物園裡一樣，玩雙面動物的遊戲」。所謂「雙面」，大約是指「正面」和「反面」吧。

也就是這個"a zoo of…"，令我想起了"a minority of…"。某種意義上講，文字等於記憶，只等你去開挖。

Paper War

從前中國的英漢字典，喜歡生拉硬扯，把一些東西硬湊在一起。比如把「紙上談兵」等同為英文的an armchair strategist，即喜歡紙上談兵者，是個坐在安樂椅裡運籌帷幄的人。用我老家黃岡話罵一句，這叫牛胯扯到馬胯去了。

關偉有幅畫，英文標題是Paper War。我一看就說，不錯。這小子很靈，這不就是紙上談兵嘛。真是活學活用，來了一個直譯。

剛來澳洲那幾年，老聽見一首歌，不斷唱著這句歌詞：let's talk about sex， Baby！（咱們談談性愛吧，寶貝）。說到這兒，聯想到今日的男歡女愛，發現過去那句「談情說愛」的說法，真可以改成「談性說愛」了。

又扯遠了。其實我的意思是，所謂紙上談兵，也可以直譯成talking about war on paper。凡是英文沒有的，送他一個就行了。一個學生說：那麼，他看不懂怎麼辦？我的回答：看不懂是他的事，不是你的事。為什麼對他們的東西，我們總是要求自己讀懂讀通，卻生怕我們的東西他們讀不懂？如果非要對牛彈琴不可，那就對牛彈琴吧。等到牛變成人，自然就會懂的。

Eminently winnable

英文有些字很好玩，比如eminent就是。用我英一漢四，即一個英文字，可翻譯成四個漢字的原則，這個英文單詞可以翻譯成漢語四字詞，如「赫赫有名」、「名聲顯赫」等。好玩的地方在於，人活著可用"eminent"，死了以後就不行，要用famous（著名）。更好玩的地方是，這個詞還可用在別的地方，比如法院。

有一年我在某法院為一名客戶翻譯，其官司持續三天，打到第二天時，ta的律師對ta說：ta的這個官司是eminently winnable，也就是說，絕對「穩操勝券」或「勝券在握」。不用查字典是這樣，查了字典也沒用，因為字典上並沒有eminent如此用法的解釋，不過是一種強調的說法罷了。最後這個官司贏了沒有？當然沒贏。我說「當然」，是因為，凡是上法庭打官司，輸贏是eminently（絕對）沒有準定的。誰要是誇口說什麼官司肯定打贏，那一定多少有些癡人說夢。此話一出口，你就可以給予反證，即結果很可能相反。

Tom Cho

英文中最難翻譯成中文的是什麼？華人的名字。比如Ah Sin。這是早期澳大利亞白人筆下小說中經常出現的一個華人名字。把它翻譯成「阿新」行不行？當然不行。因為sin這個字，意思是「罪惡」，把「罪惡」譯成「新」，有「新」意，卻無"sin"意了。有意思的是，華人裡面還真有姓Ah Sin的人。據說早年華人從廣東一帶來到澳洲，入境時在海關填表，當移民官問到叫什麼名字時，這些不通英文的華人就會說「阿華」，「阿英」，「阿楊」等等，反正什麼前面都加個「阿」字。不通漢語的移民官也不問個究竟，即使問，也問不出個究竟來，反正兩邊都不通，就照葫蘆畫瓢，照聲音描文字，把上述「阿華」，「阿英」，「阿楊」等，直接當成該人的姓填寫在表上，如Ahhua, Ahying, Ahyang，等。這就是為什麼直到今天，墨爾本的白頁上，還可以查到姓Ahsin的人。不消說，這一定是當年把姓將錯就錯下來的華人後代了。

在印尼，曾因反華，不許華人使用華人姓名，結果華人被逼成兩面派，對外是印尼姓名，對內是華人姓名。在澳洲不存在這個問題，但華人還是有個英文姓名和中文姓名之分的問題。我比較簡單，「歐陽昱」就是

Ouyang Yu，但很多華人，特別是有名的華人都不是這樣的。墨爾本前市長蘇震西，英文是John So。新南威爾士州立大學前校長John Yu，中文姓名是余美森。曾任墨爾本大學校長的Kwong Lee Dow姓李，英文卻把「李」既不前置，也不後置，而是夾在中間，關於這個有段佳話，本人看過，但是忘了。他的中文姓名是李光照。現任澳大利亞天氣部長Penny Wong，中文姓名是黃英賢。

寫中文文章，一寫到華人，我就高度提高警惕，非要查個水落石出不可。比如以《論不會說中文》（On Not Speaking Chinese）一書而出名的西雪梨大學華人女教授Ien Ang，大陸介紹時把她的姓名弄得五花八門，什麼樣的都有，至少有五種，什麼伊安·昂，英·安，洪美恩，伊恩·昂，愛恩·昂。我都不信，最後通過與之通信，問清楚了。原來，她祖籍福建，根據那個地方的方言，姓洪的發音「昂」（Ang），Ien則是她名字的海外拼音，即「宜安」。很好的一個名字：洪家的女孩，宜於過安寧的生活。

如果說前面幾位還能從姓名上看出原籍華裔，那麼，澳大利亞最著名的一個華裔作家，從姓名上是根本看不出華人痕跡的，這就是Brian Castro，通譯布賴恩·卡斯楚。一直以來，我沒有去過問這個問題，即他是否有中文姓名，直到幾年前做一個專案，有必要investigate（調查）一下。結果發現，他的確有名有姓，叫高博文。也是一個很好的名字：博古通今，頗有文采，而且高深莫測。是的，中國做他碩士論文的很多，做博士論文的一個沒有，就是因為他寫的東西太難懂了。

那麼誰是Tom Cho？這也是一位澳大利亞的華人作家，幾年前名叫Natasha Cho，是位女性。後來成了Tom Cho，其中發生了什麼變化，應該是不難猜度的。我在做那項研究時，曾也與他發生過接觸，想瞭解一下，他的中文姓名是什麼，卻被告知這個姓名有是有，但不能透露。這件事讓我第一次意識到，原來一個人的姓名還可以是保密的，而且保密也肯定有其不可告人、不想告人之原因的。

最近澳洲一下子冒出了好幾位華人作家，Alice Pung，Gabrielle Wang，Benjamine Law和Leanne Hall。遍尋谷歌，都找不到其中文正身。只能留待以後慢慢找了。最後這位Leanne Hall，是我今天發現的，因為看其照片，越看越像華人，上網一查，果然是。至於說到2007年拿到澳大利亞最高文學獎Miles Franklin獎、兼有華人、白人和土著人血統的Alexis Wright，以及和她類似，兼具華人和土著血統的奧林匹克運動會冠軍Cathy Freeman，她們是否有中文姓名，也都不得而知，得靠有心人去查證落實了。

坐牢

上次寫到「呆」變「待」的故事，以為再也不會出現類似的事情了，誰曾想，客戶要求改寫的情況，又意想不到地出現了，這次是在一個法律文件中，涉及親人坐牢。該字的英文是in prison，就是坐牢。文件翻譯好了之後，客戶並沒有提出任何異議，只是到了最後需要簽字的時候，客戶才提出說，似乎「坐牢」二字不太好聽，是否改成別的。

我想了想，既然「坐牢」不好聽，那就改成別的吧，如「坐監」、「在獄」、或「身陷囹圄」，等，但如說某人現在某處「在獄」，有兩個「在」，不好聽。如說「身陷囹圄」，好像受迫害似的。最後問是否改成「坐監」，答覆是：請改成「服刑」。這一次，我當然照辦照搬，但心裡不禁嘀咕開來：如果把「服刑」二字再轉譯成英文，那就不是in prison，而是serving a sentence了，與英文原文是有出入的。不過，客戶畢竟是客戶。客戶都覺得不舒服，那就找個舒服的詞來替換唄。的確，「服刑」聽起來是不錯，都有點像「服務」、「服兵役」的感覺。

聯想起來，中國人談到敏感的事物時，的確是喜歡穿一件詞語衣服的。朋友幹那事時，永遠也不會說piao什麼的，肯定也不會說「按摩」二字，而要用一些離得比較遠的詞，如「鬆骨」，「搓背」，「推油」，「理髮」，「洗澡」，「洗腳」什麼的。詞語就是這樣變得繁複、繁富、繁雜、繁瑣起來的。我曾在英文詩中引進了「推油」一詞，叫做push oil，幹推油這一活的人，叫做oil-pushers。在不做任何解釋的情況下，澳洲人居然心領神會，到了發表該詩的程度，可見人同此心，心同此理啊。沒吃豬肉，總見過豬走路，沒體驗過推油，總知道油是什麼、用在人身上是什麼意思吧。

愚

華裔美國畫家徐冰有篇文章吾比較喜歡，標題是《愚昧作為一種養料》。這種標題譯成英文，絕對不能像嚴復那樣來什麼「雅」，否則會把「愚昧」二字譯成「睿智」，那才叫真正的愚昧。依愚之見，這個標題很簡單，就是: Idiocy as a Nutrient，很好的一個英文標題，它讓我想起澳大利亞華裔作家高博文（Brian Castro）的一篇文字，標題是：Necessary Idiocy。講的是一個類似的問題，即如何探索人類的「愚昧」，將其作為創作的一種動力。該標題譯成中文是什麼呢？也很簡單，即《愚昧無知，很有必要》。

翻譯的品質

我有個理論，翻譯的品質與譯者無關，而與作者有很大關係。當然，先決條件是，譯者必須是已經達到了很高的水準。毋庸諱言，在我翻譯出版的二十本書中，可以說有些書的原書品質本身就不高。翻譯這種書，心情很差，不可能調動情緒，只能是被動地完成任務，翻完交差拉倒，只要字面上過得去就成。有時候碰到寫得不行的地方時，還會邊翻譯，邊罵娘。翻譯好書就不同了，好書本身有一種力量，能把翻譯本人變好，這就好像面對一個漂亮的女人，就連自己也覺得染上了若干風采。翻譯好書，一邊翻，一邊叫好，願意沉下心來，字斟句酌，把每一段都弄得熨熨貼貼，舒舒服服，那才叫真正的翻譯。原書花了功夫，寫得好。翻譯花了功夫，翻得好。讀者花了錢，讀得愜意，這才叫大快朵頤。

這幾天剛剛接手一本書的翻譯，書名是《致命的海灘》，是一部研究澳大利亞流犯的專著，但原文很棒，翻起來十分過癮，就選第一章第一頁的第二、三段落，以饗你這個讀者吧：

> 以前從未有一座殖民地建立在離母國如此遙遠的地方，建立之時也沒有對其所占國土達到如此無知的地步。在此之前，都未對該地進行軍事偵察。1770年，詹姆斯．庫克船長曾在這座絕對神秘莫測的大陸無人探索的東海岸登陸，在一個名叫植物灣的地方稍事停留，然後又向北駛去。自從那時以來，再也無船來此：整整十七年，沒有片言隻語，沒有人觀察，每一年都像之前的幾千年一樣，鎖定在無邊無涯的歷史之中，只有炎熱的藍天，叢林，砂石和太平洋上清澈如鏡的滾滾波濤那緩慢而有節奏的轟隆聲。
>
> 這一年，這道海岸就要目睹一場從未嘗試過，以後也不會重複的嶄新的殖民實驗。一座未曾探索的大陸即將成為一座巨牢。這座牢獄周圍的空間，囚於其中的空氣和大海，以及整個透明的南太平洋迷宮，都即將成為一道厚度達14000英里的牢牆。

所以，僅僅根據翻譯來談翻譯，這連皮毛都沒摸到，如果從譯筆下能體會到文章之好，原文之好肯定是沒話說的。當然，好的東西也會被壞的譯筆弄差、弄殘，這就又回到我前面說的那個標準，即譯者必須是已經達到了很高的水準才行。

「草書」桉

桉樹的學名是尤加利樹，全球約有700多種，大多數都在澳洲。澳洲一位作家曾以《尤加利樹》為題，寫了一部長篇，獲得邁爾斯·佛蘭克林獎，大意是父親有一個長得天仙一樣的女兒，但誰想娶她，必須能識別他親手栽下的幾百種尤加利樹。這本書後來譯成了中文，我雖有一本，但沒有看過，不知道譯者如何處理那幾百種尤加利樹的譯名。我之所以這麼說，是因為我目前在翻譯的一本澳洲書中，出現了一種桉樹，英文叫scribbly gum。這種桉樹，在目前我手頭所有的英漢詞典中，是沒有釋義的。雖然是一種遺憾，但也給譯者提供了一個創譯的機會。我的處理是把它翻譯成「草書桉」，並加了一個注釋如下：

所謂「草書桉」，英文是scribbly gum，因其樹皮上常常呈現出亂塗亂寫，仿佛草書的痕跡而得名，但迄今為止，譯者手頭的所有英漢字典都無此字，故創譯之—譯注。

由於中文中沒有此詞，故暫時打上引號，如這樣：「草書」桉。

Bennelong

Bennelong Point是雪梨歌劇院所在地，網上—估計大約雪梨的華人百姓也是這麼叫的—把它翻譯成「便利朗角」。這麼翻譯，如果把歷史割斷，當然並無大礙，但一跟歷史銜接起來，就會出現問題，因為Bennelong本是一個名叫艾奧納（Iora）土著部落的部落人的名字，他之所以有名，是因為他是澳大利亞第一位學會說英語的黑人，曾於1792年去倫敦，是倫敦人看到的第一位澳大利亞土人。

根據名從主人的原則，我在翻譯休斯《致命的海灘》這本書碰到這個問題時，就很簡單地把這個字還原成音譯，即「本奈朗角」，而不是什麼「便利朗角」。

養國

收養和被收養，總是一主動一被動的關係，中文裡並看不出來，如養子、養父、養女、養母等。養父母還好對付一點，英文用adoptive parents，避免用動詞adopt，養子、養女則可用動詞adopt的被動語態，譯成adopted son，adopted daughter。這都還好說。不好說的是adopted country這個說法，都無法翻譯成中文。所謂adopted country，是指某人移民到某國並把該國作為接納自己的國家，也就是收養了自己的國家。從字面上看，adopted是被動的，意即不是國家收養了你，而是你收養了國家。從這個意義上講，按照中文的養什麼、養什麼的說法，收養了自己的國家就是養國。這麼說來，澳大利亞就是我們的養國（adopted country），而我們則是她的養民（adopted people）。

Half-brother

英文有些字看似簡單，但不好翻譯，比如half-brother這個字。這天翻譯一書，話說英國18世紀文豪亨利·菲爾丁有個雙目失明的弟弟叫約翰，是鮑街的法官。他有一個絕活，僅憑人說話，就能辨認3000多個不同的犯罪分子身份。但他不是一般的弟弟，而是half-brother。這個字至少有四個意思，同父異母的弟弟，同母異父的弟弟，同父異母的哥哥，同母異父的哥哥，所以翻譯很棘手，後發現亨利11歲時死了母親。所以，此人應該是他父親續弦後生的孩子，亦即他的同父異母的弟弟。

哀思國際

昨天一則新聞說，澳洲一則有關安樂死的電視廣告被撤，原因是有鼓勵病人自殺之嫌。該廣告的策劃單位是Exit International。這個單位的英文截至此時（2010年9月13日晚上9點29分）為止，尚無中文翻譯，這正好像我上午告訴學生所說，為我提供了創譯空間。我第一次試譯，採取的是慣常的音譯：愛斯特國際。細想之下不對，因為exit是退出、撤出、出路的意思。這個支援安樂死的國際組織，要的就是為痛不欲生，恨不得一死了之的人提供一個方便的出路，所以才起這個名字。早在革命年代，毛澤東就曾在《紀念張思德》這篇文章中，寫下了「寄託我們的哀思」這樣的話。「愛斯」不就是「哀思」嗎？於是，我第二次的翻譯，就把這個公司譯成「哀思特國際」。到了第三批學生翻譯到該文第三部分時，我再次意識到，「哀思特國際」帶一「特」字，似乎有些多餘，何不徑用適合漢語習慣的四字呢？故此，才有了上文小標題中的「哀思國際」。

臉

朋友形容人臉色不好看，用的是某人「喪著個臉」，這是湖北話，我懂。今天，ta又用了一個說法，我就不懂了。Ta說：這個人臉臭！Ta連說了兩次，我還是聽不明白，就問：臉臭，什麼意思？Ta說：就是喪著個臉！福建話。

明白了。我忽然想起，2008年去惠靈頓，參加一個詩歌朗誦會，朗誦了我的一首英文詩，標題是：Too much。事後，有朋友告訴我，在紐西蘭英語中，too much不是太過分的意思，而是有good, great的意思。我小吃了一驚。

過後，我又知道了另一個紐西蘭英語的說法，叫做face fart。所謂「臉放屁」，就是打嗝的意思。後來我越想這個詞，就越覺得說得形象。可不，一個人打嗝不覺得，另一個人聞起來就覺得臭得不行。不是face fart又是什麼？

話又說回來，從英語翻譯角度講，「臉臭」這個詞，就是可以借給英文的，在我手中，如果形容某人喪著個臉，可以譯成這樣：His face stinks！

The ungrateful immigrant

這是我寫的一首英文詩歌的標題。這首英文詩有點來歷。當年，我在一位澳大利亞女詩人家談詩歌，她給我的一部尚未發表的英文詩集提了若干意見，其中，她特別提到，我的詩歌給人一種感覺，好像作為移民，我不夠grateful。所謂grateful，就是「感激涕零」，「感恩戴德」，等等的意思。記得當年那些815、816、613等類別的大陸學生拿到PR後，曾在報上發表感激之言，用的一個詞到現在都記得，那就是：滴水之恩，湧泉相報。用英文來講，就是gushing with gratitude。

老實說，我肯定不屬於這種gushing with gratitude之列，因為那天我一回去，就發現自己寫下了這首英文詩，後來還在ABC國家廣播電台朗誦過，又被收錄進了2010年出版的《麥誇裡澳大利亞文學選》中。這首詩，如果你想找的話，還能在網上找到，配有一首愛詩者的中文翻譯，但實話實說，該詩品質有待提高，網址在此：http://tcpss.com/home/space.php?uid=145&do=blog&id=491

有感於此，我覺得還是不如自己來自譯一下我自己的詩更過癮，如下：

《絕不感恩戴德的移民》

你想找個絕不感恩戴德的移民吧
別找了，此人就在這兒
寫詩，寫的盡是什麼how啊，why啊，no啊

你指望我跟主流互動，融為一體
我才不呢，儘管我早就是公民了
我可不像你想的那樣，為了加強國家身份而當公民

我只想在世界各地更自由地來去
你指望我講英語、寫英語
我能說會寫，可這不是為了讓你以為我是English

而是做我現在正在做的事
寫詩，跟你想不到一塊去
你這個國家的人不就是過一天，賺一天嗎！

你以為，我來澳洲生活
就得感激涕零一輩子
你哪裡知道，我早就後悔不該犯了無法改正的錯誤

知道嗎，你也犯了錯誤
多年前，你在我國那麼起勁地推銷澳洲
幹嗎不以誠相待，直言相告：不喜歡混帳王八蛋的亞洲佬！

知不知道，怎麼讓我感激你嗎？
把我公民身份拿掉，把我強遣回國

就像你對多少人做的那樣

你當我說真的？
當然不是
你覺得呢？

Shying

關於shying這個詞，還很有點說頭。它本是個形容詞，說誰shy，那就是說誰很羞澀。你還別說，shy的發音跟xiu，很有點相像，對不對？

二十多年前在上海讀研究所，第一次接觸到澳大利亞人，發現他們很喜歡shy這個詞，而且基本用它來做鑑定人品的一個標準。如某人shy，這人一定很不錯。如去某地，該地的人都比較shy，也說明該地民風淳樸，未受商業的薰染，因此值得勾留。

澳大利亞詩人Les Murray的詩裡，就曾把澳大利亞民房的門口陽台稱作"shy balcony"，即「羞澀的陽台」。這個意象不錯，沒來過澳大利亞的人肯定想像不出，因為這種陽台，幾乎99%的時間不會有人出來站在那兒曬太陽或看書或做別的事。更多的很可能是隔著窗簾縫往外偷看，但除了一條從早到晚都空蕩蕩的大街，基本上沒啥可看的。

Shy這個字，還可以用作動詞。翻譯的這本書，剛剛翻到庫克船長1770年4月22號這天抵達澳大利亞東海岸一處海灣上岸時，遭到兩個土著人的襲擊，其中一個shying rocks at the boat。（p. 53）因為懶，我直接查網上詞典iciba，居然沒有這個字的動詞釋義。估計是「扔」的意思，但還是確認一下。於是動手查了上海譯文的《英漢大詞典》。果不其然，shy的動詞意思，就是指「投擲、扔」。因為成了shying，倒使我驀地想起了一件相關的往事。

眾所周知，史稱第一個來澳的華人叫麥世英，據說是1817年登陸澳洲。其英文名字有好幾個，Mark O Pong，Mak Sai Ying，John Shying。Shying這個字，大約就是根據他的「世英」來的，但已經倒了一個過，原來是名字，現在成了姓氏。幾年前，我在一次翻譯活動中，為一個看上去有些像華人的人士翻譯，接過他的名片後，一眼就發現了他的姓氏是Shying。於是就聊了起來。我單刀直入，直接提起麥世英，立刻就從他那兒得知，原來他就是麥世英的後代。

回頭再囉嗦一句詩歌中的羞字。中國古詩用羞字的很少，手邊能找到的就韓偓這兩句：「酒勸杯須滿，書羞字不勻」。

Shying一詞，居然寫了這麼多。就此打住吧。

越簡單，越要問

我總在告誡學生，翻譯中，最簡單的東西最難譯。例如，手頭翻譯的一本書，稱1597年的一條法律條文是“39 Eliz. c. 4”。直到現在，包括我經常求教的一位澳洲博士，也沒有破解其中的“c”是什麼意思。我另外求教的一個澳洲律師告訴我，“Eliz.”應該是“Elizabeth”（伊莉莎白）的簡稱，但對“c”的意思，他說還要去查法律資料。

再如，一句看似極為簡單的話，也可能讓人抓耳撓腮半天，卻還是不得其解，不得其全解，比如這一句，說庫克船長駕駛著「奮進號」“beating west through the toppling green hills of the Pacific”，直譯下來，就是「穿過太平洋正在傾倒的蒼翠欲滴的青山」。是這樣嗎？看似是，但不能肯定是。對於這麼簡單的問題，需不需要請教？需要！

請教的結果，不僅更正了原文，而且再一次印證了這一年翻譯中得出的另一個結論，叫做「英暗漢明」。先講前面，再講後面。原來，那不是「穿過太平洋正在傾倒的蒼翠欲滴的青山」，而是「穿過太平洋青山一般砸下來的浪頭」。我作為從事翻譯多年的人，在這兒獻醜，是不是覺得有點掉價？是的，但是值得。讓我告訴你為什麼值得。

因為我又有一個新的發現，那就是前面說的「英暗漢明」。正如我在那篇《翻譯即反譯》的文章—當時尚未發現這一明暗點—中所說，英語和漢語在很多方面都是互為倒反的，英漢兩種語言，在比喻的用法上，也是互為倒反的，即英語用暗喻的地方，漢語必須用明喻。上面那個例子是一個特例。再舉幾個別的例子。

我曾翻譯的《軟城》一書（已於2011年出版），有一句話是這麼說的：“Blown up one moment, punctured and shriveled the next, we need to hold on tight to avoid going completely soft in a soft city”。(p. 291)這句話就這麼讀起來，就好像我們已經被blown up, punctured和shriveled一樣。其實不然，因為這是英文在用暗喻，用湖北話來說，是在打暗碼子。進入漢語，就得打開天窗說亮話，得用明喻了，如下：

> 我們一會兒被狂轟濫炸，一會兒又爆胎一樣蔫了下去，因此，我們需要堅強起來，不要在軟城中變軟。

喏，用一個「一樣」，就沒事了。否則你也暗喻一下，看行不行？

再如，在我現在翻譯的這本書中，有句話說：For poorer men, the system was crushing。（p. 37）所謂system，是指英國的監獄制度，而crushing，有壓倒一切之意，其實是一個暗喻。明白了這點，給他明喻一下就行了：「對比較窮的人來說，監獄制度就像泰山壓頂。」

邏輯

英語有句俗語，是這麼說的：one man's meat is another man's poison。翻成中文就是：一人之臠，另一人之毒。也就是說，對一個人來說好吃得像肉的東西，對另一個人來說，就像有毒一樣，難以下嚥。要我說，這句話還可以改一改，變成這樣：one language's logic is another language's illogic，即一語之邏輯，另一語之非邏輯。

此話細講起來太累贅，僅舉剛剛翻譯碰到的一例。1779年，英國下院成立一個委員會，請班克斯談談澳大利亞的情況。據班克斯講，他看到的澳大利亞有"abundance of fish, pasture, fresh water and wood"(p. 57)。這種排序，分別是魚、草、水、木，跟漢語很有出入。我在翻譯時，做了適合漢語的排序：「那兒魚肥水美，草豐林秀」，即魚配水，草配林。由此看來，漢語更合邏輯。更合誰的邏輯呢？更合漢人的邏輯，而不是英人的，否則，那段英文就應該是這個樣子：fish, fresh water, pasture and wood了。

dead

中國人日常說話其實是不避「死」的，動輒就聽到有人說「想死了」，「渴死了」，「等死人了」，「好死不如賴活著」，等等。後來我發現，澳大利亞英語中，也是不避「死」的。一次，一位澳洲客戶到我家來，我才剛剛起床，於是，他半開玩笑地說：some people die in bed。當時並沒在意，只是覺得有點不爽。過後我再回味這句話，發現他說的意思不過是，人最好不要睡得太久，因為「有些人是會睡死在床上的」。我不爽的原因，是因為這樣說「死」的說法，在漢語裡還頗為罕見。

前面說過的一些關於「死」的說法，用英文都可以翻譯，依次為：die of thinking of, die of thirst, die of waiting，儘管1和3例有點勉強。相比較而言，英文用dead的地方，則很不好翻譯，有時根本就無法把dead的意思翻成中文。舉例如下。

曾有一篇文章介紹說，海員走到大海上，如果沒有了羅盤和其他測量工具，還可以通過dead reckoning的辦法來計算。所謂dead reckoning，根據網上「愛詞霸」這個字典的翻譯，就是「航位推測法」，即「利用表徵航向和速度的向量根據船舶某一時刻的位置推算出另一時刻位置的導航方法」。如果這樣翻譯，按字數計算稿費倒划得來了，但實在不經濟。其實，可以直接譯成「死算」或「硬算」。

這樣做，至少可以把「死」在翻譯中保存下來。下面兩例中，就沒法保存了。在手頭翻譯的這本書中，僅三頁，dead一字，就連續出現兩次。一次是在解釋為何當年英國不願意把澳大利亞作為流犯殖民地時，主要是考慮到該地不像美國，流犯一去，英國政府就可擺脫負擔，而澳洲無利可圖，流犯去了還是國家的一個dead charge。Charge是責任、負擔的意思，但死責任、死負擔，這恐怕是任何中國人都無法接受的，更不要說責任編輯了。只好丟棄dead，譯成：「那他們生活費用的每一款項就絕對是政府要負責的了。」Dead在這兒成了「絕對」。

第二個地方，說的是當年英國為了掌握海上霸權，需要大量的松木和亞麻，因為這是軍艦製造中的必不可少之物。據休斯說，「74門炮的一級艦的主桅杆基座粗三英尺，從內龍骨到桅冠，拔地而起108英尺—就是一整棵樹，筆直筆直」。（p. 60）其中所說的「筆直筆直」，在英文中是dead straight。你能把它翻譯成「直死了」麼？如果翻譯了，讀者能夠接受麼？

還有一個地方，也用了dead，即dead secret。是指當年第一艦隊來澳，因兵器不足，缺乏修理工具，而成為一個dead secret，不能讓流犯知道，否則會發生嘩變。可是，怎麼翻譯？「死秘密」？「絕密」當然可以，但dead不見了。我的翻譯是：要命的秘密。

虛擬

所謂虛擬，就是把不可能的事當成可能的事來說。比如說：哪怕你燒成灰了，我也認得你。骨頭燒成灰了，撒進大海裡了，你當然不認得我，真是豈有此理！不過，虛擬就是虛擬，就愛揀虛的事，當實的說。

當年，朋友密勒的長篇小說獲邁爾斯．佛蘭克林獎，在席間跟我說了一句話，說：要是該書主人公浪子為原型的艾倫— 一個五十歲開槍自殺的華人藝術家—知道此事，he would have turned in his grave。此話直譯，就是：他要是知道獲獎了，肯定會在墳墓裡翻個身的。當然，他肯定不會翻身，這是肯定的，但虛擬讓他翻了身。換句話說，按照中文的說法，就是如果艾倫有知，定會含笑九泉了。這種說法，英文裡沒有，得找漢語進口，那麼，這個進口商當然非我莫屬了，如是：He would have smiled in the Nine Springs。要讓英美澳加新，以及全球說英語的人知道這個九泉或nine springs，可不是三言兩語說得清楚的，就跟中國人不知道誰在墳墓裡會翻身一樣，是同樣難以理解的。

每期翻譯學校的教材中，都有一篇文字，需要從英文翻譯成中文，其中一段，始終是學生的難關。簡單得一塌糊塗，難譯得也一塌糊塗，關鍵原因，就是不懂虛擬。該文談的是英國《牛津國家傳記詞典》出版一事，說該詞典計有55000個詞條，6000萬字。該書的出版：would have delighted Johnson, and astonished him。

Johnson是當年對傳記特別感興趣的18世紀英國文學家和詞典編撰家Samuel Johnson。說這本辭典出版，會讓他高興，同時也感到驚奇，這是什麼話？他不是已經死了幾百年了嗎？當然，這又是虛擬，是英文說一半，藏一半的虛擬，即不說他如果九泉有知，就會如何如何，而只說會讓他又驚又喜或驚喜參半。這麼理解下來，這句話就很好解，也很好譯了：如果詹森九泉有知，定會驚喜參半。

現在回到最前面那個燒成灰也能認出來的比喻，也可以照此辦理，譯成這樣：I would have recognized you in your ashes。就這麼簡單，但請記住：要用would，要在would後面夾一個have done之類的完成時，同時，還要只說半句話，即要把「哪怕你燒成灰了」藏起來不說才行。

水汪汪

翻譯中常會遇到這樣一個問題，一個對我來說的新問題，英文用來描述一個人容貌的詞，放在漢語中哪怕十分準確，也不到位。比如liquid這個詞，指液體，但作為形容詞，可以形容人的眼睛，即水汪汪的意思。

好了。關於當年被喬治三世指定為植物灣第一任總督的亞瑟・菲力浦船長，休斯筆下是這麼描繪的：「他身個瘦小，鼻子很長，下唇有點耷拉下來，顱骨像只光滑的梨子」（p. 67）。接下來，他形容他的「十八世紀的眼睛liquid」，「看起來很憂鬱」。很明顯，這是說他的眼睛水汪汪的或水靈靈的，像液體一樣。

且慢。亞瑟・菲力浦是男的，怎麼可能長一雙水汪汪的眼睛或水靈靈的眼睛呢？即便他長的眼睛是liquid（水汪汪的或水靈靈的），也沒法這麼翻譯成中文，因為，在中國人的語彙裡，水汪汪的或水靈靈的這兩個形容詞，是女人的專用。換了男人，如果非用「汪汪」的意象，那就只能用「淚水汪汪」了。

這，就是翻譯的難度。什麼叫嚴復的「信」？一個字等於一個字嗎？一個字的意思等於另一個字的意思嗎？那麼，「水汪汪」在英文中可用於男性，在中文卻不能用，你怎麼信法？依我看，所謂信，就是不信。不信你看，這個liquid，最後翻譯成了「清澈透明」，也就是亞瑟長著一雙「清澈透明的十八世紀的眼睛」。

開倒車

把英語譯成中文，很多時候就是一個開倒車的過程。剛剛碰到的這段文字，講的是1787年，英國流犯啟程前往澳洲，拓殖新南威爾士的一幕，全句如下：

> The convicts came rumbling down to the Plymouth and Portsmouth docks in heavy wagons, under guard, ironed together, shivering under the incessant rain. (Huges, p. 71)

這句話，可以一絲不苟，順藤摸瓜地譯下去，成這個樣子：

> 流犯轆轆地來到普利茅斯和朴茨茅斯碼頭，乘坐重型車輛，在士兵的看守下，腳鐐銬在一起，在一刻不停地下著的雨中瑟瑟發抖。

按嚴復大人的話來講，信則信也，但似乎有點狗皮不同，是的，狗屁不通（錯在電腦，非我也），因為英語的邏輯，跟漢語的邏輯是反著來的，只有反著去，才能把它意思還原，如下：

> 流犯在一刻不停地下著的雨中瑟瑟發抖，腳鐐銬在一起，在士兵的看守下，乘坐重型車輛，轆轆地來到普利茅斯和朴茨茅斯碼頭。

英文從結果說起，一直說回去，說到囚犯在雨中發抖的樣子，漢語則相反，從發抖的樣子說起，一直說到他們走到碼頭的情景。看來，要想學英文寫作的人，可能得好好想一下，如何把漢語的思維，事先顛倒一下，再來下筆。

軟骨

記得那年去日本，看到一則消息，說日本有個來自東北，名叫楊逸的女作家，獲得了日本最有權威性的文學獎芥川獎。一篇評論文章說，日本人喜歡她，有一個原因，是因為她的語言生動，把很多日文本來沒有的語言素質引入了日文，其中有一個例子是說，她用了「喝西北風」這種中文中一點也不稀奇，但日文中卻非常罕見的話。

說是這麼說，但真的這麼做起來，不一定是很討好的事。輕者會被人不屑一顧，覺得怪異，重者會被人斥為語言不純潔。

言歸正傳，本人也要來這麼一下了。中文所說的黎明時分，天邊出現了魚肚白，這個「魚肚白」的說法，英文中是沒有的。如果你把它譯成：At dawn, there appears a fish-belly white at the edge of the sky，我個人認為，這是很詩意的說法，而且從英文的角度看，一定是富有創意的，但英文這種小肚雞腸的語言，可能不一定接受得了。反過來說，漢語就肯定是那麼大度的語言嗎？我們不妨試驗一下。比如，我現在這個譯文，講的是1787年英國第一艦隊載著流犯，啟程前往澳洲的一段：「5月13日星期天凌晨三點，黎明前光線形成的第一塊冰冷的脆骨還沒有在海上鋪展開來的時候，第一艦隊就起錨開航，在風起雲湧中，向特內裡費駛去。」

我要說的，就是「脆骨」（gristle），又稱「軟骨」這個字。正如中國人喜歡用「魚肚白」，而不是「雞肚白」或「人肚白」，英語也喜歡用他們覺得形象的字來形容清晨的天空，而他們覺得形象的字不是牛骨或豬骨，而是脆骨或軟骨。只要在Google的Images一欄裡看看，就會發現，脆骨或軟骨遠不如魚肚白，還稍帶點猩紅色。但清晨的天空，雜有熹微帶彩的晨曦，為何就不能是脆骨，而一定要是中國人眼中的魚肚呢？

當然，這沒什麼可爭的，你喜歡用魚肚，你就用魚肚，你喜歡用軟骨，你就用軟骨，一進入翻譯，就會出現讀者接受的問題。畢竟讀者並非都是兩種語言都通的人，即便通，通的程度也因人而異。對於我來說，更喜歡直接地借用軟骨，為中國的語言增光添彩。

前、後

第一艦隊的人啟程來澳時，澳大利亞歷史學家休斯用這一句話來形容他們：「擺在他們的前面的，是時間和空間形成的一個恐怖駭人的空洞。」（p. 77）

這一個「前面」，是他們的正前方，是他們即將去的地方，也是他們的未來。所謂「未來」，就是還未來的，將要來的，總之，就是「前面」。這一點應該是無可辯駁的。

是嗎？

看一看陳子昂的詩，「前無古人，後無來者」，你就有點糊塗了。「前」？什麼「前」？這篇文章前面的「前」面？還是什麼「前」？如果是前面的那個「前面」，那應該是未來，還未來的那個未來，或將要來的那個將來。可陳子昂看到的，卻是「古人」，在未來看到了古人！這個陳子昂，用的是什麼邏輯？這使人產生一種英文說的remembering the future（回憶未來）或back to the future（回到未來）的錯覺，仿佛人類活得太久，過去成了未來，而未來成了過去。

我不擬就這個問題深談下去，也深談不下去，只想指出一個無法解決的翻譯問題，那就是，中英在時空觀上，是完全顛倒錯亂的，至少陳子昂這首詩是個特例。要想把他那首詩翻譯成英文，只有把時光撥回，讓「前」變成後，讓「後」變成前，就行了。實際上，這正是網上某位翻譯所做的，但他或她只是翻譯了而已，而沒有發現我發現的這個小小的發現。

由此，我又想起了一個長期以來一直在思考的問題：一個國家的人如果有一個龐大的群體樂「譯」不疲，是否最後會從翻譯變成「翻役」，受著翻譯的奴役，最終失去對語言這個礦藏中所蘊含特質的應有敏感，每年翻譯（翻役）一本乃至數本書，像我知道的很多人那樣，津津樂道的是稿費拿了多少，字數譯了多少，但你問他一句：發現了多少時，他基本上是回答不出來的。

Deracination

英文的deracination這個詞，原產自法國，即法語動詞déraciner，意思是「連根拔起」。提到第一次發配到澳大利亞的流放犯人時，作者休斯說他們有一種「無根浮萍的漂流感」，用的就是deracination這個詞。

我的翻譯一出手，就想起了一個早就忘掉的比喻，是我1991年4月來墨爾本之前，對一個從上海到武漢為我送行的朋友說的。記得我當時說：這次出國，就像把人連根拔起，又把根子在水裡漂了幾漂，把根子上的泥土都洗淨了，只剩下白生生的根鬚。自那以後，我就再也沒有記起自己說過這話，甚至連文字裡都沒寫進去，直到今天翻譯到這個地方。

其實，把deracination譯成「連根拔起」，可能要比看似是那麼回事，但卻不然的「無根浮萍」更準確。好了，就這麼改譯了！

翻譯錯誤

我曾寫過一篇文章，直接針對嚴復的，標題是《信，不可信》，因為暫時未發，所以恕我不在本文中透露資訊。此處，我要寫的是：譯，不可譯。

翻譯如果都不翻譯了，那從何談起？是的，有些東西是不可譯的，比如錯誤。

休斯談到白人抵達澳洲之前，說了這麼一句："men had been living in Australia for at least 30,000 years"，（p. 8）儘管我尊重休斯的學養，但我還是要說一句：這是什麼鬼話！這話也就是說：「男人在澳大利亞至少生活了3萬年！」人們不禁要問：休斯眼中是否還有女人？

然而，作為一個翻譯可憐的地方在於，他沒法跟原著作者爭吵，他只能充當翻譯。翻譯之所以給人一種下賤的看法，翻譯官在中國人的文學中之所以形象一直不好，多半也跟這種看法有關，因為他不能創造，他只能跟屁蟲一樣地翻譯。

是這樣嗎？我當然不同意。儘管我照樣將錯就錯，將錯就「譯」，我還是做了一條注，毫不留情地抨擊了休斯這個無視土著女性存在的白人男權主義者的謬誤。

還有一種錯誤，是原文本來就有的，比如把does這個字，寫成了do。著者在引用時，加了一個表示原文有誤的符號〔sic〕就拉倒了，因為讀書人都知道是怎麼回事，不用解釋的。輪到翻譯，問題就來了。你能夠照此辦理，也創造一個中文的類似does一樣的助動詞嗎？不能。你能一邊翻譯，一邊解釋嗎？My God，那關於這麼一個小字，你就要說上一大堆話。所以，這一次，我就對不起了，就將錯不「譯」了。

又有一種錯誤，也是被引用者因為文化不高而造成的，比如把hope（希望）寫成hoppes，是不是把它譯成「喜望」，然後做注來加以解釋，以期造成一種文化不高者文筆經常有誤的印象呢？當然可以。我，也就是這麼做的，儘管彼hoppes與此「喜望」，早就不是一樣東西了。

Raise

文字的神奇性在於，一個字的本意，會與其後來引申的意思相去甚遠，到了難以理解的地步，比如raise這個字就是如此，本意是「升起、抬起、提起」等，逐漸轉意成「使復活、使甦醒」，比如raise the dead，就是「使死人復活」，也就是讓一個躺下的死人，重新站起來、升起來。再往下，raise這個字就變得越來越離奇了，以致當我看到這句話時，居然有點不知所云：The fleet raised the Cape Verde Islands on June 18。（p. 79）直譯就是：「6月18日，艦隊升起了佛德角群島。」這是什麼話嘛！

細查字典，查到第13個定義，才發現這原來是一個航海用語，意思是「看得見」。也就是說，那天艦隊看見了佛德角群島。

儘管如此，raise這麼用，還是值得考究。地球是圓的，一艘船在海上航行，大部分是水，看不到陸地，等接近陸地、看得見陸地時，大約就會有種感覺，彷彿是把陸地從水面的那一端「抬」了起來，也就是raise起來，讓陸地「升」起來了。

我在猜想，第一次這麼使用raise的人，一定是個詩人。一個胸無點「詩」的人，肯定不會這麼用字，而是平庸地用see（看見），即從船上可以看見佛德角群島了，云云。

不是這樣的，我要說。這句話的翻譯應該是：「6月18日，艦隊彷彿舉起了佛德角群島，看得見它們了。」

Now or too late

正在聽ABC廣播電台每天上午10點的一個採訪節目，採訪與音樂結合，請被採訪人挑選一些最喜歡的樂曲或歌曲，而被採訪者往往都是澳洲，乃至世界的名人。今天（2010年9月28日星期二）接受採訪的是一個現已功成名就的前越南「船民」Anh Do，是澳洲一個有名的「棟篤笑」演員。以後，我會專門談「棟篤笑」一詞的緣起。他的弟弟Khoa Do也很有名，是澳洲的名導演，而且是2005年的Young Australian（澳大利亞青年年度人物）。

Anh Do提到他父親時，說了一句越南諺語，即沒有過去和未來，只有now or too late。按他父親的話來說，也就是該現在做的事，不要留到以後去做，否則就太遲了。故謂now or too late。

此話不錯，可與英文中的一句話對比，那就是：now or never。用中文來說就是：要做現在就做，要不做就永遠別做。意思與前接近，但更決絕，更沒有商量的餘地，不太有亞洲人的睿智，倒更有極權主義的味道。難道你沒有發現，其實，西方人在很多地方比亞洲人霸權、霸道很多嗎？文字就是一個見證。

Tons

翻譯不僅僅是一個機械的活動，如果能把翻譯的每時每刻記錄下來，是可以寫成一本很有意思的翻譯心理史的。比如，譯筆碰到rainsquall這個詞，跟著又碰到green這個詞，最後又碰到tons這個詞時，居然會在記憶中喚起與之在時空上相距遙遠的迴異回聲。不從事翻譯者，不在此時此刻此地由此人翻譯此書者，是不可能有此種體驗的。

話說此書所描寫的第一艦隊，已經抵達也就是澳大利亞南海岸之下，駛向范迪門斯地，也就是今日的塔斯馬尼亞。這時，有一段很生動的描述，如下：

塘鵝和燕鷗繞船而飛。鯨魚出現在視線中，學名叫Diomedea exsulans的漂泊信天翁經常會從大風吹起的海浪濺沫中冒出來，白色的身體映襯著白色的浪花，雙翅一展開，足有十四英尺長，一聲不響地繞著急降下去的桅杆兜著圈子，然後就消失在暴風雨中。（p. 83）

「暴風雨」，在英文中是一個不常見的字，rainsquall。等我查到它的準確意思時，我的腦海中已經數次出現了高爾基《海燕》那個結尾的名句：「讓暴風雨來得更猛烈些吧！」一個年過半百的人，居然會把那個始終並沒有實現，而且實現了也沒有太好結果、不會有太好結果的句子，記得如此之深，這要感謝中國社會主義教育的力量。

緊接著，作者說：Waves broke green over the decks。這話立刻讓我想起王安石的「春風又綠江南岸」。總把這個句子當成名篇，其實放在英文裡，一點也不足為奇，不就是把個「綠」字當動詞用嗎？！英文幾乎什麼字都可以當動詞用。沒什麼了不起的。相比之下，broke green也有不差的效果，直譯是：砸綠，即「波浪把甲板砸綠」。當然，為了我們挑剔的中國讀者，還是意譯一下、意思一下：海浪在甲板上砸出一片綠色。

最後，作者說：這海浪dumping tons of freezing water down the companionways，我一看見tons，立刻條件反應成「成噸的」。霎時，「成噸的鋼鐵耶，它輕輕地一抓就起來」這個文革時期樣板戲《海港》中的句子冷不丁地從大腦的土壤中突然冒出，直至脫口而出，到現在，我都還能準確地唱出這兩句來。文革作為歷史，已借助京劇或歌曲，在個人的記憶中紮下了無法挖斷的根，這，好像在關於那段歷史的書中，沒有見人談過的。

這句話是什麼意思呢？見拙譯：「把成噸能讓人凍僵的水灌進升降口中……」。

Sexual history

Sex這個字很怪，如果把x拿掉，其發音跟中文的「色」一模一樣，但實際用起來，就是兩碼事了，甚至是倒反的。說某人sexy，與說某人很「色」，就是互為倒反的，一個是性感，一個則是被性感的對象刺激起來之後的色眯眯。

說誰與誰有sex，那是說他們之間在性交，正合了我英一漢二的理論，即英文一個字，sex，漢語要兩個字才能說清，即性交。順便說一下，我所用的這個電腦軟體，每次鍵入xing jiao二字，永遠不給「性交」，而是給諸如興教、行腳、行剿之類的爛詞，很是煩人。

翻譯文字，永遠是一種選擇，例如，第一艦隊抵達澳洲，在今屬雪梨港的雪梨灣安營紮寨，準備過夜時，突遇風暴，但喝了酒的男男女女，既有犯人，也有水手，都抵不住酒勁，成雙捉對地到岩縫中大幹快上了。關於這次行動，澳大利亞歷史學家休斯是這樣描述的：the sexual history of colonial Australia may fairly be said to have begun。（p. 89）

所謂sexual history，也就是性史，喜歡文雅，但真的做起這檔子事時不一定能夠保持文雅的人，可能還是偏向選擇性愛史，我呢，是這麼翻譯的：「可以公正地說，殖民時期澳大利亞的性交史，就是從此開始的。」而這，就是我的選擇、我的選詞，因為這天晚上，他們只是性交，而不是性愛。以後的人類，雖然也有性愛，但歸根結底，還是興教。不，性交！

迤邐仙

第一位在澳大利亞生活的歐洲藝術家是一位流犯，名叫湯瑪斯·瓦特林，1792年抵澳時，年僅30歲。現在把Thomas Watling這個字輸入Google，馬上就可以找到很多他當年留下的畫作，看上去十分生動逼真。

他在信中把澳大利亞稱作「一個誘惑之國」，「美不勝收」（p. 93），還說她景色Elysian。這個字來自Elysium，一個拉丁化的希臘字，是希臘神話中的天堂，福地，理想的樂土。如果把Elysian scenery譯作「天堂一般的風景」，那也不是不可以，但譯了意，就丟了音。

英譯中，有很多地方難以兩全。例如，當年流犯來澳蓋房，用的都是從Rushcutters' Bay割來的蘆葦，這個地名直譯，就是「割蘆葦者灣」，惜乎現在都叫什麼「拉什卡特灣」，因音譯而漏意。

這些流犯啟程之前，船都錨泊在一個名叫Motherbank的地方，音譯即「馬德班克」。可是，如果分解一下，這一個字中有兩個字，「馬德」是母親，「班克」是岸邊。如何既留音，又留意呢？我的做法是音譯合璧：船停泊在樸資茅斯港外名叫「母岸」的馬德班克。

1788年5月，有一個流犯被土著人用矛槍刺死，該流放工作的地方叫Tank Creek，音譯是「坦克溪」，但中文在音譯英文時，只取了戰爭的「坦克」意，卻沒有取儲水罐的tank意。造成現在說「坦克」，只能讓人產生大炮坦克的形象，卻不會有儲水罐的形象。翻譯在這兒的兩難是，他沒法音意兩全，讓一個「坦克溪」的翻譯，既保持「坦克」的發音，又含有「儲水罐溪」的意思。

現在回到前面講過的Elysian scenery。欲音意兩全，就不能為意而害音，需要有所創造，從音中看出意思來。有意思的是，漢語似乎為Elysian這個詞早就留下了選擇的空間和貼切的意思，只要肯找，就能找到，喏，就在這兒：澳大利亞有著「『迤邐仙』般的風景」。

翹足以待

公說公有理，婆說婆有理，這句話現在可以改一下，叫做英說英有理，漢說漢有理，哪怕說的都是一回事。

話說1790年，在雪梨灣墾殖拓居的流犯和軍官，因英國長期杳無音信，殖民地生活用品銳減，普遍彌漫著消極失望的情緒，儘管如此，澳大利亞第一艦隊的軍官坦奇在日記中寫道：We were on the tiptoe of expectation。

什麼意思？Expectation指「期待」，tiptoe是「足尖」。踮著期待的足尖？是的，踮著足尖期待，就是這個意思。也就是翹足以待。

什麼？什麼！漢婆說話了。哪有翹足以待，只有翹首以待嘛！是的，我也同意，只有翹首以待，但英公卻說on the tiptoe of expectation，沒說on the head of expectation。

現在的情況是，誰說都有理，但英文翻譯過來，就不再是英文，而是中文，不削英足適漢履還不行。其實，說得更準確些，英文的原意是翹趾以待，沒辦法，漢語非得翹首不行。那就翹首唄！說來說去，還是兩個字：反譯，翻譯即反譯。

盈滿釋痞者

幾乎所有字典，都把Emancipist這個字解釋為「刑滿釋放者」，還要注明「〔澳史〕」。其實這樣的解釋很難令人滿意。

據休斯解釋，所謂Emancipist（注意，該字打頭的e，一定要大寫），是

指「刑滿釋放後，願意繼續留在澳大利亞，開始新生活的犯人」。（p. 106）

我呢，則在Emancipist和「刑滿釋放」之間，找到了某種近似，音的近似。你看，前者有一個man，同「滿」，還有一個ci，同「釋」。如果再牽強附會一下，還可以把E和man連讀一下，還是否有點「刑」的味道，如果你來自南方的話。

好了，廢話少說。我在處理這個字的翻譯時，沒有跟從字典，而是自造了一個音譯詞：「盈滿釋痞者」，意即已經釋放的惡貫滿盈的痞者，至於他們繼續留在澳洲過新生活的意思，就已經含在字裡面了，不用多解釋，以後一看見這個字，就知道有那麼三重意思在。

四談不可譯

前面說過，錯誤不可譯。隨著第一艦隊來澳的犯人，大多數都是沒文化的，這從澳洲農業之父James Ruse墓碑上的銘文可以略見一斑，該文如下：

My Mother Reread Me Tenderley
With me She Took Much Paines
And when I arived in This Coelney
I sowd the Forst Grain and Now
With My Hevenly Father I hope
For Ever to Remain. (p. 107)

這段文字中，至少有8個錯字。為了讚美，歷史學家休斯還是說：該墓碑的詩文通過「家常的拼音法閃耀著光輝」。

我的翻譯如下：

媽媽溫和地教我讀書寫字，
在我身上耗費心力。
我到達殖民地後，
播下了第一顆種子，今後，
我希望和我天上的父親
在一起，永世永生。

同時加了一個注解說：「所謂『家常的拼音法』，是指該詩文的用字拼法不規範，如把read（讀書）拼成Reread，把pains（操心）拼成paines，把Colony（殖民地）拼成Coelney，把first（第一）拼成Forst，等。如果有不可譯現象，這就是不可譯一譯注。」

二字詩

詩歌的發展，簡單點說，就是一個由簡至繁的過程。先《三字經》，三字一行，一竿子插到底。跟著是《詩經》，四字一行，也是一杆子插到底。接著是五言、六言、七言，然後是長短不一的長短句，到現在就說不準了，連形似散文的散文詩、形似小說的verse novel（詩小說）、形似戲劇的詩劇都有了（當然，詩劇以前就有）。

記憶中，古詩的最低單位是一行三字，低到二字，可能就沒有了。在網上查了查，確實好像沒有。這一點，不如英文。例如，英文就有二字詩。英國詩人Robert Herrick（1591-1674）曾經寫過一首很不錯的悼亡詩，全詩如下：

UPON HIS DEPARTURE HENCE

THUS I
Pass by,
And die:
As one
Unknown
And gone:
I'm made
A shade,
And laid
I' th' grave:
There have
My cave,
Where tell

I dwell.
Farewell.[8]

有一本書裡把該詩處理成三言，竊以為不理想，是這樣的：

我如此
就消逝
而去世，
像一個
無名者
死去了；
我變成
一個魂
被埋進
墳墓裡，
我有穴
在此地。
這地點
我長眠：
哦再見。

該詩唯一做到的是，原詩三行一換韻，譯詩也是三行一換韻。拙譯不滿其二言換三言的做法，試以二言翻譯如下：

《悼亡人》

吾生
已逝
已去：
吾人
無名

8 出處在：http://www.luminarium.org/sevenlit/herrick/hisdeparture.htm

無實：
宛若
幻影
無形
入土：
入墓
寓於
穴中
道聲：
別了。

其實，我用中文寫過一字詩，但現在一下子找不到。我倒想看看，這首每行一字的中文詩，是否能夠翻譯成英文。

Black eye

在看古希臘詩人埃斯庫勒斯（西元前524-456）的詩（別人通過英文轉譯的），讀到一處，眼睛一亮，是這麼說的：Until the black eye of the night released us，立刻在下面劃了一道橫線，覺得這樣形容黑夜的詩句，好像還是第一次見到，當然，顧城有一句用濫了的比喻：「黑夜給了我一雙黑色的眼睛」云云，跟這還不一樣，因為這是「夜晚的黑眼睛」。其實我覺得有味的不是這個，而是black eye，因為在英文中，black eye還有「眼睛打青了」或者「眼眶打青了」。如果說to give someone a black eye，表面上看是「給某人一個黑眼睛」，言外之意或言下之意卻完全不是這個意思，而是「把某人眼睛打青」。

寫到這兒，我就在想，把顧城那句「黑夜給了我一雙黑色的眼睛」翻譯成英文的人，不知道會不會出問題。一上網，就發現還真出了問題，是這麼翻譯的：The dark night gave me a pair of black eyes （http://wenwen.soso.com/z/q214176800.htm）。好笑！這句詩翻回來，就成了打油詩：「黑夜把我雙眼打青了。」

前面說過的那個"black eye of the night」一語雙關，既是「夜晚的黑眼睛」，又是「夜晚打青的眼睛」。多棒！我更喜歡「夜晚打青的眼睛」，被夜晚打青了眼睛的話，那就去找夜晚打架吧。

再多一句嘴。漢語翻成英語，還有一種眼睛也會給人造成困難，即「青眼」，阮籍喜歡給人的那種眼。何謂「青」色？當然是黑色，即正眼看人時，黑眼睛在正中的顏色，反之就是白眼。這至少有兩個困難。一是前面講過的。如果阮籍給人「青眼」，你就沒法把它譯成：Ruan Ji gave someone a black eye。那就完全弄擰了，就成了：阮籍把人眼睛打青了。

另一個困難可能更好玩。即便你用英文費了半天唇舌，把「青眼」的來龍去脈講清楚，告訴白人說：黑眼睛在正中看人，就是看得起誰，就是「青眼」，那人家問你一句：那我藍眼睛怎麼辦？我們可沒有to give someone a blue eye的說法！

Interesting time

手中在翻譯一篇澳洲藝術家寫的關於在北京當駐地畫家的英文文章，平實的文字中，突然冒出interesting time的字樣。她是說，在北京798這個比較髒亂的地方暫住一陣子，應該還是一個interesting time的。

這個interesting time，當然可以很簡單地處理成「很有意思的一段時光」。其實不然。Interesting time來自一句西方人杜撰出來的中國成語，甚至是中國咒語，往往在詛咒人時使用：May you live in interesting times！直譯是「願你生活在有意思的時光！」意譯呢？沒有，因為根本無從找到該文原來的中文成語或咒語。有些瞎猜的人把這句話猜成「斷種絕代、斷子絕孫」，要不就是「願你不得好生、不得好死」，等（參見：http://www.bilinguist.com/data/hy00/messages/13375.html），都顯得有些過頭。

早年來澳，大約1991年，就從一位澳洲博士生同學嘴裡聽到這句話，還說是Chinese proverb（中國諺語），問我知不知道，我當然沒聽說過，而且也想不起任何對應物，直到現在仍然想不起任何對應物，但是，跟他們打交道得多了，我大概知道是怎麼回事。

西方作家筆下的中國人，有一個特點，喜歡引經據典，如美國作家Earl Derr Biggers筆下那個華人偵探陳查理，動輒就援引孔夫子的話。可能因為受這種影響，也因為西方人有一種無中生有、無中創有的傳統，他們偶爾會在談話中，完全根據當時當地的情況，半開玩笑地塞進一句Confucius says（孔夫子說）的什麼名言，其實或許根本就沒有這種事。有一次，我的作家朋友Alex就這麼來過一句，當我告訴他說：我怎麼從來不知道這句話，他說：其實我也不知道，說完哈哈大笑起來，並解釋說：我們有時候就喜歡這麼「造」一句話。好玩嘛！

從創作角度來講，不能不說這是很有啟發的，但從翻譯上來講，就提出了嚴重的挑戰。什麼叫「很有意思的一段時光」？放在英文裡，馬上就能讓人想起那句杜撰的中國老話的英譯，May you live in interesting times！放在中文裡，它卻無法引起任何聯想。如果是創作，當然可以自由發揮，但是翻譯，我卻只能暫時認輸，勉強直譯之。

She

跟漢語一樣，英文也是大男子主義的、男權主義的。休斯《致命的海灘》一書中，談到澳洲在白人登陸之前，就已有土著生活幾萬年時，說了這麼一句話：men had been living in Australia for at least 30,000 years，也就是說：男人在澳大利亞至少已經居住了3萬年。作為男人的休斯，在寫這句話時，怎麼也沒有想到，他應該多加一字，即women，這句話才算說得到位。他受語言男權主義約束的大腦，當然無法超越這個限度，就跟哪怕思想再先進的中國人，想用「嫉妒」二字時，都沒法因該詞有歧視婦女之嫌而避免不用，因為把「嫉妒」二字的「女」字旁拿掉，換上「男」字旁——男人的嫉妒心絕不下於女人——是完全不可能的。從這點講，文字決定了思維。

女權主義出現之後，首先要做的很多事情之一，就是要肅清浸透了男權主義的文字的流毒，在本該用he的地方不用he，而用she，或者二者兼有之，即he or she。這篇東西的產生，源自手頭翻譯的一篇女作家的文章，其中談到她手拿地圖，在北京遊覽奧林匹克公園的情況時，是這麼說的："It is dotted with little red Ms so the traveller can see that she is never far from a McDonald's。"（地圖上到處都標著紅色的小M字母，這樣遊客就知道，她離麥當勞不遠了。）稍微細心一點的人就會發現，這裡的「她」，本來是應該用「他」的。如果你這麼想，你就差矣，你肯定沒有經過女權主義的洗禮。

我剛才說過，ta字其實很好解決，用英語來說就是he or she把him or her如何如何了。雖然囉嗦了一點，但只有把一個百分之百含糊其辭的問題，變成50%含糊其辭的問題，這個問題就比較容易解決。到末了，法官會問：請你解釋一下，究竟是he還是she把him還是her推倒在地上了？

你可千萬別以為，把人推倒在地的一定是個he。有過辦案經驗的人都知道，當今的女士在打鬥方面，也是絕不下於男子的。不過，這已經超出了本題範圍。

Teenager

英語最惱火的一個詞，莫過於teenager。看看字典是怎麼解釋的吧：（13-19歲的）青少年。這樣一來，每次一出現I was a teenager then的字樣，就要翻譯成「我當時還是個13-19歲的青少年。」很煩人的一件事。

事在人為，字在人譯，幾乎沒有什麼問題，是在翻譯中解決不了的。我發現，直到2005年前，我翻譯的書中，基本沒出現這個字，即便有出現，我也沒有更好的譯法。我從2005年出版的譯著《英語的故事》開始，到2010年出版的《有話對你說》，就開始拋棄字典譯法，採用我自己的音譯了，即「挺奶仔」。

《英語的故事》中，「挺奶仔」第一次出現時，我加了引號，還加了一個注解說，所謂「挺奶仔」，是指「英文的teenagers，專指13至19歲的青少年，故譯，後同—譯者」。在2010年年底或者2011年年初即將出版的拙譯《中國英語史》中（已出版，標題改為《中國式英語》），也做了類似的注釋。

不過，到了《有話對你說》，我就乾脆把注釋也扔掉了，徑直採用三字打引號的「挺奶仔」用法。這本書中文451頁，teenager共出現27次，也就被27次翻譯成「挺奶仔」。書出來後，居然照單全收，正中下懷。

直至今日（2010年10月9日），谷歌網上沒有一個「挺奶仔」的用法。這對一個以文字創造、文字譯造為己任的翻譯來說，不啻是一個令人振奮的消息，因為這說明，在我之前，沒人這麼譯過。而且也說明，我是第一個創造此詞的人。

短話長說

英文是一種精簡之語，相比較而言，現代漢語極為囉唆。隨便舉幾個例子。前面講過，雪梨歌劇院所在地的Bennelong，據說是以一個澳洲第一個能說英語的土著人本奈朗的名字命名的。此人後來increasingly sodden and pugnacious with rum。此句中的sodden和pugnacious二字，就沒法簡單地也用兩個漢文字處理，以我英1漢4的原則，可以翻譯成：本奈朗「逐漸越來越愛喝朗姆酒，經常爛醉如泥，特別好鬥」。

有時候，英1漢4還不行，一個英文字，可能要翻譯成七八個漢字，如這句：a land of deformity。僅僅翻譯成「畸形的國土」，味道還沒出來。那就多一點吧：「殘缺不全，畸形變態的國土」。

同理，當說到某人就要make his reputation的時候，當然可以簡單地處理成：他就要成名了，但根據具體情況，reputation一字，可以延展成至少七個中文字：「他就要一舉成名天下知」。

還有的時候，一個英文字，得要譯成9個中文字，如spindrift這個字，意思就是「大風吹起的海浪濺沫」。

又如pinprick一字，它跟漢語「針尖大的小事」還不一樣，而是「令人惱火的針尖大的小事」，這就英1漢11了。

更有這樣的時候，一句英文，需要分解成兩句中文，如這句：but it seemed unwise to use up the colony's limited stock of gunpowder（但殖民地彈藥儲藏有限，如此耗費似不明智），這就叫英1句，漢2句。

有時哪怕英文一句很短，也得分解成兩句漢語來譯。比如當年新南威爾士軍團在諾福克島為所欲為，強占民妻，打架鬥毆，被一個名叫德林的前囚犯告了之後，該地總督要士兵向德林道歉並give Dring a conciliatory gift。什麼叫「給德林一件息事寧人的禮物」？這句話，得譯成兩句漢語才說得清：「並要求他與德林握手言和，送他一件禮物」。

最後再給一句。英文不長，一句話，漢語不僅說得長，還分成兩句來說。英語說士兵可以為所欲為，subject only to the restraint of a court-martial conducted by their own officers，也就是說「他們只受他們自己長官主持的軍事法庭的制約」。要是在以前，我肯定這麼譯了，但現在，我就要採取切割法，把未盡之意也譯出來，如此：「唯一的制約就是送交軍事法庭，但軍事法庭也是他們自己的長官主持的」。這，就是我的英語短話，還必須漢語長說原則，很難短對短的。

Slaughter先生

昨天到一家車行請人給我受了輕傷的車鑑定，來人和我握手，通報他叫Zed，也就是英文的最後一個字母。大約花了三分鐘時間，他這兒那兒用數位相機照過像之後，就告訴我屆時會通知我具體修車的時間，同時給了我一張他的名片。

我一看名片就「啊」了一聲，說：你是波蘭人嗎？你知道你的名字是一個很有名的波蘭詩人的名字嗎？

他說：是啊！但我出生在這兒，不知道那個詩人。

看來沒辦法交談了，於是我立刻告辭上路回到家裡。這個詩人的名字叫Zbigniew Herbert，也就是茨賓柳．赫伯特。我讀博士時看過他若干詩作，覺得不錯，當時有個印象，好像他曾獲得諾貝爾文學獎，後來便憑著這個印象，買了他的全集，結果發現印象錯了。不過，全集看完了，也留下了不錯的印象。

現在把這本集子（600頁）拿在手裡，隨譯幾行—不，僅兩行—玩玩：

「你在獨弦上
演奏蚊蟲的怨訴」（p. 111）
「他們會讓他
沿著一條荒草叢生的小道
在白色大海的岸邊
回到最初的洞穴」(p. 366)

現在來談Slaughter。今早在網上看到一則英語新聞，是關於曾慶紅之子Zeng Wei在雪梨買豪宅事，並沒太大意思，記者四處查訪的行為，也令人討厭，倒是兩個細節引起我注意。一個是參與其事者均不願透露細節。這很好。另一個是該不願透露細節者英文姓Slaughter。譯成斯洛特，簡直不成名堂，因為slaughter的意思是「屠殺」，但如譯成「屠殺」，那就不是不成名堂，而是不像話了。

後來想想，其實該人的姓，在中國人的姓裡也是有的。不是姓「屠」麼，屠夫的屠、屠殺的屠、屠宰的屠、與上述幾個都無關的姓屠的屠。

所以，這個人如果想起一個中文的姓，那就該姓屠了。

一詩三吃

這個標題，來自某人對另一人的評價的啟發。大約20多年前，在上海一家文藝刊物的編輯部，親耳聽到一位編輯對某位名教授的微詞說：他這種做法，就是一菜多做。見我在聽，他笑笑說：名人都是這樣的。

我知道他在說誰，也知道他指的是某名人把東西在他們那兒登了之後，這兒修修，那兒改改，換個標題，又拿到別的地方發表，再「吃」一次。

不過，我這個所謂「三吃」，實在只能算「三譯」，因為一次都還沒有吃過。

美國女詩人Edna Vincent Millay有一首廣為傳頌的小詩，多年前讀過後甚為喜歡，能背誦下來，如下：

First Fig

MY candle burns at both ends;
It will not last the night;
But ah, my foes, and oh, my friends---
It gives a lovely light!

當然，在我新一輪的詩歌翻譯課上，這首詩就成了我讓學生翻譯的第一首詩。我在他們翻譯的同時，自己也在電腦上當場翻譯了一下，採取了三種形式：五言、七言和自由體。

兩位女生在黑板上譯完之後，我一看，立刻表示稱讚，連說「不錯。」這在我來說，是不大常見的，永遠是批評多，表揚少。我之所以稱讚，是因為她們用了七言，意思比較到位不說，還押著不錯的韻。

跟著我問：有沒有用五言的？一位男生舉手說：有！我讓他朗讀了一遍。他聲音朦朧，速度太快，大家還沒有明白過來，他就已經念完了，引來一陣哈哈大笑。

接下來，是我本人獻醜的時刻，我就獻了，先獻了五言：

《第一顆無花果》

蠟燭兩頭燃，
天明淚始乾。

敵友不必憂，
粲然且四濺。

再獻了七言：

小小蠟燭兩頭亮，
一夜之間即燃光。
朋友敵人何須慮，
蠟燭四射放光芒。

最後獻了自由體：

我把蠟燭兩頭點亮，
可能維持不到次日天光。
可是，我的敵人和朋友啊，
它放射出多麼可愛的光芒！

經過三譯而不是「三吃」之後，我提出了一個連我自己都覺得為難的話題：能否嘗試用三言來譯？

鬍子

中國詩歌從古至今，能夠入詩的東西大約包羅萬象，包括垃圾和糞便，但我好像還沒有見到一首關於刮鬍子的詩。大約因為這個原因，又因為我每每不喜刮鬍，老覺得刮掉鬍鬚，頗有點摘掉男性器官的味道，但又不得不為了在公共場合裝門面而刮掉，所以看到美國小說家John Updike的一首刮鬍子的詩後，覺得不錯而向學生展示。由於時間不夠，他們沒能譯出而讓我一馬當先，搶在頭裡。該詩英文如下：

Upon Shaving Off One's Beard

Ths scissors cut the long-grown hair;
The razor scrapes the remnant fuzz.

Small-jawed, weak-chinned, big-eyed, I stare
At the forgotten boy I was.

這詩一看，我就下手了，一氣呵成：

《刮鬍子》

剪刀剪去鬍子，
剃刀剃去茬子，
下巴小了，眼睛大了，
我又成了孩子。

當然，挑剔的人對照原文，可以挑出很多漏譯的地方，如「長得很長的鬍子」，「剩下的茬子」，「很弱的下巴」，以及「瞪著眼睛看那個已經被我忘掉的小男孩」。行了，如此一來，我更要堅持我的不完美的翻譯了，請某位喜歡翻譯詩歌的，接著翻下去吧。

中國人事報

「中國人事報」幾個字翻譯成英文容易嗎？學生的回答是：很容易。翻譯很快就出來了，五花八門，各種各樣，有Chinese Personnel News，Chinese Personnel Daily，還有Chinese Human Resource，以及其他七七八八的，就不一一列舉了，但都不對。

其實這個報紙名不太好譯，需要做點homework，也就是調查研究。首先要看一下該報自己起了英文名字沒有。很多中國的報紙都起了。《人民日報》是People's Daily，上海《文匯報》是Wen Hui Daily，《中國青年》是China Youth Daily，這都是眾所周知的事實。有些報紙不願為自己起英文姓名，《中國人事報》就是這樣。一上其網站www.rensb.com ，就發現是這個情況，原來直接用拼音了，自稱為ZHONG GUO REN SHI BAO。

這在翻譯中不是不可以的，看一看澳大利亞國家圖書館的中文圖書目錄就會發現，這是通常做法，一個中文標題，配上一個拼音標題。這個圖書館沒有訂閱《中國人事報》，但訂閱了雜誌《中國人事》，其目錄給定的標題就是Zhong guo ren shi。這個邏輯不難理解，反正西方人不懂意思沒關係，至少可以叫出名字來嘛。

接下來，需要認定一下，《中國人事報》是不是daily，即日報。一查該報主頁就知道它不是日報，而是從1990年代起，由週一而週二最後發展到週三的一種「週三刊」。所謂「週三刊」，就是一週出三次的刊物或報紙。

這在英文中其實也有對應。英文的週二刊是twice-weekly，週三刊是thrice-weekly。現在好了，整個《中國人事報》的翻譯，如果想讓人知其音又解其意，那就可以這麼玩一下，即Zhong Guo Ren Shi Bao (China Personnel Thrice-weekly)。之所以翻譯成China Personnel，是因為網上搜索時，能夠找到China Personnel News這樣一個相對應的詞條，儘管並不權威。

販子和匣子

翻譯中，常會發生一種奇特的現象，某一個英文字，會讓人想起一個中文字，不是以北方方言為基礎的那種現代漢語所接受的中文字，而是某個曾活在人們嘴上、後來以至現在一直活在我記憶中的字，如販子和匣子。

販子或新販子，記憶中是武漢方言，說某人是個新販子，就是說他是新來的，是個新手。二百年前，英國流犯發配到澳大利亞來之前，因全英監獄爆滿，都被囚禁在囚船上，老囚犯叫old hands（老手），但新囚犯不叫new hands（新手），而叫new chums，這讓我想起「新販子」，就給我把該詞翻譯成「新販子」造成了可「譯」之機，事實上我也是這麼翻譯的。

寫到這兒，我想起當年看張谷若翻譯的哈代作品，覺得譯文很土，有一股山東味兒。我並不知道他是不是山東人，現在網上一查，他還真是出生山東煙台。這讓我想起，其實，是可以用自己本地話來翻譯他人作品的，這叫翻譯本土化。

要言不煩，再談匣子。話說此時翻譯的地方，談到這些囚船犯人死掉之後，屍體都會當場以5到6英鎊的價格賣給解剖師，賣不出去的就埋掉，埋在一個被人貶稱為「老鼠城堡」的地方。可能要比中國人說的「萬人坑」要好聽一點。在這個地方，牧師就會對著裡面裝滿石頭和沙子的box說一番話。我在此停下，因為我想起了一句家鄉的罵人話，叫「促匣子」。所謂「促」，是土話的聲音模擬，土話是zou，標準中文是沒有這個字的，意即「塞」，也就是說人死後塞進一個小匣子、小棺材盒子裡。沒想到英文也有這個box（匣子）。不用我多說，你也大約猜到我把它翻譯成什麼了。是的，我用家鄉話來翻譯了box這個字。

Nice and

現講一個跟nice and無關的故事。最近在看一本心理學的書，其中講到承諾的重要性時，舉了一個例子。某心理學家做了一個試驗，分別告訴兩組人，星期天早上7點有一個重要會議，這是一個誰都不願意起來的時間。一組人被告知時間和具體內容，結果願意參加者人數很少。第二組人告訴的方式稍有不同，只告訴會議及其內容，並問是否願意參加這樣的會議。等到被告者表示願意之後，才告訴他具體的時間，但這時，承諾已經作出，所以，百分比很大的一批人都表示即使時間安排在7點，他們也願意去。

這個小小的心理學，居然被我站櫃台的女友學去了。她還沒在該店開始工作時，就有一個衣架子在那兒，去了幾年也沒賣掉，上面蒙滿了灰塵。一天，來了一個顧客，問起該架子多少錢，女友告知說：29元。顧客問：能不能給一個discount。這個時候，完全可以說：沒有discount，然後就採取要買就買，不買拉倒的態度，而這就是她以前的態度。聽過這個心理學的故事之後，她腦子裡轉了一個彎兒，說：如果你真有心買，可以考慮discount。顧客欣然允諾，承諾的諾，於是，小小的discount一給，這筆生意就做成了。

然後，女友把衣架擦得乾乾淨淨，交給顧客，顧客非常高興，說了一句：nice and clean。

我問女友：知道什麼叫nice and clean嗎？

女友想了一會兒，說：乾淨而又漂亮嘛。

我說：不是。再想想是什麼意思。

女友說：不就是很好，很乾淨嗎？

我說：你基本觸到了一個關鍵字，那就是「好」。英文的這種說法，跟漢語一樣。我們說好乾淨、好冷、好快、好大，等，這個「好」字，相當於英文的very，也相當於英文的nice and。

接著，我給她舉了幾個用nice and的例子，如nice and cold（好冷），nice and warm（好熱），nice and big（好大），nice and funny（好好玩），等。在這一點上，英文與漢語之間的差別幾乎減小到零，除了一個and之外。

Cathartic

翻譯的那本流犯史的書中，提到流犯在來澳大利亞途中，時常會自編自演業餘戲劇，還舉行模擬的審判，這一切，在Hughes的筆下，被稱為cathartic。我記得這個字指的是「淨化」或「具有淨化作用」的意思。為準確起見，還是查了一下。一查字典，不僅啞然失笑。原來這個曾經很讓中國學者和文人肅然起敬的詞，居然跟「精神淨化」並沒有直接連繫，它的本意就是瀉藥，特別是指通便的那種。難怪，最近我還在想，一個人大便是否暢通，往往與大腦是否通暢有關。大便不通暢，腦子裡總覺得堵得慌，仿佛大便塞在大腦裡。如果這天大便從一早就像頭天夜裡拖出去的垃圾桶全都倒空，這一天剩下的辰光大腦也感覺神清氣爽，不存絲毫纖塵。此時，我的這種想法，竟然在這個源自希臘的英文詞裡找到了註腳。所謂精神淨化，首先就要身體淨化。一個人血管堵了，就可能產生癌病變或中風。一個人滿肚子都是屌屌，可想而知，其所思所想要是不帶上污染物，那也是不太可能的。話又說回來，具體到詞，還是只能譯成「淨化」，就像隱惡揚善，隱「臭」揚「淨」了。

雪萊

英國詩人雪萊有首愛情詩，英文標題是Love's Philosophy（愛情的哲學），在一個網站上被稱為永恆的三首愛情詩之一。另外兩首是莎士比亞的《商賴詩18首》和Matthew Arnold的Longing（渴望）。今天上詩歌翻譯課，我單挑雪萊那首讓同學翻譯。全詩不長，兩段共18行，如下：

LOVE'S PHILOSOPHY

The Fountains mingle with the river
And the rivers with the ocean,
The winds of heaven mix for ever
With a sweet emotion;
Nothing in the world is single,
All things by a law devine
In one another's being mingle–

Why not I with thine?

See the mountains kiss high heaven
And the waves clasp one another;
No sister-flower would be forgiven
If it disdain'd its brother:
And the sunlight clasps the earth,
And the moonbeams kiss the sea–
What are all these kissings worth,
If thou kiss not me?

這首詩在正式上課之前，我就動手翻譯了，分別用了四言、五言、六言和七言，唯一沒做的，就是用不押韻的自由體。即使從不讀英文詩的人，也可以看出，此詩的上半部分押的是ababcdcd韻，即river對ever，ocean對emotion，single對mingle，devine對thine，等。翻譯詩歌，最難的就是押韻。因此，我用四言、五言、六言和七言來翻譯此詩時，知難而退，有意避開押韻，採取了「無韻體」，暫時不讓學生看我的譯文，而讓他們自己在四至七言的框架內操作。結果發現，四言、五言的一個沒有，可見用字越短，難度越大。六言的只有一個，其餘全部採取七言。下課之前，我把我的七言讀了一遍，不期而然地引來了一片笑聲。現在面對的是讀者，我少不了總要把我的四至六言「擇優」亮相一下吧？頭四行「四」，接下去四行「五」，等等，依次放在下面：

泉水入河，
河流入海，
九天之風，
情感甜蜜。
萬物不成單，
靈肉均相伴。
自然之規律，
你我何必異？
高山親吻天空，
波濤相擁相抱，

姐妹花好月圓，
兄弟友好相處。
千里陽光摟大地，
萬頃海水月光親。
此時你若不親我，
甜蜜又有何意義？

這樣給它玩了一把，還沒用填詞、自由體和散文詩形式呢，可見詩歌翻譯的天地，借用老毛的一句老話，是可以大有作為的。

櫻花詠

A.E. Houseman是英國十九世紀末和二十世紀初的一個大詩人，其小詩我很喜歡，如寫櫻花那首。讀大學時過目不忘，到現在都還記得。這首詩的標題是Loveliest of Trees, the Cherry Now，在youtube網站上不僅有英文朗誦，還被配圖譜曲，做成了多種樣式。英文全詩如下，語言雋永，優美動人：

Loveliest of trees, the cherry now
Is hung with bloom along the bough,
And stands about the woodland ride
Wearing white for Eastertide.

Now, of my threescore years and ten,
Twenty will not come again,
And take from seventy springs a score,
It only leaves me fifty more.

And since to look at things in bloom
Fifty springs are little room,
About the woodlands I will go
To see the cherry hung with snow.

我請一個學生翻譯，她很用心，譯成了填詞：

仲春櫻樹韶華至，
銀裝素，繁花簇，
亭亭玉立林邊路。
菁菁歲月，二十餘載，已付東流去。
人生七十古來稀，
但餘區區五十春，
看不盡，錦繡滿目，櫻花似雪林深處。

不是老翻譯，能夠譯成這樣，應該還是很不錯的。
我呢，譯成了七言，放在下面：

《櫻花詠》

萬樹叢中櫻獨秀，
繁華似錦掛枝頭。
林中馬道亭亭立，
復活節日裝扮素。

人生七十古無多，
二十歲月已蹉跎。
從中減去二十載，
五十結餘不多哉。

觀景賞花須趁日，
匆匆便是五十季。
我欲因之林地遊，
一覽飛雪滿枝秀。

此詩細讀之下，還是有瑕疵的，這個瑕疵，就是過於囉嗦，七十、五十、二十的，來來回回用去了五行詩，實在太浪費文字了！

不過，該詩有一個地方，竟然跟中國古詩相合，那就是用了things in bloom（開花的事、開花的東西）這幾個字，中國古詩也有，即「花事」。宋代王淇《春暮遊小園》一詩中，就有「花事」二字，其詩說：「一從梅粉褪殘妝，塗抹新紅上海棠，開到荼蘼花事了，絲絲天棘出莓牆。」

倒行逆「詩」（1）

詩，哪怕不翻譯，在很多時候，也是跟社會價值觀倒著來的。這至少是詩的一大特點，否則，為何很多人都不看詩？尤其是富人，或者想當富人，一房、二房、三房、四房、五房樂此不疲買下去的人。美國詩人Edwin Arlington Robinson寫過一首詩，題為Richard Cory，是說有個名叫Richard Cory的富人，每每從路上走過，都讓當地的窮人豔羡眼饞，巴不得都能像他那樣也腰纏萬貫。結果有一天，到了詩的末尾，這個富人不為什麼，就put a bullet through his head（把一顆子彈射穿了他的腦袋），也就是說吞槍自殺了。富到吞槍自殺，就這麼簡單。這讓窮人明白了，越有錢的人，可能過得越危險，越沒有意思。

該詩有句說：He was a gentleman from sole to crown，即「他從頭到腳都是個紳士」。你若仔細看英文，就發現不對，因為它是「從腳到頭」，也就是「從腳底板到頭頂心」。這跟中文是反著來的。中文哪怕就是表現後一個意思，也是說「頭頂生瘡，腳底流膿，」是從上到下的順序，而不是相反。

該詩還有一句，是說每當Richard Cory跟那些窮人打招呼，說Good morning時，那些窮人都會「心裡一動。」你覺得英文會用heart這個詞嗎？不會。你覺得英文會用mind這個詞嗎？也不會。英文—或者說詩人—用的是pulses這個詞，也就是脈搏，也就是說，他這麼一打招呼，讓他們都「脈動」起來。

該詩還有一特別的字，slim（苗條），是用來形容Richard Cory的。這在漢語裡可不行，因為「苗條」一詞屬女性專用，不能用來形容男人，除非開玩笑，但在這首詩中，卻說Cory先生imperially slim（氣度不凡，身材苗條）。可見，英文的slim一詞，是男女都可使用的，就像那種男女都可使用的unisex廁所。當然，說某人苗條，還暗喻著他富有。在整個西方，窮人的最大特徵之一，恐怕就是肥胖。窮人之窮，就是肥胖到不能動的地步。富人才有時間出行、鍛鍊身體、少吃或不吃垃圾食品。

這都是些什麼樣的窮人呢？他們went without the meat and cursed the bread，也就是說，他們吃飯沒肉，麵包難吃得讓人罵娘。說到後面這點，讓人想起兩件事，也是倒反的。中國人說「菜籃子工程，」英國人從來不說「菜籃子」，而只說bread basket（麵包籃子），因為他們的籃子不是用來盛菜，而是用來裝麵包的。其次，他們窮人麵包難吃得讓人罵娘，這跟大陸一句流行語恰恰相反。老百姓的生活其實很好，但總要罵罵咧咧，怨言不斷，這叫做：拿起筷子吃肉，放下筷子罵娘，對共產黨不滿嘛。

美國詩人Robert Frost關於生活有一句名言，他說只需要用三個字就可以概括生活中的一切，即It goes on。這句話用三個漢字無法解決，除非說他的意思是：活下去！其實不完全如此，因為他的意思是說：無論發生什麼，「生活在繼續」(it goes on)。他的一首名詩是The Road Not Taken，說的是在林中面對兩條岔道，最後選了一條人跡罕至的路，但他的說法很奇怪，用我的話來說，是很「倒行逆『詩』」的。他說他面對這兩條岔道時，感到sorry，因為他could not travel both/And be one traveller。直譯是說他「無法走兩條路／而同時又是一個行者。」這話用漢語沒法說，只能倒過來說，也就是說「他只是一個行者，無法同時走兩條路。」進而言之，他分身乏術，無法腳跨兩條道，腳踏兩條船。再進而言之，他縱使有兩條腿，也沒法同時走兩條道。

最後，在詩歌的結尾，他說，在兩條道路的選擇中，他走了不大有人走的那條：And that has made all the difference。對待這個all，不少學生以為是「都是」或「所有」。其實，這又是一個「倒行逆『詩』」的例子，所謂「所有」，其實就是「唯一」即「唯一的差別」，就是走了人跡罕至的那條道。

倒行逆「詩」（2）

2010年，馬建應邀來墨爾本參加作家節。組委會請我把他準備朗誦的D. H. Lawrence（勞倫斯）的一首詩譯成中文。一開譯就發現，這首詩必須逆行，才能進入中文。現將該詩英文的第一段放在下面：

Being Alive

The only reason for living is being fully alive;
and you can't be fully alive if you are crushed by secret fear,

and bullied with the threat: Get money, or eat dirt! —
and forced to do a thousand mean things meaner than your nature,
and forced to clutch on to possessions in the hope they'll make you feel safe,
and forced to watch everyone that comes near you, lest they've come to do you down.

《活》

唯一的活法，就是徹底地活。
不能心裡悄悄地讓恐懼壓著，不能讓人用這樣的話威逼：
「不賺錢，就去啃泥地！」
不能違心地去幹虧心事。
不能當守財奴，以為守，就安全。
不能一有人走近，就懷疑人家要傷害你。
否則，你沒法徹底地活。

如果仔細對照，就會發現，中文最後一句「否則，你沒法徹底地活」，實際上是英文第二句開始的"and you can't be fully alive"。捨此別無他法。不信你自己試一試。

信不可信，達不可達，雅不可雅

整個中國大陸翻譯界最悲哀的地方，莫過於讓嚴復的信達雅「三字經」統治霸道了半個多世紀。現在該來肅清一下流毒、嚴毒了。

先從2010年3月份在加拿大舉行的一場國際自譯會議講起。該會議的主題是：Literary Self-Translation: When Author and Translator Collide（文學自我翻譯：當作者和翻譯發生衝突時）。這句話讓我一看就嗤之以鼻，覺得西方人看問題，永遠只看到問題的一半，而且總是衝突的那一半。他們怎麼就看不到，自我翻譯的時候，作者和譯者不是發生衝突，恰恰相反，而是作者和譯者發生了戀情，正在做愛呢？

由於本人從事自我翻譯多年，應該是有充分發言權的。一旦進入自我翻譯領域，嚴復的那套陳詞濫調，以及所有其他的翻譯理論都不攻自破，信不可信，達不可達，雅不可雅了。很簡單的一個例子，我Ouyang Yu翻譯我歐陽昱的東西，就可以不信，不達，也不雅。你的理論套不上我，更套不住我。

話又說回來，其實雅是不可雅的。有很多文字，根本不雅，比如我最近出版的翻譯長篇小說《有話對你說》中，兒子戲稱爸爸是Mr Cunty Cunt。這句話就是請老嚴復從墳墓裡爬出來，恐怕也沒法雅，除非乾脆不譯。它的本意是：屄屄先生。（p. 21）如果不這麼譯，就無從談什麼「信」。事實上，本人就是這麼譯的。事實上，該書出版後，也是這麼用的。不信買本看看。老子的書是不借人的。

進而言之，達也是無法達的。美國作家Theodore Dreiser的文體是出了名的滯重拖遝，以海明威的簡潔明快作標準衡量，肯定不達。如果講「信」，那就必須譯出其拖遝和滯重，甚至到詞不達意的程度，而不是相反。不達，才能信。

最後，就連信，也無法信。前面已經舉過例子，我們說從頭到腳，他們說從腳到頭，我們說女人苗條，他們說男人苗條，我們說心涼如冰，他們說心涼如粘土（as cold as clay），我們說百分之百地肯定，他們說完美無缺地肯定（perfectly sure）。照他們那樣說放在中文裡，人就會覺得不信，照我們這麼說翻譯，人就會覺得信，但實際上已經不信了。所謂信，也不可信。

所以我說，翻譯，與信達雅毫無關係，它只與一樣東西有關，就是創。

Bottom and top dogs

休斯有句話說：No classless society has ever existed or ever will. Every group has bottom and top dogs，（p. 173）被我翻譯成：沒有階級的社會從來都不存在，今後也不可能存在。每個社會集團都有「頂狗」和「底狗」。

怕漢語讀者接受不了不加引號的頂狗和底狗，我特意加了引號，但免了注釋。漢語讀者雖然不是所有的人都文化特高，但至少應該懂得頂狗和底狗的意思。現在需要查證落實的是，網上是否有同樣的說法。至於字典，我決定不查，因為字典永遠是落後的，而且永遠趨於保守。

根據今天（2010年10月23日）的調查，谷歌關於「頂狗」和「底狗」，僅有18條內容，其中真正相關的，只有兩條，順手摘來一條給大家看看：

> 權力和聲望結構層次分明，top dog占據道德高地，有與眾不同的話語權，一旦規矩妨礙手腳，就放膽改規矩，不怕別人嘰嘰喳喳講閒話。但bottom dog不衝破成規的束縛卻難翻身。循規蹈矩的永遠是最正常、最普通、最多數的middle dog，做不了出頭釘，只能隨大流走。商界的「頂狗」偏愛不同凡響的怪人，而「底狗」只能挑人家剩下的。頂狗和底狗都不按牌理出牌，麥肯錫跟濫公司招手的可能是同一批天才或白癡。他們只是一線之隔。美國學界看一個人的整體貢獻。亞洲處處聽到甚麼SSCI的聲音，起初聽不明白，原來是美國湯姆森商業公司選一批期刊入電腦庫，稱為「社會科學引用指數」，一按鍵就啪啦啪啦算出那個大學在上面登幾篇。亞洲各大學患了嚴重的「第三世界身份焦慮症」，為證明自己是條「中狗」，還想沾一點「頂狗」的邊，於是一心爭排名。〔參見：http://blog.tianya.cn/blogger/post_read.asp?BlogID=363491&PostID=10582048〕

究竟字典怎麼解釋，還是不能妄下結論，查了再說。果不其然，讓我失望。陸谷孫主編的《英漢大詞典》釋義是：（鬥狗中）奪魁的狗，領導，首領，等。（p.1997）王國富主編的《麥誇裡英漢雙解詞典》釋義是：領導人，首領，頭，老闆。（p. 1693）都失去了原文「狗」的形象。

如果大家認為「狗」的形象可留可不留，那就容我說一句：以後提到dog eat dog（狗咬狗）時，就說領導咬領導，頭咬頭好了。何必保留「狗」的形象呢？

香

今早被她喚醒時，我正在沉睡之中。她說：你睡得真香！我在這個「香」字中沉醉了片刻之後，很不情願地爬起來，思緒繼續沿著「香」走下去。用「香」字形容睡眠，是中國人的一大發明。「香」是一種氣味，聞起來香，吃起來香，但不能用於觸覺和視覺，不能說誰摸起來香，看起來香。偏偏睡眠這種與味覺、嗅覺、觸覺和視覺都不相干的感覺，卻要用香字形容，而且睡得越好，感覺越香，儘管這時鼻子和嘴除了呼吸之外，早已不做聞香識味的本職工作了。

問題還不在此。問題是，「睡得真香」這句話譯成英語後，也會變得同樣沒有邏輯。中文的「香」，相當於英文的sound。這兩個字你試著發發音，還很相似，但僅此而已。英文的sound作名詞，是「聲音」的意思，卻可當作形容詞，用來形容睡眠。所謂sound sleep，就是「睡得很香」的意思。一個本指「聲音」的名詞不幹正事，卻去形容睡眠，從某種意義上講，跟中文的「香」很相像。

這讓我想起一件別的事。我的一個魏姓朋友談到韓少功的《馬橋詞典》，特別欣賞他根據「馬橋」這個地方老百姓的方言生造的一個詞：哲裡哲氣，並說估計這樣的詞無法翻譯成英文。個人以為，翻譯中雖然常有不可譯現象，「哲裡哲氣」這個字還不屬於不可譯之類，其本意是指當年該地老百姓因批林批孔學哲學而帶上的一種土學究氣，不外乎是以「怪裡怪氣」這種「裡—氣」為結構的，核心詞是「哲」，哲學的哲。可以音譯為zheli zheqi，還可以英漢合璧，譯成philosophically *zheli zheqi*。Philosophical一詞是「哲學的」意思，但也有「看開點」，「想開點」，「達觀」之意。我本來89年來澳讀碩士，卻因「六四」而導致計畫流產。時任駐華大使館文化參贊的周思先生當時就用philosophic這個詞來安慰我。那麼，取philosophic中「哲」的意思，與zheli zheqi熔鑄一體，實在怕人看不懂，還可以加注，也未嘗不可。總之，沒有不可譯，只有不敢創。

上海

上海不是一個好詞，至少在民間有一個共識：交友不交上海人。兒子找女友，千萬別找上海女人。多年前，在華師大親眼目睹一幕，兩男相交，一男說：你他媽別跟我廢話！你要再說一句，老子就揍你。另一男說：哎呀呀，你別這樣嘛，講道理不行嗎？！一男說：我就知道你他媽的是個上海人，就一張嘴。

老百姓如此，英文裡上海一詞也是貶義詞。"shanghai"作動詞，有「拐騙、誘拐、劫掠到船上服苦役」之意。被人"shanghai"了，就是被人用麻醉劑或烈酒騙到船上當水手。澳洲英文中，shanghai當名詞，還有「彈弓」之意。也可做動詞用。被誰"shanghai"了，就是被誰的彈弓擊中了。小時候樓下一個母親同事的女兒，就是被"shanghai"了之後終身一眼盲目的。

譯書中，正好碰到一例，談到早年不少流犯逃亡，結果在船上生活並不比殖民地好，倒更像被人「上海」了一樣。當然，我也可以用「拐騙」這類詞來應付，但直接「上海」一下，更能體現該詞的歷史意義，於是就這麼用了。譯文如下：

> 大多數囚犯借船逃跑，不過是以一種形式的囚禁，換了另一種形式。這種安排對輪船的主人來說很不錯，因為一旦流犯上了船，就不可能回到陸地—反正是不會回到新南威爾士或范迪門斯地—否則就要冒判絞刑之虞。他等於被「上海」了，夾在前甲板和剝皮刀的狹小空間裡，沒有任何浪漫情調可言。

等到書出版後，再來告訴你編輯是否進行了處理。

風風火火

我曾提出過「直譯即詩」的觀點，道理非常簡單，只有這樣，一國語言才能從另一國語言汲取新血。如果一切均以自己語言的人是否能懂為標準，來決定譯入語的取捨，該語言肯定一團死水，沒有活力。

現以「風風火火」一詞為例。首先，英語根本沒有這種說法。按照常理，這個說法也不可能翻譯成英文，翻譯了誰也看不懂。這不是不翻譯的理由。恰恰相反，這正是必須把該詞翻譯過去的最好理由，因為這樣一種在漢語裡陳腐不堪的說法，一旦進入英文，卻有著開天闢地的新鮮含義。越是他們不懂的東西，越要介紹給他們，讓他們嘗嘗鮮，儘管開始可能會感覺像嘗嘗腥一樣。

這就是我翻譯的wind wind fire fire。在用英文經過一段鋪墊之後（可參見我的On the Smell of an Oily Rag: Speaking English, Thinking Chinese and Living Australian），我讓該詞通過我的英文長篇小說The English Class，堂而皇之地進入了英文。在描寫Jing裸泳那段，他被人發現後，立刻回岸穿衣：putting them on wind wind fire fire。（風風火火地把衣服穿上）。編輯沒改，居然讓它「鮮」了一把，過癮。

現在發現，英文裡其實也有類似「風風火火」的說法。早年澳大利亞殖民地的亨特總督描寫愛爾蘭逃犯駕船逃跑時，曾派人追殲但無果，他用了一個字來形容當時追擊的情況：blistering。原文如下：

Hunter sent a rowboat laden with armed men after her for sixty blistering miles。（p. 213）〔亨特派了一條划艇，滿載荷槍實彈的士兵，風風火火地追趕了六十英里。〕

Blistering一詞，有燙起水皰之意。稍微延伸一點，就是火燒火燎的意思。再引申一點，就是風風火火之意。再引申呢？就要回到我最開始提出的那個觀點，回到起點，把意思還原。當然，如果翻譯成「燙起水皰般地追趕了六十英里」，這肯定無論編輯還是讀者都通不過。所以，看起來這條道還很艱險，要走很遠的路也。

長標題

據說，世界上最長的標題有670個英文字，始作俑者是Nigel Tomm。有興趣者可查：http://www.funtrivia.com/askft/Question43090.html

我今天翻譯的書中，也出現了一個相當長的標題，是一個逃跑流犯未發表的回憶錄（約1838年），全文是：A narrative of the sufferings and adventures of certain convicts who piratically seized the Frederick at Macquarie Harbour in Van Dieman's Land, as related by one of the pirates, whilst under sentence of death in the gaol at Hobart Town。

作者在援引這個資料時，刪繁就簡，只引用了其中一小段，為：A narrative of the sufferings…convicts who piratically seized the Frederick…。

當然，這給翻譯造成了困難，翻成中文，更不可能採取這種挖心取卵的方式。我找來該書稿標題的全文，試譯如下：

《關於某些流犯在范迪門斯地麥誇裡海港以海盜行為，奪取「弗雷德里號」船後的痛苦和冒險經歷的故事，由其中一名海盜判處死刑之後，在霍巴特鎮監獄中敘述》

一共六十五個漢字。根據英文譯成漢字，字數一定變多的簡單「拇指原理」，上面那個世界最長的英文標題，譯成中文應該不少於1200字，如果不是更多的話。不信你就試試看。

Punk

Punk這個詞指西方頹廢青年，奇裝異服，頭髮梳成的那種樣子，讓人擔心晚上無法落枕，除非是粘在頭皮上，可以取下來，第二天再頂上去。這個詞通過音譯進入中文，成了「旁客」。不錯，節外生枝出另一個「旁」的意思，也就是跟大家都無關，一個旁觀者，一個旁若無人者，一個心有旁騖者。

早年，在澳大利亞，新流犯從英格蘭一抵達澳大利亞，就會被老流犯把玩一番，這都是當今同性戀先祖的老規矩了。這些被把玩的青年叫punk，譯成「旁客」就不對了。他們可能會被旁觀，但不會被旁落，更不會被冷落，他們是性能力極強的青年人，因此，得換個譯法。沒費多大勁，我就譯成了「龐客」。這個「龐」字所指，我想應該是不言自明的。

Top story

長期生活在英語國家的前中國人，只要不時看英文（電視或報紙）新聞，大約總會聽到top story這個說法。中午吃飯，一擰開電視，Fox News的播音員就說：Our top story today。一般來說，這種說法一晃而過，誰也不仔細去想，誰都知道是什麼意思。停下來一想，進入中文，就有點兒拿不準了。什麼叫top story呀？「頂級故事？」「最高新聞？」都好像不對，最簡單的測驗方法就是：中文不這麼說。

這個現象，我給它定義為不對等現象。英文和中文有很多地方是對等的，love等於愛，hate等於恨，mountain等於山，water等於水，但不對等的地方更多。比如中文說「坐在樹上」，英文說"sitting in a tree"（坐在樹裡）。中文說「從天上掉下來」，英文說"falling out of the sky"（從天裡面掉出來）。英文說"in between killing 'roos'"，中文就只能翻譯成「除了獵殺袋鼠之外」，而不能翻譯成「在獵殺袋鼠之間」。英文說"my heart goes as cold as clay"（心涼如粘土），因為不對等，中文就沒法照譯，只能犧牲"clay"，譯成「心涼如冰」。英文說"meeting in the flesh"，中文無法對等，只能譯作「親眼見到對方」。英文說"perfectly sure"，你若想對等，就要翻成「完美無缺的確定」，但那就不是中文，而是在用中文說英文了。比較好的是「百分之百地確定」。英文說活到ripe age（熟齡），放到中文就只能說「高齡」

了，中文之「高」，沒法跟英文之"ripe"相對等。

有的時候本來可以對等，但由於字典的緣故，卻失去了本可對等的機會，比如the pit一字。翻譯The Fatal Shore一書時，書中常常把當年同性戀行為氾濫的澳洲稱作the pit。根據字典，這個詞有「地獄」、「墳墓」之意，但放在那個語境下，怎麼翻怎麼不像。後來想想，其實pit就是「坑」，糞坑的「坑」，火坑的「坑」，對了，所謂the pit，不就是「火坑」的意思嗎？我的估計，除非我來編下一部英漢大詞典，否則，「火坑」這個字要進入，恐怕要等到猴年馬月了。說到這兒，又跑出來一個不對等的好案例：donkey's years（驢年）。英文的「驢年」，就相當於漢語的猴年馬月。如果我們今後不再說「猴年馬月」，而說「驢年」，如果他們今後不再說donkey's years，而只說monkey's years and horse months，那這種語言交流還真的有實效了。

Imposing

所有字典都有誤導傾向，不能全信，一般來說還能應付，一旦到了某個特定的語境，出現某一特定的詞語，字典也會出現失語、甚至無語現象。

休斯在談到白人第一次抵達澳洲時，人數超過澳洲土著。白人建立的拓居地在土著人眼中顯得large, strange and imposing，「釋放出一種能夠摧毀他們文化的惡性重力場。」（p. 272）前面的三個形容詞中，imposing一詞的意思都是好的：雄偉壯觀、氣度不凡、給人印象深刻，等等。可是，放在這個句子中，就沒法承擔這個意思，實際上已從褒義詞蛻化成貶義詞了，一個字典尚未意識到，因此沒有給出的貶義詞。

能夠意識到這一點，這個詞就比較迎「譯」而解了。我始而譯成「壯觀」，繼而改譯成「霸道」，最後定稿為「咄咄逼人」。一個詞的翻譯，就是這麼來的。

地溝黑話

中國有地溝油之說，當然這是當代中國的發明，古代應該是沒有的，否則孔子就要說三思而後「油」了。

翻譯中，常會碰到字典沒有對應詞的情況，這個我「三」言以蔽之為：字典無！碰到「字典無」，就是譯者最好的「譯」中生有的創譯機會，比如gutter argot一詞，意思是黑話，而且不是一般的黑話，是被社會唾棄到地溝的下三爛的人所說的話。

這個詞所有字典不給我都沒關係，我照樣自創，即「地溝黑話」，有點兒類似中國人的地溝油，不過話是說出口的，油，卻是吃進去的。殊為恐怖。

Flash-talk

關於這個字，第一次出現時，我抓耳撓腮了很久，都沒有找到合適的譯法。這一次，我解決了它，譯成「烏拉西話」，同時在書中加了一個註腳，如下：

> 英文是flash-talk，英漢字典沒有，連英文字典都沒有，但英文有flash language的說法，意思是盜賊使用的俚語、黑話。故根據中文的「烏拉西」字，結合flash的音譯，創譯之──譯注。

Blacktracker

在澳洲的廣大曠野，如果有人犯罪，往往除了員警之外，還會啟用土著人，他們善於根據草葉樹根等蛛絲馬跡，尋找犯罪的蹤跡。這種人英文稱blacktracker。惜乎我們的字典很不爭氣，給了一個這樣的解釋：「（澳大利亞）在邊遠地區受雇幫助尋找失蹤人員的土著居民」（《麥誇裡英漢雙解詞典》）。另一個詞典也好不了多少：「（澳）受雇尋找灌木林中迷路（或躲藏）者的土人」（《英漢大詞典》）。如果每次出現blacktracker這個單詞，都這麼翻譯，那真的是完蛋了，只有一個好處，翻譯字數肯定猛漲，稿費也會相應增多。

我的譯法就是給它定性一個字，叫「黑人尋蹤人」或「土著尋蹤人」。就這樣吧，至少避免了翻得囉裡囉唆，還想多拿稿費的弊病。

其實，休斯談到blacktracker時，也在文中加了一個塞，如是注解道：所謂blacktracker，就是「在搜索犯人的員警要求下，使用高超技能，在叢林跟蹤犯人的土著人」。個人認為，這個解釋，比上述中國出版的字典中的解釋都要精到。

發毛

中英互譯，很多情況下沒辦法直譯。比如漢語中所說的「豬肝色」，就沒法直譯成英文，譯了人家也看不懂。又如我原來曾說過，英語是一種「小肚雞腸」的語言，你也沒法直譯成英文，否則，English is a language of tiny chicken-bellied language，恐怕就讓人不知所云，還不如直截了當地說：English is not a very tolerant language。再如馬自遠那句：斷腸人在天涯，你也無法把它直譯成：a man of broken intestines at the end of the earth。一個人如果連腸子都斷掉了，那還不趕快送醫院，有何詩意可言？！

「發毛」這個詞本是家鄉語。我們那兒指把一個人惹火，就是把他惹發毛，也就是把他氣得毛髮倒豎，毛「發」起來了。跟「發火」一字之差，也就是那個意思，但取的是另一種形象，怒髮衝冠的形象。

沒想到，英文也有這個詞，叫raise (somebody's) hackles。所謂hackles，是指狗頸上的毛，一發怒或害怕，就會倒豎起來。後來則指人，像漢語裡那樣。如果你把某人惹怒，你就是raised his hackles，也就是你把他的毛「發」起來了，惹得他「發毛」了。

我很懷疑，漢語裡發毛的「毛」字，可能最先也是指動物的毛。我想這種經驗大家一定會有，就是如果順著摸狗或貓或豬的毛，這些動物就會很乖順地在你面前躺下來，甚至舒舒服服地四腳朝天，一副十分快意的樣子。如果你倒著摸毛，後果則難以預料，那就是raising its hackles了，誰知道動物「發毛」後會不會反咬你一口。

我們那個地方，也會用這來形容人，比如說：「他喜歡人家摸他的順毛」。

白

白在中文裡面常有很不好的意思，如白跑，白乾，白癡，白搭，白丁，白等，白字，等，如果這麼推下去的話，白人也是壞的了。當然，我是開玩笑。

不過，白人寫白字，在從前來澳大利亞流犯的家信中經常出現。一個名叫霍爾頓的人談到澳洲價格昂貴時，在家信中說：

> Dear Mother, things in this Country is very dear, mens hats is too pounds too shillings and stockings ten shillings per pair and shoes 16 shillings per pair. Sugar 3 shillings per pound and butter 7 shillings per pound…although the Prices is so high we are very glad to get 〔them〕 at any price. (p. 290)

這麼短短一句話，就有7個錯誤（即凡是有底線處），居然會把two寫成too！作為我們翻譯，也就不去計較這些粗通文字的流犯了，翻譯過來能讓人看懂即可，如下：

> 親愛的母親，這個國家的物價很貴，男帽兩鎊兩先令一頂，長襪十先令一雙，鞋子16先令一雙，糖3先令一磅，黃油7先令一磅，……儘管價格這麼高，我們也很高興出任何價格把〔東西〕買到。

看到這裡，應該讓人有勇氣學習英文了。再怎麼亂寫也沒關係，兩百年後就是好材料，放心好了，會有人給你翻譯成好的別種文字的。

Celtic

前不久開車去外地上課，從車內收音機聽到一人談到愛爾蘭人是用了Celtic一詞，發音竟是「塞爾提克」，而不是通常的「凱爾提克」。難道是播音員發錯了？或者是我自己發音不對？我相信，這個代表愛爾蘭的Celtic，一定是發「凱爾提克」，而不是「塞爾提克」，但我無從知道為何要發成後一種音，而且是振振有「音」地發出。

昨夜在La Mama劇院朗誦詩。休息期間，與一個詩歌愛好者交談起來，得知她是第五代愛爾蘭和蘇格蘭人的混血後裔，我便問起了這個問題。她立刻說：哦，這個字可不能隨便發音。說著，她做了一個拳頭擊打自己臉鼻的動作：「否則，人家是會punch你的。」

原來，正宗的發音是「凱爾提克」，但有英國血統而且信新教的人，屬於地位比一般貧窮的愛爾蘭高的人，就會把這個音發成「塞爾提克」。我不禁想起早年來澳的流犯中，愛爾蘭人大多屬反英國統治的政治犯，他們地位始終低下，被人壓得抬不起頭來，不少人逃入叢林，當了bushranger（叢林土匪），其中最有名的就是Ned Kelly，成了澳大利亞的民族英雄。

於是我問起Paul Keating（基廷），這位女聽眾立刻說：是的。他是澳大利亞第一位信天主教的愛爾蘭總理，我們都為他歡呼。這時，話又岔開去，談到另一個名字上的細微差別，即Stuart。我說：不是拼作Stewart嗎？她說：那是英國拼法，愛爾蘭人的拼法是Stuart。為此，她去參加一次朋友18歲生日晚會時，不僅被人侮辱，而且差點打起來了，因為她一位朋友就叫Stuart。

我想了想，譯成中文之後，這種細小的文化差異就全給淡化抹掉了，全都成了「斯圖亞特」。

Bureacratic

只要一查字典，誰都知道bureacratic是什麼意思，它指的是「官僚」或「官僚主義」。在漢語裡只有貶義。二十多年前，我在一家單位當翻譯，翻到有關長江三峽工程的可行性報告時，遇到了一個連老翻譯都抓耳撓腮的問題。文中多次出現bureacratic一詞，但都沒有任何貶義。如果繞過不翻，顯係失職。如果直譯，中方難以接受。長江三峽這麼大的工程，誰想要官僚主義的建議啊！

沒想到，二十多年後的今天，在翻譯一本有關流犯的著作中，竟然又碰到同樣的詞，這真是老革命遇到了舊問題。這個地方談的是當年的流犯配給制度。凡是自由拓居者都可得到配給的流犯當僕人，但因法律有漏洞，造成虛報土地，冒領流犯的現象。跟著就來了這樣一段話：The cure for these and other abuses lay in tighter bureaucratic control over assignment。這句話不難懂也不難翻，是這樣的：「解決這些弊端和其他弊端的良方在於，需要對配給制度進行更嚴格的官僚控制」。這樣翻，怎麼看怎麼不舒服，關鍵就是「官僚」這個字。無論怎麼講，在中國人的腦海裡，「官僚」就是官僚，沒有好講的，不是什麼好東西。如果進行「官僚控制」，那情況只有更糟，而不會更好。想了一想，只有犧牲「官僚」，改用別的字。於是就有了這段：「解決這些弊端和其他弊端的良方在於，公家需要對配給制度進行更嚴格的控制」。

Ballet of lies

是不是跳芭蕾舞的人都有撒謊的可能或傾向？我沒有調查，沒有研究，無從知道。

我這麼問，不是沒有理由的。最近翻譯的這本書中，突然冒出這幾個字：ballet of lies，意即「撒謊的芭蕾舞」。這種說法從來沒有見過，各種字典包括網上也查不到解釋。如果要問是什麼上下文，其實也很簡單，不過是說，流犯抵達澳洲之前，就知道如果有手藝，到了澳洲就會受到「重用」，連沒有手藝的人也都事先準備了一套謊言，以便蒙混過關。所以說在船上「演出了一場謊言的芭蕾舞」。

個人覺得，可以用「鬧劇」（farce），但用「芭蕾舞」好像不太不合適。這就又回到前面那個問題，既然用了芭蕾舞，還跟謊言連用，想必兩者之間有著某種連繫，只是我還不太清楚而已。

好在作者還活著。跟他聯繫後，他的解答是，所謂ballet of lies，就是dance of lies，也就是說，一人講過謊話後，另一人接著講謊話，一個接一個地講下去。這就好像大家此起彼伏，翩翩起舞地講著謊話。

總的來說，要讓這種比喻進入中文，還是有相當難度的，除非採取魯迅的硬譯，管你讀者看不看得懂，是否能夠接受，先從你喉管裡塞下去再說，以後自己像牛一樣慢慢反芻去吧。

回不去

翻譯中除了簡單最難譯之外，還有一種東西很難譯，因為無以名之，故暫稱之為回不去現象。

所謂回不去，就是某段英文自稱來自中國經典，如《道德經》，但你費盡精力時間查找，卻怎麼也找不到。本來以為一篇文章中該段引文最容易，費時最少，卻沒料到整篇文章翻譯好了，就那一小段引文所花去的時間，足以再翻同樣字數的兩篇文章。

最近翻譯一本醫學著作，作者來信說，她想添加一條引文，來自《道德經》，英文是這樣的：「There are many paths to enlightenment; be sure to choose one with a heart」。我能譯成今語，即「啟蒙之路有千條，唯有一條心知道」，但無法譯成古語，尤其無法譯成《道德經》中的古語。

我不僅自己找，也請我的兩位學生幫找，結果空手而返。我仍不甘心，又查了一些別的地方，始終找不到可以對應者，只覺得「宇宙在手，萬化由心」差強人意。最後給客戶推薦了一個類似的引文，來自《菩提達摩大師略辨大乘入道四行觀》，云：「夫入道多途，要而言之，不出二種：一是理入，二是行入。」至少在「多途」上與英文的"many paths"應和，而且比"a heart"要多一個「行入」。

由於讀者滿意其英文的意思，覺得與其想法暗合，便採用了。對於我來說，研究又多了一個對象，即回不去現象。深的不談，就簡單的說，一條大河的源頭之水，經過幾千公里的流動，到了大海，再要索源找到它，恐怕是不大可能的。《道德經》的內容，經過幾千年的流轉，又進入另一種語言，再加上西人本來就有的那種有意曲解、有意誤讀中國典籍的習慣和愛好—我這位客戶就說，可能是western fantasy（西方人的幻想）吧！—再從英文返回《道德經》，恐怕也是不可能了。

Slow slow come

我們常說「慢慢來」，這在英文中一般對應成"take it easy"。有一段時間，我把它直譯成slow slow come，說出來後，常常引來笑聲，西人聽得莫名其妙，需要解釋後才釋然，漢人則覺得好玩，聞所未聞。也算是語言交流中的一段佳話、笑話吧。

最近譯書，發現英文中竟然有同樣的說法，叫go slow（去慢），相當於「慢慢去」，也就是漢語的「慢慢來」，但跟漢語正好相反，又是一個反譯佳例。該詞用在配給流犯身上，說他們不願幹活，而是怠工或磨洋工時，就"go slow"了。實際上就是「慢慢來」了。

Loveless

英文姓名翻譯成中文後，一點意思都沒有。也就是說，原有的意思全部丟光。有一個人叫Frank Death，取其意，應該是「坦率的死亡」，翻成中文後，成了弗蘭克．德斯。英國有一個法官，姓Wildblood，其實就是「野血」的意思，翻成中文後，成了威爾德布拉德，被我寫進一首詩中。墨爾本有家地產商，叫E. J. Love。原來總覺得這個名字怪，怎麼叫「愛情地產商」，其實不過是該公司老闆姓「拉夫」罷了。

今天翻譯中出現一個人，又走到了「拉夫」的反面，姓“Loveless”，也就是「沒有愛情」的意思。我也沒有辦法，只能照譯成「喬治·拉夫勒斯」。中國的音譯害死人，不知道把多少含義深刻的外國人的姓氏弄成了這種不倫不類的拉夫或拉夫勒斯了。

You don’t excite me

創意其實就是厭倦的反面。一個人對什麼東西生厭了，就會想創造點啥。比如詩歌翻譯課上多了，我就厭倦了老是由我來給學生挑選詩歌，轉而由學生自己在家把詩歌挑選好，帶到課堂上互相交換，再由他們挑選他們自己認為最好的詩歌來翻譯。

據我瞭解，這些大多數為女性，二十來歲的學生中，沒有一個人平常看詩。甚至還有一個學生舉手問：老師，什麼是詩歌呀？對不起，我拒絕回答這種問題。

不過，他們上週挑選的中文詩，頗有別致的地方。居然大家（包括我）認為最好的都是佚名的詩，如這首《暗戀》：

永遠是自己的舞台，
只有心裡的他這一個觀眾。
他只會傻傻的看你表演，
不管你表演的好與不好，
他都會微笑，
微笑，內心最好的解藥，
你或許只覺得，
他只要微笑，
只要那一次簡單的嘴角上揚，
你就滿足了，
只要每天看到他是快樂的，
你也會快樂一天。

於是就翻譯起來。到末了，最簡單的又成了最難的。英文中有pouted lips（噘嘴）的說法，但沒有「嘴角上揚」這種表達法。要是譯成lifting the corners of one's lips，可能會讓人覺得奇怪。如果翻譯成smiling from ear to ear（從一個耳朵根笑到另一個耳朵根），倒挺地道的英文，但可能又有誇張之嫌。只能暫時存疑。（此文寫完後很久，我在譯書中，倒是碰到過嘴角向下彎曲的說法，如提到當年亞瑟到范迪門斯地〔即今日的塔斯馬尼亞〕當總督時，就說他the corners〔of his mouth〕turned down，也就是「嘴角下撇」的意思。由此可見，把「嘴角上揚」譯成the corners of his mouth lifted，應該是可以的。）

這一週回到英譯中，讓學生挑選澳大利亞詩歌，學生們又出其不意，選了三首佚名的，居然其中兩首都成為各組的首選和二選！那好，就讓他們去翻譯吧。有一組翻譯最快，就讓他們朗誦，還真有譯得很漂亮的地方，比如把"Just thinking of my lady"譯成「就想著我的她」。

完了後，我還是把我挑選的一首推薦給他們了。畢竟有些好詩不是一眼就能認出其好的，比如Ania Walwicz那首Australia（《澳大利亞》）。這個生於1951年，1963年移民澳大利亞的波蘭詩人，在這首最有名的詩中，把澳大利亞臭罵了一頓，開門見山就說：「你又大又醜。你空曠空蕩。你一片沙漠，什麼都沒有，什麼都沒有，什麼都沒有。」接著，我讓他們口譯下去，誰要是譯不下去了，就接力似地往下轉，就這樣轉到了"You don't excite me"。一學生說：「你不讓我激動。」這太沒勁、太文縐縐了。豈料下一個學生一句就天翻地覆慨而慷，說：「你不給力！」

這種八零後的語言還真給力，話一出口，立刻迎來贊聲。我也給以支持。課就上到這兒為止。

不譯（1）

翻譯有不可譯，比如「關心」。當然你可說那不就是showing care或showing concern嗎？不對，我說。請你仔細看看，「關心」的「關」是「關門」的「關」。從這個角度看，那就是把「心」給「關」了，所謂「關心」。

真的要譯，不妨譯成showing the shut-heart。那一來，誰都看不懂了。

翻譯也有不譯。一是人家自創的語言，如我在《軟城》一書中碰到的那種，沒法譯，就不譯。一是錯誤的語言，前面片斷零星地講過，如果太多，也不譯。比如剛才翻譯了一封發配澳洲的流犯的信，一封短信中，出現至少七個拼寫錯誤，have寫成hav，bond寫成Bondeg，go寫成goes，must寫成Mit，eat寫成eate，transported寫成trannsported，know寫成knows。還有很多該注標點符號，卻沒有標點符號的地方。我把該信「正確地」翻譯之後，加了一條注解，如下：

> 這封信英文原文至少有七個語法錯誤，以及大量標點符號方面的錯誤，未譯出—譯注。

翻譯，有時候就是得不譯。這，是需要有點兒勇氣的。

不譯（2）

說不譯，還真有不譯的事，從英到漢也是一樣。

先說點別的事。2006年我買了一本英文書，精裝的，16.95澳元，標題是Language Most Foul，直譯是《最骯髒的語言》，討論英語髒話的，其中有一章叫"A Cunt of a Word"，譯成中文就是「屄字」。[9]我買該書，一是為了瞭解，二是也覺得，這種書如果譯成中文，對讀者瞭解英文大有裨益。正如我所預料的那樣，跟出版社編輯剛一接通電話，講了個開頭，他在那邊就一疊連聲地說不行，不行，好像碰到瘟疫一樣。那也無所謂，跟一個這麼封閉的國家打交道，還有什麼可說的。自己看得了。

2010年3月去北京採訪，在書店看到一本書，不覺一驚，心想：好傢伙，這本書到底還是出來了！這本書名叫《髒話文化史》，文匯出版社出版。[10]書的封面上，中文英文互相交織印著Language Most Foul。就是我06年買的那本書的中譯本。我當即查了一下"A Cunt of a Word"是怎麼翻譯的。一看就笑了，被她譯成「咄咄屄人」，而且「屄」字沒打引號。看來，中國真不封閉，封閉的是我自己的認識。

---

[9] Ruth Wajnryb, *Language Most Foul*. Sydney: Allen and Unwin, 2004.
[10] 顏韻（譯），《髒話文化史》。文匯出版社，2008。

這些細節，我在給學生介紹時都免去了。只是讓他們對比評論了一下作者的鳴謝部分。下面選取三小節英文，配以中譯，看看情況如何：

> I owe thanks to the many people who have been involved in the production of this book.
>
> Mark Cherry and Barbara Lasserre have been the guiding lights from the outset. They laughed with me during the up times, stuck by me through the down times, infecting me with their enthusiasm. I thank them for their spirit of generosity.
>
> I have been fortunate indeed in my publishers at Allen & Unwin. They have been a great tem-Richard Walsh, Jo Paul and Emma Cotter. Their dealings are unfailingly professional and expert. It helps, too, that they're unfailingly nice as well. I thank them for their belief in me and support throughout.

譯文如下：

> 此書能問世，我要感謝許多人。
>
> 打從一開始，Mark Cherry及Barbara Lasserre就是指引我的明燈。順遂時他們與我一同歡笑，低迷時他們陪我一同度過，用他們的熱情感染我。我要感謝他們的慷慨。
>
> 我也非常幸運，有Allen & Unwin出版社的編輯相助。他們是非常棒的團隊—Richard Walsh, Jo Paul與Emma Cotter，永遠那麼專業，也永遠那麼友善。我要感謝他們對我有信心，自始至終支持我。

又是一篇看似不錯的譯文，但經不住細查，一看就問題多多，例如誤譯，把"production"（生產製作）誤譯成「問世」，把"publishers"（出版商）誤譯成「編輯」，把"belief"（信任）誤譯成「信心」，等。又如漏譯，漏掉了"have been involved in"（參與），"stuck by me"（忠於我），"the spirit of generosity"（慷慨的精神），以及"expert"（經驗豐富的），等。

最大的問題還不是這些，而是不譯。

一般來說，英文的地名、人名、書名、公司名，等，進入中文後，都是要譯成中文的。如果不譯成中文，那就像中文譯成英文後，把所有中文的地名、人名、書名、公司名都原樣在英文中保留一樣沒有道理，一樣荒唐滑稽。有意思的是，這種全盤照搬的荒唐滑稽現象，居然在21世紀中國的譯本中發生，讓人匪夷所思。只要看看該譯文文本，就會一目了然地發現，所有人名和一個出版社名，都採取了不譯的辦法原文照抄過來。更荒唐的是，出版社居然也不置一詞，照單全收了。結果是中文裡大面積地「種植」了英文。接下去鳴謝的28個英文姓名，沒有一個翻譯成中文。

我在猜想，這種不譯，大約與中國逐漸在蛻變成一個英上中下的雙語國家有一定關係。就像當年周瑜感歎的「既生瑜，何生亮」一樣，如今，既已有英文，何必要中文呢？！

不譯（3）

英文譯成中文時，不是什麼都要譯的，有時候就不能譯，比如Qantas這個詞。該詞現在應該是無人不知，無人不曉，但其前身卻是有來歷的，原來它最初是指昆士蘭及北方航空局。關於這段來歷，目前正在翻譯的休斯講得很清楚，因為他父親當年建立的一家航空俱樂部，為打造Qantas立下了汗馬功勞：

> 該俱樂部在澳大利亞著名航空公司Qantas（其名稱在"q"後面缺少一個"u"，因為它實際上是一個縮略詞，以紀念作為其前身的一家開創性航郵服務機構：the Queensland and Northern Territory Aerial Services〔昆士蘭及北方航空局〕）的建立上，發揮了重大作用。[11]

可以想見，如果一上來就把"Qantas"譯成「澳大利亞航空公司」，把"the Queensland and Northern Territory Aerial Services"的英文免去，直接譯作「昆士蘭及北方航空局」，就很難把"Qantas"一詞的來歷說清楚。這，就是不譯的道理所在。

由此，我想到我的第一部長篇英文小說"The Eastern Slope Chronicle"（《東坡紀事》）中，一位主人翁被譯後所成為的情況。該人名叫Wu Liao，姓吳，叫聊，當然有中文「無聊」之意，但有意思的是，這是借助英文和拼音來玩中文的「無聊」一字，因此，簡單地譯作吳聊，像譯者那樣，

[11] Robert Hughes, *Things I did not Know*. Random House, 2007〔2006〕, p. 84.

可能會有一定問題，因為"liao"並非一定就是「聊」，它可能還暗含「遼闊」、「寂寥」、「燎原」等意，儘管書中有意沒提。

依愚所見，這個人的姓名，最好不譯，反正全書譯成中文，一個拼音的姓名中國讀者也是看得懂的。

我與譯者通信時，提到了這個問題，我是這麼說的：

> 其次，關於Wu Liao是否應該譯成「吳聊」，也是一個值得商榷的問題。關於Wu，已用英文做了很多解釋，但關於Liao，卻沒有任何解釋，因此，這個Liao只是在音上使人聯想到「無聊」，它也可能還含有遼、鐐、寥等意。同時，它也是作者借助英文和拼音玩中文字的一個例子。不知能否採取我說的翻譯中的不譯手法，即直接寫為Wu Liao，反正誰（中國讀者）都知道其意和其音，除了老外之外。

根據譯者回信，他已採納上述意見，對"Wu Liao"採取了不譯的手法。

不譯（4）

最好的翻譯就是不譯。一譯，就原味盡失，看不到原作的語言風貌。打個不恰當的比喻，把一本用英文寫成的書譯成中文，有點兒像把一個英國女人徹頭徹尾地打扮成一個漢人女子。

現在有很多英文詞彙，就是通過不譯的方式，直接見諸於漢語報端的，如WTO，PK，誰vs誰，等。是個懂漢語的漢人，不用解釋都知道說的是啥。

手上這本書已經譯到最後幾頁，這時，作者談到他將受聘於美國《時代》週刊，為其撰寫藝術評論。如果是中國人或華人，拿到這種活計，還不喜上天去，但作者的英國朋友聽說後，沒有一個替他高興，因為他們認為，給這種雜誌寫稿，無異於替「資本主義」行道。更有甚者，該雜誌的文風很成問題，會中途扼殺一個本來筆力雄健的作家。說到這兒，作者休斯引用了一段具有該刊典型文風的文字，如下：

> Said balding, hen-shaped power-broker Fiorello La Guardia, 62。[12]

---

[12] Robert Hughes, *Things I Didn't Know*. Vintage, 2007〔2006〕, p. 506.

我剛剛敲鍵譯了幾個字，就突然停了下來。如果譯成中文，又怎麼能讓讀者體會到遭人詆毀的該刊那種「奇怪、生動，但又特別風格化的散文」風格呢？[13]

我決定採用「不譯」的譯法，照錄原文，然後把譯文放在緊跟在原文後面的括弧內，就像這樣：「頭上已經謝頂，母雞模樣的權力掮客菲奧雷洛・亨利・拉瓜迪亞，62歲，說」。這樣譯，或不譯，當然會有一個很明顯的問題，那就是一點不懂英文的人，就一點也看不懂原文。不過，那不是我的事。再說，我譯書的對象，肯定不是那種人。這個時代，多懂一種語言，就多了一個生命。除了自己的語言之外，什麼其他語言都不懂，那就是徹頭徹尾，百分之百的中國人了！祝你好運。

大倒車

在翻譯中，從尾部一直往回，翻譯到頭部，這在我的語彙中被稱為大倒車。廢話少說，給你一例：

> A shepherd stood a high chance of being the first white person to bear the revenge of Aborigines who had been evicted from their hunting-grounds by the outward push of white settlement。（p. 316）

你如果想不看我的譯文，自己玩一把，那是你自己的事，我也建議你這麼玩，但我的大倒車譯文就在下面：

> 由於白人拓居向內推進，把土著人從遊獵地趕走，土著人就會報復，而第一個被報復的白人對象，很可能就是牧羊人。

其中還有個小倒車，就是outward。在英文中，這是「向外」，但在澳洲，這必須是「向內」。如果向外，就推到海裡去了。無怪乎，澳洲的內地英文是outback（外後），其實，應該來個小倒車翻譯：內裡，既在內，又在裡，這才符合澳洲的地理情況，儘管難以譯成有意義的中文。

[13] Robert Hughes, *Things I Didn't Know*. Vintage, 2007〔2006〕, p. 506.

Raw

翻譯不僅僅是翻譯，而是一種記憶，個人記憶。拿raw這個字來說，無論翻譯多少年，基本上每次碰到，都要查字典。本來東西未煮食之前是生的，這個「生」就是raw，但raw beauty呢？raw talent呢？也就是說，一個人長得美，美到「生」的地步，一個人有才，有才到「生」的程度。「生美」（raw beauty）可以理解，那是文革時期的美，不愛綠裝之美，不施脂粉之美，從清水裡出來之美。對了，所謂raw，就是「清水出芙蓉，天然去雕飾」的那種「生」，就是「天然去雕飾」之美。至於說到raw talent，暫時我也沒時間去翻譯這個詞，以後再說。它倒是傳達出當年讀大學時，很多同班同學都有的同感，即某個英文詞可以意會，難以言傳。一般來說，絕大多數人都是難以言傳的，因為他們不寫作，也不翻譯。

這次在翻譯中碰到原文提到澳洲時，說它是個raw, new country。我一下在想起1999年在北大住校的情況。當時，我送了一本自己的長篇小說給一位詩人朋友後，他打電話時只用了一個詞形容：生猛！

我事後一想，這個字要翻譯成英文，可以取其一，即「生」字，也就是raw：It's a raw book！現在回到澳大利亞這個raw, new country。我在這個記憶的引導下，把它翻譯成了一個「生猛的新國家」。別的就不用多說了。

Tooth and claw

這個英文的說法，大約不用查字典，大家都明白是什麼意思。至少，裡面含了兩個意象：牙和爪。當然不是爪牙，順序不對。把牙配上爪，漢語只能是張牙舞爪。

這是其一。還有其二。那就是我說的英三漢四現象，即英文說三，漢語要說四。隨便舉幾個例子，都是我翻譯的書中而來。一：sodomy deserved death：雞奸該死。二：violent against nature：暴殄天物。三：to feed, clothe and shelter their servants：為僕人提供衣食住行。第三例中，英文是沒有「行」的，但進入漢語，沒這個「行」字還不行。

Pommy

最近譯書，碰到Pommy一字，馬上翻譯成了「龐米」。儘管網上沒有相關解釋，但據我所知，這是澳大利亞人罵英國人的一個貶稱。

另外還有一個貶稱，也是澳洲人罵英國人的，叫Brits（布裡茨），根據Britons（不列顛人）而來。有一年和從前來自英國的朋友聚會，聽他恨恨地說：最恨澳洲人叫他Brits了！

看來，在海外的華人，可以稍安毋躁，畢竟民族間都有類似的貶稱，不都是針對中國人的。

Engagement

翻譯有時不能正打正著，而必須歪打正著，拿engagement這個字來說就是這樣。拉合蘭·麥誇裡是新南威爾士的最後一任總督，在位時跟教會搞不來，通過一個很小的細節在聖詹姆斯大教堂的人字形門臉上的漩渦花飾表現出來，那兒沒有聖經引文，沒有任何東西，只有麥誇裡一人孤零零的名字。休斯描述這個細節時，用了國家與教會之間的political engagement這二字。字典給的engagement意思並幫不了多大忙。網上有說「政治活動」的，但這相去甚遠。

在這個地方，engagement有交戰、打仗之意，引伸一下，是不合的意思。最後，我給它歪打正著了一下，譯成了「政治齟齬」。

Unlearn

早期來澳流犯滿口污言穢語，說的是一套黑社會的切口，話一出口就知道不是好東西。刑滿釋放之後，要想出人頭地，就得unlearn這套語言，也就是把以前學來的東西，全部給unlearn掉。換句話說，把學進腦子裡和心裡的東西，全部給學出去，就像我們從前愛說的，在中學學的東西，全部又都還給老師了。這個字的字面意思就是忘掉，但卻不用forget，偏用unlearn，確實給沒有這種說法的漢語提出了最簡單又最難的挑戰。如果絕對不許用「忘掉」這個詞的話，可能就得英簡漢繁地多說一些話，比如，把以前從犯罪團夥那兒學來的東西全部還給他們。

Palm oil

這個詞至少有兩個意思：棕櫚油和手心抹油。還有第三個意思，即收受賄賂。手頭的《新英漢字典》居然沒有第二意的解釋，令人失望。

所謂手心抹油，就是賄賂。你在別人手心抹點油，等於是無中生有，而油又是用來潤滑機器的，無論其是否是社會機器還是人事關係的機器。

這個詞寫進來，是因為它讓我想起中文的倒反說法。中國人不是在手心抹油，而是在腳底板抹油，目的則是兩樣的。你如果在別人手心抹油而被人發現，你就得腳底板抹油—開溜了。這兩種語言真是狼狽為奸、「漢英」為奸，結合得天衣無縫。

Blow

Blow就是「吹」，風「吹」的吹，好玩的是，它也是吹牛的吹。中文說吹牛，英文則說blow one’s trumpet（吹喇叭）。今天第一次碰到直接用「吹」的例子，立刻就記了下來。當年有位流犯用筆名「伍默拉」寫了一部回憶錄，其中談到有些受過教育，原來地位較高的流犯，到澳洲後經常會“blow about”他們以前的輝煌業績，讓人想起劉觀德《我的財富在澳洲》裡一些大陸人來澳洲時，也有這種表現。這個“blow”，就是「吹」的意思，只不過在該文中，被作者加了引號，說明用得可能不如blow one’s trumpet那麼經常。

英語和漢語之間這種對等現象不太多，但有時出現往往是一雙。緊接著，文中出現關於澳大利亞勞動階級對知識份子長期以來抱有的偏見，就用了brain-workers一詞，這好像是為了翻譯而準備的，不就是我們常說的「腦力勞動者」嗎？！

Heat

雪梨有家英語文學雜誌，叫Heat。這個雜誌主編原來是另一家澳洲大雜誌Southerly（南風）的副主編，因為與該刊主編意見不和，扯起義旗，另立門戶，成立了他的Heat。封面很簡單，不過一塊冰塊，在熱力的照耀下，已經在溶解，往下滴瀝著冰水，這就是該人當年誓將一切溶化的心情寫照。這個雜誌，後來成為澳洲一塊招牌雜誌，也就是憑著當年那種heat做起來的。

這次翻譯他的一篇文章，初下筆時，譯成了《熱》，立刻把它換成《燙》。為何是「燙」而不是「熱」？這涉及我所說的「高一級」問題。

所謂「高一級」，是指英語不少表現顏色和程度的詞，進入漢語後，要比英語本身高一級。例如，英語說房間很warm，其實不是很「暖和」，而是「很熱」。英語說某人warmly patriotic，不是說他「溫馨愛國」，而是說他「愛國熱情很高」。這個「熱情」不是「溫情」，而是英文warmly。英語如果說hot，那就到了「燙手」的地步了，倒是與中文「炙手可熱」的「熱」一樣。

再如，澳洲人抱怨時愛說：not good enough。放在漢語裡，這不是說「不夠好」，而是說「太不好了」。

懂得了這個漢語「高一級」的道理，碰到很多地方，就能比較容易對付。當年英國政府有禁令，不許澳大利亞殖民政府修建築物，英文是這麼說的，即他們ban on building，即「禁止建築」。這是什麼話？不給他發揮一下、高一級還不行。其實是說英國政府「禁止大興土木」。就這麼簡單。

不對等，更對等（1）

大陸人翻譯，喜歡用「神似」這個字。對此，我頗不以為然，是翻譯不講準確的一個似是而非的藉口，而且很拙劣的藉口。什麼「神」？神靈的神，還是神經的神？從前大陸有個翻譯，創造了一種「懸浮法」，據說採取一種若即若離，天馬行空的「懸浮」方式，一天可翻多少萬字。那是多麼神似啊，已經到了神經病的地步。離開文本，誰都可以神它一下，似它一下。那不是翻譯，而是胡翻亂譯。

前面講過翻譯中出現的「不對等」現象。有時候是不對等，有時候更是不可能對等。例如漢語的「雙杠」，進入英文就無法對等成double bars，而是parallel bars（平行杠）；「單杠」不是single bar，而是horizontal bar（水平杠）；「高低杠」不是high low bars，而是uneven bars（不平衡杠）。這些，都是想對等也無法對等，只能在本來不對等的東西之間硬性地畫上等號。

這個問題，在方位上表現得更為突出。我們說「在樹上」，英文說in a tree（在樹裡）；我們說「在天上」，英文說in the sky（在天裡）；我們說「從天上掉下來」，英文說falling out of the sky（從天上掉出去）。英文說

beyond reasonable doubt（超出合理懷疑範圍之外），我們說：「在進行了合理懷疑之後」；英文說under this law，我們說：「根據這項法律」；英文說within three months，我們說：「不出三個月」；英文說underclothes（下衣），我們說「內衣」；英文說around 2010（2010年周圍），漢語說「2010年前後」，等。基本上說，我們的時空觀念大致相同，用語卻很不一樣，有時甚至是對立的，例如，英文說on the premises that…（在……前提上），我們卻說：「在……的前提下」。

根據這個不對等原則、不能對等的原則，就可根據具體情況「更對等」一下。比如，inevitably是「不可避免」，但根據上下文，給我譯成了「在劫難逃」。又如這句：Kennelly made what might or might not have been meant as a joke，就可以給它「更對等」成：「肯納爾利有口無心地說了一句玩笑話」，這個「有口無心」，就是what might or might not have been meant。否則，你去對等地試譯一下這個情態動詞完成時的被動語態看看。再如，說某個運動began to gather steam（開始冒汽了），就不如說該運動「開始風生水響起來」好。至於說plum job，那當然是「肥缺」比「杏子工作」到位得多，儘管一點都不對等。

今天翻譯的文字中談到當年澳大利亞法律很嚴，限制流犯的第二代來去自由，說了一句這樣的話：Common oppressions make common causes。很簡單，卻很難譯，譯出來之後也看不懂：「普遍的壓迫造成了普遍〔鬧事〕的原因」。細想一下，這種不對等的東西，最好走得遠一點，才能靠得近一些。例子中文裡老早就有：「哪裡有壓迫，哪裡就有反抗」。是老毛的話，感謝他。我這裡先用起來再說。

不對等，更對等（2）

我的這個原則以前曾經講過。隨著更多的翻譯實踐，我發現，很多情況下，字典的釋義幫不了大忙，反而要從語感出發，尋找在意義上更接近的字。比如，最近譯的一本書中，談到作者父親去世，學校對他的態度時說："the system made no allowance for the recent death of my father"。[14]這句話中，"allowance"在詞典中比較接近的意思是「讓步」，但若將此句譯成「就是我

[14] Robert Hughes, *Things I Didn't Know*. Vintage, 2007〔2006〕, p. 156.

新近喪父，學校的制度也不給我任何讓步，」總好像覺得差點什麼。差點什麼呢？差的就是放在同樣的語境下，可能不大會用「讓步」這個字。後來想想，覺得還是「照顧」比較合適，於是便譯成了「就是我新近喪父，學校的制度也不給我任何照顧。」把"allowance"譯成「照顧」，在任何字典中都是查不到的，看似不對等，實則比較對等。從另一個角度講，我們的字典也因此而需要擴充和增長，添入新的詞彙和語義。

再舉一例。在同一本書中，有個地方說："It was still daylight, but only just."[15]如果一板一眼地譯下來，就是「天色未黑，但剛剛要黑。」這麼譯當然不錯，但有點缺味。我採取了「不對等，更對等」的原則，譯成「這時天尚未黑，但已擦黑。」

根據這個自創原則，有很多東西就迎刃而解。例如，中國現在有句流行語說：「男人不壞，女人不愛。」這當然能很容易地英譯成"If a man is not bad, a woman does not love him."今天讀報看到的一個英文說法，改變了我的這個看法。該人說："The bad guy is sometimes the good guy."[16]（有時候，男人壞，纔是女人要的那種男人）哎，我一想，這不就是中文說的那句話嗎，而且頗符合英半漢全，即漢語要說整句，英語只說半句的原則。

同天的報紙中，還發表了一篇文章，說的是1990年代在澳洲流行的"good divorce"之風。[17]所謂"good divorce"，是指夫妻雙方不「打」離婚，而是好好促成其事，又不影響子女，而且在離婚後繼續與子女保持親密關係。根據這篇報導，這個方法其實行不通，對孩子還是有很大的影響。

對此，我並不關心。我關心的是"good divorce"怎麼譯成中文？一想到這點，我就想起了我們常說的「好說好散」。一查，發現還有更好的，叫「好離好散」。其中的「好離」，正好應和了英文的"good divorce"，其中的好散，加上好離，也正好應和了我的英半漢全的規律。

英半漢全

漢人進入英語之後，為何有不少成為精神病？重要的原因之一，就是語

[15] 同上，p. 4.

[16] 參見Jane Sullivan, 'Unlucky in love? Get classically trained', in 'Life & Style', the *Age*, 11/2/12, p. 31.

[17] 參見Adele Horin, 'A good divorce? Don't bet your children on it', the *Age*, 11/2/12, p. 5.

言。漢語中有不少完整的東西，進入英文後，就被削足適履，削漢適英，是完全不可避免的，也許是前定的。

從漢語成語角度講，很多都是四個字，兩種形象，如人山人海，銅牆鐵壁，水深火熱，赤手空拳，一心一意，忍氣吞聲等，但所有這些成語，進入英文之後，都只留下一半，如a sea of people（人海），a wall of bastion（鐵壁），in deep waters（水深），single-handed（赤手），single-minded（一意），swallow an insult（吞聲）。如果把另一半輸進英文，不僅起不到補充的作用，反而只能弄巧成拙。想一想吧，一個四字二形象的中國人，進入英文之後，居然眨眼之間就成了一個二字一形象的人，這是多麼恐怖的一個圖景，剛開始可能還不覺得，久而久之，失去的東西多了，就會累積成心病。

記得前兩年去武大教書，有個學習相當不錯的學生有天突然對我說：我討厭英文。瞭解之後才發現，她原本想學中文，只是因為家長相逼，迫不得已學了一個自己並不喜歡的專業。無獨有偶，最近一個朋友來電訴苦，說英語已經從小學開始，連上課都用英語授課，可氣惱的是，女兒怎麼也不喜歡，因此很不進步，也沒有辦法。

可想而知，讓一個本來只講中文的國家，在很短的時間裡成為一個雙語國家，多少人從心理上難以接受，也難以承受，造成的內心折裂，恐怕不在少數。英語從中作梗，將來不知道還會出現多少語言分裂症的現象。

從虛擬語氣講，英語跟漢語相比，也是講半句話的。從前向澳洲朋友徵求意見時，對方如不同意，從來都不說：you shouldn't do that（你不應該這麼做），而是說：I wouldn't do that。相當於說，如果我是你，我是不會這麼做的。可是，在英文裡，是不說「如果我是你」，而只說「我是不會這麼做的」。

今天翻譯一段澳洲舊事，說的是溫沃斯第一次辦《澳大利亞人報》（1824年）時，適逢布里斯班總督開報禁，等於給了溫沃斯inch。這多麼簡單！簡單到很多話都沒說，簡直是一英尺的話裡面，只說了一英寸的話。瞧，這就是英語的鬼板眼。所謂給了溫沃斯一個inch，就相當於說，這種開禁的政策，讓溫沃斯能夠「得寸進尺了」。果不其然，下一句緊接著就說溫沃斯grabbed a mile，即他跟著就抓了一英里。也就是說，溫沃斯得寸進尺之後，很快就又「得尺進丈了」。

當然，如果拗勁的話，你可以說是得英寸進英尺，得英尺進英丈，但那麼較真，就不太好玩了。

A game of snakes and ladders

前面講過，翻譯中如果遇到字典查不到的地方，可以上網查「圖典」，就是搜索其形象。如果圖典也沒有，還可以到youtube去查動態形象，這就是我今天碰到a game of snakes and ladders時所作的事。恕我孤陋寡聞，這種兼有蛇和梯子的遊戲，平生還是頭一次聽說。看了視頻之後基本有所瞭解，再查英文資料，發現這個遊戲源自印度，又於17世紀傳入英國，20世紀改名chutes and ladders進入美國，是一種很受歡迎的兒童遊戲。雖然字典不收，但網上一說「蛇梯棋」，簡單介紹為：「靠擲骰子的點數來決定行走的步數，遇到梯子就往上爬一階段，遇到蛇就往下滑階段，遇到信封的話還插入了英語單詞的小遊戲，看圖填寫單詞的字母」。（http://www.qjinfo.com/flash/_game_detail/snakes-and-ladders.html ）

好了，我的翻譯也有了，就把它翻成「蛇梯棋遊戲」。

Free clay

現在看這句話：But the free clay of his island varied as much as the criminal。給你一個背景。這個所謂的island指的是塔斯馬尼亞，his則指亞瑟副總督。其他都是你能和我一樣看到的東西，不用查字典就知道是什麼意思。於是就翻譯了：「他治下這座島嶼的自由土壤跟犯罪分子一樣變化多端」。

此話一出口，立刻就明白錯了。錯就錯在一個字上，clay。這個字的意思是「粘土」、「泥土」、「似泥土的東西」，也指「肉體」和「人體」。其實是指「人」。所謂“free clay”，說的就是「自由人」。這個現象，就是我前面提到過的「英暗漢明」，也就是英文使用暗喻的地方，漢語要用明喻，甚至取消喻體。否則就沒法翻譯，而出現上述那種「自由土壤」的東西。有時候，就連自己，也經常會忘記自己的發現，陷入僵局和窘境。

The Crown land

傳統並不一定總是對的。相反，錯誤的傳統代代相傳，比如，the Crown land二字即是。在澳大利亞，the Crown land指公有土地，但本意卻是「皇家土地」，也就是英國皇家的土地。本來屬於土著人的土地，自庫克船長抵澳後，居然成了「皇家土地」，這是很不客氣，很不人道，很不講理的。憑什麼啊！

具體到譯文中，直接把它翻譯成「公有土地」，還是「皇家土地」，就給翻譯提出了一個小挑戰。如果不動腦筋，肯定就「公有土地」了。我起初就是這麼來的。二思之下，我改成了「皇家土地」，同時作了一個注，如下：

> 【該詞】實際上是公有土地，但英文用的是the Crown land，把澳大利亞本屬土著人的土地稱為「皇家土地」，儘管傳統使然，但顯然是不對的，照譯—譯注。

最近翻譯一個房屋銷售合同，其中就出現大量Crown字樣，如Crown Allotment，Crown Grant，等，都是字典上查不到的。經與律師溝通，一律將Crown譯作「政府」，如政府地段，政府贈地，等。

God-fearing

天真的中國人特別崇拜西方人，以為西方人開誠佈公，肯講真話。其實，我接觸的西方人中，虛偽的很不少。當年做翻譯時，很痛苦地看到另一個翻譯在那兒掙扎，不斷出錯，但翻譯完畢後，那個加拿大博士居然對她說：Excellent！（你翻譯得太精彩了！）

西方人的虛偽不是天性使然，而是文字，比如God-fearing這個字。塔斯馬尼亞最開始叫范迪門斯地，有一任總督是亞瑟，此人大搞裙帶關係，任人唯親，被休斯描繪成dictatorial, God-fearing。這就怪了。God-fearing的本意是敬神怕鬼，敬畏上帝。一個獨裁專制，為所欲為的人，還在那兒God-fearing，這不是很矛盾嗎？當然，我們知道，亞瑟是一個虔誠的信徒，他到任時，范迪門斯地只有四座教堂，他離任時，就修建了十八座教堂。

聯想到亞瑟嚴重的貪污腐化問題，他哪裡是God-fearing，他簡直就是天不怕，地不怕嘛！我，也就是這麼譯的，在這兒注明一下。

創譯

我一向不太喜歡翻譯的一個原因，就是翻譯在我眼中，不啻是犯役，「犯賤」的「犯」，「奴役」的「役」。你想想，某人一年能翻幾本書，十年能翻幾十本書，一生能翻幾百本書。一聽這話，在我的腦海中，立刻就產生一頭牛的形象。那不過是一頭牛又多耕了幾畝地、幾十畝地、幾百畝地而已，不值得羨慕和欽佩的。

翻譯如果不創，等於是奴役，被外國文字和外國人驅使著筆耕、役耕，而已。

直到今天，林紓這個英文大字不識一個、法文大字不識一個的人，找一個口譯作拉郎配，居然一本本地譯書，真是開了創譯之先河。想想現在，還有誰這麼做，敢這麼做。

有的，澳洲有。一個是希臘籍的墨爾本詩人Pi O。他曾不懂一個日文，卻與他人合作，用英文翻譯了一本日文詩集。

還有一個西澳詩人，叫John Kinsella，不懂中文，卻把我的三首中文詩翻譯成英文，其形神兼備之程度，讓人折服。具體如何翻譯，暫時保密。

今天（1/12/10）我在一篇翻譯文字中，首次創譯了一個詞，叫「致低點」。立刻上網查了一下，很高興地發現，谷歌上僅有一例，在這兒：http://movie.douban.com/subject/2237378/reviews?sort=time

我還有一個創譯的例子，是「短於」。我們有長於什麼的說法，但沒有短於什麼的說法，在這兒：「這場大吉尼奧爾劇長於表演蘭姆酒，雞奸和鞭笞，但絕對短於表現有關大多數流犯實際生活和工作的平淡乏味的事實」。

事不過三，再給一個創譯的例子，叫「眼球導航」，如「這種航程大多是靠『眼球導航』來進行的」。英文是eyeball navigation。字典上沒有解釋，於是就創譯了。

Ivy-covered

記憶埋藏在文字裡。翻譯是一件秘密的活動，因為某些字的被用或不被用，都與記憶有關，比如，我在把ivy-covered的這個詞翻譯成「爬滿青藤的」時候，立刻想起了一件多年前發生在家鄉的事。那時，尚未故去的朋友在他門前跟我講剛剛看過的一篇短篇小說，篇名就叫《爬滿青藤的小屋》。我聽他娓娓道來，有點兒嫉妒，因為他竟然很有一種講故事的能力，是我以前所不知道的。一個細節到現在都記得：故事裡有個小夥子住在山裡，早晨刷牙時，山民居然不知道，問他做什麼。聽了他的故事後，我再也沒看見這篇東西，也不可能從他那兒打聽出處了。

我現在翻譯中出現這個詞的地方，是在敘述塔斯馬尼亞的亞瑟港，談到那兒the ivy-covered remains of a Gothic church（一座哥特式教堂爬滿青藤的遺址）。其間，隔著二十多年的時間和幾萬海裡的空間！

Popular

這個字其實不太好翻譯，從來都愛譯成什麼大眾呀、通俗呀、民眾呀，什麼的，總覺得不甚到位。比如說，亞瑟港dominated the popular historical imagination in Australia，上面幾個字就不好玩，不大對得上號。我用了兩個字，覺得還行，一是「老百姓」，一是「民間」：「亞瑟港在澳大利亞老百姓的想像中起了支配作用」，或者「亞瑟港在澳大利亞的民間想像中起了支配作用」。

順便說一下，電腦出錯，把「老百姓」弄成了「老白姓」，應該給它記一功，算是一個很好的創譯。我們現在面對的，除了「老黑姓」之外，就是在澳大利亞至少占95%的老白姓。

To be hanged, drawn and quartered

翻譯西人作品，或閱讀西人作品，總是會提醒自己，人都是人，無論是白的，還是黃的，或者棕的或黑的，都有極其殘酷的一面。就說to be hanged, drawn and quartered這句話吧。說實話，翻譯出版了十八本書，以及字數不可勝數的資料文件，人過小半百，才第一次碰到這句需要翻譯成中文的話，是在提到澳洲早期流犯中一個政治犯所判的刑罰時候出現的。

所謂hanged，就是絞死，drawn則是掏出人的內臟，quartered則是把人劈成四塊。這個刑罰在英格蘭從1351年開始實行，針對的是犯有嚴重叛國罪的人。

還好，跟中國比起來稍遜一籌。我們的文字中早有「大卸八塊」之說，不過，在這個翻譯中，我還是謙遜地翻譯成「大卸四塊」，畢竟那是嚴酷程度比中國人小一半的英格蘭啊！

Scissors-paper-rock

中外很多事情相通，只是說法不同而已。把孔老二的「性相近，習相遠」改一下，這句話就成了「事相近，說相遠」。「剪刀—紙張—石頭」（scissors-paper-rock）就是一例。什麼意思？划拳！是的，划拳。

最近翻譯一篇澳洲作家的文章，談到在中國澳華作家趙川家裡，看了他拍的一部《天下就有不散的宴席》一片，說那裡面的人在玩個什麼scissors-paper-rock（剪刀—紙張—石頭）的遊戲，一下子把我說蒙了。中國成年人—而且都是詩人作家的—怎麼會玩這種聽上去像堆沙的孩子玩的遊戲？！還發信問趙，是什麼意思。他回信也很簡單，就是：剪刀，紙張，石頭。

其實，事情哪裡這麼簡單。查了資料後，我才把這件事情弄清楚了，還是原封不動地照譯，但加了一個註腳，如下：

這相當於中國人的划拳，所謂「剪刀」，指伸出食指和中指。「紙張」指五指併攏伸出，「岩石」指握成拳頭—譯註。

Sister

我到塔斯馬尼亞去過幾次，一次是全家全島駕車遊，兩次是參加文學節。總體上有一個感覺，覺得這個地方英國味特濃。沒想到，這並不是我一個人的看法。早在1834年，就有一個來自英國的移民理查·斯蒂克尼寫信給他的妹妹莎拉說，在范迪門斯地（塔斯馬尼亞以前的叫法）這個地方，「陌生人來到這兒，很容易產生幻覺，以為來到了英格蘭」。

其實，莎拉不一定是他的「妹妹」，因為英文只說sister，沒說older還是younger。如果是一名人，還能大致查到該人的家庭情況，但一個隨便的移民，寫了一封家信給他sister，到哪兒去查他情況啊？儘管書中註腳有「斯蒂克尼檔案」，現在UTL（塔斯馬尼亞大學圖書館），但為了區區小事，區區小人，去對證其是否姐姐還是妹妹，的確有些不上算。太花時間，也太花精力。誰叫英文是這麼一種不準確的語言呢？！

說到這兒，還是想試試看，有沒有可能查到該莎拉的姐妹身份。

Every degree

英文中凡是用到every degree這二字時，就不太好翻譯。果不其然，網上頻頻有人投帖，請教如何翻譯這討厭的二字。

早年塔斯馬尼亞土著人還沒有趕盡殺絕之時，土著事務委員會對土著的態度就用了every degree二字，是這麼說的：必須對土著人給予「every degree of moderation and forbearance」。如果按照every degree是「每一種程度」，這句話翻譯成中文就應該是「每一種程度的克制和忍讓」。這叫什麼話！

這又涉及到我前面談過的「高一級」現象，即中文總要比英文稍微過頭一點的現象。

比如說，塔斯馬尼亞白人屠殺黑人，到了慘無人道的地步，有一次打伏擊，把兩座懸崖之間溪谷中的黑人營地中的黑人殺了七十個，還把躲在岩石中的婦女和兒童抓出來，砸得腦漿迸濺。此舉被Robert Hughes輕描淡寫地形容成When whites did such things（白人做了這種事情時）（p. 417）作為翻譯，也是中文的傳承人，就沒法如此淡化了。我的譯文是：「白人犯下這類暴行時」，讓更準確的人去糾正我吧。這，就是「高一級」的做法。

採用「高一級」的做法，這個every degree的問題就不難解決，它實際上是「高度」的意思。喏，就這樣：「高度克制和忍讓」。

事後，碰到另一個用every degree的地方，我照此辦理，檢驗了一下，發現同樣可以適用。這裡是說，范迪門斯地的副總督亞瑟宣佈對土著人實施軍法管制時強調，凡是投降的土著部落，都要treated with every degree of humanity。這句話不用我翻，你已經知道怎麼譯了，只要用「高度」就成，即「高度人性化地對待之」。

Order, enjoin and command that…

我曾從翻譯中摸出來一條規律，即「英簡漢繁」，即英文很簡單的話，漢語卻不得不說得很複雜，這個規律幾乎十之八九都很到位，但有十分之一的情況卻行不通，比如以前談過的「形式」，在英文中就要複雜地說成in any way, shape, or form。

還有「命令」也是如此。稍微複雜一點是“command and order”，再複雜一點，就要說成：order, enjoin and command。比如「某某某嚴令如何如何」，英文中就要說成：So and so orders, enjoins and commands that…。怎麼樣？英文這個四肢發達，頭腦簡單的語言，有時候也有它囉嗦的時候。

Lifted brow

在澳洲生活了二十年，對此地的英文文學雜誌情況自詡還是有所瞭解的，卻不料今天一個澳洲朋友發來電子郵件，讓我小吃一驚。原來，還有一本叫Lifted Brow的雜誌，而且是紙媒。我注意到，他們發表的作家中，有David Foster Wallace，此人是美國作家，四十多歲自殺身亡，我買了一本他超千頁的書，至今還沒開始看呢。

Lifted Brow翻成中文怎麼講？最簡單的是《揚眉》，聽上去有點「揚眉劍出鞘」的感覺。如果運用我的英半漢全原則，可以譯成《揚眉吐氣》，則又有點一直受壓的感覺。當然，也可譯成《吊梢眉》，眉毛接近尾巴的地方吊起來，Lifted起來，女的稱吊梢眉，男的稱劍眉，好是好，但無論是否譯成《吊梢眉》或《劍眉》，似乎都有偏廢，除非男女相容地翻譯成《吊梢眉／劍眉》雜誌，那就屬於搞笑範疇了。

都不太好，還是不翻譯的好，就叫Lifted Brow吧。

這事讓我想起在最近一次的法庭翻譯中，我有了一個新發現。中國人關於眉毛的形容不下數十種，什麼眉飛色舞，眉來眼去，眉清目秀，火燒眉毛，等等，這些都是英文沒有的表現，學都學不走的。不過，西人雖然不會用眉毛的詞，卻很會用眉毛。比如那個法官，一見對方律師是個小青年，長得眉清目秀，就眉飛色舞起來，竟然同他眉來眼去了。這一切，都被我這個小小翻譯盡收眼底。我發現，他的眉毛居然會在半秒鐘內上上下下掀動數次。我試了一下，怎麼也不行，而且覺得極為彆扭。看來，他確實是在眉飛色舞，一個無法翻譯成英文的詞，勉強可湊合成with flying brows and dancing features。

Privacy

當翻譯的不僅僅只是當翻譯而已，他還得當校對。就是別人翻譯好的東西，他要給別人校對。二十多年前我在中國當翻譯，經常做校對工作，偶爾，我的東西也被別人校，這都是很正常的事。現在到了澳洲，還不時做校對。有的時候，被校對的東西改得面目全非，令人吃驚的是，該翻譯仍然繼續吃著這碗翻譯的飯。這也是澳洲人的可愛之處，一旦雇用了你，就什麼都信任，真應了中國那句老話，疑人不用，用人不疑。

最近校對一篇關於privacy的譯文，一上來，就來了一個關於該詞的定義，是這麼說的：Privacy is about having control over who knows what about you。

譯文是這樣的：「隱私是控制誰可以瞭解你的資訊、瞭解你哪方面的資訊」。

這句話，我橫看過來，豎看過去，怎麼也看不懂。如果你把它與原文對照一下，又好像似懂非懂了。

我請了一個朋友看，他也看不懂，怎麼看也看不懂。其實這句話得反著看，它的意思是說，人家想瞭解你的事情，你得加以控制，什麼是隱私？這就叫做隱私！你看看，整個兒天翻地覆英而漢。我的譯文如下：

「別人想瞭解你的情況，你對其進行控制，這就是所謂隱私」。

參加苦

多年前，我和家博合譯《苦桃李》一書，在對「吃苦」一詞的翻譯上，取得了共識。那就是，即便英文從來沒有這個說法，也要讓它強行進入。結果就有了後來的eating bitterness的說法。

英文雖然相對漢語在這方面顯得比較靈活，但也有它不靈活的地方，比如漢語中經常可以夾敘夾議，亦中亦英，一會兒WTO，一會兒PK，英語卻無法隨便插入任何漢字。最近我一篇英文稿遭退稿，主要理由就是沒法處理其中的一段漢語引文。編輯很喜歡這篇文章，但是他說：我們的讀者不懂漢語，這會讓他們很為難。

話又說回來。雖然漢語經常隨意插入英文，這種做法還是經常遭到專家置疑和非難。這是一。其次，漢語本身也不是能夠隨便改動句法和結構，生造、乃至硬造詞語。比如，我在翻譯《英語的故事》一書時，就曾把coin（發明、創造、杜撰新詞）一詞，試譯成「幣造」。惜乎出版社不認。這說明，一種語言對另一種語言，是有著天生的抵抗力和免疫力、免「語」力的。

這就回到前面說的「參加苦」來。這個說法來自早期澳大利亞流犯回憶錄的一段英語引文，他自歎因小罪而遭厄運，到澳洲吃盡苦頭時，是這麼說的：to participate so largely in the bitters of a wretched life（在如此大的程度上參加了淒慘生活之苦）。如果漢語也能像英語接受"eating bitterness"那麼大度，應該是可以直接這麼翻譯的，但是，漢字的讀者能夠這麼大度嗎？看不懂是不是永遠都是最充分的理由？

最後想了想，還是向漢字讀者投降，包括編輯和出版社，老老實實地翻譯成：「過如此淒慘的生活，吃了這麼多的苦」。

用今語

一個英語字，今天翻譯，跟二十年前，或者四十年前，甚或六十年前翻譯，是不會一樣的。比如admirable這個字，過去是「值得讚美的」，「值得欽佩的」，再往回走，可能是「頗值欣羡」，再往回走，手頭沒字典，不得而知。但有一點我知道，用現在的年輕人的話來說，這一個英文字用兩個漢字就能解決，叫做「很贊」。

這就是我所說的翻譯中要「用今語」的意思。上面出現admirable的地方，是指一種消毒劑，結果給我按照「用今語」的原則，翻譯成「很贊的消毒劑」。再舉幾個其他的例子，如我把"utterly demoralizing"譯成「很令人崩潰」；我把"husband"譯成「老公」；我還把"If he had not set his heart on it before"譯成「就算布萊恩以前有賊心沒賊膽」；我甚至把"fan letters"譯成「粉絲的信」。當然，這方面的例子不勝枚舉，就不饒舌了，只再說一下「給力」這個我原來從學生那兒學來的一個詞。

今天翻譯中碰到一句話，是這麼說的："the brown sticky sugar…would…give strength to the insipid mock-coffee the prisoners made from burnt corn kernels"，我一看就來勁了，因為裡面有一個跟2010年中國關鍵字「給力」一模一樣的詞：give strength！捉摸了一下之後，我這麼翻出來了：「有了這種黏糊糊的棕糖，……因犯用烤糊的玉米粒做的淡而無味的冒充咖啡也更給力了。」

要用今語，就是這麼回事。再隔若干年，同樣一本書，同樣一批字，又不知道會譯成什麼樣的「今語」了。隨它去吧。

Cockchafer

作者或譯者是否與編者和出版者共謀，對自己的作品或譯作進行自審，是檢驗作者或譯者是不是好作者或好譯者的重要標準之一。創作放到一邊不談，我在文學翻譯中，自謂從來不自審，原文怎樣，就是怎樣，以後該刪該削，那跟我無關，是出版社的事。總之一點，在我筆下，再髒的字、再惡毒的語言，一概不穿衣服地譯成中文。這在前面提及我翻譯的《殺人》一書時已經談到了。

《新的衝擊》（歐陽昱譯，2005）一書原文中，提到畢卡索時，說他是個walking scrotum，直譯就是他是個「會走路的陰囊」。進而言之，他什麼都不是，就是一根在那兒走路的雞巴。對於大師，這不是不恭，實在是太敬了。也就是充滿放射著活力。我的翻譯是：「畢卡索這個雞巴男人」。

《致命的海灘》（歐陽昱譯，2013年即出）一書中，談到流犯挨整的踏車（treadmill）時，說流犯叫這個東西是cockchafer，因為在上面受罰幾小時後，硬硬的囚服會把他們下體擦得生疼。所謂cockchafer，是說「能把雞巴擦痛之物」。我的翻譯沒有避諱，而是當頭棒喝，翻成了「痛雞巴」。

I and the other man

很多中文的東西，不倒反過來，就不成其為英文，不成其為有文化的英文。比如「爸爸媽媽」進入英文，就成為“Mum and Dad”；「我和你一起出去」，就成了“You and I went out”；「身上蓋著一條濕毯子睡覺」，就是“sleeping under a wet blanket”（睡在濕毯子下面）。一言以蔽之，中文進入英文不倒反，就是沒文化。

這個判斷在最近的一個例子中得到了證明，而且是個反證。一本英文書中，居然出現了這樣的句子：I and the other man were taken out。它讓我感到的驚訝，不下於聽到「等會兒你和我一起出去一下吧」這樣的句子。因此，十年前我肯定不予理睬的這個句子，當場就被我抓了下來。這個句子如果出自受過教育的英國人之手，肯定是The other man and I were taken out，但情況並非如此。該書作者是一個文字尚可的愛爾蘭流犯。由此觀之，英文居然寫得像中文的人，一定是沒文化的人，如上例所顯示的那樣。

night of sexual comfort

鄙人一向有個現在看來是錯誤的看法，即中文的「舒服」二字，難以翻譯成英文。比如說一餐飯吃得很舒服，就沒法說had a comfortable meal。又比如說做愛做得舒服，也沒法說made comfortable love，這在英文中是說不通的。再比如說看了一場很舒服的電影，也沒法說saw a comfortable film。

不是說類似的說法英文中沒有，只是說他們不用「舒服」二字罷了。比如，做愛做得舒服時，人就會說：it feels so good。我怎麼知道？當然是看大家都看的黃片嘛，這個時代，誰也不比誰高尚。

不過，英文也有用到「舒服」的地方，比如it's not comfortable working with him（跟他共事不很舒服）。有次開車，從車載電台中聽到一個字，意思是描述什麼東西很舒服，只是沒用comfortable一字，而是用了comforting。惜乎把當時的那句話忘掉了，但由此提醒自己，以後到了用「舒服」二字時，可能用comforting要比comfortable到位，比如that's a very comforting remark（這話聽了很舒服）。

上面'night of sexual comfort'那句話，取自正在翻譯的一段文字，是說當年在澳洲懲罰最重的流犯島諾福克島上，有個唯一留下文字記述的流犯，他不斷惹禍，不斷遭到鞭笞，但仍然屢教不改，甚至發展到某天晚上鑽入兩個女流犯的囚室，和她們發生了關係。那句話是這麼說的：So Frayne and the two women had their night of sexual comfort（p. 465）。我一看，說：咦，英文談到性時，也用「舒服」二字了！細想一下也不覺為怪，早年那些被日本人抓去為士兵服務的軍妓，中文叫「慰安女」，英文就直接叫"comfort women"，因為她們是為男性士兵提供「舒服」的女人。

此句翻譯並不難，難的是不一定能通過中國大陸的編輯之手，說不定會修改乃至刪削：「這樣，弗雷恩和另外兩個女犯人性交，舒服了一夜」。

Reveille bell

活到55歲，學了一輩子英文，碰到很多英文字時，居然還得不斷查字典，比如reveille這個詞。我懷疑是個法語，因為學過法語，於是就口念成ri/vei/i，重音在vei上了。查了字典後才知道，原來是「起床號」的意思，配上bell，就是「起床鈴」。

再查另一個大字典，才確認這的確是個法語字，即réveillez，也就是喚人起來的意思，但在英文中的發音卻不是我發的那種，而是ri/va/li。這，就是英語之難，帶上了法語之淵源，又不帶法語之發音，看上去又跟法語很相似，難記呀，保不定以後還是忘掉。這個語言，很難進入血液的。

Bluestocking

英文中，說一個女人是女才子，女學者，通常都形象地叫她bluestocking。對這個字的譯法，網上千叮嚀，萬囑咐，叫人別翻譯成「藍色長筒襪」，有字為證：

> blue stocking是什麼意思_翻譯_愛詞霸線上詞典：
> 女學者、女才子（不是「藍色長統襪」）。

其實，這種擔憂完全沒有必要。18世紀，英國的知識女性在一起聚談，就是愛穿藍色毛線長筒襪。以此代稱她們，是很形象的。

為了保留這個形象，我採取了原意和本意綜合法，在最近的一次翻譯中，處理成了：「藍統襪」女才子。

Incorruptible

翻到一個地方，說有個官員incorruptible，居然無法下手，把它翻譯成中文。字典釋義是：不易腐蝕的、收買不了的、廉潔的，但這麼翻譯過來，感覺不是很到位。細想一下，我們這個文化中，corruptible（容易腐化墮落的）的人比比皆是，incorruptible的倒極少見到，這大約就是為何很難翻譯的原因，因為人不多見，字，也不多見。

想了半天之後，還是採取了以前採取的「用今語」之法，譯成了「拒腐蝕，永不沾的亞歷山大・馬柯諾奇上尉」。

Down Under

Down Under這兩個英文字的首字母都大寫時，是指澳大利亞和紐西蘭所在的對蹠地。所謂對蹠地，是指相反之地，即與北半球的歐洲適成對照、適成相反的地方，也就是澳大利亞和紐西蘭。對蹠地還有一個更正規的英文說法，叫antipodes，重音在"ti"上。

不過，我對通常把Down Under譯成「對蹠地」的做法很不以為然，原因是這兩個字都有「下」的意思，有點讓人想起中國的「下下策」的說法。或可譯成「下下地」，只是太牽強了一點。

比較接近的是「底下」這個字，但在什麼地方的「底下」呢？有一年馬建到雪梨，我們兩人一起參加雪梨作家節，在唐人街吃飯。他提起到法國南部度假的事，我就說：應該到澳洲來玩，因為澳洲的海灘很不錯。誰知道他很不屑地說：法國南部的陽光多棒，誰要到澳洲這個世界的屁股去玩？

「世界的屁股」很不好聽，但正是這個Down Under的注腳。配上譯文中所說澳大利亞人愛搞sodomy（雞奸），是個sodomy Down Under（p. 494），這句話就有解了：「就連烏拉索恩主教在闡述無神論和愛搞雞奸的『世界屁股底下』的種種恐怖時，也別有用心，……」。

後來找到一個更好的譯法，音義俱有，形神兼備，譯作「襠下」，「襠」指down，「下」指under。所謂澳大利亞這個down under，就是「世界的襠下」。

當然，作為熱愛澳大利亞的華人，對這樣一種把我們的國家稱為「世界屁股底下」，甚至「世界的襠下」的做法，恐怕難以苟同。沒關係，要緊的是，別老跟著字典跑，你得拿出一個既有down，也有under的好的方案來。

Roundabout

華人在澳洲考駕照，常因語言不好，要請一個翻譯。我呢，就是做這個翻譯的。我發現，一般的教車師傅對語言問題不太計較，但有兩位給我留下了印象。一位是女教車師傅。她在考試開始之前，就特意告訴我，客戶來自台灣，對有些英語的理解，與大陸不同，比如roundabout一詞，就請翻譯成「環島」。在此之前，每次提到roundabout一詞，我基本上都直接說roundabout，因為沒有一個說中文的人不懂它的意思。此後，我就一律說「環島」了。

今天這個教車師傅是個男的，對詞語也很敏感，一上來就問我roundabout，reverse parking和three-point turn怎麼譯。我很詫異，以為他不是大陸人，經他解釋才釋然，原來他接觸的翻譯也不少，但對這些詞的翻譯都不一樣，最光怪陸離的就是roundabout，有翻譯成「環島」的，有翻譯成「轉盤」的，有不翻譯而直接說roundabout的，更有甚者，還有翻譯成「囊包」、「瓤包」或「讓抱」的。

這個好玩，我們說著都笑了。

Beat the Heat

一天駕車出門，從電台聽到一句廣告詞，催人趕快去買東西時，是這麼說的：Beat the Heat！

接著，一個翻譯的大腦就會立刻開始習慣性地「幹活」，把這句話譯成中文「打熱」，旋即又加以否定，因為既不符合實情，也沒有這種說法，如果譯成廣告詞，是誰也聽不懂的。

運用英三漢四的原則，再加上關注這句話裡透露出的兩個資訊「打」和「熱」，這句話就有解了。不，還不完全有解。還得再運用倒反原則，把「打」和「熱」錯置一下，變成「熱」和「打」。

有了！這句廣告詞其實是讓大家「趁熱打鐵」，趁著新貨剛出爐，趕快去買東西，不要錯過了機會。

Made black white

文化的禁忌在語言中。在中文裡，「天翻地覆慨而慷」，有能力把天地翻過個，那是很偉大的事。如果你把天與地的關係用黑與白的關係來取代，也表示同樣的意思，中文就有禁忌，不許你這麼說，因為我們有「混淆是非，顛倒黑白」這種說法，很顯然，「顛倒黑白」不是「天翻地覆」的偉人所做的事，而是指鹿為馬，是非不清的人幹的壞事。

進入另一個文化和另一種語言，這種禁忌卻不存在。你說「天翻地覆」的地方，他就可以「顛倒黑白」，說的還是同一個意思。他並不知道，在你的文化和你的語言中，這麼說是要打屁股的。

在流犯時代，有一個名叫馬柯諾奇的蘇格蘭人，在刑罰最重的諾福克島，採取了寬容的獎懲制度，不以時間長短論罰，而以工作優劣行賞，頗得囚犯擁護，但不得上司賞識。他在一封為自己辯護的急件中，稱他的制度很成功，因為在他的治下，發生了天翻地覆的變化，但他既沒有提到天，也沒有說到地，卻這麼說：I have almost made black white（我幾乎把黑的變成白的了）。也就是說，在我的治下，發生了天翻地覆的變化。

對於一個翻譯，他面臨的是兩個問題。如果他忠實於原作者，他就得翻譯成前面那個樣子。如果他忠實於讀者，他就得翻譯成後面那種樣子。捨此而無他途。我呢，更忠實於前者。

The Hazard

英國的輪船跟人一樣，都有個名號。1788年1月26日之所以現在是澳大利亞日，是因為那一天，亞瑟·菲力浦船長率領旗艦「天狼星號」，載著1030名流犯駛入雪梨港。在此之前，庫克船長於1770年駕駛「奮進號」發現了澳大利亞。他進行第二次航程時，駕駛的是「決心號」。所有這些船名，都有著某種積極的象徵意義。

但也不是沒有迥然不同的船名的，比如The Hazard號。出現這樣的船名，看似小事一樁，卻給翻譯帶來了較大的挑戰，頗費躊躇，當然不是嚴復的「旬月躊躇」。這個船名很奇怪，如果音譯，如「哈紮德號」，意思出不來。如果意譯，又很不吉祥，如危險號、碰運氣號、冒險號、偶然號、偶一為之號、意外號，等，似乎都很不合適。

最後，我選擇了比較中性的「偶然號」。這一極為細小的翻譯實踐和事件也說明，所謂信達雅之「信」，是基本上不可能的事。真要講「信」，只有不譯，把原字嵌入中文，如「他們乘坐的是the Hazard號船」。

The Cretan Paradox

最近與朋友聊天，發現朋友變化很大，最主要的就是對中國的看法，認為這個國家一無是處，只有基督教才能救中國人於苦海。我說了一句：那你自己不就是中國人嗎？

這麼說時，我想起了英文的一個說法，叫the Cretan paradox。所謂Crete，是希臘的克里特島，而Cretan，是克里特島人。據傳說，該島有位詩人說：克里特島的所有人都是騙子。詩人本人也是克里特島人。如果相信他的話，情形正好相反，即克里特島的人都不是騙子。這就是所謂的「克里特悖論」。

依次推論，如果一個中國人說：中國人都壞，那麼，這也是一個悖論，即他必須承認他也很壞。否則他說的就是反話。這一來，又給我們的語言增加了一個財富，暫時稱作the Chinese paradox。

改寫

某種意義上講，翻譯就是一種改寫。早年中國人翻譯西人著作，經常會任意改寫，不是把自己認為不合適的地方拿掉，就是把自己認為讀者可能覺得不合適的地方拿掉，再不就是在譯文中直接加上譯者評語。這是早期的一種不規則的翻譯「創作」。

我要說的是一種比這更技術性的東西。英文的用詞，有時在筆者兼譯者眼中，覺得不太恰當。如果翻譯成中文，就更加不恰當。例如，有一次文中出現某人制定了一項計畫，但不希望有人sully his plan。所謂sully，有玷污、弄髒、使失去光輝、使丟臉等意。請你分別往「計畫」上安，看你是否能夠安上去，都不行，哪怕是最後一個意思。不信你看：「他不希望有任何人讓他的計畫丟臉」。怎麼看怎麼搖頭。

要想把此話翻譯成讀者一看就懂的東西，可能還是要對sully進行改寫，比如把它譯成「破壞」。

再如，英文提到某人晚年時這麼說：downhill part of your life（你生命中走下坡路的那個部分），其實就是「你的暮年生活」。這，也是改寫。沒有這種必要的改寫，而是全文照搬，那還不如直接看原文。

還有一種屬於非改寫不可，不改寫不能成書的情況。我翻譯的這本關於澳大利亞流犯流放史的書中，談到早年流犯中有一個絕無僅有的發跡的女流犯，名叫瑪麗．黑多克，其夫是湯瑪斯．瑞比。瑞比死後，瑪麗帶著七個孩子，靠著自己的努力，成就了大業，在雪梨市中心一帶擁有大量建築物。談到這兒，作者點了一筆說：and it is unlikely that Reibey herself, for all her drive and cunning, could have done it without the start her husband gave her。(p. 335)

我早先的譯文是：「如果沒有丈夫給她鋪墊在前，瑞比本人哪怕她再有幹勁，再精明，也不大可能成功。」

其實，這個Reibey herself，是指「瑞比夫人」，因黑多克嫁給瑞比之後，按照西俗，應隨夫家姓。如譯作「瑞比本人」，即使再加上「哪怕她」，也仍有文句不清楚之嫌。儘管原文沒有Mrs Reiby，譯成中文後，恐怕得做這個「改寫」處理，如下：

> 沒有丈夫鋪墊在前，哪怕瑞比夫人再有幹勁，再精明，也不大可能取得成功。

Shadow

一個英文字裡面，包含著兩個漢字的意思，如labor relations不是勞動關係，而是「勞資（labor）關係」；gave heart to誰，是「讓誰鼓起了信心（heart）」；with the assistance of rum，是「以蘭姆酒助興（assistance）」；bitter experience是「痛苦（bitter）經驗」；under his eye是「在他眼皮（eye）底下」；scraped one's groin raw是「把生殖器擦得生疼（raw）」；bad prison boss是「監獄的壞蛋（bad）總監」；its real use是「但其真正的用意（use）」；soft on convicts是「對流犯過於手軟（soft）」；hearts of stone是「鐵石心腸（heart）」；not given an inch是「寸步（inch）不讓」；like tigers是「猶如猛虎（tiger）」；crime wave是「犯罪惡浪」；to clear his name是「洗清罪名」，等等等等，不一而足。

最好玩的是，一個很不經意的詞，卻頗能說明，英漢兩種文字，早就是相通的，大概從造字的時候，就已經定下來了，如shadow。我們所說的「影響」一詞裡面，是有一個「影子」的。英文亦復如此，如cast a long shadow over什麼，即產生了深遠的影響。其中，long變成了兩個中文字：深遠，而shadow呢，成了兩個中文字：影響，好像能夠發出響聲的影子一樣。

Bad

Northland有一家店鋪，名叫Bad。這無所謂，但如果這家店鋪想進入中國，把名字譯成中文，可能就會成為問題。直接叫Bad，中國人忌諱，可能沒人願意跟他們打交道。好在我們的翻譯，早就有給外國人臉上、名上貼金的傳統，翻成中文完全沒有問題。

國人好給外國人臉上、名上貼金，這方面的例子不勝枚舉，香煙的Malborough是萬寶路，汽車的Benz是賓士，紅酒的Penfold是奔富，飯店的Sheralton是喜來登，就連Michael Jackson的一個歌帶Bad，也給譯成《棒》了。從前曾在報紙上看到一個人名，叫Frank Death，大約進入中文後，就可以貼金成為弗蘭克·德思了。

中國人的這種陋習、惡習，只會愈演愈烈。為什麼？因為後起的一代也學會了貼金。僅舉最近一例。澳洲曾經推出了一個招徠世界遊客的旅遊廣告，其中一句台詞是：So where the bloody hell are you？（這麼說來，你在哪座血淋淋的地獄啊？或者更直接一點：你他媽在哪兒呀？）把這句話讓學生翻譯後，幾乎沒人能夠把它譯成中文，幾乎人人都說，這種廣告在中央電視台播放，如果照譯，是肯定不可能為廣大老百姓所接受的。

好在有個同學很會貼金，他採用了我的反譯原則，正話反說，把它譯成了：你在哪座美好的天堂啊？

這麼說來，翻譯根本無關忠實，而是向文化和傳統投降，哪怕背叛也在所不惜。如果這樣，墨爾本一家名叫Vulgar Press的出版社，進入中文之後，就只能是福而佳出版社，而不是粗俗不堪出版社了。而Bad那家店店，也只能是「棒得」，而不是別的什麼。一種文化，說到底，就是對另一種文化的強姦，根本就不管它願不願意。

…running out in various directions in little streams

此句中文的意思是：「小河一樣流向四面八方」。

我為何把這點抄下來，當然只有我自己知道。當年，我讀中學，應該是1970或1971年，老師是彭浩，喜歡當堂朗誦寫得好的學生作文。有一個名叫賈禪林的學生，就是這樣被選中的。直到現在，我還記得其中的句子，類似這樣，說下雨時，雨水匯成大河小川，向四面八方流去。

當然，我上面這句話出現的情況迥然不同，它寫於1844年，說的是當把流犯綁在三叉刑具上進行鞭笞時，從他們身上流下的鮮血，仿佛用桶潑在地上，「小河一樣流向四面八方」。其中沒有半點羅曼蒂克的意思。

現在翻譯這段話，想起當年那段話時，已經是2010年，距我自己的時代是40年，距鞭笞流血的時代，則是166年了。翻譯從某種意義上講，就是記憶的橋樑。

…were left there in darkness for days

上面這句話，是說當年懲罰流犯時，把他們放在浸滿鹽水的黑暗土坑裡，一放就是數日。我翻譯此句時，是這麼說的：「然後把犯人黑黑暗暗地放在裡面」。

翻譯會不會受當前正在看的書的影響？答案是：會。讀中學時，只要看了水滸或西遊記等書，就發現自己的文風發生了難以抵擋的改變。隨著年齡的增大，這種情況稍有好轉，但仍然難以根除。如果在翻譯某書期間，碰巧在看什麼書，就會不知不覺地受到不同程度的影響。這一點，大概是研究翻譯的理論者從來都不會顧及、甚至都想像不到的吧。

我之所以用「黑黑暗暗」，而沒有用「暗無天日」等套話，大約是受正在看的閻連科的長篇小說《風雅頌》的影響。這部作品寫得很濫情，最大的特點就是愛用四字疊詞，如「所以那些目光緩緩舒舒、劈里啪啦」（p. 75），「把目光再次冷冷熱熱地抬起來」（p.34），「連續幾年裡，我遮遮掩掩，又爭爭奪奪」（p.16）「滿座高朋，黑黑鴉鴉的一片兒」（p.40），全是這種無厘頭的語言。

可是好了，我本不喜歡的東西，卻在翻譯的那一霎那間進入了我的指下，等我意識到這一點，這個「黑黑暗暗」已經躍上電腦螢幕，當然我可以立刻擦去，換上別的，但我終於決定，還是這麼用它一回，讓那些搞翻譯理論研究的，將來也能找到相應的證據。

黑黑暗暗

一個譯者翻譯的文字，與譯者翻譯某書時看的書是否有關係，這恐怕是中國翻譯理論界不關注、也不會關注的問題。這個問題看似很小，但與很多問題有關，一是譯者文字的流動性，一是譯者譯文與譯者閱讀文字的互動性或cross-fertilization（互肥性）。

所謂譯者文字的流動性，是指一個譯者在成長的過程中，如從20歲到50歲，其譯入語也在不斷成長變化，例如我們從文革時期過來，進入二十一世紀的澳洲語境，筆端語言不僅不同於文革時期，也不同於出國之前的改革開放時期，而是帶上了經過二十年海外—特指澳大利亞的海外，而不是美國或歐洲或其他地方的海外—漂流定居和偶爾回國刷新的雜糅特徵，可能不再像大陸的漢語那麼純粹，但卻更具活力和特色。這從反面可以得到印證，即有讀者對我的譯文反應很強烈，很不習慣，但也有澳洲的讀者認為很到位。

這個問題還可以談得更深一點。問一個簡單的問題：翻譯一部澳大利亞的長篇小說，請常住中國的翻譯，還是常住澳洲的翻譯好？我的回答肯定是後者。常住澳洲的翻譯置身於澳洲文化的氣場，縈繞著該文化的氣韻，對文字的理解超乎了字典意義，而這個字典意義則是不在場的中國翻譯所必須依賴的東西。這就是為什麼我看一些大陸翻譯翻譯的澳洲小說不大看得下去的原因，仿佛總是不到位，總是缺乏某種應有的東西，比如澳洲新鮮的空氣。對了，簡單的原因就是，那些翻譯是在中國污濁的空氣下成書的，很難不失去原汁原味。

讀中學時，在文革時代，記得每看一部作品，如三國或水滸，就發現筆下的文字不自覺地變好了，甚至帶上了三國或水滸的風格。看了外國作品之後，也有這種現象和傾向。這，就是我說的cross-fertilization（互肥性），就像自己的文字的田野，被另一種文字的肥料養肥了一樣，潤物細無聲嘛。

我譯《致命的海灘》期間看了不少書，大約總有二三十本吧。譯到這句話「men were left in darkness for days at a stretch, unable to sleep for fear of drowning」時的那段日子，正在看閻連科的長篇小說《風雅頌》，一本很神經病的小說，寫的也是一個神經病。

偷換形象

有偷換概念之說，無偷換形象之說。不過，在翻譯中，常常需要偷換形象，因為一語之形象與另一語之形象，往往無法通過直譯等價交換，比如我們說「貓膩」，英文就「貓」不起來，只能smelling a rat（聞到老鼠的氣味，相當於「鼠膩」）。下面舉幾個小例，說明這個形象偷換問題。

早期范迪門斯地總督亞瑟有一政敵，是大法官Joseph Tice Gellibrand，提到他們兩人之間的關係時，說了這麼一番話：因為Arthur could not nail him for incompetence，就想別的辦法整他。如果直譯，借重nail（釘子）的形象，這句話就可以翻譯成：「亞瑟沒法釘住他，告他力不勝任」。為了保留釘子，這種翻譯句不成句，難以卒讀。如果偷換形象，就可以如此處理：「亞瑟沒法一棍子把他打死，告他力不勝任」。

「Carte blanche」是法文，字面意思是「白卡」，字下面的意思則是「全權」。給某人一個carte blanche，就是授予某人全權幹某事，當然也得看具體的上下文。在一個地方，我就把這個詞翻譯成了「大開綠燈」。如果譯成「大發白卡」，恐怕誰都看不懂。

再如，英文描述行政問題成堆時，愛用「雪崩」一詞，如an avalanche of administrative problems（行政問題像雪崩一樣），這樣不是不可以，但放在具體語境下，讀起來不甚爽利，所以把形象一偷換，弄成個「行政問題堆山疊海」。

Philoprogenitive

漢語裡有很多意思，英文用一個字就可以解決，比如說「破例」，或「破格提拔」這個意思，就可以用anomalous。再如說家裡子女很多，也可用一個字，是平常殊難見到的，就是philoprogenitive一字。

譯到一處，說某某父親是貴族，家道中落，家裡有十四個孩子，他是其中的一個時，就用到這個字。我立刻想起了一個多年不用，在70年代初下放農村時經常提到，以後就再也沒有聽到的字，即「家大口闊」，馬上在我的指頭下進入譯文：「他不過是這位家大口闊，子女眾多的小貴族的十四個孩子中的一個」。

Philoprogenitive一字，在我的文字生涯中，也跟「家大口闊」一樣，十分罕見，倒是值得記取的。

翻譯腔

何謂翻譯腔？現舉一例。有句英文這麼說：His wife bore him five children in rapid succession：他妻子為他接連不斷而又十分迅速地生了五個孩子。

這，就是翻譯腔，尤其是在對in rapid succession的處理上，頗有點機器味道。

要想有點人味，可能得這樣：「他老婆一口氣為他生了五個孩子」，儘管似乎不太精確，機器般的精確。

Sustain

毛澤東寫出「問蒼茫大地，誰主沉浮」這個句子，時年三十二歲，即1925年，還是很有氣魄的。沒想到，在翻譯一首英詩中，「沉浮」二字給我用上了，配上英文的sustain一字，還頗相宜。

該四行詩是一段碑文，由據說是流放時代最殘酷的司令官普賴斯為其員警總長—盛傳這兩人是同性戀—巴爾多克豎立的，碑文如下：

'Tis His Spreme prerogative
　　O'er subject Kings to reign.
'Tis just that he should rule the world
　　Who does the world sustain.

一看sustain一字，毛的「沉浮」二字浮上心頭，覺得實在恰切，翻譯如下：

主有超級特權，
　　統治國王臣民。
誰主世界沉浮，
　　誰即世界之主。

大約當年，毛提到的「大地」，應該是指中國，從這一點來講，雄心還不夠大，不如一個英國殖民者。

切割法

給學生講翻譯課時，不從英語入手，而從漢語開始。請任何一個人翻開一本漢語書，或報紙，看是否句子長到從紙的一端，到紙的另一端，沒有一個句號割斷的。檢查結果發現沒有。由此而來的一個結論是，凡是出現類似情況的作品，包括譯文，一定是有問題的，甚至很不好的。

英文與漢語之很大不同，在於它是流動不綴的語言，容不得太多的打斷。漢語就不同了，對付英文，很像一個手揮菜刀的廚師，一上來就一氣亂砍，把個好端端的英文肢解傷殘，但唯有如此，才能讓好的英文成為好的漢語。下面舉一個連一個逗號都沒有的長句：

> The prospect that transportation to mainland Australia would begin again by passed the old and by now demographically feeble division between Exclusive and Emancipist in the vast territory of New South Wales. (p. 554)

這句話譯成漢語，起碼得用三個逗號，斬成四段。看，手起刀落，如下：

> 又要向澳大利亞本土開始流放犯人，這樣一個前景繞過了新南威爾士廣大疆域中，「排外分子」和「盈滿釋痞者」之間那道從前就有，但現在從人口統計學角度來講已經很虛弱的界限。

對於半殖民了中國人的英文，就得這麼幹！

Overcome

翻譯之所以難以準確，或曰「信」，甚至根本不可能準確或「信」，是因為文字本身先天造成的。現舉overcome一字為例。

1851年2月12日，Edward Hammond Hargraves在新南威爾士的Lewes Pond Creek一帶淘到金時，我手頭翻譯的這本書很簡單地說了一句：Hargraves was overcome。何謂overcome？那意思就是說他「被壓倒了」。再擴展一點說，他是「不勝」怎麼怎麼樣了。但「不勝」怎麼怎麼樣了呢？任何字典都不告訴你，要你根據具體的上下文來定。這就是英文的先天不足，只用一個字，來暗含許多別的意思。只看英文，結合上下文，誰都懂是什麼意思。若要譯成中文，立刻提出挑戰問題：他被什麼東西壓倒了？是驚奇、驚訝、還是驚喜？

當然，我的頭道湯譯法是：他不勝驚奇，但二道湯就換成了：「他不勝驚喜之至」。如果真要講信，那就無法從字面上信，只能從意思上信，這麼一來，有十個人，就會有十種翻譯。

改寫

很多時候，翻譯是個改寫工作。一句話，如果翻譯得很像英文，這句話就肯定有問題。馬上來一例：

> …in view of the lieutenant-governor's utter failure to safeguard the morals of the convicts under the Probation System…(p. 532)

這是手中翻譯一書中，提到范迪門斯地剛剛採用流犯「試用制」（Probation System），來取代舊有的流犯「配給制」時，所說的一句話。很簡單，幾乎想都不用想，就翻譯下來：「考慮到副總督完全沒有保障試用制下流犯的道德」。回頭一看，就怎麼也看不懂這句譯文了。對著原文看，好像的確是那麼回事，離開了原文，居然似乎狗屁不通！

原來，此話需要改寫，才能譯出原文的意思來，如此：「考慮到在副總督的試用制下，流犯道德狀況完全得不到保障」。

還有一個地方，就更奇了。一段話開頭的用詞，翻譯成中文，居然要搬家到這段話的末尾去。看原文如下：

> Everywhere else in Australia, with one exception, it was the same. Victoria was dead set against the Stain, and so was South Australia, which in December 1851 had sent its own petition to Lord Grey reminding him that the appearance of ex-convicts from Van Diemen's Land within its boundaries was ruining the morals of its people.
>
> The exception, of course, was Van Diemen's Land…(p. 568)

譯文如下：

> 在澳大利亞的其他地方，情況都是如此，只有一個例外。維多利亞堅決反對「污點」，南澳也是如此，因為南澳在1851年12月已向格雷勳爵寄去該州自己的請願書，提醒他說，范迪門斯地的前流犯出現在南澳疆域內，就會破壞該地人民的道德水準。
>
> 當然，這個例外就是范迪門斯地本身……

問題出在「只有一個例外」上。該句除了這句話外，文氣是相通的，講的都是同一件事。就是把這句話全部拿掉，也不害其文意。不信你從心裡拿掉試試看。那麼，要使上下文銜接起來，就得把這句話搬家，搬到該句末尾，請看：

> 在澳大利亞的其他地方，情況都是如此。維多利亞堅決反對「污點」，南澳也是如此，因為南澳在1851年12月已向格雷勳爵寄去該州自己的請願書，提醒他說，范迪門斯地的前流犯出現在南澳疆域內，就會破壞該地人民的道德水準。但只有一個例外。
>
> 當然，這個例外就是范迪門斯地本身……

從「信雅達」的「信」的角度講，這又是一個「不信」而更信的例證。

拖腳和壓草

前面說過，英語和中文互為倒反，已經是根深蒂固，深入骨髓、深入文字、深入到形象中去了。隨便舉兩例如下。

我們說「拖後腿」，英文不是leg-dragging，而是foot-dragging，拖腳。如果靠近一點，就是「拖後腳」了，如今天早些時候翻譯的一句：against the foot-dragging officialdom（反對拖後腿的官僚）。

再者，我們說「壓根兒」，英文卻說「壓草兒」，比如我剛剛翻譯的這一句：The people of England do not care for you one straw（英格蘭的人壓草兒不關心你們）。這當然在漢語中講不通，只好譯成「英格蘭的人壓根兒不關心你們」。

至於說什麼「根」，漢語是不管的，只要是「根」就行，而英文說得很清楚，是「稻草」（straw）。

隨譯（1）

有隨筆之說，沒有隨譯，這是我的發明，在《關鍵字中國》裡有介紹，就不多說了。隨譯之靈活，就像隨筆，看到好的就隨手翻譯了，無論長短，主要是短的，譯下來聊以自娱，別人看了覺得好，那就成了公共財物，任人享受了。

傾讀一句詩，讀完就在下面劃了一道橫線：「I think it's/Better to sleep than to be friendless as we are, alone」。我隨口就譯了：「我想／就是睡覺，也比沒有朋友好，像我們現在這樣，獨自一人」。想了一想，修改了一下：「我想／就是睡覺，也比此時獨自一人，沒有朋友好」。

最後，我又改了一下：「此時，獨自一人，沒有朋友，還是睡覺好」。（p. 157）

知道是誰寫的嗎？Friedrich Hölderlin。是的，德國詩人荷爾德林。

隨譯（2）

接下來，荷爾德林又說了一句，又被我劃了著重線：「and who wants poets at all in lean years？」

一看這話我就抿嘴笑了，隨手譯成：「年成不好，誰要詩人呢？」其實，我覺得他的意思是說：「年成不好，誰要讀詩？」

我的回應是：年成若好，更沒人讀詩了！

隨譯（3）

晚看ABC電視台"Adam Hills in Gordon Street"，一個不錯的綜藝節目。採訪的三人中，有兩人各說了一句話，值得馬上譯下來。其中一個是最近出版了Life without Limits（《無限的生活》）一書的Nick Vujicic，一位從出生就無腿無臂的作者。他說：If you think life is bad enough, get a second opinion。“Second opinion”指第二意見，是醫學用語。如果你被醫生甲診斷患有肺癌，你似信非信，還可以找醫生乙尋找第二意見。這句話的意思是說，「如果你覺得世界太糟糕了，那就去尋找第二意見吧」。幽默，雋永。

第二位受訪者是ABC的主持人Jennifer Byrne。在問及誰是給她帶來靈感的人時，她提了一個名不見經傳的修女，並說了一句我覺得很不錯的話，記錄在此：“Be careful what you think, because they become what you say. Be careful what you say because they become your action. Be careful about your action because they become your life”。翻譯如下：「思想要小心，你會說出來。說話要小心，你會做出來。一旦做出來，就成為你生命。」

隨譯（4）

看洪邁提到歐陽修一首詩的首句「夜涼吹笛千山月」時，[18]不覺隨手譯下了「千山月」的英文譯文：“moon among thousands of mountains”，覺得進入英文也是好詩，特別是“m”的頭韻（alliteration）。餘不多譯。

隨譯（5）

有一句被人引用濫了的話說：「人類一沉思，上帝就發笑」。這句話，我覺得沒勁。首先本來就沒有什麼上帝。其次上帝也是很不幽默的一個人，他知道怎麼笑？！再次，人類一沉思，上帝他哪裡又知道？他恐怕不是笑，而是害怕，因為人類一沉思就知道，上帝其實並不存在。

德國詩人弗雷德里克·荷爾德林倒是有一句話說得不錯，跟這還有點兒相像，但比這好，是這麼說的：“Man is a god when he dreams, a beggar when he reflects”。[19]

隨譯如下：「人一做夢就是神，一沉思就成乞丐」。

---

[18] 洪邁，《容齋隨筆》（下）。齊魯書社，2007，731頁。

[19] Friedrich Hölderlin, *Selected Poems and Fragments*, trans. by Michael Hamburger. Penguin Books: 1998〔1966〕, p. xxii.

隨譯（6）

隨時看到適合將來寫書的好標題，隨時記下來，隨時譯下來。

Sylvia Plath（1936-1963）的詩集中，有幾個地方可以用作標題，如"the smug centuries of the pig"[20]（沾沾自喜的豬玀世紀）；以及"Everything has happened"（37）（一切都已發生）和"the silence of the astounded souls"（41）（驚魂之默）。

愛爾蘭詩人Samule Beckett（1906-1989）的詩中，有一句我很喜歡，一定要在某個合適的時候拿來做標題的詩句："live slowly backwards"[21]（慢慢地往回生活）。

Every grain of his charm and authority

漢語裡，凡是具體的東西，都可以量化，如一滴雨，一粒沙，一瓢飲，等，但抽象的東西，就沒法量化，如一滴想像，一粒魅力，一瓢權威。

英語裡，與漢語不同的是，凡是抽象的東西，都可以量化，如上面那句：every grain of his charm and authority。直譯就是：「他的每一粒魅力和權威」。譯成這種句子，不挨罵才怪。

對付方法很簡單，那就是犧牲英語的這種怪癖，這種令漢語無法接受的奇特現象，乾脆不譯拉倒。

該句的全句是這樣：

> Stirling had to spend every grain of his charm and authority to keep the anxieties of his 'genteel colonists' at bay, so that their morale would not cave in. (p. 576)

犧牲了英語特殊現象的譯文是：

---

[20] Sylvia Plath, *Selected Poems*. faber and faber, 1985〔1960〕, p. 15.

[21] Samuel Beckett, *Selected Poems 1930-1989*. faber and faber, 2009〔1957〕, p. 153.

斯特靈不得不拿出所有的魅力和權威，儘量不讓他的那些「貴族殖民者」感到焦慮不安，避免讓他們士氣低落，精神崩潰。

從這個意義上講，也是一種反譯現象，說明英語之有，即漢語之無。這就叫做英漢之間，互通有無嘛。

Choleric and crazy

翻譯時間越久，對英漢兩種語言的瞭解越多，就越意識到，翻譯只能是一種近似，數學式的精確對等不僅不可能，也沒有必要。

就拿英文的一種修辭alliteration來說，其意思是「頭韻」，即兩個字的第一個字母都一樣。隨手拈來幾個例子：Pride and Prejudice（傲慢與偏見），Of Mice and Man（人鼠之間），East of Eden（伊甸園之東），Moon over Melbourne（墨爾本上空的月亮），前面三本是長篇小說，最後一本是鄙人的詩集。請注意，除了Of Mice and Man之外，其他所有的標題都是頭韻，用的都是同一個首字母。同時也請注意，所有的中文翻譯中，這個頭韻都去而不存了。

頭韻不僅大量用於英文書名，也用於英文書寫之中。剛從筆下冒出的兩個字就是這樣：choleric and crazy，是說某人「脾氣暴躁，瘋瘋癲癲」，但其首字母的c，就沒法翻譯成中文，這樣一種獨特的修辭特點，進入中文之後，就只能任人割捨，任人割愛，而且想保留都不成。

Playing down

最近看了The Art of Teaching這本書，作者是Gilbert Highet。二十多年前，我曾翻譯過他的一篇散文，收在大陸出版的二十五個選本中，因無以為報，就買了這位早已過世的作家的書。看後覺得不錯，唯有一點遺憾，就是沒提作為教師，如何向學生學習的事。

對我來說，教師和學生的關係，是互為教學的。每教完一個學期，我就會從學生那兒學到點什麼。今天譯到playing down，我立刻用了「淡化」二字，同時就想起來，這正是一個學生在課堂作業時寫在黑板上，被我大贊，在旁邊打上了一個大鉤鉤的詞，儘管該學生的姓名我早已忘記。

這句話的英文是這麼說的：

> Some of this may have sprung from the bravado of prisoners sending letters home to England, playing down their sufferings to sooth the anxieties of their wives and children. (p. 583)

譯文則是如此：

> 把澳大利亞這邊說得很好的一部分原因，可能是囚犯寫信回家誇口所致，有意淡化痛苦經歷，免得妻兒焦慮不安。

這一點，倒讓我想起了劉觀德《我的財富在澳洲》中類似的描述。六四後來澳打工的學生中，不少人窮愁潦倒，家信中卻把自己的生活吹得天花亂墜，這倒跟一百多年前的英國流犯生活發生了某種有趣的呼應。

恩威並重

翻譯是記憶。一段英文，在變成中文的那一瞬間，就會把一段早就湮滅的往事呈現在眼前。

小時候，父親曾經講過一個故事，說有位將領訓斥了某位下屬，但到了休息的時候，卻又讓人給他打來洗腳水，讓其人很受感動。這個故事，除了其內核，所有具體細節都忘光了，但我記得爸爸用的一個詞，說他這是「恩威並重」。

此時翻譯出現的文字是這樣走的，說1830年代早期，澳洲有一本移民手冊說："The grand secret in the management of convicts is to treat them with kindness, and at the same time with firmness."（p. 583）

我的翻譯走到with kindness時，指頭下竟不知不覺地出現了「恩威並重」四個字，同時，前面講的那段往事在心頭油然浮現。

I says to myself

狄更斯的《遠大前程》一書中，塑造了他所有小說中唯一一個流犯形象，英文名字是Magwith，意思也就是with mag。所謂mag，至少有兩層意思，一指「半便士」，一指「重大」（magnitude）。這兩個意思Magwith都有，因為他原來是流犯，不值一文，後來發了財，所以有magnitude。

他談到在澳大利亞儘管有錢，卻得不到尊重時，說了一番話，其中充滿錯誤，例如，他老重複一句話：I says to myself。任何稍微有點英語知識的人都知道，正確的應該是I say to myself。對於翻譯來說，除了加個註腳，沒法、也沒有必要每次都把這個簡單的錯誤譯出來，如果譯出來，也會不倫不類，因為中國老百姓，就是大字不識一個的人，也不會把「我對自己說」這句話說錯。如果在文字上故意弄錯，反而弄巧成拙。

從這個意義講，錯誤無法翻譯，求「信」不可行。

In a hundred pervasive ways

我做了一個小調查，英文用到hundred的片語屈指可數，不到十個，不外乎not a hundred miles from（離……不遠），a hundred times（說了一百次了），give a hundred percent（全力以赴），等。

漢語不用查，光腦子裡隨便想想，就可以想出一大串：百發百中，百思不得其解，百裡挑一，愁腸百結，百寶箱，百花齊放，百戰不殆，千方百計，百感交集，等。就是這個「百感」，給了美國華人作家譚恩美靈感，使她寫出了一部以"A Hundred Secret Senses"（有譯為《百種神秘感覺》，但個人以為，《百感祕集》比較切近）為題的長篇小說。

剛才在譯筆下碰到a hundred pervasive ways這個說法，馬上「哎」了一聲，因為中文「百」的說法很多，這種「百」說好像不多，它是指十九世紀中期，塔斯馬尼亞經濟蕭條，流犯制度雖死未亡，依然以「百種方式，滲透一切」地存在著。其實就是這個意思，但怎麼也難找到一個對應的中文「百」的說法。

這個意思就是說，東西再多，說法再多，也有疏漏的地方。反之亦然。

Kookaburra

Kookaburra是澳大利亞的一種特產鳥，叫笑鳥或笑翠鳥，能咵咵咵啦啦地笑個不停。澳廣對外廣播，開門見山就是這種鳥笑聲，把一些大陸的聽眾聽得一頭霧水。

但是，我對僅僅把它譯作笑鳥或笑翠鳥不甚滿意，關鍵是這個詞的像聲結構盡失。網上有人把它譯成「柯卡布拉」，不失為一種勇敢的努力。我還是覺得不太夠勁，沒有反映其愛笑的特點和笑起來的發聲。

我從ku開始，沒想到一上來就是苦、哭、枯、褲、酷、齁，等一連串不吉祥的字。用「哭」不錯，正應了中英「反譯」原則，但把笑鳥弄成了「哭鳥」，那就叫人哭笑不得了。

接著，我嘗試了帶「口」字旁的象聲詞，未幾，便來了一個音意兼譯：「喀喀吧啦笑鳥」。心想：暫時就這樣吧，以後有了更好的再換。

Occupied

作為譯者，我有一個原則：不給作者文過飾非，無論作者名聲有多大，得過多少大獎。也無論作者答應給多少錢。

錢？這跟錢有何關係？有。且聽我慢慢道來。

我後面說的作者，取英文writer，而非author之意，即「寫字者」。例如，曾有一位這樣的writer找我翻譯一張借條，解釋說：本來原來人家借了他一萬元錢，寫在借條上卻少了一個零，只有一千元錢了，能否在翻譯時把這一個零加上去。如能，他願意多付錢。

我的回答是：不能。

不給大作者文過飾非，也有異曲同工之妙。例如，Robert Hughes在敘述塔斯馬尼亞黑人被白人滅絕的過程時，是這樣說的：

> 不過，土著人死光倒是確有其事—他們像袋鼠一樣被射殺，像狗一樣被毒死，健康受到歐洲人的疾病和酒癮的破壞，被不信教的人追趕，同時又被傳教士糾纏不休，還被從祖先的領土上「帶進來」，在營地上奄奄一息，苟延殘喘。白人拓居之後不到七十五年，就把在塔斯瑪尼亞占據了三萬多年的大多數土著人幾乎滅掉了。這是英國殖民史上

唯一的、真正的種族大屠殺。要按波爾布特的標準，且不提約瑟夫·史達林和阿道夫·希特勒，這只是一次小屠殺，但塔斯瑪尼亞的土著人並不這麼看。（p. 120）

就我看來，這段話中有一個英文字是用得很糟糕的，那就是「占據了」這個詞，因為他用了occupied一詞。這個詞說輕點是占據，說重點就是「霸占」、「占領」、「占用」。一個白人學者，而且是名重一時的白人歷史學家，在談到澳洲土著時，竟然用了這麼一個很隨便、很不尊重史實的詞，是應該為之汗顏的。

我沒有為他文過飾非，而是照樣把這個錯誤翻譯過來，同時作了一個註腳，是這麼說的：

此處翻譯的「占據」一詞，原文就是如此，即occupied，應該屬於作者文化不敏感所造成，故譯者沒有為原作者文過飾非，照譯之—譯注。

眾所周知，土著在澳大利亞生活，時間超過了6萬年，但那是「生活」，不是「占據」，更不是「占領」。Robert Hughes，你下筆之前，先把文字弄清楚再說！

再談翻譯錯誤

翻譯時間越久，實踐越多，越覺得老嚴（嚴復）關於翻譯的「三字經」（信雅達）站不住腳。老嚴如果在世，我就要問他一句：如果英文原文錯了，你是信，還是不信？！

手頭這本60多萬字的書第一稿剛剛完稿，正在校對之中，發現了當時揪到的一個原文錯誤，英文是這麼說的：Before the birth of the Society of United Irishmen was formed……如果說Before the Society…was formed（在學會成立之前），這還說得過去，但如果按照前例翻譯，那就成了「在學會的誕生成立之前」），很有語病了！我呢，首先在翻譯中糾正了作者的錯誤，同時給作者發了一個電子郵件，請他確認一下。他呢，在回答中證實了我是對的，但沒有任何歉意。其次，我還作了一個註腳，說明我發現了錯誤並糾正了錯誤。

事情，就是這麼簡單。類似的情況還有很多，恕我不一一囉嗦了，只想指出一點，對於翻譯來說，若要盡信，還不如不信。而老嚴的話，是不能盡信的。

我的註腳如下：

> 此句英文原文有誤，是Before the birth of the Society of United Irishmen was formed，意即「在聯合愛爾蘭人學會的誕生成立之前」，這顯然是錯誤的，因改之—譯注。

Enforcers

翻譯之難，經常難在字典不給力，反而製造困難，比如enforcer一字，其本意是「實施者」或「強制實施者」，但用在特定的語境中，則指「流氓集團內為維護黑紀律而設的執法人」。

十九世紀初，愛爾蘭有很多政治組織，其中最危險者是「白衣會會員」，即當今愛爾蘭共和軍的鼻祖，我譯的這本書中，稱他們為enforcers and assasins。後面一詞好辦，是「刺客」或「專搞暗殺的刺客」，前面一詞如按字典譯成「流氓集團內為維護黑紀律而設的執法人」，就實在太囉嗦了。

這，就是不給力的字典無意中給人製造困難的一個實例。能否擺脫困境，就是見「譯」見智了。本人採取音譯法，把他們"were in fact enforcers and assasins"譯成了：他們「實際上都是些『陰夫蛇』和專搞暗殺的刺客」。

Buttock-and-twang

文革之前，乃至解放前中國出的英漢字典如何，我不敢說，因為手頭沒有，但文革後70年代末出的字典曾給我的學習和翻譯造成很大困難，因為英文書中有的字，英漢字典卻沒有釋義。我讀大學於1982年買的《新英漢詞典》（1978年4月新一版），就沒有cock和fellatio這兩個字的解釋。我當時推薦一個學生看The Thorn Birds，他過後問我，這本書中經常出現cock一詞，可我怎麼也查不到是什麼意思。我告訴他：其意思是「雞巴」。

Fellatio這個詞，則是我讀研究所時翻譯John Updike的詩時在上海碰到的。當時Nicholas Jose給我們上課，我記得就要開始上課時，我走到講台，問他這是什麼意思，因為我在哪兒都查不到解釋。他好像還顯得有點不好意思，但很快就告訴我，這是「口交」的意思，讓我小吃一驚，同時釋然，原來我們偉大中國的詞典編撰者們都成了審查員，現在想起來也很可憐的。

到了1993年，陸谷孫主編的《英漢大詞典》出版，這個問題就已經解決，說明編字典的人終於能夠誠實地面對自己的性器官和自己（也許是別人）的性行為了，對「雞巴」和「口交」二字都老老實實地有了交代，儘管我上面引的buttock-and-twang在該字典卻無案可查。

這個字又可寫成buttock and twang，在Francis Grose所編的《1811年俗語詞典》（The 1811 Dictionary of the Vulgar Tongue）中有解，意指當妓女但不做扒手的女性。說白了，就是「做雞」。該詞出現在我翻譯的書中時，是指當年女流犯在女工廠工作，為了謀生，不得不通過buttock-and-twang的方式。我因為手頭字典查不到，又沒有仔細搜索，所以暫且武斷地譯成了「靠屁股和舌頭」，但同時我又留了一個心眼，給原書作者發了一個電郵，詢問這個理解是否對。

謝謝Robert Hughes。他的回答是，所謂buttock-and-twang，就是“selling their asses”，即「做雞」。好玩的是，如果把他這句話直譯，意即「賣屁股」，倒跟我從麗江一位司機那兒聽到的用語一模一樣，當地對「做雞」這類活動的說法直截了當，就叫「賣屁股」。

應該

在法庭，最讓澳洲法官和大律師莫名其妙，乃至煩躁不安的一個字，就是中文的「應該」。當問及某個華人證人是否曾於某日與某人在某地有某次談話，該證人回答說：「應該是吧」，而譯員譯成“I should have (had it)”，無論法官還是律師，都會大惑不解，不明白這個“should”是指什麼。對他們來說，這個問題只需要回答yes或no，即你談了還是沒談，談了就是談了，沒談就是沒談，沒有什麼應該不應該的事。

道理是很簡單，但一碰到現實，只要說漢語的證人出庭，除了很懂法律操作程式，熟知回答問題的要義，否則，所有的人幾乎無一例外，都會以這種不應該的「應該」方式回答問題。你問他：「你那天半夜去過她家嗎？他回答說：「我應該去過」。譯員翻譯說：I should have been there。一切都沒錯，但在澳洲人的耳朵裡聽起來，這簡直就是虛與委蛇，吞吞吐吐，含糊其詞，有意規避正面回答問題。

其實，證人也有點冤枉。發生在兩三年前某天的事，又不允許他當庭拿出筆記核對，要他準確地說出是否作過，而且一說出來，就會作為定案的確鑿證據，無法更改，他怎麼能夠一開口就yes或no呢。這不是口若懸河，這是口若懸「命」呀！所以，這應該是大多數證人不肯立刻就yes或no的重要原因之一。

其次，說「應該」也是一種爭取時間，仔細思索的策略。「應該」一出口，法官或律師就會說：你說「應該」是什麼意思？你去了還是沒去，請簡單回答。在這一段短短的時間裡，證人腦子裡早已迅速地開動機器，回憶過去的種種細節了。接下來再yes或no一下，也為時不晚。

從譯員角度講，譯成should加完成時這種格式，應該是很準確了。它表示推測，它表示猜度，它表示不確信。個人從反譯角度則認為，也許用would可能會更正確。比如Robert Hughes在描述更新世時期澳洲土著人的先祖從亞洲進入澳洲時，其航程would have been done by eyeball navigation（p. 8），就是類似的一種推測和猜度，是說「這種航程大多應該是靠『眼球導航』來進行的」。這個「應該」，用的不是“should”，而是“would”。

British Library

一本長達600頁的英文史書，不得不簡省筆墨，做法就是在註腳或章節附註中採用縮略語，這就導致要編一張長長的縮略語清單（至少兩頁），如HO指「倫敦公共檔案辦公室內政部檔案記錄」，HRNSW指「新南威爾士歷史記錄」，HS指「《澳大利亞及紐西蘭歷史研究》」，等，一下子就節約了相當大的篇幅。

這些縮略語中，有個BL，我查了一下，發現是指British Library，一下子就譯成了「英國圖書館」，又覺得好像有點不對頭，覺得好像還有「大英圖書館」的意思。果不其然，就是這個意思。

現在想起來了，中國人的確是崇拜英國的，過去言必稱「大不列顛」，

「大英帝國」，現在還稱「英國」，英雄之國，英勇之國，英姿颯爽之國。當年有位大陸詩人— 啊，「大」陸詩人，我沒有因此而崇拜「大」陸吧—我曾把他的詩歌譯成英文在澳洲發表，但他從不在他的自我介紹中提及。後來我翻譯的幾首詩在英國發表，就發現他提及了，什麼詩歌的英文譯本在英國發表云云。類似情況也發生在我翻譯的一位澳大利亞華人詩人身上。

可見我們的殖民心理有多根深蒂固！

儘管如此，為了適應中國老百姓一時半會也改變不了的崇英心理，我還是把「英國圖書館」改成了「大英圖書館」。對中國人，包括華人來說，「大」永遠都是好的。既然翻譯如此富有彈性，本來原文沒有的東西，還可在翻譯時（隨便）加上去，如「大」字，對英國這個也就二十來萬平方公里，七八千萬人的國家，其實真應該叫「小英帝國」，「小英圖書館」才對。

Thus

大約從1976年開始學習英語以來，距今也有35年了，在英語學習的個人史中，這也不算太長，但居然有一個字卻在翻譯中老錯。這個字就是thus。

在一本書中，我把該字分別譯成了「就這樣」，「這樣」，「因此」，「於是」，等，但始終覺得有那麼點兒不對勁，夾在文中似乎有點格格不入，但又堅信這個詞不會再有別的意思，直到有一天，我終於感到非查字典不可了，因為這個字似乎很像某個詞。什麼詞呢？「例如」（for example）！

我決定查字典。果不其然，字典的第三意的確就是「例如」。

這使我回想起一事。1991-1994年我做博士論文期間，因為需要從歷史中大量取證，行文中也大量出現"for example"字樣，到了令人生厭的地步。雖然採取了別樣的說法，如There is an example that shows（有證據表明），或this is one example and there is another example（這是一例，還有一例，……），等，還是有點拿不準。就問導師。導師說：沒有關係。如果他當年告訴我，還可以用thus一字，我的文字興許就可活潑很多，增色不少。

現在後悔，已經晚矣。不過，用心之下，還是學會了一個長期以來居然漏掉的面熟的詞。

修改

譯文好不好，與修改有很大關係。有些時候，不看原文，只看譯文，就知道譯文欠佳。儘管譯者會說，他是完全按照原文翻譯的，但如果中文讀起來讓人費解，就說明翻譯處理不當。

近看一篇毛姆的譯文，其中有句話我怎麼也看不大懂，是這麼說的：「我比指望於自己的更為貞潔」。這句話，我估計英文原文應該是: I am more chaste than I expected myself to be。某種意義上講，中文譯得太準確了，準確到讓人費解的地步，仿佛「英」文「中」說，也就過猶不及了。〔毛姆《七十述懷》，俞亢詠譯，p. 444〕。

毛姆說這句話是有所指的。他是說早年曾失去很多雲雨交歡的機會，往往是欲火中燒，一到關鍵時刻又肉體反感而「退避三舍」。所以，他才這麼說，其實是說：「我的貞潔程度，超過了我對自己的期望」。還可以採用反譯法，如此譯之：「我估計我會不貞潔，其實我是很貞潔的」。

好了，談談我自己吧。這部長達62萬字的譯作完成後，我逐字逐句地對著原文校對修改。忽然發現，有句話似乎譯得不對，原文是這樣的：fact might waver into legend, but the essential content did not change，譯文是這樣的：「事實可能猶豫動搖，進入傳說之中，但基本內容不會改變」。

這句話指的是澳洲歷史上英國人對愛爾蘭人的壓迫，愛爾蘭人反抗的英勇事蹟後來進入民間傳說，雖然發生變化，但基本內容不變。問題出在譯文的前半部分。我發現，這句話只能通過反譯，才能譯出意思來：「事實進入傳說之後可能發生動搖，但基本內容不會改變」。對於fact might waver into legend這句，「進入傳說之後」，而非「進入傳說之中」，這是反譯之一。「可能發生動搖」，這在漢語句子之後，而不像英文那樣在句子之前，這是反譯之二。

這麼修改之後，就感到踏實多了。

Inspectors

上口譯課時，問了學生一個問題：如果在公車上遇到查票的，想用英文通知自己的朋友，怎麼說？

Someone checking，checking the tickets，people looking，等，什麼樣的回答都有，但都相去甚遠。

這時，我講了一個小故事。有天，電車來了。從上面下來的人中，有位上年紀的白人女性跟我擦肩而過的當兒，低聲說了一句，其實是一個字：inspectors。她說話的聲音很低，近乎自言自語，甚至是耳語，但吐字清晰，我一聽就知道是這個字，卻並沒有馬上反映過來。就在登上最後一個台階，身體已經進入電車時，我意識到這個字的意思了：有人查票！

是的，英文就這麼簡單，「有人查票」就是inspectors！一字不多，一字不少，還得加上一個複數的s才到位。

中國人學英語，沒有複數概念。走進超市想買雞蛋，張口就問：Can you tell me where is egg？（請問雞蛋在哪？）很不正確，但很有效的英文，關鍵就是沒有複數，正確的應該是：Can you tell me where the eggs are？

新加坡的英文特別這樣，早上在飯店吃飯，每樣食物標著牌子，上面赫然寫著Scrambled Egg（炒蛋）字樣。當然，正確的應該是：Scrambled Eggs。其實日常英語錯誤百出也無所謂，只要人聽得懂就行。

說到複數的s，我還想起一件相關的趣事。澳大利亞人的電話結語或電子郵件結語，一般愛用一個字，即Cheers，相當於「此致敬禮」或「祝好」。一位華人朋友每次給我寫信，落款都是Cheer，而不是Cheers，無意中給它來了一個顛覆，相當於「此致禮」或「祝祝好」。我知道不是有意為之，但這種無意的錯誤，給我留下了深刻印象，至今無法忘記。

媲「醜」

文字的存在，就是為了讓人顛覆，讓人再造，否則，還要文字何干！只是有多少文字，就有多少障礙和絞索罷了，很沒勁的。翻譯刺激的地方，就在這兒。現舉二例如下。

流犯時代，雪梨有個牧師叫馬斯登，人稱「鞭子牧師」，特別仇恨愛爾蘭流犯。據休斯說，「馬斯登很快就成了新南威爾士的聖公會主教士，而他對愛爾蘭天主教流犯恨得無以復加。這種仇恨進入了他的佈道，彌漫在他飯桌邊的談話內容中，而且，（p. 187）他在給倫敦教會上司的一份裝腔作勢的備忘錄中，把他的這種仇恨詳細地記錄下來。若論其冥頑不靈，這篇東西可與威廉．丹皮爾關於澳大利亞黑人的思想相媲『醜』」。此處，我把“A rivals B”這種比較句式，反「媲美」而譯之。

不料，上網一查，「媲醜」的說法居然比比皆是！

另一個例子，談的是流犯時代一次「史詩性」的逃跑事件，由一個名叫瑪麗·布萊恩的女流犯領頭，成功地逃到five hundred miles of open water to Arnhem Land and another five hundred to Timor的地方。這個five hundred miles of open water，被我翻譯成了「浩浩蕩蕩，一馬平『洋』，再過五百英里，就是蒂汶了」（p. 207）。當然，漢語裡只有一馬平川的說法，沒有一馬平「洋」之說。（直到2011年1月30日的今天網上還沒有）。我這麼譯了，還有一關要過，那就是編輯關。

對於文字，編輯跟作者的看法是不一樣的。編輯關心的是如何讓文字更能為讀者接受，而不太在乎文字的創造性。比如，我的譯作《傑作》2009年出版時，有一小段文字，就被編輯在不與我商量的情況下改造了。我的譯文如下：

> 在工作還沒開始的早上，以及在晚上又要出門之前，她總要在桶前坐一小會兒，心馳神往地觀察一下這個殘酷的小千世界。有時候，她想讓魚有個成功的機會（可你想幫誰呀，為什麼幫呢？），比如說，在酷寒季節用斧頭在冰上砍一道豁口，但同樣經常的是，她隨「冰」所欲，這麼一來，一到春天，水面就會一動不動地漂著色澤消退的屍身。一次，一條亮橙色的魚整個兒嵌在冰裡，活像一隻旅遊觀光的玻璃鎮紙，到春天就掙脫身子，慢慢地、不舒服地擺動尾巴，扇了扇魚鰭。你看，麗莎這時想，在冰凍中存活下來也還是有可能的。（p. 4）

出版後作品拿到手裡，我通常要在這些關鍵部位再對照一下。很快就發現，「小千世界」被改成了「小世界」，但「隨『冰』所欲」卻保留下來。

現在想了想，這事其實應該怪我，如果當時把「小千世界」寫成「小『千』世界」，也許就沒事了。

這兩個地方英文是怎麼說的呢？一是the cruel universe〔殘酷的宇宙〕（指那個裝魚的桶），一是she let the ice have its way〔她任由冰去大行其道〕。

Brig, Skiff，Punt, and etc

中文的舢板一詞，通過音譯直接進入英文後，成了sampan，其英文釋義是： a relatively flat bottomed Chinese wooden boat from 3.5 to 4.5 m long〔長約3.5米到4.5米，相對平底的中國木船〕。如果每次翻譯中文的舢板一詞，都如是譯之，字數倒是多了，從按字數算稿費的角度看是好事，但從簡潔角度看就太費事了。音譯成sampan，是最省事的做法。

有鑑於此，我在翻譯《致命的海灘》一書時，對許多英國船名做了類似的處理，如brig是「方帆雙桅船」，我就音譯成「布裡格」；skiff是「單人小艇」，我就音譯成「斯基夫」；punt指「方頭平底船」，我就音譯成「盤特」。這些詞剛剛出現時，我會加一個註腳，接下去再出現，我就聽其自然，讓中國讀者慢慢接受，像英語讀者慢慢接受sampan一樣。

譯，就是不譯

有一句話，我翻譯得很費解，是在校對時發現的。英文如是說：

> With a mixture of naivete, zeal and creative drive, Macquarie…
>
> 我的譯文是：「麥誇裡以混合著天真，熱情和創造性動力的情緒，……」（p. 296）

再度處理這一小段文字時，我發現，a mixture二字完全可以不譯，因為漢語的「混合著」，是暗含在語言中的。這是一。其次，所謂creative drive，其實就是「創造力」，drive即「力」，給力的「力」。

這小段譯文改造後，是這樣的：「麥誇裡以天真，熱忱和創造力的精神，……」

不譯的例子還有很多，比如英文的定冠詞the和不定冠詞a，在很多情況下，都是可以不譯的。只是此時，我要繼續校對我那本書的稿件，沒時間一一舉例了。

高二級

今天口譯，當事人被問及家中情況時，說他目前跟小女兒住在一起。我稍稍遲疑，腦子裡little daughter一閃而過，即被否定，脫口而出的是：my youngest daughter。後來，他還提到了他的大女兒，也被我相應地翻譯成my oldest daughter。

值得注意的是，在中文日常口語裡，表示最高級不用「最」字，不像林彪那樣，提到毛澤東言必稱「最最最」。大，就是最大或老大，小，就是最小或老么。

記得多年前，父親還在世時，曾為他發現的一個英語現象所激動，即「第一大河」英文是the first longest river，「第二大河」和「第三大河」等，都相應的是the second longest river和the third longest river，而不是the second long river和the third long river。哪怕是第十大河，也要跳兩級，成為the tenth longest river。

在最近翻譯的一書中，不少地方被我用「高二級」的方法化解了，如果用一等於一的數學標準衡量，可能會有出入，所以，如果你不同意，那我也沒有辦法，例子如下，以底線標出：

> 〔I〕f ever I needed help I do now（p. 136）：如果說我需要什麼，我現在最需要的就是說明；
> a great luxury: 極大的奢侈；
> the coarse intellectual clay of Sydney: 雪梨的知識土壤過於粗糙；
> the great fear was another rebellion (p. 186): 最害怕的是又爆發一場起義；
> horrible crime of sodomy:恐怖至極的雞奸罪；
> one black day in 1843, Eardley-Wilmot learned that there was only ￡800 left in his treasury (p. 526): 1843年最黑暗的一天，厄德利—威爾默特得知，他的國庫只剩下800英鎊；
> At the low point of Eardley-Wilmot's office (p. 527): 在厄德利—威爾默特統治期的最低點；

當然，這一切都要取決於上下文。有的時候，可能要高一級，而不是二級，比如這句：used warm water，就不是「用溫水」，而是「用熱水」。又如a regular thief at home，就不是「在家裡經常做賊的人」，而是「在國內經常作賊的人」，"home"一字，取的是「國家」的「國」，而非「國家」的「家」。

一字多譯

一個英文字，可翻譯成多少個中文字？回答是，從一到數十個不等。從最簡單的一對一，如happy, angry, sad and delighted（喜怒哀樂），到前面講過的英一漢二和英一漢四，直到我在翻譯中發現的英一漢多，亦即一字多譯現象。比如最近一個例子，說把誰put under close arrest，這個close，就讓我頗費思量。把誰put under arrest，就是把誰逮捕起來，但close呢？字典上查不到。為此，我還專門找一個澳洲博士朋友諮詢了一下。原來，所謂close，就是closely guarded的意思。這也就是說，英文的一個字，至少包含兩個意思，翻譯成中文，就不得不把這個字擴展開來：「把他嚴加防範，逮捕起來」，即英一漢二，close等於「嚴加防範」。你若不信，非要英一漢一，不妨試試看行不行。

下面略過從一到四的例子，直接從五開始，比如這句：A master might goad an assigned man to insolence or violence, simply by battering him with insults，其中simply一字，就難以"simply"用一個中文字來翻譯。你先試著翻翻看，再來看我的：

> 主人可能有意激怒配給工人，致使他粗野無禮或動用暴力，辦法很簡單，就是不斷侮辱他。

上例中，「辦法很簡單」是五個字，「粗野無禮」和「動用暴力」則各為四字。

接下來一句是六字。該句提到早年在塔斯馬尼亞，白人經常帶著袋鼠狗出外打獵時說，他們bring back whatever they could corner and kill，其中corner一字，就不能不譯成多個中文字，在我的譯筆（並非總是最好的譯筆）下，是六個字：「然後把凡是能夠逼到走投無路，加以獵殺的東西帶回來。」

下面不想廢話，直接舉例講講英一漢七、漢八、漢九、漢十，乃至漢無限的例子。凡屬「漢多」之處，均以底線表示。

英一漢七：None。英：And what right did the "rabble" have to

representation? None, for they had no property（p. 176）。譯文：「再說，『烏合之眾』有何權利當代表？什麼權利都沒有，因為他們沒有財產。」

英—漢八：chartered。英：Others took to the land, even less chartered than the sea（p. 203）。譯文：「另一些人則選擇陸路，這比大海還要人跡罕至，未經圖測。」

英—漢九：sniffed。英：The Scottish forger Thomas Watling, himself a convict, sniffed that "little I think could reasonably have been expected from the coupling of whore and rogue together'.（p. 246）。譯文：「蘇格蘭偽造證件者湯瑪斯·瓦特林本身就是一個流犯，他嗤之以鼻，不屑一顧地說：『把*婊子*和*流氓*結合在一起，你不可能期望這能得到什麼好結果』」。

英—漢十：instead。英：Price had tendered his resignation once, at the end of 1850, citing the difficulty of bringing up his children well in "this Lazar house of crime.' He got a raise in salary instead.（p. 549）。譯文：「1850年底，普賴斯曾提出過一次辭呈，理由是在「這座麻風病院一樣的犯罪之地」，很難好好撫養他的幾個孩子。結果沒讓他辭職，反而還加了他的工資」。

英—漢十一：choked。英：We exchanged but few words; for grief choaked her utterance, and shame kept me silent。(p. 142）。譯文：「所以我們互相沒講幾句話，她悲傷得話都嗆在喉嚨裡，說不出來了，我則因羞愧而一言不發」。如果你覺得這句話若算十一個字，可能還有問題，那我再給你舉一個例，如下：

英—漢十一：Alsatia。英：The otherness of the convict was further reinforced by his language, for his argot declared that he came from another society, an Alsatia of the mind。(p. 345）。譯文：「流犯的另類特性又通過其所用語言進一步得到強化。他用黑話宣稱，他來自另一個社會，即大腦中的阿爾賽夏這個犯罪的淵藪」。

英—漢十二：either。英：In 1805, King's judge-advocate opined that, since the Aborigines had no grasp of such basics of English law as evidence, guilt or oaths, they could neither be prosecuted nor sworn as witnesses, for either would be "a mockery of judicial proceedings. (p. 275）。譯文：「1805年，金的軍法官提出，既然土著人根本不懂英國法律的基本概念，如證據，罪行或誓言，就不能對他們提起公訴，也不能宣誓讓他們作為證人，否則，無論提起公訴，還是宣誓作證，都是『對司法程式的嘲弄』」。後來修改時發現，這句話其實不用十二個漢字，只用「否則」二字就能解決：「1805年，金的軍法官提

出，既然土著人根本不懂英國法律的基本概念，如證據，罪行或誓言，就不能對他們提起公訴，也不能宣誓讓他們作為證人，否則就是『對司法程式的嘲弄』」。

英一漢十三：revealingly。英： Revealingly, he added: "These are times when the current of public opinion seems to disarm the law of all its terrors! (p. 137）。譯文：「他補充了一句說：『有時候，公共輿論之潮流讓法律顯得*一點都不可怕了*！』這話倒很能揭示出當時的情況」。

英一漢十四：目前尚無此例。

英一漢十五：目前尚無此例。

英一漢十六：目前尚無此例。

英一漢十七：cloistering。英： By cloistering women in a colony short of females, it slowed down the birthrate. (p. 263）。譯文：「在缺少女性的殖民地，把婦女集中在修道院一樣與世隔絕的環境下，這會降低生育率」。

目前看來，還沒有譯成更多漢字的例子。我就暫時閉嘴不言了吧。

Marked

我注意到，中國人把漢語譯成英文時，常有誇大之嫌，比如說「慶祝國慶」的「慶祝」二字，不少人一開口就是celebrate。這個字共有9個字母，卻從來都不會想到去用一個小字，一個只有4個字母的字，如mark，即to mark the National Day。

除此之外，以及別的意思之外，mark還有一個意思，要細找才能找到，而且不大好翻，比如這句：Of course Australia was marked for glory, some wag said…for its people had been chosen by the finest judges in England。（p. 354）

一開始，我沒細查，把marked for glory譯成：「澳大利亞已經標定是會前程輝煌的」。修改原稿時發現，自己這段譯文不行—是的，文不厭百改，這個原則也適用於翻譯，且在修改時，一定對自己絕不手軟，該刪就刪，該改就改—原因在於，我並未理解marked在這個地方的意思。關於mark，《新英漢字典》的第10個定義才是它所「標定的」意思，即「使……註定要」，其所給例句如是說：The pig is marked for slaughter next week（這頭豬下星期要殺了）。

此處按下不表，先談點別的。有一次跟幾個教授同桌吃飯，學會了一個詞，叫「指殺」，該詞不見於字典，網上也查不到，只在該教授到四川某地遊玩時才聽說，後被我寫進英文詩中，收入The Kingsbury Tales。我把它譯成了point-kill。所謂「指殺」或point-kill，是指在當地市場買活雞，什麼都不用說，用手一指，立等可殺，是謂「指殺」也。

好了，這個「指」，指的就是mark。所謂指殺，就是marked for kill或marked for slaughter。當然也不一定要用手指，在澳洲可能會在雞或豬的身上打一個標記，表明是要挨宰的。

這麼前思後想一下，這句譯文終於得到了解決，修改如下：

> 當然，某人曾經打趣說，澳大利亞命中註定會有錦繡前程……，因為澳大利亞的人都是英格蘭最優秀的法官挑選出來的。

當然，這是暗指澳洲人都是流犯，所以才有「打趣」之說。

一句多譯

前面講過英譯漢的「一字多譯」現象。還有另一個現象，自謂「一句多譯」，即一句英文，得翻譯成兩句、乃至多句漢語。閒話少說，舉例如下。

比如，說某人是個a gradually fading celebrity，如果直譯，那是說他是「一個名望逐漸逝去的名人」。不好。得譯成兩句：其人「雖是名人，但名望與日俱減」。

又如這句：One threshing-machine, rented out and hauled from farm to farm, could put a hundred men out of seasonal work。（p. 198）後面半句譯成中文兩句，就比較合適，請看譯文：「一台打穀機租出去，從一個農場拖到另一個農場，可讓一百個男工失業，無季節性工作可做」。

有時，一句看似頗為簡單的話，譯起來卻頗費思量。修改譯稿時，我發現有句話譯得不好。原文是說，流犯的第二代說英語時，逐漸有了一種跟英國英語很不同的口音：twangy, sharp, high in the nose, and as utterly mistakeable as the scent of burning eucalyptus，譯文是：「這種口音鼻音很重，音調偏高，爬到鼻子上面去了，完全不可弄錯，就像燃燒的尤加利樹的氣味」。

仔細想想，這句話比較難弄的字是unmistakeable，可能需要「一字多譯」地處理一下，「不可弄錯」固然不錯，但字數嫌少，意思不清。那就這麼來一下吧：

> 這種口音鼻音很重，音調偏高，爬到鼻子上面去了，完全不會聽不出來，就像燃燒的尤加利樹氣味一樣明顯。

數一下，就發現，unmistakeable一個字，在兩句中文中，連頭帶尾竟然成了10個漢字，但好像也只有這樣，才能把話說清楚。

再如這句，是談澳洲流犯下一代的問題。他們在英國人眼中無論過多少代，始終都是罪犯後代，脫不了干係。所以，對他們來說：Sin must beget sin, and the "thief-colony" was doomed to spin forever, at the outer rim of the world, in ever worsening moral darkness。（p. 355）其中，Sin must beget sin這句，讓我想起了文革時期的一句話，叫做「老子英雄兒好漢，老子反動兒混蛋」，正好用在我的譯文中，如下：

> 老子反動而混蛋，罪犯只能生罪犯，既然是「盜賊殖民地」，就註定要在世界的外緣永遠旋轉下去，在道德的黑暗中繼續惡化下去。

從譯文中可以看到，sin must beget sin在中文中並非無端地變成了兩句，即「老子反動而混蛋，罪犯只能生罪犯」。不準確嗎？隨你便。至少在本書編輯出版之前，翻譯的話語「霸權」捏在我的手裡，我就這麼譯了，而且自覺不錯。等有一天這個「霸權」捏到了你的手裡，也不妨按你的方式去玩，不過你要記住，總得言之成理才行。

機關算盡的小女人

最近在看一部題為《苦咖啡》的電視連續劇。該劇對「海歸」人物的描寫，應該是我看過的所有電視連續劇中最好的。這個從美國回來的「海歸」擔任某公司經理，比較受排擠和暗中打擊，不期而然跟一個剛進公司，也是處處被人給小鞋穿的女大學生結下了深厚的友情。他們在一次談話中，提到一個學歷不高，但閱歷豐富，特別喜歡拉幫結夥，暗中使壞，長得又很漂亮的女同事時，這位海歸安慰女大學生說：那人不過是個「機關算盡的小女人」，不值得為之煩惱。

看到這兒，與中國文化和語言早已生分的兒子問母親是什麼意思。母親英文受限，又來問我。我想了想，問兒子說：聽說Machiavelli這個人沒有？回答是沒有。

簡單說來，Niccolo Machiavelli是義大利政治思想家（1426-1527），認為為了達到政治目的，可以不擇手段，後來，他的名字成了玩弄權術、詭計多端、狡猾無恥、不擇手段等的同義語。這幾頂帽子如果適合戴在誰頭上，就可以稱誰是Machiavelli。中文是馬基雅維裡。

Machiavelli後來還成了一個心理學名詞，即Machiavillianism，指為了一己之目的而操縱他人之傾向，可通過MACH-IV test自測法進行自測。凡是對「除非對你有用，否則，你做某事的真正動機，永遠不可告人」表示同意者，就可得六十分。而對「大多數人基本上向善，心地也很好」這個說法表示贊許者，就得不到六十分。後者通常都會相信這樣的話：「對別人撒謊是不能原諒的」和「凡在世上走在前面者，生活都很乾淨、道德」。（詳見http://en.wikipedia.org/wiki/Machiavellianism）

其實，「機關算盡的小女人」翻成英文，就是a small-minded female Machiavelli。

自譯

關於這個話題以前多少觸及過一點，因為最近（2011年2月9日）參加Monash大學舉行的一個自譯研討會，就再饒舌一下。先講點題外話。這個會議在墨爾本維省圖書館對面的Wheeler Centre舉行，這個中心大約自2010年以來很活躍，多次舉辦各種文學講座，學術會議和詩歌朗誦會等。這次自譯會議，與會者不多，約有三十五人，四名男性，其餘全是女性。沒有一個華人。我注意到，凡在這個國家舉辦任何此類活動，只要使用英語，與會的華人基本為零，至多為一。或二。這跟我沒關係，不必多說。

我除了談到自譯的shame（羞恥）之外（這個以後再談），順帶談到了合作自譯，也就是與他人合作，自己也參與的翻譯活動。我曾寫有一首中文詩，展示如下：

《激情一種》

那時，一種激情猶如創痛
電擊了他的肉體
他不由自主地激動顫動悸動顛動乃至飄動浮動
在另一個肉體之上
他體會了一條魚
臨死前的所有表現
彷彿從透明中觀望了
那根貫穿魚體的黑線的中斷
然後把嘴中湧出的所有唾液
收回

這首詩，被中文大字不識一個的澳洲詩人John Kinsella譯成了英文。怎麼譯？他要求於我的是三個要點：1. 提供該詩大意。2. 提供該詩原文。3. 提供該詩所有文字的拼音，如nashi, yizhong jiqing youru chuangtong等等。簡言之，作為翻譯該詩的條件，他需要音、意、形三個元素，除了親自聽我朗誦之外。最後這一點，是我在宣讀論文後，一位與會者提出來的。他根據上述三點，翻譯成下列這首英詩：

Ardour

Also, I divide along the line,
want to arrive swiftly
with light shining through to a depth we cohabitate—
plimsoll, lateral, fish lines to keep
us upright in water cold
as heat, refulgent
and opaque; through it all
I dart, I lengthen my stroke, slice
through turbulence with my fins wide wide
awake.

本人覺得，不太形似，但很神似。有兩種文字基礎的人，不妨對照看看，再來參與意見。我呢，也把該詩自譯了一下：

Passion

Then, passion, like pain
Struck his body like electricity
He couldn't help being excited trembling shivering vibrating even floating drifting
Above another body
He was experiencing all
The expressions of a fish before it dies
Feeling as if he was watching through the transparency
The breakage of the black line going across the fish's body
Before he retrieved
All the phlegm that had surged to his mouth

有兩種文字基礎，又有時間和興趣的人，不妨再對照看看。餘不多言。

記得散會後，有兩位印度女性聽眾問我：你為何只給我們看該詩中文，而不展示其英文譯文？我說：這是我有意為之，只讓他們或她們聽其言，觀其形，而不讓她們那麼便宜地對照看。在二十一世紀的今天，這些所謂的intellectuals（知識份子），為何還不趕快學點中文？

被譯

看一些作家的自我介紹，常看到這類膨脹的文字，如作品曾被譯成英法德俄日等文字，好像是什麼了不得的功績。那又怎麼樣呢？被不被譯，並不說明自己作品好到何種地步，只能說是一種比較偶然的現象。

1930年代，陀思妥耶夫斯基「在他的故國失掉地位」，[22]卻在中國受到青睞。這其中應該是有原因的，但《中國二十世紀外國文學翻譯史》不置一詞，也就不得而知了。

[22] 轉引自《中國二十世紀外國文學翻譯史》（上卷，115頁）。

倒是令我想起一件小往事。澳大利亞作家Rodney Hall，我的一個老朋友，曾有一次對我說，他的作品在澳洲不再受歡迎，倒是在德國頗有市場。我無言以對，不知說什麼好，但能隱隱感到，這大約與他作品結構嚴謹，挖掘深刻，比較符合德國人的國民性有一定關係。還有一次，應該是1996年吧，我跟一位澳洲作家推薦一位中國作家，說他有多部作品譯成英文時，他卻頗不以為然，言外之意好像這種事就像中彩票一樣偶然，不值得大驚小怪。

想想也是。余華的《兄弟》，一本並不怎樣的小說，卻被譯成英文出版，而且有多種版本，路遙《平凡的世界》（正在閱讀之中），很棒的一本書，至今卻無英文譯本，究竟是譯者有眼無珠，還是別的什麼原因，與前一樣，還是不得而知，也不想知道，隨它去了。真正好的東西，還是讓它像黃金一樣深埋在地下，供幾百年後的人去發現好了。

進而言之，很多作品之所以沒有被譯，原因十分簡單：難譯。最近在看一本英譯的塞爾維亞詩集，The Horse Has Six Legs（《馬有六條腿》），其中有位詩人名叫Matija Bećković。據介紹，他自1970年後，改用門的內哥羅方言寫作，因此「詩歌極難翻譯」，但又「極佳」。（p. 175）這一下就把我的胃口提了起來，立刻上網查找，果然亞馬遜網站沒有他的譯詩。其他地方也找不到。

清末民初的譯界，還有一種很糟糕的做法，對原文情節、結構等肆意篡改和改寫。據《中國二十世紀外國文學翻譯史》認為，是「因顧及中國讀者傳統的閱讀習慣和審美趣味以及倫理觀念等文學接受方面的原因」。（p. 134）個人認為並不盡然，而很可能是譯者水準不到，根本看不懂也譯不了，所以隨意刪削之。目前海外英文界對當代中國文學翻譯中的隨意剪接、肢解和濫譯現象，如前面講過的慕容雪村《成都，今夜請把我遺忘》一書所暴露出的問題，大約有點接近清末民初。

世外桃源

有學生電郵請教，「世外桃源」如何譯成中文？是否能譯成utopia（烏托邦）。我的說法很簡單：1. 音譯；2. 直譯；3. 意譯（或等式翻譯）。或者三者兼而有之。

翻譯是一國向另一國輸出文化的絕好機會。所謂「世外桃源」是烏托邦，但不等於烏托邦，因為它畢竟有「世外」、有「桃」、有「源」這幾個原素在，還有暗藏在這一切底下的陶淵明的那個故事，是不能簡單地用一個什麼「烏托邦」來取代的。如果翻過去西人不懂，那不是翻譯的問題，而是他們智力和知識有限的問題，需要通過學習加以提高。

如果要我來譯這個詞，根據具體情況，我可能會譯成it's *shiwai taoyuan*, the source of peach flowers outside the world, a Chinese utopia，如此而已。害怕西人不懂的譯者，不妨再加一個蛇足註腳，把陶淵明的故事解說一下。

舌克斯畢

許多中國讀者耳熟能詳的西方作家，如陀思妥耶夫斯基，契珂夫，等，早年進入中國時，譯名千奇百怪，如前者是杜思退益夫斯基，杜斯退夫斯基，等，而後者是柴霍甫、柴霍夫、奇霍夫、契可夫、契珂甫，等。猜其意圖，大約想把陀氏與杜甫之間劃一等號，再加上一點思維的意思，用意是良好的，但「退」字一出，容易產生不良聯想。把契氏譯成「奇霍夫」，大約也有「奇人」之意，但「可夫」卻不免讓人想起「人盡可夫」這句成語，也很不好。

記得當年看孫大雨譯文，常把一些大家熟知的人名「譯錯」，記憶中，莎士比亞成了「夏克斯皮亞」，等。現在看來，其實不是「譯錯」，而是本來當年沒有一定之規，僅憑發音翻譯，來自各地的譯者，視其口音之不同，就能產生很不同的音譯人名。

前面小標題的「舌克斯畢」，其實就是當年Shakespeare進入中國時，中譯者送給他的一個雅號，大概是說，此人之巧舌，猶如神筆，具有一錘定音之效果，故謂「克斯畢」。僅他一人的譯名，就不下十餘種，如沙基斯庇爾，希哀苦皮阿，狹斯丕爾，等。現在的「莎士比亞」最早出自梁啟超1902年的《飲冰室詩話》。[23]上網查詢，至今還可發現有人把他譯成「沙克是比」。

[23] 參見《中國翻譯文學史》。北京大學出版社：2005，608頁。

醜談

中國有位翻譯家，名叫李健吾。據說，他翻譯長篇小說《包法利夫人》時，發現原作者福樓拜在時間安排問題上犯有錯誤，他沒有將錯就錯，而是在譯文中糾正了原作中的錯誤，因此在《中國翻譯文學史》一書中被譽為在「翻譯史話中傳為美談」。（p. 229）

個人認為，這不是「美談」，而是醜談。如果嚴復的「信、達、雅」被尊為「翻譯界的金科玉律」，[24]上述李譯就談不上「信」。錯了就是錯了，就得錯文錯譯，哪怕原作者名氣再響也不能為其遮醜。這才是「信」。否則，譯文只是對原文的改寫潤飾，無「信」可言。

類似的改寫、改譯，早年經常發生，如葛哈德的《迦茵小傳》只譯了一半，是因為該書後半部「記著迦茵生了一個私生子，譯者故意不譯的」。[25]侈談什麼「信」！中國人其實是最不講「信」的。上述兩例充分證明，對他們來說，所謂「信」，就是不信，而且還喜歡冠冕堂皇地用「神似」來美其名曰之。

當然，也有譯者想信也沒法信的時候。我到目前為止出版的所有譯著（共18部），幾乎沒有一部在出版之前不被編輯因政治問題或涉性問題而進行刪削的。譯而信，由於上述種種問題而複雜化了。

反譯：一個商業個案

正在翻譯一份《房地產銷售合同》。動筆不久，就碰到一個必須反譯的例子，不得不把放在頭前的英文字，變成尾巴上的中文字。英文是這樣的：

> The authority of a person signing:
> under power of attorney; or
> as director of a corporation; or
> as agent authorised in writing by one of the parties
> must be noted beneath the signature.

[24] 轉引自同上，67頁。

[25] 轉引自同上，136頁。

等會出示譯文，你們就可以看到，authority和signature互換了一個位置：

> 簽字者若：
> 根據委託書；或
> 作為公司董事；或
> 作為雙方之一書面授權的代理人
> 簽字，就必須在簽名之下注明該人的權力。

這種翻譯中的大倒車，令我想起了文化中的大倒車。有一次，我參與一個虐童案的翻譯。當事人對律師說：我們中國文化裡，父母偶爾打打孩子，是沒有什麼關係的。中國有句老話說：打是親，罵是愛。澳洲律師一聽就說：知道我們澳洲文化是什麼嗎？孩子是碰都不能碰一下的，否則就是虐童，就可以立刻報警，立刻訴諸於法律！

中澳兩種文化，差別如此之大，不能不多加小心。語言就更不用說了。

Whichever is more

記得我曾說過，英語是一門口語的語言，譯成漢語常常是一種從口語過渡到書面化的過程。哪怕英語的合同用語，看上去也非常口語化，如whichever is more，這個說法出現在這句話中：You are entitled to a refund of all the money you paid EXCEPT for $100 or 0.2% of the purchase price (whichever is more) if you end the contract in this way.

譯文是：「如果你以這種方式結束合同，你即有權得到你繳付所有錢款的退款，除100澳元或購買價的0.2%之外（〔暫時不譯，請你試譯〕）」。

若按英文的這種似乎很隨便的口語翻譯，括弧中的意思是：哪多就按哪收費。也就是說，按費用高的收費。如此翻譯合同，就很缺乏嚴謹。

括弧中比較合適的譯法是：「以費用較高者為準」。

請想像，如果你並不知道英文的說法，而想把「以費用較高者為準」譯成英文，你會譯成什麼樣子呢？大概是：to be charged depending on the higher cost吧。我想我是會的。如此一來，就把一個很簡單的東西，弄成了一個很複雜、而且也很不容易懂的東西了。

Fresh cut vegetables

最近參加一個口譯活動，涉及鮮食。這家公司主要生產兩種產品，即ready to eat（打開就吃）和ready to cook（做了就吃）的產品，其中最主要的是蔬菜沙拉，樣品種種色色，不一而足，一般保鮮時間9-10天，第一天和最後一天的保鮮度完全一樣，因為使用了能夠呼吸的塑膠保鮮技術。第8天削價，第10天之後全部扔掉，絕不吝惜。

據代表團一位人士講，這在中國是行不通的。往往會形成一種惡性循環，到了削價時才來買，到了不要時還可再削價拿走。長期這麼吃下去，好人會吃成壞人，健康人也會吃成病人。

這次口譯活動中，出現大量生詞和新詞（new word）—其實就是中文的「生詞」，中文「生詞」如果直譯進入英文，應該是個很有詩意的詞，即raw word—如freshly cut vegetables，字典上沒有，我譯成了「鮮割蔬菜」。

參觀該廠加工車間—順便說一下，這個車間恆溫為3-4度，因此裡面的工人穿得像冬天一樣，我看見有華人，代表團的人卻看見印度人一時，代表團的一位成員再次提到freshly cut vegetables，隨口似乎很不經意地糾正了我一下，說：這個詞其實應該是「鮮切蔬菜」。

我「啊」了一下，再沒出聲。老翻譯被人糾正，哪怕是一個字，也多少有那麼點不爽，雖然還說不上不快。哎，正如中國文字的發展，有一個從後往前移動的趨勢，如過去說「不快」，現在—應該不是現在，而是1999年我去北大住校時，途經日本第一次聽到有人說「好爽啊！」的說法—人們卻說「不爽」，進入英語語境生活的人，也不知不覺地受了反向的影響。拿我自己來說，去年與南京大學簽合同翻譯一本書，英文是Soft City。我想都沒想，譯成了《軟城》，編輯與我的通信中，卻始終稱其為《柔城》。交了譯稿之後，從網上查到的消息看，出版社已經把書改名為《柔軟的城市》，乾脆二者合一了。

中文有「切割」的說法，我想都不想，就先「割」了，這就跟如果長期脫離中國群眾一樣地脫離中國語言，會對自己的語言產生某種難以覺察的影響。也好像人家脫口而出說「一刀切」，我則脫口而出「一刀割」，人家說「割愛」，而我說「切愛」一樣。好了，我在跟你開玩笑了，我的中文還不至於好到那個地步吧！我是說壞。

語言跋山涉水，走過很遠的路之後，哪怕還在本土，都會發生變化，如「推油」一字。這個字在武漢，只出現在男人嘴上，指的是男人都知道的那種服務，涉及「推」的動作和被推的「油」（當然不止於此）。而在廈門，這個「推油」二字居然出現在很多門市部的匾額上，令我相當吃驚。一問才知，原來廈門的「推油」不涉及性事。

如果再走遠一點，語言還會變化，比如「牙科」到了日本，就成了「齒科」，從牙跑到齒上去了。

Thousands of Sails

最近，2011年2月16日，AP在墨爾本成立。所謂AP，是指Australian Poetry Ltd，即「澳大利亞詩歌有限公司」，澳大利亞最大的詩歌組織，把以前墨爾本的Australian Poetry Centre（澳大利亞詩歌中心）和雪梨的Poets Union（詩歌聯合會）集於一身。之所以在墨爾本成立，因為墨爾本是UNESCO（聯合國教科文組織）認可的世界三大City of Literature（文學城市）之一。另外兩大城市分別為愛丁堡和都柏林。AP把正式發佈會定了一個名稱，叫做Thousands of Sails，有「千帆」之意。名字取得不錯。

這個名字有個來歷，選自溫庭筠一首詩中「過盡千帆皆不是，斜暉脈脈水悠悠」的頭半句，是根據我的英文譯詩而來。取用之前，他們事先跟我打招呼，徵求了我的意見，我當然沒意見。〔順便說一下，我把「很不錯」的「很」刪掉了。畢竟是我翻譯的，如此自戀，肯定招罵。〕

馬上，Asialink（亞聯）要出一本中英文的書，收錄了若干跟中澳兩國有關的作家和藝術家的文章。他們在給該文集命名時，想從我英文詩歌中取用，也徵得了我的同意。結果出乎我的意料之外。他們選取的是Strange Flowers二字。這兩個字如果我不說，誰也不知道來自我的哪首詩。該字的源頭是這首英文詩：Song for an Exile in Australia，中有二句：I sow my language into the alien soil/where it sends forth such strange flowers that no one recognizes。

如果我還不說，事情也許到此為止，但我還要說下去。這首英文詩，其實源頭是中文詩，後來由我自譯成英文的。它的標題是《流放者的歌》，1993年7月發表於雪梨的《大世界》雜誌。相對應的二句在中文裡是：「我把文字播種進土裡／長出奇花異草　　　卻無人認識」。該詩收進我1998年出版的第一部中文詩集《墨爾本之夏》中。

2011年，Strange Flowers這本書出版時，他們要我把我自己的strange

flowers譯成中文，倒覺得有點犯難。「奇花」比較俗氣，而且重名的很多，「異草」又扯遠了點。最後兩者合併，擬了一個「異花」，同時上網查了查，發現正式出版物中尚無此名，稍感欣慰。

2001年，《原鄉》雜誌出版英文版的第7期。該期特約編輯Ommundsen選了一個標題，叫Bastard Moon（雜種月亮）。源自何處？不搞研究的人，不需要瞭解。搞的，可以告知。來自我的一首英文詩，Moon over Melbourne。這一首是真正用英文寫的，沒有通過自譯。該詩結尾三行是這樣的：dreading so bloody dreading to see/the bloody bastard moon/

/over melbourne。我後來用中文自譯，是這麼處理的：「害怕呀bloody害怕／墨爾本上空／　　　　／那雜種的月亮」。

從遺留未譯的bloody一字可以看出，就是作者自己翻譯自己的東西，也有繞不過去的地方，只好原字照錄，不譯拉倒。好在是自己的詩，想怎麼玩，就可以怎麼玩。

Sweetheart contracts

邊看電視，邊記日記，猛地聽見sweetheart contracts這兩個字，一下子就記住了，卻不太解其意，只能大致估計可能類似中國人的裙帶關係之類吧，如靠著裙帶關係簽了合同。如果直譯，應該是「甜心合同」。

根據英文字典的意思，這個字專指工會官員與雇主之間陰謀勾結，簽訂條款對工會會員不利的合同。《英漢大詞典》的釋義是：「私人合同」。很不給力！

個人覺得，還是「甜心合同」或「情人合同」比較好，甚至「偷情合同」也未嘗不可，因為是工會頭頭和雇主老闆之間在那兒眉來眼去，勾肩搭背的結果嘛！

Little people

2007年，有位澳洲小說家朋友為我發佈On the Smell of an Oily Rag這本書時，特別提到了crowded small這個詞，表示很欣賞。

這個詞是我英譯的，中文是「群小」，一群小人。譯成英文後，頗有畫面感，仿佛能看到那群小人聚在那兒，不是尖嘴猴腮，就是驢唇馬面，或者是目露凶光，脅肩諂笑，可用一個關鍵字描述：陰。陰險、陰私、陰毒。

「群小」之「小」，不太好譯。從前學英文對「小」字的理解，現在看來是錯誤的。那時老師以為，也教得學生以為，little帶有溺愛、鍾愛的意思，如果說誰little，如a little girl，a little cat，等，就表明誰對之喜愛，言語裡有愛憐之意。

其實不然。最近跟一位澳洲作家朋友聊天，談起墨爾本這個地方的作家如何嫉賢妒能，互相傾軋時，他用了一個詞：little people，毫無「愛憐」之意，只有切齒之感。

我在網上查了一下。果不其然，little people就是中文的「小人」。有一個英文論壇上問了這麼一句：Why do these "little people" seem to have a monopoly on cable TV?（吾譯：為什麼電纜電視好像被這些「小人」給壟斷了？）〔見：http://answers.yahoo.com/question/index?qid = 20100413223250AApHEr6〕

寫到這兒，我又想起一件與「小」有關的事。有一年，我在我教漢語的一個澳洲學生家喝茶，聽他談起在醫院當護士的老婆時而受氣時說的一句話，思想一下子就走了神，結果別的沒記住，只記住了這句話：sometimes they were trying to make her feel small。這句話怎麼翻譯，都似乎不妥：「他們有時不把她當人」；「他們有時輕視她」；「他們有時不太重視她」；「他們老是小看她」。想來想去，似乎只有最後這句比較妥帖，至少還用了「小」字。

結果在前

正常的邏輯是，種樹在前，結果在後，這個邏輯放在世界任何地方應該都是有效的，但放在英文這個語言中卻會失效。我們不妨看一個句子的翻譯。

> 索熱爾打敗了邁克爾·豪的匪幫，把其中大多數成員都送上了絞刑架，從而力挽狂瀾，阻住了匪幫似欲把所有遵紀守法者沖出該島的大潮。

這段譯文講的是澳洲流放時代的當年，范迪門斯地總督索熱爾如何力挽狂瀾，肅清該地土匪的猖獗活動的，其英文是：

Sorell broke Michael Howe's gang and hanged most of its members, thus stemming the tide of banditry that seemed set to sluice all law-abiding people off the island。（p. 371）

這句話中，「打敗」和「送上」是剿匪運動的結果，而不是「阻住」，說明在英文中，一上來就要把結果說在前面，再言伴隨的狀態，這與漢語的邏輯正好相反，那是先種樹，後結果的邏輯。結果，這句話修改如下：

索熱爾力挽狂瀾，阻住了匪幫似欲把所有遵紀守法者沖出該島的大潮，打敗了邁克爾·豪的匪幫，把其中大多數成員都送上了絞刑架。

漢簡英繁（1）

林語堂曾認為，漢語之簡，英語難敵。他舉孔子「不知死，焉知生」為例說，英語可以向漢語學習這種凝練。他並把該六字也譯成六個英文字：Not know death, how know life？提法不錯，但兩種語言性質很不一樣，難以如此對應。英語簡單的時候，漢語要繁，反之亦然。

先舉幾個漢簡英繁的小例。

比如這句：他們吃的是「pigs that have died of disease"。聽起來好像很複雜，譯成他們吃的是「死於疾病的豬肉」，似乎很準確，但太不精練了。原來，三個漢語字就可解決，「死於疾病的豬肉」不就是「病豬肉」嗎？

又如這句，Lafayette and Louis-Philippe were plainly not the same as Marat and Robespierre，其結構是A和B與C和D明顯不一樣，但仍嫌囉嗦，可把「不一樣」三個字拿掉，譯成：「拉法耶特和路易—菲力浦顯然不是馬拉和羅伯斯庇爾」。

再如這句。1847年，范迪門斯地的總督約翰·厄德利·厄德利—威爾默特爵士亡故，舉行了盛大葬禮，據說Anglican clergy and Catholic priests fell over one another in their haste to lead the hearse。意思是說，英國聖公會教士和天主教牧師爭著搶著要引領靈柩，結果互相把對方撞得東倒西歪，即所謂fell over one another in their haste。譯成漢語，實在囉嗦，不如簡單譯作「英國聖公會教士和天主教牧師爭相引領靈柩」。

最後是我現在校對修改譯文時發現的這句。英文說：The convict's fate was determined entirely by himself—by his own obedience and tractability, or lack of them。一開始直譯成這樣：「流犯的命運完全由他本人決定—由他自己是否溫馴臣服或是否相反來決定」。修改時發現，英文的or lack of them這後半句話，放在漢語裡實嫌多餘，可以砍掉，於是修改成這樣：「流犯的命運完全由他本人決定—由他自己是否溫馴臣服來決定」，因為「是否」的「否」字一個字，就可取代英文的or lack of them等四個字。

是的，就是這樣。

漢簡英繁（2）

一般情況是，漢語比英語複雜囉嗦，但在有些情況下，英語又比較複雜。比如，學生在翻譯「工傷」時，就不知道這個現象，而是很簡單地譯成"work injury"。不對，應該是"work-related injuries"。

同樣，中文的新詞「宅男」，也不僅僅就是"house man"或"house men"，而是要依照此理譯成"house-bound man"或"house-bound men"（也可譯作"house-confined man"或"house-confined men"）。

最後，我們說「川菜」或「粵菜」等，不是"Sichuan dishes"或"Cantonese dishes"，而是"Sichuan-style dishes"或"Cantonese-style dishes"（或"Guangzhou-style dishes"。

在這些地方，英文就要比漢語多那麼一點，譯者也必須多心— 多加小心。

英無漢暗

翻譯中有個現象，被我稱為「英無漢暗」。所謂「無」，是指英文用字不用比喻，譯成漢語後，卻不得不用比喻，無論是明喻，還是暗喻，只有用了，才覺妥帖。

有句英文是這麼說的：he felt rather secure he ought to do so（他感到相當有把握，可以這麼做了）。我的翻譯是：「他已經感到胸有成竹，可以這麼做了」。所謂「胸有成竹」，肯定是沒有真正的竹子的，而是一種暗喻。即使譯作「有把握」，也是一種暗喻，因為喻的是手，只有用手，才能把、才能握。

還有句英文是這麼說的：lay outside the reach of any commandant（在任何司令官都無法觸及的地方）。我的翻譯是：「這是任何司令官都鞭長莫及的」。「鞭長莫及」：暗喻。

又有一句英文是這麼說的：He had handed them out too lavishly（他把〔獎懲〕分數送人時，過於鋪張浪費了）。我的翻譯是：「他把分數送人時，太大手大腳了」。「大手大腳」：暗喻。

最後，是我剛剛修改的一段譯文，因為運用了這個原則，而有所改善。它是講流犯對打工的老闆撒謊，說自己幾天不在家是因為在醫院住院，結果被老闆發現了。英文說：The flimsy story came apart, of course。（flimsy：不足信；came apart：散架）。我原來的譯文是：「這個本來就站不住腳的故事就立刻散架了。」我後來的譯文是：「這個本來就站不住腳的故事立刻就露餡了」。這個暗喻是不言自明的，如果什麼東西came apart，那裡面的「餡」就會露出來。

再囉嗦一句，因剛剛校對時，發現一個例子，屬於「英無漢暗」之列，卻被我錯誤地列入「直譯」的陣營了。英文有個說法，叫playing both ends against the middle。從字面上看，好像是玩兩頭，打中間，實際意思是鷸蚌相爭，漁翁得利，即讓兩邊的人互相攻擊，互相競爭，自己好從中得利。我翻譯的那段文字中，講的是當年英格蘭的有組織犯罪，既從犯罪一方，又從員警一方得利，所以，雖然用的是playing both ends against the middle，我的翻譯根據意思，處理成：「他們既扮鷸，又演蚌，然後從中漁利，從而發明了一種新的英國犯罪方式……」（p. 27）

英中漢貶

所謂英中漢貶，是指某些英文字屬中性，沒有褒貶，但譯成漢語之後，卻要根據具體情況，將其譯成貶義。先舉一例如下。

我們現在有「富二代」的說法，當年從英格蘭來澳大利亞流犯的第二代，也有一個叫法，叫the Currency，即所謂「通貨一代人」。與英國的Sterling（標準貨幣），也指正宗英國人相比，流犯的第二代就像偽鈔或假幣，無論他們如何為自己正名，none of this affected English opinion very much。（p. 355）這個"English opinion"，是指英國人的意見或看法，但根據上下文，可能就得做一個貶化處理，譯成「成見」：「但這一切都不太會動搖英國人的成見」。

Encourage這個字，在英文中兼有褒貶，既是「鼓勵」，又是「慫恿」，只能根據具體情況而定了。1830年代，諾福克島有一個暴君，叫菲昂斯，他無惡不作，劣跡斑斑，曾encourged他的下屬，以殘酷的方式虐待流犯。顯而易見，這個encouraged，就是「慫恿」。

還有一個字，是auxiliary，卻在翻譯中被我忽略了，求實地譯成了「助手」，其實應該貶化成「幫兇」才對，見此句：

> The price of having assigned servants was full participation in Arthur's system of convict management. It made all free settlers into jailers–"auxiliaries,", in John West's words, "hired by royal bounties to co-operate with the great machinery of punishment and reformation." (p. 392)

譯文：

> 取得配給僕人的代價，就是充分地參與亞瑟的流犯管理制度。這使所有的自由拓居者都成了獄卒—用約翰・韋斯特的話來說，成了「幫兇」，「用皇家的賞金雇用而來，為的是配合那座偉大的懲罰和改革機器」。

一般來說，creative一詞就是它的本意，即「富有創造性的」。霍巴特當年有個叫Rolla O'Farrell的人，抵達時身無分文，卻很快就amassed a fortune of more than ￡15,000 by creative venality，給自己斂積了一大筆財產。我的譯文是這樣的：「卻通過創造性地索賄受賄，積累了一大筆財富」。修改時覺得不好，關鍵就是creative這個詞沒譯好。這個詞原來沒有貶義，甚至還有褒義，但跟venality（貪污腐化，索賄受賄）配在一起，就有點「近墨者黑」的嫌疑了。

經過貶化處理的譯文是：「卻挖空心思，索賄受賄，積累了一大筆財富」。

英暗漢無

英語有些說法無法直譯，甚至就連這些說法用的暗喻，也沒法直接進口到漢語裡。例如，當年范迪門斯地的副總督亞瑟—如今的Port Arthur（亞瑟港），就是以他命名的—上台之後，曾撤掉不少辦事不力的官員，其中有些屬於short on moral fibre（缺乏道德纖維）的人。這個fibre（纖維），雖然我很喜歡，因為很有詩意，但卻沒法直接拿來，只能譯成「缺乏道德情操的人」或「品行不端者」。這種現象，我稱之為「英暗漢無」，即英文用暗喻的地方，譯成漢語後暗喻消失得無影無蹤。

再舉幾個例子。

英文說掌握了大量證據時，可用暗喻，如a cataract of evidence。直譯是「瀑布般的證據」。寫詩可以，在歷史專論中卻無法這樣翻譯，只能譯成「大量舉證」，忍痛切愛—對不起，我是說割愛—「瀑布」。

又如。英文中要表現某人因做錯事而感到良心不安，可以這麼說：something gnawed at his conscience（有什麼東西在齧咬他的良心）。這種說法中文罕見。我不是憑印象瞎說，而是上網查過，至今（2011年2月20日）尚無首例。只能捨此暗喻，譯成「良心上過不去」。

1835年，西澳副總督Stirling因墾殖西澳缺乏財力，到倫敦求援，結果挨了殖民部一頓罵，被趕回西澳。關於這段英文是這麼說的：the Colonial Office sent Stirling back to Western Australia with a flea in his ear for leaving his post without permission。（直譯：殖民部怪斯特靈不該擅離職守，把他耳朵裡裝了一隻跳蚤，趕回西澳。）

什麼是「把他耳朵裡裝了一隻跳蚤」？看不懂。關於跳蚤，英文有一個說法，叫"a flea in one's ear"。在誰耳朵裡裝了一隻跳蚤，即是說把誰訓斥了一頓。從詩歌創作角度講，這又是一個出其不意的詩歌形象，簡直不用抓耳撓腮，絞盡腦汁，直接取用即可，但對於尚不瞭解英文種種形象比喻，而且肯定採取排斥態度的中國讀者來說，只能犧牲跳蚤，取悅讀者，勉強求通、求懂拉倒：「殖民部怪斯特靈不該擅離職守，把他訓了一頓，趕回西澳。」

由此看來，翻譯只是一種折中退讓的技巧，沒辦法求實、求信，你若堅持進口英文的暗喻，你就會挨半文盲的中國讀者罵，連編輯這關都過不去。

再談直譯

前面零零碎碎講過很多直譯的例子。此處再談直譯，打算多從剛譯完的這本書中舉例，即《致命的海灘》。

澳洲有一種蜥蜴，叫monitor lizard。一般解作「巨蜥」。我直譯了：

「監視」蜥蜴，但做了一個小處理，即打上了引號。還有之中老鷹叫hermit eagle，我也直譯了：隱士鷹，但沒做引號處理。

當年在太平洋上尋找澳大利亞這塊南方大陸時，有一個葡萄牙人，名叫德·吉洛許（de Quiros），休斯說他相信，澳大利亞就on the blind blue eyeball of the world's greatest ocean。這是很形象的，給我直譯了：「在世界最大洋的瞎眼藍色眼球上」。

記得在中國當翻譯時，單位經常招待外國專家宴會。西人一般來說都害怕喝中國酒，稱其為firewater（火水），能夠燒得起火來的一種水。流犯從英格蘭到澳洲的運輸過程中，常常在沿途靠岸，補充給養，其中包括巴西的firewater or aguardiente。這個firewater，我給直譯成「火水」，而aguardiente，則給音譯成「阿瓜點滴」了。

前面說過，英文極言其多，談證據時可說多得像「瀑布」，談糖和茶葉時，則用「游泳」，一種你完全想像不出的比喻來形容：As for tea and sugar I could almost swim in it。如果簡單譯成有大量的茶葉和糖，這個形象就沒了，不是很可惜嗎？好在可以通過直譯來救陣，即：「至於說到茶葉和糖，多得幾乎我可以在裡面游泳了」。

順便點評一下，根據漢人和漢語的邏輯，英文的這種比喻是狗屁不通的，除非腦子進水，否則不會用這種奇怪的比喻。試想，即便茶葉和糖多得像水，也無法在其中游動。

英文中，如說什麼東西對政府來說是個沉重的負擔，就說it's a dead weight on the government。我的直譯是：「死重死重地壓在政府身上」。

英文中，roost是雞棚、雞籠之意。如說誰rule the roost，就是說誰當家做主、稱王做霸。這樣譯不是不可，但「雞籠」的形象丟了。因此，譯這句話：Wealthy settlers…ruled the Vandemonian roost時，我為保其形象而採取了直譯：「富有的拓居者……在范迪門斯地這個『雞籠』稱王稱霸」。

再談音譯

音譯這個問題，以前也零零星星談過一些，這次集中把譯書裡碰到的都搜集攏來，來個小聯展。

一種音譯是動物，按音而譯，便於記憶，如goanna是「果阿納」巨蜥；又如大袋鼠，英文叫boomer，就不如乾脆音譯作「蹦魔」妙。

一種是物質，多無譯名，按音而譯，為其立名，如slat-sailed proa，字典查不到，乾脆音譯為「普勞」飛帆，此為立名；頭戴一頂perouke，即「頭戴一頂『佩魯克』長假髮」，此為音意合譯；身穿一件tunic，字典意思是「長達膝蓋的短袖束腰外衣」，太繁瑣，不如音譯成「陶立克」，此為簡潔。澳大利亞人在英國人眼中都是「偽鈔」，而英國人自認為是Sterling，純銀，純正的貨幣，因此音譯成「斯特靈」，此為凸顯其意。

一種音譯專指人，按音而譯，至為簡潔，如前面講過的enforcer（流氓集團內部為維護黑紀律而設的執法人），譯成「陰夫蛇」，就節約得多。又如當年在范迪門斯地執勤，管理流犯的龍騎兵（dragoons），簡稱"goons"，就音譯成「龍公」，還保留了形象。Wowser是一個罵人的字，意即「一個讓人討厭的清教徒式的禁欲主義者」。這個字出現一次這麼譯還行，出現兩次就讓人有點受不了了，再出現一次，簡直會讓人瘋掉，實在太浪費語言，乾脆音意兼譯成「齷齪貨」。Nabob大約是英文中的外來語，指「印度莫臥兒帝國時代的地方長官」，意即「大富翁」，但前者囉嗦，後者沒有韻味，於是我音譯成「拿勃勃」，同時想起小時候看書學到的一個字：「那摩溫」，該字其實就是英文Number One的音譯。他如evil spirit Rowra（惡鬼蹂痢），niche market（利基市場），塞住流犯嘴巴用的gag（嘎嘎），喝水用的billycan（比利罐），等。

流犯時代澳大利亞的布里斯班，有個欺壓流犯，十惡不赦的司令官，被當地老百姓起了一個諢名，叫Beast of Brisbane，常用來嚇唬小孩子。譯作「布里斯班的野獸」固然不錯，但音譯一下可能更有勁，如我的：布里斯班的「逼死特」。

一種音譯專指地名。由於很多地名沒有正規譯名，這沒給譯者製造困難，反而給他提供了創譯之機，如Maingon Bay，我就音譯成梅茵宮灣。

至於音譯人名，就不用多說，一定是要音譯的，但有些人名，如Jeremy Bentham，早就有約定俗成的譯名，就不能譯作傑瑞米·本珊姆，而只能就其熟知的漢譯名字，簡稱為邊沁。

標點符號問題

英文的標點符號與漢語是不相等的，例如，英文的刪節號是三點，"…"，漢語卻是六點"……"。英文的句號是實心的，即"."，漢語的是空心的，即“。”。漢語該用冒號“：”的地方，英文卻用逗號“，”。漢語的書名號是“《》”，英文卻要用斜體。漢語的文章標題要用書名號“《》”，英文的文章名卻要加引號，等等。

有意思的是，我發現，英文以句號結尾的一句話，其實才剛開頭，並沒有完結，比如這句話：He coldly offered his all-purpose justification. Van Diemen's Land was a jail, and in jail opposition should have no voice。（p. 395）這句話講的是范迪門斯地副總督對待反對他的媒體的惡劣態度。話到justification的時候，如果放在中文，就還沒有說完，而是剛剛開始，所以，譯文是：「他冷冰冰地為自己辯護圓場，說什麼范迪門斯地是一座監獄，反對者在監獄是不能有任何聲音的」。

還有一種情況，涉及引文。在英文中，這段引文接續不斷，但譯成中文後，卻要把一段完整的引文切成兩段，否則翻譯就會有很大困難，甚至無法翻譯。英文見下：

> The fear of crime itself cast an exaggerated solidity on "the distinct body of thieves, whose life and business is to follow up *a determined warfare against the constituted authorities*" and who "may be known almost by their very gait in the streets from other persons." (p. 166)

以上講的是英國當年一種盛行的看法，認為罪犯與常人不同，一望而知，頗似我2002年去中國旅行途中碰到一個出租司機跟我講的話，說是現在有種「形象犯罪」的說法。員警抓人完全可以憑感覺和印象。看來，英國人也好，中國人也好，都有某種相似之處。閒話休提，我的譯文如下：

> 對犯罪問題的恐懼本身，誇大了「所有盜賊一清二楚的總體」的固態性質，「這些盜賊的生活和業務，就是*針對合法當局打一場意志堅決的戰爭，*」而這些盜賊「根據他們在大街上走路的樣子，幾乎就可看出與他人的不同。」

由上可以看出，「的固態性質」是沒有辦法像英文那樣前置的，故不得不在標點符號上進行調整。

關於這種利用標點符號切斷原文進行翻譯，不妨再舉一例說明，英文如下：

> Mayhew noted that a poor boy might be "partly forced to steal for his character." (p. 173)

譯文是：

> 梅休注意道，一個窮孩子「被迫偷盜的部分原因，」可能是因為「他要證明自己有種。」

這並非是唯一的譯法，但一定要較真，非不切斷，你不妨一試，我並不反對。

Beautiful

當你和妻子站在一起，與澳洲朋友見面時，澳洲人喜歡說一句話：your beautiful wife（美妻）。這當然是一種溢美之詞，是否與實際相符並不重要。說到beautiful或美，我想起一句老話：家有醜妻是無價之寶，家有美妻是惹禍的根苗。

Beautiful這個字，在哈代《德伯家的苔絲》的一段描寫街頭遊行隊伍婦女短短的文字中，至少出現了三次：Some had beautiful eyes, others a beautiful nose, others a beautiful mouth and figure; few, if any, had all。文字洗練，不事雕琢，頗有古樸的英文之風，如以類似的清水出芙蓉的方式翻譯，想必也很beautiful：「有些人的眼睛很美，有些人的鼻子很美，還有些人的嘴巴很美，身段也很美，但把所有這些美都薈萃一身的人就算有也很少」。

《中國翻譯文學史》中，引用了張谷若對該段的翻譯，認為其對beautiful一字的翻譯「生動貼切」，全譯文照抄如下：

> 她們裡面，有的美目流盼，有的鼻準端正，有的櫻唇巧笑，有的身材苗條；但是兼備眾美的，固然不能說沒有，卻少得很。（p. 332）

我承認，這篇譯文好是好，但卻好到了過火的程度，猶如把出於清水的芙蓉，人工地化妝點染。如果不看原文，不知原文，從中文譯回去，其不「信」之程度，可以令第二次的譯文與哈代原文相去十萬八千里。有興趣的不妨試譯一下。

看了前面哈代的英文，讓人想起一句中國的俗話：「山美水美人也美」，其中也有三個「美」字，可譯作beautiful mountains, beautiful waters and beautiful people。若按張谷若的處理，按中國譯界的標準衡量，這樣的譯文太簡單，太不美，非得把山、水、人不處理成三種不同的樣子，才能求得神似。

中國譯界的翻譯標準，其實是無標準，所謂神似，就像心領神會的「神」一樣，也像我們當年讀大學時，同學聽了外教講課，口裡說I can feel it but can't express it（我能體會，但說不清楚）那樣，是說不清道不白的。此人說好，彼人說糟，全憑自己想當然地「神」那麼一下。如果連最簡單的信都達不到，那就只能採取前面談過的那種貌合神離的懸浮法了。

其實，人們有所不知的是，文化，尤其是漢文化，在一種語言進入另一種語言的移植、移字、移入、譯入的過程中，發揮了一種連翻譯和翻譯評論家都意識不到的作用。我稱這個為語言增值、化妝、包裝現象。

所謂語言增值，是說本來英語已有的意思，譯成漢語之後，必定要發生形象上的增補現象。這不是人為，而是文為、文化為、語言為。例如，英文說a glib tongue（滑舌），到了中文就要說「油嘴滑舌」。英文說to catch shadows（捉影），到了中文就要說「捕風捉影」。英文說hiding the light（韜光），到了中文就要說「韜光養晦」。英文說her beauty put the flowers to shame（其美貌令花羞），到了中文就要說「她有沉魚落雁之容，閉月羞花之貌」。不信你只說其中一半試試看，比如說「她有羞花之貌」或「他韜光」。

翻譯家楊絳談到四字句時，就曾表現出極大困惑，說：「翻譯西方文字的時候，〔四字成語〕往往只有一半適用，另一半改掉又不合適，用上也不合適。」[26]

所謂語言化妝現象，就是前面所舉張谷若例。也是許淵沖所說的「優化論」，即在求真和求美之間，最好是求美。他舉莎士比亞的一段文字，比較了曹顒和朱生豪的譯文。莎文如下：

> For never was a story of more woe
> Than this of Juliet and her Romeo。

曹譯：

---

[26] 參見《國際翻譯學新探》。百花文藝出版社，2006，149頁。

人間的故事不能比這個更悲慘，
像幽麗葉和她的柔密歐所受的災難。

朱譯：

古往今來多少離合悲歡，
誰曾見這樣的哀怨心酸！[27]

很明顯，朱譯朗朗上口，很中國民俗化，好像出自一個民間說書人之口，但Juliet and her Romeo沒有了，失信於原文。「優化」而不信，談不上是優化，等於把原文的眼睛摳掉，換上了一副很中國的墨鏡。這種「優化」的譯文，是化妝的譯文，殘缺的譯文，虛假的譯文，簡言之，假大空美的譯文。

「優化」的提法其實不對，因為不是任何時候任何譯文都能隨便「優化」的。例如，當年澳洲懲罰流犯，用了一種形同水車的treadmill，叫「踏車」，讓流犯上去不停地踩踏，作為一種懲罰，最多時可達50人。流犯稱這種踏車為"everlasting staircase"和"cockchafer"。（p. 454）什麼意思？前面是「走不完的樓梯」，後面則是「痛雞巴」，因為在上面站幾個小時，硬邦邦的囚服就會把男性生殖器擦得生疼。如果採取許淵沖的所謂「優化」理論，大約就該把"cockchafer"優化成—什麼呢？我想不出來。再怎麼「優化」，你總不可能把流犯「優化」成正常人，把他們的生殖器「優化」成別的東西吧。

寫到這兒，我剛好讀完一首英詩，是一位女詩人寫的，發表在香港2009年出的一本題為Not A Muse: a world anthology of poetry（《不是繆斯：世界詩選》），全文如下：

《愛爾蘭銀行》

簡．內奇退爾　著
歐陽昱　譯

[27] 參見《國際翻譯學新探》。百花文藝出版社，2006，11頁。

一切都完了—
吉尼斯黑啤酒和香煙。微焦的頭髮。
你模稜兩可的態度。我透支的欲望。
我倆把那一夜揮霍，叫了一輛的士，
從碼頭來到滑鐵盧路，
在那兒找到一架取款機，黑暗中，
調了一會兒情。我還清醒，
這時，你把我領到銀行後面，
試圖把我抵在欄杆上操我
（這是我在都柏林關於你的最後一個形象）
此時回想那時，我覺得被你宰了—
你還欠我。不欠我的錢，也不欠我的酒，
而欠我用交易換不來的東西：
我要把你的雞巴當做我的禮物。（p. 300）

大陸的許淵沖們，請注意第九行和最後一行，請你們把這兩行的翻譯「優化」一下吧，其英文分別是“tried to fuck me against a handrail”和“I wanted your cock to be a gift”。

這首詩，與美國女詩人Ai的《為什麼我離不開你》（Why can’t I leave you?）那首的末句很相近，該句云：and let me laugh for you from my second mouth（讓我張開第二張嘴，大笑著迎接你）。[28]也是用不著什麼「優化」這種鬼話。愛情就是愛情，用不著任何喬裝打扮的「優化」，哪怕在翻譯中也是這樣。這方面，女詩人是最懂的，因為上面兩首詩都是女詩人寫的。

所謂語言包裝，是指把一種語言譯成漢語後，通過包裝變得美輪美奐，商業翻譯尤其如此。汽車方面如馬自達（Mazda），賓士（Benz），標緻（Peugeot），雷諾（Renault）—最後這一例可能原意很好，「雷電的允諾」，但現在「雷」已成為「雷人」的代名詞，是不是會產生「雷人的承諾」呢？飯店方面如福朋喜來登（Four Points by Sheralton）—Four Points(四點)被音譯包裝成「福朋」，真不知哪跟哪— 凱悅（Hyatt），萬豪（Marriott）。酒品方面如葡萄酒奔富（Penfold），啤酒富仕達（Foster），紅酒禾富（Wolf Blass），好像不富不成酒似的，其實依我看，在澳洲喝酒

[28] 歐陽昱譯，《西方性愛詩選》，《原鄉》2005年第10期，311頁。

的窮人居多。公司方面如惠普（Hulett Packard），愛普生（Epson），新秀麗（Samsonite），連賣低檔產品的Reject Shop也成了「利家」。這並不奇怪，在台灣，rubbish就叫「樂色」。由此看來，英語中的任何亂七八糟的東西，進入中文後一包裝，準保精美無比，比如，shit（屎），大約可以譯作「詩特」— 一種特富詩意的東西，pornography（色情），就不妨譯作「龐樂歌辣飛」，而boredom（無聊）則可譯成「波登」。

話說回來，一種文化，批評它是沒用的，因為你沒法改變它，最後被改變的是你自己和你自己的譯文。你只能削足適履，削英適漢，如此才能隨「文」所欲。

再談「信」

我相信，嚴復提出他的「信達雅」時，一定是很講「信」的，這從他的譯作中也可見一斑。我們說「信用」，意思是說有了「信」，才能「用」。言而無信者，不僅行而不遠，也是不能用的。誰敢跟一個無「信」者打交道？誰又敢跟一本無「信」的譯文打交道？

我的書架上有一本澳大利亞白人（David Walker）寫澳亞關係的論著，英文大標題是："Anxious Nation"，副標題則是："Australia and the Rise of Asia 1850-1939"。中譯如果講「信」的話，應該譯作《焦慮之國：澳大利亞與亞洲崛起：1850-1939》。

這本書後來譯成中文，我立刻花錢把譯本請到了我的書架上。該書封面設計帶有當代中國出書的典型風格，中英文雙管齊下，英文還要占中文一頭，高高在上，幾個英文大字直接騎在中文標題的頭上。不僅如此，英文字型大小比中文大，全係大寫，而且套色印成黃色，與瑟縮在下面的白體中文相比，處處體現出英語這頭強龍，壓住了中文這條地頭蛇。

一看標題，我傻了眼：《澳大利亞與亞洲》（張勇先等譯）。「焦慮之國」沒了，「亞洲崛起」沒了，「1850-1939」也都沒了。可說是不信之至，不幸之至。

至於該書之譯文，從《概述》的第一段開始，至少有一處不「信」，如對the Sepoy Uprisings的翻譯處理，譯成了「印度爆發民族起義」。有心的譯者一看這個名詞，就會注意到，它是首字母大寫的專有名詞，帶有定冠詞"the"，特指某次歷史事件。就像中文的「秋收起義」或「文化大革命」不能隨便說成是「秋天收割時的起義」或「文化方面的大革命」一樣，英文的the Sepoy Uprisings，也不能隨便譯作「印度爆發民族起義」。

翻譯這樣的詞彙，至少對中國現有的英漢字典和翻譯提出了一個雙重挑戰。比如，像the Sepoy Uprisings這樣一次重大的歷史事件，在陸谷孫所編的《英漢大詞典》中卻沒有解釋，只有Sepoy Mutiny和Sepoy Rebellion，並把它們與the Indian Mutiny劃上等號。這是有問題的。所謂Sepoy，是指舊時英軍中服役的印度士兵。這個字，中文沒有翻譯，只有解釋，這很不地道，似可以通過音譯加注釋加引號而正式進入中文，比如「斯波起義」或直譯成「印軍起義」也未嘗不可。

說到「信」，最不信的就是從英文譯成中文的書名（包括電影片名等，此處只談書名，僅舉林紓一例），如狄更斯的The Old Curiosity Shop（直譯《老古玩店》，林譯《孝女耐兒傳》），David Copperfield（直譯《大衛・科波菲爾》，林譯《塊肉餘生記》），Dombey and Son（直譯《董貝父子》，林譯《冰雪因緣》），Oliver Twist（直譯《奧利佛・退斯特》，林譯《賊史》）；司各特的Ivanhoe（直譯《艾凡赫》，林譯《撒克遜劫後英雄略》），斯陀夫人的Uncle Tom's Cabin（直譯《湯姆叔叔的小屋》，林譯《黑奴籲天錄》，等。[29]

所有這些，因為字、詞、意的不對等，再也譯不回去了，在翻譯史上，也不知該算佳話，還是醜話。僅從這點看，在「信」上是根本站不住腳的。

Promiscuous

長期以來，我有一種感覺，在中國當翻譯，基本上就是當「翻役」，被文字驅使，被名人驅使，被名著驅使，如前面舉過的替名人遮錯個案。又如姜椿芳在「口譯工作者應該具備的條件」中，提出的九個方面要求，居然說「要有政治修養。政治水準低是不能做好口譯的，因為口譯是一個政治任務」。（《中國翻譯文學史》，p. 267）大約是領導如果說錯了話，翻譯得為其掩蓋吧，如這篇文章所說「但這並不是說，翻譯在明知講話有錯時，仍然堅持譯錯誤的東西」。（http://www.ntwqb.gov.cn/web/fyyd_wsfy.asp）這在澳大利亞，當然是行不通的，在法庭上尤其行不通。如有一次在法庭翻譯

[29] 參見李偉，《中國近代翻譯史》。齊魯書社，2005，255-256頁。

一次家暴案，需要翻譯罵人話，某翻譯當場就採取了簡化法，把「對方罵我『操你祖宗八百代』」，簡單地處理為"fuck you"了。如果不是法官本人堅持要聽這句罵人話的真實意義，諸如此類的嚴重侮辱，就不會得到比較公正的判斷和判案。

翻譯要想擺脫「翻役」的被人役使的地位，就必須多一個心眼，多一點鑑別的眼光，而不能人云「譯」云，比如對promiscuous一詞的處理。Robert Hughes在《致命的海灘》一書中，談到范迪門斯地曾一度企圖剿滅當地土著人，但後來採取綏靖政策，請一個傳教士，帶著若干流犯和土著，到土著人中傳教，進行福音傳道，其中有個名叫Trucanini的土著女性，在澳洲歷史上很有名，據說是塔斯馬尼亞的最後一個土著人。休斯在提到她時，稱她為"a bright, promiscuous girl」。這句話讓我頗感不安。Promiscuous指濫交，帶有貶義，如此描述土著人，如果不是別有用心，一定也是很不謹慎，缺乏尊重態度。試想隨便描述某位白種少女是個bright, promiscuous girl看看！

對於這個詞，我沒有為休斯遮醜，而是原字照譯，譯作「三名女性中有一個女孩很聰明，喜歡濫交」，同時加了一個註腳，如下：

> 英文原文是promiscuous，相當於「濫交」，或用當代中國的話來說，就是「亂搞男女關係」，但這麼形容特拉卡妮妮很不公平，看了下文就知道，她是被白人強姦之後才開始"promiscuous"的—譯注。

翻譯，翻譯，必須擺脫「翻役」的奴役狀態。

顛覆

現在文學創作中總講顛覆，顛覆已成一個後現代的關鍵字、時髦詞，但在中國憲法中，目前仍有「煽動顛覆國家政權罪」。劉曉波就是以該罪而被抓入監獄的。

文學顛覆的一個對象，就是偉大人物的名字。當年我有一首詩，收在《限度》中，把不少名人都給「顛覆」了一下：

《解構》

今天晚上
老子讓你解個夠
先從西方人解起：
寫散文的培根
培什麼根：
不就是一塊鹹豬肉！
搞戲劇的莎士比亞
其實是杆晃動的魚叉
至於美國的索爾·貝婁
那是公牛的一聲怒吼
哈代厚臉皮
霍桑山楂樹
勞倫斯差點就成銠這種稀有金屬
話再說回到中國來：
李白不白
歐陽修沒修
曹操不操
孔子無孔
只有屈原名符其實
的確是一很受委屈
不能伸只能屈的屈子！

（注：本不想加注，為不通英文者計，最後還是決定加注，依次為，培根Bacon，有「鹹豬肉」之意，莎士比亞是Shakespeare，有「晃動的魚叉」之意，貝婁是Bellow，有「公牛怒吼」之意，哈代是Hardy，有「厚臉皮」之意，霍桑是Hawthorn，勞倫斯是Lawrence，意思你們自己找英文字典查去。老子沒工夫陪你們玩。）

其實，若瞭解翻譯史，是用不著如此去解構或顛覆的，很多當今認為神聖的名字，如果把當年的譯法鉤沉出來，不用去解構，就已經被解構，不用去顛覆，就已經被顛覆了。這個解構和顛覆者，就是歷史本身。

就拿馬克思來說，當年的譯法千奇百怪，如果現在還這麼用，肯定會還沒發表，就被編輯斃掉，或者會被人譏為笑談。這些譯法有馬客偲，麥喀士，瑪律克，埋哈同，估計後二者係受譯者口音所影響。[30]

口音影響譯文，這話不假。過去把計程車叫「的士」，我怎麼也弄不明白，直到後來瞭解到廣東話發音之後，才恍然大悟。嚴復喜歡「自造新名和新字」，但因受福建口音影響，其翻譯頗為人詬病。[31]

除了人名之外，現在一些美輪美奐的西方大國，如什麼「美」國，「英」國，「法」國，丹麥，等，從前的名字都不好聽，如咩禮千國（美國）〔後逐漸變好：彌利堅〕，英夷（英國）〔後逐漸變好：英咭唎〕，[32] 領墨、吝因、丁林、大尼、黃旗、嗹國（丹麥），等。[33]

還有些今天人們熟知的城市也不是現在這個樣子，如倫敦是「蘭侖」，聽上去就像「亂倫」。又如當年梁啟超來澳時，所有關於澳洲的城市都翻譯得不倫不類，阿德萊德是「黑列」，墨爾本是「美利畔」（倒比今日更美化，不僅美麗，而且有利可圖），以及「澳大利亞堅連尼士」。[34]起先我猜是「雪梨」，但發音相隔頗遠，好在網上居然可以查到，原來是"Glen Innes"。[35]

摔了

小時候，在我的家鄉，也是林彪的家鄉黃州，我們打球—籃球、足球、乒乓球，等—時，如果球出線，大家都會大聲喊叫說：摔了！摔了！

很久以來，我也不知道中文裡該怎麼表現這個詞，是「甩了」呢，還是「摔了」，好像有點破罐子破摔的味道，但跟球出界沒有任何關係，無法把這個字跟這個概念連繫起來。

後來在澳洲，很偶然的一次，大約是看電視還是什麼的，聽見side這個字，猛然想，side大約是sideline（邊線）的簡稱，而side如果在發音不準的家鄉人嘴中，肯定會發成「摔」，又因歎息而帶上「了」的尾音。

---

30 參見李偉，《中國近代翻譯史》。齊魯書社，2005，286頁。

31 參見史有為，《漢語外來詞》。商務印書館，2003，65頁。

32 參見李偉，《中國近代翻譯史》。齊魯書社，2005，19頁。

33 同上，28頁。

34 黎難秋主編，《中國口譯史》。青島出版社，2002，350-351頁。

35 http://www.worldjournal.com/view/aChinanews/2096549/article-%E6%A2%81%E5%95%9F%E8%B6%85%E9%81%BA%E7%95%99%E5%9C%A8%E6%BE%B3%E5%A4%A7%E5%88%A9%E4%BA%9E%E7%9A%84%E5%A2%A8%E5%AF%B6

跟愛打網球的兒子請教之後，又不確信了。據他說，球出線，英文說out或wide，而不說side，更不說sideline。好吧，線索又丟了！

近翻舊書，卻不料發現我原來用筆劃線的一個字，就是我所說的「摔了」。據《漢語外來詞》一書考證，這個字的發音是「撒誒」，指球出界、界外，英文是side！（p. 143）

黃州距武漢88公里，四十多年前百分之九十九點九的人都不會講英語，怎麼會一般老百姓，包括兒童都會說這個「摔了」的外來詞呢？這真是個不解之謎。

Deadly

Jessica Mauboy是一個土著歌唱家，不過二十幾歲，大約還有印尼人的血統，歌喉之美，過耳難忘。今晚在ABC的Adam Hills主持的節目上亮相時，秀了一段她14歲時唱歌的錄影片段。看完之後，她有點難為情地大笑著說：That's deadly！

Deadly這個字，詞典的意思有「致命的、殊死的、死氣沉沉的」，等，都套不上。倒是根據當時的場景，設想這句話是一個中國歌手在同樣的情況下說出，帶有點兒難堪，又不無自嘲，脫口而出的應該是：真要命！因為這句話說出後，引來一片理解的笑聲。

傻眼

有一次替一個客戶翻譯，當他說到：我知道上當受騙後，一下子傻眼了！我稍事猶豫，也不過半秒鐘的時間，就隨口譯道：When I became aware that I had been had, I was made to look stupid。

就在話一出口的那一剎那，我意識到，所謂look stupid，不是看上去傻乎乎的，而就是英文「傻眼」的說法，只不過是前後顛倒了一下，即「stupid（傻）」在後，「look（眼）」在前，又在「眼」上顛倒了一次，即把名詞的「眼」，變成了動詞的"look"。這一小小的心得，應該感謝這次小小的口得。

小簽

「小簽」這個說法，我出海的二十年前，是沒有聽說過的，2011年才從一個客戶那兒學到這個詞。

在警察局做翻譯，錄口供，完了之後都要在口供或證詞的末尾簽字，同時需要當事人在每頁紙的下端initial一下，即把姓名的首字母寫下來，如William Shakespeare，即可initial成WS。這種姓名首字母簽字法，其實不適用於中文姓名，除非通過拼音來做，如Mao Zedong給initial成MZD。

我的解釋剛落地，這位客戶就說：哦，我知道了，就是小簽一下嘛！於是，他提筆寫了一個「於」字，又一一在每頁紙的下方小簽了一遍。

順便提一下，我用的「搜狗」打字軟體，目前還沒有「小簽」這個合成詞，儘管網上這個用法已經似乎很普遍了。

Twin Tongues

Twin Tongues是我為自己下一部英文詩集起的書名，大意是「雙舌」。[36]我擬用這本詩集，把歷年的中文詩和自譯的英文詩都並排放進去，故有此名。

最近翻舊書發現，漢代即有「重舌」之說，語出張衡的《東京賦》：「重舌之人九譯，僉稽首而來王」。[37]所謂「重舌」，即指翻譯，「重」（音chong）是重名的重，重複的重，double booking（澳洲翻譯用語，同一個工作，預定了兩個翻譯），即訂重了的重。不是巧舌如簧，而是巧舌如雙。兩種語言變來變去，彷佛一根舌頭上長了兩種語言的青藤，正所謂twin tongues。

緣和邦

先講邦。英文的utopia, dystopia和kakotopia這三個字中的pia，在譯成中文後，都通過音譯變成了「邦」，即烏托邦、反烏托邦和坎坷邦。烏托邦是理想國，相當於世外桃源，但漢語有烏托邦，英文卻無「世外桃源」

---

36 該書後於2012年出版，易名為Self Translation。

37 黎難秋主編，《中國口譯史》。青島出版社，2002，7頁。

或shiwai taoyuan。這很遺憾，這個缺失需要扭轉，解決辦法是直接音譯：shiwaitaoyuantopia，甚至簡稱為taoyuantopia。

這個辦法筆者之前曾在一首英文詩中用過，創造了一個英文新詞。中國人愛說的「緣」字，英文只有兩個字最接近，即serendipity和syzygy（音似「是隻雞」）。我以serendipity一詞為題寫的這首詩中，最後出現了這個新詞，即seyuandipity。

這，就是創譯。

Condemn

晚看電視新聞，報導有關紐西蘭基督城的地震情況，聽見一人用英文說，這要看受災的房子是否can be saved or condemned。

形容一個人被condemned，是說該人被判處死刑。說房子被condemnened，莫非也是這個意思？那麼，上述那句話就可以翻成：看房子是否「有救還是被判處了死刑」？

不對呀，聽起來很牽強啊。立刻查字典看看。原來，condemn這個自以為很熟的詞，還有一個意思，即「宣告……不適用」。所以，那句話的意思是：看房子是否「還能住人，還是已經不適於住人了」。

這個字，使我想起另一個字，destroy，因為當時我覺得，用destroy似乎比condemn更恰當，而我想起destroy，與另一件事有關。記得有一次聽廣播，報導昆士蘭有一個小孩被狗咬死，後把該狗抓起來給destroyed了。初次聽到用destroy來對付狗，也有初次聽到用condemn來描述房子一樣的驚奇效果，如用「消滅」，「毀滅」等詞，似乎都不太合用。查《英漢大詞典》才知，destroy可用於老鼠，即我們常說的「滅鼠」。對，在對待狗的事情上，就是取的「滅」字，即把該狗給「滅」掉了。

詞變性

詞，跟人一樣，也是可以變性的，比人更能變性，在翻譯中，還非變性不可。例如，形容詞可變性為名詞：all the creams that keep skin soft and youthful（這些護膚霜能讓皮膚保持柔軟和青春）。

動詞可變性為名詞：On the nearby block of shops there were two opposite, nearly identical, grocery stores-one run by a Greek Cypriot, and one by a family of African Asians who had come over some years before（在附近一座有店鋪的街區，有兩家雜貨店，隔街相望，幾乎一模一樣——一家老闆是希臘裔賽普勒斯人，另一家老闆則是幾年前來的一家亞裔非洲人）。

副詞可變性為動詞：There was a fifteen-minute taxi ride from the airport on a looping expressway, through tunnels, on flyovers, past an architecture of ruddy brick, white-painted wood, sharp angles, bowfronts, balconies, pretty spires and small clusters of skyscrapers that looked as if they had been hired from New York for the day（從機場搭乘計程車，穿過一條環形高速公路，要走十五分鐘，其中要穿過隧洞，跨越立交橋，途經的建築都是紅色磚頭，白漆木面，銳利尖角，弓狀前緣，有陽台，有漂亮塔尖，還要經過一小簇一小簇摩天大樓，看上去就好像是從紐約借來，在這一天展出似的）。

這一天，我在修改譯稿時，看到這一句：It is useless for me to gainsay anything，發現我的譯文很準確，但很不對勁：「我否認任何東西都沒用」。細想之下才發現，這句話在詞性上出了問題，得做詞變性手術：「我怎麼否認都沒用」，把名詞「任何東西」變成副詞「怎麼」。

寬笑

漢語有捧腹大笑、笑得噴飯、仰天大笑、啞然失笑，等，但漢語描寫笑的方式再多，也沒有「寬笑」之說。「寬笑」原產自英文，即broad smile，很形象，此人一笑，本來是窄臉的變寬了，本來是寬臉的，就變得更寬了。這種笑，跟smiling from ear to ear很相像，那種英語的笑，也是漢語沒有的，是指嘴巴笑得之大，嘴角跟兩邊的耳朵根掛上了鉤。用我的家鄉話來說，就是嘴巴笑ra了。可惜以普通話為基礎的漢語，找不到這個土字。

近看一首英詩，把「寬笑」變得更寬，不用broad，而用wide一字，這樣形容說：You smile and it's wide as the/horizon over the salt-licked beaches。[38] 此句暫不譯，有興趣的自己先譯著玩玩看。

[38] Emma Phillips, 'Sister Blues', *Not a Muse*, edited by Kate Rogers and Viki Holmes, published by Haven Books, Hong Kong, 2009, p. 333.

周作人當年和魯迅不滿林紓譯文頗多舛錯，曾說「我以為此後譯本，……應當竭力保存原作的『風氣習慣語言條理』；最好是逐字譯，不得已也應逐句譯，寧可『中不像中，西不像西』，不必改頭換面。」[39]

上述所說的「寬笑」，就應該這麼譯。漢語讀者不能接受，以後再慢慢接受，千萬別把它譯成「大笑」或別的什麼漢語讀者能夠接受的東西，那對於翻譯事業、對於讀者的開闊視野，接受新鮮事物，都是小逆不道的。

現在把我對上述詩歌的譯文放在這兒：「你微笑起來，笑靨之寬，仿佛／鹹水舔舐海灘上的地平線」。

其實，早在1997年，我譯《熱愛男人的孩子》一書，遇到"he said with a broad smile"一句時，就譯成了：「他微笑著說，笑使他的臉變寬了。」[40]該書還有一句說："Ernie began to grin, his face widened."我的譯文是：「厄尼咧嘴笑起來，他的臉變寬了，……"[41]

反過來說，從這個意義上講，漢語的「淺笑」也是英文所沒有的，也應該直接「零售」給英文，譯成shallow smile才對。在這一點上，鄙人早就這麼做了。比如，大陸的學者特別喜歡在論文標題中用什麼「淺談」之類，正好給我提供了將其譯作a shallow talk的絕好機會。你想自謙嗎？那就讓你到英文中雙倍地自謙一下吧！

兩面派

朋友從中國發來郵件，說已註冊申請一家公司，並呈上英文翻譯，請我校正。過後不久，又打來電話，問如此翻譯有何問題。

我只能就我知道的情況跟他講了一番。拿墨爾本的華人公司來說，許多在名字上都反映出「兩面派」的作風，對只懂英文的西人來說是一張面孔，對懂中文的人則打出另一張面孔。比如那家據說要提前三個月booking，屬墨爾本最好，名叫「萬壽宮」的餐館，其英文名就叫Flower Drum。如果照譯成Ten-thousand-year Longevity Palace，一是太長太拗口，二是不懂中國文化的人不知所云。而Flower Drum（花鼓），估計取自Flower Drum Song。這是1958年美國百老匯上演的一場音樂劇，1961年改編成電影，其所根據的是

[39] 引自張中良，《五四時期的翻譯文學》。秀威資訊科技股份有限公司：2006，57頁。
[40] 克莉絲蒂娜·斯台德，《熱愛孩子的男人》。北京：中國文學出版社，1999，p. 300。
[41] 同上，p. 495。

美籍華人作家黎錦揚1958年的同名長篇小說，既有淵源，又受歡迎，而且有一種熟稔感，用這樣的名字做「誘餌」，不用多說人們就知道是怎麼回事。

墨爾本唐人街後來出現的兩家餐館，也都具有這種「兩面派」特徵，一家是小平餐館，另一家是毛家菜，前者為Post-Deng Café（後鄧咖啡館），後者是Post-Mao Café（後毛咖啡館），前與前，後與後都相去甚遠，但起名者顯然是個有心人、文化人，至少掌握了西方人喜歡把一切都「後」過去的特點，以及喝咖啡上癮的習慣。

像這樣名字兩面派的餐館還不少，如食為先（Shark Fin〔魚翅〕），包餃店（Dumpling King〔餃子王〕），阿二靚湯（墨爾本叫Kun Ming Restaurant，香港叫Ah Yee Leng Tung），以及采蝶軒（Plume〔羽毛〕），等。

如果這也算翻譯，這就是基本不「信」或完全不「信」的創譯了，其目的是最大限度地吸收兩種語言和文化的食客。某種意義上講，不「信」的翻譯往往也具有這種效果，因為投了該文化所好，所以能收到較大的銷量。

準與不準

有一句英文談到澳洲流犯是這麼說的：

> With each additional step they took on the treadmill they would be walking out of prison–by each additional cut of the spade they would be cutting a way to return to society。(p. 499)

譯文很準，如下：

> 他們每在囚犯踏車上多邁出一步，就等於是在走出監獄—他們每多揮動一下鐵鍬，就等於是在開闢一條道路，重新回到社會。

互相對照之下，貌似很準的譯文，越看就越覺得不準，甚至感到，這種不準是由於原文造成的，因為原文還可以說得更形象一些，比如：

> With each additional step they took on the treadmill they would be taking an additional step out of prison–by each additional cut of the spade they

would be cutting a way closer to return to society。

根據對原文加以修改之後的譯文，就比較接近原文要說的意思了：

> 他們每在囚犯踏車上多踏一步，就等於是在走出監獄的路上又邁出了一步—他們每揮動鐵鍬多挖一下，就等於是把開闢的重回社會之路又拉近了一些。

這就是為什麼有些譯文對著原文看很準，離開原文獨立地看卻不準，把原文修改之後再譯，獨立地看很準，對著未修改前的原文看，卻又不準了的緣故。

Have a good one

習慣用語足以證明，直譯是根本不可能的。比如，澳洲人再見時，特別愛說的一句話不是Bye，不是See you，更不是So long，絕對不可能是Bye-bye，而是Have a good one。幾年前，Victoria Market還沒有實行機器收費制時，每次我在口子停下繳費拿到收據，裡面的收費員都會說一句：Have a good one！我試過，但無法把這句話翻譯成中文，直譯尤其不行，如：「好好有一個！」不僅聽不懂，也看不懂。不知道喜歡直譯的魯迅在世如何處理。

回頭想想中文的「不錯」或「沒事」，也無法直譯成英文。如果你確認某事「不錯」，口譯給你譯成：not wrong，想想你會怎麼看這個翻譯？如果他繼續把你感謝人家時說的「沒事」翻譯成nothing或者no things，你肯定要說他不懂翻譯了。今天看The Age報，看到一個地方，突然看不懂了。這位書評者談到Roberto Bolano所寫的這部題為《2666》，長達900多頁的長篇小說時說：At the end I felt as if my brain had done 42 kilometres, and then some。（看到最後，我感到，我的大腦好像跑了42公里，and then some。）我沒法翻譯，因為我看不懂。查了查才知道，其實是「至少」或「不止於此」的意思。因此，該句的翻譯是：「看到最後，我感到，我的大腦好像跑了42公里還不止」。這個and then some，讓我想起了另一個習慣用語，and counting，也是一個常用的尾巴，經常跟在數字後面，如"100 and counting"。什麼意思？意思是說「100而且更多」。有點類似and then some。

米字旗

在翻一位朋友寫的短篇小說。寫到主人公—上海一位少年得意，青年失意，轉道香港的女青年—第一天到達香港，看見樓下一座洋樓上飄揚著「米字旗」時，我的譯筆，不，是譯鍵，停了下來。

「米字旗」是英國國旗的中國叫法。所謂「米」，是指旗幟的圖案看上去像中文的「米」字，就跟英文的the Cross（交叉架），因看上去像中文的「十」字，而被名之以「十字架」一樣。

把「米字旗」譯成英文，就跟把「十字架」譯回英文一樣難，也一樣簡單。採取直譯簡直沒有辦法，如Rice-character Flag和Ten-character Frame。即便用了rice和ten二字，其形象也跟中文的「米」和「十」相去十萬八千里。

沒有辦法，只能採取對等翻譯，即A不等於A，而等於B。中文的「米字旗」，等於英文的Union Jack。

同理，Union Jack這個B，不能跟中文的B（聯合傑克）劃等號，而只能跟中文的A（米字旗）劃上等號。翻譯的這種不對等現象，或曰錯位對等現象，是很值得注意的。

婦孺皆知

以今日的觀點看，中文有些詞語，是很成問題的，比如「嫉妒」二字，均以「女」字做偏旁，似乎只有女性才有這種病態—「嫉」字的另一半是疾病的「疾」—的情感。我一直想把這兩個字改造一下，以「男」旁替代「女」旁，可惜只能用手寫在紙上，沒法反映在電腦上，因為現在「嫉」男—醋意濃濃的男性—大有人在。

當原文出現「婦孺皆知」時，我楞了一下，覺得有些不對頭。說某件事家喻戶曉，盡人皆知，也就足夠了，還要加上「婦孺皆知」，是不是別有所指？果不其然，英文的解釋是known even to women and children。也就是說，連女的和小孩都知道。進而言之，也就是說，連愚昧無知的女人和孩子都知道。這一來，打擊面就大了，而且頗帶侮辱性。

好在網上字典補充了一句，說這是一個隱喻，指universally known（盡人皆知）。隱喻歸隱喻，但字面上的「婦孺」二字，仍然帶有歧視的暗影。難道不是嗎？

揭短

我曾自造過一個英文字，叫longcomings，這是因為，英文中有shortcomings（短處，缺點），卻沒有longcomings（長處，優點）的說法。

這一點很像漢語，有「揭短」，卻沒有「揭長」，而「揭短」之說，也沒法直譯成exposing short，其對應的說法有raking up somebody's faults（翻找某人之錯），washing dirty linen in public（當眾洗髒衣服）和rubbing somebody's nose in the dirt（把別人的鼻子按在髒土中）。

我是個最講直譯的人，又不得不一遇事實就低頭，覺得很多時候直譯的確不可取，也不能用，比如tell me the long and short of it。字面意思是：「跟我講講這事的長長短短」。字底下的意思則是：「跟我把要點講講」。

又如「護短」，本意是把短處藏起來，為自己的短處辯護，但若只譯表皮，如guarding the short(comings)，內裡的意思就出不來，如若只譯內裡，這個短語又會「丟臉」，把原有的面目給丟掉了。這就是翻譯之難，不是簡單一個直譯能夠解決好的。

反即信

前面說過，英譯漢中，A不等於A，而等於B，這樣才能做到「信」。同理，有些情況下，A不等於B，而要等於Z，從一個極端走到另一個極端，從正面走到反面，從肯定走向否定，才能做到「信」。這可能是當年嚴復沒有料到、也沒得時間發現的一個問題吧。請看下面這個例子：

> Maconochie…could not promise the convicts freedom under his system and be sure that the government would honor his word。（p. 509）

直譯：

> 馬柯諾奇……根據他的制度不能答應給流犯自由，但能確信政府會信守他的諾言。

如果有誰看得懂這段譯文，請舉手。如果看不懂，那是因為，這句話從中文角度看，是有邏輯問題的，儘管用英文說一點問題都沒有。其背景是，馬柯諾奇在管理諾福克島這座流犯地時，採用了一個新制度，答應給流犯更多的自由，並向政府做出了保證，但事與願違，政府並不同意他的做法，所以，正確的譯文應該是天翻地覆慨而慷，把否定的變為肯定，把肯定的變為否定：

> 馬柯諾奇……根據他的制度可以答應給流犯自由，但卻無法確信政府是否能讓他信守諾言。

從這個角度看，上述英文應該修改一下才對，即"Maconochie…could promise the convicts freedom under his system but could not be sure that the government would honor his word"。

不過，那是用中文思考出來，帶有中文邏輯的英文，不是脫口而出、脫腦而出的英文的英文。要想寫出這種英文的英文來，作者可能要經過一種脫胎換骨，抽筋吸髓，天旋地轉，從正常人變成神經病，再變成正常人的過程。

Alarm

英文一字，就像空中飛來的一個什麼東西，你以為是蝴蝶，抓到手裡打開一看，卻是一隻蒼蠅。再看之下以為是蜻蜓，抓到手裡打開一看，卻是一頭天牛。這是學翻譯的人，特別是初學翻譯的人，經常產生的一種幻覺。他們看到文中某字，本來是字典定義的第一義，卻棄置不用，偏偏尋找其第八義或第二十義，仿佛離得越遠就越準確。我現在隨便翻開字典，指尖戳到的第一個字是stock，第一個意思是「樹幹」，但經過學生之手，竟然有翻譯成「祖先」（第5義）或「紫羅蘭屬植物」（第15義）的。當然，我這是純屬虛構，但這虛構也是從教學實驗而來。

拿不準，是翻譯中常常碰到的問題，比如I cannot contemplate the possibility of their return without alarm（p. 519）這句話中的alarm一詞。該詞共有三個意思，依次為：警報、報警器、驚恐。於是譯成：「我不可能想到他們有可能回返而不感到驚恐」。這句話的背景是指吉普斯總督害怕大批流犯刑滿釋放，回到新南威爾士後，可能會給當地造成社會影響。

細讀此話就會體會到，「驚恐」一詞雖然與字典意思很對應，但讀上去卻似乎少了點什麼，感覺不到位。這是一。其次，該句中的雙否定，即cannot和without，也應譯成雙肯定才合適。所以改譯成，也該譯成：「我一想到他們有可能回返就不寒而慄」。是的，對於alarm來說，「不寒而慄」遠勝於「驚恐」。

這種現象，我稱之為「不按字典來」，按字典也來不了。再舉一例。澳大利亞至今仍叫英國是Mother England（母親英格蘭），就更不用說流犯時代的當年多麼崇拜英國了，特別是在塔斯馬尼亞，這個我2000年後一去就發現，處處都頗似英格蘭的從前的小殖民地。休斯曾說：In Tasmania one found every kind of frustrated longing for British privilege and British aristocracy。（p. 590）

這句話中，frustrated longing（受挫的渴望）你就沒法從字典中找到任何對應物，只能根據意思譯成「大失所望」，如：「在塔斯馬尼亞，人人都渴望享有英國特權和英國貴族地位，但人人都大失所望」。

澳洲流犯當年遭受的刑罰之一，就是挨鞭笞，經常會被打得血肉橫飛，甚至被當場打死。據說挨鞭最多的一位是鄧尼斯．道爾蒂，一生挨過3000鞭，一直頂著，但後來在英國作家特羅洛普對他的一次採訪中說：he was broken at last。（p. 592）

十多年前，紐西蘭曾出過一部電影，叫Broken English，即《破英語》。有一首歌曲也用了這個標題。漢語說的「破罐子破摔」的「破」也是這個broken。但一個人吃鞭子吃到最後再也吃不住了時，這個broken就不太好譯了。字典是幫不了你的忙的。只能根據意思譯：「他終於挺不住了」。

字典是個好東西，像只撈網，有時能幫你撈到蝴蝶，但更多的時候，撈到的卻是蒼蠅、蚊蟲和鳥羽。自己對文字刻骨銘心的體會，應該比字典更重要。

改錯

作為譯者，經常會碰到這樣一種情況。讀者看到某處時驚呼：哎呀，怎麼翻譯得這麼糟糕？譯者說：因為原文就是如此。不信你對照原文看看。

譯者與讀者辯論，最後贏家總是讀者，因為他反正看不懂原文，而他覺得看到的譯文不對勁，哪怕譯者譯得再準確，將錯就錯也沒用。

出現這種情況，一般要具體分析，但「原文就是如此」的辯護詞並不錯，因為有時候，原文本身就有錯。譯者如果非要照譯，那就肯定要找罵。先看一例：

> but, although the English ardor for transportation was rapidly ebbing, the authorities were not interested in his views，…（p. 519）

這段文字的背景，與前面所講的那個馬柯諾奇有關。他因實施新政，對流犯過於寬容，而被撤職，回到英國後仍奔相走告，為改革英國監獄制度而遊說，接下來就是這句話：「但儘管英國人對流放制度的熱情迅速地與日俱減，當局對他的觀點不感興趣」。顯而易見，這句話的英文原文有語病，前後的關係不是「儘管」和「但卻」的關係，而是一種並列關係。儘管該文出自澳洲大家休斯，但對於這句有語病的話，還是不能輕易放過的。

我把該話改譯成「但英國人對流放制度的熱情迅速地與日俱減，當局對他的觀點也不感興趣」之後，又加了一個註腳，如實指出原文的舛錯，如此而已。

勇於改正所謂「大家」的錯誤，是一個譯者應盡的義務。

尤物

鍵下翻譯的這篇小說中，主人公「我」終於發現，女人其實不美，然後說了一段話：「我再也不相信女人的美麗了，或許只是在夜光下，在濃妝的掩飾下，在男人半醉半醒的情形下，女人才是尤物。」

很好，只是「尤物」一詞翻譯得查字典。北外出的《漢英詞典》沒有。交大出的《漢英大辭典》也沒有。這本「大」辭典有3514頁，可就是沒有「尤物」一詞，真可算是字典族中的一個「尤物」了！大約是因為「尤物」一詞有歧視女性之嫌吧。

不管怎樣，小說還得繼續翻譯，不能繞過「尤物」，更不能不翻。上網一查就發現，原來「尤物」就是stunner，極美之人。

直譯的困惑

前面講過，有些詞如果直譯，會造成傷害，如「婦孺皆知」，因為這歧視婦女，把婦女降至兒童的地位。

還有些詞，如果直譯，更會造成誤解，以致破壞一個國家的形象，如「韜光養晦」一詞。首先需要指出的是，西方人對漢文化和漢語言的瞭解，當然不及漢人，很多都需要通過漢人編的參考資料或工具書來理解。長期以來，一提到鄧小平80年代末提出的「韜光養晦」這個觀點，西方就會把它照譯成"hide our capabilities and bide our time"。據有關資料，「美國政府在2003年、2004年、2005年、2006年、2007年和2009年等六個年度的《中國軍力報告》中都採用了同樣的英文表述。」[42]這不怪他們，只怪我們編字典的人想不到那麼多，也想不到那麼遠，給美國人留了一個尾巴，因為他們參照的就是中國人出版的《新世紀漢英大辭典》。甚至還有把這句話譯作"hide one's ability and pretend to be weak"（藏而不露，假裝軟弱），"conceal one's true intention"（隱而不露真實動機）和"hide one's ambitions and disguise its claws"（隱藏野心，不露爪子），等的。[43]

這麼一譯，西方對中國的懼怕就有依據了。喏，這不是中國人自己說的嗎，其狼子野心，昭然若揭嘛。

後來美國有個名叫Fareed Zakaria的人根據《聖經》，把此詞引申為hiding its light。[44]個人認為不錯，只是覺得還可以再引申一點，乾脆譯作hiding the light。這也頗合我之前所講的英半漢全的「微論」，即凡漢語四字詞，拿到英文後，必須砍掉其中一半，才能把話說清，如「韜光養晦」取其「韜光」，「水深火熱」取其「水深」，「人山人海」取其「人海」是也。

Howl和Wail

美國詩人Allen Ginsburg最知名的一首長詩是Howl。中譯一般處理成《嚎叫》。個人以為也像英文一樣，用一個字便可解決：《嚎》。請大家回憶一下

---

[42] 參見《翻譯解析：如何「善意地」翻譯「韜光養晦」》一文：http://tr.hjenglish.com/page/108309/

[43] 同上。

[44] 同上。

我前面講的那個許淵沖的什麼「優化論」，無論這首詩是什麼，它都無法進行「優化」，就像「嚎」無法「優化」成「好」一樣。該詩頭三句如是說：

> I saw the best minds of my generation destroyed by madness, starving hysterical naked,
> dragging themselves through the negro streets at dawn looking for an angry fix,
> angelheaded hipsters burning for the ancient heavenly connection to the starry dynamo in the machinery of night,…

> 我看見這一代最傑出的頭腦毀於瘋狂，挨著餓歇斯底里渾身赤裸，
> 拖著自己走過黎明時分的黑人街巷尋找狠命的一劑，
> 天使般聖潔的西蔔斯特渴望與黑夜機械中那星光閃爍的發電機溝通古樸的美妙關係，……[45]

有趣的是，男人和女人天生就是一對，天生就要作對，這不，有一個名叫Suzanne Allen的女詩人（把Allen的名，變成了她的姓），挑戰似地寫了一個Howl的女版，題為Wail。截止今晚（2011年2月28日），谷歌網站的中文，搜索不到關於她的任何用中文寫成或譯成的東西，說明全中文世界的人，反應還是相當之慢。

這個Wail，相當於《號叫》，要我翻的話，也翻作《號》，相對於《嚎》，其頭三句如下：

> I saw the best minds of my gender ripped by feminine fantasies, dichotomous pretty pretty birds,
> balancing on thin wires strung between sanity and independence sainthood and sin above societal shark tanks,
> pagans with primal instincts long repressed and forgotten in the quest to thrive,…[46]

---

45 非我所譯，取自：http://www.rockbj.com/dixiawenji/200608/1042.html

46 Suzanne Allen, 'Wail: A New Feminist's "Howl"', *Not a Muse*, edited by Kate Rogers and Viki Holmes, published by Haven Books, Hong Kong, 2009, p. 345.

我看見我這一代最傑出的頭腦被女性幻想撕碎，二元之鳥，漂亮啊漂亮，
在社會鯊魚缸上空，清醒和獨立、聖人和罪人之間拉緊的細絲上保持平衡，
在尋找興旺的過程中，原始本能長期受壓、長期遺忘的異教徒……

好了，不往下翻譯了，因為想起1980年代末的一段往事。那時，我剛看過The Female《女太監》一書，很想翻譯成中文。一位澳大利亞作家聽後不以為然地說：應該請一個女的來譯。我沒吱聲，但心下也很不以為然，心想：何必那麼教條呢？如果照此辦理，將來一個阿拉伯人用英文寫的書，也得請一個懂中文的阿拉伯人翻譯，等等等等。很無聊嘛。

現在想想，其實那個澳洲人也對。為什麼這麼說呢？如果一個男的先把此詩翻譯了，甚至發表了，就讓女的失去了首譯權和首發權，又讓她們好像處於劣勢了。所以，餘下的俺就拉倒不翻了，由女的去翻譯女的好了。請便。

Cunt

中國的翻譯理論最經不起實踐考驗，什麼嚴復的「雅」，許淵沖的「優化論」，一碰到具體的英文文本就土崩瓦解，本來就是「土」理論嘛。如果實事求是、實義求譯一點，事情也還好辦，卻偏要給裸體穿衣服一樣地「雅」一下，「優化」一下，結果不倫不類，原意盡失。

上文提到的那首《嚎》的女版《號》，今天剛剛讀完，末尾有一句如是說：reclaimed their cunts in long monologues。（p. 348）

一看這句，我就知道她指的是什麼，就想起幾年前看的一本書The Vagina Monologues（《陰道獨白》），一部女權主義作品。該書英文本1996年出版，中譯本至少在2011年3月初尚無，但因該書2002年拍成電視劇後影響很大，導致武漢2006年首演該劇，其後還有復旦版什麼的。總之，自該書發表，中國人至少不會恥談「陰道」一詞了。

這沒什麼，還有比這本書更厲害的，厲害到中國人說不出口的地步—憤怒了罵人是常說的，平時則緘口不言—其書名就含有cunt一字：Cunt: a declaration of independence。這本書，中文網站連提及都沒有。標題中譯

是：《屄的獨立宣言》，也是一本名噪一時的女權主義作品。想看的可以自己去買一本。我就買了一本。沒錢買的去圖書館借也行。

Cunt這個字，就是中文所說的「屄」字，也是我前面引用的那段詩句中所用的一個字，那段詩句譯成中文如果不採用嚴或許的做法，而實義求譯的話，就應該是這樣：「以長長的獨白收復她們屄的失地」。如果嚴雅一下，許優化一下，那就應該這樣：「以長長的獨白收復她們陰道的失地」。兩者孰優孰劣，一目了然。

多年前，深感於字典，包括中文軟體都把「屄」字刪掉、割除，我寫了一首《找B》，其中有個人物因為中文軟體把不該滅掉的女性正常器官滅掉而打電話給軟體公司，要求退貨索賠。那是1997年前後的事了。後來，中國至少在B字上有了長足的進步。我之所以用B，是因為我用的「屄」字，簡體軟體中沒有，只有進了繁體軟體，才能找到它，或她。很可能發表時還會再度被刪。

澳洲作家Ruth Wajnryb寫了一本書，題為Language Most Foul（《最骯髒的語言》）。當年買下這本書後，我就跟出版社聯繫，向他們介紹該書，希望能夠翻譯出版。結果一聽內容，編輯就嚇得魂飛魄散。豈料該書2006年出版的兩年後，中譯本面世了，書名是《髒話文化史》。我立刻對照看了一下第三章和第五章的英文是否譯成中文而未經中國文化過濾或審查的，它們依次是：Where the fuck？和A cunt of a word。中譯依次是：「幹『啥』？」和「咄咄屄人」。個人以為，第二個比第一個好，因為「幹」字遠不如「日」來得地道。

看譯者姓名，還是個女的，這倒應了那位澳大利亞作家的話：以女的，譯女的，才能真正正正地譯得像那麼回事。

牛B

接著上次講的cunt這個話題繼續說下去。2000年我在台灣，跟一個詩人聊天，說到在大陸如果稱誰寫得好，是要用「牛B」這個字的。這個詩人說，是嗎，我還是第一次聽到這樣用的。我問：那你們怎麼說？他說：我們說「大牌」。

1999年，在北京一家報紙上，就曾看到某詩人稱讚另一詩人的文章時說，寫得很「牛逼」。可惜用的是這個「逼」，有點像墨爾本詩人夏洋做的那樣，寫jiba一字時，卻用「幾把」這個本來沒有的詞。那也是在1999年。

我在第二部英文長篇小說（現在陰差陽錯，成了第三部）中，生造了一個詞，是根據「牛B」而來，叫cow pushy。沒想到，十年後，也就是2009年，香港出了一本書，書名就叫NIUBI! The Real Chinese You Were Never Taught in School（《Niubi：學校從來不教你的真正的中文》），也是一個女的寫的，也把「牛B」寫成cow pussy，與我的那個生造詞僅一字母之差。而且，該書敢作敢為，不避髒詞，直接把「牛B」印作「牛屄」，凡提及B處，一律都用B字，如傻屄、裝屄、媽屄，等。[47]香港機場買的，不貴，才130港幣。

買春

有一年，有個澳洲導演想拍一部紀錄片，解決一個長期以來令他困擾的問題。後來我發現，這位導演每拍一部紀錄片，都是為了解決某個令他困惑或困擾的問題，也都是澳洲一些大是大非的問題，如他的We Are All Independent Now（《我們現在都獨立了》），就是一部對《1975年家庭法法案》制定以來，對每況愈下的男性地位的一個深刻考察片。又如他2003年拍的Why Men Pay for It，就是對男人嫖妓問題的研究。他的每部紀錄片基本上是52到58分鐘，前後卻要足足拍一年。他在拍Why Men Pay for It這部紀錄片時，拿不準中文如何譯？當我告訴他pay for it在中文裡有「買春」的意思時，即buying spring，他很感興趣，甚至一度想把該電影改名為Why Men Buy Spring？由於buy spring這個詞英文沒有，主流社會恐難接受，最後還是採用了原來的pay for it。

最近翻譯一個朋友的短篇，沒出現「買春」，卻出現「賣春」，被我譯成to sell her spring。有個澳洲華人朋友看了，笑笑，表示可以看懂，但譯到「那些洋樓其實是它們的主人用年輕時賣春的錢蓋的」時，問題就來了，因為這個「賣」字進入英文後，其實是有主動和被動之別，即to sell和sold。女人賣春是主動，但通過賣春而得來的錢，應該是被動才對，即money from sold spring（賣春得來的錢）。

---

[47] Eveline Chao, *NIUBI! The Real Chinese You Were Never Taught in School*. Hong Kong: Penguin, 2009, p. 5.

這個被動的譯法有個淵源。當年澳洲白人小說中，經常把華人表現得一塌糊塗，最糟糕的形象之一，就是華人喜歡嫖妓—白人也喜歡，但他們與華人唯一不同的地方，就是他們把嫖妓合法化，可以明目張膽、合理合法地「幹」了。一部反映黃白之爭的長篇小說中，就把華人壞蛋Sir Wong Hungfu（記憶中如此）描寫成一個習慣於bought smiles的人。所謂bought smiles，意思是指「買來的笑」，進入中文後，只能反譯才能說清，那意思是說，他是個「買笑」成性的人。中文沒有「買笑」，但有「賣笑」之說，但中文「賣笑」，英文「bought smiles（買笑）」，這個交易就做成了，倒不失為語言交流的一個範例。

嚇了一大跳

我們說「高興得跳了起來」，英文說jump for joy，但我們說「嚇了一大跳」，能夠說jump for fright嗎？查了一下，不行，但可以用jump with fright。

不過，在查找的過程中，我發現另一個帶jump的英文說法，與中文「嚇了一大跳」的意思更切近，儘管不很對等，即jump out of one's skin。如果誰說他嚇了一大跳，那就等於是說：he jumped out of his skin（他從皮膚裡面跳了出來）。這個說法，倒有點像「嚇得靈魂出竅」，因為人從皮膚裡跳不出來，靈魂總可以「出竅」吧。

抽送

北外出的《漢英詞典》關於「抽」的詞條中，有抽水，沒抽送，有抽身，也沒有抽送。大約這種詞屬於淫詞穢語，革命的詞典不收。

交大的《漢英大辭典》有抽送，但不對頭，釋義為pumping，那是「泵送」，不是「抽送」。大約還是因為屬於污言穢語，1997年版依然不收。最近是否出版了新版，新版是否收了此詞的本來意思，我都不知道。有心的讀者不妨幫我查查。

話分兩頭，先說點別的。這天晚上（2011年3月2日），SBS電視新聞報導澳洲議會辯論的鏡頭中，短暫地出現了一個女議員的舞蹈動作。大約是為了抨擊反對黨說話不算話，來了一個180度大轉彎，她輕舒猿臂，巧扭纖腰，原地轉了一個大彎。跟著，大約是抨擊反對黨對誰頻頻示愛，她又擺了一個動作，在我們看來，這應該是送腰動作，即雙手叉腰，從髖骨以下一遞一送地向前推。如果她僅做動作，這件事也就到此為止。她還伴以解說，說她剛剛做的動作叫did a pelvic thrust。

這就好玩了。不查字典也知道，這叫「骨盆前推」，放在中文裡一點意思也沒有，聽上去像一個除了醫生之外，誰也聽不懂的專業醫學詞彙。《新英漢詞典》不解釋。陸谷孫的《英漢大詞典》不解釋。手頭的《英漢醫學辭典》也不給詞條，好像是個淫穢動作。

只要把pelvic thrust這兩個字輸進谷歌的“images”，立刻就可以看到無論男女，凡是成年人都熟悉的一個身體力行的動作。的確是個淫穢動作，但遺憾的是人人都做的一個動作，中文的真實解釋就是「抽送」。

希望中國人編的英漢詞典或漢英詞典，進入二十一世紀後，儘量不要動一些這樣無聊的閹割手術了。如果以前動了，現在最好斷肢再植一下，從我這兒的「抽送」和女議員的pelvic thrust正式開始吧。

後來，我特地把這個議員，其實是參議員，「微人肉」了一下。原來是南澳一個名叫Mary-Jo Fisher的參議員。她跳的舞和做的「抽送」動作，都是為了嘲笑澳洲總理吉拉德而做的（參見：http://www.ozpolitic.com/forum/YaBB.pl?num=1299118763/12 ）

民間

1999年在北大駐校，第一次親眼看到了大陸詩人所謂「民間詩人」和「知識份子詩人」之爭。在一次詩歌大會上（北京昌平），一些主要的「知識份子詩人」集體缺席，作為抗議。「民間詩人」則歡天喜地，暢所欲言，有一「民間詩人」甚至「民間」到破口大罵的地步，令人令己都很難堪。

回國—即澳大利亞，從前回國總是特指中國，現在要改一下，回國是指回澳洲—後，發表了一些英文文章，談到了中國的「民間」，就發現這個詞不好譯，因為英文中根本沒有對應的意思，如folk什麼的，都對不上號。儘管那些詩人很多都是知識份子出身，如都是大學中文系畢業，但他們為了另立山頭，另扯一面大旗，就嘯聚江湖，以「民間」為根據地，與把持文壇的「知識份子詩人」分庭抗禮。說到底，這個「民間」就是江湖，就是綠林，是一夥心懷不滿，暫時處於劣勢的人紮堆火拼的地方。

既然英文裡沒有這個詞，那正是我為之引進新血的絕好機會。我採取音譯，把民間譯成minjian，並輔以註腳，加以解釋。我這個新造的詞後來好像曾在澳洲學者的文章中被借用過。

回頭從英文翻譯中文時，我又發現有個很普通的字不好譯了，即popular一字。通常是「流行的」或「大眾的」，但在不少情況下，譯成「民間」倒更到位，如休斯所說的the bushranger as popular hero中的popular，我就沒有譯成「作為大眾英雄的叢林土匪」，而是譯成了「作為民間英雄的叢林土匪」。又如，我把popular legend一詞，也譯成「民間傳說」，而不是「大眾傳說」。

再如這次修改譯文時，發現的一段文字說，當年英國政府擬將流放的女犯在范迪門斯地拘押起來，或者permit them to enter, in some mode or other, into the mass of the population。（p. 524）譯文是：「允許她們以某種方式進入大眾之中」。所謂the mass of population，也就是尋常百姓，大庭廣眾，一言以蔽之，就是民間。所以此句改為：「允許她們以某種方式進入民間」。

器官錯位法

無論什麼人種，人和人的器官不多不少，都是一樣，多了少了都是問題，但表達同樣的意思，不同的語言卻用的是不同的器官，我稱這種現象為器官錯位法。最簡單的一個例子是當我們漢語說對誰「恨之入骨」時，英文卻是I hate his guts（我對他恨之入肚）。我們說「撇嘴」，英文卻說curl one's lip（撇唇）。從後一點上說，漢語好大不細，英語重在細節。

洪邁說：「韓文公以訓其子，使之腹有《詩》、《書》，致力於學，其意美矣。」[48]一個人的「腹」中，如何裝下《詩》、《書》？以英文的邏輯看，是不可能的嘛。進入英文，這個「腹」，就只能譯成"mind"。器官錯位了。

剛剛在譯一份文件，出現「提心吊膽」這個詞。中國人只說「提心」，但怎麼提，提到什麼地方，卻沒有說，這是漢語之粗。中國人還說「吊膽」，怎麼個吊法，吊到哪兒去了，也語焉不詳，顯見是為了加強語氣和印

[48] 洪邁，《容齋隨筆》（下）。齊魯書社，2007，433頁。

象而進的一言，這是漢語之好大不細，喜歡誇張的毛病。

英文就簡化得多、細緻得多，把「膽」去掉，同時把「心」提到一個具體的位置，即：to have one's heart in one's mouth（提心到嘴巴），也就是說，人嚇得心都跳到嘴巴裡去了。

…a Jekyll-and-Hyde existence

蘇格蘭作家羅伯特・路易士・史蒂文生的小說Strange Case of Dr Jekyll and Mr Hyde（傑基爾博士和海德先生的奇怪案件）中譯一向都是《化身博士》，講了倫敦一個律師調查一個名叫Dr Henry Jekyll（亨利・傑基爾博士）的人，因為此人表現出兼具善惡的雙重人格，白天是傑基爾，晚上是海德。Jekyll and Hyde後來還成為一個短語，進入詞典，表示具有極端雙重性格的人。可惜由於譯成「化身博士」，「傑基爾」和「海德」的名字沒有進入中文，成為雙重人格的同義語。再說，這個「傑基爾」和「海德」，也沒有福爾摩斯這個名字有名，一說就知道，關鍵是不該譯成什麼「化身博士」的。

在我翻譯的這本書中，曾談到流犯時代在諾福克島，有個後因統治暴虐而進入文學的真實人物，名叫普賴斯，當時是該島的司令官。據說他跟所有前任不同之處，是他很通流犯黑話，能用黑話與之交流。人們猜測他很可能也坐過牢，把他比作一個Jekyll and Hyde，這時休斯寫道：He was rumoured to have lived a Jekyll-and-Hyde existence in the doss houses and kens of Hobart Town…(p. 545)

對於這種說法，你是無法譯成「化身博士」的，否則讀者不知所云。直譯成「傑基爾」和「海德」，不是不可以，但得加一大串註腳，很煩。看來只能意譯了，像我這樣：「據謠傳，他曾在霍巴特鎮的下等客棧和賊窩，過了一段白天是人，夜裡是鬼的生活」。

再談推敲和推拉

英文對「推敲」二字缺乏推敲，關鍵是因為，英文中沒有賈島這樣的詩人，因此沒有這種說法，也因為編字典的漢人對「推敲」二字沒有推敲，造成把這個中文動詞簡單地處理成weigh（掂量）和deliberate（仔細考慮），不僅缺乏推敲，更缺乏創造性和創譯性，真不如直譯成push-knock。如某詞某句需要推敲，很可以譯成it needs push-knocking。西人不懂，可以好好教育嘛。根據我的經驗，西人是很信教的，這個「教」字既指教學的教，也指宗教的教。

在中國，我發現一個很奇怪的現象。坐在一個大學人事處等人的時候，我發現，有數人進入對面處長的辦公室。這些人無一例外是中國人，他們進門的方式無一例外是直接推門而入，絕無一人敲門。如果不是親見，我簡直不敢相信。大多數人都是把門一推，一看見處長在裡面，嘴裡「哦」一聲，馬上退身把門關上，除了要找她的人外。我試圖回憶在澳洲是否見過類似的情況，但想不起來，一是如果某教師或某領導的辦公室門關著，一般是沒人在裡面。一是如果有人在裡面，則會把門半敞著，讓人知道裡面有人。儘管如此，任何人如要進去，必以敲門聲預先通知。

這就有意思了，因為這個一中一澳的不同動作，對賈島的「推敲」進行了引申，使之空前的國際化，甚至不必疑神疑鬼地想半天，是推還是敲，就能作出決定，對一扇門的態度，中國人是推，澳洲人或西方人是敲。當然，這裡面也有細微差別。如果你是一個熟悉雙方文化的人，對待中國的門，就可能去推了，對澳洲的門，你就可能去敲了。

從這一點看，其實賈島當年完全不必苦吟，他這個比中國人還要中國的中國詩人，一定會本能地「推」，而不是「敲」。一個中國詩人在唐代就選擇「敲」這個動作，難以不讓人懷疑他可能有外國血統或受過夷人影響。

從另一個角度看，如果把「僧敲月下門」譯成英文，那應該是一點問題都沒有的，因為knock這個動作對譯入語來說再自然也不過。

假如把賈島的「僧敲月下門」改成「僧拉月下屎」，再譯成英文，就不如譯敲那麼容易了，因為我們知道，中文是「拉」屎，英文卻是push（推）屎。不知道這個情況的譯者可能就「拉」了，知道這個情況的譯者則可能會感到為難。如果你「推」，你就失信於譯。如果你「拉」，你的譯文就不符合英語的文化語境，因為在那個語境下，你只能把屎往外「推」，而不是「拉」，除非便秘，用手拉或別的東西拉。你如果強譯「拉」，讀者可能會得到賈島便秘的印象。

我很高興，「推敲」這個字的統治地位終於要被推翻，被「推拉」取代了，將其譯回英文的辦法很簡單，即to push-pull，不說你也知道。

Dust

傾讀The Age一篇英文書評，談現在在美國和中國都同樣火爆的一本書，即Amy Chua（蔡美兒）的Battle Hymn of the American Mother（中譯《我在美國做媽媽》，又譯《虎媽戰歌》）。

這篇評論把該書評得很差，書評者的心裡不平衡一目了然，因為蔡美兒大贊中國人的育兒方式，認為遠遠超過美國人，使得書評人把該書酸溜溜地評為「歇斯底里」。

這跟我沒關係。中西育兒方式，永遠都不可能一樣。我倫敦有個詩人朋友，娶了白人老婆，孩子發高燒，丈夫要送醫院，妻子卻把孩子放在蓮蓬頭下沖涼水，說這可以退燒。兩種文化差距之深、之不可調和，由此可見一斑。

我感興趣的是一個字，即書評中出現的這句話中的一個dust字：For her, it's the method driving a triumphant new generation of Chinese-American children, leaving lazy, permissive Western parents and their offspring in their dust。

我們說一葉知秋，通過這句話，我們也一塵知語，即中國成語「望塵莫及」，也就是這句英語短語，to leave someone in his dust。我查了一下，字典中查不到，似乎沒有這種專門的片語，但網上有這種說法。某人開一輛新BMW車疾馳而去，把另一個人left in his dust（丟在他車屁股後面揚起的漫天塵土中），在上述語境中，實際相當於望塵莫及。譯文如下：

「對她來說，正是這種方法推動著大獲全勝的新一代美籍華人子女，讓懶惰容忍的西方父母及其後代望塵莫及」。

只知道

把「當官的只知道貪污腐敗，魚肉百姓」這句話譯成英語，就知道「只知道」有多麼難譯。「只知道魚肉百姓」沒問題，可譯成：The officials only knew how to fish and meat people，但如把「只知道貪污腐化」，譯成The officials only knew of corruption and degeneration，那意思就弄擰了，走到了反面，再譯成中文，意思就是「他們只知道有貪污腐敗之事」。如再譯成The officials only knew how to be corrupt and degenerate，也似有不通之處，仿佛他們是故意貪污腐化，而且，這在英文中也說不通。不信可以對任何一個說母語者試一試。

想來想去，大約可以兩種方式來譯，一是The officials were nothing if not corrupt and degenerate, fishing and meating people。英文的nothing if not是一個片語，有「極度」、「非常」之意。

另一種譯法是：The officials persisted in their corrupt and degenerate ways, treating people as if they were fish and meat。

大衛

現在已經約定俗成的很多西人譯名都有問題，比如「大衛」，是從David過來的，一個男人的名字，但在英文中還有Davi這個名字，發音也是「大衛」，卻是女的名字。今後若想把這二者區別開來，最好是把男的譯作「大衛德」，女的譯作「大衛」，但是，這個錯誤犯得太深了，恐怕就是中央發文糾正，一時半會兒也糾正不過來。

「喬」這個名字也是一樣，男的是Joe，女的呢，少一個字母，是Jo，發音卻一模一樣，都譯作「喬」，都是喬裝打扮的「喬」或喬遷之喜的「喬」，沒有性別之分。是不是以後碰到是女的，就譯作蕎麥的「蕎」呢？

還有一個男女英文發音都一樣，但寫法稍有不同的名字，即Toni和Tony，前者女，後者男，這倒比較好處理，在中文中也可以通過寫法區別開來，前者為托妮，後者是托尼。

還有一個名字也是一個字母之別，即Justin和Justine，前男後女，只是在發音上Justine的重音偏後。網上給的譯例不佳，均是一樣，即札斯廷，但手中的《英語人名詞典》給的是「賈絲婷」，尚可。

至於說Sandy這個名字，則男女共用，譯成中文後也都是「桑迪」，而Sam也是男女共用，用在女的身上時，是Samantha的昵稱，譯成「薩姆」也無可厚非。好了，扯遠了，就此打住。

為富不仁

中國的四字成語太多，翻譯中一出現，如果不是非常熟悉，總是得翻字典，又總是不太滿意。比如文中剛剛出現的這個「為富不仁」，字典給的兩個意思都似乎不到位：to be rich and cruel（富而殘酷）和to be one of the heart-less rich（心腸狠毒之富）。

網上給的英文解釋更出格，用了《聖經》的用語"It is easier for a camel to go through the eye of a needle than for a rich man to enter the kingdom of heaven"（駱駝穿過針眼，比富人進入天國還容易）。都接近，都不像那麼回事。

這時，我想起2002年到三藩市參加「開花結果在海外」的會議，碰到一個語言極為生動靈活的英國人，在日本教書。我注意到，只要他一開口，就沒有別人說話的份了。當偶然問他在日本一年賺多少錢時，他哈哈大笑說：很多，很多，已經到了criminally rich的地步。

後來，criminally rich這句話，就成了我和朋友開玩笑常用的字。其實，拿來翻譯「為富不仁」再好不過。

Enough or too much

翻譯即挑戰，哪怕翻譯一份普通的個人文件，有時也會突然碰到一句話而讓人卡殼，比如這句批評當政領導的話，說他們對窮富的態度是：「再富不能富百姓，再窮不能窮領導」。

翻譯這種文字，至少需要兩種說法，即enough和too much。

澳洲越裔華人作家Nam Le獲總理獎後，有位採訪者對他說：'But a writer can never have too much encouragement'.〔Jason Steger on Nam Le, Sat, *The Age*, 15/5/10〕這個too much，是說「再怎麼也嫌不夠」。全句：「對一個作家來說，再怎麼鼓勵也不嫌多」。

另外，英文中還有這種說法：You can't be careful enough，但經常會產生誤解，被錯譯成「你不能太小心了」。實際正好相反：「你再小心也不為過」。

好了。前面那句話有解了，至少兩種譯法：You can't make the poor too poor just as you can't make the rich too rich，或者You can't make the poor poor enough nor can you make the rich rich enough。當然，這裡面有兩個字沒有譯出來，即「百姓」和「領導」。那我們再往裡面加個塞看看：You can't make the ordinary people too poor just as you can't make their leaders too rich，或者You can't make the ordinary people poor enough nor can you make their leaders rich enough。

如果要用too much的話，那就這麼譯：The poor can never have too much poverty nor can the rich have too much wealth，然後分別以「百姓」和「領導」來代替the poor和the rich。

難道就沒有別的譯法？應該有的，比如這句：You can't make the ordinary people rich nor can you make their leaders poor。從這個意義上講，英文屬於中文的低二級，即從「再」怎麼樣「也不能」怎麼樣這種句式，還原到了平鋪直敘。

私底下仍認為，還是用enough或too好。

Seen, not heard

從2010年3月22號起，一直在看V. S. Naipaul的長篇小說*A House for Mr Biswas*。這本564頁的書，才只看到199頁，不知道何年何月才看得完。今天看到一個地方，說：「Mrs Tulsi looked comforted（看起來很舒服）」，用的是被動語態。漢語形容什麼東西看上去很舒服時，一般譯成looking comfortable。我還見到過comforting的用法，但looked comforted卻不常見，細想之下，卻覺得真很到位，是描述Mrs Tulsi看上去感到舒服滿足的樣子。

漢語正說，英語反說，往往就是通過被動語態來完成的。記得有一次在跟澳洲人談到教育孩子時說，我們中國文化裡對孩子要求嚴格，不讓他們亂說亂動，我這個澳洲朋友說，其實我們也一樣，難道你不知道這個說法：A child should be seen, not heard。我雖然覺得說得不錯，卻一時語塞，竟不知道如何譯成漢語。後來悟出了反譯原則，才覺得比較容易一些，就是「孩子不要亂說亂動」之意，「說」即"heard"，「動」即"seen"。孩子不說，怎麼可能被heard，孩子不動，又怎麼能被seen呢？

昨晚看SBS台的Insight節目，其中有位受訪的女華裔商人也用了seen, not heard。她說：她年紀大了後，家裡人都希望她在家裡"seen, not heard"。想了想，又發現難譯了，因為這跟孩子不一樣，不是不要她亂說亂動，而是要她最好在家坐著不動，不要老是嘮嘮叨叨，免得吵人，即seen, not heard。

今天翻譯一篇文章中，出現「普通老百姓有理無處講，有冤無處申」，發現很難，關鍵是字典根本幫不上忙，因為這些字典都是以字或詞為單位，而不是以具有句子效果或效率的句子為檢索單位的。後來通過上述例子，採取了被動反說的方法，居然還給解了：'Ordinary people can in no way have their case argued out for them nor can they have injustice redressed'。當然，如果讀者有更好的譯法，本人願意就教。

Bof

2010年底參加Eltham地區舉辦的一個文學節，我在講話中提到中國人對學習英語有一種抵觸情緒，比如某詩人在海外有意不說英文，要求別人對他說母語，即漢語。又比如某學生在班上當眾宣佈說她hate English，只是因為拗不過父母才硬著頭皮考了英文系。

這時，聽眾中有一位印度女性舉手發言說，她並不覺得學會英文是一種恥辱。英文在印度經過幾個世紀的發展，已經成為他們自己的語言。對此，我並無異議。我其實早已通過一本關於world Englishes（世界多元英語）的書，以及新加坡及其他地區的英文的特點中瞭解到了這一點，比如在新加坡，人們「借（lend）／借（borrow）」不分。又如，在新加坡，常看到不用被動語態和複數的現象，如scrambled eggs（炒雞蛋）成了scramble egg。

今天，給一個律師做翻譯，發現她說話有點不大好懂，一些音持續地發錯，如both發成bof，three發成tree，很有點像印度醫生老把thought發成taught一樣。根據她的發音，我估計她原籍馬華。

發現這個問題之後，我想起前面那些經歷，也想起那些對英文報有敵意的中國人。其實大可不必。把英語說得四不像，寫得亂七八糟，很可能就是利用英語創造出一種新文字的契機和起因。

死穴

現在上翻譯課與二十年前最大的不同是什麼？兩大不同。學生人手一個小小的、方方正正的電子詞典，老師則通過電腦投影機講授內容。這兩樣東西二十年前都沒有，哪怕最好的大學也沒有。

擁有電子詞典就夠用了嗎？我的回答是遠遠不夠。不說翻譯一本300到500來頁的書，很多東西查不到，哪怕翻譯一篇500來字的文章，也會有讓字典難堪的地方，如「坯胎」和「死穴」二字，尤其是「死穴」，簡直就擊中了我手頭所有大大小小字典的「死穴」，也擊中了互聯網的「死穴」。

何謂「死穴」？網上早有解釋，照抄即可：「包括十四經脈（十二正經和任、督二脈），人體上共有409個穴位，包括14條經絡上361個穴位和48個經外奇穴。這其中，有108個穴位遭受外力擊打或者點擊後會有明顯的症狀。而這108個穴位中，有36個大穴被歷代武家稱為「死穴」，意思是在遭受點擊或擊打後如果不及時救治，會有性命之憂之處。」（http://zhidao.baidu.com/question/45845131）

穴，或穴位，英文是acupuncture point。直譯「死穴」，不妨先試試dead acupuncture point，但若將「擊中某人的死穴」譯作to hit someone on his dead acupuncture point，恐怕不懂漢語，也不懂中醫的西人是看不懂的。

沒辦法直譯的時候，就只能找一個類似的說法來「套近乎」，不能相等就類相等，比如hit a sore spot（打到痛處），或hit the nail on the head（一針見血），或punch someone in the balls（打到睪丸處、打到致命的地方），等。最後，我採用了最後一種說法。

多嘴

正在翻譯一篇朋友的短篇小說，出現這一句話：「那般浮躁而又多嘴的人」，就停住了指下的鍵，查了查字典。不滿意，很不滿意，因為除了其他完全「無嘴」的解釋之外，居然會把「多嘴」對應成long-tongued（長舌），不知扯到哪兒去了。

「多嘴」一詞使我想起了英文的「多耳」，即all ears，如這句話：I'm all ears。中文通常都劣質地處理為「我洗耳恭聽」。對比一下就發現，英文既沒有「洗耳」，也沒有「恭聽」。直譯是：「我全是耳朵」，比「多耳」走得更遠。

「多嘴」還使我想起一本英文書名，叫Many-Mouthed Birds: Contemporary Chinese Canadian Writing（《多嘴鳥：當代加拿大華人寫作》）。這個標題起得很好，把「多嘴」直譯了，為英文輸送了漢語的新血，其實是舊血，但人們必須明白，漢語的舊血，就是英語的新血。

有鑑於此，我也採用了直譯，把「多嘴的人」譯成了"many-mouthed people"。本來，我還想像all ears那樣，嘗試使用all mouths，但既然是「多嘴」，那就還是用"many-mouthed"好了。來日方長，等有機會再試用all mouths不遲。

字典的失職

人會失職，字典也會失職，而中國的字典，特別失職，當年曾經鬧過笑話。英文cock一詞，既有「雄雞」之意，也有「雞巴」之意。我手頭這本1979年出版的《新英漢詞典》，就只收前，而沒收後。金雞鬧鐘誕生於1957年，估計就是在這種字典的誤導下，產生了一個災難性的英譯：Golden Cock Clock。可想而知，這種鬧鐘出口到海外，不鬧笑話才怪。試想：朋友A問：你買了什麼？朋友B答：我買了一個Golden Cock！據說後來意識到這個錯誤後，才改名為Golden Rooster。

字典的失職，尤其是漢英字典，主要表現在跟不上漢語的詞彙量。最近翻譯中，連續出現幾個字，都讓我的字典應接不暇，表現欠佳，如「公器」、「法器」和「江湖」。當翻譯的沒人可罵，只能把一肚子氣衝著字典撒了。罵完之後還是沒轍，還是得挖空心思把這些詞譯成能夠對付的英文。

比如「江湖」一詞，字典就沒有解釋，只是把「流落江湖」應對為"live a vagabond life"（過著漂泊的生活）。「江」和「湖」這兩個形象都沒了，是很要不得的事。手下這個短篇的主人翁之一，犯法之後便「混跡江湖」，不僅有「江湖」，還有「混」字。怎麼辦？好辦。我的譯法是：he got away with it in the rivers and lakes, the Chinese version of the English greenwood。英文"got away with it"就是「混過去」的意思。後面那句英文，是對前面中文「江湖」進一步的解釋，也就是說它相當於英文的「綠林」。英文有「綠林」，而無「江湖」，這麼一譯，無疑就給英文增添了一種新的說法，這才是翻譯的重要目的之一，即通過文字的轉換，把文化輸送出去。至於用"got away with it"這麼譯是不是到位，那就另當別論了，暫時存疑。

扯勸

目前用的這個搜狗中文打字的軟體，居然沒有「扯勸」的拼合。想必漢英字典也沒有解釋。果不其然，我的臆測得到了印證。

如果兩人打架，一人揪住另一人領口，跟著幾個人圍上來扯勸，把他們扯開。這個「揪住領口」和「扯勸」二字，絕對是我們中國人編的字典愛莫能助的。

怎麼辦？只能向英語學習。今晨報載，據說是最NB的節目Top Gear的主持人之一Jeremy Clarkson，在墨爾本皇冠賭場吃飯時，被他的粉絲用iPhone照相，一時怒從心頭起，惡向膽邊生，上去就把那人手機搶過來，扔了出去，同時"shirt-front"了那個人，最後好不容易才被周圍的人"broken apart"。

喏，"to shirt-front someone"，就是揪住某人的領口，而"broken apart"呢，顯然就是給人「勸開」了。這一些文字細節，估計我們編字典的人是從來沒有時間去注意的。

Vook

E-book這個詞已經成為過去。根據最新資料，取而代之的一個英文新詞是"vook"，指集錄影、文本、照片和social sharing（社交分享）於一體的一種書。[49]像我這種職業翻譯，一看到這種新詞，第一反應就是想把它譯成中文，卻立刻遇到障礙。如果book是「書」，那vook呢？是「符」嗎？還是浮、芙、馥、孵、嘸、芣，或什麼呢？又或是「忢」還是別的什麼呢？真還一下子找不到合適的字譯。

另外又看到一個可能並不新，但對我來說卻很新，而且字典也沒有的合成詞：Celebritocracy，係celebrity（名人）和aristocracy（貴族）兩者的合成。該詞出現的地方，與sporting聯用，談的是體育界的名人，即sporting celebritocracy。這個翻譯不難，不就是「體育界的名人貴族」嗎？甚至不妨「體育界的名貴一族」。

寫到這兒，還是沒有想出一個比較好的詞來翻譯"vook"。如果說"book"是「書籍」，那麼，何不把"vook"譯成「馥籍」呢？你又問了：那看書呢？難道是「看馥」不成？我無語了。

要不就譯作「浮柯」吧。例句如：今天下午我看了一本「浮柯」。

Comfortable

關於comfortable，前面談過兩次，這次又談，是因為才買的一本書中用到了這個字，用得還很到位。這本書英文書名是Dreaming in Chinese（《用

[49] 參見*Australian Author*, Vol., 43, No., 1, March 2011, p. 5.

中文做夢》）。一個美國人寫的。此人叫Deborah Fallows，是個語言學家，粗粗流覽之下，發現她對漢語頗為瞭解。從她對comfortable一詞的用法上，顯然也很活學活用。她說："the *process* of studying the language felt comfortable to me"（我覺得學習這個語言的*過程*很舒服）。[50]這就是，既學了漢語，又把這種很漢語的說法在英語上說得很到位，其關鍵就是開倒車，反著說，不是"I felt comfortable"，而是"it felt comfortable to me"。

這使我想起我們漢語有一個說法，叫「跟著感覺走」。誰跟著感覺走？當然是我，我們。英文也有類似的說法，但不是我，也不是我們，而是物體，是it：If it feels good, do it（如果感覺好，那就值得做）。誰感覺好？當然是自己，但英文的感覺主體不是自己，而是it。這跟上面那個道理是一樣的。

Blowjob lips

所有文類的翻譯中，詩歌最難。原因不外乎三：語言精練結實，意象奇特複雜，想像出其不意。

先說李清照的「只恐雙溪蚱蜢舟，載不動許多愁」這兩句。最有味不是別的，而是「雙溪蚱蜢舟」，如果直譯成英文，會很有味道："I am afraid that the twin-creek grasshopper boat/cannot carry so much sadness"。「雙溪」顯係地名，既可譯作Double Creek，也可像我那樣，變作形容詞"twin-creek"。"Twin"有雙胞胎的「雙」意，能產生一種溪水雙雙並流的意象。

再說Gig Ryan的一首題為"Love Sucks"（《愛情噁心》）的詩，我曾選中並翻譯，發表在《當代澳大利亞詩選》（2007年）上。因手頭沒有原文，網上也找不到，給她發的電子郵件詢問，也暫時沒有得到回覆，所以就只能以頭兩句示人：

> 無所謂了
> 他身上連一塊肉我都不想要

男女相愛時，身上可能無一處不受對方寵愛，但不相愛時是一種什麼感

---

[50] Short Books, 2010, 12頁

覺呢？大概是Gig Ryan詩中這種感覺吧。這種寫法穩、準、狠。難怪廣州一個詩人看了這首詩，喜歡到這個地步，竟然全部背誦下來。

最後說今天看的一首詩中提到少女時寫的一句詩，說她們長著“blossoming blowjob lips”。[51]不看猶可，一看大贊，立刻就寫進這兒。如果僅僅是“blossoming lips”，那不過就是「鮮花般盛開的嘴唇」，俗氣而又老套，但一加“blowjob”一字，立刻全句生輝，栩栩如生。如果此句出自男詩人之手，會有泛性之嫌，好在是一個女詩人寫的，沒有性政治問題。所謂“blowjob”，就是「口交」的意思。解釋容易翻譯難，不信你試試，不妨我試試：「鮮花盛開，口技嫺熟的嘴唇」。暫且如此，相信還有更好的。

談到這兒，我想起讀研究生時翻譯John Updike的一首性愛詩，也是寫“blowjob”的，寫得相當仔細，也詩意盎然，片段如下：

> 想一想吧，這是多麼美妙的情景：
> 每天夜裡，這些乾淨靈醒的小姐，
> 為了使情人樂意，把一注流泉
> 吸進嘴裡，
> 讓五臟六腑在精籽的沐浴下，
> 爭奇鬥豔，開出一片如畫的風景……[52]

今天，Gig 回信，把英文全詩也轉來了。開頭二句云：Past caring/I don’t want a bar of him。

一顆大大的心跳

詩歌翻譯課最好的地方在於，不僅把自己最喜歡的詩歌與學生共用了，也讓學生有機會向我顯示他們最喜愛的詩，同時還有機會把自己所選的詩當場譯成英文，給學生看。這種現場練兵的一個結果就是，其中一至多首譯詩，很可能會得到發表。過去翻譯的一首廢名的，發表在The Australian

[51] Sally Dellow, ‘International School for Sandal, *Not a Muse*, edited by Kate Rogers and Viki Holmes, published by Haven Books, Hong Kong, 2009, p. 251.

[52] 約翰·厄普代克，《Fellatio》，原載歐陽昱譯，《西方性愛詩選》。原鄉出版社：2005，193頁。

（《澳大利亞人報》）上，最近翻譯的一首伍小華的，即將發表在The Age（《年代報》）上，這都是我在班上的「習作」。

選詩，來自長期和廣泛的閱讀，其中包括對當代詩歌，包括最佳詩歌的閱讀。所謂「最佳」，是一個極為主觀的說法。根據我的閱讀經驗，「最佳」詩集中，能讓自己看中乃至選中的，十不及一。這有幾個方面的原因。一是有些詩人的名字一看就讓人討厭。二是有些選入的東西名不副實—詩人名和詩文實不相符合。三是有些名不見經傳者，一出手東西就出奇地好。伍小華的那首詩，就是這麼給我選中的。該詩名叫《一大片野花就圍了過來》。寫到他走進一大片野花中間時說，「它們都／手提一小串露珠，和／一顆大大的心跳……」。[53]我譯成：

…In their hands
they were holding small strings of pearls of dew, and
a big jump of hearts...

《年代報》的詩歌編輯選用該詩後，問"a big jump of hearts"是什麼意思，因為這讓她想起華茲華斯的「水仙花」那首，又覺得是不是這些鮮花長得很像心臟的樣子。總之，不太清楚。

我給她解釋之後說，其實還可以有一種譯法，即"the jump of a big heart"或"a jump of a big heart"。她回信說：還是原來模稜兩可一點比較好。

此文寫完，查了一下資料，才驚奇地發現，原來，伍小華是仡佬族人，雙目近乎失明，生活特別坎坷。其詩那種生意盎然的特質，是否與此有關，不得而知，但詩歌的這種跨越時空的溝通，真是太有意思了。不看詩的人，實在無福消受。這篇東西，絕對不是為他們寫的。現在不會，永遠也不會。

低一級

最近在城裡上課，路上坐電車又有時間看書了。目前在看的還是那本很長時間都沒看完的奈保爾的長篇，"A House for Mr Biswas"。這天看到的地

[53] 伍小華《一大片野花就圍了過來》，原載王蒙選編《2006中國最佳詩歌》。遼寧人民出版社，2007，451頁。

方，說是Mr Biswas為了蓋房想去借錢，但有個人他是不想求的，因為“their relationship had cooled”。（p. 231）我在“had cooled”下面劃了一道著重線，提醒自己回來後要寫，因為這涉及中英兩種語言比較中很重要的一個現象，我稱之為「低一級」現象。

中文說誰與誰的關係惡化了，用的是「冷」，即兩人的關係冷了下來。對比英文就會發現，英文是“cool”（涼），如果直譯，就是「涼了下來」。涼當然不等於冷，而比冷要低一級，弱一級。這個現象，還有其他的表現。

英文說只有一次，沒有下不為例（no second chance），漢語說「下不為例」，言外之意，是還可以原諒一次的。英文說二思（on second thoughts），漢語說「三思」。英文說亂六七糟（at sixes and sevens），漢語說「亂七八糟」。根據這個原則，我們說「七七八八」的時候，英文大約就要退而求其次，說“sixes sixes and sevens sevens”（六六七七）了。英文說七重天（seventh heaven），漢語說「九重天」，比它高兩重天，非要占它一頭不可。只有一個地方二者相似。英文說九雲（cloud 9），漢語也說「九霄」，實際上也就是「九雲」（cloud 9），所謂「雲」，不就是雲霄的「雲」嗎？

又，英語說warm時，是指「熱」，而說hot時，則是指「燙」。關於這個，以前曾有講過，就不細說了。

In the beginning was the Word

《約翰福音》開篇寫道：“In the beginning was the Word”。這個“Word”是指「文字」。如果加“s”成“words”的話，發音還很近似「文字」呢。

一向以來，這句話都譯成「太初有道」。還有人譯成「太初有言」。個人以為都不對。「道」，是「道路」的道。言，是「言語」的言。字，卻是「文字」的字，是寫的，不是言說的。「道」或“the Way”，對英國人來說並不是最重要的，而「字」或“the Word”，才是頭等重要的。有了文字，才能記事。有了文字，一切才得以成形。故謂“the Word was made flesh”。一般譯作「道成肉身」，其實也是不對的，而是「字成肉身」。說到底，這兩句話的翻譯，應該擯棄中國人理解並看重的「道」，代之以英國人理解並看重的「字」，譯作：「太初有字，字成肉身」。

為時間服務

坐在法庭裡，聽那位法官先生不停地談他定案的理由，說什麼犯事者如果在六個月保釋期內再犯，就要回牢“serve time”。聽到這兒，後面的我就聽不下去了，反正也跟我服務的這個當事人的案子毫不相關，我們只是在那兒旁聽而已，倒是“serve time”這兩個英文字老在我腦海裡打轉。我當然知道它意思是指「服刑」，但它太像毛澤東說的那句話了“serve the people”（為人民服務）。如果照推，它的意思是「為時間服務」，真是一句頗有詩意的話，如果不深究其殘酷的一面的話。

由此可知，英語對時間的態度既有暴力的一面，如「殺死時間」（kill time），指消磨時間，又有積極而詼諧的一面，如不說坐牢服刑，而說「為時間服務」（serve time），這無疑為詞彙還相當缺乏的漢語增添了新鮮說法。今後有人在獄，我們就可以說：此人目前正在為時間服務。

心意

上面的「新鮮」二字，如果譯成英文，你們覺得會是“new fresh”嗎？非也。這兩個字在英文裡，得倒過來才行：“fresh and new”（鮮新）。中文的「血肉」進入英文後，也得倒過來，成為“flesh and blood”（肉血），儘管意思不盡相同。例如，中文的「血肉相連」一詞，英文就沒有對應的詞。英文指全人類或家人的“flesh and blood”，在中文裡也沒有對應的意思。把“flesh and blood”連寫成“flesh-and-blood”，表示「親生」之意，也是中文沒有的表達方式。反過來看，「血肉模糊」和「血肉橫飛」，譯成英文後一般也沒法帶上「血肉」。

那天我翻譯，把「這是我的一點心意」，直譯成“this is something to express my heart-mind”。當時還有點小自鳴得意，後來讀到一篇有關Charles Bukowski的文章後，發現他有一首詩，標題是“Mind and Heart”（意心），才恍然大悟，原來英文也有心意的說法，也是反其「序」而行之，只是漢語把「心意」當禮物那種說法，英文應該是沒有的。

Blind date

據最近The Age報載，中國有一個名叫Zhang Xuyang的男性，進行了700多次"blind dates"之後，依然孤身一人，沒有找到伴侶，據說是因現在中國女少男多，女性尋夫要求過高所致。

這篇東西發給學生做後，沒有一人不立刻就把"blind date"一詞譯成「相親」。這個詞在我耳中實在很陌生，而且與"blind date"也不對應，因為後者來自英文，是指男女雙方在完全不瞭解，甚至沒有看到對方照片的情況下安排相遇。我把它譯成「盲約」，上網一查，還真有這個中文的譯文，如「百度百科」中所解釋：「盲約來源於英文blind date，原意為未曾謀面的男女經第三方介紹的見面。現在通常解釋為通過某些特殊的介質不認識的人在一起的聚會。因為見面之前不知道約會人的面孔、性格等，所以叫『盲約』」（參見：http://baike.baidu.com/view/783125.htm ）

由於大多數學生堅持"blind date"就是「相親」，我回來後又查了一下關於Zhang Xuyang的情況。果不其然，這個叫「張徐陽」的人的確有多達700次的「盲約」，但描述他的文章用的卻是「相親」。看來，學生們的感覺還是對的。至少說明「盲約」一詞尚未被中國人接受，沒有進入中文。

後來跟我們這個年齡段的朋友提起此事，朋友立刻說：「相親」是從前鄉下人說的話，城裡人則說「找對象」。難怪我覺得耳生！不過，這一事實說明，經年累月，即便是自己的語言，也會發生從農村走向城市的過渡和變遷。這些80後、甚至90後的城市學生娃娃就是這樣一口一個「相親」、「相親」地說到澳大利亞來的，而「盲約」還不知道要花多少時間才能進入中文呢。

書衣

聽說美國的連鎖書店Borders倒閉，所有書籍降價，便去看了看，結果買的書一本沒降價，降價的書（最高達50%）一本沒買。這其中就有一本是中國出的雙語藝術雜誌，叫《藝術界》（2010年12月號，英文書名叫Leap），21.95澳元。

我因為瞧了瞧英文翻譯還不錯，就買來一方面自己看，一方面也給學生做樣板，並專門選取了一篇關於魯迅曾自己設計書籍封面的文章。現將其中一段置於下面，並配上其英譯：

> 魯迅是中國書籍設計的先驅人物，他不但親自設計了數十種書刊封面，還讓身邊一大批青年大膽實踐，為自己的書籍和期刊設計書衣。
>
> Lu Xun was the forefather of Chinese book design. Not only did he personally design dozens of book covers, but he also gave many youth free reign over the cover design of his own books and periodicals. (p. 119)

我接著讓學生評論這段文字的英文翻譯如何。一學生說：很好！我說：不好。裡面有很多不準確的地方。一學生說：reign錯了。我表揚了她，是的，正確的應該是rein。一學生指出一個沒錯的地方。又有一個學生說：「身邊」沒譯。很對。又有同學說：「書刊」的「刊」沒譯。也很對。最後又揪出一個「一大批」，也譯得不對，因為不等於“many”。

話到此，這段故事就應該結束了。沒有結束，因為我提出：此段是否有可以創譯之處？有一女生說：有！我說：什麼地方？她說：「書衣」。我問何以見得？如何譯之？她說：book’s clothes。

對了，這就對了。我給了兩個例子，即「書衣」既可以譯成“book clothes”，也可以譯成“book garments”。既然稱其為「書衣」，就不簡單的是書的封面，而是形象地將其稱為書的衣裳，就必須形象地創譯之。多年前，我就有個想法，如有可能，我要開一門創譯課。惜乎如今的翻譯，僅求文從字順，而不求創意創新，錯失許多創譯良機。

黃文歡

說起黃文歡，年紀大點的人都還記得，這是越共的一位老政治家，後於1979年「叛逃」中國，1991年死在北京這個「異鄉」。

今天讓學生翻譯的這篇中文文章中，就出現了黃文歡、胡志明和李光耀等的名字。好玩的是，兩位上黑板做作業的學生，竟然把這三個人的名字都寫成了中文拼音，依次為：Huang Wenhuan, Hu Zhiming和Li Guangyao。儘管之前曾經講過人名翻譯要依從國家和地區的不同習慣，但文化語言習慣之深，一時半會兒難以改正，加之手頭的電子詞典很不給力，就只好拿中文拼音來充數了。這三人中，胡和李一般人都知道其英文名字，即Ho Chi Minh和Lee Kuan Yew，西貢改名之後，就是以Ho Chi Minh命名的。頗令我驚奇的是，我在網上花了一點時間，才找到黃的準確譯文，但有一位學生卻能很快地通過手機查到準確的譯文。這個名字是：Hoang Van Hoan。由此看來，越文的"o"大約相當於中文拼音的"u"，"v"則相當於拼音的"w"。

這篇文章中，還出現了「越共」一詞。一學生覺得難譯，竟不知不覺罵出了聲：我靠！我說：對，「越共」這個詞聽上去還真有點兒像「我靠」呢，英文是Vietcong，音頗似漢語的「越空」，鑽空子的「空」。好玩的是，「中共」一詞，直到現在都沒有英化為"zhonggong"，連"Chungcong"都沒有。可見語言是一種極無規律的東西。

funeral cockatoo

我在翻譯《完整的女人》時，曾提出過一個說法，「直譯就是詩」，寫進了該譯著的譯後記裡。現在更進一步，把這個提法修改為直譯即創譯。簡言之，所謂創譯，是無中生有、無中「創」有，有點像魯迅的「拿來主義」，你有什麼好的，我拿來取用就行，但又不完全是，而是我所稱的「譯來主義」，你有什麼東西是我沒有的，我譯來就行。前面提到的「書衣」即是一例。下面要提到的"funeral cockatoo"也是一例。

這種鸚鵡是澳洲特有的一種鳥，之所以叫"funeral"，是因為它全身漆黑。很遺憾，這種鳥在中文中完全沒有對應詞，哪怕歷史進入了今天的2011年4月2號也沒有。

那好，我就採取譯來主義，把它直接譯過來了：「喪葬鸚鵡」。因為第一次出現，怕讀者接受不了，我在翻譯的這本書中加了一個注解說：「英文是funeral cockatoo，所有字典包括網上均無此詞的中文翻譯，故創譯之—譯注。」我現在的做法跟過去的不同在於，要在過去，我會對讀者說：去你媽的，你懂不懂跟老子無關。現在呢，你已經看到了不同，我是害怕讀者不懂的。

除了直取其意（意象），創譯的譯來主義，還涉及音譯，例如，土著人有一種狂歡活動，英文叫corroborree。中文也是沒有的。我在翻譯Capricornia（《卡普里柯尼亞》）這部長篇小說時，英譯成「可樂飽你」。當這個字再度在目前翻譯的這本書中出現時，我照此譯來，並加一注：「此字英文原文為corroborree，是當年歐洲人根據土著人caribberie原字生造的一個字，現根據該字音譯。本人在2004年翻譯出版的澳洲長篇小說《卡普里柯尼亞》中，採用的就是這個音譯－譯注。」

音譯時，不能完全忽視該詞的歷史意義。例如Encounter Bay這個地名，是當年馬修・福林德斯在阿德萊德附近突然突然撞見兩艘法國船隻錨泊的地方，故命名之。遺憾的是，商務印書館出版的《外國地名譯名手冊》，把它注音為「因康特灣」，沒有反映出原文之意，我通過譯來主義，還它一個歷史的本來面目，譯作「遭遇灣」。

批評和修改

最近這本書，即《致命的海灘：澳大利亞流犯流放史》，在交稿之前，我做了一個與以往不同的動作。以前，每譯一本書，基本要走這樣幾個程式：1.盡可能貼近原文翻譯。2.針對原文在紙上校對，因為哪怕再仔細，還會有個別字、甚至句會漏掉或譯錯。3.把紙上校對的結果輸入到電腦中，同時進行修改，因為在輸入結果的同時，還會發現需要修改的地方。4.交稿。

我不是個不認真的人。事實上，我一般都比較認真，甚至過於認真。收到的效果，有時事與願違。這些書出版後，除了好評之外，還居然遭到個別讀者（一般每書一至兩人），包括自稱朋友的人惡評。我說「居然」，一是因為這大大出乎我的意料之外，二是因為這些惡評者普遍用語惡劣，並不具體舉出實例。我想，我是一個自1991年以來，一直堅持在遠離中國的澳大利亞，而不願長期回到中國生活的人。這意味著，我所使用的中文，一定與大陸中國的中文發生了某種程度上的脫節，儘管還沒有到別人看不懂的地步。看到那些惡評之後，我憤憤不平，從此對讀者失去興趣，不再上網查找他們的評論。由他們罵去，走自已的路。

私底下，我又覺得也許這個別讀者說出那番惡語來，定有自己的道理。於是相應做出了調整，在我原先的翻譯基礎上，增加了一條：5.脫離原著，通讀譯稿。這一來，我發現了問題。

這個問題，即老嚴所說的「達」。翻譯之後，哪怕經過對照原文修改，留下的原文味道依然十分濃重，讀起來不是坎坎坷坷，就是不像中文，例如這句：「樹木不落葉，卻脫皮」。這次經過通讀中文譯稿，我就怎麼看怎麼不對勁，最後把它「反譯」成：「樹木脫皮，卻不落葉」。

這種「達」和「不達」，實際上是中西譯界長期爭論的一個焦點。有的認為，譯作應比原作更好，有的則認為，譯作應盡可能保持原作韻味、原作的異國風致，哪怕以譯作不通順、不地道為代價。現在看來，我當時的被個別讀者罵，是走了後面這條路，而現在選擇「達」，則是在諂媚讀者，想走前面那條我其實並不同意的路。

無論如何，我在"fountains"這個詞上，為那幾個屌B讀者作出了犧牲。那句話我是這麼翻譯的：「歐洲人沒有造訪過高高的喜馬拉雅山，尼羅河的泉水和南北兩極。」我在看這段文字時，就在猜想該書出版後讀者的反應，保不準又有讀者會說：這他媽的什麼爛翻譯！歐陽昱你他媽會說中文嗎？！尼羅河是「泉水」嗎？

如果有這種屌人說這種爛話，我也不必為ta囉嗦，只將原文擺在下面：

> No European had ever visited the high Himalaya, the fountains of the Nile or the poles（p. 43）

看，原文說的就是"the fountains of the Nile"（尼羅河的泉水）。不過，為了那幾個毒舌生瘡的讀者、毒者，我把此句改譯為：「歐洲人沒有造訪過高高的喜馬拉雅山，尼羅河水和南北兩極。」

說到底，我還是應該感謝這些毒者的毒舌，讓我意識到一個我其實早就意識到的問題，那就是自己也看不懂的譯文，一定與原文有出入。舉一例如下（先英文，後中文吧）：

> The tone was faithfully echoed as late as the 1840s by Lousia Anne Meredith, a clergyman's wife who wrote a delectably acerbic account of her her five years in Australia (1839-44) (p. 325)

> 〔修改前的譯文〕早在1840年代，教士的妻子路易莎．安．梅瑞迪斯就寫了一篇膾炙人口，尖酸刻薄的文章，描述她在澳大利亞度過的五年時間（1839-1844），忠實地反映了那種調子。

> 〔修改後的譯文〕早在1840年代，教士的妻子路易莎．安．梅瑞迪斯就寫過一篇膾炙人口，尖酸刻薄的文章，描述她在澳大利亞度過的五年時間（1839-1844），忠實地模仿了他們的那種腔調。

關鍵是"the tone"和"echo"二字。英文的"the"字一跟上別的字，有時要說一大堆話才能說清楚。"echo"呢，還有「模仿」之意。好在看不懂「忠實地反映了那種調子」這句譯文時，還可以回到原文核對。

話說到此，不能不說說出版社。澳洲這邊出書，出版社一般都要讓作者或譯者看清樣。這樣就給作者或譯者提供了一個出版之前最後修改的機會。中國不這麼搞。我出的這麼多譯著中，居然—又是「居然」—沒有一家出版社把清樣寄給我，因為經過排版的清樣無法通過電子郵件傳遞，而要越洋寄清樣，等待一個來回時間，則又很不合算。儘管我每次都要求，編輯過後最好再給我看一眼，都沒有如願以償，以致近幾年來，我已不再提出這種多餘要求了。一切任它而去。所以，毒者，當你毒液四濺，破口大罵我的時候，知不知道裡面也有這層關係？！

Balance of probabilities

老師教書有沒有語塞的時候？有。我就有過。很少，但的確有。比如有次講到balance of probabilities這個地方時，一個學生問：老師，這是什麼意思？我突然被問住了。那種窘態呀，不說出來還真不行！

不是我語塞，連大陸出的能夠弄到手的法律詞典都語塞。原來這個說法，根本就沒有一本中國出的詞典好好解釋過。不是完全不到位，就是語焉不詳。經過核對英文解釋，我明白了它的準確含義。

Balance of probabilities是個民法概念。如果公說公有理，婆說婆有理，有理程度各占50%，這個官司就沒法贏，也不能各打五十大板。要斷誰贏，就要看誰占的理多一點，誰講的故事可信度多一點，只要多占1%，也就是51%，這一方就可能勝訴。

這麼說了，balance of probabilities的意思還是沒有翻譯過來。我手頭的法律詞典把它譯成「可能差額」。我手上其他大詞典都沒有釋義。網上有譯作「概然性權衡」。〔參見：http://blog.sina.com.cn/s/blog_4e2b1b690100gtjb.html 〕既然沒有更通俗的說法，也只能暫時存疑或沿用之。要我用俗話譯，那就是「須權衡可能性的大小」。

Beyond reasonable doubt的說法，是刑法中的一個說法。法律字典解作「超出合理懷疑範圍」，很費解，關鍵在於“beyond”一字不應解做「超過……範圍」，而應解做「在……之後」。比如我們常說，公訴方要證明被告有罪，必須prove guilty beyond a reasonable doubt。也就是說，在對被告所犯罪「進行合理懷疑之後，還能證明其有罪」。

Drew

我從前曾經注意到這個現象，漢語人名中有些姓與英文人名中的名發音極為相近，如漢語有姓「熊」的，英文有叫“Sean”的。愛爾蘭作家Sean O’Casey通常譯為西恩・奧凱・西，這其實是錯誤的。“Sean”的發音與漢語的「熊」一樣，更接近「凶」。

說到「凶」，容我插一句進來。華人作家韓素音寫的英文長篇小說*Destination Chungking*（目的地重慶）中，那位女主人公形容她的軍官男友很凶時，因為在英文中找不到合適的字眼，就直接用了一個韋氏拼音“hsiung”，一直用到底，效果很不錯。

現在講最前面的Drew。這是英文中的一個姓氏，其發音跟中國的「朱」頗近，只是不捲舌罷了。我在講課提到這一點，並暗示一位姓朱的學生可以考慮改姓“Drew”時，大家都笑了。

從前曾因寫描寫藏族天葬的中篇小說《亮出你的舌苔或空空蕩蕩》而犯了大忌，現居倫敦的馬建老婆就姓Drew，全名是Flora Drew。這個姓名如果譯成中文很簡單，就是「朱花」，很響亮的一個名字。她係英國白人，英國某大學中文系畢業，後成為馬建作品的專職翻譯，先後把他的《紅塵》，《拉麵者》，《亮出你的舌苔或空空蕩蕩》（短篇小說集）和《北京植物人》譯成英文出版。很不錯的一個搭檔。

我講課的對象，是涉足譯界不深的翻譯學生。為了幫助他們提高水準，常會給他們做一些取樣鑑別練習。所謂取樣鑑別，是把已出版的譯作節選，再把原作配上，供學生對比檢驗，看優劣何在，有何可取可批之處。這天選中的，正好是馬建，不，馬建剛《拉麵者》的英文譯作，「朱花」即其譯者。

我為什麼說「馬建剛」而非「馬建」？這是因為，這本題為《拉麵者》的小說在中國出版時，掛的名不是「馬建」，而是「馬建剛」。據馬建自言，因為政治原因，出版社不願出版一個掛名「馬建」的人的書，但如作者願意改名，可以考慮出版。大家都知道，跟中國打交道，不削足適履，不改名更姓，有很多事就做不成。當年默多克想打進中國，就不得不放棄很多從西方價值觀來講是原則性的東西。反正是一個願打，一個願挨嘛。

我選來的這一小段是《專業獻血者》這一章的第一頁，開篇如下：

> 沒有端酒杯，他把一塊最肥的鵝肉，也許是屁股，用筷子迅速夾進嘴裡。大概是由於專業獻血的原因，他對營養的東西，有其本能的觀察

力或者吸收能力。還像個別讀者說的那樣，他確實能在第一口就抓住事物的本質並毫不浪費地嚼爛。[54]

「朱花」的英文譯文如下：

> Without waiting to raise his glass for a toast, the blood donor grabs the fattest chunk of goose (buttock, perhaps) between his chopsticks, and pops it into his mouth. Being a blood donor by profession, he has developed an instinctive capacity to pick out the most nutritious food on the table. He can extract every drop of goodness from each chunk of food, then chew it down to its last scrap.[55]

不對照原文，而僅讀英文，應該說是很流暢寫意的。有學生就說：好像覺得沒什麼問題。我讓他們細看，逐字逐句地看，從有否漏譯、有否誤譯、有否不準確等方面看。看著，看著，漸漸看出問題來了。結果，不說別的，光漏譯就有好幾個，如「大概是」，「觀察力或者吸收能力」，「還像個別讀者說的那樣」，「確實」，「第一口」，「毫不浪費」，等。

如此翻譯，就不能說是「信」。失信於譯，就不能說是譯，而是寫，或介於寫和譯之間，稱「譯寫」。正如我告訴學生的那樣，如果你們想當作家，盡可以去上作家班，想怎麼寫就怎麼寫，想怎麼發揮就怎麼發揮。譯之所以難，之所以boring，就是你不能不信，不得不信。如果譯就是不譯，如上面所有這些漏譯的句子，好像都是故意不譯的，大約是譯者覺得譯成英文後不太像話、不太像英文話，才決定不譯，那就頗為遺憾。畢竟翻譯就是譯字當頭，沒有不譯的道理。即便決定不譯，至少也要作注講明原因，以正視聽。

中文進入英文後，常因這種帶有「不譯」特徵的「譯寫」而造成丟盔棄甲、顧此失彼的現象。很遺憾啊！

---

54 馬建剛，《拉麵者》。天津古籍出版社，2002，第5頁。

55 Flora Drew (trans), *The Noodle Maker* by Ma Jian. London: Charto and Windus, 2004, p. 5.

冷舒服及其他

這天看報紙、看電視，幾乎全部忘光，但有兩句話記下來了，一是一個短語，叫cold comfort。直譯成中文是「冷舒服」。因為記不得說這句話的上下文關係，竟連是什麼意思都不大曉得，估計大約應該是不舒服的意思。查字典得知，其意思是「不起作用的安慰或鼓勵」。大約可譯作「冷慰」吧。

當天報紙有一則關於威廉王子所謂世紀婚禮的報導。順便說一下，我從來略過該人的任何消息不看，一個白白繼承王位的人，根本不值得我敬佩、敬重。這天引起我注意的是，在提到他準備邀請前六位情侶參加婚禮時，說了一句這樣的話：stiff upper lips all around。現在找到了，這篇文章的標題是："Six ex-lovers, one royal wedding, and stiff upper lips all round"。這個標題前半部分好譯，後半部分就簡直沒法譯，特別是如果還想譯出"stiff upper lips"的話。其實我已經譯出來了：《六個前情人，一次皇家婚典，人人閉嘴不言》。

翻譯之所以是一種遺憾的藝術，就在於它之失和它之得無法相等。在「人人閉嘴不言」中，漢語得到了「嘴」，但失去了英文的"stiff upper lip"（硬繃繃的上嘴唇）。請想像一下大家生活中見到的白人男子，如果閉嘴不言是種什麼樣子吧。由於他們人中較長，一不講話，從鼻子到上唇那一整塊都緊繃得像一片墳場。漢語如果直譯過來，中國的老百姓怎麼看得懂呢？！還是譯成「閉嘴不言」拉倒吧，反正意思過去了。

口裡人

名著需要重譯，非名著如果已經譯成另外一種文字，如果受歡迎，也需要重譯，其中一個重要的原因，就是首譯本的文字往往經不起推敲，不是漏譯，就是錯譯，而且，本來可以創譯的地方，囿於譯者的識見，常常會被疏忽。這天上課，我把王剛的長篇小說《英格力士》及其英譯本當做材料，讓翻譯班的學生挑錯。未幾，漏譯、錯譯問題比比皆是，挑了一大堆出來。有學生問：這是不是草稿呀？我回答說：不是，是已經出版的文字。[56]現將中文和英文作為對比，分別置於下面：

---

[56] 英文譯本的題目是*English*。譯者分別為Martin Merz和Jane Weizhen Pan。Penguin Books: 2010。

那年春天，可能是五月份，烏魯木齊被天山上的陽光照耀得歡天喜地，我像漫天飄揚的雪花一樣，從窗戶裡進了學校，然後坐在窗前的位子上，看著外邊的大雪和太陽。烏魯木齊就是這樣，經常是太陽和雪花朝你一起衝過來，而且是在春天的五月裡，在你們這些自以為是的口裡人連田野和桃花都看得有些煩的時候。[57]

英文譯文：

Around May of that year, the city of Ürümchi was bathing happily in the sunlight cascading down from the Tianshan Mountains. Like a fluttering snowflake, I drifted into the classroom, then sat down and stared out at the snow and the sun. Ürümchi's often like that: Sunlight mingled with snowflakes splashes right onto your face. This was springtime in Ürümchi, when you know-it-alls from the other side of the pass have already begun to tire of looking at your peach blossoms and your open fields. (p. 1)

為了節約讀者篇幅和時間，下面分別按漏譯和錯譯列一張簡表：

漏譯	錯譯
可能是 （注：around是「前後」或「左右」的意思）	照耀 （不是bathing，也不是cascading）
春天	學校 （不是classroom）
滿天	衝過來 （不是splashes right onto your face）
坐在窗前的位子上 （注：不是sat down）	春天的五月 （不是springtime of Ürümchi）

[57] 王剛，《英格力士》。人民文學出版社，2004，第1頁。

這只是開篇第一段落，就出現了這麼多問題，但我覺得，最大的問題還不在此，而在對「口裡人」的處理上。

何謂「口裡人」？網上有一現成的解答，如下：

> 古時，新疆一帶通稱西域，在內陸與西域未通行的唐朝以前，甘肅的玉門叫玉門關，是內陸、中原通往西域的關口，所以，新疆人一般將內陸人通稱「口裡人」。後來，口裡人進駐新疆，與維吾爾等少數民族群眾共同繁衍生活，以至今天。而「口裡人」的叫法也就一直延續下來。（http://www.myquan.cn/blog1-20423.html ）

英譯本把「你們這些自以為是的口裡人」處理成"you know-it-alls from the other side of the pass"真是有「處理」之嫌。就算"you know-it-alls"尚可接受，但"the other side of the pass"就很勉強了。如果"the pass"是指「玉門關」，那就應該大寫成"the Pass"或"the Yumen Pass"。

再者，「口裡人」這個指稱內地人的說法，在該書各處都有，不是用一句"from the other side of the pass"就能解決的。我以為，如果換了我，把這個譯語霸權捏在我手裡，我至少會採取兩個辦法來解決這個「口裡人」的翻譯，一是音譯加注，即*kouliren*，一次性地說明問題，以後凡出現「口裡人」的地方，全部代之以"kouliren"。一是乾脆直譯之，即"the people inside the Mouth"，同時加注。這個做法可能會招致譯界同行抨擊，也可能會讓英語讀者感到難以接受，但作為創譯，應該是一個不錯的做法，因為它在第一次出現時，有一種讓人感到突兀的新鮮感，產生的第一個問題就是：什麼是「口裡人」啊？！這種感覺，非直譯不能傳達。

Nose in a book

我們說「埋頭讀書」，英文呢，埋的不是「頭」，而是「鼻子」。加拿大華裔作家Evelyn Lau在她的自傳體小說Run Away: Diary of a Street Kid（《街頭小子流浪日記》）中，就曾自言她小時候always had my nose in a book（總是埋「鼻」讀書）。

這個說法，我在一篇毛姆的中譯文中看到了直譯，其中有句說：「威爾斯把鼻子鑽在講稿裡，尖聲朗讀他的演說詞」。[58]這個「把鼻子鑽在講稿裡」的譯法，原文肯定是"had his nose in a paper"。譯文中用了「鑽」這個動詞，不錯。

Judge not…

在書中看到一段譯文說「你們不要論斷人，免得你們被論斷」，立刻覺得這個譯文怪怪的，很難上口。[59]該文原出自《新約全書．馬太福音》第7章第1節，英文原文是："Do not judge, or you too will be judged"。還有一個類似的說法是"Judge not lest ye be judged"。

所謂"judge"，它的意思不是說「要論斷人」。這個英文字譯成漢語，得採用我的英一漢四原則，譯成「評人斷事」或「評頭品足」。也就是說：「不要老對人家評頭品足，否則人家也會對你評頭品足的。」

Gnawing his teeth

有些譯文一看就知道是直譯，哪怕沒有英文原文加以對照，比如這句：「而他則因為她的不可理喻而磨碎了牙齒，然後漫無目的地遊走……」。[60]

什麼叫「磨碎了牙齒」？這一定是那句英語成語，"to gnaw one's teeth"。根據我的英半漢全的原則，如果把它還原成漢語，就應該是「咬牙切齒」，因為它的英文只取其一半，即「咬牙」。實際上該句不是「而他則因為她的不可理喻而磨碎了牙齒，然後漫無目的地遊走……」，而是「而他則因為她的不可理喻而恨得咬牙切齒，然後漫無目的地遊走……」。

有時候看譯文是否有問題，就可通過這些蛛絲馬跡來進行觀察。

[58] 參見世界文學編輯部（編），《人像一根麥秸》。新華出版社，2003，第438頁。

[59] 參見世界文學編輯部（編），《人像一根麥秸》。新華出版社，2003，第466頁。〔主萬（譯），《論人緣》〕。

[60] 同上，688頁。〔于曉丹（譯）《女性身體》〕。

Very woman

「很」這個字，在中文裡可形容名詞，如說某人很女人、這東西很水、某某很陽光，等。

沒想到，有時在英文中也可看到這種很中國的用法，如英國詩人Robert Graves的詩中就有一句這麼說："she was very woman"。[61]

他的詩中還有個地方用的一個字也很像是取自中文。漢語有一心一意的說法，這在英文中被削減為一半，即"single-minded"，相當於「單意」，即「單心單意」。進入英文後，丟了「心」，留了「意」。但在他的詩中，出現了"being honourably single-hearted"的字樣（充滿榮譽的單心）。[62]這個"single-hearted"，就相當於中文的「一心」，在英文中很少見到，幾乎不說。要說也是說"single-minded"。大約是詩人總想語不驚人死不休，在英文中走了一個小極端，一下子走到中文裡去了。他當年若學了中文，詩歌想必會有長足的進步。

Rawest of seasons

"Raw"這個字的發音與中文的「若」極為相似，指生。生魚是raw fish，生肉是raw meat，生菜是raw vegetables，生米是raw rice。

英國女詩人Sylvia Plath在一首詩中說：I'm still raw。[63]那意思就是說：「我還是生的」。也就是我還沒煮熟、我還沒成熟：我還是生的。

那麼，raw season是啥？

小標題中的幾個英文字取自Robert Graves的詩，原文是這樣的："even in November/Rawest of seasons"。[64]

這句詩，很讓人想起T. S. Eliot的詩句："April is the cruelest month"（四月是最殘酷的月份）。

---

[61] Robert Graves, *Poems Selected by Himself*. Penguin Books, 1983〔1957〕, p. 119.
[62] 同上，144頁。
[63] Sylvia Plath, *Selected Poems*. London: Faber and Faber, 1985, p. 57.
[64] Robert Graves, *Poems Selected by Himself*. Penguin Books, 1983〔1957〕, 116頁。

"Rawest"卻不如"cruelest"好譯。關鍵是，它就一個字，如果是個雙字詞還好辦點。不過，前面曾經談過raw的譯法，即把它譯成「生猛」。這一來，這句詩就好譯了：「哪怕在十一月／最生猛的季節」。

Public conveniences

St Kilda海邊附近有座很大的廁所，老遠就可看見上面的兩個英文大字：Public Conveniences。有意思的是，那不是「公共廁所」，因為「公共廁所」應該是Public Toilet，而是「公共便利」。

邵帆有件用老鐵力木做的雕塑，題為《明式大便》，又稱《明式糞》，英譯作"Ming-style Manure"。[65]

這個英譯不到位，因為"manure"雖是糞便，也有肥料之意。其實，「大便」中的「便」字，就是英文所說的"convenience"（方便、便利）。那家公共廁所之所以不叫"toilet"，是因為它想求雅，用了"convenience"這個委婉語。不說「大小便」，而說複數的"conveniences"，意思就含有大小二方便。

其實，《明式大便》這個標題，要麼直言不諱，譯成"Ming-style Shit"，要麼婉轉一點，譯作"Ming-style Convenience"。"Manure"的唯一優長，是它與"Ming-style"合在一起，能構成英文修辭中的"alliteration"（頭韻）。

Balls of Steel

最無法交流的可能就是文化，例如，目前很受歡迎的一個節目叫Balls of Steel Australia。表面上看，這個題目譯成中文是《澳大利亞鋼球》，但這個「球」一語雙關，其實是指男人的那個「毬」，而且，參加節目得獎者會獲得一個「鋼毬獎」，獎品上就有兩個又大又圓的鋼毬。

今晚得獎者是個脫衣女郎，她利用學習網球、滾地球和高爾夫球的機會，一開始練球就亮相、亮身，弄得她的教練措手不及，連聲讓她趕快披上那件黑衣。最後得了這個「鋼毬獎」。

今晚的節目中還有一場秀，是搶答關於cock（雞巴）的題目，如a bit

[65] 參見《邵帆：一個「不可救藥」的古典主義者》，原載《藝術界》，2010年12月號第六期，212頁。

of a cock（小雞巴）, a big cock（大雞巴），還是a massive cock（巨大的雞巴），有個年輕英俊的小夥子回答說：Massive Cock，結果贏得滿場掌聲，鏡頭立刻向他推去！

無聊嗎？的確無聊。但這就是當代西方很受歡迎的文化，幾乎可以肯定地說，無法引進中國交流，哪怕把節目標題譯成中文都不成，如《澳大利亞鋼毬》。文化啊，文化，最不可交流的就是文化。

聲音

人都能說話，但語言不同，說同樣的事物，發聲也就不同。我發現，動物也是一樣。同樣一種動物，所發的聲音在耳朵裡聽來一樣，用文字表述卻很不一樣。比如我們說狗「汪汪」叫，英文的狗卻是"barking"（吧啃）或者"bowwow"（包沃）。我們的羊是「咩咩」地叫，他們的羊卻是"baa baa"（吧吧）地叫。我們的鴨子是「呱呱」地叫，他們的卻是"quack"（誇誇）地叫。我們的母雞是「咯咯」地叫，他們的母雞卻是"cluck cluck"（克拉克，克拉克）地叫。我們的猴子是「啼」，他們的卻是"gibber"（吉伯）。

只有我們的貓、牛和狼的叫聲，與他們的比較接近：喵（mew），哞（moo）和嗥（howl）。

這些，前面都已講過。象聲方面，英語其他東西的發音，也跟漢語不同。例如，我們的火車是「哐當哐當」，英文的火車則是："poketa poketa poketa"[66]（啪卡嗒、啪卡嗒、啪卡嗒），有點像火車的另外兩個象聲詞：「卡拉卡拉」和「喀嚓喀嚓」的合一。

海明威

當年與一個澳洲博士合譯馬原，才發現我們往往很懂的地方，卻正是他們很不懂的地方，比如海明威。馬原在一篇小說裡這麼說：「我不是個滿足於『想一想不是也很好嗎』的海明威式的可以自己寬解愁腸的男人。我想了

[66] Mark Weiss (ed), *The Whole Island: Six Decades of Cuba Poetry: a Bilingual Anthology*. Berkley: University of California Press, 2009, p. 351. 取自Louis Rogelio Nogueras的一首詩。

就一定得幹，我幹了。海明威是個美國佬。」[67]

有天他問我：海明威是什麼意思啊？

我這才知道，原來我們耳熟能詳，其實他們也耳熟能詳的名作家，一通過音譯進入中文，竟然變成他們看不懂的Greek（希臘文）了。

還有個地方也是這位朋友百思不得其解的。這就是馬原寫的小說中的「我」，「把腦袋掖在腰裡鑽了七天瑪曲村」。

英文有"under one's belt"的說法。例如，如果形容某人當了四年總裁，就可說他"had four years as a president under his belt"（他腰帶下別著四年的總裁〔經驗〕）。如果說他出了幾本書，也可用這個說法，即"he had a few books under his belt"（他腰帶下別著幾本書）。

但是，「把腦袋掖在腰裡」，這就離奇到了不可思議的程度。腦袋擰下來，人就死了，怎麼還可能「掖在腰裡」鑽麻風村呢！我把這個意思給他解釋了，也就是冒著很大的風險，但最後我不知道他是怎麼譯的。

如果是我，肯定會採取英文關於belt的說法，即"He got his head under his belt risking his life by going into the village of lepers"。

說反話

朋友問我如何學好英文，答曰：學會說反話。比如，要想表達漢語的「三三兩兩」，就得把這句話倒過來說：兩兩三三。實際上，這正是英文的說法："in twos and threes"。

那麼，要表達「三天打魚兩天曬網」這個意思呢？儘管英文沒有這種說法，把「兩」放在「三」之前，總還是比較穩妥的："sunning the fishnets for two days before fishing for three days"。

一對情侶吵架，一方不理睬另一方，另一方說：其實我對你很好，你不應該這麼對我的。很多人一上來就說："You shouldn't do this to me"。聽起來很英語，實際上不。還是得說反話，即"I don't deserve this"。（這句話可沒法直譯成中文）

[67] 馬原，《虛構》。長江文藝出版社，1993年，365頁。

少說點

朋友又問還有什麼方法可以提高英文，答曰：少說點。朋友不解，進一步答曰：漢語說多點，英語少說點。

例如，一旦有什麼創新，漢語就愛說「打破新天地」。英語裡只說“break the new ground”（打破新地）。[68]

漢語說「人山人海」，英語要少說點，“a sea of people”（人海）就夠了。

漢語說「三思」，英語要少說點，“on second thoughts”（二思）就夠了。

漢語說「亂七八糟」，英語要少說點，“at sixs and sevens”（亂六七糟）就夠了。

多年前為一個移民代理做翻譯。他對我翻譯的某人的簡歷大為不滿，不是對我翻譯的品質不滿，而是對該中國人在簡歷中大吹大擂的現象極為不滿，感到很不舒服，覺得這種滿紙大話，頭銜繁多的簡歷遞交上去，一定會讓上面膩味，甚至討厭。最後建議大加刪削，話點到為止，而不要說過頭。這，也就是「少說點」的意思。通過這樣一種洗腦過程，英語應該是有點希望的。

可能沒跟你講過名片的故事。1980年代我在中國當翻譯，曾經收到一個來自德國的人的名片，上面除了他的姓名和電話號碼之外，什麼東西都沒有，既無頭銜，也無住址。他是受邀而來，應該很有地位，卻光板一張名片。我拿在手裡看了半天，怎麼也想不通他為何要這樣，因為在我們的那個中國文化中，一個人的名片不在兩面印滿頭銜官位，不寫下包括家庭電話、手機、電子郵件、網站等的資訊，就算不得是名片。

後來在澳洲一家公司教書，公司遞給我的名片居然與20年前那位德國人的如出一轍，除了姓名和一個電話，什麼都沒有。這次，我按捺不住好奇心，問他為何這樣。他的回答很簡單：我們在澳洲就是這樣。即便是總經理，也不願意把頭銜招搖、張揚地印在上面。對他來說，名片的意義在於，它讓你知道名片主人姓甚名誰，如何聯繫，同時在反面留白，好讓你留下你的姓名和通訊方式，如此而已。

我明白了。什麼叫低調？這就是低調。像天空一樣低調，但永遠掛在頭上。這，也是「少說點」的另一個翻版，即「少做點」。這涉及文化問題，以後再談。

---

68 Mark Weiss (ed), *The Whole Island: Six Decades of Cuba Poetry: a Bilingual Anthology*. Berkley: University of California Press, 2009, p. 387. 取自Amando Hernández的一首詩。

漢暗英明

前面曾經講過「英暗漢明」，即英語暗說，漢語要明講，英語用暗喻，漢語必須用明喻，這樣才能在翻譯的時候把話說清楚。

同樣的現象進入英語後，卻又要倒過來了，那就是漢語暗說，英語要明講，漢語用暗喻，英語必須用明喻，比如前面舉過的那個馬原「把腦袋掖在腰裡」的例子，那個澳洲翻譯楞是看不懂。

這天看了一本垃圾小說，叫個什麼《美人蹄》，300多頁的書，大約兩個小時就幹掉了。我一向認為，即便是垃圾書，也可以學到東西，比如其中這句話：「吳提把自己一腔沸騰的熱血噴灑在稿箋上」。[69]如果直譯成英文，會把讀者嚇壞的："Wu Ti spurted all his boiling hot blood onto the writing paper"。如此一來，下文接著就可能要寫如何把他送到醫院搶救的事了，但其實不然。那不過是說，此人激情澎湃地寫了一篇文章而已，譯成英文就需要明喻了："He poured his passion onto the paper"。不過如此而已。說起來很簡單，但需要大腦中實現這一反向轉換過程。

R ear

英文是一個很容易出錯的語言，特別是在醫學上。如果稍微說錯，就會差得很遠。比如有一次一個口譯給病人做翻譯，病人說或他當時受傷之後，手上了夾板。口譯倒是很快就翻譯了，說他的"arm in splinters"，但譯錯了，因為"splinter"是木刺，如手指上扎了一根要挑出來的那種木刺。而「夾板」的英文是"splint"，也就是說那個病人的"arm in splints"。

有一次，一位醫生在處方上寫了要將藥水滴入病人右耳的醫囑，但把右耳簡寫成"R ear"。此處的"R"即指右（right）。很多醫生為了方便簡單，常常會大寫"R"，然後在外面畫一個圓圈，以表示右或左（L）。結果，值班護士拿到後，把眼藥水滴進了病人的肛門，因為她以為這個"R ear"是英文的"rear"，指後部、臀部，犯了一個大錯。[70]

---

[69] 亦農，《美人蹄》。中國社會出版社，2009，38頁。

[70] 羅伯特．B．西奧迪尼著，張力慧譯，《影響力：你為什麼會說「是」？》。中國社會科學出版社，2001，231頁。

發表的詩歌中也會有錯，哪怕校對過無數次。我有一首長達一整頁的英文詩，在墨爾本的文學雜誌Meanjin登出來後才發現，有一個重要的字意思弄反了。本來我想說的意思是，人是萬物中最脆弱的，很容易就被摧毀，所以是非常"destructible"（易遭毀滅）的。萬萬沒有想到的是，該詩發表後，這個字居然變成了"indestructible"（最不可毀滅的），完全走到原來意思的反面。好在這不是醫生的處方，不會鑄成從耳朵到肛門的大錯，但從詩歌的角度講，也是不能原諒的。

Slap on the wrist

不知大家注意到沒有，有時一個澳洲老頭子，跟人說話時，會把對方—通常是一年輕女性，而且通常是一亞洲女性—的手捉過來，伸出右爪—人老了，手看上去就像爪子—在該人的手腕上面輕輕拍打一下。

這個動作，用文字描述，就是"a slap on the wrist"（在手腕上輕輕拍打一下）。有點類似中文的「嬌嗔」，有「嗔怪」的意思在。根據字典，有輕輕責罰某人的意思。難怪，有時看見澳洲母親在孩子手腕上輕輕來一下，孩子竟然會嚎啕大哭起來，顯然是很明白這個動作的含義的。

我在一本中文譯書中看到一處說，「而對那些折磨新兵的人的懲罰卻只是在手腕上輕輕地拍一下而已」時，[71]就在想：這個地方肯定是英文"a slap on the wrist"的直譯。

很多時候，是不是直譯，一眼就可看出，如這一句：「我當時真恨不得踢自己一腳」。[72]相當於英語中常說的"I'd like to kick myself"。更多的時候，英語中還不是踢自己，而是踢自己身上的某個地方，如："Ah, how I wish I'd kick myself in the shins"（真狠不得朝自己小腿肚子踢一腳）。又如這句："I'd rather kick myself square in the testicles than listen to country music"（我寧可朝自己睪丸踢一腳，也不想去聽鄉村音樂）。再如這句："I'd really like to kick myself in the butt"（真狠不得朝自己屁股踢一腳）。

這種表達法很不錯，完全可以直來直「譯」。

---

[71] 羅伯特．B．西奧迪尼著，張力慧譯，《影響力：你為什麼會說「是」？》。中國社會科學出版社，2001，102頁。

[72] 同上，152頁。

硬譯

魯迅一向是講究硬譯的，就好像愛打硬仗一樣，把個譯文譯得硬梆梆的，難以下嚥，如這段：

> 這時候，要來講助那識別在三次元的空間的方向的視覺底要素的相互的空間底距離的，誰都知道的眼睛的構造，大約是沒有必要吧。[73]

單從這句看，魯迅就不是所謂的「偉大的翻譯家」。[74]連中國話都說不清楚！乾脆不如不譯，直接寫英文好了。但譯界也不是沒人提出，譯文一定要有不同於譯入語的怪味，才算是譯文，否則原味盡失，就跟用母語創作沒太大區別。這樣說並不是沒有道理的。《枕草子》的譯文，就有幾個地方感覺怪怪的，有那麼點非漢語的味道。舉例如下：

> 人們捧著火盆，穿過走廊，那情景與季節倒也和諧。一到白晝，陽氣逐漸上升，地爐與火盆裡的炭火大多化為灰燼。糟糕。[75]

這個「糟糕」就很糟糕，覺得好像應該用別的什麼字似的。

它如「有一棵桃樹長得茂茂堂堂」（p. 162），「衣服穿得板板整整」（166），「都感到羞羞慚慚」（183），以及「那麼，被雨淋濕、牢牢騷騷地跑過來，又有什麼了不起？」（219），都給人一種怪怪的感覺，不知道是不是日語原來就是這樣，為了保留原汁原味而保留下來。

這倒讓我想起了獲得日本「芥川獎」的中國留學生楊逸，據說她直接把「東方泛著魚肚白」、「窮得只能喝西北風」之類的漢語表達方式輸進沒有這種表達方式的日文，反而頗得日本評論家好評，覺得給他們的文字帶來了一股新鮮空氣。

從這一點看，譯文太通暢，太像中文，很可能是有問題的。有點兒磕磕絆絆，佶屈聱牙，讓人看得半通不通，似通非通，也許並不是壞事，因為它帶來了異國情調，包括難以讓人理解的異國氛圍。總之，不是採取趙景深的

[73] 參見張全之，《魯迅的「硬譯」：一個現代思想事件》：http://www.yuehaifeng.com.cn/YHF2007/yhf2007-04-08.htm

[74] 同上。

[75] 清少納言，《枕草子》。上海三聯書店，2005，1頁。（于雷譯）

「寧錯務順」的主張，就是接受魯迅「寧信而不順」的信念，中間道路可能很難走，儘管我更傾向於根據具體情況加以具體對待的靈活處理方式。[76]

尿

提到尿這個字，立刻就想起1999年去海南玩時，那個導遊講的一段順口溜，「上車睡覺，下車尿尿，藥店買藥，回店洗澡，上床打炮」。

這個「下車尿尿」的說法，通過我看的一首英文詩，發現用英文更加簡單，那就叫"piss-stop tourists"。[77]所謂"piss-stop tourists"，指那些「停車下來尿尿的遊客」。

湖北人對那種講話不守信用的人有個說法，稱他們為「屙尿變」。這個字後來被我利用直譯的方法，輸入到英文長篇小說The English Class中，英文是"piss change"。

還有一首英文詩中也提到"piss"，說"Outside, a black kid pisses up the wall."[78]（外面，一個黑孩子在朝牆上拉尿）。這倒讓我想起我親眼見到的一件事。那天下午我去郵局取信，只聽路對面聲響大作。抬眼望去，原來是兩個白人挺奶仔正把尿口拉開，把那話掏出來，衝著一個華人老頭的院牆上拉尿。腥白的尿液在午後的陽光下拉出一道刺眼的白光。華人老頭拿著一把長掃帚衝出來，把兩個哈哈大笑的白人孩子趕了出去。他們一邊往外跑，一邊繼續撒完剩餘的尿液。這幅景象看得人心驚肉跳，很不好玩。

作為對抗，應該也寫一首英文詩，把這個事件敘述一下，甚至套用上面那個句子："Outside, two white boys piss up the wall"（外面，兩個白人男孩在朝牆上拉尿），就行了。

Unaccompanied

星期六早上寫作時，發現滑鼠不靈了，那個箭頭拽來拽去的很不聽使喚，像一根彎曲的線。電池沒電了。吃過飯正好9點，立刻跳上車直奔

[76] 霍達，《穆斯林的葬禮》。北京十月文藝出版社，2007，199頁。
[77] John Jenkins, *Growing up with Mr Menzies*. John Leonard Press, 2004, p. 158.
[78] Michael Brennan, *The Imageless World*. Salt, 2003, p. 54.

Officeworks。路上，音樂台正在講解一部關於在海灘喪生者的交響樂，解釋說那些代表孤獨亡靈的唱聲是“unaccompanied”。我知道這個字是「無伴奏」的意思。接下來，是一個如泣如訴的女聲獨唱，在巨大孤獨的空間中，使“unaccompanied”的另一層意思凸顯出來。“Accompanied”是有人陪伴的，“unaccompanied”，顧名思義，是無人陪伴的。作曲家在設計這段樂曲時，為了表達亡靈的孤苦無告，有意不給伴奏，不給伴，不給陪伴，因為死的人只能單獨地、孤獨地去死，無人陪伴地去死。那麼，這個代表亡靈的獨唱女聲，也只能在那兒沒有伴侶地孤零零地歌唱。

只是，如果沒有那段解說，不懂音樂的人可能聽不明白其中的深意。

Let's do some damage

在Officeworks買好電池及其他東西，剛付完錢，就聽櫃檯的營業員—一位高個子、大鬍子的瘦削澳洲男士—對我後面那個顧客說：“Let's do some damage”。

他既不說“Welcome”，也不說“Hi”，也不說任何客套話，而是一上來就開了一個玩笑：「咱們搞點破壞吧！」

那個顧客立刻回說：“Yes, some damage to my bank manager”（好啊，給我銀行經理搞點破壞）。

他們是在對暗碼嗎？不是。“Damage”這個詞是有「破壞」的意思，但在澳洲俚語中，相當於中文的「破財」。這是有一次我從Wollongong開會回來，從一個同車的老太太那兒學來的。她說，她有次搭計程車到家時，跟司機說：“What's the damage？”嚇得那個移民司機連聲問：“Damage? Where, where?”，還以為他的車有什麼地方弄壞了。她只好解釋說：我是問你多少錢？據她說，這個“damage”是澳洲俚語，指對她錢包的“damage”。

所以，上面所說的那個“damage”的一番話，其實是營業員和顧客之間在開玩笑罷了。

教學

當代的中文詞總是一個詞含兩個方面，如表示尺寸的「大小」，表示高度的「上下」，表示距離的「遠近」，以及表示教育過程的「教學」，等。這方面的例子不勝枚舉，但英語不是這樣。拿「教學」來講，英語只有"teaching"，而無"teaching-learning"的說法，這也符合以前講過的英語只說半句話的原則，說「教」就行了，因為裡面必然包含「學」的因素。

教書並不只是教書，同時也是學習，這個道理英國人其實是懂的。蘇格蘭裔美國教育家Gilbert Highet（1906-1978）曾說："teaching is inseparable from learning. Every good teacher will learn more about his subject every year, every month, every week if possible."[79]（教與學是不可分割的。每個好的教師每年—如果可能的話，每週、每月和每年—都可從所教的課題中學到更多的東西）。

說得不錯，但嫌囉嗦，因為在中文裡，「教學」二字本身就黏在一起，成為連體詞，用不著去講這個淺顯的道理，本身就是不可分割的。

順便說一下，Gilbert Highet通譯海厄特，也是一個散文家。他在中國流傳甚廣的一篇散文是我1986年在上海讀研究生時翻譯的。原題為"Go and Catch a Falling Remark"。語出英國詩人堂恩的那句"go and catch a falling star"的詩。經我翻譯，更名為《「偷聽」談話的妙趣》，自由投稿在《世界文學》發表之後，據不完全統計，到2011年為止，這篇散文被收進或轉載的雜誌、選集和選本達27部（種）。這個標題還成為兩本書的標題。有興趣的「谷歌」一下，可以立刻查到。

笑面虎

英文沒有笑面虎的說法，因此，如果把它直譯成"a smiling tiger"，倒也不錯。不過，在Samule Beckett的詩中，我倒發現有個地方表現了「笑面虎」的意思："let the tiger go on smiling/in our hearts"[80]（讓老虎繼續笑下去／在我們的心中）。

[79] Gilbert Highet, *The Art of Teaching*. New York: Vintage Books, 1989〔1950〕, p. 12.
[80] 同上， p. 22.

髒話

貝克特的詩充滿髒話。隨譯如下。

他在獲得諾貝爾文學獎之前，曾有一部詩集遭禁，標題就是“More Pricks than Kicks”[81]直譯為「更多雞巴，而非踢蹬（『踢蹬』也可理解為『刺激』）」。他還有一首詩的標題是“From the Only Poet to a Shining Whore”（xi）《從唯一的詩人到閃閃發光的婊子》）。

孔子說：食色，性也。台灣有部電影叫《飲食男女》。貝克特就比這多了、猛了、到位多了。他說：“To eat, drink, piss, shit, fart and fuck/Assuming the fucking season/Did not expire with that of reason”（34）（要吃、要喝、要小便、要大便、要放屁、要日B／假定日B的季節／不會隨著理性的季節而消失）。我對這段的評語是：「還有點兒人情味」。

貝克特像金斯堡一樣，也把尿道之類的器官看得神聖。他說：“all heaven in the sphincter”[82]（天堂全部都在括約肌中）。

Changing hearts

英文越往古，越像中文。正在看John Donne（1572-1631）的一首詩，看到下面這句時，忽然覺得，這跟中文在語序上幾乎沒有任何區別：

> Thou canst not every day give me thy heart,
> If thou canst give it, then thou never gav'st it;
> Love's riddles are, that though thy heart depart,
> It stays at home,…[83]

隨譯如下：

> 你不可能每天都給我你的心，

[81] 同上，p. xi.
[82] Samuel Beckett, *Selected Poems 1930-1989*. Faber and faber, 2009〔1957〕, p. 21.
[83] John Donne, 'Lovers' Infiniteness', *John Donne Selected Poetry*. Oxford University Press, 1998〔1996〕, p. 90.

就算你能給，你也永遠給不了。
愛的神秘之處在於，儘管你的心走了，
它還呆在家裡，……

這首詩裡，甚至連"changing hearts"都像中文，那不就是「變心」的意思麼？而在當代英文裡，說「變心」和說「變天」一樣，是要反著說的："a change of heart"和"a change of sky"。

我常說，漢語的「心思」一詞，最好能譯成英文的"heart thoughts"。沒想到，有天竟然在John Donne的詩歌裡看到了同樣的說法（heart's thoughts），[84]那可是16世紀英國人說的話啊！

約翰·堂恩（John Donne）這個生於16世紀，死於17世紀的詩人，有時候通過詩歌表達的思想，都與中國的古話相近，比如「一將功成萬骨枯」這句。約翰·堂恩說：

…Thousand guiltless smalls, to make one great,
must die?

直譯是：

成千上萬的無罪小人，為了使一個人成為偉人，
就必須一個個死去嗎？

意思是一樣，但似不如「一將功成萬骨枯」表達得那樣精粹。

這給人一種什麼啟示呢？中國當代的，或許就是英國過去的。我們找不到個案，只是因為我們看的東西還不夠多。如此而已。

It's very interesting

人在瞭解事物的過程中，又會產生誤解。等於好像是人的雙腿，一條是瞭解，另一條就是誤解。邁一步瞭解了，再邁一步又誤解了。

[84] 同上，68頁。

看到一本書裡說，「我們的出境者必定喃喃猛背西方禮儀」時，[85]就想起一件讀大學的往事。那時，有個同學提到"interesting"這個詞時，總會學著美國人的腔調，故意拖長每個字母的發音，讀出其中本應連讀的"te"和"re"，同時還要解釋說：如果一個西方人對你的作業或發音或任何東西，作出"it's very interesting"（很有意思）的評語時，千萬不要信以為真，好像他真地以為你的東西「很有意思」，那其實是他不想傷你情面的一種隱性批評。

我在不同場合也聽到不同的老師作過類似的解釋，但我一直對此持懷疑態度。是的，西方人的確很虛偽，比我知道的不少中國人都假。有一次我和另一個翻譯為加拿大一個代表團做翻譯。該團來自加拿大的"British Columbia"。當這個團的一個博士專家提到這點時，另一個翻譯把"British Columbia"譯成了「英屬哥倫比亞」。這完全是無稽之「譯」。其實，"British Columbia"是加拿大的一個省份，通譯「不列顛哥倫比亞省」。作為專業翻譯，我當然保持沉默，不去挑錯。整個翻譯下來，錯誤層出不窮，但那位博士專家卻當著我的面，對那位翻譯說了一句驚天動地的話："You've done an excellent job!"（你的工作真棒！）真是假得可以。從此我對白人，有了我的第一手認識。

來澳洲之後我發現，澳洲人是並不隨便說"it's very interesting"的。他如果說了這話，那你一定可以當真，而不會認為他是說著玩的。很多時候，我的稿子被選中，就是因為某個雜誌或刊物的編輯說了"it's very interesting"的這種話。它的確就是真的很有意思，而不是虛與委蛇、搪塞應付的托詞。

After China

昨天向學生介紹了一下澳洲兼有四國血統—華、英、葡、西—的華裔作家Brian Castro（布萊恩．卡斯楚）〔中文姓名是高博文〕的一部長篇小說，標題是After China，並讓學生翻譯該標題。絕大多數學生只知其一，不知其二，簡單地把它譯作《中國之後》，只有一個學生看出了這個標題的另一層意思，即《追尋中國》。原來，英文的"after"一字，還有追尋、追逐、尋找之意。

這部小說第一章開篇就講了一個很「色」的故事：

---

[85] 殷惠芬，《上海鄰里》。上海文化出版社，2009，68頁。

> 'During winter,' Lao-tzu said, 'one should not ejaculate at all.' The venerable philosopher, reputed to be a hundred and eight years old, had already surpassed becoming an Immortal. Ten partners in the hour before midnight. Almost twelve hundred copulations without emission so far this year (c. 499 BC). With each, an aphorism had come to mind. (p. 1)[86]

我的譯文如下：

> 「冬天時，」老子說。「絕對不要射精。」這位德高望重的哲學家據說活到了180歲的高齡，早已超越了成為一個不朽者的程度。半夜之前那個時辰要與十個伴侶交歡。截至該年（西元前499年），幾乎已經交媾了1200人而無一次泄精，每次都能讓人想起一句格言。

接下來便詳細地講了一段如何交媾的經驗，此處恕不細談，也不細譯。有興趣的可以直接上圖書館借閱之。

如果你是中國的出版社，你覺得你會保留這一章嗎？如果你不會，那你就對了。實際上發生的情況也是這樣。這部小說出版時不僅改名為《另一片海灘》，而且全文刪除了第一章，把原文的第二章改成了譯文的第一章。

如果譯文信達雅三者兼備，那也還說得過去，可惜三者都不俱全，留下了極大的遺憾。下面僅舉頭兩段：

> There is nothing but a glass roof. And the figure of a man.
>
> But then, you can see that he is wearing a Panama hat and is standing on the roof of a luxury hotel, gazing at the Pacific Ocean, performing some sort of Tai Chi. Looks like a praying mantis, what's more. (p. 4)

拙譯如下：

> 除了一片玻璃屋頂，以及一個男子的身影，那兒什麼都沒有。
>
> 話又說回來，你能看見他戴著一頂巴拿馬帽，正站在一座豪華飯

[86] Brian Castro, *After China*. Allen and Unwin, 1992.

店的屋頂，凝視著太平洋，表演著某種形式的太極拳。而且，看上去活像一隻正在祈禱中的螳螂。

譯者譯文如下：

這是一座非常華麗的飯店，在透明的玻璃樓頂上，有一位男子的身影隱約可見。

那男子獨自一人站在樓頂上，頭戴巴拿馬帽，雙目凝視澳大利亞東海岸的太平洋，好像在打太極拳。他的樣子活像一隻正在做禱告的螳螂。[87]

對比之下，我無話可說。給學生看後，大家的一致看法是，這不是翻譯，而是譯寫。隨意地添加和改寫。拋開原文不顧，看上去似乎頗具可讀性，但一對照原文，就立刻土崩瓦解，潰不成軍。

這使我想起看到的許多中文作品的英譯本，它們大多不是翻譯，而是譯寫，譯譯寫寫，隨心所欲，稱不上嚴格意義上的翻譯作品。好在不通雙語的人比較容易忽悠和糊弄。

這種隨意譯寫或改寫，也有其複雜的一面。老舍的《駱駝祥子》被譯成英文後，由於美國譯者把悲慘的結局篡改成大團圓，使之順利地進入市場，賣得很好。結果，不滿意的老舍又請華人比較忠實於原文地再譯，效果卻遠不如前，賣得不行。[88]從某種角度講，作偽反受歡迎，求實必定遭災，這是世界的一個悖論，也是譯界的一個悖論。

隨筆

英文的“essay”或法文的“essai”，一般都譯作「隨筆」，但這是有問題的，譯作「試筆」似更恰當，因為英文的“essay”有「試驗」之意，法語的“essai”有「嘗試」、「試用」之意，都重在一個「試」字，作者對某種文體不大確信，拿它試一試，看看效用如何，逐漸便產生了這種試出來的“essay”

[87] 梁芬（譯），《另一片海灘》。百花文藝出版社，1995，1頁。

[88] 參見Ouyang Yu, *Beyond the Yellow Pale: Essays and Criticism*. Otherland Publishing, 2010, p. 45.

或“essai”。

若把「隨筆」譯成“essay”或“essai”，那就丟棄了漢語裡的一個重要的詞「隨」，隨心所欲的「隨」，隨機應變的「隨」，隨時隨地的「隨」，隨便的「隨」，隨意的「隨」，隨手的「隨」。正是漢語的這個「隨」，體現出與英人或法人的「試」（“essay”或“essai”）之不同的文化觀和文學觀。漢人寫隨筆是很隨意的，隨時隨地隨手就寫了，並不在乎寫得怎樣，反正是隨便寫的嘛，不必過於較真。英人或法人的態度卻好像是對待體育運動，要小試一下，試試看能否成功。兩者對比起來，漢人筆下的隨便，就很自由，而英人或法人的東西，看起來就比較累，比較勉強，因為那是試出來的東西。試，在僥倖心理方面有點像「隨」，但「試筆」遠不如「隨筆」隨便、隨意、隨心所欲。

若真想把「隨筆」譯成英語，我建議最好採用音譯：suibi。也可採取意譯：with pen。其根據是“with ease”這個片語，意即「從容不迫」。就像我把「筆記小說」譯成“pen-notes fiction”一樣，不妨生造一個“with-pen”的英文字，告訴他們，這是中國的一種文體，在這種文體中，什麼東西的發生都是“with pen”的，是隨筆而來、隨筆而生、隨筆而生花的。那是什麼呢，西人問？就是“with-pen”嘛！

他聽不懂，那是他的問題，說明他需要加強學習，跟你沒有關係。

蒙田（1533-1592）當年就體會到，「信手寫來反比深思熟慮效果更好」。[89]他的這個「信手」，就是咱們說的「隨手」，而且並不含那個什麼“essai”試試的意思。

什麼東西

昨夜看香港3D片“Sex and Zen”（性與禪）一片，正式中文片名好像是《玉蒲團之偷情寶鑑》，又稱《肉蒲團之極樂寶鑑》，其暴力、暴虐、暴怒和暴露讓我連連發出「什麼東西」的感歎和不屑，說著說著，我突然想：「什麼東西」用英語怎麼說？

答案立刻就有了，等會再說。

這個電影在暴力的表現方面，比美國電影有過之而無不及。記得當年看

[89] 蒙田，《蒙田隨筆全集》（上）。譯林出版社，2008〔1996〕，40頁。

陳凱歌拍的一部電影，其中表現了一個把人放在長晃板上，頭對著牆，拉離開來，然後放手這樣一個暴力場面。我發現，許多澳洲觀眾不敢接著看下面的慘劇，就低著腦袋，怕影響後面的觀眾，悄悄溜掉了。離去的華人，一個也沒有。"Sex and Zen"這部片子的暴力場面和性愛場面此起彼伏，互相穿插，看到最後，令人神經大為疲憊。最讓人不舒服的是無緣無故的暴力渲染：一個女的不為什麼，就把另一個女的活活打死，王爺把一個女的活活操死，等。總之一句話：什麼東西！

這句話譯成英文就是：What the hell!

如果氣憤不過，加上一個TMD：他媽的什麼東西！英語也有對應：What the bloody hell!

對這種片子，只能以這種話描述之。順便說一下，偌大的電影院裡，包括我和兒子在內，總共只有7人，只有一個白人，還不是全白的那種。這讓我想起三十多年前在武漢看陳凱歌的《黃土地》的情況，大概除了我和她之外，觀眾不到十人。

雜鬼

前面說「不是全白的那種」，這種人在澳洲的華人語彙裡被稱作「雜鬼」，涵蓋範圍頗為廣泛，大約除了正宗的英美法德澳新等國外，其他什麼來自中東的、拉丁美洲的等等等等，凡是膚色較白者，都可泛稱之。

「雜鬼」目前英文尚無對應詞，似可譯成"miscellaneous devils"，但「鬼佬」、「鬼婆」、「鬼妹」、「小鬼佬」、「鬼仔」，等，卻至少有四個已通過廣東話進入英文，分別是"gwailo"（鬼佬），"gwaipor"（鬼婆），"gwaimui"（鬼妹）和"gwaizai"（鬼仔）。

儘管有很多人說這種稱呼不好，帶有貶義什麼的，但我就曾親耳聽見白人自我介紹說："I am a gwailo"（我是個鬼佬）。也聽見過白人或半白人的妻子半開玩笑地說「我家那個鬼佬呀」，或者「我的那個是個雜鬼」之類的話。

其實帶不帶貶義，全看你怎麼用。用在別人身上，就是罵人。用在自己身上，則是自謙、自貶，自己幽默自己一下。

隨譯：Agathias Scholasticus（西元532-580）

近看一首上述希臘詩人寫的詩，由Peter Constantine譯成英文，我呢，因為喜歡，就把它轉譯成中文如下，算作又一個隨譯：

> 你幹嗎唉聲歎氣？—我戀愛了—愛上誰了？——一位少女—
> 她一定很美—是的，在我眼中—你在哪兒見到她的？—
> 宴會上，我看見她跟其他所有的人半躺在長沙發上—
> 你期望贏得她的芳心嗎？—是啊，朋友，但我想秘密地戀愛—
> 你不想跟她結婚？—唔，我查訪了一下，發現
> 她沒什麼財產—你查訪了一下？這麼說來，你撒謊了，
> 你並沒有戀愛。瘋狂愛上別人的人，怎麼能這麼工於心計？[90]

扼腕

最近在好幾個地方看到「扼腕」一詞，當時腦子裡閃動了一下念頭：這個字英文怎麼說啊？過後就忘記了。直到今天翻譯的文件中出現這個詞時，才覺得難譯，不能不查字典。結果，手頭所有最好的漢英詞典都不收此詞。只能上網碰運氣了。

漢語裡，說到扼腕時，總是與「歎息」或「長歎」連用，英文歎息，就不會配以這個奇怪的動作。前面說過「拍腕」，那是輕輕責怪的意思。有一個詞典把扼腕解釋成"to use one hand to hold the other"（一手握住另一手），[91]不覺讓人想起那句黃段子：「握住領導的手，感激的話兒說不出口；握住情人的手，一股暖流上心頭；握住老婆的手，就像左手握右手，一點感覺都沒有。」表面上意思出來了，但內涵的意思根本就沒有。

可用的倒是一個英語中本來就有的說法："wring one's hands"（絞扭雙手）。洗過衣服後把衣服的水扭乾，英文就是用的"wring"這個字。把雙手像扭乾衣服一樣絞扭著，那是很痛苦的表現。

---

[90] 參見*The Greek Poets: Homer to the Present*. New York: W. W. Norton and Company, 2010, p. 307.

[91] 參見：http://www.nciku.cn/search/zh/detail/%E6%89%BC%E8%85%95/99716

就像我前面說過的一樣，從漢語進入英文，有一個器官錯位的過程，在這兒，「扼腕」成了「絞手」，換了包裝，但記憶體的意思卻還在。

隨譯：Xenophanes（西元前570-470）

古希臘詩人色諾芬尼（即上面那個Xenophanes）有一首詩一看就喜歡，大意是說，如果動物也像人一樣畫畫，那它們畫出來的上帝一定跟它們長得一模一樣：

> 但如果牛馬和獅子有手，
> 能像人一樣畫畫，製作藝術品，
> 馬畫出來的眾神肯定就像馬。[92]

是的，如果書能畫畫，書的上帝一定像書。

Down and out

一般把"down and out"譯成「窮愁潦倒」。從字面上看，"down"的確有「倒下」的意思。中文的「打倒誰」這句話，放在英文中就是"down with someone"。"out"這個字，則有「出去」、「出局」、「晾在外面」、「被放逐」之意。還有滾出去的意思，英文說「你給我滾出去」，用的就是"out"：Out with you!

英國作家奧威爾寫過一部書，叫Down and Out in Paris and London（通譯《巴黎倫敦落魄記》），其實也就是寫他在這兩地像被放逐一樣，處於低潮（down）的生活。

我講這麼多，實際不過是在繞圈子，真正想講的是一個希臘人寫的一句詩，它是這麼說的："Nobody knows you when you're down and out。"[93]

我之所以引用這句詩，是想起了一件令人心痛的往事。大學畢業時，我

---

[92] 參見*The Greek Poets: Homer to the Present*. New York: W. W. Norton and Company, 2010, p. 94.。

[93] 同上，259頁〔原作者為Marcus Argentarius〕

遭到學校懲罰，把我分配到雲南山區的一個小水電站當翻譯。我沒有服從分配，而是進行了反擊，最後贏得了勝利，留在了武漢。在我"down and out"（落魄之時），我突然發現，過去認識的人突然之間好像都不認識我了。路遇時不是提前擇路避之，就是假裝沒有看見，這些人中，猶以大學的女同學為著，說明年輕女性的政治覺悟是極高的。

好了，不好的記憶不應該保留，但這句詩還是得翻譯：「一旦你落魄江湖，就沒人再認識你」。生於一世紀的希臘詩人Marcus Argentarius是這麼認為，到了1980年代的中國，情況依然如此，人再進化也沒用。一旦你「下去了，而且出去了」（我對down and out的直譯），所有的人就會拋棄你。

隨譯：Paulus Silentiarius（六世紀）

書與書之間，是相互溝通的，這個溝通的管道，有時就是一個細節。這天我在看六世紀的一個希臘詩人的詩，一下子想起了多年前一口氣看完的一本美國長篇小說，標題是The Pigeon Project（直譯《鴿子工程》，通譯《飛鴿行動》），寫得很有可讀性，但只記得一個細節：已婚的男主人公愛上了另一位女子之後，與他老婆做愛時，次次都把老婆想像成那位女子。最後的結局是不難想像的：他離婚後與那位女子結婚了。

Paulus Silentiarius是男詩人，對這種不忠行為，尤其是女性—風塵女子—的這種不忠行為，卻深得三昧，在下面這首我隨手譯來的詩歌中有淋漓盡致的表現：

> 我吻希波米翁時，心思鎖定在黎安德身上。
> 我咬定黎安德的嘴唇時，我這顆女人的心裡，便充滿閃塔斯的形象。
> 我和閃塔斯扭做一團時，我的心又回到希波米翁那裡。
> 手邊的男人永遠似有若無。我懷抱這些男的，
> 一個接著一個，任由阿芙羅狄蒂為我帶來財富。
> 那些譴責我的女人，就永久地呆在一夫一妻制的貧困中不出來吧！[94]

[94] 參見*The Greek Poets: Homer to the Present*. New York: W. W. Norton and Company, 2010, p. 301.

想想當今中國那些黃色娘子軍的從業者，這首詩想必是她們的內心寫照吧，只要把那些希臘名字換成姓趙的、姓錢的、姓孫的、姓李的就行，比如黎安德是李，閃塔斯是孫，希波米翁就暫時是趙，等等。

Posthumous fame

所謂"posthumous fame"，是指人「死後的名聲」。這個詞，還可以意譯為「身後事」，這是取用杜甫那句名詩，「千秋萬歲名，寂寞身後事」之意。當然，更可以直接用「千秋萬歲名」。

有一首希臘詩，標題就是這個，咱們就直接譯作《千秋萬歲名》吧，其中表達的思想，要比杜甫積極，我很喜歡，就擇其優者而隨譯之：

我們身後，除了我們的詩歌，什麼也不會留下。
不過十來行詩，就像
輪船失事者碰運氣放出的鴿子，
捎出去的資訊，永遠來得太遲。[95]

不寫詩的人，是不存在這個問題的。

Praying mantis

前面談過的高博文（Brian Castro）的長篇小說《中國之後》（After China）中，首頁就有一段關於小說主人公站在飯店屋頂，活像一個"praying mantis"的描寫。在中國出版的那段譯文中，"praying mantis"被譯成了「正在祈禱中的螳螂」。今天我給學生講這段，同時演示了我自己的翻譯，也將其譯成「正在祈禱的螳螂」。結果，一位學生說：老師，譯錯了！"praying mantis"實際上就是螳螂！

果不其然，一查字典，"praying mantis"就等於"mantis"，即螳螂。

---

95 參見*The Greek Poets: Homer to the Present*. New York: W. W. Norton and Company, 2010, p. 481.〔此為C. G. Karyotakis的詩〕

這種望文生義的現象，在翻譯中出現的頻繁度，不下於草率地處理看似簡單，卻大有深意、大有詩意的文字。例如，在高博文的那段文字中，有這樣一段話：

> Those few people who are about avoid each other, walking singly or in pairs, keeping a distance between words.[96]

梁芬的譯文是：

> 屈指可數的幾個行人相互躲避著，有的是獨自一人，有的成雙結對，但大家都很少交談。[97]

這句話不好譯的地方就是"keeping a distance between words"。如果說「很少交談」，這在英文中完全有現成的表達方式，即"speaking few words"或"speaking little"，完全用不著用這樣奇怪的什麼"keeping a distance between words"的方式來表達。之所以如此描述，是因為高博文想表現澳洲那種地廣人稀，距離遙遠，連人與人之間的交流和說話似乎都隔著一段距離的感覺。"keeping a distance between words"一句話，言簡意賅，詩意濃厚，不是「大家都很少交談」能夠曲盡其意的。

我的譯文如下：

> 周圍人很少，大家互相規避，不是單人獨行，就是成雙捉對，在詞和詞之間，保持著一定的距離。

記得我把譯文對照完畢之後，告訴學生說，進行譯文對比，目的無別，就是要練就一副火眼金睛，能通過譯文和原文的對比，鑑別出好的譯文，不是僅看譯文，貌似行文很美，而受騙上當，而是通過自己的努力，發現好的譯本，這樣既增長了知識，也提高了技藝。

---

96 Brian Castro, *After China*. Allen and Unwin, 1992, p. 4.
97 梁芬（譯），《另一片海灘》。百花文藝出版社，1995，1頁。

Sheriff

一般字典把“sheriff”譯作「行政司法長官」，我覺得太囉嗦，而且也語義不清。要是我，還不如乾脆音譯作「謝裡夫」好。

第一次接觸這個詞是在加拿大。那是1986年，我做隨團翻譯。記得在蒙特利爾，有天加方經理看到一則新聞時唏嘘不已，原來是某個人家因交不起房租而被「謝裡夫」趕到大街上露宿。

這，就是「謝裡夫」的工作。他既不是警官，也不是法官，但他比二者都厲害。如果你欠債不還，如違章罰款等，「謝裡夫」就可上門找你要債，如果你仍拒付，他可向你下達7日通知單，你再不付，他就可通過法庭對你提起訴訟，把你關進牢裡。根據「謝裡夫」職責的網站資訊（在此：http://www.justice.vic.gov.au/wps/wcm/connect/DOJ+Internet/Home/Fines+and+Penalties/Fines/JUSTICE+-+Sheriffs+Operations），每欠119.45澳元，就可判罰坐牢一天。

Cracking performance

幹完翻譯活回家路上，從收音機裡聽到音樂結束之際，播音員大加讚賞地說：“It’s a cracking performance”。我雖在開車，但腦筋立刻就動了起來：“crack”是個動詞，有「劈叭作響」的意思。說某人的演出「劈叭作響」，大約就像中國人形容什麼東西好時，用「呱呱叫」是一樣的意思吧。至於中國人為什麼不用「哇哇叫」，而用跟孩子「呱呱墮地」的「呱呱」聲，或鴨子「呱呱」的叫聲相同的「呱呱叫」，就不得而知了。當然，朋友在談到做愛效果很好時，倒是沒用「呱呱叫」，而是用的「哇哇叫」。

如果用英文說，用“cracking”（劈啪亂響）倒是很恰切。後來查字典後發現，“crack”一詞果然有「呱呱叫」的意思，而“cracking”一詞，則有「出色」的意思。

Fatherland

英語中，母語一般稱“mother tongue”。我在我翻譯的《英語的故事》

中，全部處理成「母語之舌」，避開了比較俗氣的「母語」之說，以求新鮮。我在一篇英文文章中，還完全擯棄「母語」之說，把英文標題寫成“father tongue”（父語）。這種說法則是中文和英語中都沒有的。不管怎麼說，從學英語這點來講，英語就是我的「父語」，因為它是父親教我的。

關於祖國，英語中既稱“motherland”（母親大地），又像德語（vaterland）那樣，也稱“fatherland”（父親大地），這個好像在中文裡是沒有對應的，特別是「父親大地」這種說法，但我在讀書過程中，倒是發現了絕無僅有的一例，如下：

> 睡吧，親愛的大地，我們疲勞過度的父親……[98]

這句深情的話，來自路遙的《平凡的世界》，是衝著我們父親說的，讓我感動。不管別的什麼，作為父親，我們有時的確「疲勞過度」。

挺胸

記得當年和Bruce Jacobs合譯劉觀德的長篇小說《我的財富在澳洲》，曾有一個地方與他意見有分歧，就是「一拍胸脯」這個詞。分歧的焦點是用“beat”還是“pat”，前者是「擊」，後者是「拍」。中文說「一拍胸脯」，有誇口和打包票的意思，英文如用“beat”，如“he beat his chest”，那就不是打包票，而有呼天搶地，悲痛欲絕的意思。不是「拍胸」，而是「捶胸」，相當於中文的「捶胸頓足」。最後我們好像用了“he puffed out his chest”（一挺胸脯）。

後來看奈保爾的小說，發現中文的「挺胸」，如果放在英文中說，還得反其道而「譯」之。書中有一句說：

> He threw back his shoulders, stuck out his stomach, grabbed Mr Biswas's soft hand with his firm, long fingers…[99]

文中這句“threw back his shoulders”（直譯是「把肩膀往後一擺」），就

---

98 路遙，《平凡的世界》（第一卷）。北京十月文藝出版社，2009，379頁。
99 V. S. Naipaul, *A House for Mr Biswas*. Vintage International, 2001〔1961〕, p. 235.

是我們說的「挺胸」，因為只有把肩膀往後擺了，才能把胸挺出去。不信你試試。我都能想像你試的樣子。

斜雨

古詩中出現的「斜風」、「斜雨」的「斜」字，我一向覺得難譯。多年前（2003年）譯張志和的「斜風細雨不須歸」句時，我是這麼譯的：“I do not want to go home, in the slanting wind and rain”。

當時我用“slanting”一字，也是遍覽眾書的一個體會。後來在奈保爾的小說《畢斯瓦斯先生的房子》一書中，看到一處說：“The wind freshened, the rain slanted”[100]（風乍起，雨斜飄），感覺頗有詩意、頗有古詩意，中國古詩意。他把「斜」字用作動詞，也為今後譯古詩提供了另一中方法。例如，張碧「風昏晝色飛斜雨，冤骨千堆髑髏語」這句話中的「飛斜雨」，就可譯成“the flying rain slanted”。

被動

在漢語中，被動就是「被」動的，而在英文中，被動頗具主動性，甚至就是主動。奈保爾的小說《畢斯瓦斯先生的房子》一書中，有一段Anand被螞蟻咬的描述，如此寫道：

> A sharp pain ran up his arm. On his hand he saw an ant, its boby raised, its pincers buried in his skin.[101]

譯文如下：

> 一陣劇痛順著膀子傳了上去。他在自己手上看見一隻螞蟻，螞蟻身子支了起來，螞蟻的螯子埋進了他的皮膚。（本人譯）

[100] 同上，274頁。
[101] 同上，278頁。

這句話中，“raised”和“buried”都是被動的，但卻具有主動之意。讀之感覺頗有力量。

拆解

英文字如果拆解起來，會很有意思，僅舉幾例。一是“together”這個字。我從一個色情網站瞭解到，網友把它拆解成“to get her”。

英文的“yellow”一字中，有個“low”字。看來，瞧不起黃種人，文字裡已經奠定了基礎。英文的“black”一字，含有“lack”一字，認為「黑人」老「缺」什麼東西，也是文字的先定。

英文的“woman”一詞很可怕，因為它含有“man”字，即女人本身包含了男人，能生出男人。如果成了複數的“women”，那就更可怕，因為它含有“omen”，即「預兆」、「徵兆」之意。至於好兆還是惡兆，那就要看各位的造化了。

Yes or no

中國人從學英語的第一天起，就是否定自己的語言。問你的第一個問題是：“Do you speak English?”（你說英語嗎？）肯定的回答是：“Yes, I do.”（是的，我說）。否定的回答是：“No, I don't.”（不是的，我不說）。如果問“You don't speak English, do you?”中國人就會說：「是的，我不會說。」按英語的邏輯，如果你不會說，那就不是「是的」，而應該是「不是的」。也就是說，是的就是是的，不是的就是不是的，與中文正相反。

這個否定過程，即便在海外過了很多年，也無法反正過來。比如，一位醫生問工傷病人：“Do you want to work in the future？”（你將來還想工作嗎？）這位病人不回答問題，而是繞了一個很大的圈子，敘說他不能工作的原因，於是，醫生把他話頭打斷，說：「你沒回答我的問題。我問你：你將來還想工作嗎？）」如此這般地講了三次，這位病人才正面回答問題：「想。」

其實，正如這位醫生所說，他需要的回答就是一個“Yes or no”，即「想，還是不想」，但碰到華人客戶，永遠都得不到一個正面回答，往往要幾次三番，兜一個大圈子，才能探知他心裡究竟在想什麼。

這種情況，到了法庭上也是一樣。比如這是一場謀殺案，當事人被問到，他是否當時在事發現場。對這種簡單的問題，一般回答也極為簡單：在，或者不在。可是，我看到的情況遠非如此。幾乎所有的當事人—只要是華人—都不會立時三刻地說在或是不在，而是要從天上說到地上，從山上說到海裡，詳詳細細地解釋一番，他當時為何不在現場的原因。結果總是一樣，即不是對方律師，就是法官會很不耐煩地打斷他的話頭說：我沒問你這個。我問你當時在場還是不在場。你只需要回答"Yes or no"就行。

事情還特別怪呢。律師或法官越這麼說，當事人就越發繞起圈子來，好像生怕簡單地回答了問題，就會露餡似的。這其實是他們不瞭解英語文化和澳洲文化。在這個文化中，一旦涉及法律，特別強調真實性。如果你對上帝宣誓，句句都是真言，那麼，你若說了99句真話，有一句被人查出是謊言，其他99句就都可能被推翻。而對真言最簡單的測試，就是看你答問時是直接了當，還是躲躲閃閃。不過，他們的害怕也是真實的。如果心中有鬼，就不敢據實回答最簡單而又核心的問題。

據我觀察，比較懂法的澳洲員警，如果出庭作證，一般回答問題特別爽利，是就是，不是就不是，因此速度也特快，上來半個小時不到，就回答完了所有問題。

Cultural Cringe

澳洲這個國家是文化小國，向來跟在英美後面跑，因此被自己的文人批評，患有"cultural cringe"，覺得自己總是不如別人。一旦作品或演員在英美受到追捧，便在本地大肆宣揚，又尾巴翹到天上，好像什麼不得了的文化創舉。

"Cultural cringe"一詞，是澳大利亞作家A.A. Phillips於1950年首先提出，向來在中文裡譯成「文化自卑」，「文化畏縮」，「文化奉承」，但我始終不滿意。一來這個詞是指一種病症。二來"cringe"是個動作，有「卑躬屈膝」，「阿諛奉承」的樣子。一說"cringe"，你眼前就會出現那種勢利小人面對強權唯唯諾諾，面對弱者又飛揚跋扈的恃強凌弱的醜態，而自卑、畏縮、奉承，等，都不能曲盡其意，而且，在發音上也相去甚遠。

我在翻譯《致命的海灘》一書時進行實驗，對此詞採用了音意合譯的方法，譯成「文化苛吝疾」，在音上比較接近，在意上呢，可能沒有全含，但如果初次出現加以解釋，以後次數多了，就能使之成為一顆包有多種意思的藥丸詞彙。

小

提起「小」字，馬上就想起兩件相關的事。一是多年前在一個澳洲人家裡教中文，因為時間久了，就成了朋友，上完課後，還會留下來與他和他家人一起喝喝茶，聊聊天什麼的。有天，他告訴我，他老婆在醫院當護士，有時會不高興，因為常常有人"make her feel small"（讓她感到很小）。開車回家路上，我就老在想這句話，其實如果譯成中文，應該是「老是小看她」。

1994年，韓少功來墨爾本參加作家節，講了一個有關「小」的細節，至今記憶猶新。他說某人描繪誰拉著鐵索從山這邊溜到山那邊去，用的不是「溜」，也不是別的動詞，而是一個「小」字，即他「小」過去了。這個字用得好，跟「又綠江南岸」的「綠」一樣好，甚至比那還好。記得當時我現場翻譯，用的英文是"smalling"，即把不能用作動詞的"small"，譯成了動詞。

相反，中文與大有關的詞，就有很多沒法譯成英文，如大大咧咧，又如大方，也沒法譯，關鍵在於，這兩個詞（以及很多別的詞）根本就是中國特性典型到不可譯的地步的東西。如果直譯成big big grin grin和big and square，恐怕誰都看不懂，只是好玩而已，倒也不失於作為一種原始的翻譯樣板。

Gen Y、digital natives、go cold turkey

今天讓學生做一翻譯題，跟Gen Y有關。所謂Gen Y，是相對Gen X而言。所謂Gen X，是指"Generation X"，即生於60年代和70年代，最晚不超過1982年的這一代人。[102]而Gen Y呢，則指Generation Y，即生於1970年代

[102] 參見http://en.wikipedia.org/wiki/Generation_X 詞條。

中期，包括80後和90後這兩代人。[103]據該文報導，這批人走到哪裡都把電子產品帶到哪裡，什麼手機啊、iPad啊、電腦啊、GPS啊，等等，從來都不關機。結果，翻譯時來了問題，字典查不到Gen Y一詞，不過，這比較好解決，到網上一查就發現，可以譯成「Y世代」。

字典還查不到一個詞，即"digital natives"。雖然網上有，如「數字原生代」，但我不太滿意，因為"native"一詞原意是「土人」。我倒更願意直譯為「數字土人」。

這篇文章談到，有家報紙《先驅報》做了一個小實驗，對四個二十出頭的年輕人做了調查，讓他們整整一週"go cold turkey"，也就是不用任何電子產品，看他們是否能夠承受。這個"go cold turkey"，很多學生就直接把意思譯出來了。我沒有。我告訴他們，這正是一個絕好的機會，可以把中文沒有的一種英文表達法「進口」到中國。我的譯文如下：

《先驅報》請了四位自願人士來做這件事：整整一週只吃「冷火雞」（即戒掉任何電子裝置）。

所謂「吃冷火雞」，就是突然戒掉某種習慣或癮。中文既無這種說法，那我們採取我的「譯來主義」譯來就行了。

淡菜

口譯是最無奈的一項工作。從根本上說，是一個無法百分之百的工作，任何時候都可能栽跟頭，碰到一個無足輕重的小字，突然卡殼，就走不下去了。當年剛起步時，單位有個叫大志的口譯員，無論在什麼場合，碰到什麼問題，哪怕他不知道的，也能搪塞過去。當時覺得，這真還是一種能力。沒過多久，熟悉了情況，自己也能如此這般地對付，但總想做到盡可能好，卻一而再再而三地被證明無法做到。這就是為什麼在澳洲法庭，譯員開始工作之前，都要來這麼一段宣誓：

> I swear to Almighty God that I shall well and truly interpret the evidence about to be given, to the best of my skill and ability.〔我向全能的上帝起誓，我將盡我最大的技能，真實而準確地翻譯即將給予的證據〕

[103] 參見http://en.wikipedia.org/wiki/Generation_Y 詞條。

如果出錯，譯員的擋箭牌就是這個「盡我最大的技能」，只要不是搪塞，盡了譯員「最大的技能」，也就問心無愧了。

記得有次替一個病人翻譯，問到ta病中想吃些什麼時，ta點了一連串名字，各種各樣的肉和菜等，這些都一一譯過去了，但ta開列的名單中突然出現了一個「淡菜」。一到這兒，大腦好像突然停電，漆黑一片，怎麼也摸不到這個詞彙的英譯了。好在對付這類現象，經驗豐富的口譯總有應對辦法，一般是通過直譯，也有通過音譯的，比如譯成“dan cai”，然後通過聽者不懂的空檔爭取一點思索的時間。這不免有作偽之嫌。我採取了直譯，譯為“flat vegetable”。醫生不懂，問是什麼。我把問題譯給病人聽，病人說：是一種海鮮。我又照直譯了。這件事就到此為止，但我內心始終不安，一回到家就查了一下。

原來，所謂「淡菜」，英文就是“mussel”（貽貝）。我平常不涉炊事，是導致這次「停電」的主要原因，一下子栽在了一個小小的「淡菜」上了。

發錯音

學英文的人被人指出發錯音，是件很難堪的事，跟說普通話被人指出發錯音一樣難堪，如果不是更難堪的話。比如，我就在發「太監」、「自怨自艾」和「綠林好漢」時，被自己的學生指出，「監」音同「見」，「艾」音同「義」，「綠」音同「路」。臉上好下不來呀！

發英文時，因為自認英文較一般人好，所以特別不肯承認有發錯音的現象，直到有一天，研究生同學指出，“whore”這個字的發音應該是“hore”，而不是“wore”。那天被指出後，我很難受，沒有接受，但回來一查，果不其然，我是錯的。

不巧的是，室友有一個英文字的發音是錯的，即“subtlety”。這個字裡面有個“b”是不發音的，但他每次總要發出“b”音。我曾數次躍躍欲試，想糾正他，但想起我自己那個“whore”字的經歷，話到嘴邊就縮回去了。我把此事講給外婆時，她說：你可千萬別去糾正別人哈，否則他會恨你一輩子的！所以，直到研究生畢業，他始終發帶“b”字母的“subtlety”。

這事使我想起有次上課，一個女學生來找我問問題，腮幫子上有一粒飯，我真想給她指出，又始終開不了口，最後還是讓她帶著飯粒走到大千世界去了。回來後提起這事，老婆說：你絕對不可以對一個女人這麼做！好在我不知道是什麼因素導致我最終沒這麼做的。

到澳洲來後，有一次記者採訪我，我屢次提到"paradoxical"（悖論）一字，但卻說走了嘴，把該詞發成了"paradoxial"，連說了兩次，那位女記者只是點頭，好像沒事人一樣。過了若干年，每每想起此事，我都覺得當年好像發錯了音，最後一查，發現果然錯了。不覺多少有點佩服那個記者的忍勁。

急

有一次電話口譯，客戶被房管部門告知，他欠未交房租2000多澳元。經查證，原因不在他，而是房管部門工作疏忽，沒有及時處理他遞交的表格。

這時，客戶說了一句話。他說：我聽說欠這麼多錢，很急。

輪到我翻譯了。這個「很急」，應該是「心裡很急」，可以譯成"I was very worried"（很擔心）。這種邏輯思維過程太慢了，到底口比心快，我的一句翻譯早已完成，脫口而出："I wasn't impressed"。

接下來的回應再自然不過。房管部門的工作人員充滿歉意地說：我們很對不起。我馬上就向上面反映，爭取儘快解決你的問題。

後來想想，「急」，在當時這個語境下，還真就是"not impressed"的意思。

Shortly

以前有個原來是學生，後來是研究合作夥伴的人發電子郵件，答應儘快把工作完成時，總愛這麼說："I'll do it soon"。我每每就要告訴她，不是"soon"，而是"shortly"，因為我一看見"soon"這個詞，就有一種這事要拖一兩個星期的感覺，而我要的是一兩天內就完成的事。

字面上看，"shortly"是「很短地」，但正如我以前講過的，英語和漢語是兩種不對等的語言，比如英語能"broad smile"（寬笑），漢語只能「微笑」，這兩種笑互相換一下語言就無法表述。而且，漢語笑起來時能「噴飯」，英語就沒有這種表現方式，無飯可「噴」，要噴也是噴麵包。在這一點上，英文之"short"（短），就是漢語之「快」（fast），即在很短時間內，很快就如何如何的意思。

語感是什麼東西？語感的差別就在“soon”和“shortly”上。我一看她寫帶“soon”的信，就知道她要說的意思是“shortly”（馬上），但中國學生學英語，就是很難進入語感，哪怕英語再好。就像前天上課，一學生把「中國是世界上最古老的文明之一」譯成“China is one of the oldest civilizations of the world”，我把他的“of the world”改成“in the world”，這時他說：老師，這兩者有很大區別嗎？我告訴他：總的來說都行，但用“in the world”從語感上來講更像那麼回事。這個語感就是從平時看書、看報、看電視、聽廣播、與人交流中長期積累起來的。

語感不是語法，但比語法更對。澳洲人說英語，有時很不語法，但很語感，如把“but”（但是）放在句尾，然後戛然而止，如這句“I think you are right but”（我覺得你是對的，但是），後面沒下文了。還有在既說“yes”的時候，同時又說“no”，成了“ye-no”，好像既同意，又不同意，完全沒有章法、語法，但卻地道得很，就跟湖北人說「我對這個人很不感冒」一樣地道，又跟出了湖北以外，其他地方說同樣的意思，卻不用「不」一樣：「我對這個人很感冒。」

檢查是否有語感，不是到語法書中去，而是到自己的腦子裡去，用自己的口問：有這麼說的嗎？是這樣說的嗎？如果感覺如此，那就是對的。如果大腦一片空白，那就得加強了。

如想表示把什麼事情很快或馬上做掉，那當然是“I'll do it shortly”（這事馬上就做）。至於有些人說了“shortly”之後，事情拖了幾天乃至幾週都沒幹或幹完，那就是另一回事了，這種情況在澳洲還蠻普遍的。要是能生造一個相對於“shortly”的英文詞“longly”就好了，惜乎這種詞英文中還沒有。

Highs and lows

Edwin Maher是紐西蘭人，現任CCTV九頻道的英文主播。最近出的一本書叫“My China Daily”（《我的中國日報》，也可譯成《我的日常中國》），但譯成中文後的雙語版本卻成了《找不著北》。[104]我在墨爾本買下這本書的主要原因，就是把它作為教材，供學生上課對照譯文糾錯用。這裡順便說一下，我教課的對象都是80後的學生，這個年代的學生有一大特點，就是極少看書。

[104] 參見張黎新（譯），《找不著北》。外語教學與研究出版社，2007.

一年只看一本或一本書都不看的學生大有人在。有天給他們看高行健小說的譯文，問起高行健是誰，沒有一個人知道，這跟幾年前教研究生時的情況一樣。下課時，學生交談的內容全是看了什麼新電影或新電視連續劇。看來，寫書的人終有一天會退出歷史舞台。而我，就是這個現象的每日見證人。

這本書的英文一上來就說：

> Ask any expatriate about the highs and lows of living in China, and there will always be a story starting, 'I had this really amazing experience…'[105]

中文譯文是：

> 隨便抓來一個在中國生活的「老外」，問問他過得咋樣，他肯定一張嘴就是「我的經歷可神了……」（p. 3）

學生的評語是：「譯得過於口語化」，而且，英文的"the highs and lows"，也不是中文的「咋樣」。

我向學生坦言，這句話最難譯的就是"the highs and lows"。同時，我想起了一件往事，但只在腦中回味了一下，沒跟學生講。

1986年，我作為一個代表團的翻譯，去加拿大工作了一段時間。有天晚上，我們代表團乘坐一輛麵包車，一路飛馳，前往尼亞加拉瀑布城，我就坐在司機旁邊，一路上與他英文交談，瞭解了很多事情。記得他第一句話就是：你想瞭解什麼？我的回答則是：我想知道加拿大這個國家什麼最好，什麼最糟。他跟我講了他的故事，既是最糟的，也是最好的，但現在不講，以後在我另一本書中再講吧。

就是這個「最好」和「最糟」，使我想起了"the highs and lows"，儘管兩者意思並不一樣。從字面意思看，"the highs and lows"指「高低」或「高高低低」。引申義為"good times and bad times"（好時光和壞時光）。[106]

因此，"the highs and lows of living in China"，就不僅僅只是問在中國「過得咋樣」，而是問他在中國的生活中有什麼好的地方和不好的地方，就像我當年問那個司機加拿大最好的是什麼，最不好的又是什麼一樣。

---

[105] 同上，2頁。

[106] 參見網上英文字典對這一詞條的解釋：http://www.macmillandictionary.com/dictionary/british/low_59

正如我對學生指出的那樣，這本翻譯在我看有點過於龍飛鳳舞，隨意發揮了，除了學生批評的那個「過於口語化」的缺點之外。

Long-short progress

大約是1976還是1977年吧，我在工廠當司機，與工友開一輛解放牌車去了一趟上海。記得那時把車開到六十碼時，那輛車便渾身發抖，有點像人做愛做到漸入佳境時的情狀。在上海買了什麼東西我現在都不記得了，只記得買了一本又長又瘦的《稼軒長短句》。回老家時，幾個朋友都說：哎呀，怎麼不多買幾本！直到現在，他們問話的那種迫切和急切，依然猶在耳邊。

2001年，南澳有個詩人看中了我的詩，大都是我從十多年前在中國寫的中文詩中經過挑選，自譯成英文的詩，想給我出本詩集，後來沒出成，婚姻也解散了，這件事就不了了之。當時，我起的英文書名是：Lines Long and Short。簡譯之，就是「長短句」。

翌年，這本書被雪梨Mabel Lee的出版社Wild Peony Press出版，改了一個名字，叫"Two Hearts, Two Tongues and Rain-coloured Eyes"（《雙心、雙舌和雨色的眼睛》）。

當年我喜歡長短句的形式，也想把"long and short"（長短）這種詩歌的說法進口到英文中去。我也知道，英文中有"tell me the long and short of it"這種說法，意思是說：「跟我講講這件事的始末」（直譯為：「跟我把這件事的長長短短講一講」。），但據當時的瞭解，英文的詩歌是沒有這種說法的。

孤陋寡聞啊！最近看詩，看到一句說："This must, my soul, thy long-short progress be"。[107]所謂"progress"（過程），在詩人那兒是指人生，而"long-short progress"，就是「長短過程」。整句意思是：「我的靈魂啊，這一定是你既長又短的過程」。如果直譯，那就是：「我的靈魂啊，這一定是你的長短過程」。不好。

無論如何，我終於在英詩中找到了一個把長短並在一起說的範例了。

[107] John Donne, 'Of the Progress of the Soul', *John Donne Selected Poetry*. Oxford University Press, 1998〔1996〕, p. 175.

翻譯（1）

對一個文學翻譯來說，比較痛苦的一件事就是不被承認。澳大利亞已經變得越來越封閉，越來越保守，最顯著的表現就是拒絕文學翻譯，拒絕承認文學翻譯。最近投稿澳洲幾家文學雜誌，如Griffith Review（《格里菲斯評論》），都遭立刻退稿，理由是：我們不發表文學翻譯作品。豈有此理！一個不想通過文學翻譯瞭解其他國家文學創作的國家，豈不就是一隻井底之蛙嗎？

更有甚者，澳大利亞一家專門搜集澳洲作家在全球（包括澳洲）發表作品的時間、地點、雜誌報紙刊物名稱、以及作品標題等資訊的網站，居然拒絕收錄文學翻譯作品的資料。這家網站英文叫"The Australian Literature Resource"（澳大利亞文學資源網站），網址在：www.austlit.edu.au 建議凡是寫作的人，都到上面去看看，並與之取得聯繫，好讓他們也把自己的作品登錄上去，以便青史留名。不過，有文學翻譯作品的人，到此只能卻步，因為這個網站有個很不地道、很不講理、很不邏輯的規定：只有詩歌翻譯才能算翻譯，有關資料可以搜集進來，但其他類別的文學翻譯或學術論文的翻譯，則沒有資格收錄進去。這樣一來，我翻譯的《女太監》、《完整的女人》、《新的衝擊》，《祖先遊戲》，《熱愛孩子的男人》，以及2011年出版的兩本《柔軟的城市》和《中國式英語》，就全都不算夠資格收錄的作品了。實際上也都沒有算進去。

我不瞭解是否英美都這樣，但這種對文學翻譯所持的排斥態度，是我在澳大利亞看到的最噁心的一例，提起來都讓人感到寒心。當年澳大利亞國立圖書館雖買我出版的創作書，但卻拒購我翻譯的文學書，經我解釋了文學翻譯的重要性後，他們才決定也購買文學翻譯書。看來，對於澳大利亞人，得一個個地說明文學翻譯的重要性，實在太浪費時間和精力，而有些所謂的學術界人士，卻冥頑不靈到無法說服的地步。那就隨他們去吧。今後，如果有人請我翻譯澳洲作品，我得三思而後決定是否「譯」之。如果譯後不算成績，不計成果，那誰還要譯這個國家的作品？！

翻譯（2）

中文的翻譯二字，意思很簡單，就是把一種文字，譯成另一種文字，並沒有別的引申義。在英文中，"translation"就很不簡單，還有解釋、轉化、轉移、肉身不死而升天等意思。澳洲詩人Les Murray有本詩集，英文標題是"Translations from the Natural World"，應該不是《來自大自然的譯文》，而是《來自大自然的轉換》，不過，還是前一個標題比後一個好，也比後一個更有詩意，其詩意反而得益於漢語的翻譯沒有第二種意思，這真是一種很好玩的悖論。

在2011年青海湖詩歌節，我見到一個來自保加利亞的女詩人，也看到她一篇談翻譯的文章。據她說，在保加利亞語中，「翻譯」（保加利亞文是prevezhdam）二字除了中文的那個意思外，「它更物理化，指代一個確定方向上的運動，暗示前路上必須克服的種種險阻，意思是『穿過、穿透』。一個人可以趕著一大群羊穿過山巒，帶著一個孩子度過青春期的狂暴歲月，或是領著一位失明的婦女穿過街道，這些在保加利亞語裡都是同一個動詞－翻譯。有時候，從一種語言到另一種語言的通道走得如此辛苦，或許『翻譯』的第二個意思對此描述得更加貼切。」

拋開語言不提，翻譯就是一種變化，從語言到語言，從一物到另一物，從生到死的變化，一種類似語言的蟬變、嬗變。從這個意義講，既然已經變了，完全的對等就沒有太大意義。這或許為創譯提供了一個很好的理論開端。

上下其手

之前說過，很多中文詞進入英文後，其本色常態和豐富含義盡失，罪魁禍首就是我們中國人所編的不爭氣的字典和詞典。比如「上下其手」一詞，本來即有上又有下，還有一個手字。一提這個詞，眼前就晃動著一個形象。

字典給出的英文釋義是什麼呢？北外編的《漢英詞典》給的是兩個："practice fraud"（弄虛作假）和"league together for some evil end"（為了某種罪惡目的而勾結在一起）。不好，只有意思，沒有意象。

英國詩人堂恩有首詩很著名，英文是Going to Bed（《上床》），其中提到與女人做愛時，沒有一詞涉及肉體，且又處處暗渡陳倉，只用幾個介詞，就把所有肉體問題都解決了，如下列二句：

Licence my roving hands, and let them go
Behind, before, above, between, below[108]

（給我漫遊的手頒照吧，讓我的雙手去
後面、前面、上面、之間、下面）

也就是說，給我的雙手頒發一個執照吧，讓它上下其手，前後其手，之間其手去！

好了，「上下其手」一詞有解了：hands up and down或hands above and below。

由此看來，諸如毛手毛腳、大手大腳、動手動腳等詞，都可以如此通過直譯而大規模進入英文，如：hairy hands hairy feet，big hands big feet，moving hands moving feet。關鍵在於如果通過合適的結構鑲嵌在文本之中。這就要取決於各位的英文本領了。

熱情

一個案子涉嫌某男與低齡女發生性關係。這兩人都在同一單位工作。現在律師與證人交談取證，問到該女平時是何性格時，證人說：她人很熱情。

譯員譯該詞時，沒有直接就譯成“enthusiastic”或“passionate”，而是先音譯為“reqing”，再直譯成“hot-sentimental”，然後解釋說：這個詞一般有幾種相近的意思，可分別譯成“enthusiastic”，“passionate”或“warm-hearted”，得取決於具體情況。

於是，律師繼續問了一個問題，即這個所謂的“reqing”是指什麼情況。證人回答說：是指該女在與人交談時，比較喜歡湊得很近。

現在看來，上述所有那些跟“reqing”有關的字，似乎都說明不了問題。比較接近的應該是“keen”。

[108] John Donne, 'Of the Progress of the Soul', *John Donne Selected Poetry*. Oxford University Press, 1998〔1996〕, p. xiv.

大姨媽

有一年做一個案子，涉及某女告其夫強姦案。在警局錄口供時，她突然冒出一句：那天我大姨媽來，他還強迫我做。

我順口譯去：The other day, when my Big Aunty came, he forced me to do it。

員警聽不懂了。好在此女粗通英文，便告訴我說：不是的，我是說我好事來了。

這一次，我犯了一個錯誤，也上了一課。

又一次，給一個台灣來的做翻譯。連續兩個地方都沒搞對。一次他說：當時我在街上打電動。我沒聽懂，但還是硬譯了：I was playing with electronics at the time。

這是個學生，他來修改我了：不對，我是在玩遊戲。原來是這樣！我立刻翻對了：I was playing electronic games。

跟著，他又來一句說：我見到的那人是個女生。

我的翻譯"The one I saw was a female student"也被他否決。原來，在台灣，女生不是女學生，而是女性，正如男生不是男學生，而是男性一樣。

早年的翻譯，經常會出這樣一些難以避免的錯誤。相信今後的翻譯，也會出現意想不到的笑話。這，就是當翻譯的種種風險，無人敢擔保不犯的。

F-word

多年前，有天上午還是下午，我與Alex在Carlton過馬路時—我記得在那地方附近一家義大利餐館，後來還跟一位來自瑞典的翻譯家和他妻子一起吃過飯—我因Alex說了一句什麼而脫口而出說：fuck！

Alex立刻警告我：不要說這話！我說怎麼了？他說：我跟你說了不要說，你就不要說嘛！

今天網上有一新聞，說美國有位兒童作家在上飛機時，連說了兩次"f-word"，也就是兩次說了"fuck"一詞，儘管是壓低嗓門說，卻冒犯了一位空姐，導致叫警察把這位作家趕下了飛機。（http://www.theage.com.au/travel/travel-news/fword-gets-childrens-author-kicked-off-flight-20110614-1g1ci.html）

這說明，在公共場合說"f-word"，是一件很可能招致後果的事。

話又說回來，如果把這篇文字譯成中文，“f-word”怎麼譯？粗話、髒話、罵人話？似乎都對又都不對，因為它畢竟是“f-word”，而不是“M-word”（M指multiculturalism，所謂M-word，是指「多元文化這個字」），也不是“c-word”（即cunt word，指女性生殖器官）。

既然它有“f”的限定，那麼，若非譯不可，而且還要忠實於原文，不妨譯成「用了fuck這個髒字」。反正在中文中，對“fuck”一詞並無太大感覺，不會產生過於強烈的文化和文字衝擊。

Aks

英語問話一詞是“ask”。早在翻譯《英語的故事》一書時，我就第一次得知，黑人不說“ask”，而說“aks”。

根據該書：美國「南方人一般都保留了傳統英語a-going一詞最後的g不發音的現象。根據記錄，他們把once發成wunst、horse發成hoss、ask發成aks，這種發音很可能是從黑人那兒搬過來的。」

前不久，我給一個澳洲白人律師做翻譯，發現他說“ask”時，一律發音為“aks”，覺得真是太好玩了，好像給黑人的這個音做了一個活生生的注腳，老是想問他為何如此發音，當時只記得說“aks”的，都是愛爾蘭人，回來查書才發現，原來有黑人的淵源。

但現在那件案子早已結案，打電話去問似乎很不合適。要知道，此人是我所知道的收費最高的律師：每小時440澳幣！

Take sides

有一次翻譯，遇到一個證人，跟原告和被告都是朋友，因此不願出庭作證。律師很理解地說：I know you don’t want to take sides。

翻譯隨即翻過去了：「我知道你不願偏袒任何一方，」旋即改口說：「我知道你想採取中立立場。」

我想，後邊這種反譯看似不準，實際上比前面更準。

陽具

有一次文字翻譯中，原文涉性處頗多，但提到男性性器官時，一直用「陽具」二字。此字1978年北外出版的《漢英詞典》居然不收。上海交大1993年出的《漢英大辭典》也不收，好像漢語中文中沒有這個字似的。我不甘心，又到人民衛生出版社1987年出版的《漢英醫學大詞典》去查，還是沒有這個詞。我沒轍了。又查1980年商務印書館編的《現代漢語詞典》，還是沒有！狗日的中國人編的字典，一本本都是刪除了器官的垃圾，真不是東西！

只好逼上「網」山，一查就到。百度百科說：「陽具（或陽物）是生物學上陰莖的俗稱，泛指雄性動物的外生殖器官。對於哺乳動物而言，陽具具有排泄和繁殖的功能，可以勃起和性交。」（http://baike.baidu.com/view/1024281.htm ）

我呢，早在翻這些字典之前，就已經把此詞譯成了"yang tool"，同時在後面加括弧注解為"penis"（即陰莖）。我同時把"yang"處理為斜體，表示是外來詞，相當於早已為英文接受的"yin and yang"（陰陽）的「陽」。

這樣一來，不僅變無為有，為中國人編的字典平添一新詞，同時使該詞有了一定的字面形象，即一種陽性的工具。

談到這兒，我想起最近在重慶某大學談直譯後的學生提問情況。一學生說：那你這麼直譯根據了什麼標準呢？我說：在沒有任何標準的時候，你想根據什麼標準呢？！我與她談到中國一向以來的字典對文字的審查、刪削情況，如把英文的"cock"（雞巴），"fellatio"（口交），"cunt"（屄）等字滅掉的例子，指出作為譯者，一定要超越字典，把被刪除的東西還給歷史和文字。

在這兒，這其實是一個很小的工作，即把陽具還給「陽具」。

愛撫

有次翻譯一段文字時，提到男女愛撫之事，但字典對愛撫的解釋根本不適用，因為它說，那是"show tender care for"，這是不對的。

這段文字，是男女由愛撫而進入性事，最後犯事。因此，翻譯這種說法，恐怕還是要通過直譯，才能求準，可根據具體情況譯作動詞"to fondle"

或“fondling”或名詞“loving touches”。

上面那種什麼“show tender care for”這種句式，置於此處就有點文不對題了。

More of the same

什麼叫“more of the same”？就是同樣的東西又出現了、又重複了。這是一種說法，也是一種態度。比如，一個作家給他的經紀人看了最近寫的一個東西，經紀人說：故事很有意思，但內容還是“more of the same”。也就是說，寫來寫去還是老一套。作家不高興了，說：以你這個態度，任何新生事物都可以用這句套話來扼殺。再又說了，世界上有什麼東西不是“more of the same”呢？《傳道書》裡還說，「太陽下面無新事」（there's nothing new under the sun）和「太陽重又升起」（the sun also rises）。

“More of the same”也是同義反覆。英美人寫詩的一大弊病，就反映在這一點上。你比如A. H. Housman的名篇，“Loveliest of trees, the cherry now”，其中第二段如下：

Now, of my threescore and ten,
Twenty will not come again,
And take from seventy springs a score,
It only leaves me fifty more.

韻是押得很好，但十分囉嗦，遠不如中國古詩精煉簡潔。本來一句話（今年二十，餘生苦無多）就說清楚了，卻花了整整四行反反覆覆地說：

人生七十古無多，
二十歲月已蹉跎。
從中減去二十載，
五十結餘不多哉。

美國的弗羅斯特也是這樣，他那首很有名的“The Road Not Taken”，選材樸素，寓意深遠，但第二段也是十分囉嗦，一句話翻來倒去，不厭其煩地說：

Then took the other, as just as fair,
And having perhaps the better claim,
Because it was grassy and wanted wear;
Though as for that the passing there
Had worn them really about the same,…

意思是說，兩條道其實都有人走，但走其中一條，是因為看上去荒草叢生，人跡罕至，譯文如下：

這才踏上另一條，雖然兩條道都一樣好，
但也許更有理由走這條道，
它無人光顧，長滿荒草，
其實，在這一點上，兩條道
幾乎都無人踏腳。

讀起來比較煩，一點都不精煉，也就是“more of the same”。

扒土哇

本人有個比較得意的音譯，寫出來說給自己聽，別人是否聽或看，這都很不重要了，其英文是patois，原產自法文，意思是方言、土語，特別是方言與標準語的混雜語。我第一次這樣翻譯時，是在《英語的故事》（2004）中，那段話說：

當我們把進入語言的文字和片語開列出一張清單，是無法規避仔夫脫口的重要性的。下面這張清單是卡布·卡羅威開列的，時間可回溯至1938年。按卡羅威的話來說，這是「紐約人才濟濟的哈萊姆音樂家和娛樂家使用的詞彙、說法和一般的『扒土啊』[109]。」

[109] 即法語字“patois”，土話，音似漢語的「扒土啊」，故譯－譯者。

再出現這個詞時，就不用解釋了。

1828年，著名的《最後的莫希幹人》作者，長篇小說家詹姆斯·菲尼摩爾·庫柏寫道，「在美國，儘管各省和各州在音調、甚至發音和某些單詞的使用上有其各自的特色，但不存在『扒土啊』現象。一個美國人可以區分佐治亞州的人和新英格蘭州的人講話的差別，但你〔他的英國聽眾〕就聽不出來。」

> 到了我譯《中國式英語》（2011），因此詞尚未通用，就又解釋了一遍：
>
> 事實是，香港英語已經演化成一種初生的「扒土哇」（混合語）。[110]這是任何殖民環境下不可避免的一種過程，因為進口的舌頭無法避免吸收白話的特點，特別是像廣東話這樣充滿活力的白話。

事實上，這不是一般的土話，而是土洋結合的話，洋話扒土之後，與土話結合的「扒土哇」。

Eminently

文字是什麼？是一個保存了記憶或一段記憶的膠囊。一個字，就是一段記憶，比如說英文的"eminently"這個字，我已經至少有十多年沒用過這個字了，但當我在毛姆的長篇小說Of Human Bondage（《人類的枷鎖》）這本書，讀到"and his nickname was eminently appropriate"（p. 56）這段時，一段往事浮上心頭。

那是一次進行了大約一週的官司，具體細節恕我不能細講，只是在一次當事人與律師進行諮詢，當事人問該官司輸贏希望有多大時，律師說："eminently winnable, eminently winnable"。

"Eminent"有「著名的」、「傑出的」、「突出的」，等意。人活著時要用"eminent"，但死後就要用"famous"（著名）。查了幾個字典，也沒有說這個詞有極其、非常等意，但若與"winnable"連用，一定就是這個意思，即此案「肯定能贏」。

---

[110] 即法語字"patois"，意為土話，音似漢語的「扒土啊」，故譯－譯者。

我當時並沒查字典，也無字典可查，但意思一聽就明白，只不過那種不用“very winnable”，“absolutely winnable”，而把“eminently”與“winnable”放在一起的說法，一下子就在我腦中留下了印象。這天下午教完翻譯課回家的路上，在電車上看到毛姆小說中的那句話，就彷彿把這顆標著“eminently”的記憶的膠囊剝開，從中清晰地看見了當年的那個場面和說那句話的白人律師的樣子。

那場官司的結果正好相反，一個“eminently winnable”的案子結果沒有打贏。

Rarified air

中西有很多東西其實是相通的，只是說法稍有不同而已。毛姆的長篇小說Of Human Bondage（《人類的枷鎖》）這本書中，寫主人公Philip性格不合群，喜歡沉思冥想，思考宗教問題，但他畢竟是人，需要人間的溫暖和友誼，於是就說：“But Philip could not live long in the rarified air of the hilltops”。（p. 67）

看到這兒，我立刻想到兩句中文，一是「高處不勝寒」，另一是「不食人間煙火」。也就是說，Philip這種不與人交往，不食人間煙火的孤獨狀態難以長久，因為高處不勝寒，他「無法在山頂稀薄而純淨的空氣中長期生活下去」。

華人英語

多年前，一個華人朋友的老婆提到某人的伴侶時說：他的“par ner”（帕吶）。我糾正她說：你是說“partner”吧（帕騰吶）？她說：是，就是“par ner”（帕吶）。我不吱聲了，當下就知道，正確與錯誤面對，往往必須認輸。儘管這是謬論，但實際生活中屢試不爽。

最近在與華人客戶和朋友打交道過程中，又聽到一些不規則的英文發音，覺得很好玩，便隨手記下來。一個客戶打電話提到他的“appointment”（預約）時說：我的“pomen”（頗門）。這話我一聽就懂，知道是華人的一種斬頭去尾的英文發音方式。一位朋友講起“Point Cook”房產情況時，老說“pong coo”，聽起來像說「膨庫」一樣。更有一位剛認識的朋友，在提到買房是否肯定增值時，非常肯定地夾雜著說了一句英語：No one know！此話一出口，我就在心裡嘀咕開了，應該是：“No one knows, no one knows，而不是No one know”。但他說話的嚴肅勁，根本不容人置喙，更不可能去糾正他了。後來，他還提到看了一本華人寫的書，叫“Wild Swings”（《野秋千》）。我沒有糾正他，因為我知道他說的是張戎的“Wild Swans”（《鴻》）。

說起爛英文，就連我教的翻譯學生也在所難免。最近從中國回來，上課時穿了一件剛在中國買的新襯衣，比較花，顏色從肩膀處往下漸下漸深，直到開出一片燦爛的深色花朵。要在從前，這會被認為是女人穿的衣服。上課間，忽聽有學生對這件衣裳評論起來。一女生說：歐陽老師穿衣服是很“fashion”的！我趕快制止她們，讓她們不要評頭品足，而是把注意力放在課文上，同時卻在想：不是“fashion”，而應該是“fashionable”，因前者是名詞，而後者是形容詞。

但是，學生這麼用這個詞，從中國人的角度也是說得過去的，因為中國人說誰打扮入時，用的就是「時髦」一字，而不是「時髦的」。現在通用的「粉絲」一詞，也是這種對英文“fan”（迷）的錯用，因為「粉絲」是指“fans”（即複數迷的），而單數則是“fan”（粉）。

還有故意犯創造性錯誤的事例。如當我跟一個朋友說：No way（不行）時，她竟說：Yes way。英文只有“no way”之說，絕無“yes way”之說，但“yes way”（相當於「就行」）卻是通過漢語對英文的一種創造性錦上添花，值得記取。

好吃

一首詩是誦讀還是默讀，有時會出現意想不到的結果。歐陽江河的《漢英之間》這首詩我很喜歡，多年前譯成英文，發表在我翻譯的“In Your Face: Contemporary Chinese Poetry in English Translation”（《砸你的臉：當代中國詩歌英譯》）（2002）這本書中。那時翻譯只是默讀，而從未誦讀。

今天教詩歌翻譯，我把這個譯例拿出來給學生看，先點了一個學生來朗誦這首詩，讀完一段，再換一個學生讀。第一個朗讀的男生瘦瘦的，文縐縐的，上週上課提了一個問題，讓我覺得其人似乎較其他同學更懂詩。他讀到「並且，省下很多好吃的日子」時停頓了一下，問：「是好吃的日子」，還是「好吃的日子」？顯然，後面一個是發去聲的「好吃」。他問：老師，這是好吃，還是「號吃」？這一下子把我問住了，因為這段若與上段「那樣一種神秘養育了饑餓」相銜的話，那發去聲的「好吃」就好像做了一個註腳，應該是「號吃」。這就只能用詩無達詁，見人見智的話來搪塞一下了，再說，憑空殺出一個「號吃」，我那句英文翻譯"and saved many edible days"，就站不住腳了，因為這不是"edible"（好吃），而應該是"days fond of eating"或"days keen on eating"（好吃、號吃）。

感謝這個學生，讓我從一個自己不做，卻讓別人做的實踐中重新感受了詩歌，以及詞語中暗藏的潛能。

英文

中國人對英文有一個錯誤的認識，好像自己的東西（詩歌、小說，等），只要被一個說英文的白人譯成英語，就從一個作者，儼然成了一個「被翻譯的作者」。這是很要命的。

記得多年前，我跟一位澳洲作家談起說，我和澳洲某大學教授合譯的一部中文長篇小說馬上就要出版了。這位作家說：「What's his English like（他英文怎麼樣）？」我吃了一驚，以為聽錯了，因為這個教授是土生土長、從出生就在說英語的白人，就問他是什麼意思，他就把這個問題又問了一遍：「What's his English like（他英文怎麼樣）？」

最近有位大陸詩人把別人英譯他的詩歌譯文給我看，讓我提點看法。這其中既有大陸教授譯的，也有西人譯的。大陸教授譯的我一看就說不行，一是文字不準確，二是文字不到位，三是對原文的詩意把握十分欠缺。總的來說，英文不好。

那麼，另外兩位英文翻譯又如何呢？這可從我給該詩人朋友的一封電子郵件中看出一斑：

> 某某某【知名不具】翻譯的《傾聽》和《夜行火車》看了。還是有問題的。依我的觀點看，兩個：對中文詞義的理解不透徹。二：英文表達也有問題。這可能是我們中國人不知道的。一些翻譯中文詩歌的西方人，一是本來自己的英文都不好（請注意，這是一個很大的問題。不能假定只要嘴巴裡說出來是很好的英文，筆下的英文也一定就好）。二是翻譯時會受中文影響，使得筆下英文多少有點不倫不類。
>
> ……我現在對西方人譯中國人的作品，因為看得較多，也因為自

己也吃這碗飯，是持十分懷疑的態度的，原因是他們翻譯的態度實在太隨便、太不嚴肅了。我在自己的一本書《譯心雕蟲》中，多處舉例專門說明了這個問題。

過後，看了另一個人譯的東西後，此人把「我不會讓自己像他們那樣當眾赤膊」這句話譯成：“I don’t bare my neck in public”。如果回譯成中文，意思就是：「我不會當眾露脖子的」的。於是，我在另一封信中補充說：「我上翻譯課有一個內容，就是培養學生的糾錯能力，讓他們把老外的譯文拿來，與中文原文對比，結果發現問題多多，問題大大，經不住推敲的地方多了去了。」

一些英文大家的英文好不好？不好，這可從書評家的筆下看出。英國詩人王爾德評論George Moore時說：“George Moore wrote brilliant English until he discovered grammar。”（喬治・摩爾寫的英文棒極了，結果才發現原來還有語法這回事）。言外之意，他的英文極差。王爾德還評論左拉道：“Mr Zola is determined to show that if he has not got genius, he can at least be dull。”（左拉先生打定主意，要向人顯示，就算他沒有天才，他至少還能做到索然寡味）。王爾德對Henry James的評論也不饒人：“Mr Henry James writes fiction as if it were a painful duty。”（亨利・詹姆斯寫小說，就好像在盡一項痛苦的義務）。[111]

千萬不要以為，自己的東西變成了英文，就成了好東西。不。很有可能成了壞東西還不自知。

裙角

代薇的詩《歸來》中有這麼一句：「我歡快地叫著你的名字／提著裙子在向你飛跑」。讓學生翻譯時，一個男生不知道怎麼譯「提著裙子」，把它譯得不像東西。我建議他說：找女生問問，提著裙子跑，應該怎麼個提法？他還強嘴，不肯認錯。我又跟了一句：你穿過裙子嗎？知道「飛跑」時該怎麼提嗎？引來一片歡笑。

然後我故意問了幾個stupid questions（愚蠢的問題）：是提裙角？還是提裙子的中間或兩邊？

---

[111] 上述例子引自Robert Drewe, ‘From Pooh poohed to a Pinter of discontent’, *The Age* (Life and Style), 25/6/11, p. 48.

一個女生說：是提裙角。另一個女生確認說：裙角！

這與我的猜測不謀而合，我猜也是提的裙角。儘管我從未穿過裙子，但我想像自己穿著裙子，開始飛跑的樣子，一定得把裙角提起來跑才方便。而在頭天，我已將該詩譯成了英文，那兩句是："happily, I called your name/ flying towards you, holding the hem of my skirt"。

小寫

最近給學翻譯的學生上詩歌翻譯課，還是像從前那樣，一週上英譯中，一週上中譯英，輪到上中譯英的課時，我讓他們看了我從前譯的兩首詩，一首是于堅的《陽光只抵達河流的表面》，開頭四句我如是譯：

the sunlight only reached the surface of the river
it only reached the upper water
it could not go down any further　　it lacked the weight of a stone
a reliable object　　to enter things

然後，我又讓他們看了我譯的歐陽江河的《漢英之間》，頭四句我如是譯：

i live among the blocks of chinese characters,
between the lookings around of these and those images.
they are isolated and indiscrete, limbs shaking unsteadily,
their rhythms as singular as continuous rifles.

這時我停下來，問他們是否注意到我的譯詩從字面上看有什麼特點。幾乎沒有一個人能夠回答這個問題，只有一個學生不確定地說：是不是小寫？

是的，就是小寫。本來英文詩的慣例是，標題需要大寫，每行詩的第一個字母要大寫，專有名詞要大寫，如Chinese，China，人名和地名都要大寫，但這些在我的譯詩中都給免除了，一律化為小寫。為什麼要這樣？我給他們解釋如下。

美國有個詩人叫E. E. Cummings，他所寫的詩全部小寫，不僅標題，不僅內容，而且他自己的姓名，也都一律小寫，比如下面這首詩：

i love you much (most beautiful darling)

by e.e. cummings

i love you much (most beautiful darling)
more than anyone on the earth and i
like you better than everything in the sky
-sunlight and singing welcome your coming
although winter may be everywhere
with such a silence and such a darkness
noone can quite begin to guess
(except my life) the true time of year-
and if what calls itself a world should have
the luck to hear such singing (or glimpse such
sunlight as will leap higher than high
through gayer than gayest someone's heart at your each
nearness) everyone certainly would (my
most beautiful darling) believe in nothing but love

（參見：http://www.internal.org/e_e_cummings/i_love_you_much%28most_beautiful_darling%29 ）

其次，中國文字並無大小寫之分，一個漢字和另一個漢字並列在一起，並沒有某個漢字要比另一個漢字尺寸大的這種傳統。因此，讓所有的英文大小一律，本身也是很漢語的，符合漢字的規律。

我告訴同學們說，1990年代曾有很長一段時間，我的翻譯和英文詩歌寫作，採取的就是小寫策略，但後來，我又逐漸從中淡出了，不想刻意求取小寫效果，卻沒料到，我以前教的一個研究生，在他的翻譯中採取了這種做法。他最近給我發來他譯西毒何殤的詩，就是這種風格。現選取頭六句如下：

My Son's Hands

my son, seven-month-old,

starts to know himself –
he often sits on his crib
gazing at
his two little hands
absorbedly.

原作如下：

《兒子的手》

七個月大的兒子
開始認識自己
當他坐在小床上
經常會盯著
一雙小手
發呆

英譯者的名字叫Liang Yujing，是個不錯的年輕雙語詩人。自武大畢業以來，已在英語國家發表了不少直接用英語創作的詩。

Self white

祁國有首短詩如下，因為學生大多都選擇為他們認為的好詩，我就讓他們譯成英文：

《自白》

我一生的理想
是砌一座三百層的大樓
大樓裡空空蕩蕩
只放著一粒芝麻

這首詩要譯成英文並不難，最難的似乎是標題「自白」。不少人把它譯成“Statement”或“Self-confession”或“Confession”，但沒有一個人知道，其實這個詞還可以有別樣的譯法，因為所有的人都沒有超出依靠字典搜尋意義的範圍。

我問他們，他們卻回答不出我的譯法是什麼時，我告訴了他們：“Self White”。大家不約而同地「啊」了一聲，覺得好怪呀。於是我問：難道在中文中，把「自」和「白」這兩個字捏合在一起不怪？翻譯是什麼？翻譯是一種創作，是讓一種文字中本來有創意，卻因為大家見怪不怪而產生了熟稔之繭的那種表達方式，進入另一種文字之後，剝去其老繭，重新煥發出生命，這，就是為何譯成“Self White”的道理。如果英文讀者不理解，可以在第一次出現時加注。就這麼簡單。

給氧

我們有「給力」的說法，卻沒有「給氧」之說。這個說法，也是我今天（2011年6月28日）才看到的，真是孤陋寡聞呀！

前兩天在報上看到，前總理霍克的女兒Sue Pieters-Hawke與她的後娘，也就是霍克的二妻，女作家Blanche D'Alpuget，在機場的VIP候機室發生衝突，幾乎動手。據說是因為不滿後者在其剛出版的《霍克傳》中對霍克前妻，也即Sue Pieters-Hawke的母親頗有微詞，罵她是“gold-digger”（淘金者、撈錢的）。

這個事件有兩個細節值得注意。一，如果是平民百姓，很可能就在乘機的滾滾人流中互相錯過，失之交臂，但由於是名人，能享受VIP（高級人物）的待遇，就只能在空無一人的奢侈廳堂裡狹路相逢，即便是名人，也會怒火填膺，動起手來。二，做二妻的人寫書，可能最忌諱的就是詛咒前妻，因為顯得很沒氣量。再說，你已經把人從她手中奪走，應該寬容一點才對。

記者採訪的時候，霍克說：“I'm saying that I'm not giving this any further oxygen”（要我說，關於這件事，我不想進一步給氧。）（參見：http://m.news.com.au/NSWACT/pg/0/fi764664.htm ）意思就是說，我不想再在此事上添油加醋、憑空添亂了。

要我說，既然中文沒有「給氧」之說，就使我的「拿來」有了理直氣壯的理由。既然中文缺氧，那就讓我通過翻譯給它輸氧和給氧吧！

Main

郁達夫的《日記九種》中，凡是提到嫖妓的地方，都用日文。這讓我這個不通日文、也不屑於通的人感到又好奇，又惱火。現在看來，他並非是日記中寫偷腥事時唯一這樣做的人。

Samuel Pepys（1633-1703）是英國16世紀最偉大的日記家，一寫就是十年，出了十一卷。他在日記中不僅記載歷史大事，也寫入了他的日常生活瑣碎，包括偷情。記載這類偷腥偷情的雞零狗碎時，他混合使用了英文、法文、西班牙文和拉丁文。有一次，他對老婆請來的女伴Deborah Willet動手動腳，被老婆當場看見，過後很久都感到不好意思，但當晚就把這事記了下來，說老婆'coming up suddenly, did find me imbracing the girl con my hand sub su coats; and endeed I was with my main in her cunny. I was at a wonderful loss upon it and the girl also....'（參見：http://en.wikipedia.org/wiki/Samuel_Pepys）這段話裡面的幾個字就很可疑：con, sub, su, main和cunny。估計con是拉丁文，相當於"with"，而"sub su"大約是說「在……的下面」。"con my hand sub su coats"應該是說「把手放在衣服下面」。而"main"在過去的英文中指的是「手」，不是我們現在常用的"hand"。"cunny"一字我查了一下，指的是"cunt"，也就是女人的性器官，在中國老百姓的口中，用一個英文字母就能說清楚：B。"endeed I was with my main in her cunny"這句話是說：「我當時真的把手放在了她的B裡面。」

回文

英語和漢語一樣，都有一些很好玩的回文，如這句："When the going gets tough, the tough get going"。這句話說起來容易，譯成中文卻很難。暫時不譯。

漢語也有一句說：「疑人不用，用人不疑」。這句話相對來說比較好譯，只要採取說反話的反譯原則，把「疑」當成「不疑」即可："Use him if you trust him; don't if you don't."

好了，現在來對付上面那句：「事情越難，不畏難者越不畏難。」難譯，我承認並放棄，因為譯不出那種回文的味道來。

Gift of life

聶魯達是智利詩人。那不是他的本名，而是他根據一個捷克詩人（Jan Neruda）而起的筆名。他的西班牙本名很長：Neftalí Ricardo Reyes Basoalto。後來，「聶魯達」成了他的真名。

我提起這個詩人時，學生中無一人知道他是誰，也許中國的學生知道，但來澳洲的這批80後沒人知道。這種無知，我就不想評說了。無知，就是這個時代的特徵，大家只認得一樣東西，也只認一樣東西，那就是錢。

聶魯達很牛，據說當年曾對著10萬之眾朗誦詩。哥倫比亞的瑪律克斯稱：他是20世紀世界任何一種語言中都最偉大的詩人。阿根廷的博爾赫斯不同意，認為他只是一個"fine"（優秀的）詩人，而為人則很"mean"（糟糕）。（參見：http://en.wikipedia.org/wiki/Pablo_Neruda ）這倒應了我原來對詩人的一個認識：人不錯，詩很糟，或詩很好，人太糟。

聶魯達有首譯成英文的詩，叫"Absence"（《不在》），中有如下幾句：

when your eyes
close upon the gift of life
that without cease I give you

此句我讓學生解釋，無一人能參透，只能就事論事地談，什麼「生命的禮物」之類。其實，聶魯達不僅很牛，也很流，下流。這句詩如果直譯就是：

我一刻不停地把生命的禮物
送給你，這時，你銜著它
閉上了你的眼睛

直言不諱地說，就是詩人把他的陽具—生命的禮物——一刻不停地對著他的女友抽送—送，即抽送，這個詞在中文裡比在英文更有效—而女友在強大的抽送下閉起了眼睛，享受起來。就這麼簡單。

不讀詩的人只知其一，不知其二，沒有想到詩人會這麼隱晦（淫穢），但不這樣，又怎能說是詩呢？！那只能像阿Q那樣，說：我要跟你困告（睡覺）。

《不在》這首詩的最後如是說：

But wait for me,
keep for me your sweetness.
I will give you too
a rose.

我隨譯在此：

但是，等我一下，
把你的甜蜜留給我。
我也會給你
一支玫瑰。

最後這個“rose”很有意思，又是聶魯達的淫穢（隱晦）所在。是一朵玫瑰，更是一支玫瑰，而且是“rose”，即“rise”（挺起）一詞的過去式。給你「一支玫瑰」是啥意思？自己猜去吧，你。

Make love

在看毛姆的長篇“Of Human Bondage”（《人類的枷鎖》），這是近來看的一本好小說。我發現，人生過半之後，我不再有耐心讀大厚本的長篇小說了。Roberto Bolano的長篇“The Savage Detectives”（《野蠻的偵探》）人都說好，我也買了，但看了150來頁，就再也看不下去了，儘管我承認，裡面寫性愛的一些段落非常野性，值得一讀。對於這些看不下去的大長篇，我採取了幾種辦法，一種是看到某處後突然停下來，不再繼續看下去。一種是在幾十分鐘（一般不超過兩小時）內，迅速翻完全文（英文和中文的都是）。神奇的是，我發現，我並沒有漏掉什麼。不僅瞭解了全書情節，甚至一些「有料」的地方，我也沒有錯過。最近我對一個美國作家就這麼幹了，他就是Truman Capote。他寫的第一部長篇《別的聲音，別的房間》譯成中文出版之後，包裝是精裝，設計也很精美，但內容卻完全不是那麼回事，我根本讀不下去。在搭電車進城教書的過程中，只花了十分鐘就把全書翻完。對於納博科夫的“Pale Fire”（《微暗的火》），我剛剛看完前面的990行詩，還行，我也準備這麼幹，因為後面對詩的闡釋很囉嗦。

毛姆的《人類的枷鎖》）英文本厚611頁，估計譯成中文還要厚，但讀起來卻一點也不枯燥。可以說我是一字一句讀下去的，而且準備就這麼一直讀完。這，應該說是對毛的最大的誇獎。他的英文簡潔明快，極少用晦澀的文字或說法，偶爾用點德語和法文，也是像我這種粗通二文者不翻字典就能理解的。他的英文甚至讓我感覺到，好像出自一個移民作家之手。對他「人肉搜索」一下就會發現，他出生在法國，第一語言是法語，後來回到英國，所說英語經常遭到同學嘲笑，從而造成了一生都沒有治癒的口吃。後來這個口吃的毛病，毛姆把它轉移成瘸腿，成了《人類的枷鎖》這本自傳小說中主人翁菲力浦的明顯缺陷和特徵。

菲力浦從德國留學回到英國，認識了一位曾在法國當家教的英國女士，名叫威爾金森小姐，對她產生了戀情。他們的談話中，經常用"make love"（做愛）這個詞，起先讓我困惑，繼而讓我不解，最後我才明白。在我們這個幾乎就要浸潤在性愛的時代，誰若說某男與某女"make love"，那一定是指發生性關係。毛的《人類的枷鎖》這本書發表於1934年。那個時代，"make love"並不是這個意思。威爾金森小姐有一次跟菲力浦聊天中，菲大著膽子，問她那個喜歡她的法國小夥子是否"make love to you"（跟你做愛了）。[112]威覺得他怎麼會問出這種問題來，因為那小夥子"made love to every woman he met"（跟見到的所有女人都做愛），[113]因為他與女人做愛是十分稀鬆平常的事，沒有什麼大驚小怪的。

奇了，奇了，1930年代，男女性事居然如此氾濫！不可能吧，我想。後來有一次，菲與威在外幽會，菲第一次吻了威，還說了連自己都覺得不可思議的情話。這時威說："How beautifully you made love"。[114]這時，我才決定，回去一定要查查"make love"這個說法，因為吻一吻，說兩句情話，根本和「做愛」沾不上邊。

果不其然，原來"make love"還有「示愛」的意思，即"pay loving attention to"。其在古代還指「含情脈脈地注視」，對誰「大獻殷勤」的意思。

這跟我們中文的一些詞在時間和空間上也有某種相似。在時間上，過去不涉性的東西，現在涉性了，如「同志」（過去指黨的，現在指同性戀

---

[112] 參見W. Somerset Maugham, *Of Human Bondage*. New York: the Modern Library, 1999〔1934〕, p. 130.

[113] 同上。

[114] 同上，p. 143.

了）。在空間上，「推油」在武漢指女的給男的手淫，但到了廈門，卻僅指一般的按摩，不涉性事，所以廈門一些按摩的場所，會把「推油」二字大大地打在店門上。

本來寫到這兒就寫完了，但是，隨後又發生了一件事，令我不得不再加一句。接下來上詩歌翻譯課，讓學生翻譯Cavafy寫的一首題為"Afternoon Sun"（《下午的陽光》）的詩。儘管這是他們最愛的第二首，但不經過我解釋，沒人知道這是一首寫同性戀的詩，其中有一句"where we made love so many times"(我們在那兒多次做愛)，在兩個組的女生那兒，分別得到了不同的處理。一組譯成：「我們在那兒多次親熱」，另一個組的就更來事：「我們在那兒多次翻雲覆雨」！

有一點是相通和相同的，那就是，到了中國人的手裡，所有本可直來直去的東西，都給委婉化和隱喻化了。我從前就是因為厭惡中國文化的這一點而離開中國的，卻不料那個文化教育出來的這一代人，依然如此矯情！說得好聽點，是含蓄。

說小的語言

我往往覺得，只有小，才會大。英語，一個小語言，說小的語言，就是從小走到大的。當然，這樣說極為簡化，但由於我寫的這種形式，我也傾向說小，而不說大，像我一個中國朋友愛做的那樣：我們修飛機場，就修世界最大的！我們做任何東西，都要最大的。我聽後沒做聲，心裡卻完全不以為然。中國人，就是一橫一撇一捺，一個「大」，除此而外，還有什麼呢？！大而化之，什麼都沒有。

毛姆寫愛情時，通過戀愛的菲力浦，點明了一個英文的特點，即這是一個很不誇張的語言，不喜歡說大、誇大，也不會說大、誇大，因此，在戀愛時，菲力浦"could never help feeling that to say passionate things in English sounded a little absurd"。[115]（p. 140）我沒用英文談過戀愛，不知道是不是這樣，但我知道，漢語的戀愛用語，什麼「海枯石爛不變心」，什麼「信誓旦旦」，什麼「山盟海誓」，等等，進入英文很難直譯，因為英文不是這種愛說大話、愛說狠話的語言。記得當年在法庭翻譯一件家暴案，受害者說老公

[115] 同上，p. 140.

罵她：「操你祖宗八百代」，一個譯員簡單地處理成"Fuck you"（操你），而另一個譯員忠於職守，直譯成"Fuck your ancestors eight hundred generations back"！法官把這段話一字不漏地記下來，認為情節夠嚴重了。僅此一點就說明，英語這個語言無論是愛還是罵，都較趨小。中國人有誇大的傾向，而英國人則誇小（understatement），什麼東西都往小處說。一個典型的例證是，一位軍官剛剛斷了一條腿，問他感覺如何時，他低頭看看，說：「有點痛」。再一個例證是，周圍已經洪水滔天了，一個人卻說：「剛剛下了一場小雨」。

結果，會說法語的菲力浦只好改用法語來說情話，大概是法語比較適合於說比較狠的情話吧。

一年之首

2009年，給上海一家出版社譯了三本書，都是中譯英，都是為了世博會，一本是《龍華古寺》，一本是《少林寺》，另一本是《老舍和他的北京》。關於這幾本書，還真有點事可說。

從收藏角度講，這幾本書可說過幾年後就價值連城。為什麼這樣說？一般書從上市到銷罄，總得三年五載，快一點也得一年半載，除了那種特別搶手，一夜賣光的東西之外。我起初要了若干，後來被朋友買掉了，後來又買了若干，又被朋友買掉了。等我再要時，時間已是大半年後，出版社告知：一本都沒有了！從價格上來說，這一套書不便宜，第一本125元，第二本135元，第三本120元。顯係不是為了一般老百姓製作的，而是作為世博會的贈本樣書。世博會後，還到哪兒去搜求這樣的書呢？好在我手上還有一套，但無論給多少錢，我肯定是不賣的。

從製版裝幀角度講，應該說是富麗堂皇，圖文並茂，但美中不足的是，這幾本英文書，做得太像中文書了，連版權頁都在後面，而不像規範的英文書那樣在最前面。正因如此，以及其他中國出版的英文書不像英文書的原因，我一般不建議這邊的學者或作者把自己的英文書拿到中國去排版和印刷，否則會弄得不倫不類。

最近，我在澳洲的一家英文網上文學刊物（給稿費的，快去！）Mascara Literary Review發表了我翻譯的三首樹才的詩歌（在此：http://www.mascarareview.com/article/349/Ouyang_Yu_translates_three_poems_by_Shu_Cai/

），發給我一個喜歡詩歌，也用英文創作詩歌的學生看，他看後說：看來你說的中國人不會英文排版和製版的問題，在澳洲也有。你看他們把中文詩排成什麼樣了！

是的，這個學生說得很對。在澳洲這個只跟英文打交道的國家，文字中如果出現中文或其他「他者」或異類文字，往往就讓他們傻眼抓瞎，不知如何是好。現在情況還好些，要在過去，他們就會乾脆要作者（比如我）把中文部分拿掉。最近我在Quadrant（文學雜誌，也有稿費）發表的一篇英文文章，其中摻雜了中文，就被主編要求拿掉了。他說得也怪可憐的：請你對我們那些（對中文）無知的讀者行行好！

翻譯老舍時，筆下出現這一段話：「在一歲之首連切菜刀都不願動一動」。我讓學生翻譯時，都把「一年之首」譯成“at the beginning of the year”。沒犯語法錯誤，但犯了文化錯誤。何以見得？

在中國，一歲之首是最重要的時候，是一年的「首」，一年的「頭」。據《民間擇吉通書》，這個時候，「忌動刀弄杖：刀、杖，以及斧、剪之類，初一嚴禁動用。此外，也忌用剪刀針線，同時，也忌殺生。」[116]

所以，這個「首」，在翻譯中不能掉以輕心，隨意譯之，處理成什麼“beginning”呀，“start”呀之類，而要實實在在，一絲不苟地對付，如我所譯：“We wouldn’t even want to touch kitchen knives at the head of the year”。

Death Fugue

我曾批評過中國人商業翻譯中存在的求吉現象，什麼東西進入中文，哪怕再無聊、再搞笑的東西，都會弄得很吉利，弄得美輪美奐。當年我在北大當住校作家時，旁邊有家小超市，英文叫Crazy Frank（瘋狂的弗蘭克），中文卻吉利成「客來喜」。麥可·傑克森當年有個歌帶英文是Bad（《壞》），進入中文後卻成了《棒》。至於把澳洲的紅酒Pinfold譯作「奔富」，把便宜店Reject（有廢品的意思）譯作「利家店」，把Invocare Limited，一家殯葬公司，譯成恩福關懷公司，上海的Evergo Tower，譯成「愛美高大廈」，等，例子就不勝枚舉。我曾從報上瞭解到，英語世界裡有姓death（死亡）的人，比如有個人就叫Frank Death。這人要是通過翻譯進入

[116] 曾強吾，胡莉明，《民間擇吉通書》（1901-2005）。氣象出版社，2002，69頁。

中文，一定就要變味，就會變得斯文起來，例如：弗蘭克・德思。

最近我上詩歌翻譯課，就碰到這種趨利避害的現象。在我選擇的若干詩中，有一首名作，是德國詩人保羅・策蘭的Death Fugue（《死亡賦格》）。學生並不知道此人是誰，正如他們並不知道其他被選的詩人是誰一樣，但在挑選他們認為最好的詩時，幾乎無一例外地跳過《死亡賦格》不選。對此，我只能搖頭興歎。一個不願、不敢正視歷史悲劇的民族，大約只能心甘情願地讓自己患上歷史健忘症，直到痛苦和死亡重新追上他們。

Repatriation

所謂repatriation，是指「遣返」，如戰俘遣返，或「歸返」，如僑民歸返，但有次翻譯一個與殯葬業有關的文件時，也出現了"repatriation"一詞，就抓瞎了，因為字典給的前面兩個意思根本用不上，其他意思字典又不給。這句話如是說：

> （某殯葬公司）is establishing an international repatriation operation in China。

通過在網上進行英文的文字「人肉搜索」才發現，原來殯葬業還提供一種名叫"repatriation"的服務，即當人在外國去世，提供送返遺體到原籍國，以及辦理相關手續的服務。（參見：http://www.memorialcentre.co.uk/repatriation.html ）惜乎我們的字典跟不上語言的發展和存在（這個並非新詞，而是早就有的）。依我看，就譯作「送返」好了。

虎爪

近看納博科夫的長篇小說"Pale Fire"（通譯《微暗的火》），發現"an imbecile with sideburns"這句話，即「一個生著連鬢鬍子的傻瓜」。[117]讀者可能有所不知，"sideburns"一字，如果放在文革時期，就不是譯作「連鬢鬍

[117] Vladimir Nabokov, *Pale Fire*. New York: Vintage, 1989〔1962〕, p. 58

子」，而是「虎爪」。

關於「虎爪」這個說法，無論網上網下，都無案可查，只有記憶中還有一段回憶，一想起這個詞，耳邊就好像聽到當時友伴用黃州話發出的驚歎聲：哎呀，他蓄的虎爪真好看！

是的，那個時代以現在的觀點看是很土，但也有那時的時尚，一會兒喇叭褲，一會兒又瘦褲腿，小夥子穿襯衣喜歡蘋果綠，有男子氣概就是蓄「虎爪」，也就是那種像虎爪一樣伸出來的絡腮鬍子。

估計別處不這麼用，但在我生活的黃州，曾經很流行過一陣子。如果當年譯書，保不定會用這個詞來譯。

道地

我每次說「道地」，有個朋友總糾正我，說：應該是「地道」。其實她這是只知其一，不知其二。中國不僅地大物博，也方言眾多。一個人走很遠的路，樣子不會有太大改變，但一個詞走很遠的路，卻會改變樣子。

在別處說「地道」，但到了我們家鄉，就要說「道地」了。這並沒有什麼錯。信不信由你，從前還有一個中學同學講，他認為世界上最好聽的話就是黃州話，那就是我的家鄉話，很「道地」，而不「地道」。

拿「感冒」一詞來說，也是這樣。我們那個地方，如果對誰意見很大，就說：我對這人很不感冒。後來我到南方求學，發現那兒的人竟然是反著說這話，即如果看誰不順眼，就說：我對該人很感冒！要知道，在我們那兒，對誰感冒的話，就是對誰很有興趣的意思。

還是一個，沒有誰對誰錯，只有是否用在合適的地方。

有次我把寫的短篇小說拿給一個編輯朋友看，他看到一個地方，說：不對吧，應該是「放屁」，不應該是「打屁」。我說對的，我們那兒就叫「打屁」。他說：那不行，那不規範，還是應該改作「放屁」。本人覺得，今後用到此類話語，我還是要堅持用「打屁」的。

英語是否「道地」，有時仔細體會一下行文，就會品出其味，那不是用生硬的語法可以拼湊出來的。在毛姆的《人類的枷鎖》這本長篇小說中，有位來自英國，在巴黎學畫的女生自殺，她哥哥來給她辦喪事。提到她饑寒交迫，卻從未向家中求援時，她哥哥說了一句：“She only'ad to write to me. I wouldn't have let my sister want."（p. 233) 意思是說：「她只要寫信跟我說就行了。我總不會讓我妹妹缺吃少穿」。

有意思的是，如果不讓你看這段英文原文，而直接把「 我總不會讓我妹妹缺吃少穿」這段中文譯成英文，別人我不知道，但我知道自己是絕對不會想到要用"want"一詞的，因為這麼用太地道了，不是地道的原裝貨英國人，總會說得走樣。

還有一個地方，在談到葬禮時，這位吝嗇的哥哥說"I want to do the thing decent,...but there's no use wasting money." (p. 234)意思就是說：「我想把這事辦得很像樣，……但也沒必要浪費錢」。個人覺得，要是不知道英文原文，我也不會把「我想把這事辦得很像樣」這句話，譯成同樣的英文。

學英文，難就難在地道或道地上。從前，我為此而背誦了很多東西，但現在，我已經基本放棄，只是對種種地道的現象，還抱著十分的興趣。

說

學翻譯的學生有一個很有意思的特點，就是翻譯時喜歡兜圈子，不肯、也不願直奔主題。比如有句英文裡用了"design"（設計）一詞，幾個學生偏偏譯成「設定」、「制定」，等，這個問題在譯小字方面尤為突出。

有句英文是這麼說的："The Head of the division of clinical sciences at the Institute for Child Health Research, said that study had far-reaching implications"（兒童健康研究院臨床科學處處長說，這項研究具有深遠的影響。）其中"said"這個字，三個學生竟有三種譯法：「表示」、「指出」和「稱」。這真是有一不說一，一不是一二不是二，明明一個簡簡單單的「說」，偏要把它弄大，弄得好聽，好像不這樣，譯文就不咋樣。這完全是把翻譯當成了表現和展示，說得不好聽是炫耀、炫示。

做翻譯難就難在無法離開原文去隨意發揮，否則，與其學譯，不如去寫作班學寫。這並不是說翻譯沒有發揮的地方，比如"to design more specific treatments"這句話中的"treatments"一字，就有三種發揮方法：「治療方案」、「治療手段」和「治療措施」。

說到底，翻譯來不得半點虛假、虛偽，該譯「說」的，就得譯成「說」，而不是「表示」之類。

秋冬夏春

中國人不由自主，脫口而出說的話，往往是其文化和語言事先設定的，口說出來的時候，已經不用思維了，比如「春夏秋冬」，又比如「東南西北」，還比如「真善美」、「聽說讀寫」，等，他們哪裡知道，換一種語言，換一種文化，他們的這種不動腦筋的思維順序就會立刻被打破。

例如，在一首題為“Melbourne”的英文詩裡，詩人這麼寫道，“Whether it's autumn, winter, summer or spring/Is hard to say here”[118]（直譯便是：「無論是秋、冬、夏、春／這兒都很難說清」）。在墨爾本住過的人，就知道詩人在說什麼，因為這個地方不僅一日四季，甚至夏天有時也會冷得像冬天，正如詩中所說，「夏天有時要點燃取暖器」（Summer, when you're allowed to light the heater）。

回到順序問題。有個學生說：還是直譯好，因為原文就是這樣。問題是，如果把此類譯文投稿到某家雜誌，該雜誌編輯英語不好或者英語尚可卻沒有這種雙文化、雙語言頭腦，他很可能會把「秋冬夏春」改成「春夏秋冬」，因為這樣才符合中國的語言習慣。其實，仔細想想，這是一種十分有害的「習慣」，它阻礙了語言的發展，它使語言變得頭腦呆滯，無法吸收新的用法和新的順序。

其他的順序一句話就可以說清：我們說東南西北，英語說“north south east west”（北南東西）；我們說「真善美」，英語說“the good, the true and the beautiful”（善真美），也有說“the beautiful, the true and the good”（美真善），但極少有把「真」擺在第一位的。中國人把「真」放在第一位，是不是從反面暴露了這個不講真話，喜歡假大空的民族的問題？我們說「聽說讀寫」，英語說“reading, writing, speaking and listening”，當然，現在也有“listening, speaking, reading and writing”的說法，但我們對「聽說讀寫」的這種排序，已經產生了絕大多數80後學生根本不讀書、基本不讀書的惡果。如果只能「聽說」，那跟動物相去不遠，因為動物也能聽，也能說，儘管我們不承認那是說，而是叫。

---

[118] Jacob G. Rosenberg, 'Melbourne', *New Music: an Anthology of Contemporary Australian Poetry*. Five Islands Press, 2001, p. 225.

Dusk of dawn

最後一節詩歌翻譯課。有些同學選擇翻譯了澳洲詩人Phillip Adams的詩"Vienna"（《維也納》）。該詩提到了一連串歐洲名人，如小說家茨威格，科學家愛因斯坦，哲學家維特根斯坦，音樂家勳伯格，等，但卻說他們都處在"the dusk of dawn"的時期。這一下，學生抓瞎了。什麼叫「黎明的黃昏」？對他們來說，黎明就是黎明，黃昏就是黃昏，這兩個處在一天兩端的東西，怎麼能捏合在一起？

我說「能」，隨口就舉了一個例子（來得如此沒有準備，事後想起來都感到吃驚），說：澳洲有個詩人有句詩云："living in australia is like living after death"。什麼意思？「活在澳洲，就像活在死後」。這也是把處於兩個極端的東西捏合在一起的例子。此話一出口，立刻有幾個女學生表示很贊，在澳洲生活的確就有這種感覺。我說：知道這個詩人是誰嗎？她們搖頭說不知道。我說：此人就是歐陽昱。

其實，也有這樣一個例子，該書標題是"East of the West"（《西方的東方》）。什麼意思？誰知道什麼意思？！稍有一點感覺的人，都知道是什麼意思，用不著我嘮叨。倒是讓我想起一個可做以後某部長篇小說的英文標題，"Man of the Women"（版權所有，盜用必究）。

電子詞典

現在上翻譯課，學生清一色地不帶字典，而是面前放一個煙盒大的東西，俗稱「電子詞典」，有時還清晰地發出某個英文字的吐音，在嚴肅的課堂氣氛下，不僅顯得很不和諧，而且顯得該人英文不行，需借助詞典，因此招來一片笑聲。這與二十年前我們讀大學英文系時人手一本大字典或數本字典的情況真有天淵之別。

但是，說到文字翻譯本身，即便武器再精良、再先進也沒用，因為你要面對的依然是壽命比新式武器長得多的文字。不僅如此，你還得學會面對文字的專業類別，採取不同的字典來對付不同專業的文字。我在學期結束的時候才發現，這一點學生居然不知道。

一位學生在翻譯the Lancet這個字時，把它譯成了「刺血針」，這是因為，她在翻譯這篇文章時，一上來用的是普通字典，而沒有選用她那個電子詞典中的醫學辭典，因為用於翻譯的這篇文章是一篇醫學文章。

對了，我要講的就是對症下藥，針對專業文章，選用專業字典的簡單問題。原來，所謂"the Lancet"不是「刺血針」，而是「柳葉刀」，是一家世界著名的醫學雜誌，通稱《柳葉刀》。一查專業醫學字典，這個字就赫然其上。

還有一個學生翻譯該文時，把"genetic link"譯成「基因連結」，顯見她未查醫學辭典。一問才知，她的電子詞典容量太小，沒有專業醫學辭典。看來，電子詞典一定要大到包容多種專業詞典的地步。將近二十年前我去考NAATI翻譯，曾帶去滿滿一包字典，約有十幾種。能夠一次性考過，字典功勞很大。

Hair

英文是個很細緻的語言，用"the"，還是"a"，還是不"the"也不"a"，都很有講究，但有的時候，它卻是個粗枝大葉的語言，比如說"hair"這個字，頭髮是它，汗毛是它，陰毛也是它。

因此，看到Sylvia Plath的一首詩，說"a weed, hairy as privates"時，那意思就是說，她看到「一種野草，毛茸茸的像私處」。這個地方的"hairy"不是「髮」，而是「陰毛」。[119]

Twins, sister and etc

漢語愛用家庭成員作比，如親如兄弟姐妹什麼的，但不如英文詩歌多和怪。拿"twin"這個字來說，它的意思是「雙胞胎」或「孿生子」。John Donne有句詩云："Let him ask this; though truth and falsehood be/Near twins, yet truth a little elder is"。[120]譯過來就是：「儘管真理和謬誤／近乎一對孿生子，但真理年齡稍長」。

還有一個地方，John Donne說："Darkness, light's elder brother"，[121]意即：「黑暗，光明的哥哥」。是不是很怪？反正中國人是不會這麼說的。

Sylvia Plath用"sister"作了一個很怪的比喻：

[119] Sylvia Plath, *Ariel*. London: Faber and Faber, 1988〔1965〕, p. 23.
[120] John Donne, *Selected Poetry*. OUP, 1998, p. 7.
[121] 同上，p. 51.

…–The furrow

Splits and passes, sister to
The brown arc
Of the neck I cannot catch,…[122]

特譯如下：

…–壟溝

斷裂穿過，就像
我無法抓住的頸子
那棕色弧形的姊妹，……

頗為費解，但這種比喻值得學習，值得詩人學習。

痛癢

我們常有這種經歷，身體某個部位發癢，於是就搔啊搔的，結果由於抓搔過度，那地方不癢，反而比原來還痛。

如果要你用英文表達這個意思，恐怕就是讀了英文博士，也要抓耳撓腮了。

解決這個問題的辦法，就是讀詩。John Donne有句詩云："but as itch/ Scratched into smart,…/…hurts worse"。[123]這段詩說的就是這個意思：「但抓癢／抓得痛起來，……／要比原先更痛」。

一生一世不看詩的人，要想學好英文，還是從現在起，開始讀詩吧。

[122] Sylvia Plath, *Ariel*. London: Faber and Faber, 1988〔1965〕, p. 28.
[123] John Donne, *Selected Poetry*. OUP, 1998, p. 11.

Much heart

1986年去加拿大，入住酒店的當晚，就迷上了一個台，現在還記得它叫“Much Music”，大概可以直譯為「多音」，是個音樂台。就是那天晚上，我不斷聽到Elton John的“Nikita”這首歌。當時並拿不準，但有種他好像是同性戀的感覺。

後來在翻譯中碰到「多心」這個詞時，一下子就想起了“Much Music”，儘管兩者相去甚遠，而且把「多心」譯成」much heart”，似乎也很說不通。

讀到John Donne的一首詩，其中也出現“much heart”的說法：

Filled with her love, may I be rather grown
Mad with much heart, than idiot with none.[124]

隨譯如下：

我充滿了她的愛，寧可多心得
發瘋，也不做一個沒心沒肺的傻瓜。

仔細想想，他這句話裡的“much heart”像這麼翻一下，還真有中國人所說的「多心」的意思。當然，在「心情」一詞中取後不取前，那這個“much heart”倒也不妨譯作「多情」。

回頭再看「多心」一詞，我倒產生了衝動，如果有了翻譯的機會，我一定會把“much heart”譯進去。

壓克力

最近看完的一本藝術訪談錄，是台灣學者葉維廉寫的，其中有些字一看就是通過音譯過來的，但由於是台灣音譯，怎麼也看不懂，比如「壓克力」一詞，後來上網一查才知道，原來就是英文的“acrylic”，這在大陸一般譯作「丙烯畫」。

---

[124] John Donne, *Selected Poetry*. OUP, 1998, p. 130.

還有些音譯字，一看很怪，但不查就知道是啥，比如「普普」一詞，其實肯定就是英文的"pop"，大陸譯作「波普」。

這其實是一種很好的現象。文字因此而變得複雜而多變了。不是雜花生樹，而是雜字生紙。

反

「反」的概念說起來很簡單，但實際做起來卻很難。教了大約半年的翻譯，時時處處都在強調「反」的意義，卻不料在最後一堂翻譯課上，還是發現學生遇「反」而不知「反」，迷途而不知「反」。

先講兩個藝術中「反」的故事。據一位藝評家說，俄羅斯畫家康定斯基「無意中把畫倒過來看而發現新的秩序新的美」。[125]這是其一。

台灣畫家劉國松也講了一個「反」的故事。據他說：「有一天我由外面回到畫室，見到原來放在桌上的畫被吹到地上，畫的反面朝上……這就啟發了我由紙的反面來畫。」[126]結果獲得了很好的效果。

這種求反，有時會到極端的地步，正所謂物極必反。那年我到西班牙馬德里國家博物館看畫，就看到一幅把整幅畫倒過來掛在牆上，不讓人看畫，而讓人看背後的畫框和拉索。雖然有點掃興，但卻是直到現在那家博物館給我留下印象的唯一作品。

現在回到翻譯上來。在這篇關於澳大利亞科學家發現基因鏈可誘發哮喘病的文章中，一上來就說："In a world-first, Australian scientists have discovered a genetic trigger that causes severe asthma in children."

關於英漢翻譯中「反」的問題，也是我本人的一個發現，為此還專門寫過一篇文章，題為《翻譯即反譯》，發在《中國翻譯》上，因此就不想再談是如何發現的了，只想指出一點，即以中英文兩種語言思維的兩個頭腦，是互為倒反的。上面一例就充分說明了這點，其中至少含有兩個「反」點。現在來看翻譯：

「澳大利亞科學家發現了一個誘發嚴重兒童哮喘病的基因致病因素，這

125 參見葉維廉，《與當代藝術家的對話：中國畫的生成》。南京大學出版社：2011年，197頁。

126 參見葉維廉，《與當代藝術家的對話：中國畫的生成》。南京大學出版社：2011年，219頁。

在世界尚屬首例。」

第一個「反」點是"Australian scientists"。這是一個複數，刻板的翻譯可能處理為「澳大利亞科學家們」，但他們沒有注意到漢語的一個特點：說複數時不用明言，只有說單數時才具體明說，如說「科學家指出」，那肯定是複數的。如說「有一位科學家指出」，那就不言而喻，是單數的。因此，這一個「反」點說明的問題是，凡是英文複數的，漢語就可不言。正如下面這句"The study found that if children suffer from asthma…"中，"children"這個複數進入中文後，就可免去其「們」而譯成：「該項研究發現，如果兒童患有哮喘病，……」。注意，不是「如果兒童們患有哮喘病」。

現在來看上句中的第二個「反」點，也就是「這在世界尚屬首例」，其英文"In a world-first"本來是位於全句首端的，現在各各異位，無法以邏輯解釋，只能以兩種語言中互為倒反的內在非邏輯的邏輯，才能解釋，否則，為何讀來十分漢語呢？

「反」，應該成為翻譯中的一大原則。如果看了我這本書，而且想學翻譯的人，看到這兒還不會應用「反」的原則，那就等於白看了。我只能表示無語。

舒服

我曾說過，英文沒有類似漢語「舒服」的說法，比如說，我們與愛人親吻或擁抱時，會感到很舒服，而且也會說「我很舒服」之類的話。由於以前沒在英文中見到類似的例句，我就妄言：英文中沒有這樣的說法。

其實，英文中是有這樣的說法的。毛姆的長篇小說《人類的枷鎖》中，Philip愛上餐館服務員Mildred時，曾有一次雙雙看完戲，鑽進計程車後，偷偷伸臂摟Mildred的腰，被她為防男子調戲而有意插在那兒的一根別針扎了一下，隨後又不老實地摟了一次。這一次，Mildred沒有反對。於是，Philip說："I'm so comfortable."[127]（我真舒服）。跟漢語的說法一模一樣。

還有一個地方，在Mildred離開Philip，跟一個已婚男子結婚後，Philip又與另一個女子Norah發生了戀情，有一次動情地吻了一下她的「紅唇」。於

[127] 參見W. Somerset Maugham, *Of Human Bondage*. New York: the Modern Library, 1999〔1934〕, p. 292.

是Norah問他「幹嗎這麼做」？他說："Because it's comfortable."（因為吻起來很舒服）。這，也是很中文的。毋庸諱言，還是那句老話說得好：人同此心，心同此理。還要加上一句：語同此句。

討麵包

我上翻譯課總要在第一天做一件事，給學生開一張圖書清單，要求他們至少每週看一本書。這樣，在為時九週的授課時間內，至少可看九本書，儘管我知道，這些80後的學生，每年能看完一本書的人大有人在，能看完五本的很少，能看完十本的幾乎沒有，能看完20本的基本上是鳳毛麟角。這次上課，問到是否有一年看20本書的，倒是有一名男生和一名女生舉手，不過都是看中文。我要求他們從現在起，大量閱讀英文原著，否則，你就別想做翻譯，更不要說做好翻譯了。

看文學原著有何好處？我不講任何大道理，只講小道理、細道理。看文學原著的好處在於，你知道英文也有「討飯」的說法，只不過由於英國人不吃飯，只吃麵包，相對於漢語來說，他們就不是「討飯」，而是「討麵包」了。前面說過的Mildred後來懷孕，被「丈夫」拋棄，重回Philip身邊。Philip氣憤不平，鼓勵她回去找「丈夫」要錢，Mildred很硬氣，堅決不肯，而且說："I'd sooner beg my bread."[128]（我寧可討麵包也不找他）。

這對一般的翻譯會提出一個小小的挑戰：是譯成「討麵包」？還是「討飯」？如果為了照顧一般的平民讀者，可能譯成「討飯」，但要考慮文化程度較高、具有雙語背景的讀者，可能還是要譯成「討麵包」，給漢語增添一個不曾有過的新詞。

同理，如果把漢語文學作品譯成英文，碰到有「討飯」的詞彙出現，儘管英文沒有"beg my rice"的說法，也不妨考慮如此翻譯，為英語增添新血。

在西方生活得越久，越覺得人都是一樣的，黃膚、白膚、黑膚，以及其他各種膚色的人，在說到類似意義的時候，都有類似的表達法。例如，在澳洲生活久了，就知道，有些街區整天、整月，甚至整年都見不到一根人毛，這是再正常不過的，不是特例。英國也是這個情況。前面說的那個Mildred

---

[128] 參見W. Somerset Maugham, *Of Human Bondage*. New York: the Modern Library, 1999〔1934〕, p. 335.

與「丈夫」離異後，選擇了一個能聽到車水馬龍的地方住了下來，因為她不喜歡太安靜，理由是“I don’t like a dead-and-alive street where you don’t see a soul pass all day.”[129]（我不喜歡在那種要死不活的街上住，成天看不見一個人經過）。唯一的不同在於，我們說「要死不活」，英文這種簡略節省的語言把「要」和「不」都略去不講，只說「死活」，即「死活的大街」。

還有。前面說過，Philip還有一個女友很愛他，叫Norah，是個寫通俗小說的。她因一部小說要出版，能拿到一筆稿費，就很高興地告訴Philip說：這是一筆從天上掉下來的錢。也就是說，意思是這樣的，但她沒有「天」，用的是「雲」字：“It’s money from the clouds.”[130]（這是雲裡掉下來的錢）。

從某種意義上講，漢語說「天」，英文就說「雲」，漢語說「要死不活」，英語就說「死活」，漢語說「討飯」，英語就說「討麵包」，好像老是與漢語為敵，與漢語倒反，與漢語唱對台戲。但從另一個意義上講，只有這樣才形成二語之間的平衡，達致完美。他們沒有的，我們補足。我們在他們眼中又嫌多餘，就加以刪去。很好的一種互動嘛。

家

我手上有一本巴金《家》的英譯本，是我2007年在坎培拉三大學住校期間，在一次書市上買到的。當時並不知道買下來幹嘛，反正覺得有點好奇，因為我還沒看過中文本，再說，又便宜得出奇，僅3元澳幣，而且不是二手書，沒有看過的痕跡，上面還蓋了一個書店的戳子，有其店名、地址和電話號碼。

這一次上翻譯課給我用上了。這本書是Doubleday & Company, Inc.於1972年在美國紐約出的Anchor版。我前前後後翻來翻去，怎麼也找不到譯者姓名。算ta走運，因為無論譯得多糟，反正此人是不會留下惡名的。

《家》的第一章的第一段是這樣的：

> 風刮得很緊，雪片像扯破了的棉絮一樣在空中飛舞，沒有目的地四處

[129] 參見W. Somerset Maugham, *Of Human Bondage*. New York: the Modern Library, 1999〔1934〕, p. 336.

[130] 參見W. Somerset Maugham, *Of Human Bondage*. New York: the Modern Library, 1999〔1934〕, p. 337.

飄落。左右兩邊牆腳各有一條白色的路，好像給中間滿是水泥的石板路鑲了兩道寬邊。[131]

英文譯文則是這樣的：

The wind was blowing hard; snowflakes, floating like cotton fluff from a ripped quilt, drifted down aimlessly. Layers of white were building up at the foot of the walls on both sides of the streets, providing broad borders for their dark muddy centres.[132]

衡量一篇譯文是否準確，就是要看其是否有漏譯和用詞不準確。有學生說了：難道我們一定要拘泥原文，不能隨意發揮嗎？答曰：不能。從前有所謂「懸浮翻譯法」，人像上帝一樣懸浮在原文上，雲遮霧罩似地隨心所欲地翻譯，一天幾萬字，那不叫翻譯，只能叫亂譯。現在的不少中譯英，如果不是亂譯，至少不能算作翻譯，只能稱作譯寫，也就是隨譯亂寫。如果學生抱著這種念頭來學翻譯，那還不如去參加英文創作班，那兒有隨意發揮的大好空間。

為了鍛鍊學生眼力，我請他們從上面兩個方面挑錯，逐漸揪出了好幾個漏譯之處，如「飛舞」，「四處」，「白色的路」，「好像」，「滿是水泥」，「石板路」，「鑲」，等。還有諸如把「扯破了的棉絮」譯成「扯破的棉被被絮」的不準確譯法。

最後，我根據原譯文，針對這些不足之處，重新進行修改如下：

The wind was blowing hard, snowflakes dancing in the air like torn cotton fluff, floating around aimlessly. There was a white stripe at the foot of the wall on either side, making the flag-stone path in the middle covered with water and mud look as if it were edged with two broad stripes.

接下去的數段，漏譯和不準確現象比比皆是。巴金在世若知如此，肯定無語。

---

[131] 參見http://read.anhuinews.com/system/2004/11/18/001050281.shtml

[132] Pa Chin, *Family*. Garden City, New York: Doubleday & Company, Inc., 1972, p. 8.

洗心革面

在翻譯一個客戶的文章，突然冒出「洗心革面，脫胎換骨」這幾個字，一下子想起多年前的一段往事。那應該是小學四年級吧，有天上晚自習時跟同學打架，被扯開後，老師讓寫認錯書，我就寫了，還用了兩句詞，叫「洗心革面，重新做人」，自覺挺不錯的，交上去後就等著聽老師的表揚，誰知女老師一接到手，就咯咯笑了起來。原來，我用詞過重，很不到位，而且也似乎太老成了點，我想。

小傳到此為止。記得前面說過，有個我摸索出來的原則叫漢全英半，即漢語說全，而英語只用說一半即可。「洗心革面，脫胎換骨」這兩句話，譯成英文只需取「洗心」和「換骨」就行，而用不著「革面」和「脫胎」，那純屬多餘。

該文說的是共產黨必須「洗心革面，脫胎換骨」，那麼，這句話的英文就是：the Chinese Communist Party must wash its heart and change its bones。當然，也可以說"replace its bones"。無論如何，"wash heart"和"change bones"之說，應該給沉悶的英文吹進一股清新的語言之風。

選字典

新學年開始，我的第一堂課總是從字典講起，也總是從我18年前考NAATI翻譯時講起。那時，我記得，為了應考，我一次帶足了詞典，一個牛仔包塞得滿滿當當，至少有十二本字典。放眼望去，偌大的考廳幾乎沒有一個人像我帶那麼多的詞典，看上去確實有點學究氣，甚至傻氣，但結果證明，我的做法是對的，因為成績通知後，我一次性通過了英漢和漢英考試，拿到了NAATI雙向翻譯資格。

現在好了，上課的學生幾乎沒有一個帶字典的，全都是一個個的小電子詞典。這些詞典看似小巧玲瓏，無所不包，其實並非無所不及，但如何檢驗東西是否好呢？

很簡單，我沿用了一個過去屢試不爽的私人辦法，那就是把長期在工作中查不到的字或詞擬一張清單，買字典時拿出來逐項核查，結果發現，很多被營業員吹噓得一塌糊塗的東西，都又貴又不好。比如我下面這張單子，就有很多字是找不到的：

勵志
房權證
公允價格
心魔
麥道公司
房奴
蟻族
宅男
燒製
製作工藝
捺印
自由戀愛
感情尚可
感情破裂
要求離婚

當然，我那張清單還有更多找不到的字，這裡就免了吧。

反說

掌握了反說技巧，幾乎可以說就掌握了英語寫作的主要表達方式之一，但這也是最難掌握的一種技巧，它要求一個習慣用中文和中國文化思維的人，以一種頭手倒立的姿勢去思維、去寫作。僅舉三例說明。

當你想用漢語表達你對什麼事情滿不在乎時，你說：「我根本不在乎」或「我根本無所謂」。英語對此的表達卻很奇怪："I wouldn't care less"，其直譯的意思是：「我比較更不在乎」。

當你想用漢語表達非常同意別人的看法時，你說：「我很同意」，英語卻要反著說："I couldn't agree more"，意思是說：「我不可能更同意了」。

而且，上述兩例中，所用的"wouldn't"和"couldn't"，都是虛擬的說法，而不能用"won't"和"can't"取而代之。

毛姆小說《人性的枷鎖》中，有一段關於菲力浦和詩人克隆肖的描述，如此寫道：克隆肖“was sitting in the corner, well away from draughts, wearing the same shabby great-coat which Philip had never seen him without”。（p. 405）

譯文如下：

> （克隆肖）坐在角落，遠離風口，身穿菲力浦總是看見他穿的那件襤褸的大衣。

不用仔細看英文原文，就知道「總是看見他穿」這句話，英文正好是反說的，即「從來沒有看見他不穿」（never seen him without）。但是，只有反說，才像英文。也只有掌握了在不同情況下，反漢語而行之地運用英語的反說，才能把英語說得像那麼回事。

二度自譯

我有一本詩集，題目是《二度漂流》，意即一度漂流之後，又再度漂流。自譯也是一樣，如果自譯者還在，就還有二度自譯的可能。莎士比亞若想自譯，只能趁他還活在世上時，一死掉後，就只能永生永死地被他譯，就像被他殺一樣。

最近編一部自譯詩集，請一個以前教過的研究生協助。他發現了好幾首我早年的英文自譯詩，我卻怎麼也找不到中文原稿了。

為了解決這個問題，我採取了二度自譯的方式，即把英文自譯詩重新譯回中文。另外兩首二度自譯後，依舊沒有找到原文，但最近找到一首短詩的中文原稿，真是喜出望外。

這首詩的英文很簡單，是這樣的：

> moonlight
> soundless rain
> at midnight
> wetting
> every tile
> summer night

frost on the ground as usual

我的二度自譯如下：

月光
無聲無息的雨
半夜
濕潤了
每一片瓦
夏夜
地上有霜如常

（2011年7月23日自譯）

我重新發現該詩原稿後，不覺大吃一驚，發現原稿到底與譯文不一樣，哪怕後者出自同一譯／作者之手，因為只要帶上了「原」字，就有原汁原味，不是能夠隨便「譯」出來的，如下：

月光
無聲的雨
在夜半
打濕了
每一片瓦
夏夜
地上照樣有霜

（2001年2月8日自譯）

相隔十年，差別竟有如此之大、如此之小。可以想見，如果此人不在，有十個人翻譯，就會有十種不同譯本，那個「原」、那個「本原」（本源），是永遠也回不去了。至於哪好哪壞，只能見仁見智。反正現在人都不讀詩，我懶得問任何人意見，全當都不在了。

沖地

漢語的「臭氣沖天」這句成語，在英文中也有，基本一模一樣：stinks to high heaven（臭沖高天）。

有意思的是，英語時有創造性。今天看新聞，有關美國借貸上限最後通過，但反對黨不滿，有人大罵說，這是“stinks to high hell”。我一聽，覺得奇怪，這不是「臭沖高地獄」嗎？！這就好像把漢語的「臭氣沖天」一變而為「臭氣沖地」了，要是譯的話，也只能這麼譯了。

You are wallpapering the country

今天，一位澳洲朋友來電，祝賀我的小說入圍昆士蘭總督文學獎，這是我今年第三次入圍州文學獎。順便說一下，凡是我認為是我的華人朋友，除了極少數之外，從來無人對我的成績說過哪怕一個「祝賀」的字眼，當然，他們也沒有為我的失敗叫好過，扯平了！

這位朋友在電郵中說：“You are wallpapering the country”，我一看有點蒙，這不是說我在全國「貼牆紙」嗎？這是什麼意思，我回郵問道。

數小時後，他回電說：這個意思就是說，你入圍的消息貼滿了全國！

他的祝賀送來了一個英文字的禮物，我心裡充滿了歡樂：又學會了一個英文字，同時意識到，學了四十年的英文，還是有我不認識的字。

Flappergasted

1991年初來澳留學之前，我翻譯的《女太監》初稿完工，只等寄往出版社，就可大功告成，除了一個問題之外，即“flappergasted”一字。該字找了許多字典和詞典，都沒有查到它的意思，只有趁到澳大利亞駐華使館辦理簽證之際，找當時的文化參贊Peter Brown求教。他一看就說：這是個錯印的字。原來，該字的正確拼音是“flabbergasted”（大吃一驚），The Female Eunuch（《女太監》）一書出版時，把該字印錯了。

當時作為學生，還沒有敢挑英文錯誤的勇氣、眼光和膽識。在這個領域工作多年之後才發現，原來用英文作文者，出現錯誤的機率並不低，正式出版物中錯印者有之，商業合同中行文語法出現偏差者有之，一般信件中用字用詞不當者更是有之。

實話說吧，英文不是什麼了不起的language。必須帶有挑剔的眼光去對待之。

笑話

澳洲人開玩笑有個特點，就是曲裡拐彎，要二思乃至三思後，才會恍然大悟。有天我去一家診所做翻譯。抵達後，澳洲大夫看著我說：Where did you park your Volvo？（你的沃爾沃車停在哪兒？）媽的，我開的是福特車，這傢伙怎麼問我把"Volvo"停在哪兒？他和我第一次見面，又是怎麼知道我開什麼車的？想到這兒，我才恍然大悟，原來這傢伙在跟我開玩笑呢，可惜想的時間長了點，笑不出來了，也錯過了跟他反開一個玩笑的機會，比如，完全可以問他說：哦，我把沃爾沃停在你Toorak的million-dollar mansion裡了！（大陸讀者可注意，Toorak是墨爾本的富人區，million-dollar mansion是百萬豪宅的意思，澳洲華人就免了這一解釋了）。

昨天，墨爾本The Age報上發表文章說，據美國專家研究，信教者比不信教者人品更好。該文開篇就說：I'm getting ready to duck, but don't shoot the messenger。我把這篇文章交給學生翻譯，沒有一位能正確地翻譯這句話，因為沒有一位能夠理解裡面的玩笑。這句話就算正確地翻譯下來是這樣：「我已經準備好低頭躲避了，但請別朝來使開槍」，其中的玩笑也是曲裡拐彎的，要看了下文才能明白。下文講的是美國教授普特南的簡單發現，即"religious people are nicer"（信教者，人更好）。顯然，這個消息肯定會令不信教的人惱火，那麼，他們惱火了就要射殺那位帶來壞消息的來使，因此，該文作者這位來使就「準備好低頭躲避了」。所謂「來使」，還牽涉到一個古成語，即「兩國交惡，不殺來使」。於是就有了上述那種一上來就說別朝來使開槍，我要低頭躲避的話了。看來，中國人要進入這種文化，不是一年半載能夠做到的。

向英文學習英文

什麼意思？就是這個意思：向英文學習英文。隨便舉個例子。昨天晚上看英文新聞，說臨近9.11十周年，美國紐約如臨大敵，崗哨如林，政府要求大家提高警惕，這時，說了這樣一句話：When you see something, say something。我一聽這話就想，這不就是中國人說的「看見了就要說」嗎？好玩的是，就是這麼一句簡單的話，也涉及到反譯原則，即原來的兩個“something”，進入中文都用不著再說了。

我一再跟學生強調的就是，要向英文學習英文，也就是聽到什麼有意思的東西，趕快想想漢語怎麼說。對上號了就把它記住。

再如，中國人有「心靈美」這種話，那英文有嗎？2011年美國網球公開賽決賽中，美國黑人女球員Serena Williams罵裁判，說她“out of control”和“unattractive inside”。我一聽就說：後面這句話不就是咱們常說的「心靈美」的反面麼，也就是該人「心靈不美」，不迷人嘛。

又如，有天開車途中聽車內廣播，聽到一人說，他說了一句什麼很刺激人的話時，“people give you the high eyebrows”。這句話我一聽就懂，意思是說，你說的話讓人吃驚，人家眉毛就高高地揚了起來。

由此，從前那句「揚眉劍出鞘」的詩也好翻了。那不就是“With high eyebrows, I drew my sword out of its sheath”嗎？

還有，中國人在風景地照相，特別愛衝著相機或衝著彼此，伸出分開的中指和食指，表示V，那是英文“victory”（勝利）的簡稱。那麼，他們這麼做，用英文如何表達？這天，我看網上英文新聞時發現一條關於中國遊客在澳洲旅遊時，都喜歡紛紛做這個動作，英文是這麼說的：“they gave each other victory salutes”（他們互相致以勝利的敬禮），也就是做“V”的分叉動作。

向學生學習

學翻譯的學生，一般作業或在課堂回答問題，總是很不到位，總是有這樣那樣的問題，總是很難讓人滿意，但是，有的時候，他們的個別譯文卻很到位，很讓人滿意，甚至值得學習。記得多年前有一個女生做的作業，把“corridor of power”（權力的走廊）譯成「官場」，我就給了一個「很好的」評語。

最近有個作業，是讓學生翻譯澳大利亞國家腸癌檢查計畫的一段文字，其中開篇就說，「澳大利亞約19分之一的男性和28分之一的女性，在年滿75歲之前，都會得腸癌，其發病率係世界最高之一，每年新診斷的腸癌有13000例，約4200人死於該病，這使腸癌繼肺癌之後，成為最常見的癌病死亡原因。」

接下來，英文來了這麼一句："The good news is that bowel cancer is one of the most curable types of cancer if found early."即便是老翻譯，碰到"the good news is that"這樣簡單的說法，翻譯起來也覺得力不從心，比如我，不是譯成「腸癌如果發現得早，是最易治癒的癌病種類之一，這倒不失為一個喜訊，」就是譯成「倒是有條喜訊可以告訴大家，腸癌如果發現得早，是最易治癒的癌病種類之一」，怎麼譯，怎麼都不是那麼回事。

我檢查了幾個學生的譯文，都不到位，偏偏有一位平時說話都有點吞吞吐吐，回答問題都似乎不是那麼回事的學生，給出了一個最好的答案。他欲言又止地說：要不要譯成「好在」？我一聽就說：好，這個譯文好！

這樣一來，這個譯文就成了這樣：「好在腸癌如果發現得早，是最易治癒的癌病種類之一」。這個譯文既洗練，又中文，比直譯好得多。

短句切斷法

前面講過，英文與漢語最大的一個區別在於，英語一句話從左至右，往返數次而無一個標點符號，只以一個句號結尾的例子很多，這就需要在譯成漢語時妥加切割和剪裁。

這麼一說，好像短句就不必切割了。其實，英文短句，進入漢語後，也需要切割裁剪，才會感覺得體到位。不信請看下面幾例。最近有篇英文文章講，信教的人比不信教的人好，該篇的標題就是"God's truth, believers are nicer"。這句話很好懂，也很好譯，即《上帝的真理是，信教者更好》。看上去還行，但總覺差點什麼，如能把標點符號稍加微調，就「更好」了：《上帝的真理：信教者，人更好》。這也就是說，僅"believers are nicer"三字，漢語都能切成兩段。

該文接下來說，根據調查結果，"religious people are nicer"。什麼意思？也就是說，有宗教信仰的人比他人更好。即便這麼一個短句，如不切割一下，就顯得文句滯重。不妨如此「切割」一下：「凡是信教者，人品都更好」。也許是本人既是詩人，也是翻譯，所以翻譯時比較講究文句的詩意，及其工整和對仗，比如標題中的三三式，以及文句中的五五式，哪怕僅僅是一句看上去並無詩意的話。

根據這個短句切割原則，就能翻譯這句今晚看新聞時聽來的一句話，是反對黨領袖Tony Abbott罵工黨領袖Julia Gillard的，說她“on the wrong side of the truth”，意思是說，她現正處在「真理的謬誤一端」。這樣翻譯，好像很準確，但誰也看不懂。

要想譯得通，恐怕得採取切割法，譯成：她「站錯了地方，到了真理的另一端」。或譯作她「與真理作對，站到了謬誤的一邊」。後譯似比前譯更好。

非理性的語言

英語是一個很無理的語言，我是說，非常沒有理性的語言。僅舉一例。英語有句成語說：“as clear as mud”。看上去好像是在說：「像泥巴一樣清楚」，其實恰恰相反，是說「像泥巴一樣糊塗或不清楚」。

真是非理之至，豈有此理。

微研究

最近，我請一位比較優秀的學生，翻譯我用英文寫成並已發表的一篇文字，準備收在我正撰寫的《中澳文學交流史》中。直到看到譯文時，我才發現，翻譯翻譯，還不僅僅是個翻和譯的問題，而是需要做點研究的。以我對他的說法，是需要做「微研究」的。

例如，澳洲作家Alex Miller有部長篇，英文標題是Journey to the Stone Country。我的學生朋友把它譯成了《石鄉行》。問題在於，這本小說的中譯本出版時，用的是另一個標題，即《安娜貝爾和博》。一個《石鄉行》，另一個是《安娜貝爾和博》，究竟誰對誰錯？看起來，《石鄉行》更準確，但該書出版時，譯者採用了意譯，於是造成了歧義。而作為我那篇文章的譯者，對此不能沒有意識，這個意識只能來自翻譯時做了應該做的「微研究」。

其次，在譯Xavier Herbert這位澳洲作家的名字時，他根據黃源深的《澳大利亞文學史》，把它譯成了「賽維爾·赫伯特」，但卻沒意識到，我2004年出版的中譯本《卡普里柯尼亞》，亦即這位作者所寫的長篇小說，將其名字譯作「札維爾·赫伯特」。是的，這裡面有個跟誰不跟誰的問題，但在黃源深的《澳大利亞文學史》出版之時，中國並無「賽維爾・赫伯特」的譯本，而我的譯本出版之後，譯名應該是板上釘釘了。關鍵還是，對此得做一個微研究。

如做一個微研究，《澳大利亞和亞洲》（張勇先等合譯）這本書，就會發現，該書標題與原作標題大相徑庭。原作英文標題是：Anxious Nation: Australia and the Rise and Fall of Asia: 1850-1939。譯成中文，那意思就應該是《焦慮之國：澳大利亞及亞洲的崛起和衰落：1850-1939》。一本書的標題，譯成別國文字後，為何竟會出現如此差別，我會在下一個「微詞條」中談到。該書請諸班學生一一校對之後，發現不少問題，此處免提，僅提一個字的翻譯，即"bungalow"。所謂"bungalow"，一般通譯「有遊廊的平房」，該書譯作「印度平房樣式」，[133]因這是十八世紀末，澳洲一位名叫羅伯特・坎貝爾的商人，從印度移植來的一種建房樣式，至今在澳洲隨處可見，我剛來澳時，曾在一家人家後院的"bungalow"中，住過一段時間。簡單譯成「有遊廊的平房」或「印度平房樣式」，都是頗有問題的。其實，只要做個微研究，就會發現，該字早有音譯，那就是「班格樓」或「班閣樓」，上網一查就知道。

如今什麼都講微，吃要微辣，愛要微愛，上網要微博，就是研究，也得學會微研究。

書名問題

前面曾經講過，我譯過一本名叫《殺人》（Corpsing）的英國小說，至今凡是我教過的學生，無論在中國，還是在澳洲，都不相信像這樣書名的小說，會在中國出版，但事實是，它自2006年以來，已經出版多年了。

不過，嚴重程度比這輕得多的標題，卻不僅不讓出，還非得改名更姓。2007年，我把編譯好的書稿發給出版社，標題是《中國的澳大利亞：當代澳大利亞詩歌選》。這個題目，是我和該書澳洲詩人編輯John Kinsella共同約定的，它背後還有一個小故事。當年我在La Trobe大學做博士論文時，Monash大學有個博士生，也在做博士論文，論文標題是"Australia's China:

[133] 大衛・沃克，《澳大利亞與亞洲》（張勇先等譯）。北京：中國人民大學出版社，2009，p. 16.

changing perceptions from the 1930s to the 1990s"（《澳大利亞的中國：1930年代至1990年代變化中的看法》），這部論文後來出版，仍然一字未動地沿用了當時的標題。

所謂「澳大利亞的中國」，不是指純粹的中國，而是指澳大利亞的中國、澳大利亞眼中的中國。我們那個題目，也有這樣的含義在。出乎意料的是，該書即將出版時，出版社來了一個電子郵件，告知需要中途換馬，改變標題，同時建議是否能只用原標題後面，而捨棄前面。根據以往經驗，與出版社鬥，是沒有意義的，只好一切隨它去了。

這是一例，發生在中國。還有一例，發生在美國，那是當我的英文博士論文在那兒出版時，出現的一件改換標題的小事。這部英文博士論文原標題是"Representing the Other: Chinese in Australian Fiction: 1888-1988"，其中文簡本2000年在新華出版社時，用的就是原譯，即《表現他者：澳大利亞小說中的中國人：1888-1988》。到了2008年在美國出該論文的全本時，出版社來信建議說，要去掉前半部分的「表現他者」，理由是這種說法比比皆是，到處可見。那好吧，根據我以往的經驗，作者的胳膊，肯定拗不過出版社的大腿，那就隨他們去吧，結果出來的書標題就成了"Chinese in Australian Fiction: 1888-1988"，即《澳大利亞小說中的中國人：1888-1988》。都無所謂了。

捏詞

英文有一種詞叫合成詞，比如把motorist與hotel捏合，就成了motel（汽車旅館），把information與entertainment捏合起來，就叫infotainment（資訊娛樂），把Chinese與English捏合起來，就叫Chinglish（洋涇浜英語），等等。英文稱這種詞為"portmanteau"（旅行箱）。我呢，直接叫捏詞。

近看一匈牙利詩人的詩，不大有意思，但見一詞，覺得不錯，肯定是字典上查不到的，是"hairdespair"（頭髮絕望），[134]真有點離愁似個長的感覺，既無法直譯，卻又只能直譯。姑記之。

與此同時，這位詩人還有另一種捏詞方式，如他在詩中寫道："You find

[134] 參見Peter Kantor，*Unknown Places*. (trans. by Michael Blumenthal). New York: Pleasure Boat Studio, 2010, p. 30.

something good bad, something bad good"[135]，這很難譯，大致是說：你發現有的東西既好又壞，有的東西既壞又好。或者說：你發現好的東西也很壞，壞的東西也很好。

這倒使我想起英國作家哈樂德·品特關於真假說的一番話。他說："There are no hard distinctions between what is real and what is unreal, nor between what is true and what is false. A thing is not necessarily either true or false; it can be both true and false."（真實的東西和不真實的東西之間、真理和謬誤之間，都並無清晰的界限。一件事物並不一定就是非真即偽，倒是可以既真亦偽。）[136]把這段話的真假二字換成好壞，也是行得通的。

後現代

後現代沒什麼了不起，其最顯著的一個特徵，就是再美好、再優秀的東西，一到後現代之手，就被庸俗化、低俗化、打油詩化、機器化了，而且得來全不費工夫，這是我今天上完詩歌翻譯課得出的一個結論。

下午，我讓給學生三首英文詩，讓他們譯成中文，分別是"Loveliest of trees, the cherry now"（《詠櫻花》），係英國詩人A. E. Houseman的名作，"The Road not Taken"（《非此即彼之路》），係美國詩人Robert Frost的名作和"She Walks in Beauty"（《她在美中行》），係英國詩人拜倫之名作。因時間關係，我只能給他們講前兩首，等到他們來譯時，居然一男一女都說，他們譯成了「打油詩」。這在我的詩歌翻譯課的幾年歷史中，是聞所未聞的。美好的詩歌，一到這些連英文詩歌都沒看過幾首，也幾乎看不懂的80後的後現代者之手，立刻就給打油詩化了。

更有甚者。我在網上查找"Loveliest of trees, the cherry now"這首英文詩的原文時，發現旁邊有一個用Google作翻譯的建議，我就請Google先生翻譯了一下，結果真是搞笑，比學生譯的還要搞笑化。

我先把我的譯文放在下面，再把Google的放在更下，讓讀者進行對比鑑定吧：

[135] 同上，p. 78.
[136] 參見：http://www.goodreads.com/author/quotes/1197.Harold_Pinter

萬樹叢中櫻獨秀，
繁華似錦掛枝頭。
林中馬道亭亭立，
復活節日裝扮素。

人生七十古無多，
二十歲月已蹉跎。
從中減去二十載，
五十結餘不多哉。

觀景賞花須趁日，
匆匆便是五十季。
我欲因之林地遊，
一覽飛雪滿枝秀。

Google機器化的翻譯呢，是這樣的：

最可愛的樹木，現在的櫻桃
是掛著盛開沿樹幹，
而身高約林地騎
戴復活節季白。
現在，我的threescore年，十
第二十不會再來了，
並採取從70彈簧分數，
它僅留下我五十以上。
而且，由於看東西盛開
第五彈簧的小房間，
關於林地我會去
要查看櫻桃掛著雪。[137]

[137] 參見：http://translate.google.com.au/?hl=en&q=loveliest+of+trees+the+cherry+now&gs_sm=e&gs_upl=44221442210147341111101010101011010&bav=on.2,or.r_gc.r_pw.&biw=1280&bih=772&wrapid=tlif131650567617110&um=1&ie=UTF-8&sa=N&tab=wT#auto|en|LOVELIEST%20of%20trees%2C%20the%20cherry%20

這首譯詩只能說一場糊塗，把「春天」（spring）譯成「彈簧」，把「時間太少」（little room）譯成「小房間」，把「銀裝素裹，迎接復活節」（wearing white for Eastertide）譯成「戴復活節季白」，要多糟糕有多糟糕！也許再過一百年，機器可能發展到與人腦等量齊觀的程度，但至少在2011年的今天，它與人腦在詩歌的競爭上，只能算是個傻子。

Uplifting, deeply moving，等等

來了澳洲二十年，才發現一個簡單的事實：澳洲跟中國，其實差別不大，愛錢的照樣愛錢，可能更愛，說起漂亮話來，一點不比中國差，甚至用語都很相似。例如，最近看電視時，突然插播一個關於某舞蹈團將演出的廣告，用的若干字眼中，我記住了兩個，即"uplifting"和"deeply moving"。我心想，這不是我們在中國常說的「奮發向上」和「感人至深」的話嗎！

今天早上看《年代報》的網版，有篇文章談到如今兒童心腸極為冷酷，沒有愛心，也不感激對他們有愛心的人。作為對比，該文提到過去的兒童有一種"resilience"，說："People marvel at the resilience of children who overcome appalling family backgrounds to make good lives"。"Resilience"這個詞，我一向覺得難譯，但放在這段話中，閉眼一想，意思就出來了，不就是漢語的「百折不回」嗎！這句話的意思是說：「人們深感吃驚的是，兒童具有一種百折不回的精神，能夠克服十分恐怖的家庭背景，過上美好的生活。」

人啊，人，無論白皮黑膚，其實都很相似。

---

now%20%20%0D%0AIs%20hung%20with%20bloom%20along%20the%20bough%2C%20%20%0D%0AAnd%20stands%20about%20the%20woodland%20ride%20%20%0D%0AWearing%20white%20for%20Eastertide.%20%20%0D%0A%20%20%0D%0ANow%2C%20of%20my%20threescore%20years%20and%20ten%2C%20%20%20%20%20%20%20%20%205%20%0D%0ATwenty%20will%20not%20come%20again%2C%20%20%0D%0AAnd%20take%20from%20seventy%20springs%20a%20score%2C%20%20%0D%0AIt%20only%20leaves%20me%20fifty%20more.%20%20%0D%0A%20%20%0D%0AAnd%20since%20to%20look%20at%20things%20in%20bloom%20%20%0D%0AFifty%20springs%20are%20little%20room%2C%20%20%20%20%20%20%20%20%2010%20%0D%0AAbout%20the%20woodlands%20I%20will%20go%20%20%0D%0ATo%20see%20the%20cherry%20hung%20with%20snow.%20%0D%0A

拐彎

詩歌除了分行之外，我告訴同學，最大的特徵之一就是拐彎、會拐彎，就像道路一樣，沒有大道通天，一往直前的，總要曲裡拐彎，柳暗花明一下。很多人不知道這一點，也把詩歌的一行行字，當成散文或小說的一句句話來讀，結果不是理解不了詩歌的意思，就是把本來連貫的意思，也切成沒有意思的斷片了。下面僅舉兩例。

《最可愛的櫻花》這首詩，頭兩行是"LOVELIEST of trees, the cherry now/Is hung with bloom along the bough。"Google翻譯的軟體不懂，就在"the cherry now"這兒也把詩行斷掉，譯成了「可愛的樹木，現在的櫻花／掛著盛開沿樹幹。」同學中竟也有這麼翻譯的，這是不理解這兩行詩，其實可以串成一句話，即"LOVELIEST of trees, the cherry now is hung with bloom along the bough"這麼一看，整個文句就是通的，即「櫻桃樹是萬樹叢中最可愛的樹，此時枝頭已掛滿了櫻花」。那學生會問了。好端端一句話，幹嘛要在某處截斷，好像只有截斷才有詩？才有詩味？回答：是的。這是詩歌的天性使然，因為詩歌就像道路，只有彎彎曲曲，只有路盡而道不止，只有此路不通而另路相銜，只有此路似乎看透，拐彎過後卻又呈現新的氣象或新的非氣象，才有所謂的詩意和詩味。否則，一行詩寫到底，一個彎不拐，一個結不打，一個疤不切，這不僅不現實，而且根本就沒有意思。

第二首詩是美國詩人弗羅斯特的《人跡罕至的路》（"The road less travelled"），又叫《沒有走的那條路》（"The road not taken"）。這首詩的頭三段簡單得不能再簡單，可沒有一個學生能夠解釋得對。它是這麼說的"TWO roads diverged in a yellow wood,/And sorry I could not travel both/And be one traveler,…"，特別是其中"And be one traveler"，簡直讓所有人抓耳撓腮而不得其解。如果明白了前面說過的抻直原則，把這三行詩像鐵絲一樣拉直，把裡面的大寫改成小寫，這句話就很容易理解了："TWO roads diverged in a yellow wood, and sorry I could not travel both and be one traveler,…"。意思就是說，「一條路在金黃色的林子裡分了叉，遺憾的是，我同是一人，無法分身，不能走兩條路」。

至於為何要這麼寫，前面已經講過，此處就不贅述了。

雪事

近讀一今人詩，標題是《雪事》。[138]詩無味，題有味，有味之處在於，如譯成英文，可弄成很地道的東西，只需借鑑前人詩句中兩字即可。

十九世紀兼二十世紀的跨世紀英國詩人A. E. Housman那首寫櫻花的詩中，有類似中國古人「花事」的說法，叫"things in bloom"。

因此，要譯「雪事」，舉手就可拈來，即"things in snow"。

Terms and conditions apply

早上坐車進城教書，順便讀北島《時間的玫瑰》，看到一處說，西班牙詩人洛爾迦去美國時，「美國的政治系統讓他失望」。顯而易見，這個「政治系統」[139]是從英文的"political system"過來的，但錯了，其本意是「政治制度」。這是題外話，下面書歸正傳。

昨天在報上看到一則廣告，是iiNet公司做的，說是一個月交49.95，就可看17個大陸電視，等等等等。我打電話去後被告知，我所住地區目前沒有ADSL2。所以等於白問。今晨吃飯，又看到那份敞開的報紙，並看到其英文廣告的末端，有這樣幾個字：Terms and conditions apply。心下一想，這段話如果翻譯起來，至少得來三個倒車，才能像樣地進入中文。

"Terms and conditions"的意思是「條款和條件」，翻譯時得換位一下，譯成「條件和條款」，這是第一個倒車。"Apply"有「符合」或「遵守」之意，把它前置，放在「條件和條款」的前面，即「符合條件和條款」，這是第二個倒車。這還沒完，還得加字，原文沒有的，漢語裡得無中生有，開第三個倒車，故譯作「但必須符合條件和條款」。與上文一銜接起來，這文氣就相通了。

網上有人試譯成「請注意購買和使用規定」，其實是不對的。像那麼回事，但很不準確。

---

[138] 張玉雙，《雪事》，原載《甘肅的詩》。甘肅省委宣傳部文藝處和甘肅省文學院合編。敦煌文藝出版社，2010，p. 157。

[139] 北島，《時間的玫瑰》。香港：牛津大學出版社，2009〔2005〕，p. 23.

Smart windows

今天，也就是2011年9月28日，我在手機的BBC新聞上，看到一則消息，說韓國的科學家發明了一種窗戶，可根據外面冷熱程度或光照強度，來調節窗戶的明暗，從而調節室內的溫差。這倒是不錯的想法，我想。

這種窗戶英文叫"smart windows"。我在網上搜索了一下，尚無中文翻譯。如我之前所說，目前尚無翻譯，給譯者提出了挑戰，這個挑戰也是一個絕好的機會，因為他能就此成為該詞條翻譯的第一人。

中文的「時髦」一詞，其實就是"smart"的音譯。譯成「時髦窗」似差點什麼。那就譯成「時髦溫窗」吧。順便說一下，「溫窗」的組合，取自於「溫床」。

Obsessed with sex

這個時代，確如英國女詩人Wendy Cope一首詩中所說，男人是"obsessed with sex"。[140]其實不是男人，女人也是如此。我就聽說，年輕女孩子坐車時，掏出相機，偷拍長得英俊男子的相片。我還聽說，至少在西方和澳大利亞，色情光碟的買主不少都是女性。

關於"obsessed with sex"這個說法，倒是可以創譯一下，不譯成「迷戀性欲」，而譯成「紙醉性迷」。

厄普代克稱這個時代為"sex-saturated age"（性欲飽和時代）。[141]很到位。

辭藻

所謂詞藻，就是華詞麗句的意思，而「華」，即是「花」。《漢英詞典》所給的釋義，如"flowery language"，"rhetoric"，"ornate diction"，都不如我從厄普代克那兒看到的一個說法好，那就是"flowers of rhetoric"。[142]

---

[140] Wendy Cope, *Making Cocoa for Kingsley Amis*. London: Faber and Faber, 1986, p. 28.
[141] 參見John Updike, *Due Considerations*, 2007, p. 405.
[142] 參見John Updike, *Due Considerations*, 2007, p. 199.

Peace, Pussy, Pot

美國60年代有個反文化的3P口號，即“Peace, Pussy, Pot”，即「要和平、要日B、要吸毒」，當然是從男性觀點出發的。因此，有位女嬉皮士在採訪中大抱其怨說：「男人像兔子一樣日B－進出、進出，無聊之極，簡直把人煩死了。」[143]

我現在想，這個口號如果出現在大陸的書籍中，肯定是要遭到審查和刪除的。所以記之。

Deceptively simple

在英文中，經常會用“deceptively simple”這句話來描述某本書，大意是說，該書很簡單，但這是假象，即該書並不簡單。網上甚至就這一句話的翻譯發生爭論，有人說，應該是「說某東西看上去簡單，實則複雜」，云云。

有天，我想起一本看似簡單的書，想到這兒，我停了下來，似乎想起了別的什麼，其實想起的就是這句英語。我對自己說，這句話有解了，其意即是：某事看似簡單，實則不然。所謂「帶有欺騙性」，「假象」等等，都是“deceptively”而已。

磨刀

午飯與同校一老師吃飯，他忽然問起：是否還在譯書？稿費是否豐厚？每天這麼譯是否很辛苦？

聽得出來，這裡面已經小有微詞了：譯書既無大錢，又需每日「練股」－我根據「練攤」而創造的詞－又是何苦來哉呢！

我把譯書的其他問題回答後，談了一個我自認為是很重要的觀點：翻譯就是磨刀。時譯時不譯，譯技難以提高。一個老者，到了80歲，還要天天錘煉拳腳，翻譯也一樣，接觸各種文本，天天在兩種文字中來回周旋，猶如磨刀，越磨越快，文字文筆也越利索，是容不得它去生銹頹圮的。

---

143 參見John Updike, *Due Considerations*, 2007, p. 459.

接著，我們又談起一個機器翻譯問題。據他說，現在有些翻譯使用Trados等軟體進行機器翻譯。個人以為，這是他們的事，但正如前面所說，就算機器什麼都能譯，它譯不了詩歌。這是一。其次，機器翻譯無非就是快，把一本30萬字的書輸進去，可能幾分鐘就能全部譯成文字，但人在編輯校對方面所花的時間，可能也不少，而且沒有樂趣。這就好像人嗑瓜子，要的是品嘗磕開時瓜子過舌的那種味道，要的是聽瓜子磕開時的響聲，還要的是舌和牙把瓜殼理出來吐出去的滋味，更要的是看到一地都是瓜殼的那種昏天黑地的樣子，如果這些都沒有了，而是把所有瓜子去殼去皮，大把大把往嘴裡倒，那就沒有任何樂趣可言了。人們若要速度，何必不研製出一種把人壓縮成代碼的方式，然後通過電子郵件發送出去，眨眼之間就可從墨爾本到紐約，再眨眼之間又可從紐約到月球，再眨眼呢，人生100年就過去了，人已經到了墳裡。

這樣一種翻譯是沒有意義的，因此，我寧可譯賺不了什麼錢，也出不了大名的書。

小三

語言的發展，在年輕人身上體現得尤為充分。這次上翻譯課，讓學生翻譯一首17世紀英國詩人威廉・瓦爾希（William Walsh〔1663-1708〕）的詩，英文標題是（To His False Mistress）（《致其虛偽的情婦》）。

我按點名單點了一位同學，請他先翻譯標題。他看了看說，這應該是《致他的壞得無以復加的小三》吧。把其他同學（包括我）都笑壞了。

看，這就是我們之間的差別，“mistress”一詞，在我們那裡，第一反應就是「情婦」，而在這些80後那兒，第一反應就是「小三」。再過若干年，還不知會發展出什麼別的詞來呢。

活手

詩是什麼？從最小的單位上來說，所謂詩，就是對文字的再創，原來沒有的，現在要有。原來已有的，現在要再創。就這麼簡單，但要實際做起來，就沒這麼簡單。例如，英國詩人濟慈有首詩，叫“This living hand”。

學生譯時，花樣繁多，什麼「勤勞的手」，「艱苦的手」，「充滿生命的手」，等，就是沒有一個譯成「活手」的。是的，中文有活人、活力、活畜、活魚、活話、活字等說法，從來就沒有「活手」的說法，但這並不等於不能這樣再造。我在翻譯濟慈這首詩時，就這麼做了，全詩如下：

《活手》

這隻活手此時暖暖的，能夠
認真地去抓去握：一旦它變冷
一旦它進入冰冷沉寂的墳墓
它就會日裡纏你不放，夜裡讓你做夢也涼
直到你巴不得趕快讓你心裡的血都流乾
流進我的血管，又在我火紅的生命中川流不息
那時，你就心安理得了—看啊，這隻手就在這兒—
我已經向你把手伸過來了

這，僅僅是一個小創之例而已。另有一個例證，來自美國詩人龐德。英文有個成語，叫"break the new ground"（打破新地），相當於漢語的「打破新天地」。龐德在一首提到惠特曼的詩中，就把這個成語打破了，新創成"broke the new wood"（打破新樹林），[144]給人一種很新鮮的感覺。什麼叫創？這就是創。

當然，如果把中文的「打破新天地」直譯成"breaking the new sky"，那也是一種非常棒的創，但那是另一回事了。

Recipe for disaster

英文的"recipe"一字，指「食譜」，但這個「食譜」，卻往往與很奇怪的詞搭配，如"disaster"（災難）。例如，"a recipe for disaster"即是。直譯就是「災難的食譜」，很有點狗屁不通。比如這句："Office romance is a recipe for disaster"（在辦公室談情說愛，簡直就是災難的食譜）。網上有人把「災

[144] 參見Ezra Pound, *New Selected Poems and Translations*. ed. Richard Sieburth. New Directions: 2010, p. 38.

難的食譜」譯成「後患無窮」，放在這個意思中，還說得過去：「在辦公室談情說愛，其後患無窮」。

有的時候，把這句話譯成「後患無窮」，就顯得有點過重，比如這句："Rapidly rising temperatures and hot dry winds can be a recipe for disaster if your bonsai are left unattended for any length of time."（如果你把盆栽放一段時間而不料理，迅速增長的溫度和燥熱的風就會後患無窮），這樣講似乎過頭了點。

我讀《清代野史》時，看到一個說法，覺得真是很貼近這個「災難的食譜」，也就是「釀禍」一詞。說的是清朝有個姓繆的人，寫了一本《野叟曝言》，「終身不得志，晚乃為此書以抒憤」，擬「將於迎鑾時進呈」，但其女恐該書「釀禍」，就假造了一本，書中盡白頁，置於他的包袱中，次日他發現後，以為是造化之意，後經女兒勸解，終於放棄進呈之意，但最終鬱鬱而死。[145]

我們說釀酒、釀造、釀蜜、釀成，等，也有那麼一點"recipe"的意思在裡面，跟食物很接近，所以，前面那句話就不是什麼「後患無窮」，而是有可能「釀禍」而已。

坐得漂亮

我們有「幹得漂亮」的說法，沒有「坐得漂亮」之說，有「坐大」的說法，沒有「坐漂亮」的說法。前日看報，發現有條新聞標題上，就用了「坐得漂亮」這個說法，說目前綠黨正"sitting pretty"。一看有點不知所云，隱隱覺得大約是處於很好的狀態。查字典才知，如說某人「坐得漂亮」，是說他「處於極為有利的地位」。

其實，詞典僅僅滿足於釋義，卻少做了兩樁事，一是勾勒出原來說法中的關鍵字，一是在中文中找出一個乃至多個同樣的說法。這個工作，看來只有我來做了。

"Sitting pretty"中，核心字是"sitting"，即「坐」字，"pretty"只是一種秀色可餐、勝利在望的狀態。如果能坐成那個樣子，那就是穩坐江山、穩坐釣魚台。借用反譯原則，我們「穩坐江山、穩坐釣魚台」，是讓別人看上去感覺「漂亮」，當然，坐的樣子也一定很漂亮，故曰「坐得漂亮」。

[145] 參見《野叟曝言》，原載孟森等著，《清代野史：一個王朝模糊的背影》。北京：中國人民大學出版社，2006，pp. 607-8.

病句的翻譯

簡言之，翻譯就是一個健康的人，對另一個健康的人動手術，把他變成另一種健康的文字。注意，這句話的關鍵字是「健康」。如果原文出現病句，翻譯再健康，也望「文」興歎，無能為力。這就是我今天翻譯時遇到的一個情況，只好發信給該書編輯，說：「xx那篇文字下面這句話有語病，請修改之」。然後附上該段文字，如下：

> 她用以虛構擊破虛幻的方式，將沉浸於中產夢想中的城市女性的煩惱、挫折與夢想，以一種誇張的富於戲劇性的方式，呈現了城市中人的孤獨、隔絕與現代生活對人的異化。

這句話給我折騰了半天，最後把我折磨死了，也沒折騰住它。只好發了上段電郵。朋友很快從上海回郵，把那段文字改了一下：

> 她以一種富於戲劇性的方式，用虛構擊破虛幻，呈現了沉浸於中產夢想中的城市女性的煩惱、挫折與夢想，以及城市中人的孤獨、隔絕與現代生活對人的異化。

一見這個文字，我就立刻翻譯過去，眨眼之間就交了稿：

> In a dramatic way, she beats illusion with fiction and presents the worries, frustrations and dreams of the city women dwelling in middle-class dreams and the loneliness and isolation of people in the city as well as the human alienation created in modern life.

現在回想這個問題，得出一個結論：無論翻譯多麼健康，都無法處理生病的文字，只能交由作者或編者先去處理一下才行。

癮

從前有本怪書，提出一個看法，認為英文的始祖在中文，還列了很多例子論證這個論點，可惜我已經不記得這本書的書名了。

有一點我是可以證明的，即英文的確有不少字，其意思和發音都與漢語相似，比如"beezer"這個字。字典說是「俚語」，但意思是「鼻子」，發音也跟它接近。

還有一個字，是"yen"字，簡直就是漢語「癮」的翻版。我們說「有癮」，英文也說"have a yen"，如這句："He had a yen to see the world"（他渴望見世面）。

是的，查了一下這個字的語源，果不其然，就是來自粵語，其發音是"yan"。

Free Duty

一到香港，就發現，這兒的英文好像出了點毛病，其實也不是毛病，而是很受漢語的影響，就像新加坡英語一樣，一句話說完之後，還要加一個「啦」的語氣詞，如"Here we are la"（我們到了）。

我們說免稅，是「免」在前，「稅」在後。運用反譯原則，英文的「免稅」就永遠是「稅免」，即"duty free"，但到了香港，則又通過漢語的潛移默化而把它還原成free duty（免稅）了。這種Free Duty的說法，我在世界其他地方還未曾見過。

今晨在港早餐，忽然想起「我不下地獄，誰下地獄？」這句話，跟著就把它譯成英語："If I do not go to hell, who will?"，但立刻就發現味道不正，好像不很地道。跟著在腦中又把它反譯了一下，才覺得頗像那麼回事了："If no one goes to hell, I will."

腳本

在譯一個人的長文，譯到一處，出現了「腳本」一詞，該人說：「崩解與再造的辯證法，就是身體實踐的腳本，「遠行」鑄就了一個全新的身體。」[146]對於「腳本」的解釋，字典給的釋義是"script"，這很讓人不滿。關

[146] 張念，《當代中國文化譜系中的身體政治》。

鍵在於，該詞中有個「腳」。它不是「手本」，不是「頭本」，不是「指本」，更不是「趾本」。既然它是「腳本」，就得還腳於本，在英譯中呈現出來。我把它譯成了“foot script”。很過癮呀！

漢語有「註腳」之說，英語有“footnote”（腳注），跟漢語一模一樣。我的“foot script”之譯，就是本此而來。其實，它還有一個來源，就是英文的“manuscript”，那是“manu”（手）和“script”（稿）合併而成，其意就是「手稿」。我呢，根據此詞，又在英譯中生造一詞或創譯一詞，為“pedal script”，其中的“pedal”，指的就是「足」。

有時候，「腳」字無法傳達，更不用說傳神了。比如，我們吃晚飯買單，甚至埋單，這要在英文中，就不這麼說了，而是“foot the bill”。直譯是「腳單」，但這個「腳」字是當動詞用的，即在一張長長的單據腳下簽字付款，也就是把單據「腳」一下。這實在無法直譯，我試過了。你想試的話，沒人攔你。

翻臉、翻身，等

昨夜看新聞，聽到電視裡傳來一句話，說：在這次美國大選中，都希望有人出來turned the economy around。我心想：這不就是「扭轉經濟」的意思嗎？由此我想到「翻」或「翻轉」這個詞，覺得英文很多方面不如漢語靈活有趣。例如，英文有“turn one’s back on”這個說法，也就是說，把「轉過臉去，把背對著誰」，即不理睬的意思。英語還有“turn one’s coat”，把外套翻轉過來穿，意思是變節。英語還有“turn colour”的說法，指「改變臉色」，一會兒變白，一會兒變紅，但英語卻沒有翻臉的說法，也沒有翻身的說法，更沒有翻手為雲覆手為雨的說法，是一個遠不如漢語形象的語言。

為了使英語形象化、生動化起來，可以創造性地生產出一些相應的詞來，比如“turn one’s face”（翻臉），“turn one’s body”（翻身），以及“cloud brought with the turn of a hand and rain with another turn of the hand”（翻手為雲覆手為雨），等。英語世界的人聽不懂看不懂，這沒關係，他們需要學習、進步，這得慢慢來。牛是教醒的，人，也得教。

關於「翻身」，還有一件趣事。美國作家William Hinton當年寫了一本書，標題是“Fanshen: A Documentary of Revolution in a Chinese Village”（《翻身：一個中國村莊的革命紀實》）（1966）。顯見得，對於「翻身」一詞，

他沒法翻譯，只好借助音譯了。嗣後，他又於1984年出版了"Shenfan: the Continuing Revolution in a Chinese Village"（《深翻：一個中國村莊的繼續革命》）。顯然，他在這兒玩了一個音譯的倒轉，把"fanshen"翻了個身，變成了"shenfan"。當然不會是「身翻」，否則就是翻了身後再翻身，等於沒翻身。

關於「翻身」和「深翻」一詞，亞馬遜網站有一評論該書，名叫Isaac Ho的讀者，把它解釋為"Fanshen (meaning Turn Over) and the sequel Shenfan (Deep turn over)"，其實是不對的。[147]關鍵在於，「翻身」中有一個「身體」的「身」在。文革時期常有把誰「堅決打倒在地，再踏上一隻腳，讓他永世不得翻身」的說法，就是很形象的，頗似烏龜，背上被人踏上一隻腳，你就再也翻不過身來。英語要強大，得好好向漢語吸收鮮活的形象。

Mao

毛進入英文中，就成為"Mao"。這是一變。一通過英語發音，就不是「毛」的發音，而是「梅歐」，即把"Mao"分解成兩個音素，"Ma"和"O"，而且"Ma"的發音是把"a"捶扁，與"M"合成發成「梅」，最後連讀「梅歐」，聽起來有點像「沒有」一樣。不少說英語的人都是這麼發音的。這是二變。「毛」字的三變是與「茅」混淆，如墨爾本The Age（《年代報》）一篇英文文章所做的那樣。該文介紹了批評毛澤東的學者茅于軾，但英文標題卻稱他為"Mao namesake"（與毛同姓者）。這沒辦法，這種不通文墨的記者不可教也。不過，話又說回來，至少二"Mao"在英文中是同名的，可以糊弄一大批人，儘管不是故意。[148]

值得注意的是，在「臉」方面，英文造詞功能很有限，一般就是"lose face"（丟臉、丟面子），像中文的「給面子」，「給臉」，「不要臉」，「上臉」，「賞臉」等詞，英文是沒有的。這篇文章中，提到了茅于軾說的一句話說"to give them face"（給他們面子），從而一次性地讓這種說法進入了英文。

語言交流，就應該從直譯做起。

---

[147] 見http://www.amazon.com/Shenfan-Continuing-Revolution-Chinese-Village/dp/0436196301

[148] 參見John Garnaut, 'Mao namesake believes China will be set free', the *Age*, 12/11/11, p. 9.

In the barrel

漢人編的英文字典，有一個致命的弱點，就是不收髒話或髒字。這就是為什麼我的一個簡單測驗法屢試不爽的原因之一。任營業員或廣告吹噓某字典多麼好，我把一張寫滿髒話髒字的清單拿出來，逐個檢查一番，馬上就能決定該字典的優劣，沒有這些字的我就立刻槍斃。有的才是好東西。如我幾年前在香港花3999港幣買的那個，不僅有，而且有發聲。

近譯休斯的《我不知道的那些事情》，其中描述澳大利亞媒體對他發起攻擊時，用了一句成語，說媒體認定該他進桶了（his turn in the barrel）。這個意思在我的「新英漢」和「英漢大詞典」裡都沒有，只好上網去查。好在Urban Dictionary裡一查就有。原來是個淫蕩笑話，共有兩個出處，其一是為了懲罰犯人，把他放進一個周圍有洞的桶裡，然後讓鎮上的人把陽具塞進去，讓他逐個口交，藉以懲罰之。[149]本來我想把該詞譯成把他放進桶裡醃菜，看了這個解釋之後，也忍俊不禁，恍然大悟，於是有了下面這段譯文：

> 以前持同情到中立態度的澳大利亞媒體，現在卻突然決定，終於輪到我了，用那句全國通用的風趣老辣的話來說，就是該我「進桶嘗鮮」了。（原文38頁）

“In the barrel”這個片語，成了我檢查今後電子詞典是否過關的一個重要詞條。

汗流如「瀑」

翻譯中常有福至心靈的時候，這時，兩種文字發生碰撞，激起奇妙的詩歌火花，如澳洲詩人John Mateer這句：“sweating a waterfall”。[150]我一看就說：哎，這不是汗流如「瀑」嗎？再沒有比這個例子更天衣無縫的了！

---

[149] 參見：http://www.urbandictionary.com/define.php?term=in+the+barrel

[150] 參見John Mateer, *the west: australian poems 1989-2009*. Fremantle Press, 2010, p. 109.

Nursing drinks

中午看報，見一消息，談的是墨爾本打擊賣淫嫖娼之事，忽見談說酒館裡有人"nursing drinks"，頗覺怪異。"Nurse"本有「護士」之意，變成動詞後，又有「養護」、「料理」、「培養」、「餵奶」等意，把它跟「飲料」或「酒」放在一起，很有點不倫不類，後來查到意思後，覺得也並無大礙，其實跟漢語一樣，也是沒有邏輯的，比如漢語的「痛飲」，就沒有「癢飲」之說，也沒有「痛苦」之意。

所謂"nursing drinks"，就是「慢飲」之意。

Gesù

漢語的「耶穌」一詞，與英文的Jesus發音並不對應，後者音似「基澤斯」，這種差別懶得去探究，只是注意到了而已，就像曾在Footscray一帶注意到一條英文標語，不知有意還是無意，把英文的"Jesus Christ"（耶穌基督）弄倒了，成了"Christ Jesus"（基督耶穌），就像這樣："Christ Jesus came into the world to save the sinners"（基督耶穌來到人世，為了拯救罪人）。

今天翻譯休斯的那本《我不知道的那些事情》，談到他父親早年曾與祖父母和哥哥一起去義大利遊覽，參觀了"the Gesù Nuova"這個地方。後面這個"nuova"一看就猜出是「新」字，但前面那個還得查查，因為是義大利語。一查才知道，原來就是「耶穌」的意思。

我一下子驚呆了。"Gesù"一字多麼像中文「耶穌」啊！就這麼看去，可能發「傑酥」，但稍微變變音調，像不熟悉外國發音的人那樣，可能就像「耶穌」了。我不甘心，便專門上網查聽了一下這個字的義大利發音，結果有點失望，因為發音很像「捷足」。不管怎麼說，我想，「耶穌」一詞很可能最早是從義大利文進入漢語的。一個猜測而已。

改造英語

人可以加以改造。語言呢？只要掌握了規律，也一樣能夠加以改造。我們知道，英文不說「爸爸媽媽」，而說"Mum and Dad"（媽媽爸爸）。這並不說明這個語言更正確，更尊重女性，而只說明它有這麼個習慣。一習慣起來，就成了英語的自然。

母語是漢語的作家，進入英文之後，難免沒有想改造它的念頭。我就有。當年，我在寫第一部長篇"The Eastern Slope Chronicle"時，就讓其中一個人物寫家信時，開頭總是"Dad and Mum"的稱呼。大約因為這個以及其他原因，那本小說還得了一個「創新獎」。

現在發現，還有別的澳大利亞華裔作家，也有這種改造英語的事蹟。柬埔寨華裔方佳佳（Alice Pung）最近出版的一部書是"Her Father's Daughter"（《她父親的女兒》），一上來就在題獻頁上寫道："Dedicated to Dad and Mum"，也就是「獻給爸爸媽媽」，很不英文，很中文，把慣常的英文語序給改造顛覆了。

另一種改造就是直譯，也就是不顧英文是否有、是否能夠接受，就把某個中文地名強塞進英語的喉嚨。不是等它借鑑，而是直接塞給它。這我以前談得很多，這裡就不說了，只說前面的方佳佳，她在該書中談到潮州時，就給直譯了一下，成了"the Tide Prefecture"，很好，我覺得。[151]

Bloody Idiot

今天開車回家，路經Eastern Freeway，過橋時，遠遠發現，過去那句罵人的標語，有點小小的改動，原來是：If you drink and drive, you are a bloody idiot，現在簡潔了，也更有力了：Drink, and drive, a bloody idiot。自然而然地，我就在腦子裡翻譯了一遍，如此：「酒後開車，就是白癡」。罵得還不過癮，乾脆來個五言：「酒後還開車，就是大傻B」。

多年前，TAC有個官員告訴我，交通廣告詞和電視片，就是要把有違規肇事風險者事先痛罵一頓或把事後造成的血淋淋現場和盤托出，讓他們不敢越軌。實際上，罵他「大傻B」可能還是輕的，因為喝過酒，只要不是當面罵，誰聽得見呢。

紐西蘭的這類廣告屬羽量級，如我1994年見到的一則，到現在都還記得，英文是：Drink is the Link，配以兩幅圖畫，左邊是一個喝酒的人，到了右邊，就是一個戴著手銬坐監的人。這句話怎麼譯？「酒後駕車，一銬入

[151] Alice Pung, *Her Father's Daughter*. Black Inc, 2011, p. 11.

獄」。這個翻譯很勉強，等以後有好的再說吧。

這兩例其實是我跟學生在翻譯課上提到的，就是要把翻譯引入日常生活，凡在生活中看到的英文實例，都不妨拿來在腦子裡試譯一下。下課後，一學生就來了，問：老師，有句英文很不好譯，是：Victoria: the Place to Be。確如他說，是不好譯。當時給他舉的譯例，自己很不滿意。

他走後，我邊吃飯，邊想這件事。想著想著，感覺來了，立刻口占一譯：「維多利亞，上佳之地」。

如何來的？當然是從老子那句「上善若水」來的嘛。

Not what they seem

英語中有句常言，是這麼說的：People are not always what they seem。一看就懂，但要譯成漢語，好像還不是那麼容易。直譯是：「人不總是他們看上去那種樣子」。這樣譯，暗含在裡面的另一半的意思就沒有說出來。

如果懂得了英語愛說半句話的習慣，這句話就好譯了，其意思是：「人看上去是一回事，實際上是另一回事」。

From these hands

最近有幸成為墨爾本《年代報》選的Top 100 Most Influential Melbournians 2011（2011年度百名最有影響的墨爾本人）－對熟人，我說是「不幸成為」，否則肯定招來嫉恨，對華文報界，我則一聲不吭，因為這個報界，對此類事情是絕對不會感興趣的，主動告訴肯定也會招來難以預測的情緒－照片被發在他們的網站上（http://www.theage.com.au/photogallery/national/melbournes-top-100-20111208-1olp5.html ）。

當時該報攝影記者來學校給我拍照時，我已經下課，但隔壁的課還在進行之中。他們問我是否能借該教室做一個上課的「假動作」，好供他們照相。趁著辦公人員跟任課老師「談判」之時，我們就在我那人去樓空的教室裡商量如何擺佈。我建議說，不妨利用投影儀，把我的詩歌打在牆上，然後人站在詩歌中拍照。現在讀者從該網站看到的，就是當時「操練」的結果。

其實最有意思的並不在此，而在他們關於該照片所加的一段說辭。用中文古話說，真是言簡意賅，而且更甚於中文，特具英文只說半句話的含蓄：“From these hands：Writer and Translator Ouyang Yu”，一點什麼「著名的」之類的廢話都沒有。前面三個字“From these hands”，如果譯成中文，就成了「從這雙手」，似乎言猶未盡，但它好就好在裡面藏著的半句話通過畫面顯示了出來，是不言自明的，即「從這雙手中，流出了詩歌和翻譯」。

直譯、半直譯、不直譯

直譯之美在於，它具有創意，能直接了當地填補另一種語言中的空缺。漢語談及笑，素有大笑、狂笑、笑得噴飯、笑掉了大牙、笑面虎等說法，但卻沒有英文的“smiling from ear to ear”（笑容之大，從一邊耳朵根，笑到了另一邊的耳朵根），“laughing one's arse off or laughing one's head off”（把屁股笑掉了或把腦袋笑掉了），以及“broad smile”（寬笑）之說。後面這個「寬笑」，是指某人刀條臉，一笑之後，就變寬了。某人方臉，一笑就變寬變圓了。也可譯成「把臉笑寬了」，總之是漢語中沒有的文字表達法，通過直譯就豐富了漢語的文字表達庫。

有的時候，不能全直譯，而只能半直譯。例如，休斯在他的自傳中，談到澳洲曾經有位參加第一次世界大戰的老兵名叫Arthur “Anzac” Wood，對他父親像一塊“brick”（磚頭）。其中Anzac是該人的綽號或諢名，可以直譯，即「亞瑟·『澳新軍團』·伍德。”“brick”（磚頭）一詞就沒法直譯，因為它的意思是「好人」。漢語裡，「好人」和「磚頭」是捏合不到一塊的。也許某個方言裡有，但我尚未發現。

還有的時候，就完全沒法直譯。例如，休斯書中談到，他父親所在的62飛行中隊，“got into more than one dogfight”。這個“dogfight”，直譯就是「狗咬狗」的戰鬥。若把敵我之間的戰鬥稱作「狗咬狗」，顯然是罵敵人的同時，也罵了自己。所以該詞再形象，也不能不避而不直譯，而是意譯成「62中隊與之不止一次地發生空中混戰。」[152]

在同一句話裡，直譯、半直譯和不直譯這三種方式可能得穿插交錯進行，如下面這句：

[152] Robert Hughes, *Things I Didn't Know*. Vintage, 2007〔2006〕, p. 46.

> Above all things in the Service is the "Hot Air Merchant" likely to become an object of suspicion and contempt⋯Much has been written and screened that might give the impression that the grand man of the Service is a hard-fighting, hard-drinking, devil-may-care sort of fellow who periodically snaps out of a life devoted to incredible binges and what one writer euphemistically described as "horizontal refreshment" to accomplish the most amazing deeds of daring.

譯文如下：

> 總的來說，在部隊，那種「牛皮大王」很可能成為人們鄙視懷疑的對象……無論在文字還是銀幕上，都已經表現得很多，給人一種印象，彷彿部隊裡的好漢是那種喜歡打硬仗，喝狠酒，不怕鬼也不信邪的人，他們一生虛擲在酗酒無度之中，沉浸在一位作家婉言所稱的那種「俯臥稱雄」狀態，卻能定期一躍而出，完成最為大膽的驚人之舉。

一望而知，"Hot Air Merchant"（牛皮大王）沒有直譯，否則就成了不知所云的「牛皮商人」。被直譯的是"hard-fighting"（打硬仗），被半直譯的是"hard-drinking"（喝狠酒），而不是「喝硬酒」。順便說一下，最近讓學生翻譯一篇澳洲自助牙齒增白劑在全澳撤櫃的事，其中涉及的一家製造公司叫"White-Smile"，結果有個學生直譯成「白笑公司」。這就有點問題了。中國人說「白」，等於說枉然，如白吃、白拿、白跑、白乾、白做、白忙活，等。如果是「白笑」，那就等於是白笑了。有同學的處理是「白色笑容」，我則直譯反譯成「笑笑白公司」。

回頭再講上文那句"horizontal refreshment"，那其實是句委婉語，在英文中是「性交」的意思，所以也只能半直譯為「俯臥稱雄」，其中的「俯臥稱」暗喻「俯臥撐」。當然，也可譯作「俯臥休閒」、「俯臥放鬆」或「俯臥瀟灑」。

Partner

最近讓學生做一篇譯文，有關一個叫Robert Smith的人被指謀殺其女，但後減刑為過失殺人罪，因其是他的"partner"知情不報的從犯（accessory after the fact）。

學生對"partner"這麼簡單的一個詞，都無法把握，至少有三種譯法：配偶、妻子、同夥，但都不對。

究其原因，這個字的翻譯不是翻字典，而是翻文化。我1991年來澳後，曾經填過福利部的表格，其中有一欄英文是"Partner Details"（伴侶細節）。當時覺得很費解，後來慢慢理解了。原來，澳洲這個國家很多人不結婚，一生或半生或半半生都是互為伴侶。顧名思義，伴侶二字的「伴」有一半的「半」在裡面。伴侶的「侶」則有兩張「口」，也就是兩張口走到一起來，一人一半，形成伴侶。英文的"partner"也能顧名思義，那就是兩個人在一起，就是"partner"，若不在一起，就會"part"（分手）。

其次，澳洲這個國家同性戀很盛行，兩個同性戀走到一起來，無論男女，都沒法稱"spouse"（配偶）或"husband"（丈夫）和"wife"（妻子），稱"partner"應該是最合適的了。除同性戀外，還有雙性戀和多人戀，幾個人住在一起，恐怕就得稱"Partner 1"，"Partner 2"，"Partner 3"，等。

從以上幾個角度看，恐怕沒有什麼比譯成"partner"更最合適的了。網上有些表格把"partner details"譯成「配偶細節」，應該是有問題的。

譯改

翻譯其實早已不是翻翻譯譯，如果說從前是翻詞典譯文字，那麼現在就是敲（電子）詞典譯文字了，應該叫做敲譯才對。

閒話少說，我要說的是，除了其他很多特徵之外，翻譯或曰敲譯還有一個特徵，就是改正原文中出現的錯誤乃至問題。這個工作我稱之為譯改。

我翻譯Hanif Kureishi的"Something to Tell You"（《有話對你說》）時，碰到一句話說："particularly when they showed off the rings or haircuts they'd bought each other"（特別是當她們互相炫耀給對方買的戒指或理髮時），就覺得買戒指可以，買理髮說不通，就是英文也有點勉強，於是在翻譯時譯改成「特別是當她們互相炫耀給對方買的戒指或看對方新理的頭髮時」。[153]

在我翻譯的Robert Hughes的"The Fatal Shore"（《致命的海灘》）中，

[153] Hanif Kureishi, *Something to Tell You*. Faber and Faber, 2008, p. 87.

休斯說“men had been living in Australia for at least 30,000 years”（男人在澳大利亞已經居住了至少3萬年），這顯然是很stupid的。儘管“men”有人類的意思，但它的本意還是「男人」，由於英文不如漢語那樣包容，以「男」指代「全人類」，所以犯了歧視女性的錯誤，我在翻譯時就很自然的運用了譯改原則，把該句譯作「人類在澳大利亞已經居住了至少3萬年」。[154]

還有，在該書中，出現了一個列印錯誤，即“its seems clear”（p. 446），顯然正確的應該是“it seems clear”（好像一目了然的是），但如果採取將錯就錯，照譯錯誤，然後加注的方法，就把一個很簡單的事弄複雜了，還不如乾脆採取譯改，為尊者諱，也為原作者糾錯，是沒辦法的辦法。

還有些時候，作者的英文敘述出現明顯不清楚的現象，例如，休斯在提到澳航（Qantas）的前身時，說那是一家“mail outfit”（郵政機構），（p. 84）但越往下譯，越覺得不大對頭，因為他提到澳洲第一次通過飛機提供航空郵政投遞服務。顯然，這個“mail”是指「航郵」，而不是一般的郵政。悟出了休斯的這個不清楚的用詞“mail”之後，我就把它譯改成「航郵機構」。

同理，休斯本來在上一段落談他父親幫助成立了澳洲一家航空俱樂部，為打造Qantas立下汗馬功勞，同時又提到，希特勒也曾通過帝國元帥戈林在全德開辦滑翔俱樂部，以訓練飛行員。接下來的一段一開頭，休斯就說“His aeronaut friends”，（p. 84）這就頗令人費解，因為這個“his”顯然不是指希特勒，儘管聽上去就像是在指希特勒。根據上下文關係，這個“his”是指休斯的父親，如果行文稍微注意一點，休斯就應該說“Dad’s aeronaut friends”，可惜他沒有，因此這個不太艱巨的任務，就歷史地落到了翻譯的肩上，又得給他譯改了。用我已故母親的話來說，就是又得給他揩屁股了。

大山般的負罪感[155]

近看一書，其中出現「大山般的負罪感」這樣的句子，覺得頗為好奇，因為英文中似乎沒有這樣的說法。我們說鐵證如山，在英文中也有“a mountain of evidence”（證如山）的類似說法，只是少了一個「鐵」的意象而已。

如前所說，我語有，他語無，這其實不是壞事，反而是向他語移植我

[154] Robert Hughes, *The Fatal Shore*. Vintage, 2003〔1986〕, p. 8.〔此段譯文為歐陽昱所譯〕。
[155] 余夫、汪衛華（編），《悲愴青春：中國知青淚》。團結出版社，1993，第345頁。

語、移民我語、輸血我語的絕好機會。比如「大山般的負罪感」這樣的話，就很可以創譯一個"a mountain of guilt"這樣類似的話，用在對土著人負罪累累的澳洲人身上，倒是挺合適的。

貼心

英語有沒有「貼心」的說法？有，你知不知道，我不知道，但我是不知道的，直到今天看到這段準備翻譯的文字，是說1928年雪梨的《天主教報》報導當時聖餐大會時說的一番讚語："too terribly intimate, too next to one's heart"，等。[156]

翻譯過來就是：「太親密無間，太貼心了！」所謂"next to one's heart"，就是靠近人的心，即貼心，而且可用「太」來修飾。就這麼簡單。

A million poignant pangs of passion and love

我常說，英文是個趨小的語言，不像漢語那樣喜歡誇大，動輒就「萬歲」、「千山萬水」、「瞬息萬變」地說得很大。實際情況也不盡然，有的時候，特別是在早期，如1928年，那時的新聞報導，還挺喜歡誇大的，如這句話："too vibrant with a million poignant pangs of passion and love"，[157]直譯就是「太充滿生氣，有著一百萬種動人的熱情和愛情」。這樣譯，發表後估計會遭人詬病。

不能直譯，不妨採取英重漢輕法，就是英語說重時，漢語要說輕點，這樣做是有道理的。先舉兩例。有句英文說："Standing by the US, for better or worse"。這句話如果直譯，就應該是「無論更好更壞，都要跟著美國走」，顯然不合漢語語言習慣，只有譯成「無論好壞，都要跟著美國走」，才更像漢語，也更是漢語。

再舉一例。英文是："He bought four tickets, which was one too many"，直譯的話，就是「他買了四張票，太多了一張」，這樣說，好像一字一句都對

---

[156] Robert Hughes, *Things I Didn't Know*. Vintage, 2007〔2006〕, p. 88.
[157] 同上，p. 88.

應了，但誰也看不懂。正確的譯法是：「他買了四張票，但多買了一張。」由此看來，漢語說輕一點，譯文才更正確，這就是我說的英重漢輕法。

最典型的一個例子是達爾文的名言："survival of the fittest"，其原意如果直譯，就應該是「最適應生存者才能生存」。譯成中文後，刪去了所有枝節，連最高級的「最」也拿掉了，成了「適者生存」。

採用此法來翻譯"too vibrant with a million poignant pangs of passion and love"這句話，就比較容易對付。我目前的暫時譯法是：「太生龍活虎了，人們熱情奔放，情深似海，場面百分之百動人」。雖然沒有譯「百萬」，但譯了「百萬」中的「百」，而且有兩個「百」，這個雙百譯法，應該還是可取的。不行的話，你自己去試著譯譯吧。

英輕漢重

漢語是個比較喜歡說重話的語言，什麼「萬歲、萬歲、萬萬歲」，其實百歲都活不到，什麼「操你祖宗八百代」，實際上連一代都操不了。前面講了英重漢輕法，現在又倒過來，講英輕漢重法，這是因為，有的時候，英文說輕，漢語卻要說重，這是因為兩種語言的確存在這種不合現象，需要加以調理修整，方能遂意。先舉兩例如下。

英語說"much hatred, little room"。直譯便是：「恨得多，容忍少」，這當然不如說重點，在漢語中更有表現力：「恨得深，不容忍」。

英語又說："It's warm in this room"。直譯便是：「這間房很暖和」，這當然不對，因為它的本意是說「這間房很熱」。

英語還說："on second thoughts"。直譯便是「二思」，但在漢語中，說「三思」才對。英語還說"at sixes and sevens"。直譯便是「亂六七糟」，但漢語要說「亂七八糟」才對。

明白了這個道理，根據具體情況，有些英文就得捨輕就重，如這句："Brilliant, shining things they were, like stars wrested from the firmament."[158]這還是跟前面講過的情況有關，是說那些記者先看到船的盛況時，大大讚美了一番，到了飛機出動，他們就把所有的含蓄都拋到了九霄雲外，更加讚美了，於是就說了上面那番話，但從漢語角度看，所謂更加讚美，也顯得很輕，如

[158] Robert Hughes, *Things I Didn't Know*. Vintage, 2007〔2006〕, p. 88.

把飛機稱作“things”，雖然親昵，但顯得很單調，加重處理後，譯成：「這些飛機真棒，閃閃發光，仿佛從天穹摘下的星星。」只是「摘」字，沿用了前面的英重漢輕法，要比“wrested”（擰）輕許多，也詩意多了。

我以一篇《中國離婚率為何攀升》[159]的文章為例，讓學生譯成英文，結果，很多地方都有過重化的處理現象。比如，把「就會像審訊犯人似的問個不停」的「問」，處理成“examine”（實際上應該是“ask”），把「要求我不要和男人交往」，處理成“forbid”（實際上應該是“ask me not to…”，把「本來我就是個愛交朋友的人」，處理成“originally, I…”（而不知道這個「本來」本來可以不處理得這麼生硬，可以不譯，也可以輕描淡寫地處理成“actually”或“I, for one, am someone who likes making friends”）。這種重話處理，是因受喜歡說大話、說狠話、說硬話的中國語言的影響。

話又說回來。有一種情況，卻是不能不在漢譯英中，譯得較重一點，因為從邏輯上講必須這樣。舉個例子。據那個叫「豔豔」的離婚女士講，丈夫總是抱怨她，說「飯菜不是很可口，衣服洗得不乾淨」，譯成英語後，就成了“the cooking I have done is not tasty enough and the laundry I have done is not clean enough”，都加了一個“enough”。如果不加，按漢語分別譯成“not tasty”和“not clean”，那就從根本上否定了她的飯菜和洗衣了。

這篇文章中，還有一個地方說，她丈夫「只要聽到」她和別的男人通話，就會盤問她。那麼，我的翻譯是：“Whenever he hears her talk to other men”，有位女生說：應該譯成“overhears”（偷聽）。說得很有道理，因為女的跟別的男朋友通話，一般不會當著男的面，所以才不會是「聽」，而是「偷聽」，也就是“overhear”。我接受了她的建議，同時又想：這不又一個很好的英重漢輕的例子嗎？與本節講的英輕漢重適成對照。

插嘴

昨夜去朋友家飲宴，席間有一朋友開玩笑，從「吹簫」而起，提到「插嘴」一詞，都是一語雙關，別有含義的。

沒想到今天上午接著前天翻譯休斯的書，居然也出現了英文的「插嘴」一詞，但既無「插」，也無「嘴」，英文是這麼說的：

[159] 參見楚齊，《中國離婚率為何攀升》。原載《今日中國》，2011年第11期，p. 50.

Little boys were expected, when the talk was flowing at the dinner table, to wait their turn and not butt in, and I had two elder brothers as well to repress my interruptions.[160]

我的譯文如下：

晚飯桌旁人們滔滔不絕地講話時，要求小男孩等到輪到他們說話時才能說話，而不能插嘴，而且，我上面還有兩個哥哥壓著，不許我打斷話頭。

漢語的「插嘴」，就是英語的“butt in”。所謂“butt”，就是用頭拱的意思，大約也應該有用嘴拱的意思，就像豬圈裡一排豬在吃食，突然來了一頭豬，把嘴拱進來，這幅情景，料想大家都見過的。

不過，英語的“butt in”，功能比漢語多，既是插嘴，也是插手，估計要表現插足之意時，也很頂事的，只是好像沒有漢語插嘴的雙關意思那麼形象。

吞話

過去我發現，華人說英語時，有種吞話現象，就是一個字發音時，愛把其中某個音節吞掉，例如，把“partner”一字（帕騰吶）發成「帕哪」。

現在發現，其實英語也有吞話現象。那天晚上去看“Mission Impossible II”，開映之前播放其他新片的花絮，突然聽見一句“joy the movie”，覺得好怪，閉目回味才恍然大悟，這不是“Enjoy the movie”（好好享受一下這部片子）的說法嗎，怎麼把“enjoy”的“en”給吞掉了呢？

看完電影，隨著人流走到門口，就聽幾個聊天的人中有一人（女的）說：“No other day part from Monday”（除了週一之外，其他日子都不行）。不用說，她說的這個“part”應該是“apart”，但那個“a”也給吞掉了，儘管並不害意。

聯想到今天，兒子看我那部長篇小說“Loose: a wild history”（《散漫野

[160] Robert Hughes, *Things I Didn't Know*. Vintage, 2007〔2006〕, p. 91.

史》），一下子給我挑出了兩個印刷錯誤，均由校對不太認真所致。過後一想，我告訴他，其實第二個嚴格來說不算錯誤，而只能算是一個吞話的例子，因為它本來是"There isn't much in Australian poetry far as I know."（據我所知，澳大利亞詩歌沒啥東西）[161]準確地說，應該是"as far as I know"，但此處顯係吞話現象，把第一個"as"吞掉了。

這種吞話現象，不是很好翻譯，因為吞掉的因素很小，幾乎難以察覺。

今天翻譯，又發現一個吞話的客戶。這人發"account"（帳）時，把音發成了"accoun"，聽上去好像在說中文的「呃炕」，甚至有時乾脆說成「炕」。

總是那幾個人

近看一消息，說中國有一家什麼雜誌推出了一期「關於當代旅外詩人」研究論文專輯，一看，又是那幾個鳥人，就懶得去看了，同時把文章發給一個朋友，注明說：總是那幾個人。沒想到引發朋友的一番議論。我不能引用他的話，就把我的回覆放在下面：

> 「總是那幾個人」，用英文來說，就是"the usual suspects"。大學大學，大養之學，養了一批思想懶漢，一個個頂著教授頭銜，養尊處優，頤養天年，糟糕的還是制度，因為他們首先是被養者、被豢養者、被圈養者、被餵養者、被畜養者、被馴養者。思想到了他們那兒，就徹底完蛋了。澳洲也差不多。二十年前，我就聽一個美國人說，美國的大學是最"corrupt"（腐敗）的地方。一個人要想自由，只能做詩人。

又回到前面說的「總是那幾個人」的英譯。如果不是說這句話，我還想不到"the usual suspects"的中文譯法，反而是先說了中文，再想其英文意思時，一下子就想起了人們在報端或雜誌見到那些熟臉時的通常反應了："the usual suspects"（又是那幾個人或總是那幾個人）。從學英文的角度講，也就是說，加強英文的印象不是從英文，而是從漢語。有點背反吧，呵呵。

[161] Ouyang Yu, *Loose: a Wild History*. Wakefield Press, 2011, p. 60.

走上社會

「走上社會」這個說法一直到現在都還在用，但一譯成英文，就錯得不行。無論學生還是網上，都愛把它譯成"step into society"或"enter the society"，[162]這都是因為這些人不學（文學）無術，逐字照搬而造成的笑話，把意思完全弄擰了，這麼譯的話，就不是走上社會，而是進入或踏入上流社會了，因為"society"還有「上流社會」之意。

看毛姆的小說，有不少地方都提到，主人翁Philip很討厭上學，巴不得長大後趕快"go out into the world"，[163]正所謂「走出去，進入大千世界」。這就是我們常說的「走上社會」，儘管沒有「走」，也沒有「上」，更沒有「社會」，但意思就是那個意思。

在另一個地方，換了一個字，即"get out into the world"，（p. 78）但意思還是一樣的。

由此觀之，搞翻譯的人，須臾離不開文學，離不開對文字的敏感，而這種敏感，一定是要基於對兩種文字的互相參照和互相觀照上的。

以雅譯俗

翻譯從來都不是一翻一譯，也不是以字譯字，而是譯文化，以中國這個有五千年歷史的文化，來譯英文這個頂多才一千來年的語言，因此出現以多勝少、以多譯少、以雅譯俗的一個既是一種有效方法，但有時又是很成問題的一個現象，以電影譯名最為顯著。

比如，英國電影"Rebecca"根據同名小說改編，本來就是主人公的名字，完全可譯作「呂貝卡」，但卻雅譯為《蝴蝶夢》。進行了類似雅化處理的還有"Waterloo Bridge"（《滑鐵盧橋》，譯作《魂斷藍橋》），"Lolita"（《洛麗塔》，譯作《一樹梨花壓海棠》），"Notorious"（《臭名昭著》，譯作《美人計》），等。[164]

---

[162] 參見http://zhidao.baidu.com/question/21473167.html

[163] W. Somerset Maugham, *Of Human Bondage*. New York: the Modern Library, 1999〔1990〕, p. 73.

[164] 可參見《英文電影名稱翻譯中的文化因素研究》：http://www.tde.net.cn/dyyi/2009/0904/ytry.html

討論為何如此這麼譯的文章很多，我也懶得一一去理會，但有一點是不言自明的，即出身於中國文化和語言的譯者，一上來就對英文譯名濃墨重彩、大張旗鼓一番，生怕譯得不美、不文化、不文明、不符合中國人的審美心理，但這基本上是錯誤的，因為這樣一來，你實際上學不到任何東西，所有外來物都歸化或曰雅化到與中國文化難分難解的地步，分不出你我他她來。

說到這兒，倒想到最近看到一篇評論毛姆長篇小說"Of Human Bondage"的文章，是美國作家Theodore Dreiser寫的。他稱讚該書時，用了一句很簡單的話，說"The thing sings"。[165]如果直譯，這句話就是：「這東西唱起歌來。」這可能很難為中國讀者接受。

儘管我批評中國文化的雅譯現象，寫到這兒又不得不自己否定自己，而這是很正常的，即有的時候還真得從雅、從重處理一下，把該句譯作：「這本小說洋溢著詩意」或「該小說詩意盎然」。為什麼？因為"sing"這個字，還有「用詩或歌敘述」之意。

leaving no stone unturned

如今教書意義不大在於，它除了賺兩個小錢之外，一批批地親眼看見學員、學生從眼前消失之外，幾乎沒有任何所得。我所說的「所得」，不是指物質方面，而是指精神方面，也就是育人是否真有成效？

在武大教了三年研究生，最後只有一位學生現在能直接用英文寫詩，並在英美澳頗有發表。想想也很值得，因為沒有才能，沒有才氣者，教再多最後也只是歸於生活的洪流，不可能對之有太大指望。

這邊教過的學生中，有一個出其不意地學到了對書的鍾愛，這在一個棄書而去的時代，真是難能可貴。最近與之吃飯聊天，瞭解到他的英文似乎更上一層樓，這頗得益於大量閱讀。例如，他就提到，在與朋友電郵交往中，因用到了"leaving no stone unturned"這樣的片語，而受到朋友的稱讚。

這個片語讓我想起來，這是陸克文2010年在澳洲幾個礦業大亨飛機在剛果共和國失事時說的話，也就是「把每塊石頭翻遍」，也要查出事故原因。

我鼓勵該學生，現在是朋友了，多注意使用這類好的片語，用得合適，

[165] Theodore Dreiser, 'As a Realist Sees It', in W. Somerset Maugham, *Of Human Bondage*. New York: the Modern Library, 1999〔1934〕, p. xxviii.

真能讓人覺得，英語是一個很值得一學、一用的語言。

好玩的是，這是一個非常經典的反譯例子。不說"we shall turn every stone"（我們要把每塊石頭翻遍），而偏要說"we shall leave no stone unturned"（絕不讓每塊石頭不被人翻），這就是英語和漢語之間的一個核心差異，並非人為，而是天定的差異。

小人

中文譯成英文，諸多字詞中，「小人」恐怕是最難譯的。一般字典的做法是根本不譯，如北外編的《漢英詞典》把「小人得志」譯成"villains holding sway"（意即惡棍當道）。上海交大編的《漢英大辭典》則把該詞譯成"a small man intoxicated with success"（意即小男人因成功而醉意醺然），這也不對，因為小人不一定都是男人，女人也可以是小人的，如果這女人心術不正的話。看問題必須這麼辯證地看。就像人們常說「老奸巨猾」，而我則要說，其實，也有小奸巨猾的，不一定年輕就肯定幼稚。

話說岔了，回到正題。《詩經》有句：「憂心悄悄，慍於群小」，這個「群小」，就是指一群得道而且當道的小人。當年我寫英文非小說"On the Smell of an Oily Rag"時，就曾把「群小」轉譯成"crowded smallness"。澳洲作家Rodney Hall為該書首發作演講時，還專門提到這個字，說是很形象。

還是我原來說的，中譯英，要學的主要對象還是英文本身，這種學習是長期的、細緻的，不能打野的。毛姆筆下有個人物叫"Mrs Otter"，即水獺女士。這是一個"humdrum and respectable little person"。[166]也就是說，這是一個「無聊乏味，很體面的小人」，為什麼說她是"little person"（小人）？因為她"had scabrous intrigues"（愛扯爛汙，搞陰謀詭計）。

現在要把這個"little person"輸送到詞典中去，可能要費九牛二虎之力也終歸失敗，原因是中國那些編字典的人永遠也不可能敏感到這種地步，跟他們說了也是白說，而且也不知道跟誰說。只有自己把它記住，用到自己的文字中去。

小人還有一個特指的意思，那是從高行健那兒看到的。據他說，《道

[166] W. Somerset Maugham, *Of Human Bondage*. New York: the Modern Library, 1999〔1990〕, p. 196.

藏》中描述過這種小人，說「這些叫三屍的赤身裸體的小人平時寄生在人的身體裡，躲在咽喉下，吃人的唾液，還專等人打盹的時候偷上天庭，向上帝報告人的罪行。」[167]這又給了我一個創詞的機會，就把它譯作"three-corpse little person"吧。

其實小人還有另一種說法，就是拉羅什富科所說的"little minds"。他說："Little minds are too easily wounded by little things; great minds see all such things without being wounded by them."[168]（小人之心易受小事之傷。大人之眼穿透此類事物而不受其傷）。

雷人

雷人一詞從何而來，沒做研究，也懶得深究，但近看毛姆，發現有個地方用了英文的雷字，不用「雷人」來譯，就很難「雷」出來。

該句是這樣的："but he had a great difficulty in telling a thundering, deliberate lie"。[169]所謂"a thundering, deliberate lie"，如果直譯，應該是「故意撒下雷聲一樣大的謊」。當然如果意譯的話，就可譯成「故意撒下彌天大謊」。

現在有了「雷人」，就用不著如此之「雷」、如此之累了，用上去就行：「故意撒一個很雷人的謊」。全句是：「但是，他感到要故意撒一個很雷人的謊是很困難的。」

耳食

耳食的意思是用耳朵吃飯，指沒有根據的傳聞。如果瞭解英文的類似說法，就能很方便地把它譯成英文：food for ears。

為什麼？因為英文有「思食」之說，即"food for thought"，也就是供大腦消化的材料。

---

[167] 高行健，《靈山》。香港：天地圖書公司，2000, p. 82.
[168] La Rochefoucauld, *Collected Maxims and Other Reflections*. Oxford University Press, 2007, p. 99.
[169] 同上，p. 215.

不僅如此，英文還有“food for laughter”（笑食）。[170]當然，這應該相當於漢語的「笑料」。

Eat you

中文裡說：怕什麼，他又不會把你吃了。

知道嗎，英文也可以這樣說，有一句話典出毛姆，是這樣說的：“She won't eat you”（她又不會把你吃了）。上面那句話是男的說的：“I've got half a mind to go and see her.”（我有點兒想去看看她）。[171]

音意兼譯

音意兼譯就像形神兼備，談何容易。過去有些佳例，如烏托邦（utopia），康乃馨（carnation），派對（party），願景（vision）。還有些從廣東話過來的佳例，如棟篤笑（stand-up comedy），這個「棟篤」，跟我家鄉黃州話說「站著」時的土音很相近，士多店（store），利家店（reject shop），等。

我翻譯時，總是盡可能先做到音意兼譯，因這屬於創譯範疇，也自創了幾個音意兼譯的例子，是否佳例，由別人評說去。一個是茴香利口酒（aniseed liqueur），以「利口」來譯“liqueur”。一個是陽剛吉酒，來譯一種土著人製作的酒，英文是“Nganitji”。

不過，我發現，更多的時候，是無法做到音意兼譯的。現舉最近譯書的三例來說明。一是“the Sheikh of Araby”，即「阿拉伯酋長」，很想把“Sheikh”一字譯成「夏克」（聲音很像俠客），可惜到處找不到這種譯法，只好作罷。

另一個是“tam-o'-shanter”，一般通譯「蘇格蘭圓扁帽」或譯「蘇格蘭經典軟帽」，這麼譯，意思出來了，但原來那個音卻丟得一乾二淨，很想譯成「檀香特蘇格蘭圓扁帽」，還真這麼譯了，看出版時編輯怎麼說。

---

[170] 同上，p. 319

[171] W. Somerset Maugham, *Of Human Bondage*. New York: the Modern Library, 1999〔1990〕, p. 388.

第三個是一首詩中的一個字。先看我譯的這首蘇格蘭愛國小曲吧：

加速吧，小小船兒，像一隻小鳥展翅，
向前飛呀飛！水手們一齊
喊著：快送那個生而為王的小孩，
漂洋過海去斯凱！……
我們的家園被焚燒，只有流放和死亡，
忠心耿耿的人都漂流四方。
然而，趁著利劍尚未入鞘降溫，
查理還會再度返程……

第一段最後那句「漂洋過海去斯凱！」，英文其實是"Over the sea to Skye！"[172]所謂Skye，聽上去、看上去都像是「天空」，但其實不是，而是蘇格蘭的一座大島，約為1656平方公里，發音也不像英文的"sky"，而有點像"skia"。譯到此處，我就沒轍了，只好丟"sky"，留「斯凱」。

Anxious nation

澳大利亞這個國家與其他國家一個很不同的重要特徵是，這個國家充滿了焦慮，老是怕這怕那，既想得別人好，又怕遭人暗算，特別害怕亞洲國家和來自亞洲國家的人。這個特徵，澳洲人自己最清楚。澳洲學者David Walker曾寫過一部專著，書名是"Anxious Nation: Australia and the Rise of Asia: 1850-1939"，從各個角度，專門探討了澳大利亞的焦慮、特別是針對亞洲國家的焦慮之由來。這本書的標題應該是《焦慮之國：澳大利亞和亞洲之崛起：1850-1939》，惜乎在中國所翻譯出版的一本書，卻把該名改得面目全非，成了《澳大利亞與亞洲》（張勇先等譯，2009，中國人民大學出版社），焦慮已經不焦慮，崛起也已不崛起了。

由於譯名存在的問題，使我產生一個想法，把譯文和原文教給學生，讓他們去校對、去檢查，以便發現問題，提高自己的翻譯水準。我隨便抽取了該譯著第三章的第一頁，讓學生加以評判。一學生說：看似沒問題。接下來

[172] Robert Hughes, *Things I Didn't Know*. Vintage, 2007〔2006〕, p. 100.

的學生則不那麼簡單，兩三個學生加起來，發現的問題已經超過16個。現將該章第一段落的英文抄錄如下：

> In the latter half of the nineteenth century, the greatest threat to the mighty British Empire was thought to come from Russia. If one assumed this to be the case, then India became central to most strategic conceptualisations of Australia's future. Australia was seen as a vulnerable, under-populated nation, positioned at a point of great strategic risk between the Indian and Pacific Oceans. In the 1890s, Alfred Deakin articulated many of the prevalent concerns. Russia, he claimed, had every reason to occupy India in order to obtain access to strategic territories, resources and deep water ports. As any Russian presence in India would pose a direct threat to Australia, Australians had an important interest in the continued survival of the British Raj. Australians, Deakin believed, had to learn to think of Australia as part of 'Southern Asia' in order to develop more systematic responses to the region in which they lived and the defence strategies this imposed.[173]

「張勇先等譯」的譯文如下（凡有問題之處，我都在下面打了著重線）：

> 19世紀後半葉，對於強盛的大英帝國來說，最大的威脅來自俄國。如果事情真是如此，那麼印度便成了澳大利亞未來多數戰略考慮的核心。澳大利亞被看做一個易受攻擊、人口稀少的國家，身處印度洋和太平洋之間一個存在巨大戰略風險的位置上。19世紀90年代，阿爾弗雷德·迪肯明確地闡述了許多人們廣泛關注的問題。他聲稱，俄國完全有理由占領印度，從而獲得通向戰略領土、資源以及深水港的通道。由於任何俄國在印度的存在都會對澳大利亞構成直接的威脅，因而澳大利亞人對於英國在印度統治的延續有著濃厚的興趣。迪肯相信，澳大利亞人需要學著把澳大利亞看做「南亞」的一部分，才能對他們所居住和需要制定防禦戰略的這一地區做出更系統的回應。[174]

[173] David Walker, *Anxious Nation: Australia and the Rise of Asia 1850-1939*. UQP, 1999, p. 26.
[174] 大衛·沃克，《澳大利亞與亞洲》（張勇先等譯）。中國人民大學出版社，2009，第32頁。

修改譯文如下（凡修改之處，都標以粗體）：

> **十九**世紀後半葉，對於強盛的大英帝國來說，**據認為**最大的威脅來自俄國。如果**假定**事情真是如此，那麼，**印度就會成為關於澳大利亞未來的大多數戰略構想之核心所在**。澳大利亞被看做一個易受攻擊、人口稀少的國家，地處印度洋和太平洋之間一個存在巨大戰略風險的位置上。**1890年代**，阿爾弗雷德．迪肯**明確闡**述了人們廣泛關注的**許多問題**。他聲稱，俄國完全有理由占領印度，**以獲得使用**戰略領土、資源**和**深水港**的權利**。由於俄國在印度的**任何在場**都會對澳大利亞構成**直接威脅，因此**，澳大利亞人對英國**是否能在**印度統治**繼續生存表現了重要的關注**。迪肯認為，澳大利亞人**不得不學會**把澳大利亞看做「南亞」的一部分，**以便對該地區做出更加系統性的回應，因為他們生活在這個地區，而生活在這個地區這一事實，又逼使他們不得不採取防禦戰略**。

據悉，這本譯書還獲得了2010年澳大利亞政府頒發的翻譯獎，名曰「澳大利亞政府翻譯圖書獎」。

Make things happen

多年前替客戶公司翻譯了這三個字“make things happen”，一直都不滿意。今晨突然想起一句翻譯，是這樣的：「呼風喚雨，積極造勢」。覺得尚可。

Cold shoulder

英文中如說，給別人一個“cold shoulder”（冷肩），那是指冷待別人。最近看書看到誰誰誰說受到冷遇，突然想到：哎，這不就是英文說的「冷肩」嗎？

差別在於，它跟英文適成相反，英文是給人一個「冷肩」，漢語則是被人給一個「冷肩」，那等於是冷遇。

自由戀愛（1）

大家都知道「自由戀愛」是怎麼回事，但如果翻譯一份離婚書，其中提到某某與某某係「自由戀愛」，把這句話譯成英文，問題馬上就來了。最直接的譯法似乎是"free love"。且慢。查查英文字典，所謂"free love"，是指"sexual intercourse between individuals who are not married to one another"（未婚者之間發生性關係），其同義詞是"extramarital sex"（婚外性）〔http://www.answers.com/topic/free-love〕，比漢語的「婚外戀」還要更進一步。

直譯有很多好處，但也有陷阱，比如前面講過的把金雞鬧鐘譯成"Golden Cock Clock"，又比如把樂凱膠捲譯成Lucky，也是這個問題。Lucky聽起來不錯，發音近似中文的「樂凱」，但英文卻有「碰運氣」的意思。說得不好聽的話，這種膠捲再從英文譯成漢語，就成了「碰運氣膠捲」。誰敢去碰運氣，買一捲36捲，卻很可能只洗得出16張或26張照片的膠捲呢？

所謂「自由戀愛」，根據《現代漢語詞典》，是指「男女之間不受家庭或宗教等束縛的戀愛」。即便有這種解釋，譯成英文還是很難。你總不能把這個詞譯成英文後，再加一段詞典的釋義吧？譯成"unrestricted love"（不受限制的戀愛），可能還有「亂愛」之嫌。我的處理是：they fell in love of their own accord（自覺自願地戀愛）。相信一定還有更好的譯法。

至於說到英文的"free love"，倒是有個很好的譯法，就叫「自由『亂』愛」。

自由戀愛（2）

我原來曾說過，「自由戀愛」不能譯成"free love"，因為那在英文裡是「自由亂愛」、濫交的意思。

現在從一本剛看完的英文書中找到了答案，那就是，「自由戀愛」的準確翻譯應該是"love by choice"或"love-by-choice"。[175]怎麼用？比如說：「我倆是自由戀愛的」，那就譯作"We fell in love by choice"。

[175] Deborah Fallows, *Dreaming in Chinese*. Short Books, 2010, p. 24.

切的藝術

英語和漢語最大的一個區別在於，英文一氣呵成，波浪首尾相接，幾十個字連一個標點符號都沒有，完了就一個句號了結。很多學生不瞭解這個情況，也用漢語照此辦理，結果等於是把英語譯成英語，只不過穿的是漢語的外衣罷了。先給你一個小例，取自墨爾本《年代報》一篇英文報導的第一段：

> The Australian Greens have again called on the government to send an observer ship to watch the Japanese whaling fleet.[176]

這句話僅有一個句號。學生的翻譯也是一個句號：

> 澳大利亞綠黨已再次要求政府派遣一艘觀察船對日本捕鯨船進行監測。

改正的辦法，是加逗號，把長句切成短句，這，就是所謂「切的藝術」，如下：

> 澳大利亞綠黨已再次要求政府，派遣一艘觀察船，對日本捕鯨船進行監測。

判斷一個人的中文是否好，要看其句子的長短是否合適。隨手拈來任何中文文章，從左至右掃視一遍，就會發現，每行至少有兩到三個標點符號，包括句號。如果從一邊到另一邊連一個標點符號都沒有，這句話就有問題。下面再舉一句長話，英文只有一個逗號，漢語卻要舉起菜刀，砍成一段段的，才能顯出原文的味道：

> Australia's immigration policy is set for an overhaul amid concerns that it is failing to meet the nation's long-term needs, with a record influx of more than 600,000 temporary residents adding to the strain of a growing population.

[176] 'Greens press for ship', the *Age*, 30-31/12/11.

澳大利亞的移民政策現擬全面修改，因擔憂該政策目前難以滿足國家長期需要，而湧入的臨時居民超過60萬，達到破紀錄的程度，從而給日益增長的人口增加了負擔。

用了四個逗號，採取截肢手術，把這段文字截成五段，才使之化解成可讀之文。

接的藝術

如果說英譯漢靠的是切，漢譯英靠的就是接，很多在漢語中被逗號切得從英文角度看似支離破碎，但在漢語看來卻十分靠譜，也很流暢的句子，進入英文之後，就要首尾相銜，去掉在英文看來囉嗦的標點符號，特別是逗號了。

現舉一例如下，取自《盤古開天地》一文，其中有句云：

有一天，他忽然醒來，睜開眼睛向四面一看，發現上下左右，漆黑一片，連什麼也看不見。

這句中文有五個逗號，截成六個小段。譯成英文後，一氣呵成，僅一個句號，如下：

One day when he suddenly woke up and opened his eyes to look around he found that he could not even see anything as it was all dark everywhere.

下面還有一句也是如此，中文截肢，英文斷肢再植，如下：

在這開天闢地的大工程中，盤古終於用盡了自己的經歷，不久以後，他就死去了。

這句中文用了三個逗號，截成四段，英文則只用一個句號，就解決了問題：

Pan Gu ended up so exhausting himself in this gigantic project of splitting up the earth from the skies that he died shortly after.

接下去這句話共分三句，截成八段，如是：

當時，天和地有些地方還連著。盤古想，它們必須完全分開，否則還要合攏的，於是又繼續辛勤地工作。不知道經過了多少年，天和地的構造才比較鞏固了。[177]

譯成英文，一氣呵成，僅一個句號：

At the time when the skies and the earth were still connected in places Pan Gu thought to himself that they had to be completely separated or else they might be joined again and so he kept working hard for God knows how many years until the formation of the skies and the earth was relatively stabilized.

當然，我是用這個說事，其實還是可以穿插一兩個逗號，使之念起來不那麼氣喘吁吁的。

First leg

英文翻譯成中文，最簡單往往最難，這是我常掛在嘴邊的一句話。這裡面還有另一層意思，是說最簡單的往往最容易誤解。例如最近讓學生分成四組，翻譯一篇文章，卻發現有一句所有的組都譯錯了，其英文是這樣的：

Today Denniss kicks off the first leg of a 29,000-kilometre around-the-world ultra-marathon, an attempt to set a Guinness world record for circumnavigating the globe on foot.[178]

---

[177] 參見趙賢州（等著），《簡明漢語課本》（下冊）。上海外語教育出版社，年代無，p. 97.

[178] ‘Going global, slowly’, the *Age*, 30-31/12/11.

他們錯就錯在，所有的人對“kicks off the first leg”這句話，都不查字典，而望文生義地譯成「邁開第一步」，卻沒有意識到，所謂“first leg”不是第一腿，而是「第一段路程」，全文譯文如下：

> 今天，鄧尼斯邁開步子，開始了行程為29000公里的環球超級馬拉松第一段，這是他為創建徒步環球吉尼斯世界紀錄而做出的一次努力。

今天譯書，譯到一個地方，休斯談到他家藏書（即library），說幾乎沒有什麼小說，有的幾本他也從來不看。隨後就說了一句：“As the twig was bent, so apparently did the tree incline.”[179]很簡單的一句話，正準備動手譯，忽然發現手指頭在鍵盤上停住了，怎麼也打不下去，好像僵住了一樣，因為無論怎麼看，都覺得好像來者不善，看似簡單，卻又大有深意。什麼叫「正如小枝會彎，大樹也會曲」呢？好像從邏輯上來看，應該倒反才對，即「大樹若彎，小枝也會曲」，因為是跟著來的嘛。決定暫時不譯，查查字典再說，而且要從英文查。

果不其然，這是一句英文成語，其字典的解釋是：A grown person will act the way he or she was taught to act as a child，[180]意即「小時候是怎麼教孩子的，長大後他就會是那樣子。」

手上的英漢大詞典沒有解釋，只好查網上，一下子查到幾個，如「從小偷針，長大偷金」，「苗歪樹不直」，「上樑不正下樑歪」，「枝曲則樹斜」，等，都是貶義，都不是那個意思，都沒法用在我的譯文上。

最後我的譯文是什麼，等我這本書出版後，再請你看吧。

牛奶路

中國翻譯界素來把一些本來不應該當成笑話的當成笑話，牛奶路就是一例。這個詞是從英文“the Milky Way”而來，指「銀河」，但它並不能排除直譯的可能性，正如中文的「銀河」也可以譯成英文的“the Silvery River”一

[179] Robert Hughes, *Things I Didn't Know*. Vintage, 2007〔2006〕, p. 104.
[180] 參見：http://idioms.thefreedictionary.com/As+the+twig+is+bent,+so+is+the+tree+inclined

樣，那不僅會為英文增加一個新詞，而且也加強了英文的表現力，既新又形象，真是一舉兩得。

我在美國詩人弗羅斯特的詩中，也找到牛奶路跟牛奶的關係，那當然是一語雙關。他說："The Milky Way perhaps/Was women's way of life."[181]（牛奶路也許／是女人的生活之路）。這句話也可譯成："銀河也許／是女人的生活之路」，但那就沒有牛奶的味道了。這句詩好就好在牛奶路對銀河的暗喻，如果早年把銀河譯成牛奶路，那是多好的一件事，可惜中國文化傳統向來是崇西媚外的，一定是譯雅，而不是譯俗。結果永久地失去了一個機會。

弗羅斯特那首詩的詩名，更加深了牛奶路的感覺。它的英文是"The Milky Way is a Cowpath"（牛奶路是母牛路）。

We are still receiving it

在做一個電話口譯，客戶說到早就將信寄出時，公司回答說："We are still receiving it"。

這句話讓我想起翻譯庫雷西《有話對你說》中，很相似的一句話。那句話是這麼說的"the war had been over for thirty years, but Britain still seemed to be recovering from an almost fatal illness"。從字面上看，好像是說「戰爭已經結束了三十多年，但不列顛好像還在從一種幾乎致命的疾病中恢復過來」。但這種過去現在進行式，說的意思在中文中正好相反，是說「戰爭已經結束了三十多年，但不列顛好像還未從一種幾乎致命的疾病中恢復過來」。

上述那家公司說的話，也應該作如是觀：「這封信我們現在還未收到」，暗含的意思是可能很快就會收到的。如果那家公司說："We haven't received it"，那就是直陳事實，並不含還在路上，可能就要收到的意思。

聯想起今天翻譯休斯書中引用的一首詩，第一句說"With pistol clenched in his failing hand"，[182]這個"failing hand"，在中文中也有相反的意思，即「已經抬不起來的手」，因為人就要死了。所以就把這行詩譯成「他手已握不住那把手槍了」。

---

[181] Robert Frost, 'The Milky Way is a Cowpath', *The Poetry of Robert Frost*, ed. by Edward Connery Lathem. London: Vintage Books, 2001〔1971〕, p. 464.

[182] Robert Hughes, *Things I Didn't Know*. Vintage, 2007〔2006〕, p. 105.

正氣、邪氣等

看書過程中，總是會在某些地方停下來，想一想這句話或這個表現方式，要用英文說的話，該如何進行表達。比如這天看黃梵的小說《等待青春消失》，看到「正氣會壓倒邪氣」這句話，稍停片刻，就把它譯成英文了，還舉得並不難，不就是“righteous airs overriding the evil airs”嗎？[183]

還有一天，看高行健的《靈山》，看到一處說：「人法地，地法天，天法道，道法自然」。[184]一想，這不難，跟著譯文就出來了：“Man follows the earth, the earth follows the sky, the sky follows the Way and the Way follows Nature.”就這麼簡單。而且，好像中文早已為英文預設好了，「法」跟“follow”多麼近似！

又看到一個地方，說：「他是自在之物，心安理得，我想。而我的困擾在於我總想成為自為之物。」[185]這個裡面的「自在」和「自為」，就很不好譯。可能要從別的地方說起。

我們不妨看看英文的兩個片語，即“at ease”、“at heart”和“at home”，後者是「在家」，中者是「在心裡」，前者是「在安逸、在舒適」（實際意思就是「自在」）。從創譯角度講，他者之無，即是我為之創的良機，那麼，從“at”入手，就可毫不費力地創造一個英語片語，即“at self”（自在，也就是在自己）。

「自為」怎麼辦？也好辦，就是“for self”嘛。那麼，「之物」呢？這麼玩：“He’s a thing at self”（他是自在之物），而我則是“a thing for self”（自為之物）。不能接受嗎？那就慢慢來吧。否則還叫什麼創譯呢！

女兒樓

《女兒樓》這本小說集是澳大利亞華人作家丁小琦的短篇小說集（203頁），1986年在中國出版，其英文翻譯集（210頁）於1993年在墨爾本出版。今天拿了以該題為名的短篇小說英譯本的頭兩段給學生看，一下子就給看出了無數問題，有漏譯、有錯譯、有語法等方面的問題。為了讓他們看清

[183] 黃梵，《等待青春消失》。江蘇文藝出版社，2009，p. 46.
[184] 高行健，《靈山》。香港：天地圖書公司，2000, p. 45.
[185] 同上，p. 195.

問題何在，我同時提供了我的一個譯本，作為參考。先將中文放在下面：

> 謝天謝地，可算是結束了，這一年一度的總結授獎大會。吃午飯的時間已經過了二十幾分鐘了。她沒隨著人群走向食堂。本來大家對會開得那麼長就滿腹牢騷，你這樣抱著獎狀、獎品去吃飯不是自找沒趣兒嗎？[186]

Chris Berry的英文譯文如下：

> Thank goodness it was over at last, this year's awards ceremony. It was already twenty minutes into lunchtime, but she didn't follow the crowd towards the canteen. Everyone was grumbling because the meeting had gone on so long, so wouldn't it be asking to be snubbed if you went to eat carrying an armful of trophies and certificates?[187]

這一段譯文有幾個漏譯，如「一年一度的總結」，二十幾分鐘的「幾」，這樣抱著的「這樣」；有幾個錯譯，如「大會」譯成了"ceremony"（儀式），「獎狀」和「獎品」譯成了複數"trophies and certificates"（從邏輯上是不可能的，因為只這女兵一人），「自找沒趣兒」譯成"asking to be snubbed"似乎過於拘泥。而且把第一段「謝天謝地，可算是結束了，這一年一度的總結授獎大會」直接譯成"Thank goodness it was over at last, this year's awards ceremony"這種漢語式的英文，也似乎不僅拘泥，而且有不舒服之感。

竊以為可以譯成下面這樣：

> Thank goodness that the annual general summing-up and award-giving meeting was over. As it was more than twenty minutes into the lunchtime, she did not follow the crowd to the canteen. If you went to lunch carrying your trophy and award certificate like that, wouldn't you be making a fool of yourself as everyone had been grumbling about the meeting that had gone on for so long?

[186] 丁小琦，《女兒樓》。作家出版社，1986，p. 61.
[187] Ding Xiaoqi, *Maidenhome*, trans. by Chris Berry, Hyland House, 1993, p. 1.

第二段的中文如下：

從進了五四七醫院，穿著肥大的新軍裝上台接受領章、帽徽那次起，光是這種年終總結大會她就參加過十三次了，不，加上今天這次，是十四次。她早已沒有當年的那種心情，那種表面上裝著平靜，實際上豎著耳朵捕捉台上傳來的每一句話，緊張得手心都是汗。儘管早就知道那授獎的名單上有自己，可還是排除不掉這種情緒。就是要聽「喬小雨」這三個字。真的，好像不是你自己的名兒了，從那麼莊嚴、神聖的台上，……[188]

其英文譯文如下：

Since she'd entered Hospital 547, put on the oversized army uniform and gone up on stage to get the collar and cap badges, she'd already been to thirteen of these cremeonies. No, including today's it was fourteen. She'd long stopped feeling the way she did that year; calm on the surface, but in fact ears pricked, straining to hear every sentence from the stage, so nervous her palms were sweaty. She'd known for a long time her name was on the awards list, but she couldn't restrain herself. She had to actually hear the three syllables, 'Qiao Xiaoyu'. Really, it wasn't like your name at all coming from that sacred stage,….[189]

一看之下，漏譯不少，如新軍裝的「新」，「那次」，「光是」，「年終總結」，「裝著」，「捕捉」，「排除不掉」和「莊嚴」。

再看之下，錯譯不少，如「進了」不能譯成"entered"，因為這不是隨便走進的「進」，而有參軍的意思。「穿著」不能譯成"put on"（穿上），「接受」不能譯成"get"，「領章」不是"collar"，而是"collar badge"。「帽徽」不是"cap badges"，而是"cap insignia"，而且是單數。「早已」不是"long stopped"，而是"no longer"。「心情」不是"feeling"，而是"mood"。「當

[188] 丁小琦，《女兒樓》。作家出版社，1986，p. 61.
[189] Ding Xiaoqi, *Maidenhome*, trans. by Chris Berry, Hyland House, 1993, p. 1.

年」不是“that year”，而是“those days”。「早就知道」不是“known for a long time”，而是“known earlier”。「每一句話」不是“every sentence”，而是“every word”。「三個字」不是“three syllables”，而是“three words”。而要表達「三個字」的意思，那就不能是“Qiao Xiaoyu”，而應該是“Qiao Xiao Yu”。

最大的錯譯是時態，一上來就錯了，即把“Since she entered”譯成了“Since she'd entered”。這是一個怎麼也不該犯的常識錯誤。

這都是學生挑出來的，我只不過是在下面把這句話重新整理了一番：

> Since the time when she was enlisted at Hospital 547 and went onto the stage to receive her collar badges and cap insignia in a new uniform that seemed too large on her, she had been to such end-of-the-year general summing-up meetings for thirteen, no, actually, fourteen times on top of this. She was no longer in the mood as she had been in those days when she pretended to look calm while her ears were pricked to catch every word that came from the stage, so nervous that her palms were both sweaty, a mood that she could not get rid of even though she had known earlier that her own name was there on the award list; all she ever wanted to do was hear the three words of 'Qiao Xiao Yu'. As a matter of fact, it was as if it were not your own name, on such a solemn and sacred stage,….

由此觀之，至少可知一件事，英語為母語者並非該語言的絕對權威。他們在把漢語譯成英文時，除了犯很簡單的語法錯誤之外，以及根本不應該犯的漏譯錯誤，甚至連筆下的英語也往往會止不住地受到漢語影響。怎麼辦？只有想辦法提高自己的能力並更加認真地工作。

翻譯中的時間問題

我不知道有沒有人考慮過這個問題，但我是在56歲，翻譯出版了30多本書後，才第一次把這個問題形成文字，儘管這個問題時不時地闖進我的腦海。簡單來說，翻譯中有個數學問題，那就是，當英語譯成漢語，字數會從少變多，100字英文，大約會變成130多字中文，相反，中文譯成英語，字數會從多變少，100字中文，大約僅85個多英文。

時間問題則是另一回事。用英語寫作的人，下筆時絕對不會考慮他的書將來會譯成別的文字。這是一。其次，他下筆時知道要寫什麼，或者信筆所至，思緒隨著筆動或鍵動，速度一定是相對較快，而且也不會因查字典而時時中斷，他的一切－知識，事件，細節等－都在他的記憶之中，隨手隨時提取即可。簡言之，他之下筆，是流水似地進行。不光是他，我亦如此。

翻譯就很不一樣了。當休斯談到他早年受家庭藏書的影響，後來成為藝評家時，一口氣寫了這麼一句話：

> So my introduction to the visual arts really began with *Punch* cartoons, to which were added the Art Nouveau, Arthur Rackham-esque illustrations of witches and warlocks, sylphs, water maidens, knights, dragons, beetling cliffs, castles, and wonderfully sinister, imbricated dark woods in the series of volumes known as the Andrew Lang Colored Fairy books, each bound in a different hue and stamped with gold leaf.[190]

這句話不過64個英文字，卻花了我整整15分鐘，才譯成一個自己比較滿意的中文句子，又是查字典，一本字典查不到，要到另一本字典查，查不到還上網查，時不時地停下來，折騰半天，再把語句進行適當調整和擺佈，成了下面這個樣子（共134中文字，翻了一倍還不止）：

> 因此，我對視覺藝術的入門，其實始於《潘趣》上的漫畫，之後又加上了名叫《安德魯．朗彩色童話》多卷本書系中的新藝術運動、亞瑟．拉克漢姆式插圖，內容有女巫和男巫、氣精、水巫女、騎士、龍、突出的懸崖、城堡，以及妙不可言，陰森森的鱗狀黑暗樹林，每本書都用不同顏色裝訂並包以金箔。

對照之下，創作是流動的，持續的，一沖而下的，翻譯則是切斷的，支離破碎的，曠「時」持久的。如果說創作是河流，翻譯就是把那一段流過的水重新整合再現。當然，當年在上海，我三十出頭，精力充沛，一天徒手可譯15000字，速度應該可與創作相比，但那種速度，我已經很不贊成了。

從這個意義上講，翻譯不是創作，不能等同於創作，否則就會成為林紓

---

[190] Robert Hughes, *Things I Didn't Know*. Vintage, 2007〔2006〕, p. 109.

那樣的東西，原來有的東西，他可以隨便丟掉，原來沒有的東西，他也可以隨意增加。接下來，我就要談談他了。

用家鄉音翻譯

我家鄉黃岡，也是林彪家鄉，我們那個地方的男人一天到晚掛在嘴上的一個字，就是男的生殖器官，中文字典上沒有，發音與英文的"law"（法律）一樣。因此，在英文創作中，我就用家鄉音自創了一個字："law"。

中國人用鄉音翻譯由來已久，從前沒有普通話統治老百姓之前，人們照樣出國，照樣在說英語或學說英語的同時，繼續說自己來自各處的家鄉話。林琴南，又名林紓，原籍福建福州，他譯的大仲馬小仲馬，法文是"Dumas"（杜馬），但經過福州音的洗禮，成了「仲馬」。[191]據翻譯家屠岸說，很多現在已廣被接受的英語詞，如沙發、派對、華盛頓、羅賓漢，等，都是通過上海話，而非普通話譯成中文的。[192]

其實，查查字典就會發現，有更多的英文字詞進入中文，是從當年挨著英文很近的廣東進入的，如士多店（store），士多啤梨（strawberry），開p（party），開生日p，開聖誕p，雲尼拿（vanila），車厘子（cherry），巴仙（percent），打令（darling），打波（ball）〔相當於打球或打炮〕，等。

林紓（1852-1924）

要談創譯，不能不談林紓或林琴南，這個人的名字，只要打在網站上，就歷歷在目，一切盡收眼底，省我在此筆墨。改革開放之初，我父親聽說要重出林譯作品，感到非常興奮，一而再再而三地強調說，此翁譯文極好。我當時正讀大學英文系，對此頗不以為然，而且拿到手後，也懶得細細查看，原因是古文味太濃，不符合現代人的閱讀口味。

現在回想起來，此翁翻譯實屬創譯，因他根本不懂英文法文，卻與他人合作，翻譯了180多部西洋小說，往往是別人口譯，他隨聽隨譯隨記，據說

[191] 參見屠岸《譯事七則》，原載吉狄馬加（編），《詩歌：無限的可能性－第三屆青海湖國際詩歌節詩人作品集》。青海人民出版社，2011，p. 317.

[192] 同上，pp. 316-317.

速度之快，「口述者未畢其詞，而紓已書在紙，能一時許譯就千言，不竄一字。」[193]狗日的林紓－父親在世時，如果特別欣賞誰，常會以「狗日的」指稱，帶有「很牛逼」的意思－這速度，就是我前面談到的那種，把翻譯變成了譯寫，減掉了中間的翻字典程序。不過，現在查到他翻譯的狄更斯的"David Copperfield"（《大衛・科波菲爾》），對照看了一下，就發現問題實在太多，如第一章的頭兩段：

CHAPTER 1. I AM BORN

Whether I shall turn out to be the hero of my own life, or whether that station will be held by anybody else, these pages must show. To begin my life with the beginning of my life, I record that I was born (as I have been informed and believe) on a Friday, at twelve o'clock at night. It was remarked that the clock began to strike, and I began to cry, simultaneously. In consideration of the day and hour of my birth, it was declared by the nurse, and by some sage women in the neighbourhood who had taken a lively interest in me several months before there was any possibility of our becoming personally acquainted, first, that I was destined to be unlucky in life; and secondly, that I was privileged to see ghosts and spirits; both these gifts inevitably attaching, as they believed, to all unlucky infants of either gender, born towards the small hours on a Friday night.

林的譯文如下：

《第一章：追溯往事》

大衛・考伯菲而說：「我產生的時候，是在禮拜五半夜十二點鐘；鄰家的老媼，和乳母等，全說我的生日生時不好，後來沒有福氣，並且要白晝見鬼，我產生的地方，是在色佛可縣的白倫得司東村。我在開眼能看的時候，離開我的父親亡故的日子有六個月了。我所有的知覺不過是知道：門外的新墳，就是亡故父親的葬身之地罷了。每逢冬天，屋中的爐火很熱，我父的墳，卻關在門外寒風裡。」

[193] 參見http://baike.baidu.com/view/24938.htm

原文是這樣的嗎？我因為手邊或網上都找不到別人的譯文，只好將就把第一段翻譯如下：

《第一章：我出生了》

無論以後我是否會成為我本人生活中的英雄，還是這個位置會被他人占有，都會在本書以下的書頁間展示出來。從我生命的最開始，來開始講述我的生活，根據我的記述，我是星期五夜晚十二點出生的（人家是這麼告訴我的，我也相信事情如此）。據人說，當時時鐘開始敲響，我也同時開始號哭起來。

看來，林譯的第一段只取了英文第一段的一句話。那麼，林譯第一段的其他內容來自何處呢？請看拙譯的第二段：

考慮到我出生的那個日子和那個時辰，不僅保姆，而且鄰里一個年高望重的女人，都宣稱說，我將終生不幸，這女人幾個月前，曾對我發生極大興趣，而那時，我根本不可能與之締結任何私交，其次，我特別榮幸，能看到幽靈和精靈。她們還認為，這兩種天才都與星期五晚上半夜生下來的男男女女不可避免地掛起鉤來。

由於篇幅，我無法再往下引用原文和翻譯了。很明顯，林譯不是翻譯，而是譯寫，把狄更斯第一章的頭二段乃至頭三、頭四段可能都混為一體，通過滾動、捏合、糅合等方式，捏為一體。是的，我們說捏造，他的翻譯似可稱之為捏譯。

站在今天的角度來批評林紓，是對他很不公平的。他那種口筆譯合譯、捏譯法，即使從今天來看，也是令人耳目一新的，在創譯方面頗有開創之功。我前面講過，澳洲詩人John Kinsella不懂一個漢字，卻把我的兩首中文詩翻譯成英文，譯文在精神上的接近，簡直讓人叫絕。我還聽另一個澳洲詩人說，他雖不懂日文，卻已將一本日文詩集譯成英文。既然事情能夠捏造，為何文字不能捏譯呢？林紓已經為我們提供了很好的榜樣，需要的只是勇氣和卓識。

英四漢三

以前我曾講過英譯中時有種現象，叫英三漢四。例如，在"in any shape, way or form"這個短語裡，英文說三，即"shape, way or form"，漢語就要說四，譯成以「任何形式」。

後來我又發現，在罵人話中，這個過程要倒過來，我稱之為英四漢三。英語中的罵人話，一般稱作"four-letter words"，正確地譯，不是「四字詞」，[194]而是「四字母字」，如"fuck"，"suck"和"cunt"等字，每個字都由四個字母組成，這跟漢語的罵人話只有一字之差，即漢語的罵人話一般都是三個字，如「丟那媽」，「他媽的」，「操他媽」，「狗日的」，「龜兒子」，等。這種罵人方式，在廣東話裡稱作「三字經」，[195]因為都是三字嘛。至於說英文的「四字母字」，譯成中文時，是不是都要譯成「三字經」，那就要根據具體情況了，比如，"cunt"可以譯成「媽的B」，但"fuck"卻兩個字就能解決：「我操」。

平話

在看楊憲益和戴乃迭夫妻英譯的《宋明平話選》。所謂平話，網上有的是介紹，不外乎一種話本體裁，或又指廣西壯族地區或福建閩東的一種方言。[196]

裡面講了一個故事，說是有個進京考官的人，得官後寫信回家，說他在京無人照顧，娶了一個小老婆。自己的原配，又叫渾家，很生氣，就回信說她也找了一個「小老公」。最後這件事鬧得盡人皆知，導致該人丟官，因為他「不宜居清要之職」。[197]

俗話說，撿了芝麻，丟了西瓜。把古代故事譯成英文，可以據此再造一個成語：譯了意思，丟了文化。何以見得？

這個小故事裡，至少有三個地方，很值得捉摸。一是「渾家」，一是

[194] 如這本書裡所錯譯的那樣。參見露絲．韋津利，（嚴韻譯）《髒話文化史》。文匯出版社，2008，p. 13.
[195] 朱永鍇（編著），《香港話普通話對照詞典》。漢語大詞典出版社，1997，p. 9.
[196] 參見：http://baike.baidu.com/view/35601.htm
[197] 參見（明）馮夢龍，淩濛初（編著），《宋明平話選》。外文出版社，p. 44.

「小老婆」，一是男女不分的「他」。

古代中國男的稱女不叫妻，而叫「渾家」，是一種謙稱，指「不懂事，不知進退的人」，[198]當然有歧視之嫌。楊戴的翻譯，把「渾家」一律處理成“wife”，就是不顧這個古代的文化事實，只求英文上說得過去，因此是很成問題的。

那女的聽說男的娶了小老婆，就回信說：「你在京中娶了一個小老婆，我在家中也嫁了一個小老公，早晚同赴京師也。」[199]這段文字譯成了：“Since you have married a concubine in the capital, I have found a male concubine at home, and we shall be coming to the capital together soon.”[200]這段譯文，意思上大致是不錯的，但文化上卻很有問題，關鍵是對「小老婆」和「小老公」的譯法，以及對「娶」 和「嫁」的應對上。個人以為，把「小老婆」和「小老公」放在一起，是很幽默的，譯文則喪盡了詼諧的意味。其次，把「娶」譯成“married”，也沒有照顧中文「娶」字的男權含義，因「女」字之上有個「取」，其英文之相應的字是“take”。「嫁」字則比較難用英文譯出女跟男走的味道來，楊戴的“found”還是不錯的。

最大的問題是對男女不分的「他」的翻譯。古漢語中，人稱代詞沒有女她，只有男他，男女通稱。故事中男的解手時，那封信被適來探望的朋友看見，於是取笑他，他便解釋說：「因是小弟戲謔了他，他便取笑寫來的。」[201]這個「他」，指的就是他本人的渾家，即妻子。為了捨文化而取意，英譯就把該字譯成了“she”：“I played a trick on her, so she wrote this back as a joke.”[202]

怎樣才能既譯意思，又譯文化呢？就像哈姆萊特說的：要活，還是要死，這是一個問題。要想兩全，只能通過加注，如把「渾家」譯成“Hunjia”，「小老婆」譯成“small wife”，「小老公」譯成“small husband”，「他」譯成“he”，加以一定的解釋，這至少能稍許反映出當年中國文化的特色來。

這個故事很有意思的是，它有很多地方與當代相近，如一個當官的會因討小老婆而丟官，自己的老婆也會因他討小老婆而生氣，跟他針鋒相對地開玩笑，並不是西方人所認為的那種中國女人百依百順的形象。

---

198 參見：http://baike.baidu.com/view/33043.htm

199 參見（明）馮夢龍，凌濛初（編著），《宋明平話選》。外文出版社，p. 44.

200 同上，p. 45.

201 同上，p. 44.

202 同上，p. 45.

華人名字最難譯

把任何英文姓名譯成中文，再難也不難，只要能發出音，就能找到發音上相近或相應的中文字譯出來，但要把華人姓名，特別是名聲並非特別大的華人姓名譯成中文，就特別困難。一些我們熟知的華人作家，都是打出兩張面孔，一陰一陽，一英一漢，Maxing Hong Kingston是湯亭亭，Amy Tan是唐恩美，Shaun Tan是陳志勇，Mabel Lee是陳順妍，Brian Castro是高博文，等。華人政治家也是如此：Bill O'Chee是劉威廉，Hong Lim是林美豐，Penny Wong是黃英賢，等。連跟中國打過交道的西方外交家（包括作家）也不例外：Carrillo Gantner是甘德瑞，Nicholas Jose是周思，Gary Locke是駱家輝，當然，他也是華人，等。

今天我讓學生翻譯一篇文章，是談澳洲華人有錢無名，不願在政治上拋頭露面的一個現實，其中提到數個華人的名字，如維省議員Hong Lim。許多學生想當然，把名字倒過來，譯成「林洪」，卻想不到他的本名是林美豐。接下來又是兩個華人，一個叫Chek Ling，澳華社區議會的召集人，在網上怎麼也找不到他的中文姓名，只能勉強湊個「林傑（音譯）」。另一個是Jen Tsen Kwok，一位政治學在讀博士。網上給出的答案是「詹森國（音譯）」。雖然我懷疑不是這樣，但也沒辦法證明。

與此同時，網上爆出新聞，說雪梨著名的腦外科大夫Charlie Teo站出來講話，抨擊澳大利亞是種族主義國家。[203]此人我早有耳聞，是澳洲最著名的腦外科專家，應該是一把刀，但他的中文名字是什麼呢？一查，有幾個不大對勁的名字，如查理．辛、查理．張、張家銘什麼的，但有一個似乎比較到位，即張正賢。[204]

至於我以前講的那些由於歷史原因，而姓Ahsin這樣的華人，我相信他們一定也有名有姓，而不會姓什麼「阿新」之類音譯的姓。正寫到這兒，筆下翻譯的原文中，出現了一個作家的名字，叫"Leslie Charteris"，於是查了一下，發現居然是個華人，而且寫了很多偵探故事，卻怎麼也找不到姓甚名誰，只知道他的全名是"Leslie Charteris Bowyer Yin"，生於新加坡，後去美國，但因美國排華法案，即便是有50%血統的華人，也不許永居，只好每半年續簽一次，後來得到政府寬待而留下，後又轉到英國，最後卒於英國，一

[203] 參見該文：http://www.abc.net.au/news/2012-01-19/australia-still-racist2c-says-surgeon-charlie-teo/3782286

[204] 見華文報導：http://1688.com.au/site1/news/nsw/2012/01/19/119822.shtml

生結婚四次。儘管我瞭解了這麼多，但關鍵問題還是沒有解決，不知道中文姓名是啥，只知道姓尹，有的資料又說姓殷，民國時期，他的作品被譯成中文，名字譯得更誇張，叫杞德烈斯。

拼音的陷阱

2011年去青海參加青海湖詩歌節，把我安排在國外詩人的車裡，一路都很順利，只是到了黃河之水變清的貴德縣，那些外國詩人變得疑惑起來，原因是這個地方的地名怎麼會是一個英譯："Guide"，即「指南」。

我也是在他們提出問題之後，才意識到這個不是問題的問題。原來，把「貴德」二字按拼音寫下來，除非分開成"Gui De"，否則就成了"Guide"，一個地道的英文字！

這次有人約稿寫篇英文文章，我早已忘掉那事，提到貴德時，又不動腦筋地寫了"Guide"，結果編輯看後就提出了問題：該地是否叫這個英文名字？如果是，為什麼？

呵呵，看來拼音也得小心。

作者問題

翻譯有時不僅僅是譯者問題，也牽涉到作者問題。作者如果活著，也在自己所在的城市住，而且關係也不錯，那沒問題，打個電話，約個時間，就可見面解決問題。作者死了也沒關係，找研究作者的學者專家求教即可。作者如在外國，也沒關係，通過電子郵件聯繫也行。有些作者不跟譯者直接聯繫，這屬於比較大牌一些的，非要通過經紀人轉或出版社轉。還有些更大牌的作者，根本就不跟譯者聯繫，找出版社也沒用。這種作者，活著就跟死了一樣，反正是不跟譯者發生任何關係的。我曾翻譯過幾本書，作者都是如此，遇到問題無人可以求教，就只能找跟作者無關的澳洲人「下問」，當然不是瞎問，總是有博士學位者或當作家者，所以也可說是「上問」。

如果大牌作者英文出了問題怎麼辦？那也沒辦法，只有硬著頭皮找他或她。過往的經驗表明，這種作者不太喜歡譯者挑他的毛病，肯定是聞過則不喜的。我碰到的這個，乾脆就不回答，這就讓人比較光火，又不是很賺錢的東西，還給他譯得盡善盡美，那不是自討苦吃嗎，再說，中國的翻譯費簡直便宜得可以，譯者心理學，不知所謂的翻譯學是否曾經想過，更不用說討論過了。

我手頭翻譯的這本書，有一段英文就很費解，是這樣的：

> It is difficult to visualize, more than half a centruy later, in an age first of airmail and later of e-mail, what these separations, Victorian in their length and completeness and generating reams of mail describing everything from the penguin house at the London Zoo to the inclination of the Leaning Tower of Pisa, especially not forgetting the contents of Hamley's, the treasure-house of hobbyists' material in Rgent Street.[205]

這句英文我翻來倒去看了很多遍，始終覺得很有問題，似乎掉了幾個字，於是發信給作者「上問」，但沒有得到回音，只好按我的意思，把原文修改了一下，補充了漏掉的字，成為這樣：

> It is difficult to visualize, more than half a centruy later, in an age first of airmail and later of e-mail, what these separations are like, Victorian in their length and completeness and generating reams of mail describing everything from the penguin house at the London Zoo to the inclination of the Leaning Tower of Pisa, especially not forgetting the contents of Hamley's, the treasure-house of hobbyists' material in Rgent Street.

其實是掉了兩個英文字，即“are like”，放在“what these separations”之後，如上文那樣。這樣一來，就好翻譯了：

> 半個多世紀後，在一個先有航郵，後有電郵的時代，很難想像家人的這種分離是怎麼回事，其分離時間之久、之完全徹底，具有維多利亞時代的特徵，能產生大量信件，描寫的東西從倫敦動物園的企鵝池，到比薩斜塔的傾斜度，什麼都有，特別是還不忘了提到攝政大街那家專為業餘愛好者提供材料的寶庫，即哈姆利玩具店裡的內容。

[205] Robert Hughes, *Things I Didn't Know*. Vintage, 2007〔2006〕, p. 119.

譯到127頁時，該作者的英文又出了故障，如下：

> Whenever I think of the millions of English, French, and Australian women left behind with no matrimonial prospects in the wake of the Great War, they generally have Mim's friendly, wid-mouthed, slightly truculent face, with the smoke-yellowed teeth and the mole on her chin from which three dark hairs sprouted.[206]

按邏輯講，如果是"Whenever I think of"（無論何時，我一想起……），後面就應該接上「就會」如何如何，但現在這個樣子的英文中，是沒有「就會」這種下接句的。如果照譯下來，就是這種樣子：

> 每當我想起繼第一次世界大戰之後，那些留在後方，結婚無望的幾百萬英國婦女、法國婦女和澳大利亞婦女，她們一般都長著蜜姆那種友好、闊嘴和稍嫌好鬥的臉，被煙熏黃的牙齒和上面長著痣，冒出三根黑毛的下巴。

這個句子我怎麼譯怎麼覺得不對勁，也不想再找作者對症、對證，就根據上下文，作了一點處理。說到處理，我想起西方電影界對長篇小說進行改編時，一般也要進行處理，英文就叫"treatment"。沒想到，對於這個曾因車禍而患腦傷的作者所寫的東西，我也得進行"treatment"了，如下：

> 每當我想起繼第一次世界大戰之後，那些留在後方，結婚無望的幾百萬英國婦女、法國婦女和澳大利亞婦女（時），（我就推想），她們一般（肯定）都長著蜜姆那種友好、闊嘴和稍嫌好鬥的臉，被煙熏黃的牙齒和上面長著痣，冒出三根黑毛的下巴。

這句譯好後，我加了一個註腳，如此寫道：「無奈作者對譯者的提問不予解答，只能根據上下文的關係，飾譯如下（略）。」「飾譯」，也是我走文至此而想到的一個詞彙，相當於文過飾非的「飾」。這本書的英文語病之

[206] Robert Hughes, *Things I Didn't Know*. Vintage, 2007〔2006〕, p. 127.

多，[207]令我吃驚，但考慮到這是作者腦部受傷之後的第一本書，我也就此從略。

This

英文的"this"，一般情況下，也相當於漢語的「這」。不過，二十幾年前，在上海讀書時，我跟一位澳洲作家聊天時發現，英文的"this"還有另一種用法。據他描述，他曾親眼見到一個澳洲某大學的校長，很親熱地接近一個年輕的中國女生，在台上公開地表現得很不地道。他在講述過程中，多次用到"this"，總是"this guy"、"this guy"地說那個人。這是他多年前看到的一件事，應該用"that"才對，怎麼會用"this"呢？我沒問，但我的感覺是，這就像電影，為了把過去拉到眼前，採取了長鏡頭聚焦拉近的手法。

今天翻譯的這段文字中，休斯提到說，他母親曾在雪梨的一個懸崖峭壁上買了一家餐館，從那兒可以俯瞰到雪梨南面的太平洋，然後他說：

> This patch of rocky land, this view, would be worth a great deal of money today,…[208]

這就是我上面講到的拉近法，把幾十年前發生的事情說成是"this"，而不是"that"，有一種歷歷在目，如現眼前的感覺。

遺憾的是，譯成漢語，恐怕還是得採取反譯，如下：

> 要在今天，那塊岩石之地，那種海景，一定會值不少錢……

這就跟我們平時在英語裡說"that"，譯成漢語卻要說"this"一樣。舉一個小例："I don't like that"（我不喜歡這樣）。或"Is that so？"（是這樣嗎？）

---

[207] 參見該書（同上）127頁這句"I can't imagine that she would have appreciated that, since she did not have a trace of interest in art, especially not modern art"，應該是"especially modern art"。

[208] Robert Hughes, *Things I Didn't Know*. Vintage, 2007〔2006〕, p. 129.

Butcher job

有天，Telstra派了一個工人，來家安裝大容量modem。他把網線一看，就說：This is butcher job，意即以前安裝工人幹的活一塌糊塗，沒有做好。有意思的是，他沒用別的任何字，而是脫口而出，用了“butcher job”（屠夫幹的活）這兩個字。如果要譯，恐怕也只能意譯成「爛活」。細想之下，譯成「這是屠夫幹的活」也未嘗不可，因為屠夫幹電工的活，當然幹不好。

字典無

前面說過，凡是字典中查不到的字，都是翻譯創譯的機會，但情況並非盡然，有時還牽涉到做點兒小研究。除了把網上的“images”當字典使用外，還可以利用youtube網站來進行查找。例如，今天翻譯中，就遇到兩個字，什麼地方都查不到，這段文字敘述作者小時候上學時，上教堂時經常會敲響一面銅鑼，其聲音就像：

> the giant dimpled gong rung by the muscular actor in the pre-title logo for the old J. Arthur Rank movies.[209]

這段話中，有兩個字是查不到的，一個是“dimpled gong”，另一個是“pre-title”，連網上都沒有。七查八查，才發現，原來所謂“dimpled”，是指表面坑坑窪窪，而“pre-title”，是指電影片名推出之前。查到這兒，才想起到youtube去看看J. Arthur Rank拍的片子是個什麼樣子，儘管此時我已譯出了該文，如下：

> 有點像從前J·亞瑟·蘭克拍的電影中，片名尚未出現之前，影片標誌中那個渾身肌肉的演員，敲響的那面碩大無朋，表面坑坑窪窪的銅鑼。

未幾，從youtube上搜索到的一部相關影片，片頭就是這一幅景象。由此第一次嘗到了把各種材料當成字典運用的甜頭了。

---

[209] Robert Hughes, *Things I Didn't Know*. Vintage, 2007〔2006〕, p. 152.

漢輕英重

在漢譯英的翻譯中，漢語說輕的，英語要說重。比如說，漢語說：「無論好壞，都要跟美國走」，譯成英語時，這個「好壞」，就不是"good or bad"，而是"better or worse"："Standing by the U.S., for better or worse"，英文比漢語重了一層。又比如，我們說「在他的內心深處」，英文中，就要譯成"in his deeper heart"（在他內心更深處），實際上相當於漢語的「深處」。再比如，如說某人買了四張票，但是多買了一張，英文說："He has bought four tickets, which was one too many"。這個"one too many"，直譯回來，就是「太多了一張」，又比漢語重了一層。

由此，我想到漢語的「多」字。此字與多心、多情、多事等連用時，幾乎讓英語沒有機會贏，因為英語中根本沒有這種說法。不妨勉強生硬地把它們直譯成much heart，much love和much thing，但沒有一個是說得過去的。而且，從語義上講，也似乎應該採取英重漢輕的原則，即在每一個much背後，都加一個too，如：too much heart，too much love和too much thing。

至於說到能否把這三多譯成英語中能夠接受的語言，又不失漢語的特色，那我可能只好認輸，因為難以辦到，倒是不妨轉移、轉譯、轉義一下，順次譯成too much suspicion，too sentimental和too much meddling with things。

餘音繞梁

英語能不能餘音繞梁？回答是：能。先看看網路上英文怎麼說的。一例說："reverberates around the rafters"。差矣。再看看字典怎麼說的。一例說："The music lingers in the air long after the performance."仍然差矣。

關鍵是沒有抓到該詞的核心「繞」。

今天翻譯的這段文字中，就出現了「繞」，而且就是餘音繞梁的那種繞。該句英文描述牧師佈道時說：他的"voice boomed and coiled around the chapel"。[210]

這段文字，就像在用英文說中文一樣，為我創造了隨手翻譯的良機：他「聲如洪鐘，在小教堂裡能產生餘音繞梁之感」。

[210] Robert Hughes, *Things I Didn't Know*. Vintage, 2007〔2006〕, p. 158.

Guts

近譯易中天《閒話中國人》的引言部分，為的是向學生講解漢譯英的種種難處和妙處時，我提到了「恨之入骨」一詞的翻譯。這種表達法，英文不是沒有，但與中文略有不同。我們恨之入骨，他們恨之入肚（hate sb's guts）。譯得更準確一點，可以譯成「恨之入腸」，因為"guts"就是腸子。

由此觀之，中文的器官，與英文的器官是不相等的。比如，中文形容人肚量大，可說「宰相肚裡能撐船」，但英文的"guts"，就跟是否容忍無關，它更多的與感情有關。如果你從骨頭裡都能感到，某件事情肯定會發生，你會說：It's my gut feeling that something may happen。也就是說，你從肚子裡面都能感到，某事肯定會發生。

有的時候，"guts"還跟「內心」有關。比如上面那句，說牧師在教堂講道時，「聲如洪鐘，在小教堂裡能產生餘音繞梁之感」，"shaping our guts with pity and terror"。[211]如果照譯成「以憐憫和恐怖，塑造我們的肚腸」，那聽上去就像在搞笑了。所以譯成：「以憐憫和恐怖，塑造我們的心靈」。

迷途知「反」

所謂「迷途知『反』」，是指翻譯中，如果覺得太難，難以下筆翻譯，就要多多少少從相反的角度考慮問題，從反方面切入來解決譯文。首先把一段英文原文擱置如下：

> Last month (May 9-15 1982), the Association for the Study of Australian Literature held its annual conference in Adelaide. Over a hundred teachers and researchers of Australian Literature in universities and colleges throughout Australia attended …. At the general meeting disappointment and not a little irritation were expressed at the fatuous way in which serious interest in Australian literature abroad had been presented in the press. As current president of the Association, I was instructed to write to the *Age Monthly Review* in the hope of correcting the impression that there is

[211] Robert Hughes, *Things I Didn't Know*. Vintage, 2007〔2006〕, p. 158.

something vaguely questionable, even a little ludicrous, in the notion that Australian literature could excite informed interest abroad, especially in cultured and sophisticated Europe.[212]

朋友的譯文如下：

> 上個月（1982年5月9日至15日），澳大利亞文學研究會在阿德萊德召開了年會。來自澳大利亞全國高校的一百多位教師與澳大利亞文學研究者參加了會議……在大會上，與會者對媒體一味愚蠢地報導國外對澳大利亞文學興趣濃厚表示了失望，甚至相當憤怒。作為研究會現任主席，我受命給《年代報每月評論》寫信，希望糾正人們的錯誤印象，澳大利亞文學能夠吸引見多識廣的外國人，尤其是有文化、有頭腦的歐洲人。有人認為這一結論不太靠譜，甚至有點滑稽，但他們錯了。

朋友譯完這段文字，依然不甚了了，覺得似乎頗難。其實，如果能在"serious interest in Australian literature abroad"下第一刀，反著譯，再在"the notion that"處下第二刀，再反著譯，這段文字就迎刃而解了。下面是我的拙譯：

> 上個月（1982年5月9日至15日），澳大利亞文學研究會在阿德萊德召開了年會。來自澳大利亞全國高校的一百多位教師與澳大利亞文學研究者參加了會議……。國外對澳大利亞文學有嚴肅的興趣，但在（本國）媒體中卻被很不嚴肅地對待之，對這種現象，這次大會表現出失望，而且不止一點惱火。有種看法認為，澳大利亞文學在海外，特別是在文化氣氛濃厚，教養很高的歐洲，可以激起開明人士的興趣，但又有種印象，覺得這種看法有幾分可疑，甚至有點滑稽，我作為研究會現任主席，受命給《年代報每月評論》寫信，希望能糾正這種錯誤印象。

迷途知「反」，是翻譯長句子的關鍵。

---

212 Nicholas Jose, 'Australian Literature Inside Out', at: http://www.nla.gov.au/openpublish/index.php/jasal/issue/view/Special%20Issue%3A%20Australian%20in%20a%20Global%20Context/showToc

寫到這兒，我想起一件往事。大約30年前，我在一個單位當翻譯，我們這些新翻譯的東西，總是要從一個姓周的老翻譯那兒過手，常會被改得面目全非，也改得很不服氣，但因為這是規定，也因為他改得不錯，所以，儘管他是個學俄語出身的半路出家的英文翻譯，我們這些新來者還是接受了他。現在我給朋友修改譯文，估計他心下也會多少有些不服氣。其實，翻譯和翻譯之間，總是會呈現出一種不服氣的現象，真正佩服得五體投地的情況，是不大會有的。問題就在於，一句話，總有別樣譯法，沒有整齊劃一的標準譯法。

Linsanity

有時，一個新詞的出現，會讓你措手不及，就像今晚看電視時，第一次聽到的一個詞，說是美國出現了一個台灣裔的華人，名叫Jeremy Lin，在NBA籃球打得極好，在全美刮起了一陣旋風，人稱Linsanity。

不用仔細看，就知道這是把他的姓Lin和insanity（瘋狂）合在一起的一個合成詞。我的第一個反應是專業人士的反應：怎麼譯成中文啊？！

譯成「林旋風」尚可，但沒有合成的味兒。譯成「林旋瘋」呢？還行。一時半會還想不出個較好的詞來，只好退而結網，上網查查看。

一看，嘿，還真有：林來瘋！不錯，真不錯。

To climb in love with someone

前天情人節，我給二班學生做的仍然是頭天給一班學生做的作業，即那篇談中國離婚率居高不下原因的文章。做著做著，就有個學生說了：老師，今天你給我們做的這個作業好怪呀！我說為啥。他說：今天不是情人節嗎？我本想說：這跟我又有什麼關係？想想又改口，說：是啊，情人節譯譯這個也可做個紀念嘛！他們有人笑了。

譯著譯著，出現一個片語，即to fall in love with someone（愛上某人）。關於這個片語，我有我獨自的心得，以為我從前寫過，但一查，沒寫，那就正好趁這個機會寫下來。

我們中國人談戀愛，都有點高攀的意思在裡面，不是眼睛長到頂門心的人，總還有希望愛得上，否則就沒指望。所以我們說「愛上」。

英語可不這樣愛。你把愛指向誰，你就倒向誰的腳邊，所以說是墮入愛河（多麼庸俗的說法），或者說拜倒在誰的裙下（也無比濫情）。反正總的來說，就是一個to fall in love with someone。仔細想想這句話，其實不是「愛上」誰，而是在愛上誰的時候倒下來、跌下來，甚至躺下來，有點英勇犧牲的獻身味道。

反觀漢語，我們的「愛上誰」這種說法，如果真要譯成英文，必得走向英文的反面，譯成"to climb in love with someone"才是，也就是沿著愛向上攀援、攀緣，猴子一般達到自己的目的。兩相對比之下，似乎都不好，都不理想，都沒有平等。英文中是愛上別人的一方賤，中文中還是愛上別人的一方賤，因為要奮力往上攀爬嘛。

人盡可夫

中文有些字可用作動詞，如魚肉人民的「魚肉」，東西大了起來的「大」，人盡可夫的「夫」，都是英文中沒有的。如能好好利用，確實能夠豐富那個小國的語言。

近看一書，談到羅馬帝國的凱撒大帝時，說他既好女色，又好男色，是"Every woman's husband and every man's wife"。還有人說：他是"a man to every woman and a woman to every man"。[213]

我一看就說：這不就是中國人所說的人盡可夫嗎？只需稍加改造一下就成：男盡可妻，女盡可夫。

外地人

近教學生漢譯英，儘管大家覺得都很難，但我說，其實都不難，最難的乃是一個詞：外地。例如，文中談到，兩個男女一見鍾情，一個來自北京，一個來自上海，都到外地出差，完了以後在去某地的飛機上，坐到一起了，

[213] 參見Nigel Cawthorne, *Sordid Sex Lives: Shocking stories of perversion and promiscuity from Nero to Nilsen*. Quercus, London: 2010, p. 11.

最後也愛到一起了。談了這麼多，「外地」一詞的翻譯還是沒解決，關鍵就在於，英文沒這麼說的。

今天上午買了一份The Age報，到下午才看，可翻來翻去，就是找不著其中一份我比較喜歡看的，即"Life & Style"。這份顯然不知怎麼弄丟了，我也沒心情看了。我就給店裡打了一個電話，一聽說是這麼回事，那家店的人就說：你可以把報紙拿來，我們把錢（2.70澳元）退給你，但其他剩報都已賣光。

過後，我去加油，付錢時發現，還有一份The Age報，一翻，哎，有"Life & Style"，當即買下。那個黑黑的印度老闆說：Lucky last！（最後來的最幸運，看看，這也是我「英輕漢重」理論的一個即時運用）。

隨後去洗車。坐在洗車處，趁著巨大的刷子在我的車前車後來回甩擺的當兒，我把"Life & Style"翻看起來，翻到一處，只看了一下標題，大意是說Footscray有家店很受歡迎，把本地人和外地人都吸引來了。隨後就翻過去了，這時，我「哎」了一下。它是怎麼形容「外地人」的？就那麼一秒鐘的時間，我卻想不起來。於是又翻回去，再讀了一遍，原來不是標題，而是標題下的一段字型大小較大，吸引目光的文字，它說："The beef is bountiful and the seafood goes down swimmingly as a Footscray fovaourite lures locals and visitors alike."[214]

你先看一下，這句話中「外地人」在哪兒？哪兒都不在？那就再細看一下。不好找？那是因為它太不像外地人了，它是"visitors"。明白了嗎？那好，我就不用多談了，自己體會一下吧。

英暗漢明

前面曾經講過這個現象，即英語用暗喻或隱喻的地方，漢語不能如法炮製，只能以明喻來對付。舉個例子說明。剛剛譯到一個地方，作者說他上學時有個老師從未發火，但有一次發火了，是因為學校的牛把他親手栽種的玫瑰花叢吃掉了。當他看見這個景象時："Father Fraser froze"。[215]此話如果直譯，就是「弗雷澤神父身子凍僵了」。即便放在上下文中，這句話也全然說

---

[214] 上述例子引自Larissa Dubecki, 'Bar raised in the pub-grub steaks', *The Age* (Life and Style), 18/2/12, p. 9.

[215] Robert Hughes, *Things I Didn't Know*. Vintage, 2007〔2006〕, p. 174.

不過去。英語可以，漢語不行。只好通過明喻來解決：「這時，弗雷澤神父身子好像凍僵了似地定住了」。囉嗦吧？很囉嗦。正所謂英簡漢繁，是兩種語言的不同本質所決定的。

再舉一個例子。在《致命的海灘》一書中，休斯曾引用一位學者的話，來描述澳大利亞的創始期：「澳大利亞創始時像拾荒人開的店，也許並不像我們長期以為的那樣糟糕。」[216]前面這句話「澳大利亞創始時像拾荒人開的店」，其實英文是這樣的：“The rag and bone shop of Australia’s beginning”，即「澳大利亞開初的那家專賣破布和骨頭的店」。是這樣嗎？不是。查看英文解釋即知，所謂“rag and bone shop”，是指那種專賣沒人要的二手貨的商店，[217]即拾荒人開的店。人家暗喻了，我們就明喻。沒什麼不可以的。

《致命的海灘》還有一句話，是這麼說的：“…the convicts were herded together in a circle around the gentlemen and officers”，其中有個“herd”字，這個動詞只用於牲口，如果用在人身上，那就好像形容一個人在「尥蹶子」一樣，因為那不是人做的動作。因此，我譯成了「犯人像牲口一樣，繞著紳士和官員，圍成一圈」。就是這樣一些例子，基本形成了一個規律性的東西，可以得出結論說：對付英語的暗喻，必須採取棄暗投明的政策。也就是說，把帶有隱喻或暗喻的英語譯成漢語，就是一個棄暗投明的過程。

英今漢古

長期在英漢兩種語言中浸潤，不時會產生一種幻覺，仿佛英語就是漢語的前生，把當代漢語譯成英語，就好像把它譯成了長著英文模樣的古漢語。

這種幻覺更接近直覺，並有著實例為支撐。有一年我講課時，提到漢語裡說「走狗」，但英文卻說「跑狗」（running dog），一個學生說：老師，古漢語裡，走狗的意思就是跑狗，走即是跑。

後來我想，這個學生說的是對的，但我考慮的問題是：何以英語之今，與漢語之古發生了如此神奇的「貌離神合」現象呢？

我並找不到答案，卻又找到一個例證。一本談寫作的書裡說，大多數作家寫了電影劇本之後，一般就不管電影拍得如何了，只滿足於“take the

[216] Robert Hughes, *The Fatal Shore*. Vintage, 2003〔1986〕, p. 57.
[217] 參見：http://en.wiktionary.org/wiki/rag-and-bone_shop

money and run"。[218]這句話如果直譯，是「拿了錢就跑」，其實，按當今漢語講，應該是「拿了錢就走」。

無論如何，我經常跟學生提到的進入英文，就是一個吃瀉藥的過程，也跟英語的古意有關。所謂「英簡漢繁」，情況也是如此。當然，若把孔子的《論語》譯成英文，如林語堂所做的那樣，那就整個兒倒過來了，是「英繁漢簡」，這個過程使人產生一種頭暈目眩之感，仿佛地球的漢語一面轉到白天時，英語的一面就是黑夜，而漢語的一面是古代時，英語的一面是現代，反之亦然。

Mukden

去過瀋陽，但從來不知道它還有個別名，就是後來知道它原來在英文中叫Mukden，也不知道這個字從何而來，因為它跟瀋陽二字相差太遠。

最近看了一本《滿族風俗考》才知道，原來，瀋陽在滿語裡叫穆克敦和吞，而穆克敦漢譯有「興盛」之意。[219]

看來，英文的Mukden，一定是從穆克敦而來了。

Honi soit

雪梨大學有一家學生辦的報紙，叫Honi soit，是沒法譯成中文的，因為這兩個字是法語，而且是一句法語的頭兩個字，這句法語說："Honi soit qui mal y pense"。該句意為「誰認為這壞，誰就不要臉」。大約是說，誰要是認為他們辦的報紙不行，誰就該感到無地自容，一上來就為自己留了一條後路，讓誰都不敢說他們了。

這家報紙出現在我譯的書中，我無法翻譯，只好保留之，就稱它為雪梨大學的學生報紙《Honi Soit》。[220]

---

[218] 參見Ken Methold, *A-Z of Authorship*. Keesing Press, 1996, p. 13.
[219] 楊錫春，《滿族風俗考》。黑龍江人民出版社，1988，p. 63.
[220] Robert Hughes, *Things I Didn't Know*. Vintage, 2007〔2006〕, p. 192.

Wet

有天下班回家，雨下得很大，而且越來越大。坐在我旁邊的一個澳洲老頭子說了一句話，讓我小吃一驚，因為這話跟我想講的相去甚遠。我想說的是：It's getting so heavy now!

可是，老頭子看著窗外越來越大的雨，說："Wet, it's so wet!"

在英語中至少活了三十多年的我，如果不是親耳聽見他這麼說，是怎麼也不會用想到用"wet"一字的。

由此，我又想到多年前，與家博一起共譯《我的財富在澳洲》時，聽見他評論某本他不看重的書時，用的也是"wet"一字。當然，那意思我懂，就是說該書很「水」，是「水貨」。

有意思的是，正當我邊吃飯，邊看電視新聞，邊跟家裡人談這件事時，電視上播放了一條洪水消息，英文中提到它時用的是"big wet"二字。我想：咦，這不是發大水的意思嗎？

最近給學生講課，都是關於如何提高漢譯英的技巧，告訴了他們一個方法，那就是從英文中學習。例如，拿來一篇英文文章，找出有用的片語、成語和習慣用法，理解其漢語的相對意思，然後把類似的漢語譯成英文。現舉一例如下。

在一篇關於吉拉德準備繼續當一把手，不讓陸克文搶班奪權的英文文章中，我讓學生看了文章後，問他們「繼續當一把手」用英文怎麼說？細心的同學就會說："stay number one"。同理，當我問到「人身攻擊」怎麼說時，細心的同學同樣會說："character assassination"。最後，當我問到別人提問，你卻避而不答，這怎麼說時，還是細心的同學能夠回答："to dodge questions"。

我講這課的核心在於，通過看英文，學習漢譯英。

補藥（1）

前面說過，漢譯英是一個吃瀉藥的過程，因為英文是一種歷史相對較短，文化相對趨簡，文字相對趨俗的語言，導致任何漢語的東西進入英文，都要相應地吃吃瀉藥。

反過來說，把英語譯成漢語，就要吃補藥了。舉一個例子，是波蘭諾貝爾獎獲得者，女詩人辛博斯卡的《離婚》一詩，其英文如下：

Divorce[221]

For the kids the first ending of the world.
For the cat a new master.
For the dog a new mistress.
For the furniture stairs, thuds, my way or the highway.
For the walls bright squares where pictures once hung.
For the neighbors new subjects, a break in the boredom.
For the car better if there were two.
For the novels, the poems－fine, take what you want.
Worse with encyclopedias and VCRs,
Not to mention the guide to proper usage,
Which doubtless holds pointers on two names－
Are they still linked with the conjunction "and"
Or does a period divide them.

這首詩貴在簡潔，即標題的"divorce"一字管總，不用每行詩都再重複一遍。這是英文優於當代漢語的一個地方。這讓我想起，邱吉爾在第二次世界大戰中說過的一句話："We won't retreat; we never have and we never will"。這句話簡潔有力，如果漢語也照譯，不僅沒有力量，反而覺得差點什麼：「我們絕不後退，從來沒有，以後也不」。問題在於，英語進入漢語之後，是需要吃補藥的。請看吃過補藥之後的譯文：「我們絕不後退，從來沒有後退過，將來也絕不後退」。

知道這個原因後，上述那首詩就可通過吃補藥的方式，來給給力了，如下：

《離婚》

對孩子來說，離婚是世界的第一次結束。
對貓來說，離婚是來了一個新主人。

[221] Wislawa Szymborska, *Here*. (trans. Clare Cavanagh & Stanislaw Baranczak). Boston: Houghton Mifflin Harcourt, 2010, p. 31.

對狗來說，離婚是來了一個新女主子。

對傢俱來說，離婚是樓梯，是乒乒乓乓的響聲，是你死我活、你走我留。

對牆壁來說，離婚是拿掉鏡框後，露出明亮的空處

對鄰居來說，離婚是又有了新話題，能暫時打破無聊局面

對汽車來說，離婚後如果有兩輛，那就更好

對小說、詩歌來說－無所謂，想拿都拿走。

要是有百科全書和錄影機就更糟了

還不用說錄影機的說明書

上面無疑看得出兩個名字－

它們之間依然用連詞「和」連在一起

或許早已用句號分離？

可以看到，進入漢語之後，添加了「離婚」並不嫌多，反而增色，就是因為吃了補藥的緣故。

補藥（2）

還有一種情況，是漢語進入英文時，也需要吃補藥，這是因為漢語有一種語法現象，是英語所沒有的，即無主句。所謂無主句，就是整句話沒有主語。日記中常會如此：「早上8點起床，洗漱後上街吃了早飯，回來就寫作，一直寫到吃中飯」，等等，全篇寫完，可以不見一個「我」字。

古詩中，無主更是常態，加了「吾」或「我」，那倒稀奇了。拿李白的《靜夜思》來說，全篇沒一個「我」字，但「舉頭望明月」和「低頭思故鄉」，全都是「我」在做，而不是別人。進入英文時，如果譯成“raised head to watch the moon”和“lowered head to think of home”，那就不成體統，不像英文，而必須讓主語進入詩歌：“I raised my head to watch the moon”和“I lowered my head to think of my home”，多了“I”，也多了“my”。不多還真不行。

當今把中國文學譯成英文發表的人多是英語為母語的英美翻譯，但他們很多缺乏這方面的訓練，不知道吃一點補藥，把本來隱藏起來的語言因素加以還原。現舉一例，是Harvey Thomlinson翻譯的慕容雪村的《成都，今夜請

將我遺忘》的第十六章第二段的開頭。

中文是這樣的：「週末跟李良、王大頭他們在草堂打麻將。」[222]

英文譯成這樣："That weekend, the gang gathered at Du Fu's cottage to play mahjong－Bighead Wang, Li Liang and the rest."[223]

這句話如果再回譯成中文，就是這個樣子了：「那個週末，一幫人聚集在草堂打麻將－王大頭、李良，還有其他人。」

這明顯是不對的，因為譯者不懂漢語的無主句省略了「週末」和「跟」之間那個暗藏而不用說出來的「我」。所以，我把這句英文改了一下，如下：

> At the weekend, I was playing Mahjong with Li Liang, Bighead Wang and others at the Thatched Cottage of Du Fu,…

所做的主要工作之一，就是把那個「我」字還原，除了糾正其他一些明顯的語法錯誤之外。

粘、翹腳、沏、架

給中國當代作家提個建議，今後如請人翻譯，不要請西方人譯，而要請中英文俱佳，最好是有華裔背景的人來譯，否則譯出的東西很可能連及格都不夠。

我把Harvey Thomlinson翻譯的慕容雪村的《成都，今夜請將我遺忘》一書中文和英文對照之後，發現問題多得不可勝數，幾乎無一字沒有問題，包括因理解不了中國式幽默，而乾脆放過不譯的現象。例如，在該書第十六章，有一段李良和葉梅因打麻將而爭吵的事。朋友王大頭解勸說：「要不我們都躲開，你們倆就地那個一下去去火。」這麼好笑的黃色幽默，竟然被譯成："If you like, we'll get out of the way so you two can release some heat on the spot."（如果你們願意的話，我們就躲開，好讓你倆就地消消火）。「那個一下」的幽默完全沒有了。

---

[222] 慕容雪村，《成都，今夜請將我遺忘》。作者發來的電子稿，2012年3月1日星期四使用。

[223] Murong Xuecun, *Leave Me Alone*. (trans. Harvey Thomlinson). Allen and Unwin, 2009, p. 119.

這篇短文中，我不想一個個瑣碎地糾錯，而只想就幾個比較關鍵的動詞來對比談談。一個是「粘」字。中文中，有句形容成都話好聽的說法，說它「軟得粘耳朵」。這句話被譯成了“so soft it melts your ear”（p. 118）（軟得化耳朵）。其次，是「翹腳」一句，那是說，成都人愛翹腳坐在外面喝茶打麻將。英文中，卻被不幸地譯成了“Feet stretched out”（p. 118）（腳伸出去），這是不瞭解中文「翹腳」的意思。只要上網，在谷歌圖像欄裡查查，就會發現，所謂「翹腳」，就是蹺二郎腿，一條腿搭在另一條腿上。再一個動詞是「沏茶」的「沏」，這也被很不幸地譯成了“reused”（再使用）。

用得最不到位的字，是動詞「架」。在英文中，這被簡單地處理成“dragged”（拽）。一個來自北方的同學說得好。他說：漢文化到了勸架要「架」的地步，那就是差不多要打人的時候了。是的，在文中，那個男的幾乎「立刻就要動用蛤蟆神功」（這個被錯譯成“toad spirit”【蛤蟆精神】），所以才有下句的「我趕緊把他架到一旁」。這個「架」的動作，如果是我來做，我得用右手伸到他右胳肢窩下，半抱住他，把他往外拽。一同學還不完全同意，據他說：所謂「架」，還有個往上的動作，這說明，該人吵架時，應該是坐在麻將桌邊，由勸架的人從後面把他往上往外「架」走。

總之，漢字的動詞很好玩，卻不很好譯，真得三思而後「譯」不可。

「剖」腹大笑

還是接著上面談慕容雪村《成都，今夜請將我遺忘》的英譯本，其中，「我捧腹大笑」這句，被譯成了“I exploded with laughter”（我爆笑起來）。

其實，英文是有「捧腹大笑」的相同說法的，那是“to split one’s sides with laughter”。細言之，那是說，笑聲如此之大，如此之烈，以至人的肚子（即“sides”，也就是腹部兩邊）都笑破了。

好玩的是，用我的反譯原則，一文為正，一文即為反，中英文正好互為平衡，形成互補：在英文中笑破的肚子，在漢語中須「捧」起來才成，否則就真的破了。

話說到此，產生了一個自創的新成語：「剖」腹大笑。

「推潮」到高潮

雪梨從1940年代到1970年代，圍繞著Royal George酒館，出現了一批作家和藝術家，常在那兒飲酒作樂，史稱the Push，我譯作「推潮」。

Robert Hughes的書裡，談到了這個「推潮」，並說，他喜歡與其中一些人做伴，因為只要看一眼這些人，他就會get crabs。好了，譯到此處，譯不下去了，因為網上網下的字典，都沒有關於這個get crabs的解釋，或者有也用不上，倒是有個部落格的無名小站，把它譯作「高潮」。[224]放在我的譯文中，倒還蠻合適的，於是就用了。譯文是：「在1960年代早期，雪梨作家－至少是我喜歡與之陪伴的那批作家，因為只要看一眼「推潮」裡面的幾個人，你就能達到高潮－的飲酒中心，是國王十字街的一家咖啡館，該咖啡館沒有售酒執照，老闆是一個來自中國哈爾濱的白俄移民，名叫瓦迪姆·克爾。」（p. 220）

猴見猴做

英文中凡跟猴子有關的習語，都不大好譯成中文。多年前，讀研究所時，曾想把墨爾本作家Helen Garner描寫吸毒的小長篇Monkey Grip譯成中文，當時採用了一個直譯，譯成《猴抓》，意思是毒癮像猴子伸爪抓住後背，怎麼也擺不脫的那種感覺。後來有朋友建議說，還是譯成《毒癮難戒》比較好，當時認為是這樣，但現在回頭再看，還是覺得直譯有味，畢竟直譯能夠傳達出原文的意思，同時又向漢語注入了新鮮的素質。

今天譯休斯，碰到一句英文"monkey see monkey do"，乍聽之下，頗像漢語，是說他當年搞藝術批評時，沒有好的典範，只有學人家的樣，像個猴子似的。網上找到的對應翻譯是「有樣學樣」，好是好，但就是把原汁原味漏掉了。這個"monkey see monkey do"的說法，18世紀早期產自牙買加，最早來自非洲馬里，後流傳到美國。在我耳中，怎麼聽怎麼像中文，就像"long time no see"（很久不見）那種感覺，甚至讓我覺得，「三人成虎」或「一來二去」這種句子，都可直接譯成英文："three people become tigers"和"one come two go"，等。

---

[224] 參見http://www.wretch.cc/blog/j5200416/14986314

無論是否可行，這總是我作為譯者／作者的一種詩意的想法。我的譯文如下：

> 我對之欽佩，不斷閱讀並想成為之的批評家－猴見猴做，有樣學樣－都關心藝術，而不僅僅只是繪畫和雕塑。[225]

我的“strategy”很簡單，即把直譯與意譯相結合，構成一個完整的統一體。

個人風格

翻譯有沒有個人風格問題？有。據一本書上說，一篇文字，出自十人之手翻譯，就有十種不同的譯本，儘管內容上來說，都大致不錯。所不同的是個人風格。當然也有文字上的優劣，但那是另一個方面的問題的。

中國譯史上，不乏用家鄉話譯外國語的例子，張谷若就用山東方言譯了哈代幾部長篇小說中的威塞克斯方言。張甚至認為，「山東方言和威塞克斯方言在保留古雅表達法和鄉土味方面比較接近。」[226]

其實，換個人譯，比如我，也會不時以家鄉黃州話來譯，只是沒有像張先生那樣大面積地使用罷了。最近譯“taming it”二字時，我就借用了家鄉話，把它譯成「養家了」。[227]

土話是風格，行文又何嘗不是風格？譯者的行文方式，不僅受方言影響，更受自己的文學修養和教養的影響，特別是一個人的古文基礎。現在這一代人（包括90後）的我不知道，但至少我們那時還看過大量古文，甚至在中學看了古代小說後，筆下行文都帶有古味和古意。最近譯一段文字，先是這麼譯的：

> 每年這個時候，山上的風景特別美麗。大部分的雪都已經融化，在山谷和樹木掩映的窪地裡，留下大塊殘雪，彷彿天老兒的皮膚，映襯著灰色風化的花崗岩和雪雛菊漂積的銀色葉片，呈弧形和勺狀。這是一

[225] Robert Hughes, *Things I Didn't Know*. Vintage, 2007〔2006〕, p. 225.
[226] 參見http://www.51lunwen.org/translation/2010/1116/0908349088.html
[227] Robert Hughes, *Things I Didn't Know*. Vintage, 2007〔2006〕, p. 256.

片具有強烈性感的風景，讓人想起大腿，胸脯，腹部，一切都在太陽下閃閃發光，而這就是我試圖傳達出來的景象。[228]

我邊譯，腦海裡邊浮現出歐陽修《醉翁亭記》中「林壑尤美」的句子，此段剛譯完，就把它稍稍修改，令其帶有古意，因該段文字不僅「性感」，更具古調，是很難得的一段優美文字，不以好的漢語譯出，對不起寫文的這位澳洲大家。於是改譯為：

每年此時，山景尤美，雪多已化，山谷和林蔭窪地中，留下大塊積雪的殘斑，頗似天老兒的皮膚，呈曲線和勺狀，映襯著風化的灰色花崗岩和雪雛菊銀色葉片的漂積物。這是一片具有強烈性感的風景，讓人想起大腿，胸脯，腹部，這一切都在太陽下閃閃發光，而我想傳達出的就是這種景象。

如果說這是風格，這也是一種可以根據具體情況自選的風格吧。

策略

這次回到中國講學，專題講了直譯。講完後有人提問，問到"strategy"（策略）的問題，這倒引起了我的注意，原來國內比較重視翻譯的策略問題，自己在翻譯時，比較自由化，任意運用較得手的方法，沒有對這個問題多加留意。

正好筆下碰到一個譯例，該人說"But I am in the autumn of my years。"[229] 這句話一看就明白，可以說連想都不用想，就譯成「可我已進入暮年」或「可我已到晚年」等。

可是，這兩種譯法都不好，因為都避開了"autumn"（秋天）一字沒譯，而英文的"autumn"並不能跟漢語的「暮」或「晚」劃上等號，尤其是該人後面還跟了一句說，他還沒有進入"winter"（冬天）之年，就更不好避開「秋」了。

[228] 同上，p. 258.
[229] 同上，p. 260.

當然，亦可直譯成「我已進入秋天之年」，這不是不可，只是稍嫌生硬。這個時候，就是談策略的時候了。如果全直譯不行，可以採取半直譯或合成直譯法，那就是把「秋」與上述某字結合起來的手法，如「暮秋」或「晚秋」。於是化解了矛盾，譯成了「可我已進入了暮秋之年」，後面接著來一句：「不過你可聽著，不是寒冬之年，他媽的絕對不是，」也能接得上氣。

關於策略，不妨再多講兩句。其實最好的翻譯，就是不譯。這個情況，在當今的中國和漢語中，早已不是不能接受的了，隨處都可以看到直接鑲嵌在漢語中的英文縮寫詞，如WTO，VCD，MTV，PK，CEO，CPI，PC，UFO，等。如果有誰建議把這些字都一一翻譯成漢語，反倒覺得畫蛇添足。我在翻譯中，有些時候便採用不譯法，這應該是策略中的第一策略，如下面這段中的"S"：

> 由於我極難把我那只罪孽深重的左手從雞巴上拿開，我精神備受折磨，老是幻覺叢生，以為自己到了依然手淫的老年時，脊椎就會彎成不停顫抖的"S"形，嘴角忍不住地往外流涎，看上去像一度十分英俊的道林·格雷和一條產完卵的大馬哈魚之間雜交出來的東西。[230]

雖然"S"沒譯，但依然加了引號，這是英語中沒有的。還有一個地方，英文是"okay"，譯成漢語時，我沒有翻譯，只是稍加處理，變成了"ok"，如下：

> 現在重讀之餘，我無法說我很驕傲－只能說對一個二十三歲的孩子來說還ok。[231]

有的時候，可以把不譯和要譯結合，這是直譯策略中的第二步，如Met這個字，我就是這麼譯的：

> 《蒙娜麗莎》在Met（大都會博物館）（1963年2月7日到3月5日）期間，觀者、看者、瞥者或過客達1,077,521人，這還不算博物館的工作人員。[232]

---

[230] Robert Hughes, *Things I Didn't Know*. Vintage, 2007〔2006〕, p. 167.
[231] 同上，p. 267.
[232] 同上，p. 288.

也就是直接在它的後面，把全部意思放在括弧中，加以解釋。

如果碰到不能直譯的時候，就採取半直譯，像前面所說的那樣，以及像我今天碰到的一句話那樣。英文是"saved the day"（意思是挽救了局面），但如果直譯，就應該是「挽救了這一天」，當然，這樣直譯，漢語講不通，就只好半直譯成「挽救了局面」。

今天譯的一句話裡，作者談到他跟女友有"relationship"期間的事，如果想都不想就譯成與她「發生關係」，勢必有暗示發生「性關係」之意，但其實根據上下文，他要說的不過是他們二人當時正在談朋友。這樣看似二者很不相同，但實際上意義反而更接近。這是在運用直譯的過程中，不得不注意的。

不過，話又說回來，我對目前大陸這種對策略的特別關注，並不是太感興趣，它把一種很有意思、很有藝術的話題，弄成了一個只講如何對付翻譯的方法論問題。很沒勁。

Simply Ming

書名也好，電影名也好，電視節目名也好，如果起得好，就很容易記。SBS上最近放的一個做菜的節目，是一個叫Luke Nguyen的越裔澳人製作的，很不錯，但片名老記不住。對照之下，最近看的一個美籍華人製作的烹調節目，名字一看就過目不忘，叫：Simply Ming。這不僅是因為他姓"Ming"或叫"Ming"，而且也因為"Simply Ming"這兩個字，暗合了英文的"simply mean"這個說法，意思是「簡直太小氣了」或「簡直太壞了」。這麼一想，又覺得這個標題很幽默。

從翻譯角度講，這個標題就不太好譯，很好懂，不好譯，如果又想跟緊原文不走樣，又想幽默，還想帶個Ming字在裡頭，不好譯，太不好譯了。乾脆放棄不譯吧。

這就涉及到我常說的一句話：「越簡單，越難譯」。正說到此，筆下就碰到一句簡單得不能再簡單的話，英文是這麼說的："Crum lives, and despite his beanpole appearance, expands."[233]這個Crum（克蘭姆）是美國大名鼎鼎的

[233] Robert Hughes, *Things I Didn't Know*. Vintage, 2007〔2006〕, p. 375.

漫畫家，剛出道時沒什麼名氣，但後來名氣越來越大，那麼，這句話就是在介紹他時做的一個鋪墊。可這是怎麼樣的一個鋪墊呀！不信你試試看怎麼譯。全句只有八個英文字，如果直譯，就是這個樣子：「克蘭姆生活著，儘管他瘦得像根豆架，他也在擴展。」這是什麼話？這又像什麼話嘛！

我試譯了一下，不能說很好，但總算把裡面暗藏的意思給它「鉤沉」出來了，在此獻醜，也就教於高手：「克蘭姆瘦得像根豆架，活得也像豆藤，四處攀緣蔓延。」

Shopping

一望而知，“shopping”是購物的意思，無人不知，無人不曉。“Window-shopping”呢，是逛大街的意思，也就是說，從一個櫥窗到另一個櫥窗，不買只看地逛過去。

這裡暫停一下，因為“shopping”使我想起一個音譯的佳例。每次從武昌打車或坐車去天河機場，總要經過一個外表很沉悶的暗紅色建築物，上面用英文寫著“SHOPPING MALL”，旁邊赫然寫著它的中文對應物：「銷品茂」。第一次見到時覺得讓人發笑，笑過之後又覺得還可以，現在覺得還真不錯。

回頭再講“shopping”一詞的新招。最近，有幾個法輪功避難者在去紐西蘭的路上被澳洲攔截，卻讓澳洲很失望，因為他們並不想留澳，而只想趕快放人，讓他們前去紐西蘭。澳洲一位什麼部長在電視上講話時，還很酸溜溜地指責了他們一番，用了一個前所未有的詞：說他們都是搞“country-shopping”的。一聽也讓人發笑，意思是說，他們不是逛大街，而是「逛國家」，有點周遊列國，但更帶逛街、逛國的性質，逛到哪個國家，看哪個國家更願意收留他們的時候，就留下來。

不知道你會怎麼譯。要是我，就暫時譯成「逛國」吧。

意境

講課前，我會把當日讓學生翻譯的中文詩歌發下去，請他們挑選最喜歡的譯成英文，但在正式開譯前，需要說明一下，為何選擇該詩翻譯。學生一般話都不多，三言兩語，簡明扼要，他們一邊說，我一邊打字記下來，投影機一邊投在牆上，讓他們清楚地看見自己的意見或想法。出現頻率最高的一個詞，莫過於「意境」，不是這首詩很有意境，就是那首詩意境很美，等等。我為了求快，打字用英文，碰到意境二字時，常會語塞字堵，就乾脆用一個"yijing"的拼音來替代，如"the yijing is very beautiful"（意境很美）。我不是不知道有字典的解釋，但字典對該詞的解釋，個人覺得不是很到位，於是每次看過，每次又忘掉，從來都記不住。到最後還是用"yijing"，或者乾脆來個直譯，譯成"mind state"。

這天我譯休斯，出現一段文字，談1960年代倫敦一對夫妻演藝人，開辦生活劇場，演出引起轟動的事，此段文字譯完後，覺得跟一個演藝界的朋友生活很相似，還跟他幾來幾往地通了幾個電子郵件。見他感興趣，最後還把該段文字當即郵給了他，就像下面這樣：

> 【老婆】縱身一躍，離我而去，這件事發生在1969年，適逢生活劇場（the Living Theatre）進城演出。嬉皮士的人都愛簡稱它為"The Living"（生活），早就解散了，但在1969年，它卻曾在倫敦轟動一時－的確也在整個戲劇界轟動一時，（p. 404）特別在那些不常看戲的人當中尤其如此。
>
> 該劇院於1950年代開始，其發起人是兩個搞實驗劇的演員兼導演，即裘蒂絲・瑪麗娜和她丈夫朱利安・貝克。1959年，他們上演了美國青年劇作家傑克・格爾博的一部劇，結果大為轟動。該劇名叫《關係》，寫的是吸毒上癮。肯・泰南說，該劇努力再現硬「都撲」的神秘性，是「有行動－或者不如說，有神經，沒行動」，可能正因為這句話，或者儘管他說了這句話，使得這個劇本極其有力，成了熱門戲，這在很大程度上要歸功於泰南，因為他很上心，談起這場戲就始終熱情不減。
>
> 生活劇場早期上演的劇本中，有些元素在大眾文化中，演出很久之後依然保持著生命力。《布裡格方帆雙桅船》就是一個佳例：其中有一場戲，能透過鐵柵欄的「透明牆壁」，看見囚犯在囚室中排成行列。結果這場戲成了那個時代關於監獄生活的一大隱喻，後被貓王艾維斯・普雷斯利抄到他的大型序列舞《監獄搖滾》中去了。幾十年後，在《芝加哥》的電影版本中，又被抄到更加精心製作的一個段落中去了。

> 但是，從六十年代角度看，更為重要的是貝克和瑪麗娜的轉向，他們不再依據戲劇腳本，而是轉向一種鬆散的集體演出，主要靠口頭和身體的即興創作。演員很少有專業人士。他們更多的是「演出」，而不是經過訓練的舞台出演。到了六十年代末期，他們到歐洲巡迴演出時，貝克夫婦就已整合了一批怪異的雜牌軍，其中有些是演員，但大多數都是情緒超激昂的怪人。舞台和聽眾之間的隔閡崩潰了。在他們演出的最大一場戲，即《現在就是天堂》中，演員走下舞台，進入觀眾席，從裡面找出個別人來，撫摸他們，拍打他們，抓摸他們：「神聖的乳房，」他們會如此吟詠。「神聖的手。神聖的唇。」（p. 405）這種接觸讓人非常難為情，除非你也進入當時那種意境，這一點並非人人都能做到－也並非人人都想做到。一天晚上，在圓房演出時，“The Living”中有個人不找別人，偏偏零距離地接近了出版商喬治·威登菲爾德爵士。他本人的道德觀和文化觀，與生活劇場的道德觀和文化觀，相距何止十萬八千里，然後開始了他的這也神聖，那也神聖的老一套。喬治大驚失色，但仍能保持冷靜。他把錢包拿出來，對著那個來勢兇猛的演員晃了晃，就像把大蒜對著吸血鬼晃了一晃一樣。「神聖的錢，」他毫不畏縮地說。

譯到「意境」時，英文句子是這樣的：“unless you hopped into the spirit of the moment”。一看到這，我驚喜地叫道：這不就是我常說的那種「意境」嗎？！

話又說回來，以後是不是凡是碰到「意境」一詞，都用“spirit”來譯，這就要看具體情況了。到時候再說吧。

Malaysia, truly Asia

在尚未去馬來西亞之前，總在電視上看到一則馬來西亞做的廣告，總要以這句英文做結語：“Malaysia, truly Asia”。譯成中文便是：馬來西亞，真正的亞洲。

這麼一譯，意思是出來了，但原文押韻的兩個“sia”就沒了。

這個“Malaysia”的“sia”，在澳洲英語中，發音不像“Asia”的“sia”，前者發「絲伊婭」的音（需快發），後者則發「霞」的音。

到馬來西亞沒幾天就發現，該地人英語發音的"Malaysia"的"sia"，竟然跟"Asia"的"sia"一樣，都是「霞」或「下」，而沒有前面那個舌齒摩擦音"s"。

這就有意思了。本來馬來西亞在東南亞，國家不大，土地面積僅三十多萬平方公里，人口也不過2700多萬。它怎麼能夠代表全亞？說東南亞還勉強，但若想代表南亞次大陸（有印巴等國），西亞（有兩伊、敘利亞等國）或東亞（有日韓、中國等國），那肯定說不過去。唯一說得過去的就是這個國家在英文中的發音，它末尾的"aysia"與"Asia"完全一樣，沒有差別。等我在這個國家住滿六天，回到澳洲，我懷疑我在說"Malaysia"時，發音可能會受影響，變得不太準確。

馬來西亞人很聰明，他們充分地利用了這個發音上的巧合與優勢，通過廣告把馬來西亞和亞洲「捆綁」在一起，使二者成為連體嬰兒，交相輝映，互相增色，起到了很好的宣傳作用。

說到最後，還是要回到翻譯上。若想音意兩全，可能要到歷史上去尋找資源。從前亞洲並不叫亞洲，而是音譯成「亞細亞」，後面的「細亞」，就是我說的"Malaysia"的"sia"和"Asia"的"sia"。所以，如果想音意兩全，不妨把「亞細亞」從歷史上請回來，譯作：「馬來西亞，真亞細亞」。

Minglish

我翻譯《英語的故事》時，把Singlish和Japlish等新造字音譯成「新格利希」和「日普利希」。該書出版後，這種譯法雖然在網上遭到個別臭嘴者的詈垢，我還是認為只有這樣翻譯，才能比簡單地處理成「新加坡英語」或「日本英語」好，至少能夠反映出新造詞的那種味道和精神來。否則，英語要反映同樣的意思，完全可以用Singaporean English和Japanese English。可那樣一來煩不煩呀？！

這次到馬來西亞旅遊，通過與一位印度籍的馬來西亞導遊交談，意識到還有一種英語，叫"Minglish"。如果沿用我的音譯法，那就是「馬格利希」。更通俗地講，應該叫做「馬來西亞英語」。

這個英語至少有兩個特點。一是借用了馬來語的語氣詞，說什麼話都要加個"la"的尾音，相當於中文的「啦」。比如說「我們到了」，用它的"Minglish"來說，就是"We arrive la"。又比如說，你問他說："What time we go back to the hotel please?"（我們幾點鐘回店？）他說："We go back hotel 9 clock la"（我們9點回店啦）〔注意，這句話的語法有誤。〕。你若跟他爭論說，這個"la"字完全是受中文影響，馬來人一定不同意，堅持說是馬來語的影響。

不過，他們也不否認"Minglish"曾受中文影響。其一是，他們回答問題，說話用的是英語，聽起來卻簡直太像中文了。比如你問："Can I get off here and have a look around?"（我能在這兒下車看一看嗎？）按照正式的英文，肯定的回答應該是："Yes, you can."但用馬格利希回答就很簡單："Can can."（能，能）。

還有些說法，簡直就是中文再造。有天我們在檳城的海邊吃飯。印度籍的馬來西亞小妹侍應生問了一句說："You from where?"（你們從哪來的？）我一邊用英文回答她的問題，一邊暗自吃驚：怎麼連她用的英文都跟漢語如出一轍？！

最令我吃驚的是，那位導遊還告訴我，馬格利希中，還能使用漢語的「嗎」。跟著他就演練了一番說："Yes ma?"或者"No ma?"這一次，我真的是大開「耳」界了。

最近有位朋友說，他去美後，曾遭到美國人的抨擊，說他英語不好，心中頗為不爽。我告訴他，這很正常。在美國，在澳洲，在紐西蘭，都存在著這種英語至上主義，以英語作為衡量一切的標準。誰只要英語不好，就什麼都不好。這種主義，我稱之為語言主義，是比種族主義更糟糕的一種主義。我建議他看一本有關"world englishes"（世界多元英語）的書，其中關於英語在亞洲各國發生的變化，會對打開他的眼界很有幫助。對英語這種語言，必須給以迎頭痛擊，注射新鮮精液和新鮮血液，如「嗎」，如「啦」，如"can can"等。

學會了這種混血方式，像「常常告訴自己：我能」這種廣告詞的翻譯，就迎刃而解了：Often Tell Oneself: I Can.

音譯即意譯

音譯這個東西，並不是什麼意思都沒有的，像「沙發」（sofa）那樣。美國是音譯，因為其中有個"America"的"me"，近似「美」。非洲是音譯，因為其中有個"Africa"的"f"，音似「非」，但美國成了「美」國，沒有成為「黴國」，而非洲成了「非」洲，沒有成為「斐洲」，這就好像無形中給這兩個地方打上了積極和消極的標籤，一個是美輪美奐的國家，另一個是非驢非馬的大洲。意思是不言自明的。

明白了這個簡單道理，我們就會發現，漢人對進入漢語的英文，一向都是音意兼行，意在音中，如把Reject Shop譯成「利家店」，把"niche market"譯成「利基市場」，把土著人的"corroboree"舞蹈譯成「可樂飽你」，等，都是佳例，其中的一條原則即是吉利化，一切東西進入漢語語境，都令其變得吉利，在車名、煙名、酒名、酒店名上表現尤著，如馬自達（Mazda），萬寶路（Marlboro），奔富（Penfolds）和喜來登（Hilton），等。

1960年代，西方青年吸毒，反叛，群交，嚮往東方，形成了所謂的嬉皮士，也形成了一批與之有關的詞彙，be-in就是其一。所謂be-in，是指嬉皮士的自由活動集會，但當我在翻譯中碰到時，就沒法也不想把它譯成字典所說的意思，而想進行音譯，結果譯成「病」，如下面這段譯文：

> 倫敦版的地下活動沒有創立出任何東西，即使有也很少，全是吸毒、空談、「病」[234]和冠冕堂皇的胡說八道。所謂「搖擺倫敦」，是美國媒體的創造發明，其實不過是一星鬼火，吹口氣就消失不見。[235]

由此觀之，音譯即意譯，因為沒有純粹的音譯，任何音譯本身就帶上了譯者的看法、態度、價值觀，等。

個人記憶與翻譯

一段文字，經魯迅之手或傅雷之手，進入漢語之後，所發生的變化，牽涉到查字典、理解、闡釋、消化到翻譯的過程，但除了紙面上看到的最後結果之外，如果二人不說，誰也沒法進入他們已經消失的大腦。

對我來說，至少有一點是清楚的，即在對某些譯文的處理上，與自己某段記憶相關。現舉幾個例子說一下。

手頭仍在翻譯《我不知道的那些事情》，已經譯到只剩十來頁了。有一處我用了「放屁」一詞，譯文如下：

---

[234] 英文是"be-in"，複數形式為"be-ins"，特指1960年代嬉皮士的自由活動集會，音譯之，譯者。

[235] Robert Hughes, *Things I Didn't Know*. Vintage, 2007〔2006〕, p. 489.

正如我在義大利的經歷向我顯示的那樣，過去和現在沒有衝突，也不必有衝突，一個可以餵養另一個，慷慨大方地給予營養，一點也不需要保持俄狄浦斯的敵意，一點也不需要宣稱自己的文化更「先進」，未來更「激進」，我在巴賽隆納的經歷也向我顯示，關於什麼是當代文化「中心」或可能是該中心的一切談論都是放屁：也就是說，沒有中心，只有一個巨大的邊緣，圍繞著一個網路，散佈著一連串的斑斑點點。[236]

這個詞，英文原文是"hot air"。我沒查字典就譯了過去，是因為一看到這個詞，就想起從前一個朋友的義大利老公，在家做客時，聽我說"farting"（放屁）時，用的一個詞，從此過耳不忘。沒想到竟然在這個翻譯中派上用場了。

接下來，作者談到他曾工作過的《時代》週刊，從六十年代辦到九十年代，越辦越差，說這是"go way down the scale of intelligence"，意思就是說，辦刊標準在智力的尺規上越走越下。我沒有簡單或拘泥地把"scale"譯成尺規，而是像一個詩人朋友最近寫的一篇談我作品的文章標題那樣，用了「標杆」，譯作：「在智力的標杆上一路下行，走得很遠」。[237]

最後，作者談到他之所以為《時代》注意，是因為他那本《西方藝術的天堂和地獄》的書，被堆在圖書室的墳墓裡不見天日，但突然有一天被編輯重新發現，受到關注。他在談到該編輯時說了一句話，說那人的姓名是"of blessed and, if possible, eternal memory"。這個"blessed"一般解為「有福氣」，我呢，想起了一個寫作的朋友，因為長期建立的友好關係，還替他出過一本書，被他稱為「貴人」，就把這個詞用了進去，譯作：「此人名字（真是貴人之名呀，如有可能，但願永遠留在記憶之中）叫做蒂姆．富特。」[238]

譯書能譯成這樣，真是一種享受，而我今天一天中，竟然出現了三次，也就是說享受了三次，真可謂譯福不淺呀。

[236] Robert Hughes, *Things I Didn't Know*. Vintage, 2007〔2006〕, p. 497.
[237] 同上，p. 495.
[238] Robert Hughes, *Things I Didn't Know*. Vintage, 2007〔2006〕, p. 497.

Lay

英文的“lay”字，僅定義就有四個，每個又有若干小定義，在《新英漢詞典》中占三個頁碼，在《英漢大詞典》中占一個多頁碼。如果這個詞出現在書名中，就得很當心，因為很可能中作者的「奸計」。這是英文得天獨厚的地方，一個簡單的字，可以容納豐富的含義。

最近看的一場電影，名叫“Safe”，講的是紐約唐人街華人和俄國惡棍與紐約員警狼狽為奸，互相利用的警匪一家的故事。這個電影名，就很難譯成中文。儘管它的本意直到後來才出現，是「保險箱」，但孤立地看，它還有「安全」的意思，跟故事本身不無關係，因為還牽涉了一個大腦比電腦更好，也更安全的中國小姑娘。這個片名網上什麼樣的翻譯都有，如《火線反擊》，《暫告安全》和《玩命快遞》，但都有各種各樣的問題。

回來再講“lay”字。譯書譯到一個地方，出現一本書名，英文叫“Lays of Ancient Rome”。這頗讓我躊躇，因為前面講到的原因。想不查字典地快譯，很可能會出差錯。有一個通行的辦法，就是上網查找。一查就有，是《古羅馬的方位》。經驗告訴我，這很可能有問題。本能也告訴我，欲譯該書標題，須知該書講的是啥。經查發現，原來這是英國作家麥考萊寫的一本書，收集了古羅馬的四篇短敘事詩。

是的，“lay”字在英文中，就有「短篇敘事詩」的意思。這本書的翻譯有解，就是《古羅馬短篇敘事詩》。

斷句

我以為我早就這個話題寫過一篇東西，但用關鍵字在全文中搜索一遍之後才發現，我並沒有這樣做，儘管這是我在翻譯課中屢屢強調學生必做的一件事。

所謂斷句，簡單來說，就是英文的行文如水流瀉，一句話常常數字、數十字、數百字沒有一個標點符號，一進入漢語，這種句子就要切斷，就得切斷。君不見，隨便找來一本漢語書，從左往右看一句，數數共有幾個標點符號，就知道漢語的這個最淺顯的特徵了。經過長期的翻譯實踐，我甚至可以下結語說，譯文如果從左到右連一個標點符號都沒有，這肯定不是好譯文。

鑒於這方面例子很多，遠的不說，就取一個近例吧，還是我昨天譯完的那本500來頁的書，即《我不知道的那些事情》。

原文英文是這樣的："It was a minor illustration of the fact that punishment creates crime."[239]譯文是這樣的：「這是件小事，它說明這樣一個事實，即懲罰導致犯罪。」

可以看到，英文只有一個句號，但漢語除此之外，還外加了兩個逗號，把一個整句，切成了三段。

其實，這次我要講的不是這個，而是以此為引子，講點相關的東西，以後有時間，再專章講斷句的事。我要講的是，1999年，我在中國文學出版社出版的一部譯著，《熱愛孩子的男人》，最近要出再版，出版社請我重新校閱一遍。這個工作我喜歡做，因為可以揪出暗藏的問題，把譯文弄得好上加好。我1991年在灕江出版社出版的譯著《女太監》，2002年在百花出版社再版時，就曾自校過一遍，當時還發現過不少問題。

這次邊校，我邊點頭，覺得還行，沒有太大的問題，但唯一的問題，就是這個斷句問題。一個翻譯，就是一個匠人，在實踐的過程中，會有自己也未覺察到的進步，這就是對斷句的理解。我的感覺，當年的我句子過長，下面選取幾個例子，給大家看看：

其一：

> 書中，母親和孩子之間，以及父親和孩子之間的交談在淺層次和深層次上都跟外面世界的任何交談不一樣。讀這樣的談話就跟再次嘗到自孩提時代以來就再也沒吃過的食物一樣令人滿意。[240]

這樣的長句，看了讓人汗顏。在書中的排列，真的是從左到右，沒有一個標點符號。按我現在的標準，要給自己打個零分。修改的方式，是打若干逗號，斷句、斷句、再斷句：

> 書中，母親和孩子之間，以及父親和孩子之間的交談，在淺層次和深層次上，都跟外面世界的任何交談不一樣。讀這樣的談話，就跟再次嘗到自孩提時代以來，就再也沒吃過的食物一樣令人滿意。

[239] Robert Hughes, *Things I Didn't Know*. Vintage, 2007〔2006〕, p. 154.

[240] 克莉斯蒂娜·斯台德（著），歐陽昱（譯），《熱愛孩子的男人》。北京：中國文學出版社，1999，p. 24.

請注意，多加了四個逗號，讓人稍微有點兒喘息的機會。

其二：

> 克莉斯蒂娜·斯台德看世界和表現世界的方式跟任何人是那樣迥然不同，你看了一會兒書後就覺得這好像理應如此，就會興致勃勃地想：「啊，她怎麼能不富於創造性呢！」（p. 21）

這一句問題是同樣的，就是譯文太長，必須切斷，於是加了兩個逗號切斷之：

> 克莉斯蒂娜·斯台德看世界和表現世界的方式，跟任何人是那樣迥然不同，你看了一會兒書後，就覺得這好像理應如此，就會興致勃勃地想：「啊，她怎麼能不富於創造性呢!」

話又說回來，一個寫東西的（我不稱自己為「作家」）、一個搞翻譯的（我不稱自己為「翻譯家」），寫作和翻譯都有自己的風格，經過一段時間的發展，又有新的變化，如果在校對新版時，把原有風格都抹掉，代之以變化之後的風格，那不太合適，也有辱於自己。因此我決定，有些長句還是加以保留，這包括我自己寫作的當年長句文風，如這句：「這部發表於1940年的作品通過描述華盛頓市一個七口之家的美國中產階級家庭從興盛到衰落的發展，毫不隱諱、纖毫畢露地揭示了這樣一個主題。」[241]太長了點，完全可以斷句為「這部發表於1940年的作品，通過描述華盛頓市一個七口之家的美國中產階級家庭，從興盛到衰落的發展，毫不隱諱、纖毫畢露地揭示了這樣一個主題。」但是，對不起了，當年的風格，猶如當年的人，是無法改變的。故保留之。

本來還有一句長得不得了的句子，怎麼切怎麼斷不了，最後乾脆不斷句了，但現在因為找了半天找不到，就不找了。以後再說吧。正這麼說時，找到一個較長的短句，把它斷一下，算是充數。

原譯文是：「小孩子是一個便士一個便士地還他欠生活的債的。」[242]

[241] 歐陽昱，《譯者序》，克莉斯蒂娜·斯台德（著），歐陽昱（譯），《熱愛孩子的男人》。北京：中國文學出版社，1999，p. 1.

[242] 克莉斯蒂娜·斯台德（著），歐陽昱（譯），《熱愛孩子的男人》。北京：中國文學出版社，1999，p. 24.

校改之後的譯文是：「小孩子欠生活的債，是一個便士一個便士償還的。」

這樣就比較舒服了。說到這兒，從一個英文字中發現了一個小秘密。接下去的一段英文，只說了這幾個字“Yet, wholly familiar as he is”，但由於“familiar”是最後一個字，而且太長，排版上就把它一切兩半，斷句成“fami”和“liar”。哇，這不是「說謊者」嗎？！原來，我們所謂的「熟悉」（familiar）一字中，竟然隱藏著一個“liar”。都是斷句斷出來的。

說來說去，越往下看，越發現有很多帶有當年翻譯風格的長句子，我就不多說了，僅取一句。英文是：“But nothing else in *The Man Who Loved Children* has the empty finality of Henny’s last game of solitaire.”[243]當年的譯文是：「但《熱愛孩子的男人》一書中沒有什麼比亨妮玩的最後一盤單人紙牌戲更具有空洞的終極意味了。」譯文和英文有同樣的特點，即一個標點符號也沒有。如果作為讀者的你對修改感興趣，那就請你來修改我當年過長的譯文吧，按我現在的斷句法。

[243] Qtd from Randall Jarrell, in ‘An Unread Book’, in Christina Stead, *The Man Who Loved Children*. Penguin Books, 1975, p. 33.

附　錄

歐陽昱其他著作（截至2013年，已出版69本）

中文譯著

- 《女太監》（The Female Eunuch by Germaine Greer）（澳大利亞學術論著，灕江出版社1991年出版。百花出版社2002年再版。上海文藝出版社2011年再版）
- 《認知發展》Cognitive Development by John H. Flavell （洪戈力和歐陽昱合譯，華中師範大學出版社1992年版）
- 《飛去吧　彼得》（Fly Away Peter by David Malouf）（澳大利亞長篇小說，重慶出版社1994年出版）
- 《勞娜》（Tirra Lirra by the River by Jessica Anderson）（澳大利亞長篇小說，中國文學出版社1996年出版）
- 《祖先遊戲》（The Ancestor Game by Alex Miller）（澳大利亞長篇小說，臺灣麥田出版社1996年出版。）
- 《熱愛孩子的男人》（The Man Who Loved Children by Christina Stead）（澳大利亞長篇小說，中國文學出版社1999年出版）（北京新經典文化出版公司2013年再版）
- 《天眼》（That Eye, the Sky by Tim Winton）（澳大利亞長篇小說，重慶出版社1999年）
- 《心理醫生和他的女病人》（Julia Paradise by Rod Jones）（澳大利亞長篇小說，重慶出版社1999年）
- 《卡普里柯尼亞》（Capricornia by Xavier Herbert）（澳大利亞長篇小說，重慶出版社2004年出版）
- 《完整的女人》（The Whole Woman by Germaine Greer）（澳大利亞學術論著，百花出版社2002年出版。上海文藝出版社2011年再版）
- 《新的衝擊》（The Shock of the New by Robert Hughes）（澳大利亞當代西方繪畫史論，百花出版社2003年出版。南京大學出版社2013年再版）

· 《一雙鞋走遍天涯：世界鞋史》（Where will this shoe take you: a walk through the history of footwear by Laurie Lawlor）（美國歷史著作，百花出版社2003年出版）

· 《頭髮的歷史：各個時代的風尚和幻象》（The History of Hair: fashion and fantasy down the ages by Robin Bryer）（美國歷史著作，百花出版社2003年出版）

· 《英語的故事》（The Story of English by Robert McCrum）（英國暢銷書，百花出版社2005年出版）

· 《西方性愛詩歌選》（Western Erotic Love Poetry in Chinese Translation, Otherland Publishing, 2005）（《原鄉》第十期）

· 《文身的歷史》（Tattoo History: a source book by Steve Gilbert）（美國暢銷書，百花出版社2006年出版）

· 《殺人》（Corpsing by Toby Litt）（英國暢銷書，上海文藝出版社2006年出版）

· 《香料的故事》（Nathaniel’s Nutmeg by Giles Milton）（英國暢銷書，百花出版社2006年出版）

· 《澳大利亞當代詩歌》（歐陽昱譯；歐陽昱和約翰·金塞拉合編）（上海文藝出版社2007年出版）

· 《傑作》（The Masterpiece by Anna Enquist）（荷蘭暢銷書，上海文藝出版社2009年出版）

· 《有話對你說》（Something to Tell You by Hanif Kureishi）（上海文藝出版社2010年出版）

· 《中國英語社會語言史》（Chinese Englishes: A Sociolinguistic History by Kingsley Bolton）（上海文藝出版社2010年出版）

· 《柔軟的城市》（Soft City by Jonathan Raban）（Nanjing University Press, 2011）（南京大學出版社2011年出版）

· 《我不知道的那些事情》（Things I Did Not Know by Robert Hughes）（南京大學出版社2012年出版）

· 《致命的海灘》（The Fatal Shore by Robert Hughes）（南京大學出版社2013年即出）

中文論著

· 《表現他者：澳大利亞小說中的中國人：1888-1988》（新華出版社2000年）

中文詩集

- 《墨爾本之夏》（重慶出版社1998年出版）
- 《B系列》（原鄉出版社2001年出版, 詩人親手製作本）
- 《Wo Cao》（原鄉出版社2003年出版, 詩人親手製作本）
- 《限度》（原鄉出版社2003年出版）
- 《二度漂流》（原鄉出版社2005年出版）
- 《來自澳大利亞的報告》（原鄉出版社2008年出版）
- 《慢動作》（原鄉出版社2009年出版）
- 《詩非詩》（上海文藝出版社2011年出版）

中文長篇小說

- 《憤怒的吳自立》（原鄉出版社1999年出版）

中文非小說

- 《關鍵字中國》（台灣秀威資訊股份有限公司2013年即出）

英文長篇小說

- 《東坡紀事》（The Eastern Slope Chronicle）（雪梨Brandl & Schlesinger出版社2002年出版）
- 《英語班》（The English Class）（墨爾本Transit Lounge出版社2010出版）
- 《散漫野史》（Loose: a wild history）（南澳Wakefield Press出版社2011年出版）

英文非小說

- 《油抹布的味道：說英語，想中文，過澳大利亞生活》（On the Smell of an Oily Rag: Speaking English, Thinking Chinese and Living Australian）（阿德雷德Wakefield Press）

英文詩集

- 《墨爾本上空的月亮及其它詩》（Moon over Melbourne and Other Poems by Ouyang Yu）（墨爾本Papyrus Publishing 1995年出版）（英國Shearsman Press 2005年再版）
- 《最後一個中國詩人的歌》（Songs of the Last Chinese Poet by Ouyang Yu）（雪梨野牡丹出版社1997年出版）

- 《雙心，雙舌，雨色的眼睛》（Two hearts, two tongues and rain-colored eyes by Ouyang Yu）（雪梨野牡丹出版社2002年出版）
- 《歐陽昱英文新詩選集》（New and Selected Poems by Ouyang Yu）（倫敦Salt出版社2003年出版）
- 《異物》（Foreign Matter by Ouyang Yu）（原鄉出版社2003年出版，詩人親手製作本）
- 《愛：最好的兩種文字》（Loving: the best of both words）[中詩英譯]譯者：歐陽昱）（Otherland Publishing, 手製本, 2003）
- 《傾聽》（Listening To by Ouyang Yu）（雪梨Vagabond Press 2006年出版）
- 《金斯勃雷故事集：一部長篇小說》（The Kingsbury Tales: a novel）（雪梨Brandl & Schlesinger 2007年出版）
- 《眞實夢》（Reality Dreams）（Picaro Press, 2008）
- 《白和Yu》（White and Yu）（PressPress, 2010）
- 《靈魂的夢》（Soul Diary, published as part of Triptych Poets）（Blemish Books, 2011）
- 《金斯伯雷故事集全集》（The Kingsbury Tales: A Complete Collection）（Otherland Publishing, 2012）
- 《雙語戀》（Bilingual Love: Poems from 1975 to 2008）（Picaro Press, 2012）
- 《關於這一點，詩歌能做什麼及其他》（What Can Poetry Do About This and Other Poems）（Picaro Press, 2012）

英文論著

- 《1985-1995十年間中國和香港大眾傳媒對澳大利亞和澳大利亞人的表現》
- （Representations of Australia and Australians in the Chinese and Hong Kongese Media: 1985-1995, by Ouyang Yu）
- （澳大利亞格里菲斯大學〔University of Queensland〕澳亞關係研究中心1998年出版）
- 《偏見：澳華到令人厭惡的地步》（Bias: Offensively Chinese/Australian，Melbourne: Otherland Publishing, 2007）
- 《澳大利亞小說中的中國人：1888-1988》（Chinese in Australian Fiction: 1888-1988, by Ouyang Yu）（美國Cambria Press 2008年出版）
- 《超越黃白：論文集》（Beyond the Yellow Pale: Essays and Criticism）（原鄉出版社2010年出版）

英文譯著

- 《苦桃李》（Bitter Peaches and Plums）（《我的財富在澳洲》與《澳大利亞——美麗的謊言》兩部中篇英譯合集，澳大利亞莫納希大學出版社，1996）
- 《砸你的臉：當代中國詩歌英文翻譯集》（In Your Face: Contemporary Chinese Poetry in English Translation, translated, edited and introduced by Ouyang Yu，Melbourne: Otherland: 2002）（《原鄉》第八期）
- 《老舍和他的北京》（Laoshe in Beijing（Shanghai Literature and Arts Publishing House, 2009）
- 《少林寺》（A Loose Account of the Shaolin Temple（Shanghai Literature and Arts Publishing House, 2009）
- 《龍華古寺》（The Ancient Longhua Temple（Shanghai Literature and Arts Publishing House, 2009）
- 《二詞其美：中國古詩英譯集》（Best of Both Words: Classical Chinese poetry in English Translation）（Otherland Publishing, hand-made, 2003；澳門ASM出版社2012再版）
- 《自譯集》（Self Translation）（墨爾本Transit Lounge出版社2012年出版）

中文編著

- 澳大利亞首家國際中英文雙語文學雜誌《原鄉》（一至十期，1996至2005）〔其中第一期至第五期爲中文版，第六期爲中英雙語版，第七期至第九期均爲全英文版，第十期爲中文版〕
- 第一期
- 第二期
- 第三期
- 第四期
- 第五期
- 第六期
- 第十期特刊：《西方性愛詩歌選》（Western Erotic Love Poetry in Chinese Translation，Otherland Publishing, 2005）
- 第十一期特刊：《來自澳大利亞的報告》（中文詩集）

· 第十二期特刊：盛約翰的中文短篇小說集《城市之戀》
· 第十三期特刊：張少陽譯美國詩人Paul Kane的中文譯詩集《學者的搖滾樂》
· 第十四期特刊：蘭子的中文長篇小說《楚歌》
· 第十五期特刊：歐陽昱的英文詩集The Kingsbury Tales: A Complete Collection
· 第十六期特刊：《詩歌蹤跡：電子郵件輯錄》（稚夫編著）〔關於黃翔詩文〕

釀語言06　PD0016

譯心雕蟲

——一個澳華作家的翻譯筆記

作　　者　歐陽昱
責任編輯　林世玲
圖文排版　陳姿廷
封面設計　王嵩賀

出版策劃　釀出版
製作發行　秀威資訊科技股份有限公司
114 台北市內湖區瑞光路76巷65號1樓
電話：+886-2-2796-3638　傳真：+886-2-2796-1377
服務信箱：service@showwe.com.tw
http://www.showwe.com.tw
郵政劃撥　19563868　戶名：秀威資訊科技股份有限公司
展售門市　國家書店【松江門市】
104 台北市中山區松江路209號1樓
電話：+886-2-2518-0207　傳真：+886-2-2518-0778
網路訂購　秀威網路書店：http://www.bodbooks.com.tw
國家網路書店：http://www.govbooks.com.tw
法律顧問　毛國樑　律師
總 經 銷　創智文化有限公司
236 新北市土城區忠承路89號6樓
電話：+886-2-2268-3489　傳真：+886-2-2269-6560
博訊書網：http://www.booknews.com.tw

出版日期　2013年7月　BOD一版
定　　價　590元

Printed in Taiwan

國家圖書館出版品預行編目

譯心雕蟲：一個澳華作家的翻譯筆記 / 歐陽昱著, -- 一版.
-- 臺北市：釀出版, 2013.07
面； 公分. -- (釀語言06 ; PD0016)
BOD版
ISBN 978-986-5871-53-6 (平裝)

1. 翻譯

811.7 102007817

讀者回函卡

感謝您購買本書，為提升服務品質，請填妥以下資料，將讀者回函卡直接寄回或傳真本公司，收到您的寶貴意見後，我們會收藏記錄及檢討，謝謝！如您需要了解本公司最新出版書目、購書優惠或企劃活動，歡迎您上網查詢或下載相關資料：http:// www.showwe.com.tw

您購買的書名：________________________________

出生日期：________年________月________日

學歷：□高中（含）以下　□大專　□研究所（含）以上

職業：□製造業　□金融業　□資訊業　□軍警　□傳播業　□自由業
□服務業　□公務員　□教職　□學生　□家管　□其它____

購書地點：□網路書店　□實體書店　□書展　□郵購　□贈閱　□其他

您從何得知本書的消息？

□網路書店　□實體書店　□網路搜尋　□電子報　□書訊　□雜誌
□傳播媒體　□親友推薦　□網站推薦　□部落格　□其他________

您對本書的評價：（請填代號　1.非常滿意　2.滿意　3.尚可　4.再改進）

封面設計____　版面編排____　內容____　文／譯筆____　價格____

讀完書後您覺得：

□很有收穫　□有收穫　□收穫不多　□沒收穫

對我們的建議：________________________________

____

____

____

請貼
郵票

11466
台北市內湖區瑞光路 76 巷 65 號 1 樓
秀威資訊科技股份有限公司 收
BOD 數位出版事業部

（請沿線對折寄回，謝謝！）

姓　　名：＿＿＿＿＿＿＿＿　年齡：＿＿＿＿　性別：□女　□男

郵遞區號：□□□□□

地　　址：＿＿＿＿＿＿＿＿＿＿＿＿＿＿＿＿＿＿＿＿

聯絡電話：（日）＿＿＿＿＿＿＿＿（夜）＿＿＿＿＿＿＿＿

E-mail：＿＿＿＿＿＿＿＿＿＿＿＿＿＿＿＿＿＿＿＿